Publicado por:

Nova Casa Editorial

www.novacasaeditorial.com

info@novacasaeditorial.com

© 2017, **Roxana Aguirre**

© 2017, **de esta edición: Nova Casa Editorial**

Editor
Joan Adell i Lavé
Coordinación
Abel Carretero Ernesto
Portada
Fernanda Aleixo
Modelo
Gustavo Stomas
Maquetación
Daniela Alcalá
Corrección
Jesús Espínola
Impresión
PodiPrint

Primera edición: **diciembre de 2017**
Depósito Legal: B 29827 - 2017
ISBN: 978-84-17142-12-4

Roxana Aguirre

Esposa de mi jefe

Nova Casa Editorial

(Índice)

(Capítulo 1)

Mi día inicia, me levanto de la cama, el reloj marca las 7 a.m., no sé por qué me levanto a esta hora si ni siquiera tengo un empleo, lo que viene a mi cabeza «otro día de búsqueda de empleo», hace aproximadamente un año me gradué de la universidad con las mejores notas de mi clase, pero no he tenido mucha suerte con los empleos. ¿Qué les puedo comentar de la relación entre esa acción que te hace ser un subordinado a cambio de dinero y mi vida? Bien, iniciemos.

Durante la universidad trabajé en un periódico local, con esto pagaba mis cuentas de la universidad, al salir de la universidad trabajé en una pequeña editorial, me encargaba de leer libros tras libros de escritores aficionados, fue una buena etapa de mi vida, pero la editorial cerró un par de meses después (¡Genial!). Luego, como coro de ángeles, me estaba acercando más a mi empleo soñado, escribir, un maestro de la universidad me propuso ayudarlo en el guion de una producción que se filmaría en Nueva York, todo estaba genial y divino hasta que la protagonista se acostó con el director. La productora, cabe mencionar, la esposa del director, decidió cancelar el proyecto dejándonos a todos desempleados. Luego, no he tenido un empleo fijo.

Miro por la ventana de mi apartamento, es un día lindo, los árboles florecen luego de tantos días de invierno, el tráfico como siempre acá en Nueva York es terrible, me mudé a esta gran ciudad hace aproximadamente 5 años desde Miami, mucho que aprender, ciudad nueva, costumbres nuevas, grandes personalidades, grandes empresas.

No hablo con mi padre desde que me mudé a este lugar, antes de cruzar la puerta de mi casa, mi padre dijo, más bien gritó: «Te vas de aquí y ya dejas de ser mi hija» y bueno, no he hablado con él desde entonces. Proveniente de una familia muy conservadora, de esas que «hasta que no te cases no te vas de aquí», pero bueno, yo rompí las reglas, de hecho, rompí las reglas desde que dejé la escuela de medicina un semestre después porque no sentía que era lo mío. A mí me gusta escribir, crear historias, leer historias, todo lo que tenga que ver con escritura, mi padre no entendía eso y no lo entiende aún, es por eso por lo que me mudé a Nueva York, muy lejos de mi ciudad natal, muy lejos de mi padre, un europeo prepotente que siempre nos dijo que en casa no se hacía nada más que lo que él decía, por tal razón, nunca tuve buena relación con él, aunque algo así como por desgracia compartimos los mismos rasgos característicos de los Carlin, unos grandes ojos verdes con pestañas arqueadas, una nariz respingada y unos labios finos, qué ironía, ¿no? Ah, eso junto a un ondulado cabello rubio, que no necesita de mucho para verse bien, le agradezco esa parte de sus genes, todo eso compartía con mi padre, excepto el interior.

Mi padre siempre dijo que yo era una *hippie* rebelde que terminaría fumando marihuana en una casa rodante y comiendo raíces de árboles, no sé de dónde sacaría eso, seguro de internet, jodido conjunto descentralizado de interconectadas que utilizan la familia de protocolos TCP/IP, lo cual garantiza que las redes físicas que la componen formen una red lógica única de alcance mundial —tomo aire— (sí, usé Wikipedia).

En fin, desde el vientre de mi madre fui destinada para llevarle la contraria, él quería un hijo varón, macho y fuerte (según él) y bueno, nací yo, delgada y frágil. Por motivos desconocidos nunca vi a mi padre en uno de mis cumpleaños, ni en una de las reuniones de familias en mi escuela; mi madre y él siempre estaban pendientes más de mi hermana, Stefanie, año y medio menor que yo, totalmente diferente, ella iba a la escuela de *ballet* mientras yo iba a una escuela militar para niñas muy lejos de casa, mi padre lo llamaba «campamento de defensa personal», según él para que creciera fuerte, según yo, para tenerme lo más lejos posible de él, y aun así se atreve a preguntar, ¿cómo es que yo me comporto como una dama? ¿Es en serio, padre?

Tomo una taza con café aún con mi pijama puesta y tomo el periódico para ver qué ofertas nuevas hay, vivo en un pequeño pero cómodo apartamento con mi mejor amiga Natalie, ambas nos mudamos acá para estudiar juntas, bueno, ella se mudó antes, yo me mudé después del semestre que desperdicié en la escuela de medicina.

Natalie tuvo mejor suerte y tiene un empleo fijo como presentadora de un programa de belleza en la TV, no es su trabajo soñado, pero al menos le gusta y eso es bueno, ella ama el arte y según ella el maquillaje es lo más cercano al arte.

Natalie está corriendo al trabajo, el fin de semana se había hecho unas tales mechas californianas en rubio y hoy ha decidido encresparlas, opino que va a quedar calva bastante joven por jugar tanto con su cabello, al menos se le ve bien. Se mueve desesperada de un lado a otro en la cocina con unos enormes tacones que lleva puestos, temo que en cualquier momento dé el zapotazo, no sé cómo logra andar con esas cosas todo el día.

—Alexandra, me voy, te dejo un sándwich de mantequilla de maní.

—¡Genial! —contesto, levantándome del cómodo sillón para ir por mi sándwich de mantequilla de maní.

—Por cierto, te conseguí una cita —dice, moviendo sus cejas mientras toma su bolso y acomoda su vestido rojo muy ajustado que llega arriba de sus rodillas.

—¿Qué? —contesto inmediatamente con mi cara llena de incertidumbre ante su afirmación—. ¡¡No!! ¡No iré a una cita con un tipo que ni conozco! ¿Qué tal si el sujeto está loco y va a perseguirme de por vida? ¿Has visto *Loca Obsesión*?

—Alex… —suelta, luego de un suspiro, mientras lleva sus manos a sus caderas elevando una ceja.

—Odio las citas, son aburridas y tienes que pretender que disfrutas la comida mientras hablas cosas estúpidas sobre los gustos de cada uno, es incómodo, la comida es sagrada —hago un gesto de brindis con el sándwich en mis manos.

—¡Es amigo de Dereck! —exclama—. Un día podemos salir los cuatro. ¿Entonces cómo vas a tener un novio si no tienes una cita? —me mira con esos enormes ojos castaños que a veces me causan escalofríos.

—¿Para qué quiero un novio si puedo tener amantes? —muevo mis cejas pícaramente con una sonrisa traviesa, ella se cruza de brazos con una extrema expresión de sorpresa en su rostro que me hace reír—. Yo estoy bien, no quiero novio, Natalie —doy un mordisco al sándwich reposando mis caderas sobre la encimera.

—No. ¡No se diga más! Hoy regreso temprano para arreglarte.

—Natal…

No me deja terminar la oración, me da un beso en la mejilla y sale corriendo antes de que le diga que no, sí, la conozco y me conoce.

Comiendo mi sándwich de mantequilla de maní reviso los anuncios del periódico y no veo nada que llame mi atención, ya he enviado mis papeles a más de 40 empresas importantes aquí en Nueva York. Hasta he considerado como camarera en algún restaurante cerca.

Qué decepción.

Enciendo la TV, vuelvo al sillón que estaba y comienzo a pasar los canales para ver qué hay de bueno, veo un anuncio de una de las revistas más prestigiosas del país, la superpoderosa revista *Anderson*, por curiosidad, me quedo a ver toda la noticia.

Lo que sé de la revista *Anderson* es que es un lugar de ensueño donde todos los interesados en la industria del entretenimiento sueñan trabajar, con más de 25 000 empleados y no sé cuántas sedes, es una de las revistas más leídas a nivel nacional, recuerdo cuando iba a la universidad y todos prácticamente soñaban con trabajar en ese lugar y ni siquiera lograban quedar como pasantes.

—«Revistas Anderson busca secretaria para la presidencia —el empleo llama mi atención, la verdad no me interesa ser una secretaria, pero... es una de las mejores empresas a no decir la mejor de esta ciudad, una vez dentro puedo optar por algo mejor, a mí me gusta escribir, trabajar ahí puede abrirme muchas puertas—. Interesados, por favor, enviar su currículum a la siguiente dirección de correo electrónico».

Anoto la dirección para enviar mi información, la verdad no sé si tener esperanzas de entrar a esta empresa, he conocido muchos que han querido entrar y no lo logran, pero es una secretaría, puedo hacerlo. La empresa no está muy lejos de aquí y es prestigiosa, tomo mi computadora y envío mi currículum, luego de esto voy a buscar qué ponerme para la «cita» de hoy.

Resoplo el mechón de cabello que cae por mi rostro a modo de frustración, no veo nada que ponerme, yo no soy mucho de vestidos y tacones, pero Natalie sí, así que voy a su armario y espero encontrar algo que funcione en mi cuerpo. Yo no soy así como que tan femenina, pero hago mi mejor esfuerzo, me molesta que los hombres desvíen su mirada a mis lugares prohibidos, con un cuerpo de Katy Perry hay días que quiero simplemente pasar desapercibida, así que mi armario está compuesto en su mayoría por suéteres y blusones largos o cualquier cosa que no precisamente enmarque esa zona, siempre he culpado a mis pechos de tanta atención recibida por parte del sexo masculino, y en mi adolescencia, eso era algo bastante incómodo.

Sigo buscando en la ropa de Natalie, yo soy algunos diez centímetros más alta así que todos sus vestidos son muy cortos para mí, y con muchos colores. ¡Al diablo! Usaré mi propia ropa. Me tiro a mi cama y me dedico a dormir para evitar pensar en mi desgracia.

Natalie llega aproximadamente a las 5 y 30 de la tarde, superemocionada. ¡Ah! ¡Me compró un vestido! Es de flores, ¡genial!, enciende la lámpara de la habitación quemando mis adormilados ojos. ¡Maldita sea! Pudo ir a quitar las cortinas, pero ¡no! Ella enciende la puta lámpara, sonrío fingidamente mientras froto mis ojos para acomodarme a la luz.

—Pruébatelo —insiste, lanzándome el maldito vestido. Ya que es un regalo, de Natalie, no tengo de otra, además, me hace berrinche si no lo uso. Maldita sea.

Me levanto perezosa y una vez puesto, me miro al espejo.

—¡Oh, realza mis pechos! —digo con notable fingida emoción y veo precisamente cómo se ajusta por todos lados.

—¡Estás divina! —contesta, llevándose ambas manos a su boca a modo de sorpresa.

Sí, a ella le gusta todo lo que resalte los pechos. Lo que no entiende es que yo ya tengo suficiente y no quiero más, es suficiente dolor de espalda y las miradas morbosas.

Llevo lista más de 15 minutos, el tipo lleva como 10 minutos tarde, no lo puedo creer. Me estoy desesperando. Natalie ve mis pies que no dejan de moverse y hacer sonidos leves con el tacón de las sandalias que me ha prestado.

—Alex, relájate, debe existir un motivo por el cual llega tarde —ella tan tranquila sentada de piernas cruzadas frente a mí, su *minishort* deja al descubierto sus sensuales y morenas piernas trabajadas en el *gym*. Voy a abrir mi boca para decir una grosería, cuando suena el timbre. ¡Por fin!

Me levanto de un salto, no por emoción, sino porque cuanto más rápido inicie esto más rápido volveré a casa y fingiré que esto nunca pasó. Natalie se me adelanta y abre la puerta antes de que siquiera yo pueda asomarme.

—Lo siento, es que mucho tráfico —lo escucho decir, Natalie le da un abrazo y le dice que todo está bien. ¿Pero qué le costó enviar un mensaje? Desde ya ha perdido puntos conmigo, a mí me gustan los hombres puntuales.

Él me mira y me fuerzo a sonreír, extiende su mano hacia mí y me acerco para tomarla.

—Alex —digo, esta sonrisa que estoy haciendo es aquella carita feliz que uno pone en los chats para indicar lo molesto que está.

—Lo sé, yo soy Ángel, lamento mucho la tardanza —agrega, y se acerca a mí para besar mi mejilla.

Y así se disculpó como 5 veces en todo el camino.

El tipo no está mal, tiene unos lindos ojos castaños que combinan con su desordenado cabello y la poca barba que se comienza a asomar en su rostro, hace conjunto con el color de su camisa, llegamos al lugar y es muy caballeroso, eso es bueno... Todo está bien hasta que comienza a sonar su teléfono repetidas veces y él se divierte contestado cada uno de sus mensajes.

—Y bien, ¿cuál es tu color favorito? —*qué pregunta más original, Alex.*

—...

—¿Hola? —sueno el tenedor sobre mi plato al ver que no tengo ni la más mínima atención de su parte.

—Ahh, lo siento, es mi hermana —pero no me mira a los ojos, no, lleva su mirada a la zona prohibida—, está todo el tiempo enviándome cosas divertidas —esboza una sonrisa y ahora sí ve mis ojos, maldito—, pero si te molesta, puedo decirle que más tarde hablamos —deja el celular sobre la mesa y se recarga en el espaldar de su silla.

—¿Y cómo se llama tu hermana? —su celular vuelve a interrumpir, maldita sea.

—Lo siento, esta sí es importante. ¿Puedo? —ya qué.

Pero no esperó mi respuesta, el tipo se levanta y se va a unos posibles 10 metros, y ahí estuvo por 20 minutos sin dar señales de vida. ¿La parte positiva? Terminé mi comida sin esas estúpidas charlas incómodas de la primera cita. Me levanto, pago mi cuenta y me retiro sin decir una palabra. En serio. ¿Es tan difícil encontrar un tipo divertido para salir?

Llego a casa, tuve que pagar un taxi, Natalie al parecer me había visto por la ventana y ya está esperándome en la puerta.

—¿Tan rápido fue? ¿Por qué viniste en taxi? ¿Dónde está Ángel? —pregunta, tomándome por los hombros, lo que menos quiero ahora son preguntas.

—Ojalá que esté debajo de las llantas de un camión —me suelto de su agarre, sosteniendo mi bolso fuertemente, casi enterrando mis uñas en él y caminando hacia mi habitación.

Natalie me observa retirarme al igual que Dereck, su novio metalero, quien tiene su cabello largo castaño tendido en nuestro sillón, sus pies descalzos están hacia arriba y toca una melodía en una guitarra acústica.

—Es la última vez que me vuelves a organizar una cita a ciegas con alguien —digo, cerrando la puerta de golpe, hasta hice que mis cuadros de gatos disfrazados de *Slash* cayeran al suelo.

El tipo al parecer terminó la llamada 40 minutos después, llamó a Natalie como 5 veces, o al menos esas fueron las veces que la escuché gritarle. Ella golpea la puerta de mi habitación y la ignoro, tapo mi cabeza con mi almohada para no escuchar esos jodidos sonidos de la madera contra sus nudillos.

(Capítulo 2)

Son como las 8 a.m., lo sé porque a estas horas ya la claridad que entra por la ventana golpea fuertemente mis pestañas y me encabrono, al menos me desperté un poco más tarde, me levanto molesta tirando todo lo que se pone en mi camino, supongo que ya Natalie se ha ido a su trabajo, abro la puerta y hay una notita sobre la madera blanca.

«Siento mucho lo de ayer :(Te dejé un pedazo de torta de limón en la nevera».

Qué linda, solo espero no me vuelva a hacer estas cosas, creo fielmente que me quedaré soltera criando gatos como mi vecino don Juancho.

Comiendo mi tarta de limón observo por la ventana, el gran rótulo del edificio Anderson se divisa desde aquí, me dirijo hacia el sillón blanco enfrente de la TV y empiezo a ver qué hay de bueno a estas horas.

Mi celular me hace dar un brinco del susto, llevo mi mano a mi pecho y suspiro, cambiaré ese jodido tono de la cucaracha.

Me levanto de un salto y voy hasta mi celular a paso rápido, tiene que ser muy importante para que alguien me llame a esta hora, bueno, la única que me llama es mi madre y solo cuando se muere alguien, deslizo mi dedo por la pantalla. Es un número desconocido. Mi madre nunca me llama de números desconocidos.

—¿Hola? —pregunto al descolgar, con mi entrecejo fruncido, espero no sea que secuestraron a Natalie y quieren dinero porque me les reiré y nos van a matar a ambas.

No tengo dinero.

—¿Alexandra Carlin? —pregunta una voz de hombre, bastante ronca e intimidante, sí, la secuestraron, esto no puede estarme pasando, tampoco puedo dejarla morir.

—Sí, ella habla —contesto casi balbuceando—, lo único que tengo en el banco son 100 dólares. ¿Creen que con eso la dejan libre?

Silencio del otro lado.

—¿Disculpe? ¿Hizo usted una aplicación para secretaria de la presidencia en revista *Anderson*?

¡Ah! ¡No puede ser! ¡Maldita sea!

—Así es... Lo... si... ento —digo, en un hilo de voz, espero no sea el jefe porque me suicido —creí que habían secuestrado a mi amiga.

Más silencio del otro lado, escucho unos murmullos con risas, pero no logro entender. El tipo aclara su garganta. De seguro creerá que soy una lunática que hizo una aplicación desde un hospital psiquiátrico.

—Su cita para la entrevista es a las 9 a.m. —¿9 a.m.? Miro el reloj y ya son las 8 y 12 minutos.

—¡Claro! —aclaro mi garganta con una risa nerviosa—. Muchas Gracias.

¡Las tres divinas personas! Llegaré tarde. ¿Por qué esta gente no avisa más temprano?

Me apresuro lo más que puedo, tomo una ducha y me pongo mi traje de todas las entrevistas, formal y sencillo, no tengo mucho tiempo para pensar en otra cosa, el pantalón negro cubre gran parte de mis zapatos altos y observo una mancha en el borde del pantalón. ¡Joder! ¿Qué es esto? Corro hacia el lavabo y con un trapo húmedo intento deshacerme de lo que parece ser... ¿excremento? No, no puede serlo, me quito el pantalón nuevamente para observar la mancha más de cerca, y mis fosas nasales se activan, abro mis ojos como platos. ¡Puto gato del vecino!

No. No. Noooo.

Ahora tengo que buscar qué ponerme, le llevaré este pantalón a don Juancho, que sepa lo que su gato llega a hacer a mi apartamento y sobre mi ropa, yo que hasta le había comprado galletitas, tiene cajón de arena en su casa y, ¡no! Él viene a mi ropa. Bufo, mientras corro por todo mi cuarto.

Revuelvo mi armario, necesito otra cosa que ponerme, sí este pantalón blanco funciona y queda bien con el *blazer* negro con rayas diplomáticas. Sí, esto será. Me visto en tiempo récord y en diez minutos estoy camino a la empresa.

En cada semáforo aprovecho para poner sombra en mis párpados y alguna que otra cosa que al menos me haga ver maquillada. Escucho el claxon de un auto detrás de mí y observo que el semáforo ya ha cambiado de color, piso el acelerador con fuerza, una mano sostiene el volante y la otra un labial rosa.

Antes de bajar del auto me pongo máscara de pestañas, me miro por última vez y al menos estoy decente, nada que delate que casi estrello mi auto por ponerme *blush*. Al entrar, observo que el edificio es mucho más lujoso de lo que pensaba, es todo de vidrio, al igual que los escritorios mezclados con mármol, todo está perfectamente alfombrado en color *beige*, hay lujosas y finas lámparas colgando del techo.

—Piso 25 —me dice la recepcionista, sin necesidad de preguntarle algo, como si sabía a lo que venía, dándome un pase de visitante para que cuelgue de mi ropa, un hombre uniformado me dirige hasta el ascensor y lo abre para mí, qué caballeroso, no pude evitar notar un ascensor ubicado a la derecha con las letras «CORPORATIVO» en dorado, supongo que debe ser del todopoderoso de este lugar.

Solo espero no sea el que me llamó para la entrevista porque me tiro por la ventana.

Llego al piso 25, alrededor de 40 chicas perfectamente maquilladas y con trajes provocativos están a la espera queriendo ser la típica secretaria sexi de película, suelto un suspiro por la larga fila, me hace pensar más que no lo lograré y que solo estoy perdiendo el tiempo. Todas ellas hablando de sus experiencias como secretarias y de cuántos viajes han realizado, solo ruedo mis ojos, ¿qué más puedo hacer? Si me pongo a hablar con ellas yo no tengo mucho que contarles más que Misifús cagó mi ropa esta mañana, y esa no es una buena conversación para iniciar una buena amistad.

Luego de un buen rato de aburrimiento se acerca una chica pelirroja muy bien vestida, hace una repasada a todas las chicas. —Alexandra Carlin —menciona, inmediatamente me levanto y me hace una seña que pase a una oficina. ¡Por fin! Ya me estaba comenzando a hacer pis de aburrimiento.

Al entrar, la oficina es inmensa, todas las cosas en este piso están decoradas igual, así que se parece a la recepción, pero en forma de oficina y con una enorme vista de la ciudad, un joven hombre rubio está ahí sentado frente a mí, me escudriña de pies a cabeza, sus ojos son de un tono *hazel*, tiene un estilo de barba cerrada, se ve elegante pero relajado, lleva un saco color *beige* que encaja perfectamente con su apariencia, en su identificación de la empresa se puede leer «David Schmitt».

—Toma asiento, por favor —dice, señalando un pequeño sillón negro que está enfrente de él al otro lado del escritorio, tomo el lugar, hasta los asientos son finos en este lugar. Me observa por unos segundos.

—¿Tú eres Alexandra Carlin? —enarca una ceja y yo frunzo mi entrecejo.

—Así es —contesto, aclarando mi garganta, espero no me haga propuestas personales, porque no, aunque esté guapo, los rubios no son mi estilo. No me imagino yo rubia con otro rubio, mis hijos parecerán albinos.

Él sonríe levemente y lleva su mirada a los papeles sobre su escritorio.

—¿Los secuestradores tomaron tus cien dólares y liberaron a tu amiga?

¡Joder! Era él, ya valí verga en esta entrevista.

—No, necesitaba cien dólares más —a la mierda mi vida, el tipo levanta un poco la mirada y se ríe.

Ya no tengo el empleo.

Comienza con las típicas preguntas de entrevista, mi vida, mis logros, mi experiencia, no puedo mentir, no tengo casi nada de experiencia, y la típica pregunta «¿Por qué debemos elegirte a ti?», he escuchado esa pregunta 40 veces en toda mi vida, un poco aburrida y aturdida por el tiempo en la larga fila, el sonido de mi estómago reclamando a gritos comida, recordando que Misifús hizo sus necesidades en mi ropa y que confundí a este tipo con un secuestrador, no se me ocurre más que contestarle un poco honesta:

«La verdad, no sabría decirle por qué debería elegirme a mí y no al resto de las chicas, no las conozco así que no puedo decirle por qué soy mejor que ellas, pero algo de lo que estoy segura es que me conozco a mí misma y sé que puedo hacer este trabajo y cualquier otro que la empresa me imponga aunque digan que no tengo la experiencia suficiente, pero dígame, quién viene a este mundo sabiendo qué hacer o con un manual que te diga cómo, lo que único que sé es que puedo aprender y superarme a mí misma todos los días».

¡Mierda! ¡La cagué! ¿Saben qué? Iré reservando mi espacio debajo de un puente.

El rubio me ve fijamente, sin palabras, recargado en el espaldar de su silla giratoria lleva su mirada a otro lado de la oficina, pensativo, luego de unos segundos vuelve su mirada a mí y marca mi hoja de entrevista.

—Gracias, señorita Carlin, es todo, la llamaremos.

No, no lo logré, seré una indigente con buen cabello, al menos.

Salgo de aquel lugar y conduzco de regreso a mi apartamento escuchando al saber qué mierda de canción romántica por la radio. Natalie siempre llega por la noche, así que me encierro en mi habitación recordando las veces que mi padre me dijo que lo que yo quería hacer no iba a servir para ganarme la vida. Según él mi hermana fue más astuta, porque no quiso estudiar Medicina, pero se ligó a un médico. Excelentes consejos del señor Carlin.

Mientras esos recuerdos invadían mi mente me quedo dormida, una hora después mi celular suena haciéndome despertar de un susto.

El número privado de nuevo. Secuestradores o los de la revista.

—¿Hola? —contesto adormilada. ¿Por qué me están desvelando?

—¿Alexandra Carlin? —pregunta una voz suave de mujer, me incorporo sentándome sobre el colchón de mi cama.

—Sí —expreso, un poco aturdida.

—Hablo de la revista *Anderson*, ha obtenido el puesto de secretaria de la presidencia. Por favor, preséntese mañana mismo para su jornada laboral de trabajo a las 8 a.m., mañana se le darán todas las instrucciones.

¿Ah? Estoy sin habla y paralizada, había conseguido el trabajo que menos quería, pero que igual era en la revista *Anderson*. Y... ¿cómo es que lo logré?

No lo sé y no me importa. Me pongo de pie de un salto, tengo que llamar a Natalie.

—Está bien —digo, balbuceando—. Muchas gracias.

Natalie se aparece luego de sus horas de trabajo con una botella de *champagne* para celebrar, junto con ella está Dereck, y dos de sus amigas, Karen y Lisa. ¡Ah! Todo estaba bien hasta que estas tipas aparecen, no es que nos llevemos mal, pero tampoco me agradan, sus voces chillonas y de niñas mimadas hacen mis tímpanos sufrir, cubren más mis calzones que sus *shorts*, he visto cómo murmuran sobre Natalie y una de ellas se lanza miradas con Dereck, quien corresponde de la manera más coqueta posible, no sé cómo es que Natalie no lo ha notado, pero yo ya le hubiese sacado los ojos.

Natalie me convence de salir a una discoteca cercana... con ellos. Ni siquiera me cambio, ya sé que esta reunión terminará con todos los amigos de Dereck besándose con Karen y Lisa y yo en una esquina viendo cómo Natalie se pasa saliva con Dereck. Pero bueno, tampoco puedo estar encerrada de por vida.

Regresamos a casa como a la 1 a.m., la verdad no me había percatado de la hora y mañana tengo que trabajar. ¡Genial! Primer día y estaré con resaca. Caigo sobre mi cama como si fuera la última maravilla del mundo, y sí, lo es. Me casaría con mi cama si pudiera... y si fuera legal.

(Capítulo 3)

Caigo profundamente dormida casi de inmediato, mi teléfono suena unas pocas horas después, me despierto de golpe y quedo sentada sobre mi cama, mi cabeza da vueltas, siento que no he dormido nada, tomo mi celular sobre mi mesa de noche, número desconocido otra vez, sé que los únicos que llaman anónimamente son los de la revista, me suspendo de la cama y aclaro mi garganta para no sonar adormilada.

—Buenos días —digo al descolgar.

—¿Alexandra Carlin? —pregunta una voz de varón, ese es el tal David, estoy segura.

—Sí, ella habla —froto mis ojos, necesito dormir más.

—Genial, necesitamos que estés aquí en 30 minutos, el señor Anderson decidió adelantar su vuelo, nos acaban de avisar que está por llegar, no te conviene en tu primer día no estar presente.

¡Oh, por Dios! Miro el reloj y observo que faltan 40 minutos para las 6 a.m. ¿Es en serio?

—OK, ahí estaré —contesto, me levanto de un salto, ignorando el dolor punzante de mi cabeza corro hasta el baño y me ducho en menos de cinco minutos.

Me hubiese arreglado mejor, pero no tengo tiempo, un pantalón negro casi similar al del día de la entrevista que me encontré por ahí y unas plataformas que encontré a la vista, busco entre todo el desorden de mi armario solo un pantalón y sostén, tengo que encontrar algo formal, como siempre, todas las cosas se niegan a aparecer cuando más las necesitas.

Corro hasta la habitación de Natalie, quien está sobre la cama en una posición bastante incómoda con la cabeza colgada, alguien va a tener un tremendo dolor de cuello luego, lo primero que encuentro es una blusa blanca con vuelos medievales, pero muy mírame todo para mi gusto, mi sostén se veía completo, y como que, para conocer al anciano de tu jefe, mejor no. Por gracia u obra maestra de un ser supremo encuentro una blusa blanca de tiritas que funcionaría perfecto en el interior. ¡Estoy lista! Faltan 10 minutos y me peino en el ascensor, quise ir por un café, pero vi que no quedaba tiempo, llego justamente 3 minutos antes de la hora indicada.

Entro y todo el mundo corre de lado a lado. ¿Qué es esto? ¿Un simulacro en caso de terremotos? Camino sin dirección. ¿Adónde se supone que iré? ¿Dónde está el tal David? Llego a una sala que parece la cafetería, cuando estoy a punto de verter un poco de café dentro de una pequeña taza, el hombre rubio que me entrevistó la toma y la pone de regreso en la mesa. Me da unos papeles que parecen ser las reglas de la empresa.

—Son cosas que debes memorizar, por favor, sígueme para que conozcas al señor Anderson.

Salgo de aquella sala y mis piernas flaquean al ver todos aquellos papeles, son como 500 páginas, me quedo parada al lado del hombre rubio mirando con desconcierto el montón de palabras y siento que mi cabeza da mil vueltas, levanto la mirada y observo a todos los empleados con los nervios a flor de piel, debe ser el típico anciano gruñón, —*ahh, lo que me espera*— pienso, dirijo de nuevo mi vista a los papeles, por suerte traje mis lentes, miro el reloj y son las 6 en punto.

—Ahí está —exclama, mueve su cabeza en señal de saludo, sigo viendo los jodidos papeles. ¿Está aquí también entre las reglas «no respirar»?

—Guau, sí que es puntual —digo, aún sin levantar la mirada. ¿Para qué putas tantas reglas?

—Más de lo que se imagina, señorita —¡Ah! ¡Genial! *Y a mí que no me gusta madrugar.*

Alguien se para frente a nosotros y su aroma alerta mis fosas nasales, qué buen gusto tiene este anciano en fragancias, despego mi vista de los papeles y lo primero que veo son sus zapatillas, finas y relucientes, podría usarlas como espejo para poner mi labial. Saluda a David con un apretón de manos y escucho su voz, no suena a un anciano, inmediatamente subo la mirada a su rostro.

—Sr. Anderson, ella es Alexandra Carlin, su nueva secretaria.

Me quedo perpleja, sin palabras viendo a quien se supone que es mi jefe, es... ¡Maldita sea!... Simpático. Tiene cabello lacio y negro perfectamente peinado, sus ojos son tan azules, pero un azul oscuro y enigmático dignos de un cielo nocturno, tiene una mirada tan profunda que irradia poder y autoridad con solo verlo, sus cejas negras hacen aún más dramática su mirada, sus ojos no son muy grandes, tiene una perfecta nariz y labios rosados. ¿Cómo es posible? ¿Este hombre apuesto es mi jefe? No tiene ni treinta años puedo apostar, miro a todas las chicas que están cerca verlo y murmurar entre ellas, ahora entiendo por qué todas las chicas mueren por un trabajo acá, ese hombre tan atractivo es el dueño de la revista, no entiendo por qué todos corrían y actuaban como locos antes de su llegada, y luego lo entendí.

Fuerzo una sonrisa mientras saludo y extiendo mi mano hacia él, me mira a los ojos, da la vuelta y se va, me quedo ahí con la mano estrechada, mientras él comienza a decir miles de cosas y David camina tras él.

—Si es posible escribe todo lo que diga —me dice el rubio cuando se gira hacia mí—, si no haces una cosa considérate despedida —¿¡Qué!? Me da un lápiz y continúa su camino tras él a paso rápido, lo único a manos que tengo son las reglas de la empresa y ahí comienzo a escribir todo lo que escucho, habla demasiado rápido.

—Necesito los papeles arreglados hoy, contacta al tipo encargado del diseño de la nueva portada, necesito verlo hoy, llama al señor Clarkson para cancelar la reunión de mediodía, llama a Kevin y dile que necesito la sesión fotográfica para hoy —Clarkson, ahora Kevin, no sé ni quién es Kevin, conozco tres Kevin, un excompañero de la universidad, un vecino... ¡Alex! Concéntrate que te despiden. ¡Mierda! Me distraje por un segundo y no escuché qué fue lo último que dijo. ¡Jesús! No escuché lo último que dijo, mejor me despido yo sola.

Aclaro mi garganta y de manera cautelosa hago la pregunta que por instinto sé que no debería hacer.

—Disculpe, señor Anderson. ¿Puede repetir lo último que dijo? —él gira hacia mí al abrir la puerta de la que creo es su oficina, abre sus preciosos labios solo para mencionar 19 palabras, sí, las conté porque las dijo lentamente como si fuese alguna retrasada mental.

—¿Es en serio? Yo no repito dos veces, si no tienes todo eso para hoy mejor no regreses mañana.

¡Hijo de p...! *Alex, contrólate, es tu jefe*, necesitas el empleo, necesitas el empleo, necesitas el empleo.

—Lo último que dijo es que trajeras su café —David, el salvador, deberían ponerlo en una cruz.

—Gracias, en serio —digo, y me dispongo a correr lo más rápido que puedo hasta la bendita cafetería repitiéndome una y otra vez que necesito el empleo. Lo que hace uno por ser pobre.

—Al Sr. Anderson le gusta el café late sin azúcar —dice, la pelirroja del día de la entrevista, se voltea hacia mí revolviendo algo en una taza con una cucharita y esboza una amplia sonrisa.

—Gracias por el dato —¡Bendita mujer! Desde ya me cae bien.

Hago el café tal y como la chica pelirroja me lo dijo, me dirijo a su oficina y golpeo, «adelante», su voz tan fuerte y varonil que se escucha del otro lado, cómo odio esa voz, abro la puerta y ahí está con un señor mayor que sostiene una cámara, pongo el café en la mesa. El señor se despide cordialmente y sale de la oficina.

—Ya le dije a Kevin que preparara la sesión fotográfica, una cosa menos que tienes que hacer —estupendo, significa que ese es el fotógrafo.

Toma un sorbo de café e inmediatamente lo tira al suelo. Maldice.

¡Rayos!

—¿Qué diablos es esto? —me mira fijamente con cara de ira que intenta calmar al verme el rostro.

Santísimos seres divinos, llévenme ahora o mato a la chica pelirroja.

—Una pelirroja que estaba en la cafetería me dijo que así le gusta el café —estoy nerviosa, seguro me despiden por ese monstruo teñido, voy a matarla.

—¿La asistente de David? —pregunta y suelta un suspiro—. Dejaré pasar esto solo porque eres nueva, por favor, dile a David que venga, espero hagas el resto de tus tareas bien sin ser influida por alguien —dice esto último entre pausas y sonando sus uñas contra su escritorio, maldita sea.

Salgo de la oficina y al frente está la chica pelirroja, ella sonríe de la forma más triunfante posible, si mi trabajo no estuviera en juego la agarro de las greñas y la arrastro por todo el piso. Me dirijo a David, quien está parado casi enfrente leyendo unos papeles.

—El señor Anderson quiere verlo —este me mira incrédulo y sé que está a punto de preguntarme, *¿qué mierda hiciste...?*—. Pregúntele a su asistente —digo, antes de que pueda articular una palabra volviendo a ver a Andi con cara de desaprobación, me doy la vuelta y me retiro. Maldita pelirroja estúpida, ojalá se quede calva.

Mi día transcurre tan rápido por tantas cosas que hacer que hasta olvido respirar en algunos momentos, mucho más con Satanás Anderson presionándome y mandándome a hacer todo de nuevo si no está bien hecho. ¿A qué horas entré a este lugar? Ahora la idea de vivir debajo de un puente suena genial en mi cabeza, ser indigente, pero feliz.

Regreso a casa a eso de las 7 p.m., luego de terminar todas mis tareas del día, no se me ocurrió nada más que quejarme con Natalie.

—Es lo peor, es la persona más desagradable del mundo, no lo soporto, voy a renunciar —camino de un lado a otro en la sala de nuestro departamento con desesperación.

—Alex, no vas a renunciar en tu primer día de trabajo, recuerda que es una revista de prestigio, cualquier chica mataría por tener tu puesto. Y, ¿es cierto que es apuesto? —los ojos castaños de Natalie brillan mientras agrega azúcar a una tacita de té.

—Bueno, sí —me detengo unos momentos para verla, no voy a mentir está más bueno que el pan de doña Silvia del piso de abajo—, pero luego de ver reflejado a Hitler en él cualquier belleza física es borrada. ¿Cómo es que es el dueño de esa revista? No me imagino a alguien de unos veintisiete años dirigiendo una empresa y siendo el temblor de todos los trabajadores —Natalie se sienta en el sillón con su típica pose de piernas cruzadas.

—Tengo entendido que tiene veinticinco —¿qué? ¿Veinticinco?—. Es el hijo mayor del fundador de la revista, dijo en una revista para el canal que trabajo que se retiraba porque quería pasar tiempo de calidad con su esposa y dejaría a cargo a su hijo mayor —toma un sorbo de su té y sigue revolviéndolo con la cucharita—. Esa persona desagradable para la que trabajas hizo crecer mucho más la revista en dos años a cargo, antes no era ni la mitad de lo que es ahora, y lo creas o no es el dueño de la mitad de Nueva York, tiene acciones en la mayoría de las empresas de esta ciudad, y no solo acá, también a nivel mundial, prácticamente es un genio para los negocios.

Me quedo sin palabras por unos instantes frunciendo el espacio entre mi entrecejo.

—Con razón actúa como el dueño del universo —maldito desgraciado—. Ah, y fracasé desde mi primer día, una estúpida chica me quiere hacer la vida imposible.

Natalie me mira y sonríe.

—Yo en tu lugar la arrastro hasta un callejón sin que nadie se dé cuenta.

Río a carcajadas, Natalie es única para aconsejar, al menos me hizo olvidar la desgracia que es mi vida en estos momentos.

—Tienes razón, no lo había pensado —añado, caminando hacia mi cuarto. Tengo que dormir, no sé qué mierda me espera mañana.

El último mes de mi vida ha sido el más estresante, no me da tiempo ni de socializar, no sé ni con quienes trabajo, ya hasta estoy aprendiendo mi rutina de memoria, gracias a Dios no me ha tocado lidiar con la chica pelirroja estúpida, esta semana ha sido más relajada, ya que Satanás está de viaje.

Estoy en lo más profundo de mi quinto sueño, mi celular suena exactamente a las 5 y 55 a.m. Me levanto de golpe quedando sentada sobre el colchón de mi cama, desorientada busco mi teléfono celular entre mis sábanas, con mis ojos entrecerrados observo que es... ¿David?

—*El Sr. Anderson está llegando a la oficina. ¿Dónde estás?* —dice de inmediato, ni siquiera me deja hablar, su tono reñido me molesta, voy a decir una grosería cuando recuerdo que es el gerente general y mejor amigo de Satanás, mejor me calmo, suspiro.

—Nadie me avisó de estar antes de mi hora de trabajo —digo con voz apacible, esto no puede ser verdad.

—*¿Qué? Ya sabes que cuando está de viaje, le gusta llegar a las 6 de la mañana a la empresa, sabías que él volvía hoy.*

—Yo no... —cuelga la llamada, todos en esa empresa son unos hijos de puta. Hoy seré despedida, y lo peor, es que yo misma haré mi carta de despido.

Llego a la empresa lo más rápido que puedo, medio me maquillo en el elevador para que no se note que me había despertado hace 15 minutos, por suerte vivo bastante cerca. Llego a la oficina esperando el sermón del día y por algún motivo Satanás no está.

—*Tienes suerte* —replica David detrás de mí mientras miro alrededor poniendo mi bolso en mi escritorio—, *salió a desayunar con su padre. Puedes esperar tu jornada de trabajo.*

Me había levantado casi a la carrera para estar aquí en 15 minutos y resulta que el todopoderoso no está y ahora debía esperar que mi jornada comenzara. ¡Esperar dos horas! ¡Que pude aprovechar durmiendo! ¡Durmiendo! Miro a David con mi cara menos amable posible mientras este se retira y se pierde por el pasillo que lleva a su oficina. Estos de esta empresa están locos, todos.

No tengo tareas aún porque Oliver aún no regresa, ya son las 8 y 30. ¿Tan importante será la plática con su padre? Me estoy quedando dormida con la cabeza sobre mi escritorio cuando escucho murmullos y sonidos, abro mis ojos y observo que todos están corriendo de un lado a otro, arreglando papeles, limpiando escritorios, al tal señor Anderson le gusta todo impecable, esa es la razón por la que todos corren cuando él se acerca. Me asomo a través del vidrio de la oficina y sí, es él llegando, al lado suyo está un señor mayor, de su misma altura, muy parecido a Oliver de hecho, solo con unas pocas arrugas y en su cabello ya se asoman algunas canas, supongo que es su padre, pasan de largo y entran a su oficina, seguidos de David, luego de unos minutos el señor se retira.

Por algún motivo Oliver hoy no está tan demandante, está más bien pensativo y retraído, no le importó mucho el color de la portada, ni cómo sería la edición de las fotografías en la reunión, Kevin, el fotógrafo, explica cómo será la nueva portada y a este no parece importarle, mira a Kevin, pero sé que no lo ve a él, sino que ve más allá de él. ¿Será que algo no está bien con la empresa? No lo sé y no puedo preguntar, él odia las preguntas.

Golpeo la puerta de su oficina, «adelante» contesta con esa voz ronca e intimidante.

—Señor Anderson, llamó el señor Christopher Dupreé para una reunión de hoy y...

—Cancela la reunión —interrumpe, ni siquiera me deja terminar la oración.

Me retiro y cancelo la reunión tal y como él ha ordenado, algo no está bien aquí y se puede notar.

Ese día regreso temprano a casa, por primera vez en mucho tiempo, que ya no sabía qué es volver a tu casa y ver películas mientras comes palomitas de maíz, Natalie regresa unas cuantas horas después, con ella está Dereck, quien viene acomodando su cabello largo en una coleta, ni siquiera saluda al entrar, pasa directo al refrigerador y toma un yogur, que es mío, lo observo con mis ojos entrecerrados.

—¿Era tuyo? —menciona con la boca llena, recargándose en la puerta del refrigerador.

—Sí, lo era —digo, en ese preciso momento escupe lo que tenía en la boca de regreso al envase y le pone su respectiva tapa.

—Lo siento —enuncia, guardándolo en el refrigerador nuevamente, suspiro para no perder la calma mientras él camina hacia la habitación de Natalie, me levanto conteniendo mis ganas de matarlo, voy hasta el refrigerador y tiro el yogur a la basura. ¿Por qué, Dios, no me diste el poder sobrenatural de torturar con la mente al estilo Jane Vulturi?

—Alex, ¿vienes con nosotros? —pregunta Natalie, tomando su bolso, la miro con mi entrecejo fruncido, a mí no me agrada la compañía de Dereck.

Pero al final, como siempre, me convenció, es un bar demasiado lujoso para mi gusto, pero bueno, Dereck está invitando, al menos así me paga mi yogur. Al llegar al bar nos sentamos en la barra, ellos comienzan a tomar unos tragos, yo también tomo algunos porque ya estoy aburrida, luego recuerdo que tengo que trabajar mañana así que me detengo, la música está muy alta, Dereck y Natalie se van a bailar y yo me quedo sola, como siempre, tal vez sí necesito un novio, aunque sea para de vez en cuando.

La música me está comenzando a aturdir, salgo de aquel bar a tomar aire fresco, me recargo sobre un pilar viendo al exterior cuando una silueta saliendo de aquel sitio llama mi atención, enfoco mejor y para mi sorpresa, Satanás va saliendo de aquel lugar, mi jefe, ¿saliendo de un bar? Está tomado y apenas puede sostenerse cuando torpemente comienza a tocar la alarma de su auto apuntando en todas las direcciones, un vehículo suena y él comienza a caminar en esa dirección, se sostiene de una banca y toma lugar sosteniendo su cabeza con ambas manos con los codos sobre sus rodillas, me acerco a él, espero no arrepentirme de esto, pero no puede conducir en ese estado.

—Hola, Sr. Anderson... —me acerco lentamente—. ¿Se encuentra bien?

De inmediato lleva su vista en mi dirección, clavando esa inescrutable mirada en mí.

—¿Señorita Carlin? ¿Qué hace aquí? —sus ojos me escudriñan de pies a cabeza. ¿Qué? ¿Acaso yo no puedo salir a un bar?

—Salí con unos amigos, si quiere le ayudo a llamar un taxi —me quiero portar lo más amable posible, no quiero que me despida por meterme en su vida, quedaré como una chismosa, eso no se vería bien en mi currículum.

—No, gracias, estoy bien. Solo vete —quita su mirada de mí para ver hacia un auto frente a nosotros, la misma mirada desorientada de la reunión que mira algo con interés, pero en realidad está pensando.

—¿Sucede algo? ¿Hay algo malo con la empresa? —me abrazo a mí misma por el frío, tal vez necesitaba un abrigo más grueso.

—No hay nada de malo con la empresa —suspira, viendo al frente—, lo malo es con mi padre, él siempre está esperando de mí algo que no puedo ser, y ahora por eso puedo perder la presidencia, algo que a mí me ha costado. ¿Alguna vez te han arrebatado algo que te haya costado a ti?

—Bueno... —me siento al lado suyo—, muchas veces, creo que así son todos los padres, esperan de nosotros algo que no somos.

—Es que esto es diferente —levanta su voz con un tono reñido, a cierto grado que alguien más pueda escuchar, miro a mi alrededor, por suerte no hay nadie cerca—. Quiere que todo sea como él dice, he hecho lo mejor para esta empresa y él solo juzga mi forma de ser. Siempre está diciéndome que mi hermano piensa mejor que yo y que le dará la presidencia a él. Él ni siquiera sabe qué es luchar por algo... Dime... ¿Qué tiene que ver sentar cabeza con dirigir una empresa?

—Bue... Bueno —balbuceo. ¿Qué tal si contesto algo que no le agrade y me despida?—, muchos creen que sentar cabeza es para personas responsables.

Dicho esto, Satanás no puede contener el vómito, y se desmaya. ¡Oh, por Dios! No sé qué hacer, no hay nadie alrededor para pedir auxilio, no me puedo regresar y decirle a Natalie porque tendría que dejarlo solo, no hay ni un taxi cerca. Lo primero que se me ocurre es tomar las llaves de su auto, comienzo a tocar el botoncito de la alarma, y sí, ahí está, su auto, es nada más que un Porsche, yo nunca he conducido un Porsche, y si lo estrello ni prostituyéndome un año lo pago, tengo que ir con cuidado.

No puedo levantar a Oliver, es muy pesado, por suerte un guardia de seguridad va pasando cerca y al ver mi lucha por levantar a Oliver, muy amablemente se acerca.

—¿Es su novio? —pregunta, llevando sus manos a su cintura y me mira con intriga.

—¡Jesucristo! ¡No! Apenas nos estamos conociendo, ¿y ya me está dando bromas señor guardia de seguridad? —resoplo, él arquea sus labios en una sonrisa y me ayuda con Oliver—. Es mi jefe —digo, mientras camino tras él hasta el jodidamente caro Porsche.

El señor robusto voltea y me mira frunciendo su entrecejo.

—Entonces, ¿está secuestrando a su jefe? ¿Lo hará su esclavo sexual? —gesticula una sonrisa traviesa y yo como que me ahogo con mi propia saliva.

—Y sigue con sus bromas pesadas —bufo, siguiendo mi caminata hasta el Porsche.

—He leído cientos de historias con jefes y jovencitas, todas terminan bien —me guiña un ojo.

¡Ahhh! Ruedo mis ojos exasperada. Él ríe, deja a Oliver en el auto y luego se dirige a mí.

—Luego las azotan y les dan nalgadas si se portan mal —me detengo en seco frunciendo mi entrecejo—. Le recuerdo que aquí hay cámaras, si el señor no aparece mañana ya sabré cuál fue su fin —guiña un ojo y se retira, miro alrededor, si acaso Satanás no aparece mañana la primera sospechosa seré yo y el señor guardia de seguridad dirá que yo lo tengo como esclavo sexual. *¡Estupendo!* O que me están azotando en algún lugar extraño.

Subo del lado del conductor, este auto es el cielo en autos, mis ojos brillan, ah y tiene GPS, está programado para llevarlo a su casa, algo me dice que el señor Anderson se emborracha con frecuencia. Por suerte su casa no está muy lejos, conduzco conforme la pequeña pantalla me indica, no me sorprende en nada el vecindario de niños ricos al que acabamos de entrar, observo por el parabrisas del auto que se está dirigiendo a una enorme casa. ¿Por qué tener una enorme casa para vivir solo? Bueno, por lo que ha dicho hoy estoy segura de que no tiene una pareja estable y supongo que debe vivir solo.

Al llegar, observo el enorme portón principal y a un costado hay un hombre uniformado que al ver llegar el auto frunce su entrecejo, me bajo para saber cómo se abre esta cosa y de inmediato sus ojos me enfocan y camina hacia mí a paso rápido, tocando algo en su cadera, y yo ya puedo estar segura de qué es, por instinto, subo mis manos y él me apunta con un arma, no puedo ni gritar cuando escucho una mujer que viene gritando cruzando la calle.

—¡Oye, tú! ¿Qué estás haciendo? ¿Quién eres? —vuelve a ver al auto y mira a Oliver dentro con los ojos cerrados—. ¿Qué le hiciste a mi muchacho?

¿Es en serio? ¿Creen que si yo le hubiese hecho algo lo trajera a su casa? ¡Por Dios!

—L... Lo siento —balbuceo y trago saliva—, soy Alexandra Carlin, secretaria del señor Anderson, estaba muy tomado y lo traje a su casa antes de que alguien lo vea en ese estado y sea noticia —estoy nerviosa, terminaré con una bala en la frente y atacada por esta mujer, doy un paso hacia atrás para alejarme de ella y choco contra la enorme puerta de hierro.

—Muéstreme su identificación, licencia de conducir y también identificación de la revista *Anderson* —menciona el hombre alto con el arma, hago lo que me dice. ¿A qué horas traje a este hombre a su casa? Siempre que intento hacer cosas buenas me pasan cosas raras—. Alexandra Jane Carlin, sí, es ella —menciona, bajando el arma y guardándola en su bolsillo. La señora sonríe ampliamente.

—Es un placer niña Alexandra —¿niña Alexandra?—. Gracias a Dios que lo encontró y lo trajo acá, yo soy Rosa, ama de llaves del señor Oliver.

¡Ah! ¡Ahora ambos me sonríen! ¿En serio?

—¿Saben qué? Yo mejor me voy. Si Sat... Digo, el señor Anderson pregunta cómo llegó aquí no digan que yo lo traje —acomodo mi cazadora y comienzo a caminar.

—¡Oh! ¿Pero por qué? —la señora llama mi atención—. Él estará muy agradecido. Es una persona muy buena, de hecho, me compró la casa de al frente, para que no tuviera que estar viajando todos los días y pudiese vivir con mi familia.

Oh, al parecer el señor Oliver Anderson tiene un corazón, pero no con todos, sé cómo sería si sabe que lo vi en ese estado, iré preparando mi carta de despido por si acaso.

—Prefiero que no lo sepa niña Rosa, gracias, debo irme, mi amiga me espera.

—¿La llevo señorita Carlin? —pregunta el hombre moreno, al menos su arma ya no me está apuntando en la frente, niego con mi cabeza. ¿En serio cree que dejaré que un hombre que me acaba de apuntar con un arma me lleve a casa? Sí, claro.

—No, gracias, fue un placer conocerlos —la verdad no, dicho esto salgo corriendo y por suerte un taxi va pasando al frente. Subo y llamo a Natalie al ver que tengo 10 llamadas perdidas de ella.

—Alex, te he buscado por todas partes. ¿Dónde estás? —apenas la escucho, la música del otro lado está muy alta.

—Casi me matan Natal...

—La música está muy fuerte —interrumpe—, no te escucho, me quedaré en casa de Dereck esta noche, te veo mañana.

Qué linda, apareceré muerta algún día y a ella no le importa.

Cuelga la llamada, aún no me recupero del *shock* y tengo que dormir sola, guardo mi celular en mi bolsillo y doy la dirección de mi casa al taxista, ya que pensaba volver a la fiesta, pero creo que con ese susto mejor me voy a dormir. Espero no volver a tener que traerlo nunca a su casa otra vez.

❨ Capítulo 4 ❩

Llego a mi jornada laboral normal, y sí, al parecer Oliver no recuerda nada, no menciona nada y sigue actuando demandante y crítico como siempre. Desde que observan que va entrando a la empresa todo el mundo empieza a correr por todos lados, nunca me acostumbré a correr por la oficina cuando él llega, solo estoy esperándolo con su taza de café para recibir las cinco mil órdenes del día, igual hoy. A medida que pasan los días mis obligaciones son aún mayores y me da cargos de más confianza como los de David cuando él no está; mientras hago el informe semanal un David perfectamente peinado, ajustando su saco gris de rayas negras se acerca a mí.

—El Sr. Anderson quiere verte, ahora mismo —¿ah? Maldición, esas palabras me estremecen. ¡Por Dios! ¿Qué habré hecho mal? ¿Va a despedirme? Cierro la portátil mientras David se retira y camina hacia el ascensor. Tomo mi libreta de apuntes y con los nervios de punta camino hacia su oficina a paso firme mientras acomodo mi saco color negro. Mis tacones suenan y siento que estoy caminando un kilómetro, siento mis piernas de gelatina y mis manos están frías. De seguro tiene que ver con el informe de ayer que no logré terminar.

Aclaro mi garganta para no sonar nerviosa, golpeo la puerta mientras seco el sudor de mis manos causado por el nerviosismo en mi pantalón blanco, «adelante» dice desde adentro, con esa voz varonil. Abro la puerta y entro, él como siempre impecable, ni siquiera un cabello de su cabeza fuera de lugar, se había quitado el saco gris y está reposando sobre el espaldar de su silla, lleva una camisa blanca y una corbata a rayas con tonalidades grises y marrones, su chaleco gris se ajusta perfectamente a su torso.

—David dijo que quería verme —digo, mientras camino hacia un pequeño sillón frente a su escritorio, la oficina de Satanás Anderson es la que tiene mejor vista de todas las oficinas de este lugar.

—Así es, por favor, toma asiento —contesta, despegando la mirada del monitor para ponerla sobre mí en estos momentos.

Creo que mi nerviosismo es más que notable, incluso mi libreta de apuntes cae de mis manos y me inclino a recogerla, ahora mis lentes se deslizan de mi bolsillo y caen al suelo, ¡demonios! Los tomo rápidamente, ruego de todo corazón que no se hayan dañado. Me siento en el pequeño sillón, espero ahora no caerme yo de aquí.

Acomodo mi cabello que ha quedado en mi cara luego de inclinarme a recoger la libreta y los lentes, lo llevo detrás de mis orejas y me cruzo de piernas mientras espero las razones por las cuales seré despedida.

—Recuerdo lo del día del bar, gracias por llevarme a casa, pero sabes, nunca he dejado que nadie conduzca mi Porsche —vuelve su mirada a su computador y comienza a teclear.

Ya habían pasado tres semanas desde ese acontecimiento. ¿Ese va a ser el motivo para despedirme? ¿Tres semanas después? No he terminado el informe de ayer y el motivo de mi despedida será por conducir un auto.

—Ah, bueno —mi voz comienza a tiritar—, no había ningún taxi cerca y obviamente no podía llevarlo en brazos a buscar uno. Lo lamento mucho. ¿Es esa la razón por la que me va a despedir? Solo hice algo que cualquier persona haría que mirara a otro en ese estado, de no ser así, usted tal vez estaría en las noticias en estos momentos, eso no es un argumento válido para despedirme, siempre se debe ayudar el prójimo —hablo muy rápido y sin respirar, comienzo a sentirme cansada.

—¡Alexandra! —exclama, con una voz bastante calma.

—O... ¿Qué tal si lo hubiesen violado unos vagabundos? —lo miro con sorpresa, solo intento salvar mi trabajo. Él me observa, con su entrecejo fruncido, se recuesta sobre el espaldar de su silla giratoria y me mira fijamente.

—Entonces... ¿Crees que debo agradecerte? —enarca una ceja—. Y no te voy a despedir, ¿de dónde sacas eso?

—Es el trauma de redactar tantas cartas de despedido —eso explica muchas cosas, intento ver en otra dirección en la oficina y me percato de que hay una planta, algo, finalmente, que no es gris aquí. Vuelvo mi mirada a él y me está viendo con lo que creo que es una media sonrisa en sus labios.

—Solo necesito hablar algo serio contigo —dice—. Puedo confiar en ti, ¿cierto?

Eso me deja un poco desconcertada, claro que puede confiar en mí, pero... ¿para qué? ¡Rayos! ¿En qué me he metido? No, no iré a investigar a ninguna amante, ni tragaré drogas para pasar por un aeropuerto. ¡No! Tampoco participaré en algún acto ilícito de lavado de dinero y tampoco iré a matar a alguien.

—¿Alex? —pregunta viéndome a los ojos al ver que no obtiene una respuesta de mi parte, se mira tan cómodo recostado en esa enorme silla de cuero giratoria.

—Lo siento —digo, aclarando mi garganta—, dígame, señor Anderson, ¿en qué le puedo ayudar? —no puedo evitar sentirme nerviosa, yo no iré a la cárcel.

—Sinceramente, eres una de las pocas personas en quien confiaría algo —continúa tecleando en su computador, no puedo evitar ver que se mira tan interesante hablando y haciendo lo que sea que está haciendo al mismo tiempo y caigo a la realidad.

¡Oh, por Dios! Esto tiene que ver con drogas. Con razón tiene tan grande imperio con solo veinticinco años.

Un silencio incómodo mientras me mira a los ojos.

—¿Serías mi esposa?

(Capítulo 5)

¿**A**h?

¿Qué se supone que debo contestar?

¿A qué se refiere?

¿Que si lo miro como una persona para ser mi esposo?

La verdad no, es muy demandante y sé que tendría que soportarlo, pero no le puedo decir eso, me despediría... O... Tal vez está practicando para decírselo a alguien, pero ¿quién? ¿Quién aceptaría casarse con Hitler Anderson?

—¿Por qué la pregunta? ¿Se refiere a que cómo sería como esposo? —pregunto, ojalá sea eso Señor Jesús, esos demandantes ojos azul oscuro me escudriñan y ya como que me estoy poniendo nerviosa.

—No, quiero que te cases conmigo —dice, mientras apoya sus codos sobre el enorme escritorio de vidrio y mármol, sus suaves y delicados dedos se entrelazan y ahora me mira más fijamente.

Suelto una carcajada, esto debe ser alguna broma. ¿Yo casarme con Oliver Anderson? ¡Claro! Y de paso tengamos 10 hijos y cuando muramos que nos entierren juntos y que nuestra lápida diga «AQUÍ YACE UNA FELIZ PAREJA».

—Y así nada más... ¿Sin un café? ¿Sin una cena romántica? ¿Sin la música del *Titanic* de fondo? —me mofo entre risas, me relajo un poco sobre el espaldar del sillón blanco en el que estoy sentada—. Buena broma, señor Anderson —digo, abriendo mi libreta y comenzando a hacer garabatos sobre los apuntes antiguos.

—No es broma —habla luego de unos segundos, con voz apacible, levanto la mirada y su rostro muestra una extrema seriedad, me mira más intensamente, con su vista clavada en la mía—. Escucha, le dije a mi padre que me había casado.

Frunzo mi entrecejo. ¿Y qué tengo que ver yo con sus mentiras? ¡No! ¡Que no haya dicho que conmigo, por favor, Ser Supremo de las alturas!

—¿Y no es cierto? —intento sonar calmada, cuando mi mente está dando mil vueltas y quiero tirarme por ese ventanal.

—¡Por supuesto que no! —ríe—. Yo, ¿casado?

¡Claro! ¡Pero prefiere pedírselo a una desconocida!

—En fin, ese es el punto, necesito una esposa —continúa—, no se me ocurrió nada mejor que eso, todo el tiempo está hablando de mi hermano y que contrajo matrimonio el año pasado y bla, bla, bla. Mañana estará con mi madre y mi hermano en la ciudad y quiere que cenemos todos juntos. Y tú serías la esposa perfecta.

¿Yo? ¿La esposa perfecta? ¡Claro! ¡Yo y todo el tiradero en mi cuarto! ¡Caras vemos, cuartos no sabemos!

—Bien, quiero aclarar esto de una vez señor Anderson —aclaro mi garganta para sonar interesante—. ¿Me está pidiendo pretender ser su esposa para cenar con su familia?

—No exactamente —se levanta de su lugar y comienza a caminar con lentitud rodeando el escritorio—. Te estoy pidiendo que te cases conmigo, ya que mi padre no creyó mucho y quiere ver el acta matrimonial.

¿¡Ah!? ¿Sabe qué, señor Anderson? Mejor mándeme a vender drogas.

Se para enfrente de mí con su porte erguido y varonil, se acerca a mi rostro mientras se recarga con sus manos en ambos lados del sillón en el que estoy sentada.

—Alexandra —puedo sentir cómo su aliento a menta fresca invade lentamente mis fosas nasales—, solo es para la cena de mis padres, luego nuestras vidas continúan, duplicaré tu salario.

Abro mis ojos como platos. ¿Qué es lo que me está pidiendo? No me vería casada con él ni en sueños, pero igual sería como un favor o un trabajo, recibí clases de actuación en la secundaria, puedo hacer esto y... lo de «duplicaré tu salario» resuena en mi cabeza y suena mejor que vender drogas.

—Yo no lo sé, es que... —balbuceo—. ¿Qué tal si ellos me ven en esta empresa algún día?

—Eso no es problema, mis padres trabajaron juntos en esta empresa, mi hermano trabaja junto a su esposa en la imprenta, tú trabajas aquí conmigo —dice todo esto mientras se separa de mí y comienza a caminar hacia su enorme silla llevando sus manos a los bolsillos de su pantalón gris que se le ve más que bien, no puedo evitar ver ese prominente trasero, quiero apretarlo. ¿Dónde firmo?—. Es perfecto —agrega y voltea hacia mí, espero que no se haya percatado de donde mis ojos estaban puestos. Iré a la iglesia a confesar mis pecados.

Padrecito..., he pecado..., miré el trasero de mi jefe y me dieron ganas de apretarlo.

¡Dios mío! Hasta suenan como rimas.

Salgo de mis pensamientos antes de que suelte una carcajada.

—¿Pero por qué no la pelirroja? ¿O cualquier otra chica de acá? —interrogo, intentando sonar indiferente y continúo con los garabatos en mi libreta.

Se sienta en su enorme silla giratoria y levanto la mirada nuevamente.

—¿Quién? ¿Andi? —ríe—. Mi madre odiaría a Andi con solo verla y no puedo arriesgarme a pedirle esto a cualquiera porque pueden vender la noticia a los medios. Además, conozco a mi madre y tú le agradarías.

¿Eso fue un cumplido?

—No lo sé... —miro hacia algún punto de la oficina pensando mi respuesta.

—Está bien, triplicaré tu salario —menciona, sin quitarme esa mirada de encima.

¡GUAU! Si sigo en negación llegaré al «quintuplicaré tu salario» o a que me despidan.

—¿Por cuánto tiempo se supone que estaríamos casados? —pregunto, y continúo como si lo que me está pidiendo es algo muy normal, aunque... salario triplicado y esposo con buen trasero no es muy normal.

—Seis meses mínimo, luego diré que nos separaremos por agendas apretadas o algo más, no lo sé, pero ya se me ocurrirá algo sin que alguno de los dos salga perjudicado.

—¿Y qué más cosas debo saber? ¿Tendré que vivir con usted? ¿Qué más requisitos habría que cumplir como su esposa? —enarco una ceja, tengo que saber. ¿Qué tal si se quiere aprovechar de la situación? O si yo algún día llego a aprovecharme de la situación y pongo mi mano donde no debo mientras él duerme.

Me mira a los ojos y sonríe, una amplia sonrisa, bueno, yo no estoy dispuesta a hacer más cosas con él, aunque esté buenote, es mi jefe, ¡por Dios!

—Solo la cena con mis padres —contesta—, luego cada quien continúa su vida normal hasta que se cumpla el tiempo, y sin vivir juntos. Míralo así como un negocio ganar-ganar. Yo me quedo con la presidencia y tú con un trabajo bien pagado.

—Y... ¿continuaré trabajando aquí cuando nos divorciemos? —esta es la pregunta más importante para mí.

—Por supuesto, no veo ningún problema, es más, sería como un acto «maduro» trabajar juntos sin estar involucrados —dice y apoya nuevamente sus codos en el escritorio.

—Y... ¿qué pasa si no acepto? —Oliver clava su azul mirada intrigante en la mía, su gesto se torna serio, sé que está desesperado—. Está bien, lo haré —contesto, finalmente, ¿para qué hacer más largo esto? No quiero ir a preparar mi carta de despido.

—¡Genial! Pero nadie de acá se puede dar cuenta, ¿de acuerdo? —menciona, poniéndose de pie y suelto una risa sarcástica.

—Como si me diera tiempo para tener amigos en este lugar —resoplo, él me observa con sus cejas arqueadas y me extiende algo que tomo con curiosidad.

—Cómprate algo para la cena con mis padres —observo lo que me ha entregado y es SU tarjeta platino.

¿Cómo? No, no, no...

—Es de crédito ilimitado, cómprate lo que quieras.

—Oh, no, no puedo... —digo balbuceando, yo puedo comprarme mi propia ropa.

—Regresaré en unas cuantas horas, tengo que conseguir un abogado —toma su saco y lo pone en su antebrazo.

—Oliver... Digo, Sat... —aclaro mi garganta—. Señor Anderson.

Sale de la oficina rápidamente sin prestarme atención. ¿En qué me estoy metiendo? Salgo tras él, tengo que ver esa parte trasera otra vez para cerciorarme si vale la pena, y sí, sí que vale la pena. ¡Joder! Sí, definitivamente, me caso con Satanás Anderson.

(Capítulo 6)

Oliver llama a las 3 p.m., para darme la dirección del lugar donde nos casaríamos, nunca pensé en tener una boda y tampoco jamás pensé que me casaría con la misma ropa que fui al trabajo. Llego y Oliver está con David en una banca en el despacho jurídico, no sé qué tendrá que ver David, pero luego recuerdo que sin él Oliver no hace nada, entramos al lugar y el abogado está hablando por teléfono, Oliver me da una cajita de terciopelo azul, frunzo el ceño y la abro rápidamente, es el anillo de compromiso, es imposible no abrir los ojos como platos viendo algo así, tiene un diamante rojo en el centro y el oro blanco resplandece, esto debió costar una fortuna, lo pongo en mi dedo anular y una voz bastante rasposa me saca de mis pensamientos.

—Amo las historias de amor, de jóvenes personas que se casan sin pensarlo mucho —expresa el abogado, mientras alista los papeles y nos ubica a ambos frente a él, es lógico que no sabe nada, o es tan sarcástico como yo.

Estoy hecha un manojo de nervios y paso mi peso de un pie a otro, quiero que esto se termine ya, al menos no me pidió casarnos por la iglesia porque eso si hubiese sido incómodo. Yo, con velo y corona, con este traje, suelto una risa y todos me miran con intriga.

—Lo siento —aclaro mi garganta—, es la emoción —el abogado sonríe ampliamente y Oliver me mira con su entrecejo fruncido, me encojo de hombros y procedo a ubicarme en el lugar que el señor bigotudo me indica.

Luego del sermón del abogado, firmo los papeles, parpadeo una y otra vez esperando que esto sea un mal sueño, pero no lo es, definitivamente, es la realidad, y Oliver Anderson, el hombre más rico de Nueva York está firmando papeles junto conmigo (sí, más rico en el otro sentido). Ni siquiera puedo disfrutar este momento como todas las personas cuando, normalmente, se casan. Pone el anillo de matrimonio en mi dedo anular y yo hago lo mismo con el anillo que le corresponde, miro mi anillo una y otra vez, de oro blanco de 18 k, cubierto de diamantes, con estos dos anillos estoy segura de que ya me compro una casa. Me los quedaré cuando me divorcie, el contrato no dice nada de que los tengo que devolver.

—Y bien, ya puede besar a la novia —el abogado sonríe.

¿Besarme?

Me volteo hacia Oliver y él me mira, rápidamente pone sus labios sobre los míos, y el abogado empieza a aplaudir. Pobre señor engañado.

Llego a casa, Natalie ya está esperándome, me mira y observa mi anillo de matrimonio. ¡Claro! Un día te vas a trabajar y vuelves casada con tu jefe, *sip*, algo muy normal en la vida de todas.

Comienzo a contarle lo que sucedió, no puedo mentirle, vivimos juntas, así que me siento con ella por media hora a hablar lo que ni siquiera yo puedo digerir.

—¡¡¡¡¡Oh, por Dios!!!!! —salta de emoción del sillón donde está sentada—. ¡Te acabas de casar con Oliver Anderson!

—Natalie, ¿estás entendiendo la historia? Me divorciaré en seis meses, no puedes comentarle a nadie.

—¡Por supuesto que no! Pero vamos chica, qué sabremos que pase después —dice, acercándose a mí y golpeando mi brazo con su codo con una sonrisa pícara, ruedo mis ojos exasperada.

—No, esto es algo así como un negocio, yo soy su esposa y él me paga, oye, necesito tu ayuda para arreglarme para la cena con su familia, por cierto, me dio su tarjeta de crédito ilimitada —salta más de la emoción y suelta un chillido, me va a dejar sorda, tapo mis oídos por instinto con ambas manos, el día siguiente consigo solo trabajar medio día para arreglarme, Oliver me deja faltar al trabajo ese día, ya que David sabe lo que estaba pasando le encargó mis tareas de hoy a Andi, pobre chica. No, la verdad no. Que la torture.

Me doy el gusto por primera vez en mucho tiempo de despertarme a las 10 a.m., me levanto de la cama y me voy directo a la ducha luego de unos cinco minutos, justo a las 12 Natalie llega y nos vamos de compras, odio esta parte.

Me pruebo muchos vestidos, Natalie siempre acostumbra vestir muy sexi, pero no es mi estilo y tampoco creo que sea el estilo que deba vestir la esposa de un hombre millonario, nos decidimos por un vestido negro de un solo hombro, ajustado al cuerpo, un poco arriba de la rodilla, al menos se mira decente.

Visitamos tiendas de zapatos, de joyas, Natalie escoge todo a la perfección, yo ya estoy aturdida, andar de compras no es algo que me guste hacer, ya teniendo todo lo que necesito nos dirigimos al auto cuando Natalie me toma de la mano y a jalones me dirige hacia un lugar, por un momento la sigo desorientada cuando mis ojos enfocan una tienda de lencería exótica. ¡No puede ser!

—¿Qué? ¡Natalie! Es solo una cena —exclamo, casi hiperventilando por esa carrera de una cuadra.

—También necesitas ropa interior que no se note con ese vestido, además, no sabes qué pasará después de esa cena —me guiña un ojo y yo la observo con toda la seriedad que mi rostro ha podido recoger.

—¡Nada! ¡No pasará nada! —en serio que esta chica no se compone.

Natalie sonríe, pero igual se da el gusto de comprarme lencería, espero que Oliver no revise las compras que hemos hecho, qué vergüenza. Para Natalie todo esto es igual como cuando llevas a un niño a Disneylandia por primera vez. Regresamos a casa justo 4 horas antes de que Oliver pasara por mí.

Natalie es perfecta para maquillar, ¿quién necesita salón si tiene a Natalie? Es como tener a un profesional maquillándome y arreglando mi cabello, hace resaltar más el verde de mis ojos y mi cabello, al menos, se ve domando. La lencería que Natalie compró realza mis pechos, esto es demasiado para mí, mientras me miro al espejo con mi entrecejo fruncido escucho el timbre sonar, supongo que Oliver ya ha llegado.

(Capítulo 7)

Natalie sale corriendo a abrir la puerta, apenas puedo escuchar lo que dice mientras me pongo los zapatos.

—¡Hola! Supongo que eres Oliver Anderson, soy Natalie, mejor amiga, compañera de cuarto, compañera de tragos, maquillista, sexóloga...

—¡Natalie! —riño. ¡Joder!

—De Alex —agrega, sin ponerme atención.

—Bueno, es un placer, Natalie, mejor amiga, compañera de cuarto, compañera de tragos...

¡*Seee*! ¡Para este tipo de cosas el jefecito sí se presta!

—¡Ya! —digo, saliendo de la habitación. Natalie voltea a verme y Oliver me observa por sobre su cabeza, hago un esfuerzo sobrehumano para caminar con *glamour* sin tropezar en la alfombra porque ya me ha pasado, Natalie se aparta de la puerta y esbozo una sonrisa a Oliver que ni siquiera contesta por estarme revisando de pies a cabeza, de inmediato sus ojos se encuentran con los míos, se ve impecable en un perfecto traje negro de algún diseñador que estoy segura de que ni conozco por lo caro que debe ser.

—¿Nos vamos? —pregunto, llegando a la puerta, él no reacciona hasta luego de unos segundos.

—Claro —dice, aclarando su garganta, Natalie sonríe ampliamente y me da un abrazo murmurando «usa protección», la fulmino con la mirada antes de salir por esa puerta.

El perfume de Oliver invade el ascensor en el que estamos y las tres personas que están en este lo ven de pies a cabeza, es solo Oliver Anderson, por Dios. Bueno, tal vez el asombro es que lo miren conmigo.

—No sabes cómo odio los ascensores públicos —dice una vez que llegamos al primer piso, abre la puerta del edificio para que yo salga, al menos tiene una cualidad, es todo un caballero o... me quiere ver el trasero.

Mejor yo le abro la puerta a él la próxima vez.

Sonrío a modo de respuesta, mientras él me sigue y cierra la puerta a sus espaldas, como era de imaginarse también abre la puerta de su auto para que yo suba, luego sube él y nos vamos, ninguno de los dos dice nada durante todo el camino.

Llegamos al lugar, un restaurante francés, muy lujoso, cabe mencionar, con un enorme parqueo, antes de entrar al lugar, Oliver me extiende su mano y la miro con una ceja enarcada, bueno, supongo que si somos esposos hay que tomarnos de las manos al menos. Extiendo mi mano y él la toma entrelazando sus dedos con los míos.

—Bien. ¿Qué debemos hacer y qué no? —pregunto, ¡sí! Estoy nerviosa.

—Bueno, primeramente, comienza con tutearme —dice, entrando al lugar.

—Señor Anderson, por aquí, por favor —menciona un camarero interrumpiéndonos, Oliver asiente.

Seguimos al joven y nos lleva hacia una enorme mesa redonda, puedo ver una mujer muy sonriente que se pone de pie, una sonrisa perfecta, su labial rojo delinea perfectamente sus labios como perfectos arcos de cupido, sus ojos azules nos miran con alegría. ¡Es idéntica a Oliver! Solo que, con el cabello cobrizo, seguida del mismo señor que había visitado la empresa el otro día, su padre, junto a ellos está su hermano y quien supongo que es la esposa de su hermano, todos nos ven con cara de sorpresa, excepto la señora Anderson, quien se acerca sin esperar que lleguemos a la mesa, me da un fuerte abrazo que hasta siento que la respiración me está faltando.

—Mamá. ¡Basta! La vas a dejar sin respiración —Oliver sonríe al igual que la señora Anderson, tienen una sonrisa escalofriantemente igual.

—Soy Margot —me dice mientras toma mi mano, espero no note que estoy nerviosa, bueno, toda mujer que vaya a conocer a sus suegros por primera vez siempre se pone nerviosa.

—Alexandra —contesto con una sonrisa, ella me dirige hacia la mesa con mi mano junto a la suya.

—Papá, ella es mi esposa, Alexandra, ellos son mi padre, mi hermano Henry y su esposa Brittany. Y, bueno, ya conociste a mi madre —menciona Oliver, sacando una silla para mí, la tomo luego de darle las gracias y él gesticula una amable sonrisa.

Su hermano es muy parecido a su padre, su cabellera negra como la de Oliver, lo único que compartían físicamente, sus ojos castaños como los de su padre, una cara fina al igual que su nariz y labios, ambos me sonríen y me estrechan la mano, Henry también es bastante atractivo, pero debo admitir que Oliver es mucho más, la esposa de su hermano me mira con cierto descontento, sus grandes ojos también castaños me escudriñan a través de esos enormes lentes que lleva puesto. ¿Y así Natalie no me dejó usar mis lentes?, pude leer sus labios al decirle a Henry: «Oh, es rubia, esto será divertido», debo admitir que ese comentario me indigna, esta chica no volverá a repetir esas palabras después de hoy. Las rubias no somos estúpidas, eso es solo un estigma muy grave de la sociedad.

La señora Anderson no puede dejar de verme con una enorme sonrisa en sus labios. ¡Diablos! Me pone nerviosa.

—¡Lo siento! Es que aún no me lo creo, mi bebé casado con una hermosa mujer —dice mientras lleva su mano a su pecho y una expresión de alegría en su rostro.

¿Su bebé? Me quiero soltar a carcajadas, pero no lo haré.

—Bueno, mamá, siempre preferimos mantener lo nuestro en secreto, es mejor de esa forma, y bueno, un día desperté y dije que me quería casar con esta bella mujer, nunca me había sentido así por alguien —sí, muy casual, un día te levantas y te quieres casar, toma mi mano y me mira a los ojos, pero bueno, Alexandra «Meryl Streep» Carlin tiene que trabajar, sigo la corriente.

—Usé mi anillo de compromiso por solo unas horas, él es todo un tierno, arregló su oficina con flores y un letrero «¿TE CASARÍAS CONMIGO?» y me hizo llegar hasta su oficina, obvio que dije que sí, y le pregunté cuándo, y él me dijo, ¿qué tal hoy? Y nos casamos el mismo día —láncenme un Óscar—, la verdad no me arrepiento de nada, desde que me casé con él han sido los mejores días de mi vida —también le miro a los ojos, en eso el me da un tierno beso en los labios, no habíamos hablado de besos en el contrato, tenemos que hablar de esto después. En fin, la escena no pudo salir mejor, ya que veo casi lágrimas en los ojos de su madre.

Me iré al infierno por mentirosa, solo espero ir a otra sección que no sea la misma en la que esté Oliver porque ardiendo en fuego y Oliver a mi lado dándome órdenes, no lo soportaría.

—Ohh, Oliver, ¿recuerdas cuando nosotros también nos casamos en secreto, pero cuando mi madre se dio cuenta nos hizo hacer una boda eclesiástica donde se suponía que solo iban a estar nuestras familias y al final invitó como a 300 personas? —al parecer su padre también se llama Oliver, su padre ríe pensativo, seguro recordándolo—. Pero bueno —continúa—, a ustedes no les haré eso, lo único que me importa es que mis dos hijos estén felices con las mujeres que aman —inconscientemente mis pulmones sueltan el aire que estaban reteniendo, por un momento pensé que nos mandarían a casar de esa forma, me muero antes y que se quede viudo.

—Bienvenida a la familia —me dice, extendiéndome su mano, la cual tomo con ternura y le sonrío.

Se acerca el encargado de lugar, al parecer es francés, de unos cuarenta y tantos años, delgado y muy alto.

—Les ofrecemos la especialidad de la casa, *le fabuleux* «Coq au vin» *ou* «Cassoulet» —el hombre apenas habla nuestro idioma.

—*Le coq au vin c'est bon* —digo, haciendo referencia a que el pollo al vino está bien, recordando mis tiempos de estudio de francés. Y, bueno, también salí con un francés, que cada vez que... Olvídenlo, no voy a hablar de eso.

—*Ohhh vous belle dame parlez français* —ohhh, usted bella dama habla francés. Puedo ver su cara de alivio y dibujar una sonrisa en su rostro.

—*Oui, pour le monsieur et pour moi, s'il vous plaît, coq au vin* —sí, para el señor y para mí, por favor, pollo al vino.

—*Merveilleux* —maravilloso, miro a los demás en la mesa, y veo que todos están viéndome con asombro, apuesto que también creían que era una rubia tonta, Oliver ve el menú para evitar hacerlos pensar que no sabía que su esposa sabe otro idioma y Brittany simplemente lleva un mechón de su cabello negro maltratado detrás de su oreja viendo hacia otro lugar intentando verse indiferente. La señora Anderson con un excelente francés pide el mismo platillo para todos. Cuando el amable señor francés se retira, ella se vuelve a mí con una amplia sonrisa.

—Oh, por Dios. ¿También eres francesa? —niego con mi cabeza mientras sonrío y llevo una copa de vino a mis labios.

—Solo lo aprendí hace unos años y estuve un semestre en una universidad de intercambio en París.

—Bueno, yo nací en París. Pero vivo en este país desde que tenía unos cinco años —ella también toma un sorbo de vino de su copa—. Es que tu acento es excelente, creí que eras nativa.

—Bueno, hoy en día la mayoría de las personas saben francés, no entiendo cuál es la sorpresa —interrumpe Brittany, tenía que ser.

—También sé alemán y hace un tiempo me volvía loca por el anime, entonces estudié japonés —sí, tengo que jactarme por esa odiosa mujer.

—¿Japonés? —interroga Oliver, con intriga.

—¿Alemán? —pregunta su padre, no sé a cuál de los dos contestar—. *Ich lernte die deutsche Sprache vor vielen Jahren, ich hoffe, nicht vergessen zu haben* —enuncia, el señor Oliver con un excelente acento alemán, que en traducción sería que aprendió el idioma hace muchos años y espera no haberlo olvidado.

—*Ich glaube nicht, sie haben einen ausgezeichneten Akzent* —añado como un cumplido al señor Anderson, que significaría que no lo creo, tiene un excelente acento.

Él sonríe ampliamente.

—Ohhh, ya tengo con quien practicar mi alemán —dice, entusiasta—. ¿Viviste en Alemania? ¿Estudiaste en Alemania? —niego con mi cabeza tomando otro sorbo de vino.

—Mi padre es alemán —contesto, puedo ver cómo Oliver me está viendo con su entrecejo fruncido y de inmediato lleva su vista al menú nuevamente— y toda mi familia paterna.

—Me encantaría conocer a tu familia, Alexandra —contesta, con una amplia sonrisa. ¡Oh, por Dios! ¡Que esto no sea cierto!

—A mí también —menciona, la señora Anderson—. ¿Cuándo sería? —¡ay! Como que me da un ataque cardíaco. ¿Es esa la luz que te lleva por el camino a la eternidad?

—Algún día, madre —menciona Oliver tomando mi mano, espero que tampoco hable en serio.

—Y espero que muy pronto —habla el señor Anderson—. Debo admitir Oliver que has hecho una buena elección, te casaste con una mujer exactamente igual a tu madre, bella y muy inteligente —añade, vuelve a ver a la señora Margot quien lleva su mano a su pecho y se dan un tierno beso en los labios, qué dulzura, me dará diabetes.

Oliver toma mi mano y me mira a los ojos.

—Claro, padre, no pude haber hecho una mejor elección —toma suavemente mi barbilla con un mano y deposita un suave beso en mi mejilla haciéndome sonreír.

Por algún motivo Brittany no está muy contenta, tal vez no fui tan diverti-da como ella creyó que era, el padre de Oliver comienza a contar todas sus andanzas por Alemania antes de fundar la revista, y su trabajo en un pe-riódico local por lo cual se vio obligado a aprender el idioma, la verdad a mí me parece interesante este tipo de pláticas, luego de tres horas nos despe-dimos de ellos. Me la había pasado bien, cabe mencionar.

Salario triplicado allá voy.

(Capítulo 8)

Nos dirigimos a su auto y la familia de Oliver al suyo, desde el otro lado del parqueo puedo escuchar al señor Anderson gritar «Gute Nacht» a lo que yo contesto lo mismo que significa buenas noches, doy la vuelta y choco contra Oliver que está frente a mí.

—¿Es en serio? ¿Hablas 4 idiomas y no añadiste eso a tu currículum? Tuve que quitar mi cara de sorpresa inmediatamente para que nadie notara que no sabía que mi propia esposa habla 3 idiomas más —lo miro desconcertada.

—¿Iba eso a cambiar algo? Igual tengo el trabajo, tú no pedías una persona políglota, ¿por qué habría de añadir eso?

—Tienes el trabajo porque tu respuesta dejó a David impresionado, pero tal vez si hubieses dicho algo común no estarías aquí, las cosas cambian cuando añades más idiomas a tu hoja de vida —no sé por qué eso me da risa.

—¿Yo? ¿Impresionarlo! ¡Lo confundí con un secuestrador! —él solo frunce su entrecejo y sonríe. ¡Mierda! Sí, le contó. Mejor miro hacia otro lado antes de que me dé vergüenza.

—Así me comentó —esboza una sonrisa mientras abre la puerta del copiloto de su Porsche para que yo entre —en fin, debo admitir que estuviste estupenda en esta reunión con mis padres, mi padre es un hombre difícil de impresionar, ni siquiera Brittany lo ha impresionado como tú hoy.

Subo al auto, lo observo rodearlo y entrar por el lado del conductor.

—Bueno, a la que parece que no le agradé mucho es a Brittany —él mira al frente y pone en marcha el vehículo.

—Bueno, en realidad, a ella no le agrada nadie que sea un poco más inteligente que ella, siempre le gusta que mencionen lo inteligente que es, pero no le gusta que digan que alguien más lo es —se encoge de hombros viéndome por un par de segundos—. Por cierto, ¿tu padre es alemán? —cuestiona, viendo al frente, asiento cuando su celular comienza a sonar interrumpiendo nuestra plática.

—Dime, papá —dice al descolgar, no logro escuchar bien lo que su padre le dice—. ¿Es en serio? ¿Y así quieres dejar la empresa en sus manos? ¡Por Dios!

Con una risa sarcástica sé que está ocultando algo que no salió como él esperaba. Cuelga la llamada y se parquea, frunzo el ceño.

—Alexandra, creo que esto durará un poco más de lo esperado —me mira a los ojos, su expresión no es buena y la mía tampoco debe serlo.

—¿Cómo? ¿Qué estás diciendo? ¿A qué te refieres? —bueno, eso de tutearlo se me quedó pegado, esto me preocupa y no puedo evitar sentirme nerviosa.

—El idiota de mi hermano no hizo las reservaciones en el hotel —suspira, ¡ay por Dios! No, no, no— y ahora todos los hoteles acá están llenos, mis padres quieren... Bueno, más bien necesitan quedarse en mi casa, lo que significa que tú tendrás que quedarte conmigo.

—¡No! ¡Ese no era el trato!...

—¡Lo sé! —interrumpe y como leyendo mi mente pone el seguro al auto y no puedo salir. ¡Mierda!—. Escúchame, esto no lo vi venir. ¿Cómo voy a vivir en una casa y mi esposa en otra? Dime, ¿qué quieres?

¡Qué pregunta más tentadora! Me quedo pensando mi respuesta, que me deje estrujar su trasero no se escucharía bien en esta situación.

—Quiero un espacio en la revista, tal vez en el grupo de edición, es todo —digo, sin titubear, al menos le sacaré provecho a esto.

—¿Es todo? Alex, sabes que es más fácil darte dinero —frunzo el ceño. ¿Acaso me acaba de ofender?

—Espera... ¿Aparte me ofendes?

—¡No! No te estoy ofendiendo —suspira—, en serio lamento si lo sentiste de esa forma, pero esta es una revista de mucho prestigio y no puedo darte un espacio así por así en el grupo de edición. Ellos pasan por muchas pruebas.

—Bueno, puedo hacer esas pruebas, soy buena escribiendo, lo juro. Solo quiero ese espacio y seré tu esposa cuando quieras.

—¿Cuándo quiera? —pregunta intrigado, con una media sonrisa.

—Bueno, no ese tipo de cuando tú quieras —le digo firmemente, enarcando una ceja.

—Mente morbosa, no preguntaba eso, ni siquiera se me ha ocurrido, aunque te veas sexi con ese vestido —voltea la mirada a la carretera y pone el auto en marcha.

¿Fue eso un cumplido? Ese comentario hace que la sangre suba a mis mejillas, volteo mi cara hacia la ventana y una pequeña sonrisa se dibuja en mi rostro que de inmediato se disipa al recordar que es mi jefe y un completo grano en el trasero.

—Escucha, pensaré lo de darte un espacio en edición —interrumpe mis pensamientos—, pero envíame algo, algún escrito que hayas realizado.

—Está bien, llévame a mi apartamento, por favor.

—No —frena en seco, si no es por el cinturón juro que salgo por el parabrisas—. Alex, necesito esto, te dije que tengo que pensarlo, no me pongas entre la espada y la pared...

—No —interrumpo—. Necesito ir a mi apartamento porque no puedo dormir con esta misma ropa, ni despertar con esta misma ropa, se supone que es mi casa, ¿no?

Puedo ver el alivio en su cara cuando digo estas palabras, inmediatamente gira en u, creo que eso no es legal, me lleva al apartamento y al entrar veo a Natalie, Dereck y las tipejas de Karen y Lisa con dos amigos que están en la sala, Karen y Lisa dejan de besuquearse con los dos chicos que estaban con ellas y todos me quedan viendo, bueno, a ambos, creo que Karen y Lisa nunca me han visto salir con ningún chico, espero que Natalie no haya comentado nada.

Saludo a todos y hago señas a Natalie de que me siga a la habitación, ella asiente, y pasa saludando a Oliver y brindándole un lugar para que tome asiento, este con todo su porte varonil se sienta acomodando su saco, veo cómo Karen y Lisa se quedan viendo a Oliver y a este ni siquiera parece importarle.

Espero a Natalie en la puerta de mi habitación, una vez que ella entra cierro la puerta a mis espaldas para evitar que escuchen nuestra conversación.

—Natalie, dime que no les has contado nada —digo, girando hacia ella casi susurrando.

—Oh, no, por supuesto que no, me preguntaron por ti y les dije que habías salido con un chico, nada más.

—Bueno, eso está bien, espero que no sepan que es Oliver Anderson —entreabro la puerta un poco para cerciorarme de que las tipas esas no le estén cayendo a Oliver encima.

—Oh, no, no te preocupes, no es común tener un jefe bombón, y de remate que te quiera como esposa, eres la persona con más suerte que conozco, Alex.

—¿Qué? No, eso suena como si todo esto de ser su esposa fuera cierto, es un negocio, y tendré un artículo en su revista si me quedo en su casa esta noche, vine por algo de ropa —me volteo hacia ella y tiene un gesto de extremo asombro en su rostro.

—Oh-Por-Dios —Natalie dice esas palabras entre pausas—, más vale que te hice comprar esa ropa interior sexi —se acerca a mí y pasa sus manos por mis piernas—, al menos estás depilada.

—¿Qué? No, Natalie. ¡No! Sus padres se quedarán en su casa esta noche y por ende me tengo que quedar con él —digo, caminando hacia donde tengo una maleta y comienzo torpemente a sacar ropa de mi armario sin fijarme qué es lo que llevo.

—Como quieras, pero si estando juntos crees que pueda pasar algo solo déjalo fluir amiga, solo recuerda que llevas ropa interior sexi —gesticula una sonrisa traviesa y yo la veo con cara de asco—. No hay forma que tus suegros te miren con esa ropa, déjame prestarte algo, te verías mucho mejor vestida con Marc Jacobs o cualquier cosa que saque a relucir ese cuerpo que tienes.

La dejo elegirme algo de ropa, por suerte somos de la misma talla, aunque su ropa me quede corta, ni siquiera me fijo en qué decide poner en mi maleta, observo nuevamente que no estén llenando de preguntas a Oliver, Natalie me da la pequeña maleta y un estuche de maquillaje y me voy lo más rápido posible, me despido de todos e igual Oliver lo hace.

Llegamos a su casa y no puedo evitar recordar la primera vez que estuve aquí, el mismo hombre alto y corpulento está parado a un costado y Oliver suena el claxon para saludarlo, de inmediato el portón se abre y me quedo atónita al entrar a aquel lugar y eso que no he visto el interior de la casa.

Al entrar, sí, me lo imaginé, es inmensa. ¿Por qué tener una casa tan grande para vivir solo? Mis ojos recorren aquella sala y observo que del otro lado hay otra sala con una chimenea, luego de intercambiar palabras con los señores Anderson y algunas bebidas, incluso no sabiendo dónde están las cosas aquí, pero finjo que sí, subimos a su habitación, tan solo en este pasillo hay cuatro habitaciones, me siento en la miseria al lado de Oliver Anderson y todos sus lujos, yo solo puedo rentar un apartamento y junto a Natalie.

Voy a cambiarme, reviso mi maleta y noto que Natalie cambió mi ropa de dormir... por una sexi ropa de dormir suya, un *minishort* del tamaño de mis bóxeres, con una blusa de tirantes finos que hace conjunto y para rematar las cosas, de Hello Kitty. ¡Maldita sea! Reviso la maleta y no hay nada más para dormir. ¡Mierda! Yo la mato.

Me cambio en el baño y abro la puerta lista para salir corriendo y meterme en la cama, Oliver está recostado leyendo un periódico tomando una taza de café, con su ropa de dormir muy fina, hasta eso tenía que ser fino en él. Salgo lo más rápido que puedo y me meto entre las sábanas, puedo ver cómo sus ojos se postran en mí, sabía que esa era la intención de Natalie al darme esta ropa, es imposible no sentir vergüenza, maldigo a Natalie, pero él inmediatamente continúa su lectura en el periódico intentando disimular, volteo a ver un sofá que está en el mismo cuarto, miro también la alfombra y vuelvo a ver la cama donde está él; la verdad no esperaba dormir ni en el sofá, ni en la alfombra, pero lo estoy considerando, era seguro que Oliver me mandaría a alguno de esos lugares, aunque en mi muy interior quería que dijera que yo dormiría en la cama y él en el sofá.

—Entonces... ¿Quién duerme en el sofá? —pregunto, viendo en ambas direcciones.

—¿Qué? ¿Parezco alguien que duerma en un sofá? —contesta sin dudar y continuando su lectura en el periódico.

Debo admitir que su respuesta no me asombra en lo absoluto, ya que lo conozco perfectamente. Pero no hay forma de estar pasando por todo esto y aparte dormir incómoda.

—Bueno, nunca he dormido en un sofá —digo, dejándome caer entre sus suaves cojines de terciopelo.

—Y yo nunca he dejado a alguien dormir en mi cama —menciona y me ve fijamente.

—Bueno, ahora está casado Sr. Anderson. Acostúmbrese —ni siquiera volteo a verlo, no y no hay forma de que me baje de aquí, si no quiere dormir junto a mí que lo haga en la alfombra.

Por primera vez en mi vida gané algo, simplemente apagó la luz y se acostó de su lado, acordamos poner almohadas en medio para evitar que alguno traspasase al lado del otro, el que lo haga duerme en el sofá, su cama es muy grande, casi el triple de la mía, así que no creo que siquiera nos rocemos. Además, solo es por esta noche.

Dormí como nunca había dormido en mi vida, la verdad, la cama de Oliver es espectacular, quiero una igual, me levanto muy temprano, Oliver aún duerme, puedo notar que todos también duermen, la verdad ya me había acostumbrado a levantarme a estas horas por tener un jefe tan demandante e impredecible que no sabía en realidad cuándo se aparecería por la empresa y tenía que salir corriendo de mi casa al trabajo a cualquier hora de la mañana, me pongo una bata encima y bajo para preparar algo de comida, me cuesta encontrar todo en este lugar, el señor Anderson llega a la cocina, y la señora Anderson le sigue.

—¡Oh Dios! Veo que te gusta cocinar —habla el señor Oliver, le doy una pequeña sonrisa a modo de respuesta, no es que me guste, pero tengo gente que impresionar—. ¿Cómo es que sabes que me encanta el huevo con tocino en el desayuno? —continúa y sonríe, la verdad no lo sabía, pero sí sé que a Oliver le gustan, ya que era lo que siempre le preparaban en el restaurante donde suelo llegar a traer su desayuno. Solo unos minutos después, luego de una charla en alemán con el señor Anderson, Oliver se aparece, con su ceño fruncido nos mira alternadamente.

—Hola, amor, ven acá —digo al ver a Oliver acercarse a la mesa, me pongo de pie para tomar su mano y lo siento a mi lado.

—Oliver, aparte de una grandiosa mujer te encontraste una muy buena cocinera —dice el señor Anderson con un enorme plato de comida enfrente, Oliver le sonríe levemente sin voltear a verme.

Recuerdo hace algunos años cuando le preparé *cupcakes* a mi padre por su cumpleaños, yo tenía trece años para ese entonces, tal vez no fue lo mejor que haya preparado, pero sí me esmeré todo lo que pude, mi padre ni siquiera probó lo que hice y sí comió los que mi hermana había hecho, quien en ese entonces tenía once y estaban peor que los míos, aún no entiendo por qué mi padre fue así conmigo. Las dos éramos niñas, las dos inteligentes, yo me parezco más a él, todavía no comprendo el favoritismo.

Regreso en sí, me caía muy bien la familia de Oliver, tenían mucho dinero, pero eran muy humildes, no entiendo por qué él será tan duro, tomo el tenedor e intento darle bocados a Oliver directamente en su boca, al parecer lo consideró vergonzoso, ya que me quita el tenedor y comienza a comer él mismo, debo admitir que me causó un poco de gracia ver su cara de pena por primera vez en la vida.

Me arreglo para ir al trabajo, la ropa de Natalie es un poco incómoda, el vestido rojo es muy pegado a mi cuerpo, pero debo admitir que se mira muy bien con un *blazer* color *beige* que me había prestado, unos tacones del mismo color, pero que, por algún motivo, son cómodos, Oliver me está esperando bajo las escaleras, me observa mientras intento no caerme de boca, eso sería vergonzoso, lo miro y él a mí, sin decir una palabra, solo con esa típica expresión seria suya me repasa de pies a cabeza.

—Te tardaste —menciona, sonrío falsamente.

—Tú también te ves bien, mi amor —le guiño un ojo y él intenta sonreír, pero aplana sus labios de inmediato, en ese preciso instante su padre se nos acerca.

—Hijo, hemos pensado que creo que nos quedaremos más tiempo —menciona con una sonrisa, poniendo su mano sobre el hombro de Oliver.

¡Oh Dios! Sonrío más fingidamente aún.

—Claro —contesta Oliver, también fingiendo alegría—, eso sería genial.

¡Oh, por Dios! Más tiempo aquí no, por favor.

—Me he dado cuenta de que necesito más tiempo con mi familia, mira que ni siquiera me daba cuenta de que te habías casado, no quiero que eso se repita, quiero ser tu padre no un desconocido para ti, Oliver, luego tendrán hermosos bebés que de seguro ni conoceré si seguimos así, no quiero que eso pase.

¿Bebés? Estoy segura de que ese sueño si no se le cumplirá, suegro.

(Capítulo 9)

En la empresa todo es exactamente igual, Oliver tan demandante como siempre y como si no nos conocíamos, me da las 5000 órdenes del día, aunque debo admitir que ya no me sentía tan frustrada por ser despedida en cualquier momento, ya que si me despedía se quedaba sin esposa y sin esposa no había presidencia y sin presidencia Oliver Anderson ya no sería Oliver Anderson, en fin, tengo las de ganar, por primera vez en la vida, pero sí necesitaba hacer las cosas bien para ganarme el puesto en edición, esto daría muchos puntos extras a mi currículum además de experiencia.

Ya me sabía mi rutina casi de memoria, traer el desayuno de Oliver al restaurante de enfrente, su café descafeinado con una cucharada de azúcar a las 10 a.m., el té de las 4 de la tarde, elegir los colores de la revista y llevárselos a su oficina, atender y atender y atender llamadas casi todo el día, la verdad extraño los días que me vestía con mis supercómodos suéteres y mis zapatos bajos, estas odiosas faldas de Natalie me tienen estresada y sin poder moverme, mi cabeza divaga en tanto pensar e intentar acomodarme.

—Carlin, ven conmigo —escucho a Oliver que viene caminando hasta mi escritorio, sin detenerse continúa hasta el ascensor.

Tomo mis cosas y lo sigo lo más rápido que puedo, él no espera a nadie nunca. Salimos y me abre la puerta de su auto, subo a este sin preguntar, podría raptarme en estos momentos y yo no tendría ni idea hacia dónde voy.

No dice ni una palabra en todo el camino y tampoco pregunto porque sé que odia ser cuestionado, típico de Oliver, llegamos a D & C Cars, una marca prestigiosa de ventas de autos del año que son más caros que la casa de mis padres y la de mi hermana juntas, me bajo del auto al mismo tiempo que Oliver cuando lo escucho decir «elige uno», inmediatamente lo vuelvo a ver con cara de desconcierto.

—¿Qué? Es en serio, elige uno. No me gusta repetir dos veces —me observa con esa extrema seriedad suya.

—¿Qué? ¿Para quién? —comienza a caminar e intento seguir su paso, malditos tacones, no me quiero imaginar cómo me debo ver con estos rascacielos y caminando a paso rápido.

—¡Por Dios! Me haces perder la paciencia. ¡Para ti! ¿Ves a alguien más aquí? —dice refunfuñón, se detiene levemente al ver que he quedado bastante atrás.

Un hombre bien vestido con un saco color verde *vintage*, se acerca a nosotros con una amplia sonrisa, extiende su mano a Oliver.

—Bienvenidos a D & C Cars, es un gusto atenderles, soy Charls Davis, agente de ventas de D & C Cars, ¿buscan un auto en específico?

—Mucho gusto, señor Davis —Oliver toma su mano con toda la amabilidad posible, cualquiera diría que es una persona muy dulce—. Soy Oliver Anderson, buscamos un auto para ella.

—¡Un placer atenderles! —ahora extiende su mano hacia mí y la tomo con gentileza—. ¿La señorita busca algo en específico? —tengo la mente en blanco. ¿Dijo un auto para mí?

Oliver mira mi cara de confusión, así que toma la iniciativa de pedir el auto por mí.

—Un Bentley perlado, por favor —el señor de cabello grisáceo asiente y extiende su mano en dirección a los autos, Oliver toma mi antebrazo al ver que no reacciono y me dirige en esa dirección, no puedo ni pensar con claridad.

—Oye. ¿Es en serio? ¿Un Bentley? Estoy perfectamente bien con mi auto —riño, una vez que el señor Davis se ha alejado bastante para hacer el papeleo.

—¿Qué? ¿En serio crees que lo hago por ser gentil? Lo hago porque siento vergüenza de que conduzcas ese viejo carro. Mis padres no pueden ver a mi esposa en una chatarra así —¿qué? ¿Acaba de ofender a mi auto?

Él simplemente da la vuelta y llena un formulario que le lleva el señor de traje. Mi cabeza da mil vueltas, nunca en mi vida llegué a pensar que tendría un Bentley así de fácil y de seguro que si alguien me hubiese dicho que iba a tener un Bentley lo hubiese mandado a la mierda por burlarse.

No puedo ni pensar, tomo el lápiz y comienzo a firmar papeles y papeles que, según el señor Davis, harían el auto mío. Pudo ser eso, o acabo de firmar mi muerte, no lo sé, mi pensamiento está en blanco. ¿Alguna vez han ganado la lotería? Yo tampoco, pero debe ser la misma sensación, podría vender este auto y comprarme una casa con piscina y todo (creo).

—No vayas a venderlo o algo así —¿qué? ¿Acaso también lee mentes? Vuelvo a verlo aturdida y él no tiene ningún tipo de expresión como siempre—. En serio, no quiero verte en ese auto ridículo que tienes, si lo vendes es para comprar algo mejor que esto —no puedo evitar reír. ¿De dónde sacaré algo mejor que esto?

—¡Claro! ¡Como tengo dinero para comprarme algo mejor! —ironizo, él de inmediato lleva su mirada a mí y veo su gesto de desesperación. Bueno, él fue el que me buscó para esto, así que tiene que acostumbrarse a mí.

El señor bien vestido me da las llaves. Y me quedo viéndolas por unos segundos... Conduciré un Bentley... Que es mío... ¡Mío!

—Carlin, iré a almorzar, no llegaré por la tarde porque tendremos una reunión con mi padre y Henry, terminas todo y te vas a casa, no quiero que llegues tarde —en serio que Oliver tiene el don de hablar mil cosas en pocos segundos—, consígueme el número del Sr. Williams de G & G Photography, necesito también las ediciones del artículo que están elaborando —mi mente da mil vueltas con lo rápido que habla, intento buscar un lápiz y donde escribir, pero dejé mi bolso en el auto—, llamarán para una conferencia de prensa, por favor, diles que no estoy disponible por un buen tiempo.

—¡Guau! Señor Anderson —interrumpo—, no voy a recordar todo eso. Necesito mi libreta de apuntes y está en su auto.

Oliver saca mi bolso de su auto y me lo entrega, me mira a los ojos y dice su frase característica «yo no repito dos veces», se sube a su auto y se va. ¡Maldito hijo de p...! Cómo odio que haga eso. ¿Cómo voy a recordar todo? ¡Ahhh! Intento escribir lo más rápido que puedo antes de olvidar todas las cosas que dijo.

Me voy a la oficina en mi Bentley nuevo, en serio que siento vergüenza por conducir un auto como este. ¿Cómo se van a imaginar que yo puedo pagar este auto siendo una secretaria? Seguro creerán que vendo drogas o que me acuesto con un viejo ricachón, espero no crean que me acuesto con Oliver porque en serio preferiría que creyeran que vendo drogas.

Cumplo todas mis obligaciones y me voy a casa temprano, siempre que él no está para mí todo es más fácil, voy al apartamento que mi amiga y yo rentamos, por suerte ella ya está aquí, necesito más ropa para seguir con esto. Luego de empacar la llevo a mostrarle mi nuevo auto, al verlo se vuelve literalmente loca.

—Sí, Oliver me lo dio porque se avergüenza de mi auto —digo, de la forma más tranquila posible, miro hacia mi antiguo auto que está en el parqueo del edificio, lo extraño, casi escucho una canción romántica de fondo, ahí está mi colección de envases de papitas fritas.

—Pero... Por Dios... ¿Este auto? ¡Ahhh! —no soporto sus gritos y tapo mis oídos—. Alex, es un Bentley perlado del año, en serio, ¿qué crees que dirás cuando te pregunten cómo tienes este auto?

—No lo sé, es lo que estoy pensando —suspiro, mientras llevo mi mano a mi frente pensando una buena excusa.

—OK, déjame conducirlo —me mira con emoción llevando sus manos a su boca.

—Por mí no hay problema, pero por ahora debo ir a casa como toda mujer casada —yo misma río de mi propio comentario, yo... Mujer casada...

—¿Te parece si algún día salimos los cuatro? —menciona, mientras subo a la jodida cosa turquesa esta.

—¿Los cuatro? —interrogo, introduciendo la llave del auto donde corresponde —si estás incluyendo a Oliver no lo creo.

—Pregúntale —se cruza de brazos mientras niego con mi cabeza, sería buena idea, después de todo es mi esposo, pero con ese carácter de mierda hasta me da vergüenza.

Llego a casa de Oliver, su madre había preparado una rica cena, la madre de Oliver siempre es tan linda y atenta, me saluda con un abrazo y un beso en ambas mejillas. Oliver aún no ha llegado, también veo que tampoco su padre ni su hermano.

—Veo que ningún Anderson está por acá —menciono, dejando mi bolso en una pequeña mesa de madera con un lindo florero, la madre de Oliver sonríe.

—Tuvieron una noche de chicos, así que nosotras haremos nuestra noche de chicas también —agrega, acercándose con un enorme tazón de palomitas de maíz—, miremos la película *Votos de Amor.*

La verdad, las películas románticas no son mi estilo, pero no puedo decirle a mi «suegra» que miráramos *Masacre en Texas* porque no sería buena forma de iniciar nuestra relación familiar. Brittany baja las escaleras, pensé que seríamos solo nosotras dos, pero después recordé que Brittany siempre quiere impresionar a la señora Anderson, así que pone su cara de emoción fingida ante la noticia de la película que vamos a ver.

Pasa media hora de constantes exclamaciones de ternura por parte de la señora Anderson causados por la película, y es inevitable pensar... *¿Será que Oliver tiene alguna chica por ahí o algunas chicas?* Por algo me pidió a mí que sostuviera esta farsa, tal vez sí tiene alguna chica, o varias, aunque no creo que exista alguna mujer capaz de aguantarle, muchas cosas que me gustaría preguntarle, pero que es obvio que no contestará, aunque puedo admitir que ya no siento tanta tensión entre nosotros.

En ese momento, el señor Anderson y Henry llegan a casa, Oliver va tras ellos, como siempre, al parecer, Oliver no disfruta las conversaciones con su padre y me gustaría saber por qué si siempre ha demostrado ser el mejor para dirigir la empresa, y su padre se mira una persona muy gentil, su padre se acerca a su madre y le da un tierno beso en los labios mientras se sienta al lado de ella, Henry se besuquea con Britanny enfrente de mí, Oliver y yo ni siquiera estamos cerca de parecer una pareja, él se sienta pensativo en la siguiente sala, lo que despierta mi curiosidad y me acerco a él.

—¿Estás bien? —pregunto intrigada ante el semblante de Oliver, sentándome al lado suyo en un sillón con vista a la ventana.

—Sí. ¿Por qué no lo estaría? —contesta, sin poner su mirada en mis ojos.

—Sabes, creo que te conozco, y si no entraste a esta sala dando órdenes a todos es porque hay algo malo contigo —finalmente, sus ojos se encuentran con los míos, sonríe, tiene una bella sonrisa debo admitir, es extraño que sonría, esa perfecta sonrisa no es común verla y cuando crees que estás entrando en el lado humano de Oliver Anderson aparece su carácter.

—¿Por qué no te metes en tus propios asuntos, Alex? —frunzo el ceño. ¿Cómo? ¿Yo tratando de ser amable y él...? Ni siquiera me molestan sus palabras, no... Me molesta la forma en que las dice... Ese tono encoge todas mis entrañas.

—¿Qué? —pregunto a la defensiva, espero que la familia de Oliver no haya escuchado ni escuche lo que tengo por decir.

—Que te preocupes por tu propia vida —y ese tono otra vez, maldita sea... Me voy.

Iba a decir miles de malas palabras, pero no lo hago porque recuerdo que es mi jefe, y porque su familia está aquí.

—Me largo —digo, antes de que explote y comience a lanzarle todo lo que encuentre en este lugar. Él voltea a verme mientras yo me alejo de la sala y me dirijo al cuarto por mis cosas, al abrir la puerta escucho sus pasos rápidos detrás de mí.

—Espera. ¿De qué estás hablando? No puedes irte —dice, mientras tomo mi maleta y comienzo a depositar todas mis cosas en su interior.

—Sabes, estoy harta de ese carácter de mierda que tienes, lo detesto. ¿Crees, en serio, que puedes hablarle así a todo el mundo simplemente porque eres Oliver Anderson? No entiendes qué es el respeto, ni la humildad, ni nada, solo estás sumergido en tu mundo narcisista... —él cierra la puerta para evitar que escucharan nuestra «conversación»—. Estás siempre sintiéndote más que otras personas y yo no puedo seguir con esto...

Un abrazo de su parte interrumpe mi monólogo, por un momento me siento petrificada.

—Alex, basta —puedo sentir su respiración en mi cuello—. Estoy estresado y no quiero pelear, en serio.

—¡Genial! ¡Y tienes que desquitarte conmigo! —me zarandeo y, finalmente, me suelta de su agarre, camino hacia el baño y cierro la puerta de golpe.

Pasaré aquí encerrada toda la noche, encerrada en este baño y encerrada en esta mentira por un contrato que no puedo romper hasta que el todopoderoso lo decida. Maldigo el día que acepté esto.

(Capítulo 10)

Oliver se va de la habitación, salgo del baño y observo que su almohada no está, lo que es perfecto porque significa que no tendré que pasar con él esta noche, mañana todo vuelve a la normalidad, los señores Anderson regresan a California y yo regresaré a mi apartamento, me cambio y me voy a dormir.

Suena la alarma, como siempre, me levanto antes que todos para preparar desayuno, hoy es mi último día fingiendo ser la esposa perfecta, me levanto, me pongo mi bata, me lavo la cara y me maquillo un poco para no dejar ver mis ojeras por no dormir por culpa de Satanás paseándose por mi mente toda la noche, voy a la cocina, Rosa ya está aquí, se me había adelantado y olía tan rico.

—Muy buenos días, señorita Alexandra —sonríe de oreja a oreja, mientras menea algo en un tazón con una cuchara.

—Muy buenos días, Rosa —contesto, también sonriente y recuerdo el día que casi me ataca, supongo que Rosa ya sabía de nuestro matrimonio falso, ya que ni siquiera se asombró al verme en bata y recién levantada.

—Veo que le gusta levantarse temprano. Este olor ya no tarda en levantar al joven Oliver —vuelve a sonreír, unas cuantas arrugas se marcan en su rostro.

—El joven Oliver dice que usted cocina muy bien —agrega, frunzo mi entrecejo.

—¿Qué? ¿Oliver dijo eso? —asiente. ¿Cómo que Oliver habla de mí con ella? Voy a preguntar cuando escucho unos pasos dirigirse en nuestra dirección, llevo mi vista al sonido.

Oliver, al parecer, se había levantado antes a hacer ejercicio, tiene una toalla en su cuello y está sin camisa, solo usa un pantalón deportivo color negro, tiene el abdomen perfectamente marcado, sus brazos musculosos y fuertes, sus pectorales bien definidos, en serio que este hombre está completo, casi se me van los ojos revisando cada parte de su cuerpo, pero lo intento disimular y me volteo en dirección al refrigerador y saco un jugo antes de que se me pasen miles de escenas eróticas por la cabeza.

—Buenos días, Rosa —saluda, mientras camina hacia el desayunador, no me mira ni yo a él.

—Buenos días, Oliver —contesta Rosa, lo mira levemente y voltea hacia la cocina.

Oliver se sienta en una banqueta poniendo sus codos sobre el desayunador, Rosa le sirve sus *pancakes* de fresa, ignorándome por completo, no es que quisiera que me saludara tampoco, es más, no quiero que me hable, *sí, qué madura, Alex*. Rosa también me sirve a mí dos *pancakes* de fresa que olían muy rico y me hace una seña de que me siente al lado de Oliver.

¡Estupendo! ¡Lo que me faltaba! Hago lo que Rosa me dice, no tengo de otra.

—Tal vez deberían mostrar más entusiasmo —murmura—, se supone que son una pareja de recién casados, mi Pablo y yo tenemos 35 años de matrimonio y aún nos miramos como el primer día que nos casamos —frunzo mi entrecejo—, así tienen que verse ustedes, tienen que creérselo ustedes primero para que el resto lo crea, si continúan así los señores Anderson comenzarán a sospechar, mírala —se dirige a Oliver—, mírala a esos bellos ojos, abrácense, bésense —¿ah? Bien, Rosita, alto ahí—. Si tu padre no se cree eso de que la amas te quitará la presidencia igual y este esfuerzo de ambos será en vano, tómale la mano.

¿Qué? Oliver vuelve a verla dudoso ante su petición y yo igual.

—Vamos, toma su mano —insiste y yo continúo desconcertada, Oliver pone ahora la toalla que tenía en su cuello sobre el desayunador, lo que deja toda la parte superior de su musculoso cuerpo a la vista, no puedo seguir con esto, me distrae. Él toma mi mano y enarco una ceja observándolo, sus manos son muy suaves.

—Mírala, dime qué te gusta de ella —¡Jesús! ¿Por qué me haces estas cosas? Oliver vuelve a ver a Rosa con la misma cara que me vuelve a ver a mí cuando está a punto de matarme. Yo quiero meter mi cabeza en un cubo.

—Yo solo quiero ayudar —agrega—, confíen en mí. ¿Acaso no confía en mí, Oliver?

No.

—Me gustan sus ojos —contesta Oliver, eso me hace verlo de inmediato, no pensé que contestaría y estoy segura de que mis mejillas se encendieron.

Rosa sonríe, ahora se dirige a mí, no, por favor, noooo.

—¿A usted qué le gusta de él, Alexandra?

Bueno, cómo decirle, doña Rosita, que el jefe tiene un cuerpazo y unas nalgotas que quiero apretar, un día le daré una nalgada y fingiré que el mosquito del chincungunya se había parado sobre su pantalón. También me gustan sus ojos, su nariz, sus labios y ese hoyuelo en su barbilla que dan ganas de lamerlo, y ahora que toco sus manos con más atención, me gustan sus manos, de seguro si toco sus pies también me van a gustar y de seguro si toco su... Alex, cállate. ¡Joder! Tienes que nadar en agua bendita.

—Me gusta su sonrisa —digo, casi de inmediato, antes de que mi subconsciente me juegue una mala pasada y conteste cualquier cosa, Oliver sonríe ante mi comentario, seguro no se lo esperaba, yo también sonreí, pero de vergüenza, aunque eso sonó mejor que decir que me gustan sus nalgas.

—¿Lo ven? Las cosas ya no están tan tensas entre los dos, ¿eh? —Rosa quiere dejar de ser ama de llaves y quitarle el puesto a cupido. El señor Anderson baja las escaleras y esboza una gran sonrisa.

—Muy buenos días a todos —suspira—, extrañaré el clima de Nueva York.

Todos sonreímos y contestamos los buenos días del señor Anderson.

—¿Saben qué? —nos dice dirigiéndose a ambos—. Quiero que vengan a California con nosotros, quiero que conozcas al resto de nuestra familia, Alexandra.

Eso significaba continuar soportando a Oliver. ¡Ahhh!

—Papá, nos encantaría, pero tenemos mucho trabajo —Oliver contesta inmediatamente, por favor, yo ya quiero acabar con esto.

—¿Y? —interrumpe el señor Anderson—. Si te dedicas a trabajar toda tu vida te vas a perder de todo lo bueno, dime, querida —ahora se dirige hacia mí—. ¿Cuándo fue la última vez que Oliver te llevó a un lugar que no sea por trabajo?

La verdad, nunca.

—Pues... —me quedo sin palabras porque no sé qué inventarme esta vez.

—¿Lo ves? Nunca has sacado a tu propia esposa a un lindo lugar, como siempre tú estás más sumergido en tu trabajo, lo que es genial, pero también hay que darle espacio a la familia, no me sorprendería que decidiera irse y dejarte de pronto si para ti es más importante tu trabajo, mira a tu hermano, nunca deja su trabajo, pero también le dedica mucho tiempo a su esposa, salen, se divierten, es muy responsable y eso no le impide ser un buen esposo —ya lo entiendo, puedo ver cómo cambia el semblante de Oliver al ser comparado con su hermano, me pasa lo mismo, me recuerda cuando mi padre todo el tiempo me saca en cara las cosas que mi hermana (según él) hace mejor que yo, ahora entiendo por qué Oliver se molesta tanto cuando está con el señor Anderson, pero incluso eso no es excusa para desquitarse conmigo—, siempre les enseñé a ambos el valor de la familia, pero parece que tú no escuchas nada.

Oliver se levanta, «con permiso» —enuncia, apenas había comido un poco de sus *pancakes*, entendía perfectamente su reacción. Rosa también lo mira retirarse mientras sirve unos *pancakes* al señor Anderson.

—Dime, Alexandra, de verdad, ¿tú eres feliz con Oliver? Dime la verdad —no puedo pensar mi respuesta porque sé que va a dudar, diré lo que se me ocurra.

—Por supuesto —digo, sin titubear—, con todo respeto, señor Anderson, no debería ser tan duro con Oliver, él es un gran esposo, y ha hecho crecer su empresa en dos años, entiendo que se sienta orgulloso por Henry, pero también hágale saber a Oliver que está orgulloso de él, lo amo por como es, por ser siempre tan determinado, con un objetivo claro, por cumplir todas sus metas —¡demonios! ¡Debería ser actriz! ¡Qué bien me salió eso!—. Solo va a lograr que se aparte de usted, dígame sinceramente, ¿usted cree que Henry sea más capaz que Oliver para dirigir su empresa?

El señor Anderson me mira a los ojos. ¿Se ha molestado? Ya no seré la nuera adorada por culpa de Oliver.

—Tienes razón —dice, finalmente, mis pulmones sueltan todo el aire que sin querer estaban reteniendo, puedo ver la sonrisa de Rosa marcarse en su rostro—. Oliver ha sido y será siempre la persona más inteligente, más audaz, más perseverante que haya conocido, y es esa la razón por la que soy así con él, porque no quiero que desperdicie su vida, siempre ha sido más desobediente y muy malo tomando decisiones con su vida, no quiero que se pierda, me alegra que se haya casado con una mujer tan inteligente como tú y que se preocupa tanto por él, en serio, pero hazlo que se relaje un poco, ambos, no quiero que lo dejes, una relación rutinaria es lo peor de las cosas.

El señor Anderson se sentirá devastado cuando Oliver y yo nos divorciemos. ¡Demonios! Me siento mal. ¿Cómo podíamos hacerle esto al señor Anderson?

—Le prometo que sí iremos a California, señor Anderson, no se preocupe —tomo el último sorbo de jugo de naranja, me voy antes de que continúe con sus preguntas. Él simplemente asiente con una media sonrisa.

—Claro, Alexandra, sé que tú eres la persona que necesita para sacarlo de esa obsesión laboral, confío en ti.

¿Confía en mí? ¡Diablos! Me hace sentir peor. Definitivamente, no tendrán que mandarme al infierno a la fuerza, me iré yo solita porque hasta yo soy consciente de las tantas mentiras que digo a diario.

—No se decepcionará, señor Anderson —digo, mientras me retiro a alistarme.

Entro a la habitación, Oliver sale del baño con nada puesto más que una toalla alrededor de su cintura, en serio que este hombre amaneció con ganas de provocar hoy. No quería hablar con él porque ya lo conozco. Tomo una toalla y me voy al baño.

—Quiero hablar contigo —dice, mientras abro la puerta del baño sin siquiera verme—. Te irás conmigo hoy al trabajo.

—Bien —contesto, debo admitir que ese «quiero hablar contigo» hizo revolverse mi estómago, no eran buenas palabras, de seguro va a reñirme el hecho de haberle dicho esas palabras a su padre, también no era asunto mío.

Me baño lo más rápido que puedo y me alisto, me siento nerviosa, pero estoy lista para defenderme si lo que quiere es desquitarse conmigo y juro que me voy a mi apartamento hoy mismo. Me pongo el vestido negro que había comprado para mi último cumpleaños, ojalá no haga viento hoy porque pasaría las peores vergüenzas, y frente a Oliver.

Me maquillo suavemente, me pongo un *blazer* también negro al salir de la habitación, los tacones suenan al bajar aquellas escaleras, Oliver está esperándome abajo mirando el reloj como siempre, su padre tiene razón en parte, necesita relajarse.

Sus padres ya están alistando sus maletas, ya se van, este es mi último día en esta casa, me despido de los señores Anderson con un fuerte abrazo, me habían caído muy bien, Brittany me da una sonrisa bastante fingida y yo puedo hacerla incluso más fingida que ella. Henry está dejando las cosas en el auto, así que solo le dedico un adiós de seña con mi mano que él de inmediato corresponde, igual los volvería a ver en California, no sé cómo haría para convencer a Oliver, pero se lo prometí al señor Anderson.

Oliver abre la puerta de su auto para que entre.

—Ohh, qué caballeroso, señor Anderson —no puedo evitar decir con una amplia sonrisa.

—Sube —dice, fulminándome con la mirada, luego se despide de sus padres, de su hermano y de Brittany, les doy un adiós con la mano desde el auto, Oliver arranca y comienza a conducir, espero que se le olvide lo que tenga por decirme, ya que no había dicho una palabra en todo el camino.

—Escucha —Oliver rompe el silencio—, me disculpo por lo de ayer —dice mientras sigue viendo al frente en lo que va conduciendo.

¿Ah? ¿Se acaba de disculpar? ¿Oliver Anderson? ¿Conmigo?

—¿Eh? ¿Tú, Oliver Anderson, disculpándose? —lo miro con una ceja arqueada, eso no es normal.

—No lo repetiré otra vez —sonrío. Y yo que creí que ya estaba cambiando—. Quiero renunciar.

—¿A nuestro matrimonio? —pregunto, la verdad esperaba una respuesta positiva y ser soltera otra vez. Él simplemente sonríe sin ver en mi dirección.

—A revistas *Anderson*. Ya no quiero formar parte de la revista *Anderson*, ni de nada relacionado con mi padre —dice, luego de un suspiro.

—Creo que solo estás molesto Oliver —lo miro, aunque él esté viendo al frente, puedo ver una y otra vez por sus gestos que piensa su respuesta.

—No, ya lo pensé con la cabeza fría, sé que puedo construir algo yo mismo desde cero, aunque me cueste, le dejaré esto a mi hermano, quiero que mi padre se dé cuenta del error que comete al intentar ponerlo siempre al frente de mí, él no es buen administrador, fue a una escuela que mi padre pagó, yo entré a Harvard por mi propio esfuerzo.

¡Guau! ¡Harvard! Y sí, sabía perfectamente que él es muy capaz de construir un imperio por sí mismo. ¿Pero por qué me está contando esto a mí? ¿Querrá un consejo?

—Creo que tienes que pensarlo un poco más, Oliver.

—¿Pensar qué, Alex? —detiene el auto y se orilla para parquearse, mira fijamente mis ojos.

—Porque tú has hecho crecer a revistas *Anderson*, no vas a dejar que tu hermano se quede con lo que tú has hecho, o peor, que lo destruya, revistas

Anderson estaba como la empresa de impresiones que maneja tu hermano. ¿Y qué ha hecho tu hermano? Absolutamente nada. ¿Qué has hecho tú? Has creado más de 25 000 empleos, tienes acciones en más de la mitad de las empresas de esta ciudad, y fuera del país, tu padre lo sabe, sabe que tú eres el único capaz en este puesto, solo quiere que mejores ciertos aspectos de tu vida.

—Quiere cambiarme, que es diferente —se recuesta en su asiento y se lleva las manos a la cabeza.

—Bueno, que te pida llevar una vida formal no es cambiarte —silencio de parte suya—. Hay situaciones peores, Oliver —continúo—, por ejemplo, yo no hablo con mi padre desde hace 5 años. Tengo una hermana que para él toda la vida ha sido mejor que yo, ella ha sido prácticamente su única hija —frunce el ceño y me presta atención sin decir una palabra—, nunca estuvo para uno de mis cumpleaños, pero a los de mi hermana nunca faltaba, nunca tuve un padre porque siempre ponía de excusa que tenía que trabajar. Le dije que yo quería escribir y no ir a la escuela de medicina, me dejó de hablar por un mes, entonces fui a la maldita escuela de medicina, pero no era algo que me gustara, solo lo hice para que, por primera vez en su vida, él estuviera feliz conmigo, pero tampoco fue suficiente, ya que no sacaba un diez en todas las materias, entonces mandé a la mierda todo y me vine a Nueva York, desde entonces no hemos hablado.

Oliver sonríe levemente.

—¿Y tu hermana sí estudió Medicina, supongo? —clava sus orbes azules en mis ojos, puedo ver que su gesto ya no es el mismo que tenía esta mañana luego de las palabras de su padre.

—No, mi hermana fue un semestre a la escuela de medicina, tres meses después se casó con uno de sus maestros que se cree el multimillonario. ¡Es 12 años mayor que ella! Ella apenas iba a cumplir dieciocho. ¿Puedes creerlo? Claro, para mi padre triunfó en la vida.

Oliver enarca una ceja y me observa.

—Bueno, tú estás casada con el hombre más rico de Nueva York, deberías comentárselo —río y también me recuesto sobre el espaldar de la silla del auto.

—Esto no es real, Oliver, no quiero mantener una mentira frente a ellos.

—¿Por qué no? —miro al frente bajo la mirada de intriga de Oliver Anderson—. Sería divertido bajarle el ego al doctorcito ese y que tu padre sepa que no estás casada con ningún doctor, pero sí con la persona que hace grandes donaciones a los hospitales para que trabajen correctamente —sonrío.

—¿En serio haces eso? —ahora sí llevo mi mirada a sus ojos.

—Claro, la salud es importante, hay muchas personas por ahí que no pueden pagarse un médico privado —tiene su mano sobre el volante y puedo ver cómo da golpecitos levemente con la yema de sus dedos.

—Yo, por ejemplo —contesto de inmediato.

—Tú puedes usar mi médico privado cuando quieras, después de todo eres mi esposa —sonríe, ni él digiere eso de que tiene esposa.

—¿Es joven y guapo? —cuestiono, poniendo atención a lo tersa que es la blanca piel de su rostro.

—No —contesta titubeando y enarca una ceja.

—Entonces, no —vuelvo mi mirada al frente y puedo escuchar su leve risa desde su lugar.

—¿Quieres tanto ese puesto en edición? —pregunta, y vuelvo mi mirada a él.

—No estuviera aquí soportándote —enarco una ceja, ya arruiné esta mágica conversación, pero sorpresivamente él solo ríe. Alguien está de buen humor.

—Si te doy el puesto en edición ya no serás mi secretaria y sinceramente eres la única que he tenido que hace las cosas como digo y a la hora que digo —dice estas palabras sin verme a los ojos.

¡Aww! Mejor ni me acostumbro a esto porque cuando se le meta el diablo me vuelve a gritar.

—Entonces, ¿estoy atascada como tu secretaria solo por capricho? —resoplo y él voltea a verme con un gesto de diversión.

—Te pondré a prueba en edición, pero continúas como mi secretaria. ¿Podrás con eso? —enarca una ceja mientras me mira desafiante.

—Tenía dos empleos, iba a la universidad y era la mejor de mi clase —sí, tengo que jactarme, aunque esas tres cosas juntas no son ni la mitad de lo que es ser su secretaria.

—Bien —me interrumpe, sonriente.

—Por cierto, iremos a California con tus padres, quieras o no. Se lo prometí a tu padre.

—¿Qué? ¡¡No!! —bufa—. ¡Alex!

—Alex nada, se lo prometí a tu padre, así que sí iremos —me siento una esposa de verdad en estos momentos, qué horror.

La verdad, estábamos teniendo una conversación bastante amigable, no nos habíamos comenzado a matar aún, me sentía cómoda hablando con él. Pone en marcha el auto y nos vamos a la empresa.

Aquí todo continúa igual, no nos conocíamos, nunca habíamos tenido esa charla, y yo seguía con las 5000 órdenes por hacer antes de la reunión de Oliver justo a la hora de almuerzo, como siempre yo tenía que estar ahí escribiendo todo lo que decían para luego recordárselo y David también, ya que era el que secundaba la idea de Oliver, prácticamente sin el visto bueno de David, Oliver no procedía, hasta estoy comenzando a pensar mal de esos dos.

Nos encaminamos los tres al piso de reuniones de la empresa, pero yo tengo que tomar el jodido elevador público, así que llego como diez minutos más tarde, pero no puede reñirme por eso, Oliver está hablando con unos señores bien elegantes que no parecían americanos, por su acento pude reconocer que eran franceses. Tomo un asiento junto al que tendría Oliver, del otro lado estaría David, me da tiempo de analizar mi entorno, todos estos tipos le doblan la edad y puedo apostar que él tiene más dinero que todos ellos juntos, también veo que hay unas cuantas chicas, supongo secretarias, observo cómo todas miran a Oliver, «cuidado se les cae la baba», me dan ganas de reír, pero no lo haré, y eso que no lo han visto sin camisa.

Mi mente divaga entre risas que me causan estas chicas, como comentan entre ellas sobre Oliver, no logro alcanzar a escuchar lo que dicen, pero sé que es de él por como lo vuelven a ver, en eso un tipo se para enfrente tapando la vista hacia aquellas tipas que se están comiendo a Oliver, subo la mirada y es un sujeto bastante guapo, con saco color marrón y corbata, tiene barba cerrada, juro que pareciera hermano de David. Pero ya mencioné, no me gustan los rubios.

—Hola —menciona con una amplia sonrisa.

—Hola —contesto, frunciendo mi entrecejo.

—Te molesta si me siento al lado tuyo —me dice señalando el lugar disponible al otro lado de mí.

—No, adelante —hago una seña con mi mano hacia el lugar que él había señalado.

—Soy William Spencer —se presenta, estrechando su mano hacia mí una vez que se ha sentado.

—Alexandra Carlin —contesto, tomando su mano y sacudiéndola.

—Qué lindos ojos —agrega, casi en un susurro, me recordó lo que dijo Oliver esta mañana, esto hace que sonría, él tal vez cree que es por lo que dijo, pero, a decir verdad, este tipo por muy atractivo que sea no me atrae.

—Gracias —contesto, de la manera más amable, pero cortante.

—Así que revistas *Anderson* —dice, mirando mi identificación de la empresa que está sostenido de mi chaqueta.

—Así es —respondo y él muerde sus labios al ver los míos, frunzo mi entrecejo.

—¿Es en serio? ¿Eso pareció sexi para ti? —enarco una ceja y él me observa con sus ojos bien abiertos. En ese momento, Oliver, mi salvador, se aparece y saluda al tipo sentado al lado de mí.

—¿Qué tal, Spencer? —y es que se conocen. *¡Claro!* Si están cortados con la misma tijera.

—Hola. ¿Qué tal, Anderson? —contesta con una sonrisa, Oliver toma lugar a mi otro costado.

La reunión inicia, comienzan a presentar a todos los importantes, luego un señor gordo y barbón comienza a dar las estadísticas de la empresa, al parecer, Oliver está contento con las cifras. ¿Quién no? Son cifras muy buenas, los inversionistas también están contentos, la reunión termina una hora después, ahh, ya me estaba durmiendo, es hora del almuerzo, mi estómago ruge, el tal William se acerca a mí y me da una tarjeta con su número.

—Me gustan las mujeres sin pelos en la lengua —se retira guiñándome el ojo. *¿Qué fue eso?* En lo que se va alejando, una mujer toma su mano, era unas de las tipas que se estaban comiendo a Oliver. ¡Vaya, vaya! Qué bella relación, el tipo coqueteándome y la tipa babeando por Oliver.

Oliver ve que William me había dado algo, se acerca a mí, toma mi mano y me arrebata la nota, se ríe al ver que me había dado su número, arruga la tarjeta y la bota en la basura.

—Estás casada —dice con su mirada arrogante que me hace querer matarlo a veces—. Y él también —agrega.

Oliver se aleja y sigue su camino, no es como que fuera a llamar al tal William tampoco, pero a él qué le importa.

(Capítulo 11)

¡Ya era hora! Regresaba a mi apartamento, ya podía conducir mi viejo auto, había dejado en casa de Oliver el Bentley perlado. Ya podía estar en calzones en mi casa si así se me apetecía, ya podía divertirme otra vez y disfrutar de mi soltería, no tan soltería, ya que aún había papeles firmados entre el señor Oliver y yo, era hora de un buen libro y café, pero Natalie como siempre interrumpiéndome para salir un rato, hasta que, por fin, me convenció y me hizo ponerme un vestido blanco suyo, muy ajustado para mi gusto.

Como era de imaginarse, las tales Karen y Lisa van con nosotras. ¡Ah! Ya no quiero ir. Hasta sus voces chillonas me molestan y mucho más como hablan de sus experiencias sexuales con chicos sin censura, creo que esas son cosas privadas.

Comienzo a tomar algunos tragos, no tanto, pero sí bastante como para irme a bailar sola y mover mis caderas al ritmo de salsa latina, nací y crecí en Miami, así que este tipo de música es bastante normal para mí, prefiero bailar sola, es mejor que escuchar las obscenidades de Karen y Lisa o ver a Natalie pasarse saliva con Dereck, a veces me dan ganas de tener un novio, y no tener que bailar sola, me gusta ser independiente, pero a veces es necesario tener a quien besar, abrazar, manosear, mucho más si tiene las nalgas del jefe, río yo sola y ahí es donde me percato de lo que acabo de pensar. ¡Joder! ¿Qué diablos estoy pensando? Ya me está comenzando a afectar el alcohol, ya no tomaré más o terminaré gritando que me gustan las nalgas de Oliver Anderson borracha y tirada en una canaleta.

Me voy a la barra, necesito algo que me ayude a sacar esos pensamientos de mi cabeza, pero sin alcohol; algo como ese tipo que se me está acercando, sus labios se arquean formando una linda sonrisa, lleva un mechón de su cabello castaño hacia atrás.

—Hola —dice, al llegar a mí, toma la banqueta que está a mi lado y se sienta.

—Hola —contesto, esbozando una sonrisa, analizando todos sus movimientos.

—Soy Charles, te vi bailando sola y venía a invitarte a bailar conmigo mientras charlamos —vuelve a sonreír y dos hoyuelos se forman en sus mejillas.

Voy a contestar que sí, cuando unos brazos fuertes me toman por la cintura y siento unos labios postrarse en mi mejilla. ¿Qué mier...? Voy a golpear al tipo este, cuando me volteo observo que es... ¡Oliver! Oliver ve al sujeto que lleva el nombre de Charles con un gesto de seriedad en su rostro, él sonríe un poco incómodo y rasca la parte trasera de su cabeza.

—Bueno, se... Será en otra ocasión —balbucea, a paso rápido se aleja de nosotros.

Miro a Oliver atónita y él mira a Charles alejarse. Me suelto de su agarre en mi cintura, mi rostro debe ser un poema en estos instantes, si no fuera mi jefe juro que lo arrastro hasta el callejón de afuera y lo agarro a golpes.

—¿Qué diablos acabas de hacer? —pregunto furiosa, él simplemente ríe mientras lo observo rodearme para sentarse en la banqueta que el tipo había tomado.

—Solo te estoy salvando de un tipo que solo quiere sexo contigo —contesta con una sonrisa triunfante en su rostro.

—¿Y qué? —enarco una ceja—. Arruinaste mi oportunidad de tener sexo.

Volteo mi mirada a la bebida que me habían servido, vuelvo mi mirada a él para observarlo mejor y es que sin esos típicos trajes empresariales se ve mucho más guapo.

—Intentaré olvidar ese comentario —contesta con una pequeña sonrisa, mientras se quita su cazadora de cuero negro, dejando solo su polera blanca interior que se ajusta perfectamente a todos sus músculos, y a mí como que se me va la vista.

—¿Y qué hace el gran señor Anderson en una discoteca que no sirve caviar, ni *champagne* o vino del fino? —me mofo.

—Prefiero que me llames Oliver —contesta, tomando un trago que le ha servido el *bartender,* le hace una seña que sirva otro y supongo que es para mí—, y vengo acá porque aquí vienen chicas guapas —agrega—. David ya se encontró una, pero yo no puedo ligarme a nadie si mi esposa está presente.

Esposa, esa es la palabra más extraña que mi cerebro logra reconocer.

—¿Puedo preguntarte algo? —miro a Oliver intrigada, él clava sus ojos en mí y enarca una ceja.

—Depende, ¿es algo privado? Porque no me gusta dar detalles de mi vida privada —contesta, reposando sus codos sobre la barra, pero sin despegar su mirada de la mía.

—¿Cuántas tienes? Novias, mujeres, amantes, como sea que las llames —Oliver ríe ante mi pregunta y voltea todo su torso hacia mí quedando frente a frente.

—Yo no tengo novias o mujeres o amantes o lo que sea —su mirada es intimidante, pero nunca me voy a permitir bajarla frente a él, así que mantengo el contacto visual.

—¿Qué? ¡No lo creo! —y sí, no lo creo, es Oliver Anderson.

—Para llamar a alguien una de esas cosas tendría que tener más de un encuentro con ellas, y yo no me acuesto con la misma mujer dos veces —vuelve a enarcar una ceja, voy a admitir que eso me ha causado gracia y sé que lo ha notado por mis sonoras risas que hasta a él hacen carcajearse—. ¿Qué? Yo hablo en serio, Alexandra.

—Eso es porque ninguna te lo ha sabido hacer —bromeo, y ahí me percato, espero que no me malinterprete, creo que sí lo malinterpretó por ese gesto de diversión que su rostro produjo.

El alcohol ya estaba haciendo que me riera por todo. Él también ríe, vaya, vaya, me estoy llevando bien con Satanás, por el momento, espero que esto no termine en otro lado, mejor ya no sigo tomando. Mi celular suena y lo saco de mi bolso.

Natalie
Cariño, no quiero interrumpir tu
charla con el señor Anderson,
pero me iré a casa de Dereck,
¿te llevo a casa?.

Vuelvo a ver a Natalie que está por irse, habíamos venido en su auto, Oliver «Chismoso» Anderson logró leer mi mensaje desde donde estaba.

—Dile que yo te llevaré a casa —dice, observando mi teléfono celular.

—Creo que mejor tomaré un taxi —contesto, llevando el celular a mi pecho para que deje de verlo, le escribo a Natalie y le envío el mensaje, ella me da un adiós con su mano y yo hago lo mismo, vuelvo mi mirada a Oliver, quien me está viendo con una ceja arqueada.

—Alex, yo te llevo —dice, luego de un suspiro—. No tengo ningún problema y es más seguro que vayas conmigo y no en un taxi con cualquier idiota por ahí. ¡Vamos! —menciona, tomando mi antebrazo, ¿ya qué? Ni modo, mejor que me lleve mi jefe y no cualquier idiota como le llama él—. Oye, quiero ir a comer. ¿Me acompañas? —pregunta cuando estamos fuera del lugar, no sé a qué lugar iríamos, pero conociéndolo, se refería a algún lugar extravagante. Y sí que tenía razón, Oliver se parquea frente a un restaurante cinco estrellas.

—¿Alguna vez has comido una hamburguesa o un *hotdog* en una estación de trenes? ¿Te has comido un helado mientras caminas por las calles? —pregunto, antes de bajarme, viendo aquel lugar por el parabrisas.

—La verdad no, y ni pienso hacerlo —contesta Oliver, tomo la manecilla para abrir la puerta cuando su voz me hace sobresaltar.

—¡No! —espeta, me va a matar de un infarto, rodea el auto rápidamente y abre la puerta para mí.

—Oliver, no era necesario —digo, saliendo del auto, me gusta esta caballerosidad de Satanás—, vas a mal acostumbrarme y el día que no lo hagas...

—Siempre lo haré —me interrumpe—, es parte de mí. Si algún día sales con alguien y no hace esto mándalo a la mierda —no puedo evitar que una leve risa salga de mi interior mientras él cierra la puerta del auto.

—Oye, ¿qué tal si vamos a otro lado? —observo el interior del lugar con descontento, tomo las llaves de su auto de sus manos y camino hacia el lugar del conductor.

—Por favor, dime que no iremos a comer *Salmonellas* por ahí —Oliver me mira con cara de preocupación y niego con mi cabeza con una sonrisa enmarcada en mi rostro. Finalmente, sube del lado del copiloto.

Llegamos a una estación de Subways, por suerte estaba bastante cerca, me gusta este sitio, obviamente a Oliver no porque no luce como los lugares que él frecuenta. En el lugar siempre hacen karaoke todas las noches, antes de trabajar en la revista *Anderson* frecuentaba este lugar, se escucha muy bien, pido un *subway* y una soda para mí y me quedo atónita al escuchar al señor Anderson pedir una ensalada y un té negro. En serio, creo que nosotros hemos cambiado papeles, él parece la mujer acá.

—¿Qué? No, no, no, lo mismo para el señor, por favor —le interrumpo, la castaña del otro lado del mostrador asiente.

—Me quieres matar, ¿cierto? —Oliver se cruza de brazos y me mira con esa típica mirada suya desafiante, bueno, yo no le dije que me invitara a comer.

—Oliver, no vas a morir por comer un *subway* —digo, tomando su mano para dirigirlo hacia una mesa—. Mira esto, un lugar juvenil, bohemio, artístico. Disfrútalo.

—Un lugar juvenil, bohemio, artístico es La Maison Blanche en París —y lo miro, con mis ojos entrecerrados, como él sí se puede dar esos lujos. Encontramos una mesa vacía y él saca la silla para que yo tome lugar.

—¡Claro! Si tienes dinero para entrar ahí —digo, mientras lo observo tomar lugar frente a mí—. Por cierto, me encanta París.

—A mí igual, tengo una propiedad en la ciudad —frunzo mi entrecejo—, no me gusta estar en los hoteles y viajo bastante, así que era necesario.

—¿Compraste una casa por unos días para no tener que estar en un hotel? —enarco una ceja mientras me relajo en el espaldar de la silla.

—¡Por supuesto! En un hotel no puedo llevar a nadie sin que se den cuenta y yo no puedo exponerme, mucho más con mi padre siguiéndome los pasos.

¡Ah! ¡Por Dios!

—Sabes, en parte entiendo a tu padre —en ese preciso instante una camarera se acerca con nuestro pedido. Oliver mira su *subway* revisándolo lentamente como si buscara algo, esto es lo más gracioso que he visto.

—¿Qué? Nunca sabes qué esperar de estos lugares —definitivamente, él es la esposa en este matrimonio.

Oliver es tan delicado, no solo en su aspecto, sino también en la forma como incluso come un *subway*, estuve tentada a preguntarle si necesitaba un cuchillo y un tenedor, pero me contuve, nunca había estado con nadie de su clase, así que... No sé si todos sean iguales, pero deben serlo.

—¿Lo ves? No has muerto por comer un *subway*. ¡Yeyyy! —comienzo a aplaudir y él me mira con desaprobación limpiando sus labios tan delicadamente como todo lo que hace, estoy tentada a averiguar qué más cosas hace de esa forma.

Al cabo de unos minutos ya no podíamos conversar, la música comenzó a descontrolarse cuando subieron a cantar una banda de *rock* alternativo, todos se pusieron de pie, se escuchan bien, debo admitir. Oliver rodea la mesa y se sienta a mi lado para ver mejor el *show* de los chicos sobre la tarima.

—¿Te gusta? —pregunto, hablando cerca de su oído, él de inmediato voltea su rostro hacia mí quedando mis labios muy cerca de los suyos, de inmediato me aparto incómoda y, al parecer, a él también le ha parecido lo mismo.

—La verdad, este no es mi tipo de música —habla en mi oído luego de un par de minutos—, pero debo admitir que se escuchan bien —asiento con una sonrisa, a mí también me han gustado.

Al terminar, Oliver me lleva a mi apartamento, como siempre caballeroso abre la puerta del auto para que yo salga, en serio que me estoy acostumbrando a esto, pero no es todo, me acompañó hasta la puerta del edificio.

—Gracias, señor Anderson —digo, volteando hacia él, esboza una sonrisa.

—La veo mañana, señorita Carlin, por cierto, para mí trabajo es trabajo, así que en el trabajo esto nunca pasó.

Río levemente.

—¡De acuerdo! —digo con una sonrisa.

Oliver regresa a su auto y se va. Maldito Oliver me está cayendo bien.

(Capítulo 12)

Despierto cuando ya la claridad quemaba mis pupilas. ¡Ah! Ya extrañaba mi cama, mi apartamento. ¡Mi vida! Tengo una leve resaca por los tragos de ayer, pero es soportable, no me quiero levantar, amo el frío y estar bajo mis sábanas, pero tengo que hacerlo. Mis pies descalzos tocan el gélido piso de madera y siento un escalofrío recorrer mi cuerpo y quiero tirarme de nuevo a la cama, pero no lo haré, tengo que trabajar como todos los pobres, amarro mi cabello en un moño hacia atrás mientras me ducho con agua tibia, esa sensación del agua recorriendo mi cuerpo es única, tengo ojeras por no dormir lo suficiente anoche, así que me decido por un poco de maquillaje luego de ponerme mi suéter negro y un *jean* del mismo color, sin querer me había vestido como mi madre le llama «para un funeral». Recuerdo sus típicas preguntas y mis épicas respuestas.

—*Alex, ¿quién murió?*

—*No lo sé, mamá, aún no lo decido.*

Me lanzaba cualquier cosa que tuviera en las manos por mi «diabólica» respuesta.

Me dibuja una sonrisa en mi rostro recordar a mi madre y sus ocurrencias, no la he visto en años, solo hemos hablado por teléfono unas veces, hasta ella cuida más a mi hermana, según ella porque yo soy «fuerte», pero yo también necesito una madre a veces. Acomodo mis rulos con una tenaza para cabello luego de ponerme maquillaje para ocultar mi cara de resaca.

Salgo de mi apartamento tomando mi abrigo largo para afrontar el frío allá afuera y mi bolso. Voy por un sándwich y un café que ni siquiera logro terminar, reviso mis redes sociales sentada en una mesa de la esquina, frunzo el ceño cuando recibo una llamada de un número desconocido, solo los teléfonos de la revista son privados.

—*¿Hola?* —digo al descolgar, mientras tomo un sorbo de mi café.

—*Carlin, necesito que vengas ahora mismo a la empresa* —la voz de David suena alterada y todo mi interior se estremece, ni siquiera me deja contestar, de inmediato corta la llamada. ¿Qué diablos habrá pasado? ¿Le pasaría algo a Oliver? ¿Por qué pienso en Oliver?

Llego a la empresa casi corriendo, veo que la prensa está por todos lados. ¿Qué demonios ha pasado? Entro y todos se me quedan viendo, veo que la tal Andi me lanza una mirada fulminante, a cada paso que doy más personas en la empresa voltean a verme, miro a David y me hace de seña que lo acompañe a su oficina. ¿Esto es en serio? Todo en mi interior se estremece y camino casi temblando por el pasillo, las suelas de mis botas son las únicas que suenan por el lugar, hasta tengo que acomodar el cuello de tortuga de mi suéter porque siento que me ahogo y eso que está haciendo frío, me espero lo peor.

David abre la puerta de su oficina para que yo pase y entra seguido de mí, cierra la puerta a sus espaldas y me da un periódico, frunzo el ceño y con desconcierto lo tomo con mi mano derecha y dirijo mi mirada al pliego, en la portada «Oliver Anderson dice "acepto" en ceremonia privada».

Continúo mi lectura.

El patriarca Anderson afirmó a la prensa que el mayor de sus hijos había contraído matrimonio, el muy orgulloso padre confirmó que su hijo es y siempre será el mejor para llevar a cargo la presidencia de la revista *Anderson*, siempre toma las mejores decisiones.

Cuando se le preguntó por la esposa del magnate de Nueva York, no dudó en elogiar a su nuera: «La mejor esposa que mi hijo pudo encontrar, Alexandra es una mujer muy inteligente, que se preocupa por él y su bienestar, habla 4 idiomas, trabaja tan duro como mi hijo por la empresa, estoy muy contento y orgulloso» fueron las palabras del señor Anderson. La noche de ayer se vio a Oliver Anderson saliendo del Rock & Roll Discotec con una misteriosa chica. ¿Será la afortunada esposa o simplemente una de las conquistas del gran Anderson?

En la parte de abajo está una foto de Oliver y yo.

Mi mente está en *shock*, siento mis piernas de gelatina, mis manos tiritan y ni siquiera puedo parpadear, dejo mi vista clavada en aquel papel pensando una y otra vez en que esto no se va a acabar así de fácil.

—Al parecer, le caíste bien a tu suegro —dice David mientras quita el periódico de mis manos—, pero esto será un problema para Oliver.

—¿Dónde está? —pregunto, es lo único que logra salir de mi boca sin siquiera pensarlo.

—Le dije que no viniera, no quiere dar declaraciones de ningún tipo —David recuesta su cadera sobre su escritorio cuando Oliver se aparece de pronto en la oficina.

—Oliver, te dije que... —David es interrumpido por un Oliver furioso que toma el periódico en sus manos y comienza a leerlo.

—Sé lo que me dijiste David, pero no puedo encerrarme, tengo muchas cosas que hacer, tengo que admitir que es verdad, de otra forma no me dejarán en paz, odio a mi padre en estos momentos. Alex, organiza una rueda de prensa —lanza el periódico contra el escritorio.

No sé qué piensa hacer, pero tampoco puedo preguntar, está estresado y molesto, sé cuál sería su respuesta, llamo a todos los canales locales, periódicos, reporteros que puedo, había un grupo completo que se encargaba de preparar el lugar para hacer la rueda de prensa, puedo descansar.

Por suerte, los reporteros no me reconocen, puedo salir y entrar a la empresa sin problemas, voy por un café a una cuadra, lo necesito. Cuando regreso la rueda de prensa ha iniciado, me siento a un lado a escuchar qué dice Oliver, maneja esto muy bien como todo un profesional, sus abrigos, guantes y bufanda combinan con su cabello y el azul de sus ojos resalta más, se ve aún más atractivo.

«Señor Anderson, ¿cómo es que se casó sin decir nada? ¿Señor Anderson, quién es la chica con la que se le vio ayer? ¿Señor Anderson, está su esposa por acá?». Y muchas más preguntas que se les ocurrían a los periodistas, ni siquiera dejaban contestar a Oliver. En serio, me cago en los reporteros con todas esas estúpidas preguntas.

—Les pido silencio, por favor —dice, todos hacen silencio prestando atención a lo que Oliver tenga por decir—, decidí casarme en secreto porque para mí, mi vida privada es meramente privada, mi esposa y yo lo decidimos de esa forma, estoy unido a esa maravillosa mujer, juntos hemos logrado muchas cosas para esta empresa —observo cómo analizan cada una de sus palabras, conociendo este tipo de medio al saber que se inventarán luego—. En cuanto a la chica de ayer, sí, ella es mi esposa a quien amo con todo mi corazón, y que, si ella está aquí, sí lo está, ¿Alexandra?

¡No!

Mi corazón se detiene por un momento, me quedo en *shock* y paralizada. ¿Por qué? Esto es televisión nacional, ni siquiera me preguntó si quería o no ser parte de esto, él estrecha su mano indicándome que me acerque a él. ¿Qué demonios...? Esto no puede estarme pasando, todas las cámaras están frente a mí y los *flashes* a punto de dejarme ciega, no tengo opción, no puedo decir que no a estas alturas, sonrío fingidamente, camino hacia Oliver tomando su mano, con la otra sostengo mi café, él toma mi barbilla con una mano y presiona sus labios contra los míos enfrente de todos los periodistas, enfrente de todos los Estados Unidos que están viendo esto en este preciso momento, gracias a Dios se me había ocurrido peinarme y maquillarme bien hoy, esto me lo va a pagar muy caro y me va a escuchar, cómo es pos...

Mi mente sucumbe ante el beso de Oliver, se pasea con suavidad por cada uno de mis labios de manera delicada, mi pensamiento queda en blanco, es tan... Tan... Rayos, qué bien besa Oliver. ¿Por qué no lo besé antes? Este tipo sabe hacer todo bien, quisiera averiguar qué más cosas hace bien. ¿Qué? ¡Alex! ¡Cállate! ¿Cómo puedes pensar eso? Borro ese pensamiento de inmediato, Oliver separa sus labios de los míos y me mira a los ojos, no sé ni cómo reaccionar, finalmente, deposita un tierno beso en mi frente.

—Muchas gracias —menciona por el micrófono, tomando mi mano me dirige hacia la empresa. Sigo sin sentirme viva, los periodistas se vuelven completamente locos y creo que también toda América, había olvidado todo lo que tenía por decirle a Oliver luego de esto, él tampoco me dirigió la palabra, veo cómo todas las chicas ahí me odian, también todas las que están en la empresa me odian. ¿Qué culpa tengo? Esto no era el trato con Oliver, se abren las puertas del ascensor, por primera vez piso el corporativo y ni siquiera lo puedo disfrutar, me siento en mi escritorio, mi celular había estado sonando, lo saco de la gaveta y observo que tengo llamadas perdidas de Natalie, de las tontas de Karen y Lisa, las amigas de Natalie, pero no mis amigas, así que no me jodan, también excompañeros de la universidad. ¡Genial! Ahora sí me recordaban todos, tengo 15 llamadas perdidas de mi madre, mi hermana también estuvo llamando, tenía mensajes de voz, el primero es de mi madre.

—*¡Alexandra Jane Carlin! ¿Cómo es que te casaste y no nos dijiste nada? Me tengo que enterar por medio de la televisión. Toda la vida quise ser yo la que arreglara a mis hijas para el día más importante de sus vidas. ¿Y tú? ¡Ingrata!* —no continúo escuchando eso, no quiero saber qué sigue, apago mi celular, mi madre está molesta, y sé que llamará más veces, odio a Oliver en estos momentos, no quería que mi familia se enterara. Oliver sale de su oficina y me hace una seña para que vaya a la suya. Bien, estaba esperando esto, tengo mucho que decirle, camino hacia su oficina con paso firme y mis puños cerrados. Entro y cierro la puerta a mis espaldas de golpe.

—Oliver. ¿Qué diablos hiciste? Ahora toda América sabe esto. Mi madre está molesta, mi hermana debe estarlo, toda mi familia, tú me dijiste que solo sería esa noche por tus padres —Oliver no parece prestarle importancia a lo que estoy diciendo, no despega la vista del monitor y continúa escribiendo—. Oliverrrr... ¡Te estoy hablando! ¡Joder!

—Lo sé —contesta—, toma, estos son tus nuevos documentos —me da un sobre y lo abro con intriga, veo qué hay dentro y es mi identificación, mi licencia de conducir y una tarjeta platino, todo bajo el nombre de Alexandra Jane Anderson.

Observo que me ha cambiado el apellido y miro a Oliver, quien continúa tecleando en su computador.

—¿Me cambiaste mi apellido? —estoy tan molesta que quiero lanzarlo con todo y su computadora por este ventanal.

—Las cosas se alargaron un poco, así que las vas a necesitar, no hay forma de que seas mi esposa y sigas apellidándote Carlin.

—Pero ni siquiera me lo preguntas. Ni siquiera pediste mi opinión por lo que hiciste hoy. Siento que mi opinión no cuenta —comienzo a caminar de un lado a otro desesperada.

—La tarjeta es de crédito ilimitado, tómalo como parte del pago, puedes comprarte lo que sea —ni siquiera le importa lo que le estoy diciendo—. Te aviso desde ya que tengo acceso a la cuenta y si le compras algo a alguien más, como a un amante, por ejemplo, suspenderé el crédito.

—¡¡¡¡OLIVER!!!! PRÉSTAME ATENCIÓN. ¡ESTOY HABLANDO CONTIGO! —digo, finalmente, molesta cerrando de golpe su *laptop*.

Oliver me mira molesto, sé que quiere matarme, pero no me importa, yo también lo quiero matar. David entra a la oficina y estoy segura de que siente la tensión.

—¡Genial! Ya están actuando como una pareja de casados —ríe, maldito.

Oliver lo fulmina con la mirada y este solo le deja unos papeles y se retira, pero continúa esa sonrisa en su rostro que no desaparece aun cuando se pierde detrás de la puerta. Oliver mira los papeles.

—Tendrás que usar tu anillo todo el tiempo, y... no puedes tener novios, hombres, amantes o como sea que los llames, mientras estés casada conmigo, no pasaré vergüenzas —expresa, no despegando la mirada de los papeles.

—Entonces, tú tampoco puedes tener novias, mujeres o amantes —digo, apoyando mis caderas sobre su escritorio— ni encuentros sexuales con ninguna mujer.

Me mira directo a los ojos.

—Eso sí va a ser difícil, mi amor —menciona, lentamente, lo odio.

—Bien, pero ten en cuenta que si tú lo haces yo también lo haré, ahora que esto es público no pasaré vergüenzas con un esposo infiel, sé que para ti también será vergonzoso que la prensa se entere de que tu esposa te fue infiel —espeto, sin nada de duda en mi tono de voz, si él lo hace yo también.

—Tú no eres así, sé que no lo harías —dice, tan relajado sobre su silla de cuero giratoria.

—Pruébalo —lo miro desafiante, yo sí soy capaz. Oliver solo me observa, sin palabras, cambia de tema.

—Por cierto, tendrás un mejor trabajo del que querías, tendrás una oficina y te encargarás de darle el visto bueno a todo lo relacionado con la revista, si algo no te gusta se lo dices a la persona encargada, cuando creas que ya está lista para salir al mercado me la haces llegar. Tu opinión va a ser de gran importancia, así que estarás conmigo en todas las reuniones a las que vaya, algo así como otro David.

¿Otro David? Y me imagino yo con barba y suelto una risa, no puedo con mi propia mente. Oliver frunce su entrecejo y me observa con una ceja enarcada.

—Alístate porque viajaremos a Italia, nos vamos esta noche —se pone de pie y lleva los papeles a un archivero a su costado derecho.

¡Alto ahí! ¿Italia? ¿A qué? Espero que no sea la luna de miel porque ya ahí sí paso.

—¿Italia? —pregunto, cruzándome de brazos. No es que me desagrade la idea.

—Sí, eres mi esposa, tendrás que andar conmigo donde vaya —¡ah! ¡Estupendo!—. Luego iremos a Francia y después a California, dejaré a David a cargo, ya que alguien le prometió a mi padre estar ahí —articula, mirándome de mala cara, se sienta y abre la *laptop* para continuar escribiendo—. Cómprate algo elegante porque es una cena de gala con socios importantes, después de todo tienes una tarjeta de crédito ilimitado. Un chofer pasará por ti porque yo no puedo, te estaré esperando en el *jet*.

Demasiadas palabras para mí, solo escuché tarjeta de crédito ilimitado y cómprate algo. *¡Libros en rebaja voy por ustedes!*

(Capítulo 13)

Llamo a Natalie para preguntarle si podía salir, necesitaba su ayuda para este tipo de cosas. Yo no sé mucho de elegancia, diseñadores y esas cosas, estoy en el apartamento empacando mis cosas, cuando los tacones de Natalie resuenan por el piso de nuestro apartamento.

—¡Dios mío! —exclama, con sus ojos brillando de emoción, la miro con mi entrecejo fruncido, pero ya sé a qué se refiere.

—¿Y cómo estuvo ese beso? —dice, de una manera sensual y golpea suavemente mi antebrazo.

—... no estuvo mal —aclaro mi garganta, no le puedo decir que besa estupendo, ya de por sí está riendo como loca.

—Yo en tu lugar aprovecho estos días —me lanza esa típica mirada traviesa que me hace verla con desaprobación, solo quiero estrujar ese trasero.

Le muestro mi tarjeta platino de crédito ilimitado y suelta un grito que me deja ensordecida, intento taparme los oídos y ella me toma de la mano y literalmente corre y me lleva a arrastres, no sé cómo le hace con esos enormes zapatos.

Odio salir de compras, pero Natalie ama salir de compras, así que puedo distraerme viendo otras cosas mientras ella busca algo bueno para mí. Confío en sus gustos.

La miro venir a toda carrera y sus ojos exaltados de emoción, sostiene un vestido rojo en sus manos y me lo extiende. Lo tomo y lo miro de cerca, esto se debe meter con manteca.

—Pruébatelo —insiste, no tengo de otra, me voy hasta el vestidor e increíblemente me queda a la medida, salgo y me paro frente a un enorme espejo, Natalie está distraída viendo unas bragas de encajes y no se percata de que ya estoy aquí, me reviso el vestido una y otra vez, y se mira bien, pero por lo que veo es antisostén. Un grito detrás de mí resiente mis tímpanos y llevo mis manos a mis oídos por instinto.

—¡Estás preciosa! Definitivamente, ese es —frunzo el ceño y ladeo mi cabeza mientras me miro en el espejo otra vez.

—¿E iré sin sostén? —pregunto, encontrándome con su mirada en el espejo.

—Por supuesto, así si el Anderson te lo quiere quitar, va a tener una gran vista debajo —me volteo de inmediato y la observo, contiene una risa y yo estoy a punto de lanzarla por el ventanal de este lugar, en serio que esta mujer nunca se va a componer.

—Y... esto es lo que llevarás por debajo —me extiende una braga color piel que casi no cubre nada, la miro con asco y observo el precio, joder, tanto dinero para un pedazo de tela.

Espero que Oliver no revise la cuenta y mire estas cosas, haré que se borre este historial comprando decenas de libros.

Le regalo un vestido que la observé viendo desde que llegamos, Oliver me dijo que no podía comprarle nada a un amante, pero no mencionó a Natalie, saco mi tarjeta y mi identificación para pagar lo que habíamos comprado y se la entrego a la cajera.

—¿Alexandra Anderson? ¿La esposa del señor Anderson? —¡diablos! Adiós anonimato—. No lo puedo creer, otra Anderson vistiéndose con nosotros —¿otra Anderson?

—¿Señora Anderson? Es un gusto conocerla, soy Melanie Wang —una señora de mediana edad, alta, con el cabello negro y corto se me acerca sonriente—, nosotros también vestimos a la señora Margot Anderson el año pasado, por favor, la casa invita.

—¿Ah? Estupendo, y no, por favor, yo pagaré por esto —insisto, no me agrada la idea de comprar cosas tan caras e irme sin pagar. ¿La señora Anderson aceptará algo así?

—No, insisto, tómelo, en serio, es un honor para nosotros —ella acomoda sus lentes, Natalie la mira con emoción, a ella le gusta este tipo de atenciones, a mí no.

Me costó unos buenos minutos, pero terminé pagando por todo, yo no puedo irme así.

Ya en mi apartamento tengo todo listo, tamborileo mis Vans contra el piso de madera, me desespero cuando me toca esperar tanto, tocan la puerta, es el chofer de Oliver, me despido de Natalie y me voy, nunca había estado en Italia. ¡Qué emoción! Llegamos al *jet*, desde largo se divisan unas letras que forman la palabra «ANDERSON», no sabía que Oliver tenía un *jet* privado, llego y ahí está él sumergido en su computadora, su padre tiene razón, Oliver tiene que darse un descanso y dejar de trabajar.

—Hola, señor jefe —digo, tomando lugar al lado suyo, ni siquiera levanta la mirada.

—Hola, «CARLIN» —menciona haciendo énfasis en mi apellido, sin querer me paro sobre su cara zapatilla y ahí sí... quita de inmediato sus ojos de la *laptop* para clavarla en mis zapatos y luego en mis ojos. ¡Joder! Sonrío porque no tengo de otra mientras él me fulmina con la mirada.

Solo vamos él y yo en ese gran *jet*, y bueno, la azafata privada que le coquetea a Oliver todo el tiempo, no puedo evitar reír.

—¿Puedo saber qué te causa tanta risa, Alex? —pregunta con un tono serio, despegando su mirada de su *laptop* para postrarla en mí.

—Tu azafata... ¿En serio no sabe que tu esposa va al lado tuyo? —susurro, él frunce su entrecejo y voltea a ver a la morena.

—No lo sé. Espero que no porque está guapa —murmura, aquí es donde yo, como esposa, hago un berrinche y corro a la tipa esta, pero esas cosas no me salen sin que me suelte a reír.

No sé a qué hora me quedo dormida, despierto cuando el *jet* está aterrizando, es Italia y es más de medianoche, el chofer nos lleva al hotel donde nos vamos a hospedar.

—¿Vamos a compartir habitación? —pregunto, quiero que me diga que no.

—Sí —¡ah! ¡Maldita sea!—, porque mi hermano también está hospedado aquí, y él no pide habitación separada con su esposa —contesta, mientras un joven hombre abre las puertas del hotel, agradezco. Dos hombres llevan nuestras maletas, no había visto que Oliver lleva solo una camisa blanca, sin sus sacos característicos, había doblado la manga hacia arriba, según él, está informal.

El hotel es inmenso, lujoso, solo gente rica debe hospedarse aquí. Y Oliver reservó la suit presidencial, es más grande que todo mi apartamento, blanco y alfombrado, en la parte del techo se aprecian unos decorados similares al cielo; como es de noche, parece que estás viendo las estrellas, el baño es enorme, las toallas tienen el nombre del hotel bordado a mano, hay un balcón del que se podía ver toda la capital, al menos el lugar es bastante grande como para no tener que compartir el mismo espacio con Oliver y terminar peleando.

Oliver se quita la camisa y se va a tomar una ducha, luego sale solo con el pantalón de pijama, le gusta andar sin camisa provocando con su cuerpo musculoso, me tendré que poner a jugar ese mismo juego.

Estoy cansada por el viaje, luego de deshacerme de mi ropa en el baño, dejo que el agua cálida recorra mi cuerpo, siento alivio de inmediato, luego de unos minutos me visto y salgo, esta vez no dejé que Natalie metiera su ropa de dormir en mi maleta, mis *shorts* de Garfield son más sexis, Oliver sigue sumergido en su computadora, en serio que no deja de trabajar nunca.

—¿Por qué no dejas de trabajar? Mejor descansa —digo, acercándome a él y cerrando su *laptop*, en serio que necesita descansar.

—Odio que cierres mi *laptop*, Carlin —al menos no usó ese tono grosero esta vez—, y no estoy trabajando, estoy viendo qué te regalo por nuestro primer mes de matrimonio.

—¿Qué? ¿Por qué me regalarías algo? —frunzo el ceño y me cruzo de brazos.

—Los esposos les regalan cosas a sus esposas todo el tiempo. Además, mi padre me preguntará qué te he regalado.

—Bueno, ya me diste un Bentley, es suficiente.

—Un Bentley que ni usas. Ven, siéntate aquí —palmea suavemente el espacio al lado del sillón en el que está. Lo hago por curiosidad, quiero saber qué es un regalo para él.

—¿Qué prefieres? ¿Un yate o un helicóptero? —pregunta, mostrándome ambos en una página de internet, enarco una ceja.

¿Esto es en serio? ¿Yo para qué puedo querer esas cosas? «Oye, Natalie, vamos a comprar bragas de encajes», «sí, claro, vayamos en tu helicóptero». ¡Puff!

—¿Qué? Ninguno. ¿Por qué no me regalas algo más normal? No sé, un oso de peluche, chocolates o rosas.

—¿En serio? Eso no es un regalo, Alex —me mira, de la forma más natural posible. ¡Claro que son regalos! Y son detalles pequeños, pero los mejores cuando lo hacen como sorpresa.

—Oliver, yo no quiero que me regales ese tipo de cosas —es que también no entiendo por qué tenerlas.

—Cualquier mujer moriría por un regalo como este y, ¿tú lo rechazas? —él me mira intrigado, yo no soy cualquier mujer.

—¿Yo parezco cualquier mujer? Para mí hay cosas más importantes que las cosas materiales. Dicen que el dinero no compra la felicidad y es cierto —enfoco sus preciosos ojos azules y tiene una ceja ligeramente arqueada.

—Pero compra este tipo de cosas, y es también felicidad —Oliver y su filosofía.

—Eso no es felicidad. ¿Sabes qué es felicidad? Tener a alguien que cuide de ti, alguien a quien abrazar, besar, amar, alguien que te ame incondicionalmente, alguien que esté contigo en las buenas y en las malas —sí, suena cursi, pero es cierto—. Tú puedes tener todo lo material que desees, pero te despiertas todos los días solo, no tienes quien cuide de ti, quien te diga que te ama, quien se preocupe por ti, tienes encuentros con chicas solo una vez. ¿Y luego qué? Todas esas chicas solo están ahí por interés, alguna vez te has preguntado, ¿quién estaría contigo si no fueras Oliver Anderson?

Él se queda pensativo por unos instantes sin decir una palabra, ni siquiera me mira, solo observa hacia un punto de la habitación.

—Si quieres mostrarle a tu padre que eres un buen esposo, tienes que actuar como tu padre actúa con tu madre —ahí sí reacciona y clava sus ojos en mí.

—¿En serio quieres que sea así? Porque mis padres hacen muchas cosas que tú y yo no hacemos, muñeca —¿me llamó muñeca?—. Y que tú no me dejarías hacerte, me querías matar solo porque te di un beso.

—¡Porque no me lo preguntaste primero! ¡No me tomas en cuenta! Y, además, depende de qué tipo de cosas son las que quieres hacer conmigo, porque puedo patearte el trasero.

—¿Lo ves? ¡Te conozco! —exclama, como el más obvio.

—No me conoces —Oliver simplemente sonríe.

—Te gusta la comida chatarra, el color negro es tu favorito, te gustan las comedias y las películas de terror, el *Rock & Roll*, sabes *kick-boxing*, aparentas tener carácter fuerte, pero eres bien cursi.

¿Cursi? ¿Yo? ¡Para nada! Solo quiero conocer al hombre de mis sueños en un campo lleno de jazmines, que nuestras miradas se encuentren por casualidad en un atardecer y corramos en cámara lenta hasta fundirnos en un beso de amor con la canción *I will always love you* de fondo. Pero nada más. ¡Pufff! Algo muy normal.

—¿Cómo diablos sabes todo eso? —enarco una ceja, no es que tampoco sea recelosa con mi vida privada, pero tampoco me gusta que anden preguntando por mí a cualquier maníaco que pueda contar que a los doce años yo quería ser el Power Ranger rosa.

—Te investigué —por mi mente comienzan a pasar todo tipo de imágenes de hombres con gabardinas siguiéndome por todos lados.

—¿Cómo que me investigaste? —ahora siento temor, hasta en mi baño puede haber cámaras, luego saldré en algún lugar porno bailando el *Gangnam Style*, ¡desnuda!—. ¡Eso es invasión a la privacidad, Oliver!

Oliver simplemente ríe y me mira con sus cejas arqueadas.

—No te investigué, son cosas que he notado en ti estos últimos días —se recuesta en el espaldar del sillón y se cruza de brazos—. ¿Y tú qué sabes de mí?

—Que tienes un carácter pésimo, que eres superficial y materialista, eres mujeriego, dominante y posesivo, haces las cosas sin consultar, no te importa si eso molesta o no, o si afecta o no, piensas solo en ti todo el tiempo.

Oliver frunce el ceño y me observa intimidantemente. Se pone de pie de un salto y por un momento siento que me va a atacar, pero yo no pienso dejarme.

—¿Yo tengo carácter pésimo? ¿Quién es la que todo el tiempo está buscando cómo pelear? —me mira fijamente mientras está de pie—. Estoy intentando poner de mi parte para hacer funcionar esto un poco más de tiempo, pero tú te molestas por todo, si yo no fuera con este carácter tú no me respetaras, y lo sabes, solo porque te di un poco de confianza cierras mi *laptop* a la hora que se te da la gana, me gritas, me ofendes, si esto no fuera por mi padre yo no me casaría contigo.

Pues yo tampoco, jefecito.

Se aparta de mí, molesto, poniendo una camiseta en su cuerpo, «vengo por ti mañana» —exclama, tomando su maleta.

—¿Dónde vas? —me pongo de pie—. No puedes irte, tu hermano puede venir mañana.

Ni siquiera contesta, cierra la puerta a sus espaldas de golpe, no sé si ir tras él y detenerlo. ¿Tengo que disculparme? Lo llamo varias veces y no contesta. ¡No! Él tiene que disculparse, tal vez tiene razón, pero tampoco iré a buscarlo si eso es lo que él quiere.

(Capítulo 14)

El reloj marca las 3 a.m., Oliver entra por la puerta, estoy recostada de lado con vista hacia el balcón, Oliver se acerca a mí, me toma la cintura y me susurra al oído «lo lamento», sonrío, lo estaba esperando con ansias, volteo mi rostro en dirección suya, me da un beso, un tierno beso, esta posición es incómoda, así que me volteo para quedar frente a frente con él, el beso se va volviendo más apasionado, nos vamos quitando la ropa, prenda por prenda, ¡hace calor!, él se abre paso entre mis piernas, sus besos son tan buenos, no puedo creer que esto vaya a pasar...

Un sonido en la puerta me despierta de golpe hasta quedar sentada sobre la cama. ¡Maldición! ¿Qué estaba soñando? Qué mie... Miro a mi costado y ahí está Oliver, siempre respetando nuestro límite de distancia, no me di cuenta a qué horas llegó a la habitación, un segundo sonido de la puerta lo despierta, me levanto, me pongo una bata y me asomo por el orificio de la puerta, es el señor calvo del desayuno, abro y él sonríe ampliamente.

—Buenos días, señores Anderson, ¿puedo pasar a servir su desayuno? —pregunta muy amable, observo una pequeña placa de identificación que cuelga sobre su chaleco amarillo: «Carl Williamsburg».

—Por supuesto, adelante —contesto, aún aturdida por esa mierda de sueño.

Oliver le hace una seña de que pase mientras sale del cuarto medio adormilado, el señor pasa y comienza a servir el desayuno en un pequeño comedor en una siguiente sala que no había visto, Oliver recibe una llamada, no puedo saber con quién está hablando, pero algo me dice que es con su hermano.

—Claro, dame dos minutos, ya estoy allá —dice, entrando al baño con algo de ropa para cambiarse, sale del baño y toma su *laptop*, se retira de la habitación sin decir una palabra, el amable señor del desayuno también se retira unos minutos después. Se mira tan rico el desayuno que no pude evitar empezar a comer inmediatamente, de pronto mi sueño con Oliver aparece y casi me atraganto, sacudo mi cabeza para sacar ese pensamiento, había tenido un sueño erótico con el «jamás y nunca» de mi lista de hombres que hasta hace que el hambre se esfume.

Espero que se llene la bañera y agrego esencias aromáticas para despejarme y quitar todo pensamiento negativo de mi mente, tomo mis auriculares y mi teléfono celular, comienzo a escuchar música de Mozart, para mí, relajante, amarro mi cabello en una moña, me despojo de mi ropa y me sumerjo en la bañera.

Habían pasado unos 20 minutos cuando decido salir, me pongo la ropa interior que Natalie me había comprado, unas bragas de encajes rosa y un sostén que hace conjunto. ¡Diablos! ¿Cómo estaré cómoda con esto todo el día?

Salgo del baño a la recámara en busca de ropa, la maleta está a un costado de la habitación y sin ver alrededor la abro y comienzo a buscar qué ponerme para ir a arreglarme el cabello para la cena con los socios de Oliver, estoy viendo entre todo lo que tengo por ponerme cuando escucho un carraspeo de garganta, me estremece, ¿quién diablos...? Me volteo rápidamente. ¡No puede ser! ¡Dios, llévame ahora! ¡Mejor reencarno en un sapo! Cualquier cosa es mejor que esto.

Intento taparme con unos *jeans* claros que tengo en mis manos, pero es inútil, Oliver está recostado en la cama con su computadora, e intenta disimular el hecho de que acaba de verme semidesnuda, continúa tecleando en su computador como si nada mirando fijamente su monitor sin desviar la mirada, no puedo explicar la vergüenza que siento en estos momentos y mis ganas de mudarme a Japón aumentan.

—¿Qué demonios haces aquí, Oliver? —riño, indignada ante la situación vergonzosa que estaba pasando en estos momentos.

—Bueno, esta es mi habitación también te recuerdo —contesta, sin despegar la mirada del monitor.

—¿Pero por qué no avisas? ¡Demonios! —entro al baño rápidamente. ¿Por qué, Dios? ¿Por qué? ¿Qué te he hechoooo? Lloriqueo, aunque... viéndole el lado positivo, al menos no salí desnuda.

Oliver no dice nada, de seguro es vergonzoso para él también, o no, tal vez es un morboso, aunque él ya debe estar acostumbrado de ver mujeres en ropa interior todo el tiempo.

Salgo del baño con el par de *jeans* puestos y una camisola blanca, no pensaba ponerme esto, pero, ya que es lo único que logré alcanzar por culpa de Oliver, suelto mi cabello, pongo mis zapatos, tomo mi bolso, una cazadora negra y me voy sin mediar palabra, después de ese sueño con Oliver y el hecho de que me haya visto en ropa interior no puedo quedarme un minuto más aquí.

Decido caminar, por suerte, a una cuadra hay un lindo salón de belleza, entro y un agradable joven me atiende, le explico que me quiero arreglar el cabello y maquillar para una cena de gala y él me lleva donde una joven mujer que es la que se encargará de mi peinado y maquillaje, ella alisa mi cabello y luego me hace unos rulos muy gruesos en las puntas, me pone el maquillaje, me gusta lo que miro en el espejo, ojos ahumados, un buen contorneado y simplemente un brillo en mis labios.

Mi celular interrumpe, lo saco de mi bolsillo y frunzo mi entrecejo, es Oliver, miro que el reloj marca las 2 p.m.

—*¿Dónde rayos estás?* —pregunta, justo al descolgar, no me dejó ni decir el sensual «ciao» en italiano que acabo de aprender—. *Me preguntan por mi esposa y yo no tengo ni puta idea de dónde fue. ¿Por qué no tomaste un auto? ¡Ahhh!*

—¿Tengo que decirte donde estoy todo el tiempo? —enuncio, apartándome de la joven mujer para evitar que escuche mi conversación con Oliver—. Además, no quise tomar el auto, no me gusta andar con chofer a todos lados.

—*Te quiero aquí en 30 minutos* —dicho esto cuelga la llamada. ¡Ah! Y de paso, se siente con ganas de mandarme.

Me molesta Oliver, nombro miles de maldiciones en su nombre, y todo el camino de regreso, miro un lugar casi enfrente, me agrada parar a esperar que se hicieran 45 minutos, o tal vez no, tal vez sí debería estar ahí en 30 minutos, sí, mejor llegaré como él indica, tal vez tenga razón, abuso de la confianza, vuelvo a pensar que sería más feliz como indigente, me dirijo de regreso al hotel, por suerte, Oliver no está, le llamo.

—Ya estoy acá, señor Anderson —resoplo, maldito Oliver.

—*Bien* —contesta—. *Arréglate, ya llego por ti para que vayamos a la cena.*

Me pongo mi vestido rojo, se ajusta a la perfección a mi cuerpo, Natalie es una experta para vestirme, me pongo la joyería de plata que combina con mi anillo de matrimonio, me estoy poniendo los tacones de 10 cm que

Natalie me compró cuando la puerta se abre, levanto la mirada levemente y es él, con su perfecto traje de diseñador negro, su caro y delicioso perfume que se impregna en toda la suit, deslumbra elegancia y poder, me pongo de pie una vez que termino de poner mis zapatos para verme al espejo, Oliver me mira de pies a cabeza.

—Vas a hacer babear a todos los hombres del lugar —expresa, llevando las manos a su bolsillo.

¿Ah? ¿Eso acaso fue un piropo? Volteo hacia él arqueando mis cejas.

—¿Y a usted no, señor Anderson? —me mofo, con una juguetona sonrisa.

—No, yo soy difícil —agrega, mientras mira su caro reloj.

(Capítulo 15)

Alguien toca la puerta, Oliver se acerca a abrir y es Henry. Henry me mira de pies a cabeza, intenta disimular y simplemente saluda desviando de inmediato su vista hacia otro lugar.

—¿Cómo estás, Alex? —mira a Oliver, quien acomoda su reloj y nos observa alternadamente.

—Bien. ¿Y tú, Henry? —contesto, viendo hacia el espejo, dándome un último retoque de brillo en los labios.

—¡De maravilla! —exclama, se acerca a Oliver y le da un abrazo, a pesar de que su padre solo se encarga de compararlos todo el tiempo ellos tienen una buena relación, se parece a la relación que yo tenía con mi hermana, pero esta cambió totalmente cuando se casó con el doctor, el muy hijo de puta hasta le había quitado su teléfono celular para que no pudiese hablar con «hombres». Idiota.

—¿Podemos compartir limusina? —pregunta Henry, y vuelve su mirada a mí cambiándola de inmediato hacia las cosas sobre el mueble con espejo.

—¡Por supuesto! ¿No hay problema, mi amor? —Oliver camina hacia mí presionando sus labios sobre mi frente.

—Para nada —contesto, sonriéndole frente a frente, poniendo un brazalete en mi muñeca izquierda.

Tomo mi bolso y Oliver toma mi mano, nos dirigimos hacia la limusina mientras Henry va por Brittany. Me gustan las manos de Oliver, son tan tersas, no puedo evitar acariciarlas mientras esperamos a Henry y Brittany.

—¿Qué? —pregunta, con una media sonrisa, suelto su mano de inmediato y dirijo mi vista en otra dirección.

—Nada —aclaro mi garganta—. Tus manos son tan suaves —él solo ríe.

—También me gustan las tuyas, muñeca; y sin necesidad de usar pintura en tus uñas se ven perfectas —lo miro a los ojos mientras me quedo pensando en que me acaba de llamar muñeca otra vez.

En ese preciso momento Brittany y Henry nos interrumpen, Brittany levanta un poco su vestido negro de mangas largas que deja al descubierto gran parte de su espalda, me saluda con la sonrisa más falsa que pueda existir, la cual yo le correspondo igualmente o peor de falsa.

Subimos a la limusina, Brittany me mira una y otra vez, ya me siento intimidada, porque no lleva sus lentes y sus ojos se ven más grandes de lo normal y con ese peinado recogido en una moña es aún peor. Henry es como Oliver, todo el tiempo perfumado, bien peinado y bien vestido, todo el tiempo me pregunto si en realidad Henry se casó con esta chica por la presidencia o porque en realidad la ama, porque, en serio, tenía que ser amor del bueno para casarse con alguien con el humor que se carga Brittany.

Llegamos al elegante lugar donde es la reunión, hay cámaras, fotógrafos, reporteros, *flashes* por todos lados. ¡Genial! Detesto esto, Oliver me extiende su mano para ayudarme a bajar de la limusina, me toma de la cintura y me da un tierno beso enfrente de todos, veo cómo Brittany nos observa, su esposo no tiene este gesto con ella, ella baja por su cuenta mientras Henry acomoda su saco gris y su corbata con tonalidades marrones. Lo que no sabe es que Oliver solo lo hace por las cámaras. Fuera de aquí es otra historia, aunque... todo el tiempo abre la puerta del auto para mí, eso es lindo.

—Alexandra, ¿cómo es que conquistaste al señor Anderson? Alexandra, ¿cómo es que lograste robar el corazón del magnate de Nueva York? Alexandra, ¿qué se siente ser la envidia de todas las chicas?

Se sintiera genial si tan solo fuese cierto.

Obviamente no contesté eso.

Ni siquiera le prestan atención a Henry y Brittany que vienen tras nuestro. Oliver no separa su mano de la mía, ni siquiera cuando entramos a aquel lugar, elegante e inmenso, con todo tipo de personas adineradas, Oliver aún tomado de mi mano me va presentando uno por uno a los socios de la empresa, todos muy amables me saludan, la mirada de todos en este lugar está sobre mí, y de los hombres específicamente, que sin disimular se me quedan viendo algunas partes privadas de mi cuerpo y yo odio eso, el único que he visto que no hace esas cosas es Oliver.

Mi «esposo» —aún no me acostumbro a esa frase «mi esposo», quiero reír— nota el tipo de atención que tengo por parte del sexo masculino y me planta un beso enfrente de todos tomando mi cintura con ambas manos y juntándome hacia él de manera posesiva. Por un momento me estremezco, pero luego de sentir esos suaves labios sobre los míos correspondo de la misma forma.

—Te voy a matar —susurro y me separo levemente de él juntando su frente con la mía.

—¿Por qué? —expresa, con nuestras narices rozándose—. ¿Por besar a mi esposa enfrente de esos degenerados que la miran con lujuria?

Frunzo el ceño, y sí que funciona, vuelvo a ver a mi alrededor y ya todos estaban viendo hacia otro lado.

—Oye, en cuanto a lo de ayer... —Oliver me mira a los ojos mientras hace una pausa, así de cerca como estamos.

—Sí, yo lo lamento —interrumpo, con mi cara más inocente posible viendo a otro lugar que observar, él frunce su entrecejo y separa su frente de la mía para verme.

—¿Tú...? ¿Disculpándote...? —ríe levemente, lo que me hace sonreír.

—Por supuesto, aunque tú también me ofendiste —enrolla sus manos en mi cintura y me apega a su cuerpo, acomodo su corbata para no tener que verle a los ojos.

—Bueno, fue en defensa propia, pero también te ofrezco una disculpa —ahora sí levanto la mirada a sus ojos, es que aún no me acostumbro a esa faceta suya. Pone sus labios en mi frente y siento esa fragancia mezclarse con la mía.

En ese preciso momento se acercan dos jóvenes de la edad de Oliver, él se separa levemente de mí y lo saludan con un fuerte abrazo.

—¡Oh, por Dios! ¿Te casaste y no nos dijiste nada? Pudimos haber hecho la mejor despedida de soltero, ya sabes, bailarinas exóticas, *strippers*. Es broma —dice, dirigiéndose a mí sonriente, un moreno, ojos azules, bastante atractivo, supongo que todos estos amigos de Oliver adinerados son guapos.

—¿Qué bailarinas exóticas y *strippers* no son lo mismo? —arqueo mis cejas, la verdad yo no entiendo estos términos.

—No, bailarinas exóticas son a las que Oliver les paga mil dólares por un baile y *strippers* son las que por 100 dólares muestran todo —demasiada información, miro a Oliver con un gesto divertido y él está observando a los dos chicos con desaprobación.

—No es cierto —Oliver me mira con un tono molesto que intenta disimular—, mi amor, ellos son Kevin y Dason, fuimos juntos a la universidad

—menciona, cerca de mi oído. ¡Ah! Otros supercerebros. Ambos extienden su mano y yo igual para saludarlos.

—¿Se van mañana? —pregunta el rubio ojos castaños que lleva el nombre de Dason, metiendo sus manos a los bolsillos de su pantalón negro.

—Sí, tengo trabajo que hacer porque luego tenemos que perdernos una semana en California con mis padres —Oliver rodea mi cintura con su brazo.

—Bueno, entonces podemos salir hoy, un amigo está dando una fiesta, podemos asistir, tenemos que ponernos al día, mira que ahora estás casado y tus amigos de la universidad no tenían ni idea, invitemos a Henry.

—Bueno, Henry está con Brittany, así que eso depende de ella.

—¿Bitchany, está aquí? —interrumpe Kevin seriamente, frunzo mi entrecejo y todos sueltan una leve risa que hasta a mí me contagia y eso que no entiendo ni mierda.

—¿Bitchany? Al parecer les agrada Brittany —digo, con un tono sarcástico, ellos cambian sus risas de inmediato por un gesto de seriedad mientras niegan con sus cabezas y luego vuelven a reír, típicos amigos de Oliver, bipolares.

Nos sentamos en una mesa junto a ellos, luego Henry y Brittany se nos unen, comienzan a hablar de negocios y cosas que no entiendo. Dason se va por una botella de *champagne.*

—Henry, luego saldremos a una fiesta. ¿Nos acompañas? —pregunta Kevin, cuando Brittany de inmediato quita la mirada de su teléfono celular para ver la expresión de Henry.

—Está bien, déjenme ver mi agenda si no hay nada más que hacer después de acá —¡excusas! Ni Oliver está pensando en eso, al parecer, sin la aprobación de Brittany no van a ningún lado.

Todos continúan su aburrida charla, puedo ver que Henry y Brittany discuten disimuladamente, no puedo evitar poner atención.

—La verdad no tengo muchas ganas de una fiesta —dice Brittany—, tú sabes que eso significa drogas, chicas y alcohol.

—Pero tú irás conmigo —contesta Henry de inmediato, puedo ver el gesto de molestia en su rostro.

—Lo siento, pero no iremos —Brittany indiferente mira en dirección a la pista de baile.

Ahora entiendo por qué el sobrenombre.

—¿Qué hay de malo contigo? Oliver y Alexandra estarán ahí. Y estoy seguro de que ella no hace este tipo de *shows* —hasta yo salgo bailando en las discusiones.

—¡Ya deja de una vez de compararme con ella! —¡guau! La plática se pone buena. ¿Por qué la compararía conmigo? Brittany se queda viéndolo por unos segundos. Finjo que no estoy escuchando nada moviendo mi cabeza en dirección a la conversación que mantiene Oliver con Kevin. Dason regresa con la botella de *champagne*, nos comienza a servir en finas copas de cristal.

—En fin. ¿Qué dijiste Henry? ¿Te nos unes? —pregunta Dason, vertiendo *champagne* en una copa frente a él.

—¡Por supuesto! —exclama, finalmente, y le extiende su copa para que le sirva un poco del líquido burbujeante.

Luego de unos minutos, Brittany y Henry se van a bailar, o eso dijeron porque en realidad sé que van a discutir.

—Oh, ¿esta bella mujer es tu esposa? —un señor de avanzada edad interrumpe mis pensamientos, volteo en dirección a su voz con una sonrisa—. Te felicito, Oliver —agrega.

—Muchas gracias, señor Argazzi, y sí, esta bella mujer es mi esposa, cariño —ahora se dirige a mí, tomando mi mano que reposa sobre la mesa—, él es el señor William Argazzi, dueño del hotel donde nos hospedamos.

—Es un placer, señor Argazzi —me pongo de pie y le extiendo mi mano para saludarle, él la toma y besa mis nudillos.

—El placer es mío, señora Anderson. ¿Te importa si te lo robo por unos segundos, preciosa? —pregunta, viéndome a los ojos.

Por favor, se lo regalo.

—Por supuesto que no —contesto con una sonrisa en los labios, mientras Oliver se pone de pie y luego se aleja con el señor Argazzi.

Luego de unos minutos, se nos acercan tres chicas y dos de ellas invitan a Kevin y a Dason a bailar dejándome sola con una de las chicas, espero que no sea lesbiana, aunque debo admitir que está bonita.

—¡Hola! ¡Soy Lauren! Alexandra, ¿cierto? —me mira con sus ojos brillantes color miel mientras lleva su cabello negro y largo hacia su espalda con ambas manos.

¿Cómo es que conoce mi nombre?

—¡Así es! Mucho gusto, Lauren —digo, estrechándole mi mano, ella la toma de una manera delicada—. ¿Nos conocemos?

—Bueno —sonríe levemente—, eres tendencia después de haber sido la única en robar el corazón de Oliver Anderson.

Algo me dice que Oliver me puso los cuernos con esta tipa, mucho más como le gusta vestir, es un milagro que no se vean sus pezones con ese vestido.

—Bueno, tengo mis técnicas —sonrío ampliamente jugando con el borde de mi copa de *champagne.*

—Y... Disculpa mi atrevimiento... —hace una pausa y yo la observo con intriga—. ¿Desde cuándo?

Definitivamente, Oliver se acostó con esta tipa.

—Un mes... —digo, casi de inmediato, para no sonar que lo pienso demasiado, aunque sí.

Seré la cuernuda enfrente de todos.

—Qué raro —me observa con cierta curiosidad en su rostro—. Es solo que hace unos meses él me dijo que no quería nada serio con nadie, pero, al parecer, de pronto cambió de opinión.

—Tal vez es que no se había encontrado a una mujer que lo satisfaga completamente como amante y esposa —digo esto último entre pausas mientras tomo un sorbo de mi *champagne,* a mí no me va a intimidar.

Lauren me mira sin saber qué contestar cuando en ese preciso momento Oliver se acerca detrás de mí, espero que no haya escuchado lo que dije, saluda a Lauren y luego toma mi mano para ir a la pista de baile.

La chica nos observa alejarnos hacia la pista de baile, en eso una de las chicas que invitó a Dason a bailar se le acerca y comienzan a murmurar cosas. Oliver toma mi cintura con una mano y con la otra alza la mía para comenzar a bailar una pieza lenta y romántica en italiano.

—Oliver. ¿Quién es esa tipa? —pregunto, murmurando a su oído, sí, estoy molesta.

—¿Qué hablaban exactamente? —ignora mi pregunta como siempre.

—¡Quiero saber quién es! ¡Y ahora! Te acostaste con ella, ¿cierto?

—Eso es personal —¿personal? ¿Sabes qué es personal? Que me vaya de aquí y regrese a Nueva York.

—¿Personal? Oliver, para mí es vergonzoso que tengas tipas por ahí, aunque esto no sea real. ¿Te gustaría que yo anduviera por ahí haciéndote quedar como un estúpido? —aunque murmure entre dientes se puede notar la expresión molesta en mi rostro.

—Lo de Lauren fue hace mucho, y ya te dije que yo no tengo tipas por ahí —también riñe en forma de murmuro.

—¿Pero qué hay del tiempo que se supone «fuimos novios»? ¡Me engañaste!

—No sabía que esto iba a pasar, además, estoy seguro de que el tiempo que fuimos novios tú también salías con tipos por ahí.

Y sí tiene razón, hace unos dos meses salí con un tipo que resultó ser casado, al darme cuenta contacté a su esposa y esta resultó muy amable, aunque primeramente intentó tomarme del pelo y arrastrarme por el suelo, luego lloró y se fue, consiguió un arma y le disparó en los testículos, ella ahora está en la cárcel, y él, bueno... Ya no es el mismo.

Mi rostro de enojo se suaviza al recordar eso, me causaba gracia cada vez que lo recordaba. No puedo evitar soltar una risa.

—¿Lo ves? —Oliver me mira con intriga—. Qué chanchadas harías en ese tiempo que «fuimos novios» —él ríe levemente, voy a contarle lo que acaba de recordar mi cerebro cuando una voz a través de un micrófono llama nuestra atención. Un hombre de mediana edad está sobre la tarima y comienza a decir unas palabras.

—Es un placer para mí entregar este premio al empresario del año, este hombre a tan corta edad ha logrado que su empresa sea una de las más importantes a nivel internacional, damas y caballeros, Oliver Anderson.

Los reflectores están sobre Oliver, él comienza a subir a la tarima bajo la mirada de todos. Ni siquiera había mencionado lo del premio.

—Agradezco mucho este premio, agradezco a mis padres, a mi hermano y sobre todo a mi bella esposa, quien es mi inspiración y mi motor para seguir adelante. Te amo, mi amor —me mira entre la multitud con una bella sonrisa, todos se ponen de pie y aplauden, es que, ¡maldición! Eso se escuchó jodidamente romántico.

Él baja de la tarima y yo lo alcanzo para darle un enorme beso aprovechando que la tal Lauren está de frente, él me corresponde de la manera más tierna posible, bien… Esta actuación fue estupenda.

De regreso al hotel, toma mi mano todo el camino mientras habla con Henry sobre cosas de la empresa, aprovecho para recostarme en su musculoso hombro mientras miro por la ventana pasar la ciudad de Roma.

(Capítulo 16)

Llegamos al hotel para cambiarnos e irnos a la fiesta que nos habían invitado los amigos de Oliver, él solo se quita la corbata dejándose el mismo saco.

—¿Así irás? —pregunto, viéndolo con intriga acomodarse el bendito reloj.

—Por supuesto, vine hasta aquí porque tú querías cambiarte, así que apresúrate.

Para Oliver Anderson, «apresúrate» significa «no más de 5 minutos». Lo primero que encuentro es un vestido negro ceñido, es *strapless* y corto, es de imaginarse que fue Natalie quien me lo regaló. Oliver ya está viendo la hora, así que no me da tiempo de observarme en el espejo para después irme a cambiar otra vez, me dejo los mismos zapatos y voy hasta Oliver, quien ya está comenzando a tamborilear los pies sobre la alfombra.

—Oliver, ¿este vestido se mira bien con estos zapatos? —bueno, ya que no tengo a Natalie, él me debe servir para algo, Oliver levanta la mirada y me observa de pies a cabeza.

—Se... Se —aclara su garganta— mira bien —desvía su vista hacia otro lado. Sonrío ampliamente, si balbuceó significa que sí se mira bien. Tomo mi bolso negro con incrustaciones y salgo.

Llegamos a la limusina, unos dos minutos después llegan Brittany y Henry. Como siempre, Brittany con su cara de pocos amigos viéndome de mala gana.

Llegamos al lugar de la fiesta, es un lugar inmenso, con luces de colores por todos lados, música electrónica no para de sonar, el DJ dice algunas palabras en italiano y todos gritan. Kevin y Dason ya están esperándonos, nos presentan a dos tipos más, uno de ellos es el anfitrión de la fiesta. Carlo, a juzgar por su acento, es italiano, toma mi mano y la besa, gesto que al parecer no le agrada a Oliver, ya que lo mira con su típica cara de seriedad mientras pasa su brazo por mi cintura y me apega a él con posesión.

¡Oye! Tranquilo, viejo.

Carlo lo nota y se aparta de mí, Oliver ríe, sí, ama espantarme hombres, apuesto que es su nuevo pasatiempo. Toma mi mano y me dirige a unos sillones de piel que rodean una linda mesa de cristal, están sirviendo pequeños tragos de vodka, espero que esto no me afecte rápido, la música electrónica está fuerte y hay gente bailando, me siento animada.

Hay unas tipas con vestidos casi transparentes y pronunciados escotes que se quedan viendo a Oliver, Oliver también las ve. Recuerdo lo que él hace en estos casos, así que me acerco bastante a él, voltea su rostro hacia mí con desconcierto y tomo su rostro con ambas manos, le doy un beso en los labios que hasta aprovecho para ingresar mi lengua, él hace lo mismo, nunca nos habíamos besado de esta forma, él toma mi mejilla tiernamente y la acaricia a medida que me besa y con su otra mano toma la mía, algún día le preguntaré cómo es que sabe besar tan bien, juro que se me paró la que no tengo.

—Eres una maldita —dice, una vez que detiene el beso con lentitud.

—¿Por qué? Por besar a mi esposo enfrente de todas estas degeneradas que lo miran con lujuria —digo, retomando su oración de hace unas horas.

—Solo memorizas cosas malas, Alex —sonríe ampliamente viéndome con esos bellos orbes azules.

—No vas a estar viendo mujeres enfrente de mí.

—Y si no... ¿qué? —me mira de manera desafiante mientras toma otro trago.

—Te corto los huevos.

Oliver cambia todo su gesto y frunce su entrecejo, finalmente, esboza una gran sonrisa.

—¡Diablos! Ahora entiendo por qué no tienes novio —ríe y desvía su mirada a la mesa donde reposan unos bocadillos.

—No tengo novio porque no quiero, tengo malas experiencias, todos son degenerados —llevo mi mirada a los bocadillos, se ven tan apetitosos.

—¿Qué? Yo he sido buen esposo —reclama, tomando uno de los bocadillos. Vuelve su mirada a mí.

—Tú me has puesto el cuerno en nuestro mes de matrimonio, Oliver.

—¿Qué? ¡Por supuesto que no! Desde que me casé contigo no he tenido nada con ninguna mujer, no es porque te quiera ser fiel, sino porque no he tenido tiempo de conocer chicas.

¡Vaya, vaya! Bien sincero, lo que yo quiero en un esposo.

—¡Guau! Gracias por su sinceridad, señor Anderson —hago un gesto de un brindis con un trago que sostengo en las manos.

—Y dime... ¿Alguna vez piensas casarte? —busco sus ojos y él solo observa un vaso meditando su respuesta—. Me refiero a, en serio, formar una familia.

—La verdad, no —contesta, finalmente—. Tengo suficiente contigo como para quedar traumado el resto de mi vida.

¿Ah? ¿Acaso me acaba de ofender? Frunzo el ceño y él ríe a carcajadas.

—¿Y tú? ¿Te piensas casar otra vez? —pregunta, volteando a ver en otra dirección, estoy segura de que a alguna mujer, así que dirijo mi mirada hacia lo que sea que él esté observando. Me mira de nuevo e intento disimular para que no vea que quiero saber qué es lo que mira.

—¡Por supuesto que sí! —contesto, como si la he pensado bastante.

—¿Por supuesto que sí? —me mira intrigado—. Me acabas de decir que solo encuentras hombres degenerados.

—Sí, pero muy en mi interior creo que aún hay hombres buenos, tal vez tú no lo pienses de esa forma, pero es reconfortante tener a alguien que te apoye, te quiera, te respete y te anime en esos momentos que lo necesites —Oliver lo piensa por un momento viéndome a los ojos mientras frunce su entrecejo—. ¿Has tenido alguna relación formal alguna vez? —pregunto, al verlo que se queda pensativo por mi comentario.

—Sí, hace mucho. Kim.

—¿Kim? —esta plática se está volviendo interesante.

—Sí —vuelve su mirada hacia donde veía antes y quiero saber qué es.

—¿Y qué pasó con Kim? —pregunto, vuelve su mirada a mí y tengo que disimular otra vez.

—Se acostó con mi compañero de cuarto en Harvard y es todo lo que te diré. Así que cambiemos de tema.

—¿Y te enamoraste?

—Alex...

—Quiero saberlo.

—Si te refieres a que lloré por ella, no, pero bueno, fue mi primer todo, si sabes a qué me refiero —contesta, enarcando una ceja, sí sé a qué se refiere.

—¡No lo creo! ¿Qué edad tenías? ¿Catorce? —ironizo, él ríe levemente.

—No, tenía diecinueve, fue mi primera novia con todas las de ley, en serio, antes era un nerdo que solo se preocupaba por tener buenas calificaciones.

No puedo evitar reír, no me imagino a Oliver con grandes gafas y encerrado en una biblioteca.

—Luego llegó Kim —continúa—, me sacó de mi burbuja de estudios. Y bueno. ¿Qué te puedo decir? Se acostaba con varios al mismo tiempo.

—Bueno, tal vez, si dejaras de ver solo el físico te darías cuenta de que hay personas buenas que no tenemos buen físico.

Bueno, no es que tenga mal físico tampoco.

—¿Qué? ¿De qué estás hablando? Alex, eres una de las mujeres más bellas de este lugar, donde vamos hay idiotas babeando por ti, si no fueras un completo dolor de cabeza y superirritante hasta a mí me gustaras.

¿Qué me acaba de decir?

—¿Me acabas de ofender o halagar? No sé si darte las gracias o patearte el trasero. Tal vez ambas.

Oliver ríe, iba a contestar cuando dos hombres que al parecer le conocen nos interrumpen.

—Oliver Anderson. ¿Cómo es que te casaste? Yo iba a ser el padrino de tu boda —Oliver solo ríe y se pone de pie para saludarlos.

—¿Para qué esperar si podía casarme con esta preciosura el mismo día? —me da su mano para que me ponga de pie y presentarme con los dos tipos.

—Chicos, ella es Alexandra... Mi amor, ellos son Christian y Edward.

Y no, no son Christian Grey, ni Edward Cullen.

Estrecho la mano a ambos y estos se me quedan viendo de una forma extremadamente no disimulada.

—Ahora entiendo el porqué te casaste, Oliver —dice el tal Edward mirándome de pies a cabeza, Oliver frunce el ceño y le golpea el brazo con una sonrisa fingida.

¿Qué clase de amigos son estos?

—Sabes que es broma, amigo —afirma, mientras sacude mi mano al igual que el tal Christian. Rasco la parte de atrás de mi cabeza, estos tipos no me caen bien.

Se sientan con nosotros, y al cabo de un rato se unen Dason, Erick y una chica que se presentó como Angie, la novia de Dason; Henry y Brittany están en una barra con el italiano Carlo que se me queda viendo todo el tiempo. ¡Y ahora lo entiendo! Ahí es donde Oliver estaba viendo... El tal Carlo está buenorro, lástima que hoy estoy casada, la música está alta, así que ni siquiera puedo descifrar qué es lo que Oliver y sus supuestos amigos están hablando.

—¿Vamos afuera? —pregunta Oliver en mi oído, de seguro me vio observando a Carlo.

—Bien —contesto, aunque... no sé cuánto aguantaré con estos zapatos.

Toma mi mano y salimos de aquel lugar, afuera hay más personas, hay música y una piscina, está helando acá, intento abrazarme por el frío, pero como siempre a Oliver nada se le escapa, siempre tan caballeroso se quita su saco y lo pone en mis hombros, debo admitir que el maldito tiene sus cualidades, puedo sentir su caro y rico perfume mezclarse con el mío, salimos del enorme portón, no soporto estos zapatos. ¿A qué horas decidí traérmelos? Resoplo y me los quito.

—¿Qué haces? —pregunta Oliver, observando mis pies descalzos, intrigado.

—Lo siento, no los soporto —expreso, sosteniendo ambos zapatos con mi mano derecha.

Oliver en un ágil movimiento me levanta y me pone en su hombro. Comienza a caminar.

—¡Oliver! ¿Qu... Qué haces? —¡qué vergüenza! Comienzo a patalear, pero es inútil.

—¡No vas a caminar descalza aquí, Alex! —no puede ser.

—Oliver, bájame... ¡Ahora! —espeto con furia, pero intentando contener una risa, es que nunca, ni borracha me había pasado esto.

—Yo no recibo órdenes de mis empleados —dice, con ese típico tono arrogante de jefe y frunzo mi entrecejo, al menos tengo una buena vista de su trasero desde aquí, son como dos enormes burbujas que quiero reventar, algún día voy a apretarlo, y fingir que fue un accidente. Salgo de mis pensamientos y recuerdo el vestido que llevo puesto.

—Oliver, con este vestido harás que todos me conozcan el trasero —comienzo a mover mis pies, pero no... No funciona.

Oliver ríe, y recordando que llevo su saco puesto lo acomoda mejor cubriendo mis piernas, pero no tanto.

—Listo, estás bien, muñeca —me terminaré acostumbrando a lo de muñeca—. ¡Llegamos! —exclama, solo un par de minutos después, no estábamos lejos. ¿Por qué no me dejó caminar tranquila?

Diciendo esto me baja y al tocar mis pies el pavimento recorro el lugar rápidamente con mi vista, comienzo a ponerme los zapatos y Oliver me ayuda, inclinándose y postrándose sobre una rodilla, me sostengo de él mientras mis ojos siguen revisando aquel lujoso lugar, es bello, acomodo mi cabello antes de entrar.

Es un restaurante que está al aire libre, tiene un oloroso aroma a rosas proveniente de un lindo jardín en la parte derecha, Oliver toma mi mano para entrar, adentro hay una gran estatua de hielo que hace la forma de dos cisnes formando un corazón, hay linda música clásica con violines, es un lugar de comida italiana. Oliver jala la silla de una mesa cerca del hermoso jardín para mí y él se sienta de frente, llega el mesero y nos ofrece la especialidad de la casa, nunca he probado la verdadera pasta italiana y hoy era la especialidad, así que ambos pedimos lo mismo. Luego de unos minutos el mesero se acerca, con dos pequeños postres cortesía de la casa con una cereza en el centro.

Siempre me ha dado curiosidad de comprobar la teoría de que el que hace un nudo con su lengua en el tallo de una cereza es porque besa muy bien.

—Haz un nudo con tu lengua en este tallo —Oliver me mira desconcertado, mientras toma el tallo de la cereza que le estoy dando y sonríe.

—¿Es en serio? —pregunta, observando el tallo y vuelve su mirada a mis ojos.

—Por supuesto, quiero comprobar esa teoría —ojalá que no me malinterprete, aunque sí besa estupendo.

Oliver ríe y pone el tallo en su boca, y sí, la maldita teoría es cierta, no habían pasado ni 5 segundos cuando Oliver ya había hecho el maldito nudo.

—¿Eso comprueba tu teoría? —dice, con una sonrisa triunfante.

Asiento con mi cabeza con una risa que no dudó en escapar. Probaría la jodida teoría conmigo, pero no quiero darme cuenta si beso mal. Varios minutos después llevan nuestra pasta que huele delicioso.

—¿Por qué ya no hablas con tu familia, Alex? —pregunta Oliver después de unos minutos de silencio comiendo nuestra pasta. Frunzo mi entrecejo y lo observo intrigada.

—¿Por qué la pregunta sobre mi familia? —esto me suena extraño.

—Hablé con tu madre —eso me sorprende y creo que se nota—, dice que tiene mucho de no saber de ti.

—¿Cómo que hablaste con mi madre? —voy a matar a Oliver si se puso en contacto con mi familia.

—Estaba llamando a la oficina y David atendió la llamada, me dijo que tu madre estaba al teléfono, entonces le dije que me la transfiriera, les mandé Rolex a tu madre, tu padre y tu hermana en señal de disculpas por no haberles avisado de nuestra boda —lo dice de una forma tan natural como que fuera normal.

—¿Es en serio? ¡Oliver! ¿Por qué haces cosas sin consultarme antes? —tengo ganas de lanzar el tenedor contra el plato, pero no lo haré, puedo llamar la atención y es lo que menos me gusta.

—Porque si te consulto perdemos tiempo, igual lo haré. Nos invitaron para Navidad.

—Mi madre ni siquiera celebra Navidad y yo no los quiero involucrados en esto. Sabes que cuando nos divorciemos mi padre comprobará que soy un fracaso —Oliver me mira pensativo.

—No —agacha la mirada volviéndola a su plato—, ya se nos ocurrirá algo que decirles a nuestros padres para que ninguno salga afectado —vuelve a clavar su mirada en mis ojos—, además, tu madre insistía mucho porque tú no contestabas sus llamadas. Ella es agradable.

—Porque eres Oliver Anderson, sino, ni siquiera le importara conocerte.

—No deberías ser tan dura con ellos —me mira con seriedad y me habla con un tono de frustración—. Es lo que me dices tú todo el tiempo, tú tampoco conoces a mi padre.

—Es diferente, Oliver, a mi madre no le importa si estoy viva o no, la última vez que me llamó para charlar conmigo fue hace unos cinco meses y mi padre ni digamos, dice que está seguro de que no soy su hija y que fui cambiada en el hospital —Oliver ríe, a mí no me causa gracia esta situación.

—¡No lo creo! —agrega, finalmente, y enrolla algo de pasta en su tenedor—. Dice que tú te molestaste porque no fueron a tu graduación.

—No, lo que me molestó fue que me dijeron que no tenían dinero para ir a Nueva York, pero sí para ayudarle a mi hermana a comprar su nuevo auto. Oliver, prefiero mantenerlos lejos de esto, por favor —ya me está dando dolor de cabeza. Oliver me mira y al final asiente.

—Si es lo que tú quieres, pero no te dejarán en paz, créelo —lleva el bocado de su pasta a su boca quitando su mirada de la mía.

Y sí, tiene razón, mi madre no descansaría hasta conocer a Oliver Anderson en persona. Pero si sigo sin contactarme con ellos algún día se cansará. Lo sé.

Terminamos nuestra cena y tomamos un delicioso vino tinto, tragos de vodka y vino tinto no será una buena combinación.

—¿Nos vamos? Los chicos nos deben estar buscando —pregunta y asiento con mi cabeza, Oliver paga la cuenta y nos retiramos del lugar.

Me quito los zapatos y comienzo a correr para que Oliver no me alce en su hombro de nuevo. Él ríe primeramente y luego comienza a correr tras de mí hasta que me alcanza, me toma de la cintura por detrás y me vuelve a levantar y ponerme en su hombro.

—¡Diablos! Oliver... ¡Bájame! —balbuceo entre risas que no puedo contener.

Pero no funciona, al menos tengo esa buena vista nuevamente y arqueo mis cejas viendo la forma en que se mueven cada vez que da un paso, quiero estrujar ese trasero, mis manos pican, esto es un castigo de no sé cuántos dioses.

Llegamos al lugar y, finalmente, me baja, ya estaba mareada de ver esas enormes cosas moverse, me pongo los zapatos y entramos por el portón principal.

—¿Cómo pueden ustedes las mujeres andar con esas cosas? —pregunta Oliver haciendo referencia a los tacones.

—Hay muchas cosas que las mujeres pueden hacer que los hombres no —lo miro arqueando una ceja.

Acomodo mi vestido en la puerta trasera del lugar por donde vamos a entrar, en eso Henry sale a la puerta y nos ve con cara divertida. ¡Claro! Perdidos, yo despeinada, acomodándome el vestido y Oliver con su impecable camisa blanca arrugada por estarme alzando en su hombro, era de imaginarse que pensaría otras cosas.

—Yo te estaba buscando, ¿dónde habías ido? —pregunta Henry viendo a Oliver ponerse su saco que unos minutos antes yo le había entregado.

—Estábamos en el restaurante que está al lado —contesta Oliver, con tanta naturalidad que Henry no se cree por el gesto de diversión en su rostro.

—Claro —expresa Kevin, quien está detrás de Henry entre risas, con su mirada más maliciosa posible. Qué vergüenza.

(Capítulo 17)

Me dirijo al baño, necesito arreglar mi cabello o todos creerán cosas malas de nosotros por nuestras cuantas horitas fuera. Le pido a Oliver que me acompañe y este accede, bueno, no tiene de otra, además, no tengo amigas acá, así que Oliver es mi única opción. Él me espera afuera con su porte erguido y varonil, todo un caballero que hace que toda chica que pasa al lado de él se quede contemplándolo por varios segundos, pasan dos chicas y se le quedan viendo, él las observa, me recuesto sobre el marco de la puerta del baño para observar cómo les dedica una mirada seria pero seductora a las tipas esas; voltea a verme, le hago una seña con mi mano de que lo estoy viendo y él ríe a carcajadas, le sonrío y cierro la puerta del baño. Arreglo mi cabello y mi maquillaje, aún me veo bien a estas horas de la noche, salgo y ya está Oliver viendo su reloj.

—Diablos, tendré que esconderte todos los relojes —menciono, caminando hacia él, levanta la mirada y me sonríe.

—Si me escondes los relojes fracaso como empresario, si no vas a ser disciplinado con el tiempo que haces las cosas, mejor no las hagas —no duda en responder y yo frunzo mi entrecejo.

—¿Qué? Más vale tarde que nunca, mi amor —él me mira levemente con una media sonrisa, de seguro porque lo llamé mi amor, pero bueno, eso ya es mala costumbre. Toma mi mano y caminamos hacia la fiesta.

—Eso fue inventado por un flojo que no quería hacer su trabajo a tiempo. Conmigo vas a aprender que cinco minutos son cinco minutos —me detengo de golpe y lo observo.

—Tú y yo nunca nos vamos a entender —digo seriamente, él ríe a carcajadas y entrelaza sus dedos con los míos mientras continuamos nuestro camino.

—Por supuesto que no —exclama, miro por el rabillo del ojo que esboza una sonrisa.

Buscamos a los chicos en la fiesta, los divisamos en la zona vip, nos hacen seña para que nos acerquemos a ellos.

—Yo quiero irme —expresa—. ¿Y tú, Alex? —está muy cerca de mi oído por el sonido de la música, su cercanía hace estremecer algo en mi interior.

—Bueno, es temprano aún —contesto, él asiente tomando mi mano y dirigiéndose hacia los otros chicos.

Lo único que hay disponible en este lugar es un pequeño sillón blanco al lado de su amigo Dason, me lleva hasta el lugar con su mano rodeando mi cintura, toma asiento y me hace seña de que me siente en sus piernas, lo hago y puedo admitir que al inicio fue un poco incómodo, pero ¿ya qué? Total, y es mi esposo, según la ley y aquel abogado bigotudo que aplaudía solito cuando nos casamos.

El joven mesero nos lleva unos tragos, tomo uno para mí y otro para Oliver, que en estos momentos está hablando con Dason, quien es corredor de bolsa de Wall Street. ¿Todos estos amigos de Oliver son jóvenes exitosos? Mis amigos con costo y pueden pagar sus cuentas básicas y prestando dinero.

Tomo uno de los tragos y le doy el otro a Oliver directamente en su boca.

—Quieres emborracharme para luego aprovecharte de mí, ¿cierto? —enarca una ceja, y sonríe ampliamente.

—No sabes las cosas que pienso hacerte —le guiño un ojo mientras pongo en la mesa ambos contenedores, él suelta una leve risa y rodea mi cintura con ambos brazos.

—Entonces continúa —agrega, también guiñando su ojo. Ambos reímos, solo nosotros entendíamos nuestro sarcasmo.

O espero haya sido sarcasmo.

Me acomodo y me recuesto sobre el regazo de Oliver, continúa su plática con Dason, a quien su novia le está besando el cuello y comienza a reír, lo que hace que Oliver también ría y a mí también me causa gracia. Podría dormirme perfectamente en estos momentos, la suave y cálida mano de Oliver está acariciando mi cabello, pone unos mechones detrás de mi oreja y comienza a acariciarlo con suavidad, qué bien se siente, si pudiese congelar el tiempo, sería específicamente ahora.

—Si te duermes te voy a cargar enfrente de todos y te llevaré así hasta la limusina, aunque no quieras —susurra en mi oído, sacándome de mi zona de confort.

—Por supuesto que no —contesto, levantándome de su regazo, quedando frente a frente con él, puedo ver la piel de su rostro de cerca, es tan fina y tersa, ni una marca es visible, es impecable. ¿Cómo es posible que tenga mejor piel que yo? Su tez pálida combina a la perfección con su cabello negro que ya no está muy bien peinado, y deja caer un mechón hasta un poco arriba de su ceja, Oliver despeinado en público es un cliché, miro el mechón divertida y él intenta acomodárselo, pero es imposible; toco su cabello y es tan suave y perfecto, clava su intensa mirada azul en mis ojos, como intentando encontrar algo en ellos. En parte, doy gracias por su carácter de mierda porque de no ser por eso, me enamoraría de esos azules ojos intensos, de esa nariz que fue perfectamente dibujada en su rostro, de esos labios rosados. ¿Cómo es posible que este hombre tan irritante, molesto y mandón, pueda ser tan guapo?

No me puedo resistir, le doy un beso, uno afectuoso y suave que él corresponde perfectamente, sus tiernos labios tocan los míos con delicadeza, con su mano aparta unos mechones de mi cabello que se interponen entre nosotros y los lleva detrás de mi oreja colocando su mano a mi cuello, y luego la baja hasta mi espalda baja, me estremece, tomo su cuello con mis dos manos manteniendo el ritmo suave del beso que se siente tan bien, me gusta su aroma, mucho más su forma tan apasionada y al mismo tiempo juguetona de besar, que muerde mi labio inferior y sonríe, yo también lo hago, toma mis dos manos y entrelaza sus dedos en los míos con nuestras narices rozándose. Ambos nos miramos a los ojos, tan intensamente.

—¿Oliver, nos vamos? Antes de que me emborrache y amanezca con una terrible resaca —la voz de Henry me estremece y me levanto de las piernas de Oliver como un resorte, maldito Henry.

—Por... supuesto —balbucea, hasta él se estremeció con la voz de su hermano.

Nos despedimos de todos, subimos a la limusina y me recuesto en el hombro musculoso de Oliver, él me rodea con su brazo y acaricia suavemente mi cabello que está a su alcance, habla con Henry sobre cosas de la empresa, es un viaje largo, me quedo dormida hasta que llegamos. Me estremezco al sentir que me toma en brazos y me baja de la limusina dirigiéndose a la suit.

—Oliver, ¿qué estás haciendo? —digo entre risas, pero él no contesta hasta que llegamos al ascensor.

—Bueno, no te cargué el día de nuestra boda, así que aprovéchalo, sigue durmiendo —las dos personas en el elevador se nos quedan viendo con diversión. Qué vergüenzas me hace pasar, Oliver.

Llegamos a la suit y me deposita suavemente en mi lado de la cama, me quita los zapatos y pone mi bolso en la mesita con espejo que está enfrente.

—¿Necesitas algo más? —pregunta y me mira tiernamente, pudiese disfrutar este momento, pero no, Alex la anormal se tiene que reír.

—¿Es en serio...? ¿Tú, Oliver Anderson, preguntándome a mí si necesito algo? —lo miro burlona y él solo clava su vista de desaprobación en mí.

—¡Por Dios! Alex, estoy intentando ser buen esposo y, ¿tú te burlas? —ahora me mira con desesperación y comienza a quitarse los zapatos, este es el momento en el que le dices a tu esposo que le apestan los pies como voto de confianza, pero no, a Oliver ni los pies le apestan.

—Yo no me burlo —digo, entre risas—. Bien, quiero pastel de chocolate —voy a aprovechar, esto no es diario.

—¿Pastel? ¿A medianoche? —pregunta, mientras toma el teléfono.

—¡Por supuesto! —me siento sobre el colchón de la cama, con mis piernas estiradas frente a mí y recostada sobre el cabezal, Oliver marca algún número y espera.

Quiero un pedazo de pastel de chocolate.

Sí, suit presidencial.

Oliver Anderson. Estupendo. Gracias.

Y me quedo digiriendo lo que acaba de decir.

—Espera. ¿Acabas de dar las gracias? ¿Qué rayos te está pasando, Oliver Anderson? —espeto, fingiendo cara de sorpresa, Oliver se queda pensando por unos segundos.

—Tienes razón, se me están pasando tus malas costumbres —pone una expresión de molestia y yo solo río a carcajadas.

—¿Malas costumbres? Estás aprendiendo a ser humano, Oliver. ¡Estoy orgullosa! —digo esto llevándome la mano a mi pecho y fingiendo llorar. Oliver me fulmina con la mirada, como siempre.

—¿No es que estás intentando ser buen esposo? —le recuerdo, mientras él se quita el saco.

—Tienes razón —contesta, dándome la sonrisa más fingida posible a lo que ambos reímos, sube las mangas de su camisa blanca hasta sus codos. Tocan el timbre, Oliver abre y ahí está el pastel de chocolate.

Es un pastel entero, pequeño, que se mira delicioso. Oliver me lleva el pastel con un fino tenedor, corta un pedacito y lo lleva a mi boca, mientras se sienta enfrente de mí en la enorme y deliciosa cama que compartimos.

—¿Qué haces? —pregunto entre risas, acomodándome mejor para que él se siente más cómodo.

—Quiero que sepas lo vergonzoso que es que te hagan esto —dice, mientras como el pedazo de pastel.

—¿Qué? Es lindo —él me mira por unos instantes y ríe.

—Para ti, todas estas cursilerías son lindas —dice, luego de un suspiro.

—Entonces, ¿para ti que es lindo? —pregunto, mientras lleva otro pedazo de pastel a mi boca.

—Tú —dice, llevando su dedo pulgar cerca de mis labios limpiando lo que creo que es un poco de chocolate. ¿Yo? Me río, es que ya lo conozco, saldrá con esos comentarios de siempre que dice algo lindo— eres como esos lindos conejitos que cuando los tocas te muerden y te hacen una fea cicatriz —lo sabía, él siempre halaga y ofende al mismo tiempo.

Debo ofenderme, lo sé, pero es que con esos comentarios de Oliver ni siquiera puedo molestarme, él solo ríe, corta otro pedacito de pastel y lo lleva a su boca dejando en la comisura de su labio un poco de chocolate sentándose a mi lado, recostando su espalda igualmente sobre el cabezal.

—Tienes un poco de chocolate —digo, viendo sus labios, pero no... Yo no extiendo mi dedo para limpiarlo con mi pulgar, yo me acerco a él y con mis labios saboreo esa comisura llena de chocolate, él sonríe y lleva su mano a mi cuello presionando sus labios sobre los míos, mis labios saborean su dulce boca y llevo mi mano hasta la parte atrás de su cabeza despeinando su perfecto cabello, detengo el beso poco a poco y me percato de que nos estamos besando más de lo necesario, tal vez así entro en confianza y me deja estrujar su trasero, okey, no.

—¿Cuál es tu sabor favorito? ¿Vainilla o chocolate? —pregunto, tomando el pastel que está en sus manos, corto un pedazo y lo llevo a su boca.

—Vainilla —contesta, viendo el pedazo de pastel frente a él, vuelve su mirada a mí enarcando una ceja, sonrío ampliamente y termina comiéndolo—, ya sé que el tuyo es el de chocolate —asiento, es más que obvio, ya me había comido la mitad del pastel yo sola.

—¿Terror, romance o acción?

—Acción —contesta de inmediato— y apuesto que tú elegirías romance.

—¡Te equivocas! Prefiero el suspenso, tal vez deberíamos ir al cine y ver una película de ese tipo —él ahora lleva un pedazo de pastel a mi boca y comienzo a comerlo.

—Suena bien. ¿Comida favorita? —interroga, ahora comiendo él un pedazo de pastel.

—Lasaña...

—Lasaña —dice inmediatamente—. ¿Eres Garfield? —ríe, es bueno saber que al menos mira televisión.

—Sé cuál es la tuya... El tocino... —digo sin dudar, él solo me observa con una cálida sonrisa y, finalmente, asiente.

—Es lo más grasoso que me gusta comer —menciona—. Ah, y la *pizza*.

—¿Y cuál específicamente? —llevo otro pedazo de pastel a mi boca mientras lo observo.

—Jamón, queso y salami —como que se me hace agua la boca.

—¡Demonios! Ahora quiero *pizza*.

—Yo también —contesta—. Esto es tu culpa por comenzar con estas preguntas —se pone de pie y va hasta el teléfono, pide una *pizza* de jamón, salami y doble queso.

Treinta minutos después estábamos comiendo *pizza* y discutiendo tonterías del porqué las *pizzas* de Italia deberían ser la octava maravilla del mundo y luego el porqué no debimos comer tanto a esta hora hasta que, finalmente, nos quedamos dormidos.

(Capítulo 18)

La luz ya golpea mi rostro y no lo soporto, abro los ojos y tengo una orilla de *pizza* enredada en mi cabello. ¡Ah! Ni siquiera me cambié y me quedé dormida. Intento cubrirme los ojos ante la claridad del sol que entra por la ventana, Oliver no está, como siempre su adicción por levantarse temprano, aunque solo duerma cuatro horas. Entro al baño, no me había quitado el maquillaje la noche anterior, por lo tanto, mi cara de mapache drogado es notable, el maquillaje se había corrido por todo el alrededor de mis ojos.

Me despojo de mi ropa y entro a la ducha, lavo todo el maquillaje y mi cabello, el agua está tibia, qué bien se siente, seco mi cuerpo y salgo con una bata rosa que está en el baño; en mi maleta busco mi ropa interior, no me siento con ganas de ir con odiosos vestidos, así que busco unos pantalones, estos vaqueros están bien, esta blusa de tirantes negra y esta chaqueta estilo *bomber* es más que suficiente.

Entro al baño a vestirme no vaya a ser que Oliver regrese y me mire otra vez en una situación incómoda, al menos estas bragas no son tan reveladoras; me alisto sin ponerme aún la chaqueta y mis Converse negros que no pueden faltar nunca, un poco de maquillaje y un rosa en mis labios, seco mi cabello, mis rulos amanecieron bien portados hoy, qué lindos. ¿Dónde estará Oliver? Espero al señor del desayuno, pero mejor voy al comedor, necesito ver otro ambiente, también necesito alguna pastilla, la cabeza me va a explotar, me acomodo la chaqueta y me dirijo al comedor.

No había observado bien el hotel, tiene las paredes blancas y ninguna marca es visible, tiene candelabros antiguos que cuelgan del techo, hay ascensores por todos lados, está nítidamente alfombrado en rojo granate, ni siquiera dan ganas de pasar por aquí por no ensuciarlas; subo al ascensor, por suerte soy la única, recuerdo una vez hace mucho tiempo que mi madre y yo nos quedamos encerradas en un ascensor, ella comenzó a llorar y a gritar, ahora lo llama «el aparato del diablo» y prefiere las escaleras que subir al aparato del diablo. Sonrío al recordar eso.

Llego al primer piso, el comedor está acá, pero no sé por dónde, siento olor a comida y dejo que me dirija. Oh, aquí está el periódico, estoy en la portada. ¡Genial! Ruedo mis ojos, siempre odié este tipo de atención y ahora la tengo toda sobre mí, al menos me miro bien.

«Alexandra Anderson, la mujer que robó el corazón del magnate de Nueva York», «Oliver Anderson enamorado», *(sí, claro)*. «Alexandra y Oliver Anderson no pueden quitarse las manos de encima». «¿Cómo conseguir el cuerpo de Alexandra Anderson? Su entrenador personal nos revela el secreto».

¿¡Entrenador personal!? La prensa sí que no sabe qué inventar. Continúo mi lectura sobre cómo hago 100 abdominales al día y tengo una dieta rica en proteínas, mientras me dirijo al comedor, si supieran que comí 6 rebanadas de *pizza* a la una de la mañana. Tal vez yo también debería seguir el plan de entrenamiento de Alexandra Jane Anderson. Bueno, al menos las fotos en las que Oliver y yo salimos juntos nos vemos sonrientes.

Llego al restaurante, y de inmediato diviso a un Oliver bien peinado, con una polera azul que se ajusta a sus musculosos brazos, al lado suyo está Henry, en serio que estos chicos no se cansan de trabajar, comienzo a caminar hacia ellos y no, no es trabajo, hay dos chicas con ellos, una trigueña y una pelirroja, miro en esa dirección con mis ojos entrecerrados.

Ellos están de espaldas hacia mí, por ende, no me han visto, la pelirroja está a un costado de mi nalgón, ¡tomando su brazo! Camino hacia ellos a paso rápido.

¡Mi hora de marcar territorio y mear literalmente a Oliver ha llegado!

—Disculpa, ¿puedo saber qué estás intentando encontrar en el brazo de mi esposo? —enarco una ceja, la chica pelirroja se suspende y me mira con sus enormes ojos castaños abiertos como platos.

Me voy a reír en cualquier momento, lo sé.

Oliver también voltea y me ve con incredulidad. Henry me mira también perplejo al igual que la otra chica al lado de él, yo solo la observo seriamente y con mis brazos cruzados mientras tamborileo uno de mis pies sobre el alfombrado piso, noto que ambas llevan pequeños trajes deportivos que cubren más mis bragas que sus *shorts*.

—Disculpa, yo no lo sabía. ¿Tienes esposa? —la chica mira a Oliver y balbuceando dice esas palabras.

—Te dije que soy casado —contesta él, de lo más calmado posible tecleando en su computador. ¿Oliver le dijo que es casado? La chica se suelta de Oliver inmediatamente y se pone de pie.

—Con permiso —dice, tomando del brazo a su amiga que hablaba con Henry, quien disimuladamente abre su computador y comienza a teclear. Oliver mira con cara de desaprobación y cuando estoy preparando mi discurso para defenderme él de inmediato suelta una carcajada haciendo que Henry también ría levemente y yo frunzo mi entrecejo.

—Usted y yo vamos a hablar, señorita —murmura en mi oído, una vez que me he incorporado en la silla que estaba la pelirroja.

—¿Por qué? Tú estabas dejándote manosear por esa tipa —susurro, intento parecer molesta, pero no, no me sale, es que la cara de la pelirroja fue épica.

—No me estaba manoseando, ya le había dicho que soy casado, solo estábamos buscando una dirección en el GPS —no pregunto por qué le dijo eso porque Henry está a su lado.

—¿Y tú eras el único que podía ayudarla?

—Tú me has dicho que hay que ayudar al prójimo.

—Sí, pero no a un prójimo que use *shorts* que cubren menos que mi ropa interior.

—Eso no es cierto —Oliver me mira, enarcando una ceja, con una sonrisa pícara en su rostro.

Maldito. Si se había fijado en mi ropa interior el otro día.

Lo miro con desaprobación, Henry, quien parece no estar ajeno a la plática suelta una leve risa. El mesero interrumpe todas las cosas que tenía por decirle a Oliver. Oh, y está guapo, pido mi desayuno y él se retira, miro su parte trasera y creo que mi jefe le gana muchos puntos.

—¿A qué hora nos vamos? —pregunto, con mi estómago rugiendo por el olor a comida que invade este lugar.

—Dentro de unos minutos, así que desayuna lo más rápido que puedas —expresa Oliver, mientras continúa tecleando en su computador. ¿Yo? ¿Comer rápido? Eso jamás.

Llevan mi desayuno y como que me dará congestión por tantas veces que Oliver me apresura, luego una ensalada de frutas picadas y luego como si fuera poco un postre que ya no me alcanza, maldita sea, cuando la comida está buena mi estómago ya no da para más.

Lo pongo sobre la mesa mientras pincho un pedazo de manzana con el tenedor, cuando observo que Oliver toma el postre y comienza a comerlo... en mi cara.

—¿Nos vamos? —pregunta, saboreando mi postre de la manera más maliciosa posible con una sonrisa burlona, lo miro con mis ojos entrecerrados.

—Claro —contesto, aún manteniendo mi mirada feroz sobre él y mi postre alternadamente. Maldito Oliver.

—Iré por Brittany —dice Henry levantándose de la mesa—. Nos vemos en la limusina.

—Está bien —exclama Oliver y vuelve su mirada hacia mí—. Sostén mi postre.

—¿Qué? ¿Te refieres a mi postre? —enarco una ceja y solo sonríe ampliamente.

—No te lo ibas a comer. ¿Por qué desperdiciarlo? Sostenlo, no me hagas repetirlo dos veces —frunzo mi entrecejo y dejo caer el tenedor sobre el tazón de las frutas, me cruzo de brazos.

—Tú no me mandas —Oliver de inmediato lleva su mirada de furia a mí—. Si no me lo pides como un favor no lo haré —añado, levantándome de la mesa, mientras me observa frunciendo el ceño.

—Te recuerdo que aún soy tu jefe, Alex —también se pone de pie para quedar frente a frente.

—Aquí soy tu esposa y no me vas a despedir de ser tu esposa.

—No sabes las ganas que tengo de hacerlo.

—¿Hacer qué cosa? —enarco una ceja, Oliver me mira y todo su semblante molesto se convierte en una sonrisa.

—Eres una morbosa, en serio —exclama entre risas.

—¿Quién? ¿Yo? No he dicho nada —finjo indignación, la verdad sí lo dije en ese sentido, Oliver suelta una suave risa y vuelve su mirada a mí.

—Con tantos cambios de humor que me haces pasar terminaré loco —dicho esto toma su *laptop* y me hace una seña para que vaya en dirección a la puerta, tomo el postre, pero no para sostenérselo a Oliver sino para comerlo, aunque no me alcance, lo haré.

—¿Lo ves? Qué te cuesta cargar un postre mientras tu apuesto esposo guarda todos estos papeles y pasa por recepción.

—¡Qué modesto, señor Anderson! —me mofo, mientras me detengo un poco para que vaya a mi lado, aunque camina bastante rápido—. ¿Y qué te cuesta a ti decir por favor? Ya aprendiste a dar las gracias, esto no es más difícil —espeto mientras caminamos juntos.

—Alex, cállate.

—No me voy a callar.

—¿Por qué eres tan rebelde?

—Porque si no soy así sería tu sirvienta —y es cierto, lo miro con mis cejas arqueadas y él continúa caminando. El amable señor del desayuno está parado en el pasillo con su carrito de comida.

—Adiós, señor Williamsburg —creo que así era su apellido, no lo recuerdo bien.

—Adiós, señores Anderson —Oliver me mira seriamente y me toma de los hombros.

—¿Por qué tienes que ser amable hasta con el señor del desayuno y menos conmigo?

—¿Tú eres amable conmigo, Oliver Anderson? —ruedo mis ojos exasperada.

—¿Qué? ¡Yo hasta te he cargado en brazos! ¡El señor Williamsburg te ha cargado en brazos? —cuestiona y continúa su camino a recepción, camino al lado suyo.

—El señor Williamsburg me sirve el desayuno y tú no.

—Al señor Williamsburg le pagan por servirte el desayuno y a mí nadie me paga por aguantarte.

—Pero qué romántico, mi amor —ironizo.

Oliver da unos papeles a la recepcionista y su identificación, mientras habla con ella comienzo a comer el postre, diablos, voy a explotar. A mí no me sienta bien comer demasiado, mucho más porque hace unas horas estaba atragantándome *pizza*.

—¿Nos vamos? —me dice, tomando mi mano y dirigiéndose a la puerta de salida. No contesto, tengo dolor de estómago, maldición.

—¿Y qué hay de nuestras cosas? —pregunto, saliendo de aquel lugar.

—Las llevaran al *jet* —contesta, se ubica frente a mí mientras esperamos a Henry y su esposa. Oliver mira mi mano y ve que ya no llevo el postre.

—¿Qué... hiciste... el... postre? —pregunta entre pausas parándose frente a mí, el sol golpea sus lindos ojos azules y se le ven más claros.

—Oye, tus ojos se ven lindos con el reflejo del sol —intento desviar la plática para evitar los regaños de Oliver, levanto mis cejas pícaramente, lo que le hace reír.

—¿En serio crees que tus piropos harán que no me moleste contigo? —niega con su cabeza con esa sonrisa en su rostro. Henry y Brittany nos alcanzan, eso desvía nuestra discusión, Oliver comienza a hablar con ellos y yo me adelanto un poco para subir a la limusina.

Llegamos al *jet*, subo primero y tomo lugar cerca de la ventana, mi cabeza da vueltas, mi estómago no se siente bien. Observo por la ventana que llevan nuestras cosas. Tengo ganas de vomitar. ¡Rayos! Nos ponemos nuestros cinturones y el *jet* comienza a despegar, luego de alguna media hora siento que ya no puedo más.

—Oliver, no me siento bien —miro alrededor como buscando una puerta que me conduzca a un baño.

Oliver está a mi lado revisando unos documentos que envió David en su celular. Él desvía su mirada del teléfono para clavar sus ojos en mí.

—¿A qué te refieres? —frunce su entrecejo y me mira con intriga, sí, no debo tener una buena expresión en estos momentos.

—Yo... Eh... —balbuceo—. ¿Dónde está el baño?

—No hay baño. Ahí está un cubo.

—¿Qué? —no puedo evitar reír aún en mi agonía—. Tú no harías tus necesidades en un cubo, aunque tu vida dependiera de ello.

No lo soporto más, me levanto lo más rápido que puedo y me dirijo en búsqueda del baño o el cubo al menos. Oliver de inmediato se levanta y me sigue.

—Por acá —escucho su voz detrás de mí, giro hacia él y abre una puerta, supongo de un baño. Entro y justo a tiempo, un minuto más y me vomito en el piso. ¡Maldito postre! De inmediato Oliver entra. ¡Ah! ¿Por qué demonios no espera afuera? Sostiene mi cabello amablemente, mientras vomito hasta lo que comí el mes pasado. ¡Qué ver-güen-za! ¿Por qué Jesús me haces pasar por esto?

—¿Ves lo que pasa cuando te comes algo que no es tuyo? —dice mientras me recuesto sobre la pared y me pasa una servilleta.

—No era tuyo, tú lo robaste —Oliver se levanta y regresa con una botella de agua, también me extiende una pastilla que ni siquiera me tomo la molestia de saber qué es, podría drogarme en estos momentos y no sé qué mierda tomé.

—Recuérdame no besarte el resto del día —menciona, con una sonrisa, no puedo evitar reír. ¿Por qué estas escenas vergonzosas no me pasan en privado? ¿Es en serio, Jesús? ¿Te diviertes escribiendo la historia de mi vida?

Regreso a mi lugar luego de lavar mis dientes, aún no me siento bien, quiero ir a mi bella cama, recostarme y perderme entre mis sueños donde hablo ruso y yo no sé ruso. Oliver continúa su lectura, me recuesto en sus piernas y él acaricia mi cabello, no sé a qué hora, pero me quedo dormida.

Las turbulencias del *jet* ya casi arribando hacen que me despierte de golpe, miro hacia todos lados desorientada, cierro mis ojos por un momento para recordar que estoy en el *jet* de Satanás, camino a mi apartamento, siento alivio.

—Muñeca, tu cinturón, por favor, estamos llegando —escucho la voz de Oliver y hago lo que me dice, recuesto mi espalda en el cómodo asiento, arreglo mi cabello y pongo otra vez el labial rosa en mis labios que ya no está.

Ni siquiera pienso dos veces subirme a la limusina una vez que me bajo del *jet*, mi cabeza da vueltas, maldito postre, *pancakes*, jugo de naranja, frutas y la *pizza* de la madrugada. Me recuesto mientras espero a Oliver, quien se aparece unos minutos después cuando ya casi me estoy quedando dormida.

Me acompaña hasta mi apartamento mientras su chofer castaño bigotudo lleva mi maleta, insistí en que yo podía sola, pero no, no me dejó y me acompañó hasta la puerta.

—Gracias, Oliver —sonrío levemente mientras llevo un mechón de mi cabello detrás de mi oreja.

—¿Segura de que estás bien? —asiento con mi cabeza, solo quiero dormir—. Te besaría, pero luego de... —me abalanzo a él presionando mis labios con los suyos.

—¿Qué decías? —digo, enarcando una ceja una vez que me separo de él, él solo me está viendo sin ninguna expresión, niega con su cabeza y aplana sus labios para contener una risa—. Hasta mañana, señor Anderson —digo, abriendo la puerta de mi apartamento.

—Hasta mañana, señorita Carlin, que descanse —dicho esto le sonrío por última vez y lo pierdo de vista al cerrar la puerta, lo invitaría a pasar, pero necesito dormir y él debe estar muy ocupado.

Llego hasta mi cuarto y de inmediato me sumerjo entre mis sábanas solo quitando mi chaqueta, en segundos me quedo profundamente dormida.

(Capítulo 19)

Despierto de golpe cuando escucho la puerta de mi habitación abrirse, dos siluetas están ahí, pestañeo varias veces para acomodarme a la claridad y veo que la persona recostada en el umbral es... ¿Oliver? Froto mis ojos en lo que Natalie cierra la puerta, él se acerca a mí con su entrecejo fruncido.

—Alex. ¿Estás bien? —pregunta, aclaro mi garganta para no sonar adormilada mientras me siento sobre el colchón de mi cama, maldita Natalie que no me pregunta si puede dejar pasar a alguien a mi cuarto, por suerte metí toda mi ropa en el armario.

—Hey —digo, con una risa nerviosa, espero que no se note en mi cara que he dormido más de cuatro horas—. ¿Puedo saber por qué no avisaste antes de venir? —él se sienta en el filo de la cama y me mira fijamente.

—Te llamé diez veces y no contestaste, por eso vine, me preocupé —frunzo mi entrecejo—, te traje algo —menciona, y me extiende algo que miro con una ceja arqueada.

—¿Un mono de felpa? ¿Es en serio? —digo, recostando mi espalda sobre el cabezal de la cama con una sonrisa.

—Tiene chocolates en su interior —río levemente. ¡Claro! ¡Pero él no es cursi!—. Si no te sientes bien puedo llamar a mi doctor para que venga a verte —niego con mi cabeza, ya estoy bien.

—Solo necesitaba dormir, gracias —él me observa, después de varios segundos se pone de pie y acomoda su saco para luego dirigirse a mí.

—Tengo muchas cosas que hacer, solo quería saber si estabas bien —ladeo mis labios en una media sonrisa mientras lo observo mirar su reloj—, cualquier cosa me llamas, ¿sí? —asiento, él en un rápido movimiento presiona sus labios sobre mi mejilla haciéndome reír. Sale de mi habitación a paso rápido y lo observo perderse tras la puerta una vez que la cierra a sus espaldas.

El aparato ruidoso sobre mi mesa de noche comienza a sonar. ¡Ah! ¡Odio trabajar! Comienzo a palpar la jodida alarma sin abrir los ojos y cae al suelo, bufo en desesperación, tengo que levantarme para alcanzarla y que por fin deje de sonar, maldita alarma hija de puta, tallo mis ojos y cuando la recojo veo que ya había sonado cinco veces. ¡No puede ser! Corro hacia el baño y me ducho en no sé cuántos segundos, algún día terminaré con el cuello torcido como dice mi madre.

Natalie ya no está y recuerdo que hoy es su cumpleaños, lo más seguro es que esté arreglando la casa de Dereck para su fiesta, yo no lo he comprado un regalo. ¡Maldición!

Quince minutos después estoy corriendo por recepción y dos minutos después estoy maldiciendo el ascensor porque se detiene en cada jodido piso, luego recuerdo que ya puedo usar el corporativo y yo pasando por estas cosas. Puta.

Las dos puertas de metal se abren y de inmediato lo primero que mis ojos ven es el tras... Digo, la espalda del jefe. Él gira un poco y me mira con su entrecejo fruncido, el mismo gesto que hace David, quien está frente a él junto a dos señores más que recuerdo haber visto en Italia, sonrío ampliamente porque no tengo de otra, ya vine tarde.

Oliver camina hacia mí de inmediato sin ningún tipo de expresión, al menos ya estoy tranquila porque si me despide perderé la presidencia.

—Llegas tarde —susurra, rasco la parte de atrás de mi cabeza intentando encontrar una buena excusa, me rodea con sus brazos por la cintura y presiona sus labios sobre los míos—. Vamos, tenemos una reunión con estos señores, actúa más como mi esposa que como mi secretaria. ¿De acuerdo? —dice en mi oído, asiento y sonrío fingidamente, al menos esto me dará tiempo para terminar el informe que tenía que entregar hoy.

El día trascurre de lo más normal, Oliver bastante ocupado ni siquiera se percató de que me fui unos minutos a la estación Starbucks que está a una cuadra. Salgo un poco más tarde que mi horario normal, pero eso es usual, corro por el parqueo y llego hasta mi auto. Lista para ir a casa, en el intento de poner en marcha el vehículo no enciende. ¿Es en serio? ¡Si te compré es porque te parecías a Herbie! ¡Tú eres un campeón de carreras! ¿Por qué me haces esto? Tomo el volante y comienzo a zarandearlo como intentando hacerlo entrar en razón y, ¡juás! Me quedo con él en las manos, cierro mis ojos buscando paz interior.

—Alex, inhala y exhala —me hablo a mí misma—, no pierdas la paciencia, las personas que mucho se enojan envejecen más rápido, no querrás parecer...

¡A la mierda! ¡Traigan mi silla de ruedas y mis dientes postizos!

Lanzo el volante en el asiento del copiloto cuando unos golpes sobre la ventana del auto me hacen estremecer, llevo mi vista en esa dirección y es... ¿Oliver? ¡Maldita sea! Él siempre apareciendo en el momento menos indicado.

Bajo la ventanilla del auto y sonrío al estilo del gato de *Alicia en el país de las maravillas.*

—Tienes un Bentley y prefieres esta cosa —menciona y observa específicamente el espacio donde falta el volante. ¡Qué vergüenza! Maldito Herbie, me has traicionado.

—Está bien, es algo normal —suelto una leve risa nerviosa, *bien normal.*

—Vamos, te llevo —dice y sin esperar mi respuesta se encamina hacia su auto. Estupendo, pasando vergüenzas nivel Dios.

Salgo de mi vehículo y me encamino hacia él, quien ya me está esperando con la puerta del copiloto abierta.

—Iremos a mi casa para que te lleves el Bentley, mandaré a arreglar tu auto.

—No es necesario, yo buscaré quien...

—No te preocupes y por el momento usa el otro, todos saben que eres mi esposa y no quiero que te miren en... eso... —dice, de manera despectiva, ruedo mis ojos exasperada, ni cómo defenderlo porque me acaba de dejar a pie el muy traicionero.

Conduce sin mediar palabra, como siempre con su porte y seriedad mientras mira concentradamente hacia la carretera; clásicos en inglés están sonando, ya estoy por dormirme cuando recuerdo que no he comprado el regalo de Natalie, mierda.

—Oye, ¿tienes un florero que me vendas? —aunque los de su casa deben costar más que mi anillo de bodas, ahora me arrepiento de mi pregunta.

Oliver frunce su entrecejo, pero no deja de ver al frente.

—¿Un florero? —cuestiona y despega su mirada de la carretera por unos segundos.

—Es el cumpleaños de Natalie y no he comprado ni un puto regalo —suspiro, relajándome en el espaldar, Oliver ríe levemente.

—Tengo un collar que le había comprado a mi madre para su cumpleaños, pero el día de nuestra cena vi que llevaba puesto uno igual, así que ya no tengo qué hacer con él —¿un collar? No me quiero imaginar cuánto cuesta—, puedes quedártelo y se lo das a tu amiga.

—Estoy cien por ciento segura de que no puedo pagarlo —enarco una ceja y lo miro fijamente, aunque él no me esté viendo a mí.

—Bueno, yo dije que te lo puedes quedar, no que me lo tienes que pagar.

—Ah, no... —interrumpo de inmediato, negando con mi cabeza—. Yo no puedo...

—Harías feliz a tu amiga. Dile que es un regalo de ambos y listo —*un regalo de ambos*, río sarcásticamente, no pagaría la mitad de ese collar ni vendiendo mi auto sin volante.

Pero al final, terminó por convencerme, mucho más cuando lo tuve de cerca y brilló frente a mis ojos, casi me atraganto con el vaso de agua que estaba tomando. Sí, haría feliz a Natalie.

Salgo de la casa de Oliver una vez que he encontrado la llave de la cosa turquesa. Él va tras de mí, giro sobre mis talones un poco vacilante al llegar al auto.

—Oye, ¿quieres... venir a la fiesta... conmigo? —arrugo el espacio entre mis cejas, él solo me observa fijamente con las manos dentro de sus bolsillos como pensando su respuesta, si dice que no en mi vida lo vuelvo a inv...

—Está bien —contesta, con una media sonrisa—. ¿Paso por ti? —sonrío asintiendo con mi cabeza, por primera vez no voy a ser la única solitaria en ese grupo.

—¿Te veo a las ocho? —él mira su reloj y asiente, no faltan muchas horas, pero me da tiempo de arreglarme lo suficiente.

Llego a casa y lleno la bañera, recojo mi cabello y me despojo de mi ropa, me sumerjo en el agua cálida mientras canto *When a man loves a woman*. ¡Joder! No vuelvo a viajar con Oliver y sus canciones clásicas.

Justo diez minutos antes de la hora indicada ya estoy esperando por él, me miro al espejo, este vestido azul sí que se mira bien, escucho el timbre, sé que ha llegado, hace unos minutos me había enviado un mensaje de que ya venía en camino. Tomo mis cosas y al abrir la puerta está viendo hacia el lado derecho del pasillo mientras acomoda su corbata, de inmediato voltea hacia mi dirección y esboza una media sonrisa... Ya ni sé si darle un beso en los labios o en la mejilla a modo de saludo, opto por la segunda, no quiero abusar.

Llegamos al lugar, todos voltean cuando me ven entrar con él, bueno, a estas alturas ya deben saber que estoy casada con Oliver Anderson. Busco a Natalie entre las personas tomando la mano de mi esposo quien, cabe mencionar, es el único con un carísimo traje de diseñador, de inmediato que los ojos de Natalie me enfocan chilla y corre hacia mí, Dereck viene tras ella. Me rodea con sus brazos mientras su novio y Oliver solo se observan seriamente, mueven su cabeza a modo de saludo, no... Ellos nunca se llevarían bien, lo presiento.

—Feliz cumpleaños —digo, entregándole la cajita de terciopelo con el collar una vez que se ha separado de mí y ha saludado a Oliver. Ella la ve y de inmediato como adivinando qué hay dentro la abre y sus ojos brillan al ver aquella cosa excesivamente cara.

—De parte de ambos —menciono, sí, porque yo sola no pagaría ni la caja de ese collar. De inmediato, ella chilla y se abalanza hacia mí rodeándome con sus brazos de nuevo. Dereck mira atento el regalo con sus ojos desorbitados mientras Natalie dice miles de cosas sobre el collar que no logro entender porque la música está bien alta y porque, además, yo no sé cosas de diseñadores.

—Debo ir a saludar a otras personas, por favor, pónganse cómodos —habla ella, luego de muchas palabras que no logré captar, asiento con mi cabeza mientras tomo a Oliver de la mano y me lo llevo a una mesa.

—¿Quieres algo de tomar? —pregunto, antes de sentarme junto a él.

—En todo caso, yo iría por la bebida de ambos, Alex. No te preocupes —contesta, sosteniendo mi mano y obligándome a tomar el lugar mientras él se pone de pie.

—No es... —no me deja terminar la frase y camina en dirección a las bebidas, se pierde entre las personas.

Justo cuatro minutos después se está acercando con una botella de *champagne* y dos copas. Me extiende una, la tomo y vierte un poco del líquido dentro de ella, no puedo evitar notar cómo las tales Karen y Lisa, amigas de Natalie, quienes están a unos cuantos metros se le quedan viendo junto a tres chicas más, de inmediato que él toma lugar a mi lado ellas se percatan de que está conmigo y puedo ver la expresión de sorpresa en sus rostros, me sonríen fingidamente y hacen un saludo con sus manos. Malditas.

Una vez que Oliver ha servido *champagne* en su copa, tomo su barbilla y acerco sus labios a los míos, él sigue el juego, uno que dilató más de tres minutos, es que con esa forma de besar suya pierdo la consciencia.

—Lo siento —digo, separándome de sus labios—, me molesta que esas tipas te miren de esa forma cuando saben que estás casado conmigo —me encojo de hombros mientras llevo la copa de *champagne* a mi boca y la saboreo viendo el líquido espumoso, hasta que su risa interrumpe mis pensamientos.

—Me gusta más esta forma de molestarte que aquella otra donde me gritas y cierras mi *laptop* de golpe —me hace reír. Ágilmente cambia de tema cuando comienza a contarme acerca de las personas que conoce de ese lugar.

—¿Bailas? —pregunto, luego de alguna hora de charla y es que puedo jurar que con Oliver hasta la más aburrida plática se vuelve interesante.

—No, yo no bailo, Alexandra.

—¿Cómo que no bailas? —frunzo mi entrecejo mientras tomo su antebrazo para ponerme de pie—. Lo hiciste conmigo en Italia.

—Sí, pero no esta terrible música —contesta, me levanto y lo halo suavemente, solo sonríe.

—Yo quiero bailar —él niega con su cabeza, así que tiro más fuerte de su brazo hasta que hago que se ponga de pie—. ¿Para qué ir a una fiesta si no vas a bailar? —no dice una palabra milagrosamente.

—Qué cosas me haces hacer, Carlin —exclama, me ve fijamente, pero ya no me intimida.

Una vez que estamos en la pista de baile aún tiene esa mirada de desaprobación sobre mí, bueno, me gusta bailar y Satanás Anderson tiene que acostumbrarse. Él solo ríe mientras intenta seguir mis pasos y debo admitir que no lo hace mal, luego comienza a sonar una balada, estas sí le gustan, de inmediato rodea mi cintura con sus brazos y me apega a su cuerpo, con nuestros rostros muy de cerca llevo mis manos a su cuello.

Comenzamos a movernos al son de la canción, puedo notar cómo levemente se va acercando a mis labios, nuestras narices están rozándose, sin embargo, mantiene esa distancia y no avanza más, nuestras respiraciones se mezclan, cierro mis ojos, por algún motivo siento este momento especial y al abrirlos ahí sigue él con sus ojos cerrados, Oliver también abre sus ojos, dejando a la vista esos preciosos orbes azules, nos quedamos viendo por varios segundos y cuando siento sus labios muy junto a los míos una jodida música estruendosa nos hace estremecer. ¡Maldita sea! Todos comienzan a gritar y el DJ mezcla una música tras otra, aclaro mi garganta.

—¿Quieres algo para comer? —hablo muy cerca de su oído, él simplemente asiente y nos retiramos de la pista para dirigirnos a los bocadillos.

Y ahí estuvimos por alguna otra hora hablando tonteras graciosas hasta que me comencé a sentir aturdida por el sonido. Luego de despedirnos de Natalie, quien ya estaba usando el collar, él me lleva a mi apartamento, como siempre me acompaña hasta la puerta y se queda ahí hasta que mira que entro.

—Gracias por acompañarme —menciono, buscando la llave de mi apartamento dentro de mi pequeño bolso, él simplemente mira atento todos mis movimientos y me ayuda a sostenerlo para que la encuentre.

—A ti por invitarme, en serio me divertí —sonríe cálidamente—. Mañana debo ir a Francia, tengo una reunión importante.

Por un momento, siento algo en mi interior por no verlo en la oficina durante unos cuantos días y esto que ya me sé su agenda de memoria, le doy una sonrisa de lado y asiento tintineando las llaves una vez que las encuentro.

—¿Cuánto tiempo no te voy a ver? —intento sonar indiferente, miro sus orbes azules y él me observa fijamente esbozando una sonrisa.

—¿Qué? Tú vienes conmigo. Te dije que donde yo fuese, tú vendrías. ¿Lo recuerdas? —suelto una leve risa de alivio, aclaro mi garganta cuando me doy cuenta de que no debí hacerlo.

—Suena bien —golpeo su hombro de manera suave—. ¿Significa que tendré que usar otro jodido vestido de gala? —cuestiono con fingida desesperación, él simplemente sonríe, o eso creo.

—No necesariamente de gala, es algo más casual. Te enviaré la hora por un mensaje de texto, ¿sí? Pero tienes que llegar a la empresa a tu horario normal, ni un minuto más. Soy tu jefe y aún puedo despedirte —ruedo mis ojos exasperada—, no querrás ser una ama de casa.

Sus labios se arquean, no puedo evitar sonreírle de regreso. Él se me acerca llevando su mano a mi cuello, presiona sus labios sobre mi frente.

—Luego iremos a California, acostúmbrate a este ritmo de vida —continúa, hace un lindo gesto que no llega a sonrisa, pero puedo jurar que con su mirada lo ha hecho —. Te veo mañana, muñeca —dicho esto se retira, lo veo alejarse y cuando llega al ascensor da media vuelta, sonríe y guiña uno de sus ojos, las puertas de metal se cierran y me quedo ahí observando el lugar donde hace unos segundos su figura estaba.

(Capítulo 20)

No sé cuántas veces olvidé respirar el día de hoy, pero tuve que hacer todo lo que hago en una jornada tan solo en dos horas. ¿Cuándo le dije que sí quería ir a Francia? Luego de tropezar con una maceta, golpear mi dedo meñique en el escritorio, lanzarme refresco encima y olvidarme de tomar café, estoy camino a Francia queriendo dormir, pero Oliver no me lo permite porque si él está trabajando yo también.

Es una linda tarde que nos recibe en el aeropuerto de París, compensa todo el trabajo que he hecho hoy. Me emociono al llegar, tanto que abrazo a Oliver y él me mira con su entrecejo fruncido.

—Aquí no venimos de paseo, venimos a trabajar —menciona, esa última palabra en pausas, Oliver aguafiestas como siempre.

Una limusina nos dirige hacia algún lugar, miro por la ventana, tanto tiempo de no venir a esta ciudad hasta veo que ha cambiado algo. El chofer y otro señor uniformado bajan del vehículo y van hacia donde están creo las maletas, Oliver luego de por fin despegar los ojos de su *laptop* para clavarlos en mí, sale de la limusina sosteniendo la puerta para que yo salga.

—Toma —menciona, dándome una tarjetita, frunzo mi entrecejo mientras él me señala un edificio bastante lujoso frente a nosotros—. Piso 15.

Recuerdo que él me había dicho que tenía una propiedad en este país, miro aquel lugar con sorpresa, no sé ni por qué si ya sé cómo es mi esposo. Siento curiosidad por conocer el sitio y me adentro a zancadas al complejo de apartamentos. Oliver viene tras de mí.

Llegamos hasta el piso 15 y comienzo a buscar el número de apartamento que me ha mencionado. Al abrir, como me lo imaginé, es completamente lujoso, perfectamente amueblado, alfombrado y con vidrio en sus alrededores, con una buena y escalofriante vista de la torre Eiffel.

Me desmayo.

—Es pequeño, pero siempre vengo por uno o dos días, así que no necesitamos uno más grande —giro hacia él que está de pie a algún metro de distancia. ¿Pequeño? ¿Esto?—. La reunión es en hora y media, ¿crees estar lista en ese tiempo? —resoplo.

—¡Por Dios! Eso es poco tiempo —ironizo, él me mira fijamente y yo solo sonrío.

—Para mí 90 minutos son...

—90 minutos —le interrumpo, ruedo mis ojos exasperada y giro sobre mis talones de regreso al ventanal, lo miro por sobre mi hombro, tiene una sonrisa en su rostro y da media vuelta para ir a lo que creo es la habitación. Camino hacia un sillón que está en la sala y me dejo caer sobre él. ¡Oh, por Dios! Es de felpa, podría dormir aquí, pero no tengo tiempo, mejor me pongo de pie, si me duermo Satanás saca todos sus demonios internos.

Recorro el lugar, me encanta, hasta me da miedo acostumbrarme a estas cosas. Voy hasta la nevera, observo que no hay nada, pero es de imaginarse, nadie se mantiene aquí.

Entro a la habitación y la vista es magnífica. ¡Por Dios! Quiero este apartamento para vivir el resto de mi vida. Me dejo caer sobre el suave colchón de la cama en lo que Oliver sale del baño. De inmediato, mi vista hace un recorrido y se centra en cómo se deslizan esas gotas de agua por su torso producto del baño que acaba de tomarse y caen justo en esa v que se enmarca en el inferior de su bien definido abdomen, esa zona pecaminosa que te indica exactamente lo que hay en esa dirección, llevo mi vista a ese lugar y ahora me encuentro viendo su entrepierna y cómo esa toalla se ajusta en esa parte.

¡Maldita sea! Estoy viendo su entrepierna.

Me levanto de la cama como un resorte, mejor me voy a dar un baño de agua fría. Tomo una toalla y él se queda ahí haciendo lo que sea que está haciendo, ni siquiera me fijé qué era.

No sé cuánto tardé en el baño, pero cuando salgo Oliver está acomodando su saco, ya está perfectamente peinado y bañado en perfume. Toma su computadora y sale de la habitación sin mediar palabra para dejarme vestirme tranquila, se lo agradezco.

Seco mi cabello, me visto y me maquillo, estoy aprendiendo a hacer esto último yo sola, estoy orgullosa.

En una media hora estoy lista, y por más que intento no puedo con el cierre de mi vestido, luego de pulverizar algo de perfume en mi cuello salgo de la habitación en búsqueda de Oliver.

Él está ahí sobre el sillón blanco afelpado y escribe de manera rápida en su computador.

—Oliver —le llamo, mira en mi dirección y de inmediato la vuelve a su portátil para después verme por segunda vez y revisarme de pies a cabeza.

—¿Sí? —pregunta, una vez que por fin se concentra en mis ojos.

—Necesito que me ayudes en algo.

Él frunce su entrecejo y se pone de pie cuando le indico el cierre del vestido. Se acerca a mí y comienza a subirlo de manera lenta, puedo sentir una de sus manos sobre mi cintura y por algún motivo ese roce, aunque sea por sobre mi vestido me estremece.

—Hueles bien —menciona y me hace esbozar una sonrisa—, me gusta cómo te queda el color verde.

Sin decir más, va hasta el sillón de regreso y toma su *laptop* para seguir escribiendo, no puedo ver su gesto y agradezco que él no haya percibido el mío. Voy de regreso a la habitación por mis zapatos y cuando los estoy acomodando en mis pies golpea la puerta y pasa.

—¿Nos vamos? —dice, sonrío a modo de respuesta. Toma mi mano para salir del lugar. Agarro mi *blazer* que estaba reposando sobre la cama y cubro mis hombros desnudos antes de llegar a la limusina.

Durante el camino Oliver habla por teléfono y me recuesto en su hombro, se acomoda mejor y con su mano acaricia mi cabello, ese es mi punto débil, pero por suerte llegamos antes de quedarme dormida.

El lugar como siempre lujoso y varias personas adineradas, comienza su aburrida reunión. Ya casi voy conociendo a todos los señores socios de Oliver, y a sus esposas. Ellas se me acercan y comienzan su plática de señoras, no son mis temas favoritos, pero finjo que sí, además, siempre es bueno aprender cosas nuevas, nunca sabes cuándo vayas a necesitarlas.

Oliver está hablando con unos socios, mientras yo converso con dos señoras que se han presentado con el nombre de Louise y Carmen. En algún momento, levanto mi mirada y me encuentro con esos preciosos orbes azules de Oliver. ¡Me estaba viendo! Sonríe; una linda, tierna y cálida sonrisa, se la correspondo de la misma forma y él regresa su vista a los señores con los que estaba conversando.

Una hora más tarde, luego de cenar, ya es tiempo de irnos. Vamos por helado y regresamos al apartamento porque Oliver aún tiene que terminar algunas cosas. Me ofrezco a ayudarle y él asiente mientras me explica algo que se supone debo comprender.

Una vez que me he cambiado, me siento en la cama al lado suyo para continuar con lo que estamos haciendo. Él ya lleva su pantalón de pijama, como siempre, su torso visible. Estoy comiendo helado, cuando mi celular suena, me levanto para sacarlo de mi bolso y vuelvo a tomar el lugar al lado de Oliver. Es Natalie.

Estruja ese trasero ;).

¡Oh, por Dios! No puedo evitar reír. Comienzo a teclear un «algún día lo haré» cuando siento que mi celular es arrebatado de mis manos. ¡Puta mierda! Satanás no puede leer eso. De inmediato, me abalanzo hacia él quedando a horcajadas sobre sus piernas e intento quitarle mi teléfono, me es imposible. Él ríe por mis fallidos intentos por tomar mi celular.

No tengo de otra, antes que lo lea, tomo su rostro con ambas manos y llevo mis labios a los suyos; de una manera suave y delicada, él va perdiendo fuerzas y deja mi móvil sobre la cama para enrollar sus brazos en mi cintura. Me apega más a su cuerpo, tanto que siento el calor que se está provocando.

En un ágil movimiento, agarro mi celular y me levanto de sus piernas, él suelta una leve risa en lo que intento borrar el jodido mensaje de Natalie cuando toma mi pie y tira de mí hacia él, no le permito que lo tenga de vuelta, en estos momentos está sobre mí forcejeando por mi teléfono, maldito chismoso, me hace reír. Llevo mi mirada de regreso al celular, ya puedo respirar, el mensaje se ha borrado.

—¿Qué me estarás ocultando? —enarca una ceja, una de sus rodillas está enterrada en el colchón entre mis piernas y la otra a mi lado.

—Nada —también enarco una ceja, prefiero que crea que tengo un amante y no que quiero estrujar su trasero.

Él sonríe pasivamente viendo mis ojos, me mira a mí y yo a él, sus orbes azules están puestos sobre los míos con ternura, da un tierno beso en mi mejilla, sus suaves y deliciosos labios se presionan en mi piel y luego comienza a dejar pequeños besos acercándose a mi boca hasta mis comisuras.

—Si no es porque leí Natalie en ese celular, en estos momentos estuviese tirando todo y de regreso a Nueva York —no puedo evitar reír. No sé por qué se lo creo.

No me deja contestar, continúan esos besos en mis labios que me hacen estremecer y suavemente devora cada uno de ellos. Llevo mis manos a su torso desnudo, solo las deslizo, sin prisa, y las llevo a su cuello para evitar hacerle pensar que me quiero aprovechar de la situación; estamos solos, sobre una cama, besándonos. Oliver me encanta, es perfecto, todo en él es perfecto.

Su lengua danza con la mía, pero este no es un beso apasionado, es uno dulce, sin prisa y delicado. Él lleva su mano a mi muslo desnudo, mis *shorts* son bastante cortos; sin embargo, solo reposa su mano ahí, a pesar de la situación, este no es un beso caliente, sino cariñoso. Él tiene la oportunidad de acariciar mi cuerpo, pero no lo hace, prefiere llevar su mano a mi mejilla y acariciarla de una manera suave, solo con roces. Es tan respetuoso y eso me agrada; mucho más de lo que debería.

Oliver me gusta más de lo que debería.

Él se separa levemente de mí, aun manteniendo sus ojos cerrados. Analizo cada uno de sus gestos y suelta un leve suspiro sin mirarme.

—Me encantaría quedarme así, pero tengo que trabajar —abre sus ojos y los clava en los míos esbozando una tierna sonrisa. Se pone de pie y de inmediato siento cómo mi cuerpo reclama el calor del suyo.

Él va hacia el baño, y me recuesto en el espaldar de la cama, cuando regresa besa mi mejilla y pasa su brazo por sobre mis hombros. No me acostumbraré a esto porque sé que de vez en cuando es poseído por los demonios y terminamos peleando.

Entre tanto trabajo, charlas y risas, no sé a qué horas nos quedamos dormidos.

Al día siguiente, su excesiva puntualidad hace aparición y yo siento ganas de lanzarlo por la ventana. Me pone nerviosa, mientras a toda prisa le ayudo a redactar un informe que se supone tiene que estar listo antes de llegar a California. Tanto viajar me marea, mucho peor al lado de Perfección Anderson.

—Ya casi llegamos. ¿Te falta mucho? —pregunta, sin despegar su mirada de su *laptop*. «Sí, jefe, me falta mucho», me digo.

—Ya estoy terminando —respondo, con toda tranquilidad, también sin quitar la mirada del monitor para sonar intelectual y trabajadora.

Y cuando estoy escribiendo la última línea la jodida *laptop* decide hacer sus berrinches y quedarse paralizada. ¡Maldita sea! Luego... se apaga.

Alex, inhala... Exhala... Recuerda, autocontrol.

Y comienzo a volverme loca cuando recuerdo que no lo había guardado. Mejor mátenme.

Miro por la ventana, ya estamos en California, un lindo atardecer nos recibe, pero yo no puedo disfrutarlo porque EL MALDITO INFORME NO ESTÁ. Llegamos a la propiedad de los Anderson, se puede ver que es la única casa en varias hectáreas, y cuenta hasta con pista de aterrizaje para *jet*, empezando por ahí les digo que la casa de mis suegros es enorme.

Bajo del *jet* un poco aturdida por el viaje y por lo mierda que es mi vida, por qué mejor no fui... No sé... ¿Una pulga? Estuviese feliz saltando entre perros callejeros y sin usar computadoras. Oliver viene tras de mí, la primera en saludarme es la señora Anderson, incluso antes de abrazar a su hijo. Qué linda.

—¡Alex!... Mi vida. ¿Cómo estás? Qué linda te ves hoy —me envuelve efusivamente, hasta casi hace que se me salga todo el aire.

—Gracias —digo sonriente—. Usted igual, bella y radiante —al menos tengo el don de halagar.

—¡Por supuesto! Por algo es mi esposa —escucho al señor Anderson acercarse—. ¿New York Yankees? —cuestiona, al ver mi chaqueta blanca con negro de mi equipo de béisbol favorito, la verdad la gané en un reto en la universidad. ¿Quién puede tomar más cerveza que Alex Carlin? Nadie—. Yo tengo una chaqueta exactamente igual... Vengan esos cinco —levanta la palma de su mano esperando que yo la choque.

—Un día deberíamos usarlas ambos y fingir que somos gemelos —contesto, chocando la palma de mi mano con la suya.

—Oh, suena interesante... —se queda pensativo por unos segundos y se vuelve a la señora Anderson—. Margot... ¿Cómo me vería rubio? —ella solo ríe y yo aplano mis labios para no carcajearme, es que imaginarme al señor Anderson rubio y con toda mi mala suerte es para soltar carcajadas.

Oliver me mira y me sonríe, de inmediato la madre de Oliver se abalanza sobre él y le hace cambiar todo su gesto por uno de seriedad, no puedo escuchar qué cursilerías le está diciendo para burlarme luego porque dos señoras se paran frente a mí y me observan con alegría.

—Alex, ellas son mis hermanas, Kate y Leslie —escucho la voz del señor Anderson, quienes, por cierto, tienen bastante parecido con él; la señora Kate tiene una larga cabellera negra, se ve hermosa; la otra parece ser la menor, está bastante joven y muy guapa. Ambas me dan apretones asfixiantes como los de la señora Anderson, ahora entiendo el trauma de Oliver con los dichosos abrazos.

—No puedo creer que mi muchacho se haya casado, puedes llamarme tía Leslie.

—Y a mí tía Kate —exclama bastante efusiva, yo no tengo tías, por parte de mi padre solo tengo dos tíos y mi madre es hija única, así que... usar esa palabra es algo nuevo para mí.

—Eso suena bien —exclamo, sosteniendo las manos de ambas señoras bastante amables.

—Ya sabes, si necesitas algo solo nos dices —me agrada esta familia de Oliver, no sé por qué él tiene un carácter tan podrido.

—¡Gracias! —expreso, con una enorme sonrisa, luego se abalanzan sobre Oliver, quien ya no puede disimular lo aturdido que está.

—Y ella es Lindsey, mi sobrina —dice el señor Anderson, otra que me saluda bastante efusiva, ya no sé ni cómo reaccionar con tantos abrazos, mi madre dice que estos hacen a las personas felices.

—No he parado de escuchar sobre ti desde que vine a esta casa —expresa la chica que, cabe mencionar, huele muy bien. Ella me mira con esos ojos celestes bastante brillantes—. ¡Qué buenos genes tiene esta familia!

—Espero que sean cosas buenas —hablo, dedicándole una sonrisa a Lindsey.

Luego se va a saludar a Oliver, y observo que Brittany está saliendo de la casa junto a Henry, él nos saluda a ambos, pero ella no hace nada más que revisarme de pies a cabeza con su cara amargada.

—Alex, ella es mi otra sobrina, Suzanne, y su esposo Raymond —el señor Anderson hace que deje de concentrarme en Brittany y dirija mi vista en dirección a las dos personas que me está presentando, y...

Tierra, trágame.

(Capítulo 21)

Me quedo paralizada por unos cuantos segundos. Él también.

Estaba parada frente a Raymond, cómo olvidar sus ojos grises, su cabello castaño despeinado, esos dos hoyuelos que se forman en sus mejillas cada vez que sonríe... ¿Cómo olvidar mi primer amor?... Bueno, tampoco así, pero sí fue el primer niño que me gustó... y, sobre todo, ¿cómo olvidar que me dejó por Suzanne cuando fue a la universidad solo porque tenía dinero?

—¿Alex? —pregunta, reaccionando luego de unos segundos, sonríe, ahí están, sus dos atractivos hoyuelos—. ¡Por Dios! ¡Alex! ¡Tanto tiempo! —se acerca a mí y me da un abrazo, por unos segundos no reacciono—. Amor, ella es Alex... Una vieja amiga de la secundaria.

Ella sí me conoce, le enviaba fotos en ropa interior a Raymond cuando apenas se conocían por Facebook.

—Hola, Suzanne, es un placer —digo mientras estrecho mi mano, ella me mira con sus grandes ojos marrones y me sonríe fingidamente.

—El placer es mío, Alex —contesta, su voz estropea mis tímpanos.

—Ohh, estupendo que se conozcan —habla el señor Anderson—, ahora entremos, por favor, tenemos una rica cena para todos ustedes.

Raymond me mira de nuevo mientras nos disponemos en dirección al señor Anderson, quien nos dirige al comedor. Sé que no esperaba volver a encontrarme, mucho menos en esta situación, Raymond quería estabilidad monetaria y dejamos de hablarnos cuando me enteré que vivía con Suzanne en Chicago, no he sabido nada de él desde entonces. Y es mejor así, le gustaban varias chicas al mismo tiempo.

Oliver me toma de la cintura y me apega a su cuerpo al ver a Raymond mirarme, sé que me espera un interrogatorio que no pienso contestar,

Raymond solo voltea la mirada hacia su esposa, quien cabe mencionar, su vientre asoma unos 7 u 8 meses de embarazo, ella lleva su cabello rojo hacia atrás mientras me vuelve a ver al notar que Raymond se me ha quedado viendo más de lo normal. Bien, esto es incómodo.

Llegamos al comedor, las tías de Oliver comienzan a contar sobre cómo fueron sus matrimonios, los arreglos florales, las luces, damas de honor, toda esta familia de Oliver es adinerada, casadas con importantes políticos, embajadores; la prima de Oliver va a casarse, así que es el tema primordial, aunque ella está ajena a cualquier conversación solo escuchando música con unos auriculares, si supieran que yo me casé con la misma ropa que trabajé ese día.

Raymond me ha visto como 5 veces el tiempo que llevamos en la cena. Él solo voltea el rostro un poco avergonzado, espero que Oliver no lo note, pero sé que en Oliver estas cosas no pasan desapercibidas, luego de terminar de cenar, me toma de la mano.

—Lo siento, nos retiramos, estamos un poco cansados —yo ni siquiera he terminado de comer.

—Lo entiendo, no te preocupes, hijo —contesta el señor Anderson muy amable—. Están en su casa —sonrío amablemente mientras les deseo buenas noches a todos y Oliver casi a jalones me lleva hasta la que se supone es nuestra habitación.

Llegamos a un cuarto inmenso que ni siquiera puedo contemplar porque inmediatamente Oliver me acorrala contra la pared.

—Alex, me dices aquí y ahora, ¿por qué conoces a ese tipo? —espeta y me mira fijamente, yo esperando llegar hasta aquí para compartir besos, abrazos, una copa de vino, usar esa cama… Para dormir claro, y él quiere saber quién putas es Raymond.

—Un amigo, Oliver, él lo dijo.

—Un amigo no te ve de esa forma, te recuerdo que yo también soy hombre —¡ah! No lo había notado.

—¿Y qué culpa tengo yo? Además, es mi vida privada, a ti no te gusta hablar de tu vida privada —me intento soltar de su agarre, pero no, no puedo.

—Pero igual contesto cuando me preguntas, ¿o no? —no quita esa mirada fija de mí.

—Rayos, Oliver, fue hace mucho tiempo, éramos vecinos en Miami —no despego mi mirada de él tampoco—. ¿Qué te pasa?

Oliver simplemente me mira, sin decir una palabra, hasta su respiración es pesada.

—¿Pero por qué te molestas, Alex? —cambia con agilidad la plática—. ¿Entonces tú puedes incursionar en mi vida privada y yo en la tuya no porque te molesta? ¿Tú sientes algo por él?

—¿Y quién crees que eres? —frunzo mi entrecejo mientras me cruzo de brazos, sí, bueno, mi esposo, pero no un esposo de verdad, así que no me joda. Él no dice una palabra, simplemente retrocede un poco sin despegarme la mirada de encima y por fin puedo respirar tranquila—. ¿Estás celoso? —cuestiono, sin quitar la mirada de sus ojos, los cierra por unos segundos y suspira.

—No —dicho esto se separa por completo y se dirige al baño sin preguntar nada más.

La reacción de Oliver me deja desorientada, que hasta olvido por unos momentos el *shock* emocional que acabo de sufrir por ver a Raymond y a Suzanne juntos.

Me siento al borde de la cama, enorme y muy suave, como con 20 cojines, el color *beige* de sus sábanas combina a la perfección con las cortinas y las paredes. Me quedo pensando en Oliver, esto no es como sus simples juegos de celos, esto es más intenso.

Oliver sale del baño después de 20 minutos, él nunca tarda tanto en bañarse, sale con la toalla amarrada de la cintura; sin mediar palabra me voy al baño, cepillo mis dientes y me recargo en el lavamanos pensando en Oliver y sus desconcertantes reacciones, me despojo de mi ropa y dejo que el agua se deslice por mi cuerpo. Luego de varios minutos salgo y recuerdo que no traje mi ropa, tengo que salir con una toalla envolviendo mi cuerpo, él ya está recostado y teclea rápidamente en su teléfono celular.

Tomo mi pijama y regreso al baño a cambiarme, unos minutos después salgo y ahí está él viendo hacia un lugar de la habitación, apago las luces y me acuesto a su lado, esta cama no es tan grande como la suya.

Se gira levemente hacia el balcón, quedando de espaldas hacia mí, me acerco a él y lo abrazo por la espalda, él se estremece al sentir mis brazos rodearlo.

—Alex, ¿qué rayos haces? —intenta zafarse, pero me aferro más a él mientras inhalo su exquisita loción.

—¿Por qué te molesta Raymond? —susurro muy cerca de su oído, puedo sentir cómo se tensa al hacer yo eso.

—No me molesta el idiota ese —aclara su garganta, sin moverse de donde está. ¿Idiota?

—¿Entonces? —cuestiono, viendo hacia donde está su vista y es que la luna se ve espectacular a través del vidrio de la ventana.

—Vuelve a tu lugar —Oliver, tan frío y prepotente, me dan ganas de matarlo a veces. Resoplo exasperada. Me aferro más a él y beso su mejilla, una y otra vez, hasta que sonríe.

—Alex. ¡Rayos! Déjame estar molesto al menos 5 minutos —río levemente sin despegarme de él. Comienzo a besar su cuello y él suelta un suspiro.

—Detente —riñe, se voltea para quedar frente a frente conmigo y deposita un beso en mis labios—. ¿Qué haré contigo, Alex? No me obedeces, no sigues instrucciones, me llevas la contraria —acaricia suavemente mi rostro mientras lleva algunos mechones de cabello detrás de mis orejas.

—Tú tienes que aprender a pedir las cosas como un favor.

—Estás loca, soy tu jefe, no vas a manipularme —espeta y luego esboza una sonrisa, me hace reír, es que teniéndolo tan cerca no me lo puedo imaginar como mi jefe, a cargo de una empresa tan grande, es tan joven, apenas está iniciando, cuando llegue a los cincuenta tendrá el triple de lo que tiene su padre.

Sus ojos apenas son tocados por la poca luz que entra por la ventana. Su rostro está muy cerca del mío en estos momentos, me da un tierno beso en la nariz, sonrío, es que no puedo explicar qué se siente, amo esos tiernos besos de Oliver.

Sé que Oliver muy en su interior es una persona tierna. Me estoy quedando dormida en sus brazos mientras él acaricia mi cabello, a la mierda el acuerdo de distancia, el brazo de Oliver es cómodo, siento una paz interior que no puedo compararla con nada en este mundo, yo... solo espero no enamorarme de Oliver algún día.

(Capítulo 22)

Despierto ya cuando la jodida claridad invade la habitación, pestañeo para acomodarme a la luz y observo que Oliver ya no está, siempre su obsesión por levantarse temprano. Veo por el pequeño balcón, puedo divisar la playa desde aquí, qué lindo es este lugar, desde mi apartamento lo único que ves por la ventana son edificios. Tal vez debería ir a surfear, le debería preguntar a Oliver si quiere ir conmigo, sola no es divertido, es lo más cerca a un amigo que tengo en este lugar.

Tomo una ducha, luego de vestirme y peinar mi cabello me dispongo a conocer la casa de los Anderson que, por cierto, es el triple más grande que la de Oliver.

Observo que hay 10 cuartos, cada uno con baños independientes; la sala principal es inmensa, tiene finos sillones con toques dorados que dan la impresión de ser bordados con oro, no me sorprendería, la verdad, si fuera oro de verdad. El comedor es para más de 20 personas, y la cocina, es todo mi apartamento junto. ¡Oh! También hay una sala de billar y una de yoga con vista al arborizado patio trasero donde se puede contemplar una piscina natural; no puedo evitar salir a verla, de esa piscina cae como una cascada hacia otra piscina natural aún más inmensa, hay árboles alrededor y flores que desprenden un rico aroma, en serio que me encanta este lugar, podría vivir aquí toda mi vida y sería completamente feliz.

Sigo en mi exploración por la casa Anderson, y a una cierta distancia observo a Satanás Anderson, en una pequeña cancha en la parte trasera de la casa, está jugando baloncesto con alguien, me dirijo hacia la cancha...

Oh, por Dios.

Es Raymond.

¿Oliver con Raymond? ¿Qué diablos...?

Ambos están riendo.

Esto no es bueno...

Por un momento pensé en volver a la casa, pero la risa de ambos me causa intriga.

¡Diablos! Ojalá no le esté comentando nada vergonzoso.

Me acerco hasta ellos, ambos me ven, Oliver sonríe; mierda, sí, algo le comentó, no es normal en Oliver sonreír.

—¿Qué tal, Alex? —saluda Raymond, mientras miro a ambos desconcertada, simplemente hago un gesto con mi cabeza a manera de saludo y llevo mi vista a Oliver, quien se acerca a rodearme con sus brazos—. Bueno, muero de hambre, iré adentro a ver qué encuentro para comer, los veo después —Raymond se retira un poco incómodo, mientras le devuelve el balón a Oliver y él se separa un poco de mí para tomarlo.

—Claro, adiós, amigo —¿amigo? ¿De cuánto me perdí mientras dormía? Vuelvo mi mirada de confusión a Oliver, quien mira alejarse a Raymond y vuelve a postrar sus ojos en mí.

—Raymond es agradable —menciona mientras rebota el balón y yo frunzo mi entrecejo.

—¿Qué estaban hablando? —me cruzo de brazos, necesito saberlo.

—Bueno, me estaba contando sobre tu conejo que murió y lloraste por tres meses —¡ah! No puede ser.

—¿Señor Bigotes, Pancho, Claudio, Robertina, Sam o Casimiro? —Oliver me mira y ríe.

—¿Qué? ¿Alex, es en serio? —mis conejitos, aún los extraño.

Tomo el balón de sus manos y lanzo a la canasta, encestando.

—Me dijo que tienes habilidad para escribir historias. ¿Por qué no continuaste? Por qué escribir simplemente artículos y no libros.

—No lo sé, creo que perdí la inspiración cuando mi padre me decía todo el tiempo que eso no era una profesión.

—Por Dios, dile eso a Shakespeare... o a Paulo Coelho... o a J. K. Rowling —qué bueno que hay gente que lo entiende, pero mi padre no.

—Mi padre decía que eso era una pérdida tiempo y si me veía escribiendo algo solo se deshacía de lo que sea que escribía sin consultármelo.

Oliver frunce el ceño y me mira con intriga.

—Debe de tener algún motivo por el que haya sido así —simplemente me encojo de hombros.

—¿Entonces ya no estás celoso por Raymond? —pregunto sonriendo, tomando el balón de sus manos y rebotándolo.

—¿Qué? Yo no estaba celoso por Raymond —resopla. ¡No! ¡Claro que no!

Comienzo a rebotar la pelota y Oliver intenta quitármela, y lo logra. ¡Diablos! Esto me será difícil, encesta. Me mira con cara victoriosa, maldito Oliver, no voy a perder ante él. Amarro mi cabello en una coleta que traía en mi muñeca, ahora sí. ¡Alex en acción! Le arrebato el balón y sí, punto para mí. *¡Ah!* Recuerdo mis viejos tiempos en la secundaria.

—¿Y por qué terminaron? —¡ah! ¡Joder! Oliver es peor que doña Candelaria, la vecina que teníamos antes que don Juancho, estaba todo el tiempo al pendiente de lo que pasaba en el apartamento de nosotras.

—Porque él quería ir a la universidad, pero, en realidad, quería irse a vivir con tu prima, así que ella ya me conocía.

—¡Pero qué interesante! —exclama—, pero, a decir verdad, tú eres una mujer...

—¿En serio, jefe?... ¡Y yo que creí que era un alienígena!

—Iba a decir una mujer hermosa, pero no me dejaste terminar, Alexandra —me mira con desaprobación y ríe—. No puedo contigo, en serio —niega con su cabeza mientras lleva sus manos a su cintura.

Encesto otra vez, haría un baile victorioso, pero no enfrente de Oliver, no señor, ya de por sí debe creer que no soy normal, voy por el balón bajo su atenta mirada.

—Esa no se vale, me distrajiste —se defiende, intenta quitarme el balón, pero no le dejo.

—Camarón que se duerme...

—Corazón que no siente...

¿Qué? Lo observo curiosa con una amplia risa. ¡Claro! ¡Pero la loca soy yo! En un ágil movimiento me arrebata el balón y encesta.

—El que enceste el último punto gana —dice, tomando el balón con ambas manos—, te daré la delantera —me lanza el objeto esférico, al tomarlo comienzo a rebotarlo, él se abalanza a quitármelo, entre jugueteo y jugueteo con el balón nuestros rostros quedan muy cerca, sus enormes y musculosos brazos me rodean y me acorrala contra la pared, sus bellos ojos me miran tan profundamente, puedo sentir nuestros alientos mezclarse de la cercanía de nuestros labios. Sin pensarlo más, me besa, un rico beso apasionado y juguetón, hasta el sudor de este tipo huele divino... Y como era de imaginarse... Me arrebata el balón y encesta.

—¡Maldición, Oliver! ¡Eso no se vale! Me usaste —balbuceo entre risas, él solo se carcajea mientras lleva su mirada victoriosa hacia mí.

—Gané —menciona, sin más. Maldito.

—¡Ya verás! —espeto, corro tras él y él corre hasta llegar a la puerta de la casa. Ahhh, ¡demonios! El cardio no es mi fuerte, malditas hamburguesas, pero las amo. Con la respiración entrecortada le saco el dedo medio desde el otro extremo de donde estoy y él ya en la puerta de su casa me devuelve el mismo gesto con su mano.

No puedo evitar reírme, maldito, me las va a pagar.

(Capítulo 23)

Entro a la casa aún cansada por la corrida sin éxito tras Oliver, huele divino, mi estómago ruge, camino hacia el comedor, ya están la mayoría acá, de lo que se ha salvado Oliver. En estos momentos está sentado en el comedor hablando con un tipo ubicado frente a él, no lo había visto antes, tiene un uniforme de general, su cabello negro perfectamente peinado hacia atrás, se mira interesado hablando con Oliver. ¿Quién se puede interesar tanto de lo que habla Oliver? Solo alguien que le guste el poder.

Necesito cambiarme antes de reunirme con toda la familia de Oliver, no quiero que me miren con todos estos sudores recorriendo mi cuerpo, subo a la habitación y observo que todo está arreglado a la perfección, incluso toda la ropa ya está en el armario, ya no hay ni un solo rastro de maletas. Abro la primera gaveta de un mueble blanco con un enorme espejo que está frente a mí, ahí está toda mi ropa interior. ¿Alguien vio mi ropa interior? ¿Todas las bragas de encaje que Natalie me ha comprado? ¿Y también las de Bob Esponja?

—He arreglado su cuarto, señora Anderson, espero que le guste —una señora muy sonriente sale con el trapeador, siempre y cuando no cuente que acaba de ver mis calzones no hay ningún problema.

—Gracias —contesto, mientras ella sale sonriendo de aquel lugar.

Me dispongo a seleccionar mi ropa en el armario, todo perfectamente emperchado y doblado; conociéndome, esto no durará mucho. Busco algo que ponerme, *overall* de *short* está bien, con solo mi ropa interior y una toalla entro al baño. Salgo luego de unos minutos, me visto y bajo al comedor.

Me dirijo en esa dirección cuando algo salta a mi pie, me estremece y hace que mi corazón intente salir de mi pecho, ahogo un grito, me sostengo del marco de la puerta y miro alrededor esperando que nadie haya visto esta escena. Por suerte, todos están en lo suyo y nadie parece darse cuenta de mi presencia aún; observo alrededor de mis pies y veo un lindo gato grisáceo que, al parecer, mi pie le pareció algo divertido de cazar. ¿Qué fetiche se tienen los gatos conmigo? Me ve con sus enormes ojos grises y se esconde tras un baúl sacando solo la mitad de su rostro para observarme, intento tocarlo, pero corre hacia un pasillo a un costado que lleva a unas recámaras, lo sigo y hasta verse sin salida sucumbe y se deja tomar por mí, reviso su collar y lleva una pequeña placa con «NUNU ANDERSON» impreso en ella.

¿Nunu Anderson? Sonrío por no soltar carcajadas.

—Por supuesto que Oliver irá, preciosa —¿Oliver? ¿Preciosa? Me detengo de golpe y me acerco más a la puerta de donde creo que viene el susurro, sostengo al gato bajo mi brazo derecho, espero no haga ruido.

La voz es de Henry, sí, es bastante parecida a la de Oliver.

—Claro que está casado, pero créeme que si no quisiera me hubiese dicho que no iría —¿Oliver?

—Yo también estoy casado y eso no me ha impedido estar contigo —¿¿¿¿¡¡¡Qué!!!???? ¿Por qué de pronto siento ganas de matar a Henry?

El gato empieza a removerse inquieto en mis brazos, lo pongo en el piso y sale corriendo por el pasillo, pego mi oído más en la enorme puerta blanca.

—No, Oliver no le dirá que no, no te preocupes, se la describí y por la sonrisa en su rostro sé que le gustó lo que escuchó, ahora imagínate cuando la mire —Oliver... ¿Oliver? ¿Cómo es posible?

—Sí, es bonita, pero tu hermana está más exquisita, claro, no tanto como tú, mi amor —puedo escuchar su voz seductora y me da asco, así que, definitivamente, las apariencias engañan. Yo creí que era el hermano ejemplo, pero no... Todos son tal para cual. ¿Cómo puede engañar a Brittany de esta forma? ¿Cómo puede Oliver engañarme a mí de esa forma? Esperen... Él y yo no estamos casados de verdad, Alex, cálmate... No vas a ir a matar a tu esposo de mentira, es un contrato.

En eso escucho un ruido y me hace dar un brinco, Henry pone su mano en la manecilla de la puerta del otro lado para salir, ya no está hablando por teléfono. ¡Demonios! Va a saber que escuché todo, corro lo más rápido que puedo y entro en la siguiente puerta que para mi suerte está abierta. Cierro inmediatamente evitando hacer cualquier ruido, escucho los pasos de Henry alejarse por completo, abro un poco para asegurarme de que ya no es visible, se ha ido, aflojo todo mi cuerpo por la tensión que me ha causado esta situación, dejo salir un suspiro.

—Alex, ¿qué haces aquí? —la voz de Raymond me estremece, me volteo rápidamente que incluso golpeo un florero que está sobre una mesa de caoba cerca de la puerta, cae al suelo haciéndose añicos.

—Yo... Ehh... Lo siento —digo, mi voz temblorosa y entrecortante no me ayuda de mucho y mucho peor pensando que Oliver me va a poner el cuerno—, me asustaste —aclaro mi garganta.

Raymond, quien al parecer estaba tomando un baño, lleva solo puesto un pantalón, su cabello está húmedo y despeinado, su cuerpo está tonificado, pero no se compara al de Oliver, sonríe ampliamente.

—No estoy tan mal como para asustarte... Creo —dice, mientras deja de ver el florero roto para ver mis ojos. Me dispongo a recoger los pedazos de florero de barro, por suerte son solo cinco.

—Está bien, Alex. Así puedes dejarlo, le diré a la ama de llaves que no supe cómo se rompió —dicho esto pone en su cuerpo una remera roja que estaba sosteniendo y camina hacia mí, tomando los pedazos de barro.

—Lo siento, no sabía que era tu habitación —veo en otra dirección para evitar ver sus ojos clavados en mí.

—Está bien —contesta, por suerte su esposa no está porque esto sería incómodo.

—Bueno, yo me voy, en serio, disculpa —tomo la manecilla de la puerta para abrirla, me asomo y me cercioro de que no haya nadie.

—Bueno, yo iba hacia el comedor. ¿Vamos? —dice, mientras salgo por el umbral y él viene detrás de mí. ¿Ya qué?

En el preciso instante que salimos de aquel pasillo me encuentro a Oliver junto a Henry, de inmediato que sus ojos me enfocan, enfoca a Raymond, quien saluda a ambos y yo ignorándolos voy directo al comedor.

¡Continúen! Planeen bien cómo nos harán quedar como idiotas a Brittany y a mí. Aunque Brittany ya sea una idiota, no le da permiso a Henry para jugar con ella. Escucho unos pasos detrás de mí y de pronto unas manos que me rodean mi cintura, ruedo mis ojos y giro hacia él.

—¿Por qué ese idiota venía contigo? —¡ay por Dios! Me suelto de su agarre molesta, sonrío a la señora Margot y a las tías de Oliver para evitar que noten mi descontento.

—Buenos días —menciono, optimista. Ellas voltean a verme y sonríen ampliamente mientras la señora Margot se acerca y besa mis mejillas, linda señora como para tener hijos como estos.

Tomo lugar en el inmenso comedor y Oliver se sienta a mi lado, Lindsey está sobre las piernas del general que hablaba con Oliver, de inmediato que sus ojos me enfocan ella sonríe.

—Ella es Alex —menciona—, la esposa de Oliver —esposa de Oliver por unos cuantos meses más, el tipo se pone de pie para saludarme y yo hago lo mismo.

—Es un placer, soy el general Dmitri Petrov —dice con un acento ruso, mientras sacude mi mano y luego se acomoda su traje perfectamente planchado con toda la elegancia posible, muy parecido a Oliver.

—El placer es mío, general —contesto, para luego incorporarme otra vez en el lugar que estaba.

—Es mi prometido —dice Lindsey, sentándose de nuevo en sus piernas.

—Oh. ¿En serio? Felicidades —digo, mientras tomo una rebanada de pan.

—Gracias —contestan ambos, Margot se nos acerca con fruta picada, tomo el tenedor y pincho un pedazo de sandía, deseara que esta fuera la cabeza de Oliver.

—Así que... tú eres la de los cuatro idiomas —dice mientras toma un poco de fruta con un tenedor y la lleva a su boca.

—Bueno, creo que sí —contesto, intentando sonreír, pero no me sale.

Ella le comienza a dar besos en los labios enfrente de nosotros, bien, esto es incómodo, miro a todos lados como buscando una salida, Oliver está ahí a mi lado, tiene el entrecejo levemente fruncido.

—Alex, ¿estás bien? —murmura en mi oído, pero no contesto, Henry entra tomado de la mano con Brittany y ambos vienen sonriendo. ¡Tremenda máscara la de Henry! Más hipócrita no puede ser. Pobre Brittany, al menos lo mío con Oliver no es cierto, lo que me hace pensar... Lo mío con Oliver no es cierto... ¿Por qué me molesta? Miro la copa que está frente a mí, pero no miro en sí la copa, miro más allá de ella, en algún punto fijo y pienso... Lo mío con Oliver no es cierto... ¿Por qué me molesta?

Y así pasé toda la tarde viendo por la ventana de la recámara sobre una deliciosa silla giratoria, ya incluso es de noche y aún no logro encontrar una respuesta al porqué me molesta que Oliver se mire con otra. Habíamos dejado en claro que, si él lo hacía yo también, debería alegrarme, pero en realidad me molesta, solo la idea de que Oliver esté con otra me molesta.

Entra a la recámara, ni siquiera volteo a verlo y él no pregunta nada. Entra al baño y 15 minutos después sale. No volteo a verlo. ¿Por qué lo vería arreglarse para ver a otra?

¡Alex, cálmate!

—Alex, las chicas saldrán esta noche. ¿Irás con ellas? —escucho a Oliver detrás de mí. Ahora sí giro hacia donde está él, está en bóxer y parece importarle en lo más mínimo.

—¡Oliver! ¡Vístete! —espeto, girándome de regreso nuevamente con toda la velocidad posible. Solo pensar que ese trasero lo va a tocar otra me dan ganas de tirarlo por esta ventana y... ¡NO! ¡Yo soy la esposa y nunca voy a tocarlo!

Él solo ríe, escucho el sonido del cinturón, significa que se está vistiendo.

—No, no iré —digo, sin ningún tipo de expresión y de mala gana.

—¿Estás bien? —pregunta, sigo viendo por la ventana.

—Sí —contesto fríamente y suspiro. No lo estoy, pero debo acostumbrarme a esto por algunos meses.

—Bueno, solo estarán mis padres en la casa, te vas a aburrir, voy a salir con Henry.

Me vale una mierda.

Se acerca a mí y me voltea en la silla giratoria bruscamente, se recarga en los brazos del asiento, deja su cara muy cerca de la mía.

—¿Estás segura de que estás bien? —está tan cerca de mí que puedo sentir el aroma de su gel de baño, aún no se ha abotonado la camisa y su musculoso torso es visible.

—No, Oliver, no lo estoy —digo, levantando mi voz, su fragancia invade la habitación, incluso su cabello que aún no está peinado, suelta un agradable aroma—; me molesta que salgas por ahí a acostarte con tipas que ni conoces —Oliver frunce el ceño y me mira perplejo.

—¿De dónde sacas eso, Alex? —esta vez retoma su pose erguida y se cruza de brazos.

—¡Yo escuché a Henry! —me levanto de la silla giratoria para quedar frente a frente con él, bueno, ni tan frente a frente, es bastante más alto —en serio, a mí me da vergüenza que salgas por ahí a acostarte con mujeres.

Oliver me mira intrigado.

—¿Qué te hace pensar que voy a acostarme con ella? —me mira desafiante, la verdad esperaba negación de su parte, no quería que me confirmara que sí irá a verse con la mujer esa.

—Tú mismo me has dicho que no sales con alguien solo para hablar —miro fijamente esos ojos azules.

—Pero ¿por qué te molestas? Si yo lo hago, tú también puedes hacerlo. ¿No deberías de estar feliz? —me quedo en silencio por unos segundos. Sí, lo mismo me pregunté, pero yo no puedo acostarme con tipos así por así. ¿Por qué Dios no escuchó a mi padre y fui hombre?

—En serio, ¿no te importaría que yo me acueste con alguien? —lo miro con atención, tengo que saber su respuesta.

—¿Por qué me importaría? Siempre y cuando lo hagas de forma sutil y nadie se dé cuenta —debería alegrarme, lo sé, pero por algún motivo su respuesta revuelve algo dentro de mí y se instala en mi pecho.

—Bien, te deseo que la pases genial —intento dibujar una sonrisa en mi rostro, salgo de la habitación, me siento triste. ¿Por qué estoy apenado? ¿Por qué siquiera pienso en ponerme triste?

Intento sacar todo pensamiento negativo de mí, le sonrío a Oliver mientras este sale a la sala arreglando su saco azul oscuro con finas rayas diplomáticas, me mira por varios segundos, se acerca a mí y me da un beso en los labios que ni siquiera correspondo, de inmediato volteo mi rostro en otra dirección.

Intento no pensar en ello jugando videojuegos con el señor Anderson y futbolito de sala, escuchando música de los Beatles mientras la señora Anderson hornea galletas. No es tan malo estar con ellos, conocí sobre la época ochentera de América y me mostraron videos de su juventud y de su matrimonio, desearía tener una boda de esas... Grandes, tradicionales, quiero casarme otra vez, pero con alguien que sí quiera estar conmigo y no con cualquier zorra por ahí.

Todo el tiempo no he parado de morderme las uñas, ya ha pasado una hora desde que Oliver se fue, en estos momentos debe de estar encerrado con la tipa esa. Ahh, diablos, ¿por qué estoy pensando eso?

—Yo me iré a dormir. En serio estoy cansada —cansada de tanto pensar en Oliver, pero cuenta.

Los señores Anderson quitan su mirada del video de su boda y me miran a mí.

—Está bien —contestan simultáneamente—. Fue estupendo pasarla contigo, Alex.

—El placer fue mío señores, que descansen —dicho esto me pongo de pie como un resorte y me encamino hacia la habitación.

Me cambio rápidamente y de nuevo me recargo sobre el lavamanos mientras lavo mis dientes, sí, él hace escenas de celos, pero puede andarse tirando a cualquier zorra por ahí.

Me recuesto, ya había pasado media hora y aún no puedo conciliar el sueño, muerdo la uña de mi dedo índice mientras me doy vueltas por toda la cama, suspiro, odio a Oliver, me duele la cabeza. Estoy a mitad de la cama de lado con vista al balcón, logro divisar la luna que es un hermoso cuarto menguante, un rico aire entra por la ventana que hace que las cortinas se muevan en un leve vaivén.

La puerta se abre, sé que es Oliver por esa fragancia suya, de inmediato cierro mis ojos, no quiero que sepa que no he dormido por su culpa. Solo escucho el sonido de su caro reloj resonar cuando lo deja sobre la mesa de noche, luego de unos minutos se acerca a mí y se acuesta, con su brazo rodea mi cintura y me da un tierno beso en la mejilla apartando el cabello que está cubriendo parte de mi rostro, se reposa en mi cuello: «¿Qué me estás haciendo, Alex?» —susurra.

(Capítulo 24)

Me quedo completamente paralizada, ni siquiera puedo respirar, desearía abrir mis ojos como platos de la impresión, pero no lo hago, no quiero que sepa que estoy despierta, siento frío, ni siquiera está haciendo frío, mis manos empiezan a helar y a sudar, siento la respiración pausada de Oliver en mi cuello, su cuerpo está muy junto al mío. ¿Qué es lo que me acaba de decir? ¿Está borracho? Oliver en sus cinco sentidos jamás me diría algo así. ¿Finjo que sigo dormida? O... ¿pregunto a qué se refiere? O... ¿salgo corriendo de aquí? No lo sé, desearía que alguien me dijera qué hacer en estos momentos. ¿Pero qué le podría preguntar? ¿Cómo puede siquiera venir a abrazarme después de acostarse con alguien? Ese pensamiento regresa a mi mente, estoy molesta. No me puedo mover, lo único que haría en estos momentos es golpearlo por haberse ido a revolcar con una tipa que ni conoce.

Entre mis pensamientos puedo notar que Oliver se ha quedado dormido, su respiración es más pausada, su mano está reposada sobre mi cintura. Me separo un poco de él cuando de inmediato su mano me aprisiona con más fuerza. Su cabeza yace muy cerca de mi cuello.

No sé cuánto me tomó conciliar el sueño, pero cuando me percaté ya la luz golpeaba en mis ojos, siento que casi no he dormido nada, las cortinas tan claras de la recámara no ayudan mucho, pediré unas oscuras; abro los ojos y el cuarto está completamente iluminado, tan elegante y limpio; Oliver yace a mi lado dormido, está bocarriba y sus pectorales y abdomen se ven perfectos, la claridad golpea en ellos, viene a mi mente lo de la noche anterior «¿Qué me estás haciendo, Alex?». ¡Maldito! ¿Te revuelcas con alguien y vienes a mí como si nada?

Me levanto sin hacer ni un poco de ruido para evitar que se despierte. Me cambio mis *shorts* de Bob Esponja con uno *jeans* gastados y bajo al comedor. Ahí están Lindsey y su prometido, también está Brittany, pero ni un rastro de Henry.

—Buenos días —saludo a todos de manera efusiva, cuando en realidad mi mente está hecha un lío.

—Alex, ¿te parece si vamos a la playa? —Lindsey está sentada sobre Dmitri mientras comen *pancakes*.

—Ahh, bueno... —vacilo, la verdad no quiero, pero todo sea por no tener que ver a Oliver.

—Es que Dmitri no quiere ir —me interrumpe— y Brittany tampoco.

—Es que no me siento bien... —añade Brittany, pero sé que no quiere ir con nosotras y la verdad yo no quiero ir con ella.

—Yo iré luego, ya te lo dije, mi amor —contesta Dmitri dirigiéndose a ella, llevando un vaso de cristal con jugo de naranja a su boca.

—Bueno, entonces vamos —contesto—. Creo que tengo que cambiarme.

—Yo igual —contesta, dándole un beso a Dmitri, se levanta de sus piernas y sale del comedor junto conmigo, nuestros cuartos están cerca.

Entro y Oliver aún sigue dormido. ¡Milagro! De seguro la zorra de ayer lo dejó agotado, rebato todo el armario buscando mi bikini hasta que, por fin, lo encuentro, un bikini negro con marrón de dos piezas que Natalie compró para mí.

Me cambio en el baño y me visto un *short* y un blusón encima del bikini. Lindsey ya me está esperando abajo y revisa su celular mientras tanto, lleva solo puesto un... No sé qué... ¿Vestido?

La playa está a unos dos kilómetros, se divisa perfectamente desde la ventana de mi habitación, Lindsey toma un *jeep* y me hace seña de que me suba; en la parte de atrás van unas tablas, extraño surfear en estas playas de California.

En la playa hay unas cuantas personas, hay sufistas musculosos muy bien bronceados y chicas con tremendos cuerpos en bikini.

—¿Te importa? —Lindsey me da un bloqueador solar mientras se pone de espaldas hacia mí.

Niego con mi cabeza y dejo salir un poco en mis dedos para pasarlo por la espalda de Lindsey mientras ella recoge su larga cabellera negra a un costado, tiene una espalda definida, parece alguien que se ejercita muy a menudo, típica prima de Oliver; me quito el blusón y el *short* quedando solo en bikini para ponerme bloqueador solar, no quiero parecer un tomate luego.

Las olas están magníficas, me adentro a la playa junto con Lindsey. Ni siquiera puedo explicar lo bien que se siente. Tanto tiempo de no surfear que se siente increíble.

Luego de alguna media hora estoy sentada sobre mi tabla mirando las olas, mientras el agua se escurre de mi cabello sobre mi cuerpo, pienso en Oliver, no puedo evitar sentir cierta melancolía, puto Oliver.

—Alex. ¿Estás bien? —vuelvo en sí y miro a Lindsey agitando su mano frente a mí.

—Yo creo que me cansé un poco —digo, intentando sonar convincente, con una sonrisa de oreja a oreja.

—Así veo —sonríe, tiene una linda sonrisa, el azul de sus ojos resplandece con la luz del sol, igual que los de Oliver—, si quieres vamos a tomar sol a la arena.

—Bien —contesto, la verdad me sentía molesta, pensar en Oliver después de que se tiró a la tipa esa, me molesta.

Lindsey va por unas toallas al *jeep* y luego de tenderlas nos recostamos en la arena.

—Me gustaría que mi boda sea en la playa, ¿sabes? —mira a un punto fijo hacia el cielo.

—Suena bien —contesto, mirándola. Tiene un pequeño lugar en su cuello que tiene una forma de media luna.

—Dime la verdad —ahora me mira con una expresión de intriga—. ¿Es cierto que el sexo es diferente luego de que te casas?

¿Y yo cómo voy a saberlo?

—Ehhh, pues, qué te puedo decir... —sí, ¿qué le puedo decir? Yo, especialmente—. Eso dependerá de ambos.

Creo que eso sirvió.

—¿El sexo entre ustedes es bueno? —¡ah! ¿Por qué no se lo pregunta a la tipa que se revolcó con Oliver anoche?

—Por supuesto que sí, sino, creo que no estuviésemos casados —ya descubrí mi don personal: mentir, para algunos es tejer, para otros es cantar y el mío es ni más ni menos que mentir. Iré al infierno y Satanás me revolverá con un cucharón en la olla de fuego ardiendo, o algo así dice mi abuela. Ella ríe y yo solo intento mostrar mis dientes en un intento fallido de sonrisa, me quiero divorciar.

—Quién diría que Oliver se casaría —de mentira, pero lo hizo. En ese preciso instante dos musculosos y bronceados surfistas nos bloquean el sol.

—Hola, preciosuras. ¿Podemos tomar el sol con ustedes? —¿preciosuras...?

—Bien, pero déjanos recibir un poco —contesta Lindsey apoyándose sobre sus codos. El chico castaño de ojos celestes sonríe apenado, mientras el otro de piel morena y ojos verdes se presenta.

—Soy Max y él es Carlos —se acuclilla frente a Lindsey y ambos se miran coquetamente.

—Un placer... Soy Emily —contesta Lindsey sentándose y estrechándole la mano a ambos. ¿Emily? ¿*Wtf*?—. Ella es mi prima Melody.

¿Melody? ¿Es en serio?

También me siento y estrecho mi mano hacia ellos sonriendo, ya no tengo de otra, en serio, ¿Melody? Estarán revolviéndome en la olla de fuego ardiendo y me gritarán ese nombre para profundizar mi castigo.

Los dos tipos se sientan frente a nosotros, son surfistas profesionales... Interesante, eso suena bien. Sigo pensando en la mentira tan grande que de decir acaba Lindsey a estos chicos, pero más porque me llamo Melody; por suerte, había guardado mi anillo de matrimonio antes de entrar al agua para evitar perderlo, Lindsey hizo lo mismo con su anillo de compromiso, ahora entiendo por qué casi nunca lo trae puesto.

—Les parece si salimos esta noche, vamos a un club o algo, bueno hay un amigo que dará una fiesta, si quieren... Que... Vayamos... Ahí —la forma que Lindsey mira a Max lo hace balbucear. Tal vez deba pasar algún curso con esta mujer.

Lindsey me mira con una sonrisa traviesa en sus labios y vuelve a ver al tal Max.

—Por supuesto. ¿Dónde sería? —muerde su labio inferior levemente, tengo que aprender.

—Li... Emily... —¡diablos!—. Tendríamos que asegurarnos de que podemos ir —digo, rascando mi cuello, aunque, por mí no hay problema porque a Oliver no le importa y no tiene por qué. Pero es muy probable que ella tenga problemas.

—Claro que podemos, Melody —me mira optimista y sonriente. No, no le importa.

—Bien, dame tu número y te pasamos la dirección, ¿vale? —Max saca su teléfono, el otro tipo, Carlos, se me queda viendo varias veces, tiene unos bonitos ojos, al parecer es tímido, me agrada.

Luego de intercambiar número con Lindsey los tipos se alejan, regresan a la playa con sus tablas de surf, y otra vez el tal Carlos me está viendo.

—Lindsey, ¿es en serio? ¿Vamos a ir con ellos? —digo una vez que los muchachos ya no puedan escucharnos.

—¡Por supuesto, Alex! ¡Levántate! ¡Vamos a la ciudad de compras! —Lindsey se levanta con una sonrisa en el rostro toma su tabla de surf y la mía.

—¿No tendrás problemas? —pregunto confusa, mientras recojo las toallas.

—¡Por supuesto que no! Y si los tengo no me importa. ¿En serio crees que ellos no salen con otras chicas y nos ponen el cuerno? Dmitri ya lo hizo una vez —frunzo el ceño.

—¿En serio? —intento tapar el sol de mis ojos con mi mano mientras la observo caminar hacia el *jeep*.

—¡Claro! Bueno, la única vez que me he dado cuenta, entonces, ¿por qué nosotras tenemos que ser las que soportan y no nos divertirnos como ellos? —¿por qué no simplemente dejarlo? ¿O por qué comprometerse?

—¿Y por qué lo perdonaste? —pregunto, caminando tras ella.

—Porque soy tonta —al menos es realista— y porque me enamoré —hace una pausa—, salgo con él desde que tengo diecisiete años, era muy ingenua, le permití que se revolcara con una mujer que me dijo que era su prima, pero ahora creo que veo las cosas con un poco más de madurez, no vale la pena casarme con alguien que hizo algo así, no quiero vivir un matrimonio como el de mis padres, se divorciaron luego de tantas infidelidades de papá.

Tantos relatos de hombres que ponen el cuerno me hace reconsiderar la idea de casarme en serio. Algo que le agradezco a mi padre, a pesar de no haber sido el mejor y el más comprensivo padre del mundo, nunca le ha puesto el cuerno a mi madre.

Lindsey acomoda las tablas y me subo al *jeep* seguida de ella, a mí tampoco me gustaría un matrimonio donde sé que me serán infiel, estoy contando los días para que de una buena vez se acabe esta farsa de matrimonio con Oliver Anderson.

(Capítulo 25)

Caminamos por la ciudad, me agrada Lindsey, su espíritu libre y audaz, su opinión tan minuciosa de la vida, su veracidad para describir quién es, su lealtad por las cosas que ama sin importarle ser criticada, su realismo, su forma de ser. Me recuerda mucho a Natalie, se llevarían bien, o tal vez se odiarían, Natalie no se lleva bien con ninguna mujer que tenga una personalidad parecida a la de ella.

A pesar de tener dinero, Lindsey es bastante sencilla, no visita las tiendas caras ni le llama la atención la ropa de diseñador, se emociona al ver cosas en descuento. Entramos a todas las tiendas posibles. Salió con más de cinco bolsas en cada mano y de paso compró ropa para mí. Yo ya tengo suficiente ropa.

—Yo no necesito ropa, tengo aún muchas que no he estrenado —digo, caminando alrededor de un montón de ropa en rebaja.

—¿Y qué? Así somos las mujeres —dice, mientras coloca ambas blusas frente a mí, pues entonces creo que no soy mujer—. ¿La *beige* o la rosa? Elige.

—La... rosa —contesto vacilante. ¿Ya qué?

—Bien, entonces. La rosa es tuya. Me quedaré con la *beige* —ni siquiera contesto cuando me lanza la blusa rosa de manga larga muy «mírame todo» para mi gusto. *Sip*, me encontré otra Natalie.

Caminamos por las transitadas calles de San Diego, cuando Lindsey se detiene frente a un salón y gira su rostro hacia mí.

—¿Cómo te verías con el cabello liso, Alex? —pregunta, me detengo y la miro con curiosidad.

—No lo sé, la última vez que lo alisé fue hace unos 8 años —contesto, yo estoy bien con mi maraña que llevo por cabello.

—Deberías probar nuevos *looks*, es divertido; además, eres Melody, no Alex —sonríe, y vuelve con lo de Melody, qué trauma.

—Por cierto, ¿no te pudiste inventar otro nombre un poco mejor? —pregunto con intriga y sarcasmo mientras nos adentramos al salón.

—Es un buen nombre, Alex. Así se llama mi tortuga.

¡Ah! ¡Estupendo! Ahora nombre de tortuga. ¿Por qué no me llamó Donatello como la tortuga ninja?

Un joven hombre de cabello rubio nos interrumpe, luego de Lindsey explicarle lo que quería, o «queríamos»; yo no, pero bueno, nos lleva a unos sillones giratorios, una joven de piel morena alisa mi cabello, mientras Lindsey opta por rulos.

Me miro al espejo. No, no me conozco, sigo amando mi cabello con rulos.

Regresamos a casa después de mediodía. Nos detuvimos a almorzar en un lugar un poco afuera de la ciudad. La comida es exquisita. Y como si fuera poco hasta el camarero del lugar nos dejó su número, no sé si era para Lindsey o para mí, o para comida a domicilio. ¿Para qué otra cosa puedo querer su número?

Llegamos aproximadamente a las cuatro de la tarde. No he sabido nada de Oliver en todo el día, ni siquiera me ha llamado, de seguro pasó hablando con su amante todo el día, o con otra. Me despojo de mi ropa y me doy una ducha con agua tibia sin mojar mi cabello. Qué bien se siente. Voy por mi ropa interior con la toalla alrededor de mi cuerpo, me tendré que poner esta ropa interior que Natalie me compró para que no se noten con mi ropa. ¿Qué se supone que me ponga para una fiesta de surfistas? De seguro habrá tipas en traje de baño, con menos ropa que un burdel.

Busco entre la ropa que Lindsey compró para mí, es bastante reveladora, pero bueno... Este *short* blanco estaría bien, levanto el *short* y lo observo, es de tela fina, lo combinaré con un blusón negro de tirantes, se ve elegante y casual al mismo tiempo, sí, me pondré tacones. ¿Por qué no?

Ni rastro de Oliver en todo el día, dejo un mensaje en su teléfono.

Saldré... Tú dijiste que no te
importaba que saliera con otros
hombres, Xoxo...

Sí, hasta besos y abrazos.

Al parecer, dejó el celular en la casa, ya que resuena por algún lado de la recámara, sin prestarle atención, salgo de la habitación. En algún momento lo tiene que leer.

Llegamos a la fiesta en la dirección que Max había proporcionado a Lindsey a través de un mensaje de texto. Es una gran fiesta, espectacular y enorme; como me lo imaginé hay chicas en bikini por todos lados, hay una enorme piscina, Max y Carlos están en una pequeña barra esperándonos. Lindsey me toma de la mano al divisar a los chicos para comenzar a caminar entre la multitud, Max y Carlos agitan sus manos hacia arriba al divisarnos a nosotras, me distraigo por un momento al ver un tipo desnudo corriendo alrededor de la casa solo sosteniendo un oso de peluche en sus partes íntimas.

—Hola, chicas... —ambos nos saludan con besos en las mejillas. Carlos huele bien, ya me está agradando.

—Hola —contesto, y Lindsey con su sonrisa pícara dice más que mil palabras que emboban a Max, él le ve su pronunciado escote y luego vuelve la vista a sus ojos.

Ambos chicos nos dirigen a unos sillones de cuero donde la música a todo volumen casi no es audible. Carlos me acerca una bebida con su tímida sonrisa, me agrada la sonrisa de Carlos y sus ojos celeste pálido, casi no ha dicho muchas palabras desde que llegamos, al contrario de Matthew que ha contado prácticamente toda su vida y sus andanzas en su tabla de surf y la vez que casi es comido por un tiburón; no pude evitar poner cara de asombro forzado al escuchar esa vil mentira, por no reír. ¿Quién pudiese contar eso tan orgulloso si fuese cierto?

Lindsey se va con Max a bailar, mi cara de alivio es notable, a mí no me agradan los tipos como Max, al parecer, Carlos lo nota.

—Vaya, demasiadas palabras en tan poco tiempo, ¿cierto? —sonríe, me gusta su sonrisa, pero no tanto como la de Oliver. ¡Ah! ¿Por qué pienso en Oliver? Lo más probable es que él esté llamando a la zorra esa.

—¿Y a qué te dedicas, Melody? —pregunta, ese nombre suena raro en mi cabeza—. ¿Estudias? ¿Trabajas?

—Trabajo —contesto de inmediato—, creo que eso de la universidad para mí ya acabó, por suerte —sonríe, tiene unos bonitos dientes alineados y su piel es bastante fina.

—¿Y tú, Carlos? —pregunto, clavando mi mirada en la suya y él agacha su cabeza tímidamente.

—Yo... Bueno, dejé la universidad porque quería dedicarme al surf —sube la mirada a mis ojos y luego la desvía hacia la pista de baile.

—¿En serio? ¿Y fue una buena idea? —pregunto, mientras tomo un sorbo de mi bebida.

—Pues... —vacila por unos instantes—, al inicio pensé que había cometido el peor error de mi vida... —esta vez me observa—, pero... luego de mi primer campeonato y todos los patrocinadores interesados en mí me hizo pensar que fue la mejor decisión.

—¡Guau! Significa que eres bueno —menciono, mirando a Lindsey, quien parece disfrutar el baile con Max.

—Hago lo que puedo, y hago algo que me encanta hacer, ahora no me imaginaría mi vida como un contador frustrado, aunque tenemos un pequeño negocio familiar que mi padre quiere que me haga cargo.

Deja salir una leve sonrisa, a juzgar por su vestir se ve que es una persona formal, tiene músculos, pero no los anda mostrando por ahí como el tal Max que lleva una camisa sin mangas para mostrar sus brazos y eso que ni siquiera alcanzan el grosor de los de Oliver. Ahh, y vuelve Oliver a mis pensamientos. ¿Qué me pasa? Maldito Oliver revuelca-zorras.

—¿Y tu padre? ¿Te apoya?

—Sorprendentemente sí —sonríe—, aunque no le cuente todo de mi vida, él siempre me apoya.

Cómo desearía que mi padre me apoyara en todo.

Hablamos como por media hora sobre surf, yo no entiendo mucho de surf, pero es bueno aprender cosas diferentes todos los días. Mucho de lo que dice suena interesante y la forma que lo dice tan cordial. Y es divertido. Tiene muchas cualidades. Incluso me comencé a sentir mal por llamarme Melody, la tortuga.

—Eres muy linda, Melody, en serio... No conozco chicas como tú a menudo —dice, con una sonrisa, esta vez sus ojos sí me miran directamente.

—Gracias, Carlos, tú también eres muy agradable —sonrío. ¡Mierda! Yo no soy Melody, y lo peor es que no me gusta ser Melody.

Sonrío agachando un poco la mirada.

—Yo... —balbuceo— no me llamo Melody —suelto un leve suspiro, ni siquiera puedo verlo a los ojos, debo tener mi típica cara de arrepentimiento, para mi sorpresa, Carlos ríe.

—Y yo no soy Carlos —dice, con un tono de alivio en su voz, suspira—. En serio, lo siento, fui influido por Max, quien no es Max, y supongo que Emily no es Emily.

Esto no puede ser verdad, aunque me siento mejor porque significa que no me iré sola a la olla de Satanás.

—Entonces... ¿No eres Carlos...? —lo miro con intriga, ya no está apenado, su rostro tiene una leve sonrisa y lleva el pequeño vaso de plástico con la bebida a su boca.

—No, de hecho, me llamo Paul —afloja sus hombros como si se ha desprendido una gran carga— y él —señala a Max o al supuesto Max— se llama Fran. Yo... En serio, lo siento, por esa razón no me sentía tan cómodo, no quiero que creas que es por ti porque, en serio, me pareces linda, amable, atenta y eres muy bella —dice todo esto sin siquiera respirar y me hace reír.

—Carl... Digo, Paul. Bueno, ya no importa —sonrío, mientras él comienza a respirar con calma y también sonríe.

—Y bien... ¿Cuál es tu nombre? —pregunta, finalmente.

—Alex, bueno... Alexandra, pero todos me llaman Alex —también siento alivio, amo ser Alex.

—Alexandra, es muy lindo, de hecho, Melody no iba contigo, no me imaginaba a ti llamándote así —él ríe, mientras acomoda su cabello hacia atrás.

—Ni yo —contesto, en un leve suspiro, mientras miro mi vaso sin ya nada de refresco.

—¿Quieres más? —pregunta, poniéndose en pie, pero sin esperar mi respuesta toma mi vaso y va por más refresco. Es atento, eso es agradable.

—Claro —digo, ya cuando él se había retirado, solo sonrío y lo observo perderse entre la multitud.

Siento mi celular vibrar, revuelvo todo en mi pequeño bolso negro buscando mi celular hasta que lo encuentro, al tenerlo en mis manos deja de vibrar, deslizo mi dedo índice sobre la pantalla y veo veinti... ¿Veinticinco llamadas perdidas de Oliver? Alguien ya leyó mi mensaje, iba a llamar de regreso cuando otra llamada suya entra.

—*Alex. ¿Dónde diablos estás?*

(Capítulo 26)

—¿Qué? ¿Por qué diablos quieres saber? —pregunto a la defensiva, camino hacia afuera, Paul se está acercando y le hago una seña de que me espere un momento, él asiente.

—*Me dices ahora mismo dónde estás.*

—¡No! ¿Qué te pasa, Oliver? Yo ayer no te llamé mientras estabas viéndote con aquella tipa —salgo al exterior y cierro la puerta a mis espaldas. Oliver hace una pausa.

—*¿Así que es por eso...?* —hasta su respiración puedo escuchar.

—¿Qué? Tú me dijiste que si tú lo hacías yo podía hacerlo también —Oliver guarda silencio.

—*Estoy muy molesto en estos momentos, Alex. No me hagas discutir contigo. Me dices dónde estás ya mismo y voy por ti.*

Maldito.

—¿Qué? O sea... ¿Tú puedes acostarte con cualquier tipa por ahí y yo no? —él suelta un suspiro y hace una pausa por unos segundos.

—*Tú no te vas a acostar con nadie y no voy a hablar esto por teléfono. Me dices dónde estás AHORA* —¡y todavía me grita!

—Oliver, vete a la mierda —espeto—, y sabes qué... Si quieres despedirme. ¡HAZLO!

Por su respiración, que escucho del otro lado, sé que Oliver se molestó. Pero qué importa yo también estoy molesta.

—*¿Me acabas de decir que me vaya a la mierda, Alexandra Carlin?*

—Si no te importa, tengo cosas que hacer. Adiós.

—A MÍ NO ME V...

—¿Quién te crees? ¿Mi madre? Vuelves a gritarme así y juro que llegaré hasta mañana.

Más silencio del otro lado.

—Alex, por favor —¿dijo por favor? ¿Oliver Anderson?

Maldito Oliver, entre pleitos terminé dándole la dirección de la fiesta y volvió a comenzar a gritarme. *¡Hijo de p...!* Lo último que escuché fue el sonido de un auto arrancando.

Guardo mi celular y observo fijamente un arbusto casi enfrente de mí, como si fuera lo más interesante para mí en esos momentos.

—Tu novio. ¿Cierto? —la voz de Paul me estremece y volteo en su dirección, está con las manos en la cintura viéndome con intriga.

—¿Qué? —ha escuchado toda mi conversación. *¡Mierda!* Adiós plan de ponerle el cuerno a Oliver.

—Yo también pasé por eso de un novio celoso y manipulador —lo observo mientras intento digerir qué es lo que me acaba de decir.

¿¿¡¡Novio!!?? ¿¿¡¡Qué!!?? ¡Oh, Por Dios! Era demasiado bueno para ser verdad.

—Por favor, dime que tu pareja no es Max... O Fran... Como sea... —digo, finalmente, cerrando ambos ojos.

—¿¡Qué!? ¡Por Dios! ¡No! —bufa—. Bueno, sí, pero, por favor, no se lo digas a nadie, hicimos esto para evitar que nuestros amigos lo sepan.

¡Estupendo! Maldito Oliver que siempre se sale con la suya, hasta para que no le ponga el cuerno.

—Eres preciosa, en serio. Si tuvieras pene me hubieses traído a tus pies —sacando esa imagen de mi cabeza en 3, 2, 1...

Pero no, la imagen de una Alexandra Carlin con pene y tirándose mujeres por ahí no sale de mi cabeza.

—¡Qué trauma! —siseo, al menos no alcanzó a escucharme.

Al poco tiempo estábamos riendo sentados en la acera de aquella casa, donde el viento sopla levemente y revuelve mi cabello lacio, hablando estupideces de *Games of Thrones*.

Unos quince minutos después mi celular suena y estoy segura de que es Oliver, lo saco de mi bolso y sí, es él.

—¿Me harías un favor, Paul? ¿Puedes ponerte cariñoso conmigo enfrente de él? —pregunto, con el celular en mis manos esperando para contestar.

—Ah, será divertido —ríe maliciosamente, Paul y yo nos llevaremos bien—. Tal vez me quieras dejar tu número, en serio la pasé genial, claro, me lo das enfrente de él —susurra mientras atiendo la llamada del revuelca-zorras.

—*Estoy afuera.*

—Bien —dicho esto cuelgo y me pongo de pie junto a Paul.

Salgo por la puerta principal, él está en el patio delantero junto a una linda fuente de luces, Paul va a mi lado sonriendo y justo en la puerta saca su celular para pedir mi número, sé que Oliver está viendo todo esto.

—¿Te parece si te mando un mensaje de buenas noches dentro de una media hora? —pregunta, mientras escribe mi número.

—Eso será estupendo —contesto con una sonrisa, de algo me tiene que servir esto, aunque Paul sea gay, Oliver no lo sabe.

Paul me da un abrazo, un largo abrazo mientras ríe y me besa coquetamente ambas mejillas. Paul regresa a la fiesta y yo camino hacia Oliver mientras le envío un mensaje a Lindsey que Oliver vino por mí.

Él me ve seriamente de pies a cabeza sin ningún tipo de expresión en su rostro. Me extiende su mano para que la tome y me lleva casi a arrastres hasta la camioneta que conduce.

Abre la puerta para que yo entre, me suelto bruscamente de su agarre y subo. Maldito Oliver. Él entra de su lado y sin mediar palabra arranca y comienza a conducir, fue un largo camino de regreso sin hablar de nada. Una fuerte brisa cae y observo las gotas de lluvia descender por la ventana del auto.

Llegamos a la casa y sin cruzar ni una palabra comienzo a caminar antes que él hacia la habitación, escucho sus pasos detrás de mí, se detiene un momento a depositar las llaves de la camioneta dentro de un pequeño cofre arriba de una mesa caoba en la sala.

Llego a la habitación y pongo mi bolso sobre el mueble blanco enfrente de la cama. Mi celular suena, de inmediato lo saco de mi bolso y deslizo mi dedo por su pantalla.

«Buenas noches, lindura, me la pasé bien contigo...». Es Paul, qué lindo. Sonrío, cuando siento que lo arrebatan de mis manos, Oliver furioso lo estrella contra la pared, puedo ver la rabia en sus ojos, lo miro perpleja y miro mi celular que yace en el suelo en pedazos.

—¿Qué mierda has hech...?

No puedo terminar la frase.

Sin percatarme, Oliver me toma de la cintura y junta sus suaves labios con los míos, haciendo que todos mis sentidos se dobleguen a él, olvidando incluso que acaba de lanzar mi celular a la pared; como por instinto llevo mis manos a su cuello, él continúa el beso volviéndose más intenso. Choco con el mueble blanco que en estos momentos esté detrás de mí, él me toma de los muslos y me sube a este, enrollo mis piernas alrededor de su cadera, ni siquiera pienso lo que estoy haciendo, sus manos acarician suavemente mi torso y las lleva a ambos lados de mi cara; su lengua juega con la mía, este beso va más allá, estoy segura. Mis manos van debajo de su camisa y comienzo a acariciar su abdomen, fuerte y perfecto; desde hace mucho quería hacer esto, él hace lo mismo con mis muslos y luego sube sus manos a mi cintura acariciándola por debajo de mi blusa, los besos de Oliver me vuelven loca... Y mucho más este... Pero luego recuerdo, que es muy probable que besó a aquella zorra de esta forma, maldito Oliver. Lo separo de mí bruscamente y me bajo del mueble blanco.

—Esto no es necesario si no hay nadie viéndonos —digo con voz firme, mientras aliso mi blusa hacia abajo con las palmas de mi mano, conmigo no va a jugar igual que con esas zorras.

Puedo ver cómo todo su rostro palidece y se lleva las manos a la cabeza a modo de frustración, recojo mi celular y todas sus partes que no están juntas con él, espero que aún funcione; salgo de la habitación, mientras él se sostiene del mueble, depositando todo su peso sobre las palmas de sus manos, me observa y agacha su mirada al suelo cuando le doy un último vistazo, lo odio en estos momentos.

(Capítulo 27)

Bajo a la cocina, necesito beber algo para distraer mi mente, no puedo ni siquiera pensar con claridad, es imposible olvidar los besos de Oliver y mucho más este, deseara tirarme a la cama con él. ¡Maldición, Alex! ¿Qué estás pensando? Tomaré un baño de agua fría, sí, eso haré. Vierto un poco de jugo de naranja que encontré en la nevera dentro de un vaso de vidrio, armo mi celular o lo que queda de él, y no, no enciende, inhalo y exhalo, inhalo y exhalo. Lo mato.

—Alex. ¿Estás bien? —la voz de la madre de Oliver me estremece, hace que la caja de jugo de naranja caiga sobre el piso, por suerte, ya estaba cerrada.

Maldigo en mis adentros mientras la recojo.

—Sí —contesto, con una sonrisa nerviosa—, solo tengo un poco de dolor de cabeza —tomo un sorbo de la bebida.

Nunu está bajo su brazo y parece muy quieto, conmigo no lo es.

—Bueno, tengo aspirinas —dice, mientras pone el gato en el suelo, este se enreda con el gran blusón blanco que lleva la señora Anderson para dormir y me causa gracia, pero mejor no río.

—Te has peleado con Oliver, ¿cierto? —la señora Anderson me mira a los ojos, con esa mirada azul tan profunda como la de Oliver.

—Creo que más que eso —digo, con la mirada perdida hacia algún lugar fijo en la cocina. Ella sonríe.

—Es normal, los pleitos en el matrimonio son parte de la vida diaria —comienza su sermón de madre, si le digo algo así a mi madre prepararía un discurso igual o incluso más dramático—, pero siempre hay que buscar cómo arreglar esos problemas, ya regreso —dice, mientras se aleja por el pasillo que lleva a su habitación.

Sigo tomando mi jugo de naranja, mientras recuerdo ese beso con Oliver, una y otra vez mis manos sobre su torso regresan a mi mente, sus suaves manos acariciándome, ese beso apasionado, sus acostones con zorras y... sus actos de celos... ¿A qué quiere jugar?

La señora Anderson vuelve con su colección de películas románticas. ¡Ah! ¡Genial! Mejor no hubiese hablado nada de esto, resoplo otra vez procurando que ella no me mire, saca un disco de la pequeña caja y es algo que dice en la portada *Consejos Matrimoniales,* por qué no se lo muestra a Oliver, él los necesita más.

—Siéntate aquí —enuncia, palmeando un lugar al lado de ella en el sillón enorme blanco con detalles dorados, tomo el lugar que me indica. ¡Ah! Quiero este sillón para mí. Miramos relatos de matrimonios que han salido adelante... Pero mi matrimonio con Oliver no durará mucho tiempo. ¿Por qué ver esto? Tal vez, anteriormente, lo hubiese querido intentar, pero con esto de que se acueste con cualquier zorra, mejor no, soy feliz soltera, nadie me miente, nadie me engaña y nadie me romperá MI celular.

¡A la mierda que te rompan el corazón! Que rompan tu celular duele más.

La señora Anderson acaricia mi cabello, algo me hace pensar que ella siempre quiso una hija, bueno, mi madre siempre quiso un hijo, tal vez deberían cambiar, yo me dejo adoptar por los señores Anderson. Este momento digno de una madre e hija, nunca lo hubiese tenido con mi propia madre; ella nunca demostró tanto afecto conmigo, para ella mostrar afecto es «¿Qué horas de venir son estas, muchacha? Me tenías preocupada, creí que te tenían secuestrada en Rusia», entre tantos pensamientos con mi cabeza recostada en el hombro de Margot, me quedo dormida.

La luz de la ventana golpea mi rostro. *¡Ah!* No lo soporto, abro mis ojos entrecerrándolos y cuando ya se acomodan a la luz me doy cuenta de que estoy en el cuarto. ¿Cómo es que estoy en el cuarto? Lo último que recuerdo es quedarme dormida con la señora Anderson. Llevo la misma ropa puesta que llevaba el día anterior, por suerte, significa que no tengo que matar a nadie.

Miro a mi lado y Oliver no está, sé que fue él el que me trajo aquí. ¿Si no quién? La señora Anderson no pudiese cargarme.

Bajo hacia el comedor aún sin cambiarme de ropa, Oliver está hablando con Lindsey, ella solo sonríe. ¿Qué estarán hablando?, ella me ve y esboza una sonrisa, mientras Oliver me mira con cara neutral, como sin darle importancia a mi presencia, no es que me importe tampoco.

—Alex, alístate temprano, almorzaremos con unos socios —dice, sin quitar la vista del periódico que está leyendo.

¿Y?

—De acuerdo —contesto de manera seca y desabrida.

Lindsey frunce el ceño, y nos observa alternadamente.

—Bien. ¿Qué pasa con ustedes dos? —cuestiona, con una ceja enarcada, ninguno de los dos prestamos atención a su pregunta—. Bueno, les comunico que no hay nada que el buen sexo no resuelva —guiña un ojo cuando volteo a verla, toma una de las manzanas del canasto que reposa sobre el comedor y se va, dándole un mordisco cuando va cruzando la puerta.

Bien, eso fue incómodo.

Pasamos como cinco minutos sin mediar palabra alguna, estoy molesta y sé que él también lo está. Preparo mi sándwich de pavo y queso, de paso le preparo uno al enfurruñado este.

—¿Quieres? —rompo el silencio, poniendo el sándwich en un platito de porcelana.

—Está bien —contesta, mientras mira el sándwich en mis manos—. Alex, si mi padre te pregunta vamos a almorzar solos —murmura, cuando le acerco su comida.

Si me quiero vengar, ya sé qué hacer.

—Entiendo.

Eso fue todo lo que hablamos en media hora, no es que tengamos mucho de que hablar después del *show* que me hizo ayer. Que agradezca que no le quebrara la nariz por romper MI celular.

Subo a la habitación, me ducho y aún en bata busco qué ponerme para la supuesta reunión, es un almuerzo, así que supongo que es algo casual, un sencillo vestido negro nos saca de estos apuros siempre, por eso tengo varios, un vestido de tela *stretch* y *strapless* que combino con un saco de color blanco, suficiente. Mientras pongo unos zapatos de tacón negro en mis pies Oliver entra y me ve de pies a cabeza mientras camino indiferente hacia el espejo para ponerme un labial rojo suave.

Sin decir nada entra a la ducha, en poco más de 10 minutos sale, en serio que no le importa que lo mire semidesnudo, esta vez ni siquiera ha amarrado la toalla a su cintura. Lleva un bóxer negro Calvin Klein, que se le ajusta perfectamente por toooodas partes y yo sin poder tocar. ¡NO puede ser! ¿Cuántos dioses necesitaron para crear este castigo?

Me siento en la silla giratoria a esperar que don Perfecto se termine de alistar, esta vez sí observo cómo delicadamente abotona su camisa de cuello negro y ajusta su corbata gris, su saco negro resplandeciente que se acomoda a su cuerpo a la perfección, peina cada cabello de su cabeza con extrema paciencia, sus zapatillas relumbran con la claridad que se logra asomar por la ventana. Oliver es la perfección en hombre, al menos físicamente.

Por suerte, ninguno de sus padres estaba en la casa cuando salimos, él abre la puerta de la camioneta que llevó consigo la noche anterior para que suba. Siempre Oliver tan caballeroso, sé que es una cualidad de él porque siempre lo hace sin necesidad de que alguien lo mire.

Llegamos al hotel y restaurante. Es un lugar inmenso, con mueblería fina, candelabros antiguos y lujosos, con pinturas y retratos vanguardistas, me agrada. Oliver toma mi mano para entrar a aquel fastuoso lugar.

—¿Te gusta este lugar? —pregunta, mientras caminamos hacia la recepción.

—Sí, es lindo.

—Compraré el 40% de las acciones. Por eso te pedí venir conmigo. Ya que estando casados la mitad de lo que adquiera durante este tiempo será de ambos.

¡Está de broma!

—No, gracias —buenas bromas las que se carga.

—Oliver Anderson —dice, mientras muestra su identificación a la recepcionista, casi babea por Oliver y reacciona luego de algunos minutos. ¡Ah! No sé por qué siento ganas de golpearla. ¡Esas nalgas son mías!

—Este pasillo —dice apuntando hacia la derecha— los lleva al comedor. Ahí está el señor White esperando por usted, señor Anderson —sonríe tontamente, bueno, de por sí ya parece boba.

—Gracias —contesta, y me mira, sé que sabe que le diré que, por fin, está aprendiendo a ser humano.

Sonrío, y tomo su mano de manera posesiva.

Tomados de la mano caminamos por aquel pasillo hasta llegar al lugar, nos acercamos hasta una mesa redonda y Oliver intenta divisar al señor White, para mi sorpresa... me encuentro con los ojos tan celestes de Paul mirándome con sorpresa.

—¿Alex? —pregunta, mientras me observa de pies a cabeza, Oliver enarca una ceja, y me mira con intriga.

—¡Paul! —sonrío ampliamente, él se acerca a abrazarme y yo le correspondo separando mi mano de la de Oliver. ¿Quién pensaría que me lo encontraría acá? Y pensar que hace solo un día Oliver destruyó mi celular por su culpa.

Paul lleva un saco celeste que hace sus pequeños ojos más llamativos, su corbata negra y todo su traje perfecto, no parece la persona que conocí, se ve elegante como Oliver. Nota su presencia un poco detrás de mí.

—Oh. ¿Él es tu novio? —pregunta, separándose de mí para saludar a Oliver.

—Esposo... —contesta de inmediato, estrechando su mano hacia él a modo de saludo.

—Oh... Esposo, Alex no me imaginé que estarías casada con Oliver Anderson —sacude la mano de Oliver mientras me mira.

Yo casada mientras él se acuesta con zorras, sí.

—Yo soy...

—Lo sé... —interrumpe Oliver—. Te vi con mi esposa el otro día.

El rostro de Oliver intimidaría a cualquiera en estos momentos, pero no a Paul y Oliver lo sabe... ¿Por qué lo intimidaría si es igual de apuesto y millonario? Lo único que no sabe es que Paul es gay. Pero ¿para qué decírselo?

—Oh, veo que ya conociste a mi hijo, Paul... —se acerca un señor de aproximadamente unos sesenta años de edad, calvo y con un traje gris.

—Así es —contesta, sonriente, pero su sonrisa es más hipócrita que la de Brittany —ella es mi esposa Alexandra, cariño, él es el señor Vladimir White dueño de esta cadena de hoteles —se dirige a mí ahora.

Saludo al señor White y nos encaminamos a una enorme mesa redonda donde hay más personas y comienzan a hablar sobre negocios, sé que a Paul no le interesa por la expresión de aburrimiento en su rostro y bueno, la verdad que tampoco es un tema para mí.

Paul me da disimuladamente un papelito por debajo de la mesa y sé que para Oliver nada pasa desapercibido. Lo desdoblo con cuidado, evitando llamar la atención de alguien.

«OK. Sra. Anderson. ¿Qué más cosas debería saber?».

Muchas, Paul, pero no puedo contarte, tomo un bolígrafo y comienzo a escribir mi respuesta.

«Contéstame lo mismo tú, Paul... Dijiste que eras surfista, no hijo del dueño de una cadena de hoteles».

Paso igualmente el papelito, Oliver está analizando todos nuestros movimientos mientras escucha al señor White, lo sé. Al minuto, el papelito viene de regreso.

«Porque eso es lo que soy yo, lo que es mi padre es otra cosa aparte, además, te comenté que teníamos un pequeño negocio familiar... Por cierto, te ves bella».

Sonrío, y comienzo a responder.

«Gracias, usted igual, señor White, y no sabía que "pequeño negocio" fuera una cadena de hoteles».

Al terminar la reunión aún tengo el papelito enviado por Paul entre mis manos, se despide de mí con un abrazo, sé lo que está haciendo Paul, Oliver me toma por la cintura y me pega a su cuerpo mientras le da un apretón de manos a Paul.

Una vez que ninguno de ellos es visible, Oliver arrebata el papelito de mis dedos, mi intento de quitárselo es nulo, lo comienza a leer. ¡Demonios! Vale más que no hablamos nada de su preferencia sexual.

Me mira fijamente sin decir una palabra, luego voltea su vista al pasillo y comienza a caminar rompiendo el papel y depositándolo en una papelera cercana.

El camino de regreso es un completo silencio entre ambos, su cara sin expresión solo mira hacia la carretera, lo observo de reojo, sé que está inquieto, las yemas de sus dedos golpean suavemente el volante que sostiene con sus suaves y delicadas manos.

(Capítulo 28)

—Así que... ¿Paul White? —pregunta Oliver, finalmente, luego de una hora de silencio entre ambos.

—En serio, en vez de contemplar todos estos lindos paisajes, ¿tú vas pensando en Paul? —pregunto, viendo hacia el exterior de la ventana sin ver a Oliver.

—Vamos a ser socios y tú coqueteando con él. ¿Es en serio? Si yo hago algo es con mujeres que no tengan nada que ver contigo —¡ah! ¡Qué considerado! Ahora sí llevo mi mirada a él y no despega su vista de la carretera.

—Yo no sabía que sería tu socio y, además, para mí es vergonzoso que esas tipas con las que te acuestas me miren como estúpida, aunque no tengan que ver nada conmigo.

—Alex... Ni siquiera sabes si me acosté con ella o no.

Río sarcásticamente.

—Sí, claro, solo introdujiste tu pene en su vagina, pero no se acostaron —Oliver me mira y enarca una ceja, por un momento siento temor porque no está viendo la carretera, lo miro incrédula—. ¡OLIVER! —grito, al ver que una camioneta viene casi enfrente, vuelve a poner la camioneta en su carril, y suelto todo el aire que mis pulmones estaban reteniendo. ¡Joder! Este hombre va a matarme de un infarto.

—¿POR QUÉ PUTAS HABLAS COSAS SIN SABER? —todavía me grita, pero al menos me relaja que esté viendo hacia la carretera.

Mejor no contesto, voy a terminar tirándome de esta camioneta, cualquier cosa es mejor que escuchar los gritos de Oliver. Y así, pasamos en silencio por unos cinco minutos, pienso una y otra vez en sus reacciones de celos, pero él sí puede acostarse con otras.

—¿Qué de malo tiene que hable con Paul? —hablo, finalmente—. Faltan 5 meses para que nuestro contrato termine, suficiente tiempo para

conocerlo bien —en realidad, me intriga saber su reacción—, yo sí quiero tener una relación con alguien que no sea un verdadero idiota.

Oliver frena de golpe haciendo que todo mi cuerpo y entrañas vayan hacia adelante, de no ser por el cinturón de seguridad hubiese salido por la ventana.

—¡Oliver! —riño—. ¿Qué es lo que te pasa?

Él no dice nada, se queda distraído por unos dos segundos.

—Lo siento —dice, poniendo el auto en marcha otra vez—, una ardilla se cruzó en el camino.

Frunzo el ceño. ¿Una ardilla? Sí, claro.

—¿Y por casualidad no fue Alvin? —ironizo, a lo que él simplemente suspira sin decir una palaba—. ¿Te molestó lo que dije? —pregunto, con voz apacible, dispuesta a arreglar los problemas.

—No —contesta fríamente—. Total, es tu vida. Tú decides qué hacer luego.

Me refería a lo de Alvin.

—Oliver...

El auto comienza a detenerse, cuando empieza a echar humo en la parte delantera.

—¡Demonios! —exclama Oliver, golpeando el volante.

Esto no es bueno.

Se baja del auto y me bajo seguida de él. Él abre el capó y maldice. Genial, lo único que hay alrededor de nosotros es árboles y ni una persona a la vista que nos pueda ayudar.

—Por casualidad, ¿no sabes arreglar autos? —pregunta, sosteniéndose del capó mirando el motor.

—¿Por qué sabría arreglar autos? —pregunto, cruzándome de brazos.

—Porque tú eres la que crees saber todo —espeta, cerrando el capó de golpe y chequeando su celular.

—Yo no he dicho que lo sé todo, Oliver.

—Pero así lo crees, supones cosas sin preguntar, sin indagar primero —levanta su celular para ver si logra algo de señal.

—¡No es cierto, Oliver! Supongo cosas que tú me haces creer —empiezo a frustrarme—. ¿Dime qué supongo yo que tú no hayas insinuado?

—¿Tienes señal? —pregunta, ignorando mi pregunta, postrando su mirada en mí, volviéndola a su celular que mantiene en alto.

—¡No! Porque alguien estrelló mi celular contra la pared.

—Lo siento —contesta, aún continuando su vista en su celular sin mostrar emoción alguna.

Bufo, esto no me puede pasar a mí, yo tenía una vida bastante tranquila y solo peleaba con Misifús.

—¿Por qué te molesta que salga con alguien? —interrogo, mientras me acerco a él.

—Por lo mismo que tú, Alex —clava su intensa mirada en mí—. Contéstame tú... ¿por qué te molesta...?

—Yo no me acosté con Paul —Oliver se acerca a mí, la furia en sus ojos me da mucho que pensar.

—Pero te gusta.

¡Pero es gay! ¡Jooo...! Pero no, no le diré, que sufra por hijo de p...

—¡Estás celoso!

—¿Qué? —frunce el ceño y me observa fijamente—. ¡Por supuesto que no! Y no quiero discutir contigo tonterías, tenemos suficientes problemas aquí —se separa de mí, dejando impregnado en mi nariz su dulce aliento a menta fresca.

Recuesto mi cadera en el auto, mientras me llevo la uña de mi dedo índice a la boca y comienzo a mordisquearla, estoy estresada, frustrada y confusa.

—¿Qué tal si caminamos? Más adelante debe haber señal —pregunta Oliver, encaminándose sin esperar mi respuesta.

No voy a caminar tras él.

—Aquí te espero —exclamo, indiferente, viendo hacia otro lugar.

Oliver se voltea hacia mí molesto.

—No, olvídalo, no te voy a dejar aquí sola, Alex. Vamos —extiende su mano hacia mí para que la tome, lo hago porque la verdad tampoco me quiero quedar aquí.

Pasa su mano sobre mi hombro y comenzamos a caminar, Oliver se quita el saco y la corbata.

—Alex, cárgame esto —dice, mientras me extiende su saco.

—¿Qué? No, Oliver —él ríe, pienso seriamente que Oliver es bipolar—. Estás molesto y de pronto estás riendo. ¿Has visitado un psicólogo? —me alejo de él de golpe quitando su brazo de mis hombros.

Me observa y enarca una ceja.

—No puedo estar molesto cuando te miras tan linda enfadada. ¿Te lo han dicho? —y me detengo de golpe.

—Lo que quieres es que te patee las pelotas para que mires que sí me veo bien linda enfadada —comienzo a caminar encabronada alejándome de él, lo escucho reír a carcajadas cuando unos camioneros pasan al lado nuestro.

—Adiós, muñequita linda. Cómo me encantaría ser ese...

Hijos de p...

No logro escuchar el resto por la velocidad a la que iban y los observo alejarse.

—¿Lo ves? Luego preguntas por qué soy celoso —dirijo mi mirada a él. ¿Qué es lo que me acaba de decir?

—Espera. ¿Estás admitiendo que me celas? —lo miro seriamente a los ojos—. ¿Tú, Oliver Anderson, celoso...? —y suelto una risa burlona mientras él me fulmina con la mirada como siempre y continúa su camino, voy tras él, pero se detiene al ver que no avanzo mucho.

—Oliver, dos metros más y ya no soportaré estos tacones. Subiré a ese árbol a buscar señal, sostén mis zapatos.

—No. ¿Cómo subirás a ese árbol? —sin contestar le doy mis zapatos y él los sostiene.

—¿Qué? ¿Tú nunca has subido a un árbol? —pregunto, caminando hacia un roble bastante frondoso.

—No —contesta dudoso ante lo que haré. Tomo su celular y comienzo a subir.

—Nunca tuviste infancia, Oliver. Tendré que llevarte a escalar montañas y árboles, y no mires para arriba.

Oliver ríe. Llegando a la cúspide suelto un grito de alegría al ver las barritas de la señal aumentarse.

—Por favor, ten cuidado, Alex. El número del mecánico está entre mis contactos —lo escucho decir desde abajo.

Busco entre los contactos de Oliver, hay muchas mujeres, siento el impulso de borrarlos todos, pero pueden ser socias. Miro en su agenda mi número como «Alex» simplemente, lo cambio a «Mi amor», esto será divertido, no puedo evitar reír, por suerte no se da cuenta. Luego de hacer la llamada me bajo del árbol, está oscureciendo y ya no soporto estos tacones, pero los vuelvo a poner en mis pies porque sé que Oliver me cargará si me mira descalza.

Llegamos al auto y me quito los zapatos.

—Lo siento, no los soporto —digo, él solo sonríe, ya tenía mucho de no ver esa bella sonrisa.

Oliver me toma de la cintura y me sube con gran facilidad encima del capó del auto, comienza a masajear los pies. Por suerte, no hieden.

Imagino a Oliver dando este tipo de masajes a esas rameras.

—Oliver...

Él levanta su mirada hacia mí...

—¿Sí? —pregunta, con una ceja enarcada.

—¿Por qué acostarte con mujeres distintas? ¿Por qué no buscarte una sola mujer para acostarte?

Oliver frunce el ceño y suspira.

—¿A qué se debe esa pregunta, Alex?

—Quiero saber qué pasa en la mente de los hombres para hacer eso —Oliver me mira y suspira—. ¿Es porque es mejor que tener una mujer formal? —pregunto, y él solo sonríe—. Porque yo no me imagino a mí misma haciendo ese tipo de cosas.

—Eso viene por lo del otro día. ¿Cierto? —pregunta, sin verme a los ojos.

—¿Te refieres cuándo te acostaste con aquella zorra? La verdad, sí —Oliver suspira nuevamente.

—Se llama Vanessa —¡y todavía se atreve a darme el nombre! Oliver se acerca a mí y pone sus manos sobre mi cintura.

—Alex... —esta posición casi igual a la de ayer me pone un poco incómoda—. Yo no me acosté con ella, ni introduje nada en ningún lado —agrega con una sonrisa ladeada—, regresé una hora después... Qué podría haber hecho en hora y media... Si solo de camino fue más de media hora.

—Muchas cosas, Oliver... —lo miro a los ojos y él también me mira.

—Ni que tuviera eyaculación precoz, Alex. En serio, me ofendes —ríe, haciendo que también de mí salga una leve risa.

—Entonces... ¿Por qué no lo hiciste? —pregunto bajando la mirada intentando no parecer interesada a su respuesta.

—Porque... —vacila con su voz— la verdad no lo sé.

Yo esperando una respuesta más romántica bajo la luz de la luna y las estrellas y él solo contesta un «no lo sé».

—¿No estaba tan buena...? —sonrío, levemente, si su respuesta es afirmativa me desmayo.

—No era divertido hablar con ella, Alex... Quisiera encontrarme a alguien con la que no me aburra platicar por horas, así... como contigo... —fija su penetrante mirada en mí, toma mi rostro con ambas manos, juntando suavemente sus labios con los míos.

(Capítulo 29)

Correspondo su beso, esos labios húmedos se pasean por los míos de una manera sosegada. Me encanta, se separa lentamente de mí y me observa a los ojos.

—Oliver... Te aclaro algo, yo soy la persona más seria que tú hayas podido conocer —tomo sus manos que aún estaban tomando mi rostro y entrelazo sus dedos con los míos.

—Sí, claro —me mira con su mirada más sarcástica posible—. Vamos a comer algo luego de que compongan esta basura. ¿Te parece?

—¿Basura? Oliver. ¡Es una Land Rover del año que viene! ¡Ni siquiera de este año! ¡Sino del año que viene! —intento hacer entrar en razón a Oliver, quien solo sonríe.

—Puedo comprarte una de estas si quieres, Alex. Pide gusto.

—¿Qué? ¡Por supuesto que no! Oliver, yo no quiero tener cosas por ti o por alguien, yo quiero tener cosas que yo pueda pagar y comprarlas por mi propio esfuerzo.

—Lo sé, mi amor...

Extremo silencio entre ambos.

¿Mi amor? Esas palabras sonaron tan bellas en mi cabeza. No sonaron como otras veces que me ha dicho mi amor por sarcasmo, esto fue diferente, podría llorar de emoción en estos momentos. ¿Será actuación?

—La forma en que te sonrojas con este tipo de cosas... es única —dice, luego de verme a los ojos por unos 5 segundos.

—¿Qué? ¡No! —río nerviosa—. Es que... Bueno... Es que tu forma de mirarme a los ojos es un tanto intimidante, y bien, acepto la cena —digo, cambiando este tema incómodo—, pero no en uno de esos lugares finos que acostumbras. Quiero una hamburguesa.

—¿Una hamburguesa? Eso no es comida. Es chatarra.

—Bueno, yo amo la chatarra.

—Bien... —suspira derrotado—, pero con una condición.

—¿Cuál condición? —pregunto, intrigada con mis ojos entrecerrados.

—Que salgas a correr conmigo mañana —¿eso es todo? Levanto una ceja.

—Bien —me encojo de hombros cuando unas luces cegadoras se posan frente a nosotros, parpadeo rápidamente para acomodarme a la luz, veo la silueta de un hombre recio.

—¡Por fin! —exclama Oliver, supongo que es el mecánico.

Me bajo del capó del auto y Oliver me ayuda con su mano, me siento en el lugar del copiloto mientras el mecánico arregla la camioneta, está helando afuera, esta es la mejor opción. El mecánico habla con Oliver sobre lo que pudo haber fallado, su cabello largo es revuelto con el viento y él intenta acomodárselo detrás de la oreja, yo no entiendo de autos, así que no presto atención, y sé que Oliver tampoco entiende, pero finge que sí. No puedo evitar sonreír al verlo tan interesado a lo que el mecánico dice.

Una vez que la camioneta está compuesta, el mecánico se despide de nosotros. Oliver sube y yo me acomodo el cinturón, pone el vehículo en marcha, tan solo 10 minutos después estábamos frente a una estación de hamburguesas, Oliver observa el lugar sin querer bajar del auto.

—¿Estás segura? —pregunta, enarcando una ceja.

—Por Dios, Oliver. ¡Baja de una vez! —me bajo y rodeo el auto hasta llegar a su puerta, la abro y casi a jalones saco a Oliver de ahí. Le tomo la mano y caminamos hacia el lugar, es un buen sitio, hay una enorme hamburguesa con lindos piececitos al frente, me causa gracia, el nombre «Burger World» está en la frente de la gran hamburguesa en gigantes letras iluminadas, tengo que acostumbrar a Oliver a estos lugares.

—Dos hamburguesas con queso doble, pepinillos, tocino, res...

—¿Es en serio, mujer...? —Oliver interrumpe.

—Shhh... Papas y dos sodas, por favor.

—De acuerdo —dice la amable señora pelirroja detrás del mostrador.

Tomo la mano de Oliver y lo dirijo hacia una mesa cerca de una ventana grande donde puede divisarse todo el exterior.

—Alex, yo tengo un físico que mantener —dice, mientras se sienta a mi lado.

—¿Por qué? No eres modelo, ni actor porno. Además, tienes dinero, puedes tener a cualquiera a tus pies —añado, desgraciadamente es cierto.

—Sí, y luego te dejan por alguien con más dinero... —contesta—. Mientras que si te mantienes en forma no son muchos los que te pueden hacer competencia, la mayoría con más dinero son abuelitos que no pueden satisfacer jovencitas, aunque pretendan que sí.

Me quedo analizando la respuesta de Oliver y lo miro divertida, en serio, que hasta eso tiene que analizar.

Una mesera se acerca con nuestras hamburguesas, muero de hambre. Oliver como siempre piensa unas tres veces si comerse la hamburguesa o no. Por lo cual la tomo con mis manos y la dirijo a su boca.

—¡Alex! ¡No! —dice, mientras toma la hamburguesa con sus manos. Río, esa expresión de Oliver es única.

Comemos nuestras hamburguesas mientras hablamos estupideces de *The Walking Dead*. Y comienza su interrogatorio.

—Y... ¿qué te gusta de Paul? —lo miro por unos instantes, él ni se atreve a mirarme a los ojos.

—Yo no dije que me guste, Oliver.

Ahora sí me mira, con una expresión neutral.

—Pero dijiste que lo considerarías una vez que esto termine —no le diré que es gay y que vuelva a ser el mismo arrogante de antes.

—Bueno, es que... él es muy atento, tiene una sonrisa linda bastante tímida y lo más importante de todo, no camina viendo mujeres por ahí —solo hombres.

Oliver se queda pensativo, no dijo una palabra luego de eso, tal vez debería decirle que es gay; solo come su hamburguesa en silencio, a pesar de mis múltiples intentos por hacerlo reír, solo sonríe levemente, una linda sonrisa de lado que casi de inmediato se borra de su rostro, ni siquiera termina toda su hamburguesa, pero eso es normal en él. Conduce todo el camino de regreso a casa en silencio.

—Oliver...

—Alex...

—¿Te molestó algo de lo que dije?

—No...

Más silencio entre ambos.

Llegamos a la casa de los señores Anderson, pasando el enorme portón de entrada que se abre automáticamente al reconocer la huella digital de Oliver.

Oliver baja del auto y me abre la puerta para que salga. Siempre todo un caballero, aunque esté molesto, comienza a caminar y yo le sigo el paso, abre la enorme puerta blanca de la entrada de la casa para mí y entro; él sigue mis pasos y deposita la llave en el mismo cofre de la noche anterior, me dirijo al cuarto y Oliver va tras de mí, sin mediar una palabra. Al entrar a la habitación lo tomo del brazo, cierro la puerta y lo acorralo contra la cosa de madera. Frunce el ceño y me mira desconcertado.

—Paul es gay —lo miro a los ojos, tal vez no debí decírselo, pero esa actitud me estaba cansando.

Su mirada de intriga cambia por una mirada divertida y suelta una risa.

—Alex, ¿cuántas veces crees que dije tener amigas lesbianas solo para poder escaparme con ellas sin problemas? —¿qué? Al menos ya sé qué significa cuando me diga que tiene una amiga lesbiana, lo miro fijamente a los ojos, esos penetrantes y azules ojos, su rostro muy cerca del mío, no me puedo resistir.

Y lo beso, un beso suave y delicado, tomo su rostro con ambas manos, me moría por sentir estos labios otra vez, en vez de su beso demandante de la otra noche, este beso es pasivo y tierno, como si saboreara cada uno de mis labios. Lleva sus manos a mi cintura y la acaricia suavemente para luego llevar su mano derecha hasta mi cuello, apega mi cuerpo más al suyo, puedo sentir un escalofrío recorrer todo mi cuerpo, separo levemente mis labios de los suyos y muy cerca de mi rostro sonríe, dándome un último beso puesto en mi boca.

Él entra al baño, al salir entro yo para cambiarme, ahora sí puedo notar alivio en su rostro, presta atención a lo que le digo con una sonrisa. Me siento al lado suyo sobre el colchón de la cama, acordamos ver películas. Él rodea mi cintura con su brazo y me besa la mejilla mientras me recuesto en su hombro, toma mi mano y entrelaza sus dedos con los míos hasta que nos quedamos dormidos.

(Capítulo 30)

—¡Alex! ¡Despierta! Vamos, ¡arriba! —escucho una voz que no logro reconocer aún estando dormida—. Alex, ¡por Dios! Qué holgazana eres —ya un poco más despierta reconozco que es la voz de Oliver, entreabro mis ojos, la luz de la lámpara ilumina un poco la habitación, veo la silueta de Oliver con un pantalón deportivo negro y poniendo una sudadera roja en su musculoso torso—. Alex, ¡ya! —continúa y se acerca a mí con su entrecejo fruncido.

—¿Qué? ¿Qué te pasa? —mi voz adormilada se nota a leguas.

—Tú me prometiste salir a correr... ¿lo recuerdas? —sus ojos demandantes me miran y mi cerebro intenta recordar cuándo yo hice esa promesa.

Ah, es cierto. ¿Por qué prometo cosas sin pensar? Puta.

Tira de la cobija que cubre mi cuerpo e inmediatamente siento cada vello de mi cuerpo erizarse por el frío. Miro el reloj sobre la mesa de noche, y las letras rojas y enormes marcan las 4 y 23 a.m.

—Oliver. ¡Son las 4! —intento recuperar la cobija para ponerla nuevamente sobre mí, pero Oliver tira de ella dejándola aún más lejos.

—Lo prometido es deuda —agrega, poniéndose su tenis derecho. ¡Vamos!

¡Ahhhhh! ¡Maldita sea!

Me levanto aún medio dormida y me pongo lo primero que encuentro para salir a correr a estas horas. Mis Vans son los que sufrirán hoy. Me maldigo una y otra vez por prometer cosas sin pensar.

Ya había pasado media hora de explorar el enorme patio de los Anderson y ya no soporto, puedo ser delgada pero ligera jamás. Miro a Oliver que sonríe victorioso casi a medio kilómetro de distancia de mí. Maldito Oliver.

Quiero recostarme en esa banca de color blanco que diviso a un metro de mí, y así lo haré. Me acerco a la banca y con la respiración entrecortada me recuesto. ¡Ah! Es tan cómoda, cierro mis ojos.

—¡Alex! ¡Por Dios! ¡Levántate! Falta más de un kilómetro —la voz de Oliver de nuevo, ya estoy comenzando a odiarlo otra vez.

—Oliver, vete al diablo —digo, con mi tono enronquecido, yo quiero dormir.

—Espera... ¿me haces comer hamburguesa para luego no cumplir lo que prometes? —no abro los ojos, estoy tan cómoda aquí.

—Ya salí a correr contigo, tampoco dije cuánto —solo quiero que me deje en paz. Oliver se sienta, dejo reposar mi cabeza sobre sus piernas.

—Te odio, Oliver Anderson —él suelta una estruendosa risa.

—Y yo a ti, Alexandra Carlin, no soportas correr ni dos minutos.

—Por Dios, llevamos corriendo como 4 horas —ahora sí abro los ojos para encontrarme con un gesto divertido y esos orbes azules viéndome con intriga.

—Eres una exagerada —y vuelve su mirada al frente—, por cierto, aquí se casó Henry. Recuerdo perfectamente ese día, mi padre no paraba de decirme el porqué Henry hace las cosas mejor que yo.

—¿Sabes? El día del matrimonio de mi hermana, mi padre me dijo que yo no era parte de la familia, él no me hablaba, solo abrió su boca para decirme eso —y aún lo recuerdo, acomodando su corbata, con un gesto de superioridad. Oliver no dice una palabra, solo mira hacia un punto en específico, me incorporo sobre la banca quedando a su costado—. Al menos nunca tu padre te ha sacado de la familia —él vuelve su mirada a mí con su entrecejo levemente fruncido.

—¿Nunca le preguntaste por qué ha sido así?

—No... —vuelvo mi vista al frente hacia unos arbustos con flores—, pero estoy segura de que es porque nunca he hecho lo que él ha querido que haga con mi vida. Tengo hambre —cambio de tema, estos no son tópicos de los que me guste hablar.

—Qué bueno porque yo también y sinceramente quiero que mi esposa me prepare algo —lo miro con mis ojos entrecerrados y él está sonriendo.

—Si me llevas te preparo lo que quieras y luego me dejas dormir —él sonríe, una bella sonrisa y asiente poniéndose de pie de un salto.

—Vamos, sube —dice, haciendo referencia que suba a su espalda, río levemente, pero no lo pienso dos veces, en menos de lo que canta un gallo estoy a horcajadas sobre su espalda y él comienza a caminar.

Llegamos a la casa y me baja de su espalda, abre la puerta para mí.

—Muchas gracias —digo, coquetamente entrando por la puerta mientras Oliver solo sonríe y va tras de mí.

Me quito la sudadera gris que llevaba puesta, dejando solo el top blanco que llevaba en el interior.

—¿Tienes un *piercing*? —pregunta Oliver curioso, ve específicamente mi ombligo, sonrío.

—También tengo un tatuaje —arqueo mis cejas mientras él me mira curioso llevando sus manos a su cintura.

—¿Un tatuaje? ¡Tú! ¡Mi esposa! ¿Un tatuaje? Y yo ni siquiera lo sabía —Oliver ríe mientras niega con su cabeza—, ni siquiera yo tengo un tatuaje. ¿Y lo tienes tú?

—Bueno, no te preocupes yo me hago otro por los dos —menciono, mientras camino hacia la cocina, él va tras de mí en risas.

—¿Puedo verlo? ¿Al menos puedo saber qué es? —cuestiona, mientras abro el refrigerador para saber qué puedo preparar.

—No puedes verlo porque está cerca de mis zonas prohibidas —Oliver suelta carcajadas que también me hacen reír— y es un ancla, fue lo único que se nos ocurrió a esa hora.

—¿Se nos...? —él me mira con intriga mientras llevo unos huevos hacia la encimera.

—A Natalie y a mí... Aclaro —sonríe ampliamente.

—Qué bien... Ya te iba a mandar a borrártelo —niego con mi cabeza con una sonrisa mientras camino de regreso al refrigerador.

—¿Y por qué un ancla? —cuestiona, viendo cada uno de mis movimientos mientras vierto algunos huevos en un tazón.

—Significa fuerza y estabilidad, creo que es un buen mensaje —Oliver sonríe, mientras se acerca a mí y con sus manos en mi cintura reposa su barbilla en mi hombro.

Luego de una media hora, ya estaba devorando su plato, cuando yo apenas me estaba sentado para comenzar a comer el mío.

—Bien, si te causa indigestión no me eches la culpa —digo, viendo su plato casi vacío.

—Sí sería tu culpa por cocinar tan bien —esboza esa linda media sonrisa—. Alístate, iremos a comprarte un celular nuevo.

—¿Solo porque Paul es gay? —arqueo mis cejas para observarlo, él me mira con sus ojos entrecerrados.

—¡No, Alex! Porque no tendría cómo comunicarme contigo en caso de que lo necesite.

—Es mejor así, Oliver —le interrumpo—. Puedo salir con quien yo quiera sin que me estés llamando —Oliver enarca una ceja y yo sonrío triunfante—. Yo solo quiero que lo reparen, estoy bien con mi celular —digo, llevando un bocado del *omelet* a mi boca.

—¿Esa reliquia? —Oliver me mira con un gesto de diversión, sí, esa reliquia.

Termino de comer y luego de un rato de charla, él se va a duchar y después yo, en menos de 30 minutos estoy lista, al bajar las escaleras ya está él viendo su reloj mientras corro aún poniéndome la chaqueta. Oliver tan impecable con su polera blanca mangas largas que se ajusta perfectamente a sus brazos musculosos, su pantalón gris de una marca que no conozco porque estoy segura de que no puedo pagar, cuelga de su brazo derecho una cazadora de cuero negro.

—Ya estás aprendiendo —me dice, observándome a los ojos.

—Qué gracioso —ironizo, mientras pongo el cinturón negro sobre mi pantalón blanco a la cadera.

Al salir de la casa veo una Harley Davidson parqueada a un costado, me trae buenos recuerdos de mis tiempos antes de ir a Nueva York.

—Oliver, ¿de quién es la motocicleta? —cuestiono, Oliver gira hacia mí.

—De mi padre, ama esas cosas, tiene como cinco —me cae bien el suegro, Oliver continúa su caminata hacia la camioneta.

—Dile que te preste una, me muero por conducir una de estas —me acerco a la motocicleta y la observo como si fuera la última maravilla del mundo. Oliver gira nuevamente ya casi por subir a la camioneta.

—Por supuesto que no, Alex —dice, desde donde está.

¿Cómo que no?

—Vamos, Oliver. Los autos son bastante aburridos. ¿Alguna vez has conducido una de estas? —enarco una ceja observándolo, él niega con su cabeza.

—No, y no pienso volver a hacerlo —Oliver abre la puerta de la camioneta.

—Oliver... —me acerco a él a zancadas con la cara más humilde que nunca haya tenido que usar con alguien.

—No, olvídalo —sonríe, subiendo a la camioneta para acomodar su cazadora en los asientos traseros—, ni con esa cara me vas a manipular. Vamos, sube.

—Oliver... —me siento en sus piernas—, por favor.

—Alex, por favor, nos estamos retrasando.

—¿Para qué? Nadie nos espera. Deberías quitarte esa obsesión por los horarios —he aquí mi cara de gatito de *Shrek* otra vez.

Oliver sonríe, cerrando sus ojos y suspira.

—Eres una manipuladora —dice, finalmente—. Bien, déjame ir por las putas llaves.

Oliver entra en busca de las llaves de la motocicleta mientras la observo detenidamente, tiene las letras «ANDERSON» impresas en gótico, con algunas pinturas de fuego en sus costados, algo me dice que el señor Anderson era un tipo de motociclista rebelde, está casi nueva.

Oliver sale de la casa con la llave en las manos y dos cascos de motocicleta, me da la llave y el casco, creo que hoy es el día más feliz de mi vida. Subo a la motocicleta y el sonido del motor causa miles de emociones en mi interior. Oliver sube dudoso y se sostiene de mi cintura, bien, espero que eso no me distraiga.

Y así torturé a Oliver por 30 minutos entre frenazos y arrancones de pronto. Nunca me había reído más en mi vida.

—¡Por fin, Tierra! —exclama una vez llegando al lugar bajándose de la moto y quitándose el casco, dejando su liso cabello despeinado—. Olvídate de conducir de regreso.

No puedo evitar soltar una carcajada.

Me bajo y quito mi casco para ponerlo en mi brazo, Oliver comienza a caminar mientras se arregla el cabello y de paso arregla el mío.

Este hombre me hace reír.

(Capítulo 31)

Llegamos a un lugar de ventas de celulares demasiado elegante para mi gusto, al estar cerca de la entrada la puerta se abre automáticamente y se puede divisar todo tipo de persona bien vestida trabajando en este lugar.

—Por allá está Ken —menciona Oliver, llevo mi vista en dirección a lo que sea que esté viendo.

—¿Ken? ¿Y también está Barbie? —pregunto con una expresión se seriedad en mi rostro.

Él me mira, aplana sus labios para no reír, al final, lo termina haciendo.

—¿Lo ves? Luego dices que eres la persona más seria del mundo —el tal Ken se acerca a nosotros. Saluda a Oliver con un abrazo.

—Ken, ella es mi esposa Alex —nos presenta Oliver, él me extiende su mano con una sonrisa luego de acomodar su saco gris.

—Mucho gusto, Ken —enuncio, estrechando mi mano hacia el joven hombre bien vestido, su camisa interior negra sin corbata combina a la perfección con su barba y su cabello.

—El gusto es mío —dice, mientras sacude mi mano.

—Quiero que repares una reliquia que mi esposa dejó caer por accidente y no quiere cambiar.

Enarco una ceja. ¡Claro! ¡Por accidente! ¿Más irónico no puedes ser, Oliver? Le doy mi teléfono a Ken, ojalá logre resucitarlo, sino mato a Oliver, todos mis contactos están ahí; bueno, no es como que tenga muchos.

Salimos del lugar mientras Ken se dispone a revivir mi celular, y la playa está a unos cuantos metros, el clima está perfecto. Pasamos por una elegante joyería, como siempre Oliver y su adicción a los relojes que valen más que mi viejo auto, entramos al lugar y Oliver se mide algunos que al ver el precio casi me da un infarto; un collar fino llama mi atención, de oro blanco, de este cuelga una preciosa perla, me acerco a ver la etiqueta del precio, intento disimular mi asombro y miro hacia otro lado, eso es exactamente 5 meses de renta de mi apartamento, ya no me llama la atención.

Salimos del lugar y Oliver me toma de la cintura haciendo que me estremezca, llevo mi mirada a él y toma mi mano para cruzar la puerta.

—Hay un parque de diversiones en la otra calle. ¿Quieres ir? —pregunta, con su mirada puesta en mí, el azul de sus ojos resalta con la luz del sol, amo esos ojos.

—Por supuesto —sonrío, intentando bloquear el sol de mis ojos con mi mano.

Llegamos al parque de diversiones y hay una serie de juegos mecánicos. Oliver me arrastra hasta la montaña rusa y no puedo evitar ver ese enorme aparato con temor que Oliver no pasa por desapercibido, como siempre.

—Oh, por Dios. ¡No me digas que le temes a esto! —pregunta enarcando una ceja, provocándome aún más nervios con esa mirada.

—La verdad... No es uno de mis juegos favoritos, Oliver —él ríe y me lleva a jalones hacia la fila de personas que esperan subir con ansias a esa horrorosa cosa—. ¿Por qué mejor no vamos a aquel estúpido gusano de por allá? —pregunto, señalando el juego mecánico de un enorme gusano que es más para niños.

—No, tú me haces hacer cosas que yo no quiero, así que tienes que soportar, para que pienses dos veces hacerme sufrir —bien, eso debería darme risa o furia, pero no puedo pensar en ello por estar viendo lo alto que llega esa montaña, él rodea mi cintura desde atrás, su rostro está muy junto al mío, ni siquiera me percato de esta cercanía por ver a todas las personas en lo más alto de la montaña rusa gritando a todo pulmón. ¡Demonios! Dios, mejor llévame ahora.

La montaña rusa se detiene lentamente, sé que ahora sí es mi turno, todos los nervios se apoderan de mí, todas las personas con los pelos de punta comienzan a bajar de la montaña. ¡Maldición! Espero un temblor o un terremoto o un tsunami, lo que sea que haga que no sigan estos juegos, pero no pasa. Me subo al lado de Oliver, quien mira mi cara de preocupación divertido y sonríe, por suerte, vamos casi de últimos, no soportaría ir de primera.

El joven de cabellera rojiza y una camiseta con el logo del parque se acerca a asegurarnos en nuestro lugar, una barra de metal sobre nuestras piernas y un agarre sobre nuestros hombros. Esto no es suficiente, saldré volando por los aires.

La montaña rusa comienza a moverse, sostengo la mano de Oliver, se está divirtiendo más conmigo que con la montaña rusa. Llegamos a lo más alto y comienza a descender desenfrenadamente, no puede ser, no sé si reír o llorar, o tirarme de aquí, moriré. Prefiero cerrar mis ojos y no darme cuenta de la forma en que voy a morir. Cuando, por fin, creí que el tormento había finalizado abro los ojos y estoy en la cúspide de nuevo y comenzamos a descender ahora con más fuerza. No sé cómo Oliver puede disfrutar esta mierda, pero, al menos, se está divirtiendo en algo que no sea trabajo.

Cuando siento que mi corazón ya está fuera junto con todas mis entrañas, abro los ojos y todo está oscuro.

—Alex...

—Dios, ¿eres tú?

—No, soy Optimus Prime —ironiza Oliver soltándose en risas, aunque no me veo le estoy lanzando mi mirada más fulminante posible—. Es obvio que no soy Dios.

—Ya me di cuenta —y sigue mi mirada fulminante hacia él.

—Mi mano es la que verá a Dios si no me sueltas.

Me percato de que he apretado la mano de Oliver en toda esta traumática experiencia, la suelto rápidamente; ya vamos saliendo del túnel, ya se va deteniendo y, ¡por fin!, puedo bajar. El mismo joven pelirrojo nos quita la seguridad del aparato y salgo lo más rápido que puedo, me tiro al suelo y comienzo a acariciarlo como si fuera lo más preciado en este mundo, y lo es cuando has estado a esas alturas y sientes que el estómago te saldrá por la boca, un Oliver muriéndose de risa va tras de mí.

—Alex... Que... ¿Qué haces? —balbucea entre tanta risa.

—Por favor, dile a mi familia que los amo, y que los llevé en mi corazón hasta el último minuto de mi vida.

—Alex, ponte de pie, maldición. No vas a dejarme viudo —más risas de Oliver, no... Así no puedo ser seria.

—Oliver, no es gracioso —se pone en cuclillas para acercarse a mí.

—¿Y para tu esposo no hay palabras? —dice, tomando mi mano para levantarme.

—Sí, que lo espero en el infierno.

Su risa incontrolable me hace reír también, ya incluso he olvidado el hecho de que casi muero en esa montaña rusa, Oliver me ayuda a levantarme y lo llevo casi a arrastres a una heladería que diviso a unos 10 metros de nosotros.

—Vainilla, ¿cierto? —pregunto a Oliver, quien solo asiente con su cabeza mientras revisa su teléfono celular.

—Uno de vainilla y otro de chocolate, por favor —le digo a la mujer de cabello rubio tras el mostrador que se le queda viendo a Oliver más de lo normal. ¡Por Dios! ¡Es como diez años mayor! ¿Qué le pasa?

Pensaba quedarme en el lugar, pero la mirada de la mujer pervertida hacia Oliver me pone incómoda, tomo ambos helados y los pago, Oliver se ha percatado demasiado tarde e insiste en devolverme el dinero.

—¿Qué? ¡No! Te lo he invitado, alégrate —digo, dándole su helado de vainilla que él toma guardando su celular mientras salimos de la heladería.

—No me gusta que pagues, Alex. ¿Quieres que digan que soy un tacaño que dejo que mi esposa pague todo por mí?

—No dirán eso, Oliver. Son solo helados, además, es del dinero que tú me pagas, así que es como que te los invites tú mismo —él esboza una sonrisa mientras lengüeteo mi helado, Oliver maliciosamente lo golpea haciendo que este se unte a mi nariz.

Cierro mis ojos, Alex... Cálmate... Recuerda, autocontrol.

—¡Oliver! —exclamo con paciencia, mientras él ríe a carcajadas y me ayuda a limpiarme con la pequeña servilleta que envolvía su helado.

En un descuido suyo, entierro mi helado en su nariz, él retrocede chocando contra una pared y lo acorralo, comienzo a lamer el helado y él solo ríe, pone su mano en mi cuello y me besa, haciendo que lo que quedaba de helado en su cara ahora se embarre en la mía; su beso sabor a chocolate, ni siquiera me importa que esté pasando gente al lado nuestro y al parecer a él tampoco, me gusta saborear estos labios. Pone su mano en mi cintura, mientras que con la otra sostiene su helado, está recostado sobre esa pared, haciendo que casi seamos del mismo tamaño, él rodea mi cintura con su brazo y me apega más a él, el beso se vuelve más intenso, pero no es de esos besos como los anteriores, este es diferente, dulce y apasionado, como un primer beso, ahora sé qué es sentir esas mierdas de mariposinas en el estómago y es la primera vez que siento algo así... ¡Mierda! Detengo el beso y lo miro, él también me ve, esa mirada azul... Esos labios... Oliver...

No puedo quitar mi mirada de la suya, no sé qué tiene este hombre que me está haciendo perder la consciencia, no sé qué estará pensando él que no despega sus ojos de los míos; he besado a muchos, pero él es el único que me ha hecho sentir cosas así, su celular nos interrumpe haciéndonos a ambos estremecer.

—Lo siento —dice, vacilando si quitar sus ojos de los míos o ver su celular.

—Está bien —aclaro mi garganta y trago saliva viendo hacia otro lugar.

¿Qué fue eso?

—¿Cómo estás, Vanessa? —¿Vanessa? Frunzo mi entrecejo. ¿Vanessa? ¿La tipa con la que salió aquel día? ¿Por qué diablos esa tipa va a llamarlo si no tuvo nada con ella?—. No es cierto, es solo David —susurra, su rostro dibuja una sonrisa maliciosa en sus labios—. ¿Cómo estás, David?

¿Qué? ¿Cómo? ¿Acaso está jugando conmigo?

—No, es solo una broma para Alex —continúa con esa sonrisa triunfante en sus labios, lo maldigo.

Comienzo a buscar cualquier cosa que yazca en el suelo para lanzarle a Oliver. Este comienza a correr por instinto riendo a carcajadas, maldito, comienzo a recoger todas las piedras y botellas que encuentro. Lo mato.

(Capítulo 32)

Oliver me abraza, maldito, que agradezca que no lo agarré al estilo *Kung Fu Panda*, le pide a David que lo llame luego y me alza en su hombro, al tener esa vista de sus burbujas, todo odio hacia él se me pasa.

—Aquí es cuando me arrepiento de haberte dicho que Paul es gay —digo, mientras caminamos tomados de la mano por la playa.

—Si no lo hubieses hecho los mato a ambos —espeta, con fingido odio mirando al frente.

—Sé que estás loco, pero no creo que llegues a esos extremos —río, él sonríe mientras lleva su mirada a mí.

Me quito los zapatos y los cargo en mis manos, la arena entre mis dedos es la mejor sensación del mundo, para mi sorpresa, Oliver hace lo mismo, no me hubiese imaginado nunca que él caminaría descalzo por un lugar así.

Desde donde estoy, un enorme oso de felpa blanco colgando desde el techo de un establecimiento llama mi atención, cosa que no pasa desapercibida por Oliver. ¡Como siempre! Sus pequeñas y peludas manos sostienen un corazón rojo con letras doradas que se leen «I LOVE YOU».

—¿Te gusta? —pregunta Oliver, deteniéndose por un momento para verme a los ojos.

—¿A ti no? —ironizo, ya está anocheciendo y el tráfico de personas ya no es tan pesado en este lugar. Oliver mira el oso con descontento.

—La verdad no, muy femenino para mi gusto —no puedo evitar reír—, pero lo conseguiré para ti —dicho esto pone sus zapatos de regreso en sus pies y yo hago lo mismo con los míos, se encamina al lugar conmigo tomada de su mano.

—Tienen que derribar 10 soldaditos con esta escopeta —afirma el encargado del lugar, su cabello a lo muy afro es levemente revuelto por el poco viento que azota en estos precisos instantes, lleva una camiseta azul con el logo de la feria. Le da la escopeta a Oliver y la toma como si es algo a lo que está acostumbrado.

—Practiqué tiro al blanco hace unos años, espero aún recordarlo —articula, mientras apunta hacia el primer soldadito, dispara sin éxito.

—¡Mierda! —sisea, sonrío mientras niego con mi cabeza.

—Una bala menos —dice efusivo el tipo del gran afro.

—Qué mala puntería, señor Carlin —menciono, con tono de regaño fingido hacia Oliver. Él ríe, haciendo que el segundo intento por derribar al soldado sea un fracaso por la risa.

—Esto es tu culpa, Alex —me mira con desapruebo y dibuja una sonrisa perfecta en su rostro.

—Déjame intentar —digo, tomando la escopeta, Oliver me cede el lugar milagrosamente sin regaños—, si lo gano es tuyo —le guiño un ojo, él sonríe, sé que piensa que no lo haré.

—Solo queda una bala, señores —el del afro habla, mientras esponja más su cabello viéndose en un espejo de mano que sostiene.

Me pongo en posición y apunto, tengo que concentrarme el doble con Oliver tan sexi de brazos cruzados de pie a mi lado.

Y bien... 1, 2, 3, 4 —Oliver me mira atónito—, 5, 6, 7, 8 —el del afro voltea a ver cada uno de los soldados que van siendo derribados con una expresión de asombro en su rostro—, 9, 10.

La alarma que anuncia al ganador comienza a sonar, luces de colores comienzan a dar vueltas por todo el establecimiento. Oliver me mira atónito y el hombre del afro aún sin poder creerlo baja el enorme oso de felpa y me lo entrega, es casi de mi tamaño. Oliver me mira confuso.

—Es tuyo —digo, estrechando el oso hacia él—, un trato es un trato —continúo y me dispongo a caminar hacia el establecimiento de Ken una vez que él tiene el oso en sus manos.

—Alex, ¿qué... Qué fue eso? —me sigue a paso rápido, me rodea y se ubica frente a mí.

—Escuela militar.

—¿Escuela militar? —repite mi frase en forma de pregunta.

—Sí, fueron más bien unos campamentos a los que el señor Carlin me obligó a ir por cinco años seguidos mientras mi hermana visitaba una academia de *ballet* en el verano.

—¿Y eso por qué? —frunce su entrecejo, se ve tan divertido cargando el enorme oso de felpa.

—Ya te lo comenté, me odia —digo, luego de un suspiro y continúo mi camino.

—Tu padre no te odia, Alex —escucho detrás de mí—. De hecho, el día que hablé con él me habló muy bien de ti.

Esas palabras hacen que me detenga de golpe y gire sobre mis talones hacia Oliver.

—¿Tú hablaste con mi padre? —me cruzo de brazos y lo veo fijamente—. Me comentaste de mi madre, pero jamás de mi padre.

—No te molestes, Alex.

—¿Cuándo? —le interrumpo, ¿por qué me oculta estas cosas?

—El mismo día que llamó tu madre, y me pidió que no te comentara al respecto —dice, con voz derrotada.

—No ha contestado mis llamadas desde que me mudé a Nueva York —alzo la voz, esto no me agrada.

—Tal vez deberías ir a verlo, yo puedo ir contigo...

—¿Qué? ¡No! —vuelvo a interrumpir—. ¿Es que no lo entiendes? Él ahora sí quiere dárselas del padre responsable solo porque estoy casada contigo, Oliver.

—Eso no lo sab...

No dejo a Oliver terminar su frase, giro de inmediato y molesta me encamino hacia el establecimiento de Ken. ¿Por qué diablos me oculta estas cosas? Ya le había comentado sobre mi padre. ¿Y todavía lo defiende? Mi mente divaga entre todos esos pensamientos, ni siquiera sé si Oliver sigue mis pasos o no, hasta que me toma de la cintura y comienza a hacerme cosquillas.

—¡Oliver! ¡No! —comienzo a reír a carcajadas—. ¡Oliver! Bas... Bas... ¡Basta! ¡Por Dios! —balbuceo entre risas, por fin se compadece de mí y me suelta, choco contra una pared y deslizo mi espalda sobre esta—. ¡Te odio! —exclamo, limpiando las lágrimas de mis ojos provocadas por las risas.

Oliver va por el oso de felpa que había dejado recostado sobre una pared marrón, me extiende la mano para ayudar a levantarme.

—Vamos por ese vestigio que tienes por celular —dice, mientras me pongo de pie con su ayuda.

—¿Vestigio? ¡Uy! Señor culto, diccionario andante, enciclopedia humana...

—Alex, a veces deseara que fueras muda —dice, con su mirada de desaprobación—, en serio.

—Si fuese muda, ¿quién te diría cuando te mires guapo? ¿Eh? —le guiño un ojo, él sonríe ampliamente y toma mi mano para ir por mi celular.

Caminamos hacia la motocicleta mientras reviso mi celular, todo está bien, todo está tranquilo, el táctil funciona y suena bien, no mato a Oliver. Tengo como mil mensajes de Natalie, eso no es normal.

> **Natalie**
> Terminé con Dereck. Lo encontré besándose con la zorra de Lisa en la fiesta de cumpleaños de Karen (a la que no me invitaron).

¡Ja! No sé por qué, ya lo sabía.

> **Natalie**
> Estoy segura de que también se revuelca con Karen, hijo de puta.

> **Natalie**
> Si conoces algún amigo guapo y soltero de Oliver me lo presentas.

Sonrío.

Natalie.
Recuerda usar protección ;).

No, ella nunca se va a componer, espero que Oliver no haya logrado leer eso. Lo borro inmediatamente.

Oliver toma las llaves de la motocicleta en cuanto las saco del bolsillo trasero de mi pantalón, me entrega el oso y ahí me percato... ¿Cómo voy a llevar este oso gordo en esta cosa?

Puta.

Lo voy a vender.

No lo vendí, no sé cómo lo logré llevar en la motocicleta, pero ya las manos me duelen, no vuelvo a ganar cosas para Oliver.

Llegamos a la casa de los señores Anderson, la señora Margot está sentada frente al enorme televisor sobre el sillón blanco, con su cabello trenzado hacia un lado y un bello y fino vestido blanco, mira el enorme oso que Oliver sostiene.

—¡Oh! Recuerdo cuando tu padre ganó uno para mí, era un enorme conejo que llamé Cecilio —sonríe—, hace muchas lunas.

¿Cecilio?

—Bueno, yo gané ese para Oliver —miro a Oliver triunfante, quien deposita las llaves de la motocicleta dentro del mismo cofre del otro día, solo sonríe.

—Sí, nunca le den un arma a Alex, por favor —manifiesta, mientras se dirige camino a las escaleras haciéndome una seña de que suba con él.

—Extraño las citas —exclama la señora Anderson.

—¿Qué? ¡Margot! Tenemos citas todos los días, mira, hoy te preparé *brownies* —el señor Anderson sale de la cocina y le da un casto beso en los labios. Sonrío, entiendo por qué ellos aún siguen juntos, ya deseara yo encontrarme un esposo así.

Subo al lado de Oliver, dándole las buenas noches a los señores Anderson, quienes contestan simultáneamente. Una vez en la habitación, Oliver deposita el oso sobre la silla giratoria de la habitación, mientras tanto voy a cambiarme al baño.

Una vez que salgo luego de cepillar mis dientes, Oliver está ahí sentado sobre el filo de la cama y levanta levemente su mirada.

—Alex, ¿qué opinas de las citas? —pregunta, mientras comienza a quitar sus zapatos.

—Odio las citas —digo, rodeando la cama para acostarme de mi lado, él suelta una risa suave y me mira mientras me recuesto.

—¡Y yo que iba a invitarte a una cita donde el tema principal sean las hamburguesas! —ironiza, finjo emoción llevando una mano a mi pecho.

—Entonces... Amo las citas —exclamo y río levemente—, ya hablando en serio, cuando te la pasas bien con alguien las citas son hermosas —él se queda pensativo por varios segundos.

—¿Y cómo sería para ti la cita perfecta? —comienza a quitarse la polera blanca dejando su torso al descubierto, no, así no se puede.

—No lo sé... —me siento sobre la cama recostando mi espalda sobre el cabezal—. Creo que lo único que importa es si te la pasas bien con esa persona.

—¿Como la paso yo contigo? —pregunta de inmediato, tomando una toalla encaminándose hacia el baño. ¿Acaba de admitir que la pasa bien conmigo? Frunzo mi entrecejo, que Oliver diga algo así, es tierno.

—Yo también la paso bien contigo, Oliver —él abre la puerta del baño esbozando una sonrisa.

Luego de unos minutos, sale del baño, con solo su pantalón de pijama puesto, se acuesta a mi lado y su loción de baño se impregna en mis narices de inmediato, él se acerca a mí, ya ni siquiera recordábamos el trato del metro de distancia. Oliver extiende su mano y me recuesto sobre su hombro mientras revisa unas estadísticas de la empresa desde su celular, que no logro ni lograré comprender aún con sus múltiples intentos de hacerme entender esa cantidad enfermiza de números, hasta que me vence el sueño y me quedo dormida entre sus brazos.

(Capítulo 33)

Escucho unos ruidos incansables provenientes de la puerta del cuarto, me despierto desorientada y por unos segundos no sé dónde estoy, ni cómo me llamo, ni quién soy, cuando ya mi cerebro se acomoda reconozco la voz de la señora Anderson del otro lado.

—Chicos, despierten —algo me impide moverme y es el brazo de Oliver sobre mi cintura, los golpes en la madera continúan y la voz de la señora Anderson taladra mis oídos.

—Chicos... —llevo mi vista al reloj sobre la mesa de noche, faltan diez minutos para las seis. ¿Qué diablos...? Oliver se remueve levemente en la cama, al escuchar los golpes en la puerta y la voz de su madre. Es un milagro que a estas horas aún siga aquí.

—Mamá, ¿qué pasa contigo? —pregunta de mala gana, sin abrir los ojos.

—Despierta, Oliver, iremos a la cabaña —Oliver gime de frustración.

—¿Qué diablos es la cabaña? —susurro, mientras Oliver pone una almohada en su cara.

—Un lugar como a dos kilómetros de aquí, sin luz, ni cable, NI INTERNET —dice esto último en voz alta a propósito quitando la almohada de su cara.

—Perfecto para ti, Oliver —contesta la señora Anderson desde el otro lado de la puerta—, para desintoxicarte de esa basura de la tecnología. En media hora nos vamos. Dicho esto, escucho los pasos de la señora Anderson perderse en el pasillo.

¡Ah! ¡No puede ser! Me levanto y suspiro.

—¿Por qué, Dios? ¿Por qué? —miro al techo, poniendo mis pantuflas en mis pies.

—Por favor, Dios —Oliver también mira al techo—, contéstale a Alex para que se calle de una vez —lo observo con la mirada más feroz posible y él simplemente ríe, este hombre hasta recién levantado es muy guapo. Me observa y baja la mirada a mis *shorts*.

—¿Es en serio, Alex? ¿Las Tortugas Ninjas? —también llevo la mirada a mis *shorts*.

—Admite que te excita, Oliver —contesto, caminando hacia el armario, saco algo de ropa para meterla en mi bolso.

—¡Por supuesto! No hay nada más excitante que ver cuatro enormes tortugas repetidas veces —ironiza y bosteza, mientras camina hacia el baño—. Por cierto, vamos a caminar, así que lleva algo cómodo —agrega.

—¿Qué? ¿Caminar? —bufo, no es que no me guste caminar... Es que... Bueno, sí, no me gusta caminar.

Bajo las escaleras con toda la pereza posible una vez que me he aseado correctamente. Oliver está bajo las escaleras sosteniendo mi bolso mientras habla con Henry, espero que no estén hablando de revolcarse con zorras porque soy capaz de golpearlos hasta morir. Bueno, tal vez, eso es un poco exagerado comparando mi apariencia física con la de ellos.

Henry emboza una sonrisa la cual contesto de la forma más fingida posible, me siento tan hipócrita considerando que Henry no me agrada, si bien Brittany tampoco me agrada, pero también soy mujer y odio a los hombres que hacen ese tipo de cosas.

Oliver voltea a ver en dirección a lo que los ojos de Henry están puestos, y sonríe... Esa bella sonrisa. Me da un casto beso en los labios y me abraza por la cintura dejando mi bolso junto al suyo en el suelo, aún no he bajado el último escalón por lo cual estamos casi del mismo tamaño, y aun así me lleva unos cuantos centímetros. Henry solo nos observa y luego sonríe. ¿Qué diablos estaría hablando con Oliver?

—¿Nos vamos, hijos? —pregunta Margot sacándome de mis pensamientos, tintinea las llaves de la camioneta, se acerca a mí y me abraza y yo le correspondo de la manera más tierna posible.

En unos 15 minutos estamos frente a una enorme montaña, miro aquel lugar con descontento, esto no puede ser verdad.

—Bueno, nos vemos arriba —dice el señor Anderson con entusiasmo. ¿Quién diablos puede sentirse tan contento por subir por este lugar? Unos agradables amigos del señor Anderson van con nosotros. Espero que no les dé un paro cardíaco subiendo por este lugar, o a mí, porque estoy segura de que están mejor conservados que yo.

—Puedo ayudarte a cargar tu bolso, Alex —manifiesta Oliver mientras observo al infinito de este largo camino y frunzo mi entrecejo.

Niego con mi cabeza, yo puedo con esto, si estos abuelitos pueden yo también. ¡Vamos, Alex! ¡Tú puedes! Si para algo nunca serví es para darme ánimos a mí misma.

Como es de imaginarse, Lindsey va de primera, para ella nada es imposible, es como una Oliver en mujer. Raymond va con Henry, no hay rastro de la esposa de Raymond ni de su madre. Oliver y yo somos los últimos. Me gusta ir de última en estos lugares porque así observo a todos, las nalgas del jefe, si alguien se cae, o si yo me caigo y así al menos nadie se dará cuenta.

Henry va tomado de la mano con Brittany, qué hipócrita, cuando ya están a una distancia bastante considerada me pica la curiosidad y quiero saber el punto de vista de Oliver.

—Oliver... —digo, él va tomado de mi mano, pero unos pasos más adelante porque el camino es estrecho.

—Alex... —enarca una ceja y gira hacia mí.

—¿No sientes lástima por Brittany? —Oliver me rodea y toma mi cintura, comienza a caminar detrás de mí intentando llevar mi paso—. Cierto que es un grano en el culo, pero... —la carcajada de Oliver me interrumpe y me hace reír—. Déjame terminar.

—¿Por qué sentiría lástima por Brittany? —pregunta, intentando calmar las risas.

—¿Por qué? Porque Henry la engaña y eso es triste —murmuro, Oliver continúa detrás de mí y luego se adelanta un poco para ir a mi lado, ni siquiera cabemos los dos por ese camino, pasa su brazo por mi hombro.

—Lo sé, pero Brittany se lo merece, Alex —frunzo mi entrecejo.

—¿Por qué hablas así, Oliver? —pregunto molesta—. ¿Quién se merece que lo engañen?

—Alguien que salía con otro hombre y lo dejó por andar con Henry solo porque tiene dinero —Oliver contesta como el más obvio, me detengo y él hace lo mismo mirándome a los ojos.

—¿Por qué dices eso?

—Porque el otro tipo era David —¿qué? Mi rostro debe tener un extremo gesto de intriga, así que continúa, volviendo a pasar su brazo sobre mi hombro y seguimos caminando—. Cuando David estaba en la universidad conoció a Brittany, trabajaba en un restaurante para poder pagar sus estudios, sus padres no son adinerados, Brittany tampoco es de dinero y trabajaba en el mismo restaurante.

—¿Es en serio? ¿David? ¿Tu David? —lo observo con asombro, mientras él se detiene de golpe.

—No es mi David, Alex —se defiende y ahí me percato, no puedo evitar soltar carcajadas—. Eso suena muy, muy, muuuuy mal.

—Lo... siento —balbuceo, mejor me callo.

—En fin, ellos se iban a casar, eso fue antes de ofrecerle el trabajo como gerente en la revista; pero Brittany conoció a Henry, y dejó a David.

—Maldita zorra —exclamo.

—En fin, esa es la razón por la que David y Henry se odian, es incómodo porque David es mi amigo, además, la persona más leal que he conocido y Henry es mi hermano. Todas nuestras amistades lo saben, por eso tampoco les agrada Brittany.

—¿Y tus padres lo saben?

—Por supuesto que no, odiarían a Brittany, ya de por sí he visto que a mi padre no le agrada mucho. Observa esto... —dice, Oliver me toma por los hombros y me gira en 180 grados para observar la estupenda vista desde este lugar.

El viento revuelve mi cabello que va amarrado en una coleta, no me había percatado de que ya estábamos en la cúspide.

—En serio, en estos casos yo deseo tener una cámara para fotografiar este tipo de ocasiones —digo y observo detenidamente el lugar.

—¿Te gusta la fotografía? —pregunta Oliver, viendo hacia aquel lugar con su brazo sobre mis hombros.

—¡Por Dios! Es una de las cosas que más amo, hasta renunciaría a tu empleo por ser fotógrafa —Oliver me mira con desaprobación y esboza una media sonrisa.

Continuamos nuestro camino y me lleva a horcajadas sobre su espalda, al parecer para Oliver mi peso es nada, me sorprende. Llegamos al inmenso lugar, hay un enorme patio para práctica de béisbol, ahora entiendo por qué los amigos del señor Anderson están aquí. Hay una pequeña cabaña; cabe mencionar que para ellos es pequeña solo porque tiene 5 cuartos, un comedor y una sala con unos cuantos muebles antiguos, en la parte trasera hay una pequeña posa con rocas y árboles a su alrededor. A mí me encantan este tipo de lugares. Saco mi teléfono celular y observo que no hay señal, tengo 10 llamadas perdidas de mi madre desde ayer, no quiero contestar y tener que mantener esta farsa con ella de por medio. Lo guardo inmediatamente antes de que Oliver lo mire.

(Capítulo 34)

Entro a una habitación y deposito mi mochila sobre la cama que se supone que vamos a compartir y es bastante pequeña, vaya... Entre más tiempo juntos, menos espacio.

Oliver habla con Henry frente a la chimenea mientras observo a través de una pequeña ventana la gran vista que tiene este lugar y miro que los amigos del señor Anderson están comenzando a prepararse para jugar béisbol, me encamino hacia allá.

Me paro al lado del señor Anderson, quien sostiene un bate de béisbol en sus manos, se ve juvenil con una remera blanca que lleva puesta, y la gorra que tapa sus canas, está esperando que se ubique un señor con barba, quien al parecer hará el papel del pícher.

—¿Quieres intentar? —pregunta, brindándome el bate de béisbol, al principio pensé en negarme, pero ¡al diablo ser una dama! Yo sí quiero jugar béisbol.

Asiento con mi cabeza y tomo el bate.

—Bien, solo concéntrate en la pelota y dale con todas tus fuerzas —habla el señor Anderson, ya he jugado béisbol, pero no quiero ser grosera y decirle que ya lo sé, así que asiento con mi cabeza como si es un gran consejo.

—Vamos, Chris, sé gentil —grita el señor Anderson al señor que va a lanzar, apartándose para permitirme batear.

El señor Chris lanza y, ¡*home run*! —sonrío—. Todos observan la pelota alejarse del campo y perderse.

—Señor Anderson —me dirijo a él, quien aún mira anonadado hacia el infinito donde la pelota se ha ido—. ¿Y si me uno a su equipo?

—¡Estás dentro! —exclama sonriente—. ¡Dame esos cinco! —choco la palma de mi mano con la suya y grita a sus amigos.

—Chicos, tenemos nuevo miembro —ellos solo sonríen. Nuestro equipo era el señor Anderson, el señor Peter y el señor Evan, dos socios importantes, me siento un bebé desnutrido al lado de todos estos señores con sus cuerpos robustos y sus canas alborotadas por el viento. El otro equipo estaba formado por otros cuatro señores importantes, recuerdo que a dos de ellos los conocí en Italia.

El grupo es pequeño, ya que no tenemos la cantidad necesaria de miembros, así que hay mucho que ganar y que perder. Al menos soy la más ligera (entre ellos), por lo cual alcanzarme para estos señores es casi imposible, el señor Anderson y los otros dos miembros del equipo simplemente ríen, hasta yo me imagino la escena graciosa que debo estar protagonizando junto a estos ancianos.

Observo a Oliver parado a un costado con Henry, y me observa con el ceño fruncido, se acerca a su padre y le murmura algo, el señor Chris ya no puede más, se retira a una banca hiperventilando, por lo cual Oliver toma su lugar. ¡Genial! Ya con Oliver es otra cosa, me sonríe malicioso mientras tomo el bate y se prepara para lanzarme la jodida pelota, los ojos de Oliver me ponen los nervios a flor de piel, pero no va a intimidarme, tengo que concentrarme el doble, maldito Oliver.

Él se prepara y como si fuera poco me lanza una curva, me imaginé que haría eso, lo que Oliver no sabe es que mi abuelo era un beisbolista y cuando pasas bastante tiempo con tu abuelo que ama el béisbol hasta las curvas parecen un simple juego de *ping-pong*. Mando la pelota a *home run* también, Oliver mira la pelota sorprendido mientras el señor Anderson ríe y yo comienzo a disfrutar mi *home run*, incluso caminando, Oliver me mira y sonríe negando con la cabeza, mientras yo le sonrío triunfante, me encojo de hombros y continúo, llego hasta el señor Anderson, quien extiende la palma de su mano con sus ojos cristalizados de risa y choco mi palma contra la suya al igual que con los otros miembros del equipo.

Luego de un tremendo juego y sudores por todos lados, nos dirigimos a una banca de madera que está en el patio trasero, la grama que cubre el suelo de este lugar se ve tan fresca que hasta incluso tengo temor de pisarla y que se dañe, no había visto esta parte del patio, tiene un asombroso jardín con bellas rosas aromáticas; el señor Anderson y sus amigos me incluyen en su conversación sobre béisbol, creo que ya me miran como uno de ellos, me acerco a Oliver, quien ya está sentado junto a su madre, caballerosamente se pone de pie y saca la silla a su lado para mí, esos actos suyos me encantan, le doy un beso en la mejilla y él sonríe.

—Así que... ¿también béisbol? —pregunta, saliendo de la conversación con su madre y voltea su rostro a verme. Me encojo de hombros.

—Pasé mucho tiempo con mi abuelo que jugaba béisbol profesional en su juventud.

—¿En serio? —me mira intrigado y sonríe—. Nunca en mi vida me imaginé casarme con una mujer que supiera más de béisbol que yo.

—Bueno, tampoco te imaginaste casarte —respondo, él esboza una leve sonrisa.

Comemos en silencio mientras escuchamos a la señora Anderson contar sobre cuando no tenían todo esto y vivían en un pequeño apartamento rentado, entiendo perfectamente esa sensación y es la mejor, sé que Oliver no lo entiende porque él ya nació en cuna de oro.

Ya está anocheciendo, Oliver se dirige al interior de la casa por una botella de vino, en la casa no hay energía eléctrica, solo unos candelabros antiguos que dan una luz tenue pero armoniosa. Observo la posa que se mira más radiante con la enorme luna llena que se refleja en el agua.

—Veo que el señor Billy hizo un gran trabajo como maestro de béisbol —Raymond me saca de mis pensamientos y volteo a verlo.

—¿Qué tal, Raymond? ¿Por qué tan solitario? —simplemente sonríe.

—¡Ah! —suspira—. Hacen falta unas cervezas —se sienta a mi otro costado. Y volteo levemente hacia él.

—¿Desde cuándo tú, el señor Perfecto, toma cerveza? —ironizo, no, él es el más alcohólico que he conocido.

—Tú y tus ironías, nunca te compones, Alex. Por cierto, recuerdo que la última vez que te vi fue para el funeral de tu abuelo —sonrío tristemente, sí, lo recuerdo—. Recuerdo que... —continúa—, tú llorabas y yo no sabía qué hacer, así que lloré contigo, después de todo era tu abuelo.

—Y también fue lo mismo cuando enterrábamos a mis conejos. Nunca fuiste de gran ayuda —en mi niñez, Raymond fue mi mejor amigo.

—¿Quién diría que te iba a encontrar aquí? —dice, mientras se inclina, reposando sus codos sobre la mesa—. La verdad cuando te vi no podía creerlo y casi no te reconocía. Pero ¿cómo olvidar esos ojos? —Raymond me mira y luego baja la mirada hacia su vaso de jugo de naranja—. ¿Por qué me bloqueaste y no quisiste volver a saber nada de mí? —murmura, subiendo la mirada nuevamente a mis ojos.

—¿Todavía lo preguntas? Me dijiste que querías terminar la universidad sin distracciones y estabas viviendo con Suzanne, además, te recuerdo que tú dijiste que necesitabas dinero para la universidad, por eso estabas con ella.

Un silencio incómodo reina entre los dos.

—Y me arrepiento. No sabes cuánto —Raymond pasa su mano por su cabello a modo de frustración—, y volverte a ver fue como un golpe a mi corazón.

¡Ah! ¡Sí, claro! ¿Por qué cuando realmente estás comenzando a ser feliz hasta tu ex del kínder te hace estas declaraciones?

—¿Te parece si salimos cuando llegue a Nueva York? Hay muchas cosas que hablar —por supuesto que no.

—¿Te refieres a los cuatro? —enarco una ceja, mucho peor que salga con Suzanne.

—No, solo tú y yo —pone su mano sobre mi pierna y la miro con intriga.

¡Puta mierda! Aléjate de mí engendro del demonio.

(Capítulo 35)

Me suspendo rápidamente de mi lugar. Iba a decirle cinco mil tipos de malas palabras en todos los idiomas que sé cuando veo a Raymond desplomarse al suelo desde su silla por un puñetazo, observo a mi costado y Oliver con su mirada de furia observa a Raymond sacudiendo su mano por la fuerza con la que le ha pegado, la única que aún está en la mesa es Lindsey sumergida en su teléfono celular escuchando música, por lo tanto, no se ha dado cuenta del *show*. No sé qué decir ni qué hacer, este acto de Oliver me ha dejado en blanco.

—Hablaré con Henry para que prepare tu finiquito, no quiero saber que pones un pie en esa empresa nunca más —estoy completamente anonadada, Oliver me toma de la mano y me lleva al interior de la casa, me está sosteniendo la mano tan fuerte que hasta siento que la sangre no corre hasta mis dedos.

Entramos a la habitación y comienza a recoger nuestras cosas.

—Oliver. ¿Qu... Qué haces? —balbuceo, una vez que entro en razón.

—Nos vamos —contesta—. No te quiero ni un segundo más cerca de ese idiota.

¿Qué?

—Oliver, basta, no vamos a irnos a estas horas. ¡Basta! —espeto con firmeza, tomando nuestras mochilas de sus manos y las regreso a la cama donde estaban.

Oliver me mira y se sienta en el borde de la cama, poniendo sus codos sobre sus rodillas inclinándose lleva su cabeza a sus manos sin decir una palabra. Me acerco a él y me ubico entre sus piernas en cuclillas, levanta la mirada, esa que me observa con furia y va apaciguándose a medida que pasan los segundos, se acerca lentamente, poniendo sus labios sobre los míos, un beso tierno y cariñoso como si fuera el primero, uno que hace mi corazón dar un vuelco de emoción; acaricia mi cuello, y me mira muy de cerca, tanto que nuestras narices chocan y nuestros alientos se mezclan, lo beso, rodeándolo con mis brazos mientras estoy de rodillas, el roce va volviéndose más apasionado, me levanto levemente y me siento a horcajadas sobre sus piernas mientras él rodea mi cintura con sus brazos.

Pasa sus manos sobre mis muslos enfundados en unos *leggins,* siento un calor recorrer mi interior al sentir sus manos sobre la piel de mi abdomen, paso mis manos por su torso y llevo una a su cuello para profundizar el beso; las cosas se van poniendo calientes y no sé en qué momento me deshago de la camisa de cuadros que llevaba sobre mi blusa, su boca busca mi cuello cuando mis manos hábilmente tiran de su polera hacia arriba y cae a un costado nuestro, en un ágil movimiento mi espalda está sobre el colchón y él sobre mí con sus labios recorriendo mi cuello, labios y barbilla; estoy llegando al punto de no retorno, cuando él de pronto se detiene y hunde su rostro en mi cuello, puedo sentir su respiración agitada y luego de unos segundos se pone de pie como un resorte.

—Yo... Lo lamento —balbucea, dicho esto pone de regreso la camiseta en su cuerpo... ¿Qué? ¿C... Cómo? Espera... Ni siquiera puedo hablar, solo lo observo perderse tras la puerta e intento calmarme interiormente.

¡Por Dios! ¿Qué me está pasando? Alex... Recuérdalo, es un contrato.

Tomo una ducha cuando ya esos pensamientos pecaminosos no pasan por mi cabeza, aún en el baño me pongo mi pijama y al salir, él aún no está, solo espero que no se haya encontrado con Raymond y se estén agarrando a golpes.

Me recuesto sobre la cama con vista hacia la ventana, está comenzando a brisar con fuerza y las gotas casi taladran el vidrio, me estoy quedando dormida cuando escucho que se abre la puerta, ese aroma lo reconozco donde sea, miro por sobre mi hombro y él pasa directo al baño. Luego de unos minutos sale y se recuesta a mi lado, ese olor de su loción me encanta, la cama es bastante estrecha y mi espalda casi roza con la suya; para mi sorpresa, envuelve mi cintura con su brazo y presiona sus labios en mi mejilla, frunzo el ceño y sonrío levemente; sin mediar palabra, escucho cómo su respiración se va volviendo más tranquila, solo minutos después también me quedo dormida.

Siento unas manos deslizarse por mi rostro, entreabro mis ojos y me encuentro con el bello rostro de Oliver, quien sonríe mientras me acomoda un mechón de cabello detrás de la oreja.

—Buenos días, muñeca —me dice, mientras pestañeo varias veces para acomodarme a la claridad.

—¿Por qué esa mirada de Chucky? —pregunto, observando a Oliver que me mira con intriga y de inmediato enarca una ceja.

—Espera... Yo romántico y tú, ¿me llamas Chucky? —no puedo evitar reír, lo sé, soy bien dulce. Llama mi atención el hecho de que dentro de la cazadora negra lleva una camisa formal y una corbata.

—Oliver, si vamos a caminar, ¿por qué rayos llevas corbata? —cazadora con corbata... En Oliver todo se mira bien.

—El helicóptero vendrá por nosotros, se presentaron unas cosas en la empresa y tengo que volver temprano —continúa acomodando mi cabello—, nos vamos en 45 minutos, prepárate.

—¿Algo no va bien? —frunzo el ceño, a lo que él solo esboza una sonrisa.

—Todo está bien, pero se necesita mi firma para unas transacciones, David no puede hacerlo —dicho esto se pone de pie—, 45 minutos para mí son 45 minutos —45 minitis piri mí sin 45 minitis. ¡Joder!

Oliver sale de la habitación acomodando su corbata color granate, entro al baño, el agua fría recorriendo mi cuerpo hace que me despierte de una vez, 35 minutos después ya estoy lista, Oliver me está haciendo una obsesiva con los horarios igual que él.

Me despido de los señores Anderson, y de todos los presentes, ni rastro de Raymond por suerte, no sé cómo reaccionaría yo o cómo reaccionaría Oliver después de lo de ayer.

—Prometemos llegar a visitarlos seguido —dice la señora Margot, dándome un fuerte abrazo casi dejándome sin respiración, típico de ella.

Yo nunca he subido a un helicóptero, así que esta experiencia realmente nueva sé que la voy a disfrutar, les digo adiós con mi mano desde el helicóptero y ellos igual. El helicóptero nos lleva hasta donde está el *jet* y observo que llevan nuestras maletas en la parte trasera y el enorme oso de felpa que gané para Oliver.

El viaje es algo cansado, pero debo admitir que con Oliver como guía turístico no se vuelve nada aburrido, ni siquiera me dormí como hago la mayoría de las veces cuando viajo.

Llegamos y en cuanto bajo del *jet* siento cómo el frío eriza mi piel. Por esa razón no quería llegar en pantalones cortos, pero había llevado solo esto a la cabaña, no sabía que no íbamos a regresar a la casa. El chofer está subiendo nuestras maletas a la limusina, intento abrazarme por el frío, Oliver me mira y pone su abrigo sobre mis hombros, solo le sonrío a modo de respuesta y me besa la mejilla. El abrigo de Oliver me llega a los tobillos. No me imagino la divertida imagen que debo protagonizar en estos momentos con este enorme abrigo hasta mis pies. El chofer abre la limusina y entro, Oliver va seguido de mí y cierra la puerta una vez él incorporado en su lugar, no sé desde cuándo se volvió costumbre esto de tomar nuestras manos cada vez que estamos juntos.

Llegamos al edificio de mi apartamento. No puedo evitar sentir nostalgia de que ya no compartiré espacio con este hostigoso testarudo. El chofer saca mi maleta e ingresa al edificio.

Me quedo viendo a Oliver por unos segundos y le doy un tierno beso, un beso que él corresponde, un beso de esos que dicen adiós sin necesidad de muchas palabras. ¡Ah! ¡Pero qué cursi! Mejor me bajo.

(Capítulo 36)

—Vamos —expresa, mientras abre la puerta de la limusina—, te dejaré en tu apartamento.

Pasamos al interior del edificio, toma mi mano y subimos por el ascensor. Le doy su abrigo, el cual sostiene con su otra mano. Al llegar a mi piso observo a una Natalie sonriente tomando mi maleta, me mira y grita y yo igual, es como nuestro saludo cuando tenemos muchos días de no vernos. Corre a través del pasillo y yo la alcanzo para fundirnos en un abrazo, bueno, eso significa que se está tomando bien su ruptura con Dereck.

—Por Dios, creo que he quedado sordo —exclama Oliver tras nosotros frunciendo el ceño, saluda a Natalie y ella sonríe apenada arreglando su melena castaña alborotada por la carrera que acaba de dar por el pasillo.

—Si me hubieses avisado con tiempo que vendrían hubiese preparado algo con tiempo.

—No, está bien —menciona Oliver, observando su reloj—, tengo que estar en la empresa en 30 minutos.

—Y para él 30 minutos son 30 minutos —interrumpo, recordando su típica frase, él solo sonríe de manera leve y Natalie nos observa divertida.

—Bien, entonces prepararé algo para ti —expresa, regresando al apartamento, la falda de su vestido con rayas se mueve al son de sus rápidos pasos que resuenan por el pasillo.

—¿Tan rápido vas a trabajar? —pregunto, mientras camino a su lado hasta la puerta de mi apartamento.

—Tengo que ponerme al día con David, tú puedes descansar hoy —le sonrío levemente, son las mejores palabras que me ha dicho todo este tiempo, lo miro con atención y me detengo mientras recuesto mi espalda en la pared cerca de la puerta, él también me observa parándose frente a mí, una intensa mirada que sé que extrañaré; se acerca lentamente y besa mis labios tomando mi rostro con ambas manos, un beso tierno que ya no volveré a probar en no sé cuánto tiempo, en ese preciso instante la puerta del apartamento se abre y nos hace estremecer, ambos vemos en esa dirección y Natalie nos está repasando con sorpresa, de inmediato la cierra. ¡Maldita sea! Hoy me espera un interrogatorio.

—Tengo que irme —dice Oliver, viendo fijamente mis ojos. Sonrío, una sonrisa triste y melancólica mientras asiento, él deposita un suave beso en mis labios y lo observo alejarse por aquel pasillo, me da una última sonrisa antes de cerrarse el elevador.

Me quedo aún ahí estática, pensándolo... Con mi vista puesta en aquellas puertas de metal, luego de un par de minutos recuerdo que tengo que entrar y así lo hago luego de soltar un largo suspiro me preparo mentalmente para el cuestionario de Natalie.

De inmediato que paso ese umbral, ella está ahí de piernas cruzadas tomando lo que creo que es té, sonríe, una sonrisa pícara que ya conozco.

—No preguntes —digo, antes de que salga de su boca cualquier morbosidad.

Ella solo ríe y me observa retirarme hasta perderme tras la puerta de mi habitación, necesito cambiarme.

—Alex, mañana es Halloween, ¿vendrás a la fiesta, cierto? —la escucho desde afuera mientras cambio mi ropa.

—¿Aquella fiesta de disfraces de todos los años que hacen para el canal que trabajas? —frunzo el ceño, odio las fiestas de Halloween, mucho más porque Natalie nos hace combinar trajes, el año pasado ella fue una enfermera sexi y yo la pastilla.

Un vestido de látex blanco y un gorro del mismo color al estilo Papa del Vaticano, según ella era una pastilla.

—Así es, y tengo el de ambas —dice, de una manera sensual. Abro la puerta para verla con desaprobación.

—¿Y qué seremos esta vez? ¿Tú Gokú y yo la esfera del dragón? —enarco una ceja y camino hacia la cocina.

—¡Ja, ja! —menciona en dos sílabas separadas.

Pasamos el resto del día comiendo helado mientras Natalie me cuenta lo que pasó con Dereck y sus tales amigas, a mí me encanta decir «te lo dije», al menos es la única persona que he conocido capaz de reírse de estas situaciones, reír por no llorar, como dice ella misma.

Me ha torturado casi todo el día con sus películas de amor, y sí que me tortura, no puedo evitar pensar en Oliver —suspiro—. ¿Dónde estará? ¿Estará en la empresa? ¿Estará en casa? ¿Estará ocupado?

Voy hasta mi teléfono celular para escribirle un mensaje, y como si estuviésemos sincronizados, al deslizar mi dedo sobre la pantalla de mi celular, me llega un mensaje suyo. Esto debe ser cosa del demonio.

> **Satanás**
> ¡Hey!

¿Hey? Comienzo a teclear mi respuesta, cuando otro mensaje suyo me interrumpe.

> **Satanás**
> No creas que pasé por alto
> el hecho de que cambiaste
> tu nombre de contacto en mi
> celular.

No puedo evitar soltar una risa al recordar que había cambiado mi nombre a «mi amor» en los contactos de su teléfono el otro día.

> **Alex**
> ¿Lo siento?

Sí, a modo de pregunta, porque no, no lo siento.

> **Satanás**
> ¿Quieres salir?... No lo sé...
> ¿A comer hamburguesas?
> Quizás».

> **Alex**
> ¿Hamburguesas? Solo dime
> cuándo y dónde.

Satanás
Ahora y tú dices dónde...
Estoy afuera de tu edificio.

Frunzo el ceño y miro por la ventana, ahí está el Porsche y sí, ahí está él, recostando sus caderas sobre el auto sosteniendo su teléfono celular.

No sé en cuánto tiempo me cambié, pero le dije a Oliver que me esperara cinco minutos, tomo mi abrigo y Natalie me observa con desconcierto al abrir la puerta.

—Satanás me espera, ya regreso —grito, cruzando el umbral. Sé que eso la dejó más desconcertada, pero a la mierda, sé que se va a asomar por la ventana.

Llego hasta donde está Oliver y él de inmediato clava sus ojos en los míos, sonrío mientras camino hacia él a paso rápido y él camina hacia mí con una amplia sonrisa, lo rodeo con mis brazos, mientras él con los suyos rodea mi cintura, como si no nos hemos visto en años.

—¿Tú... Oliver Anderson... Invitándome a comer hamburguesas? —digo, en un tono burlón, él esboza una media sonrisa mientras abre la puerta del copiloto para mí, subo al auto y lo observo rodearlo para entrar del lado del conductor.

—Es que... —habla, sin hacer contacto visual— te extrañaba —dice, mientras pone en marcha el auto, por unos instantes me quedo atónita, él pone en marcha el auto y solo observo cómo lleva su vista tan clavada al frente, sé que mis mejillas se han sonrojado, esbozo una sonrisa nerviosa viendo hacia la carretera, no sé, estoy tan acostumbrada al Oliver Anderson frío que estas palabras hasta enternecen mi corazón.

—Yo también —digo, y vuelvo mi mirada a él, quien solo esboza una sonrisa sin quitar su mirada de enfrente.

Hablamos por horas comiendo hamburguesas, para mi sorpresa se come una entera sin renegar y ríe de cualquier cosa que pase por la mente ocurrente de Alexandra Carlin, mi Herbie ya está compuesto... Es bueno saberlo y al escuchar su nombre se rio... Por horas... Maldito.

—Oye —llama mi atención, cuando salgo de su auto y él sostiene la puerta del copiloto—, mañana es Halloween.

—Lo sé —río levemente—, todos los años Natalie me lo recuerda comprando disfraces extraños —él esboza una sonrisa—. Darán una fiesta en el canal para el que ella trabaja. ¿Quieres venir conmigo?

—De hecho —lleva un mechón de mi cabello detrás de mi oreja mientras me mira a los ojos pacíficamente—, yo te iba a pedir lo mismo, contigo cualquier fiesta es divertida —me hace sonreír.

—Y vamos a bailar, así que prepárate —él ríe mientras recuesto mis caderas en su auto—. Por cierto, deberías llevar a David para presentárselo a Natalie, creo que se llevarían bien.

—Créeme que él no va a faltar —exclama, sosteniéndome las manos y acercándose a mí lentamente, me toma de la barbilla y se pasea por cada uno de mis labios, esos perfectos labios húmedos que me encantan; su lengua danza al mismo son que la mía, tomo su rostro con ambas manos, esa piel tersa, ese cabello sedoso que no dudo en enredar entre los dedos, hasta que la lluvia comienza a caer y me siento en una jodida novela de Nicholas Sparks.

Oliver se separa de mí con una sonrisa.

—Hasta la naturaleza nos tiene que interrumpir —menciona, lame sus labios y yo tengo ganas de continuar estos besos. Toma mi mano y camina conmigo hacia el edificio.

Sin decir una palabra, solo nuestros dedos entrelazados, subimos por el ascensor y caminamos así por el pasillo hasta mi apartamento.

—Hasta mañana, muñeca —menciona, con su mano en mi barbilla, depositando un tierno beso en mis labios.

—Hasta mañana —sonrío levemente, con uno de mis brazos rodeando su cuello. Él se separa de mí acariciando mi rostro y camina en dirección al ascensor.

Entro a mi apartamento, con una boba sonrisa enmarcada en mi rostro. Natalie me observa y tiene una sonrisa traviesa, pero no pregunta, camino hacia mi habitación y luego de cambiarme me sumerjo entre mis sábanas, sonrío de nuevo al recordar a Oliver. No sé cuánto me tomó quedarme dormida, yo... creo que me estoy enamorando.

(Capítulo 37)

Despierto del golpe y me percato de lo tarde que es, por el ángulo de la claridad que entra por mi ventana, apuesto que son más de las diez, miro el reloj sobre mi mesa de noche y nunca pude tener más razón. ¡Maldita sea! Me pongo de pie de un salto y recuerdo... que hoy es día libre, puta, casi me infarto.

Maldito trauma.

Camino hacia mi celular que está sobre la mesa de noche y un mensaje llama mi atención.

Satanás
Buenos días, muñeca.

Esa sonrisa boba de regreso en mi cara, comienzo a teclear rápidamente mi respuesta mientras me siento en el filo de la cama.

Alex
Buenos días, princeso.

¿Princeso? Me da risa, espero pacientemente su respuesta y no tarda ni diez segundos en llegar.

Satanás
¿Princeso?

No me quiero imaginar su rostro en estos momentos.

Alex
Es de cariño ;)

Tal vez debería cambiar ese nombre de contacto, dejo el celular sobre mi cama para ir a tomar una ducha.

Se siente el ambiente de Halloween, todos comienzan a arreglar sus casas con la típica decoración de esta fecha, incluso en el edificio cuelgan ciertos esqueletos y calabazas con arañas peludas que miro aterrorizada cada vez que salgo de mi apartamento.

Mi día transcurre rápido entre limpiezas y carcajadas con Natalie, uno que otro mensaje con Satanás Anderson, no sé con cuál de los dos reír más.

—Natalie, Oliver llevará a su amigo David a la fiesta. ¿Quieres conocerlo?
—¡claro que sé que quiere conocerlo! ¡Es Natalie!

—¡Oh, por Dios! —exclama, sus ojos brillan—. ¿Es guapo?

—Es rubio, ojos *hazel*, misma estatura que Oliver, igual de mandón —y está igual o más loco que yo, pero eso no se lo diré.

—Suena bien —expresa, mirando hacia un punto, estoy segura de que se lo está imaginando—. ¿Es musculoso?

—Bueno, solo lo he visto con esos trajes empresariales..., pero si es amigo de Oliver supongo que sí —digo, vacilante. Natalie sonríe ampliamente, *sip,* así le gustan a ella, no sé cómo salía con el flacucho de Dereck.

—¿Me dejas conducir tu Bentley? —asiento. ¿Ya qué? Se lo regalaría si Oliver no me regañara por eso.

Aproximadamente a las seis de la tarde, Natalie comienza a arreglarse, se maquilla y luego me maquilla a mí, el toque de ojos ahumados hace resaltar más el verde de los míos, arregla mis rizos y estos caen perfectos por mi espalda.

—Bien, tú eliges... ¿Caperucita Roja? O ¿el Lobo? —camina hacia mí a paso rápido diciendo estas palabras, lo sabía... Teníamos que combinar hoy también. Me enseña ambos trajes, frunzo mi entrecejo.

—¡Oh, por Dios! Estoy segura de que esa Caperucita Roja no iba hacia donde su abuelita como decía —digo, enarcando una ceja viendo el traje de Caperucita, de hecho, ambos.

—Alex, solo elige uno, por favor —espeta Natalie, rodando sus ojos exasperada.

—Creo que... el Lobo —vacilo, al menos no es de látex como el del año pasado, no me gusta ninguno de los dos. ¿Dónde han quedado los trajes de zombis? ¿De momias? ¿De brujas con grandes narices y verrugas?

Me entrega el traje y lo miro con el ceño fruncido, terminaré vomitando una bola de pelo al estilo Misifús, Natalie me entrega el aro con unas pequeñas orejas peludas que miro con cierto descontento, y unas garras que se supone que ponga en mis manos. ¿Qué es esta mierda?

Me despojo de mi ropa y cambio mi ropa interior por unas bragas negras, deslizo las medias negras caladas del mismo color por mis piernas y me pongo el trajecillo luego de verlo algunas dos veces con descontento, la falda cubierta de pelo de lobo sintético llega a la mitad de mis muslos, al menos.

Natalie me ajusta el corsé, posee una serie de jodidos broches, espero que esto no me corte la respiración y termine desmayándome. Pongo unos zapatos negros de unos 12 centímetros en mis pies y las supuestas orejas, me miro en el espejo... Jodido Lobo.

Natalie me mira de pies a cabeza, de brazos cruzados, con su traje de Caperucita de revistas para hombres y sonríe, esa sonrisa traviesa que conozco en su rostro, se acerca a mí y comienza a pasar una brocha sobre mi pecho, frunzo mi entrecejo, toma las llaves del Bentley y a jalones me saca del apartamento; cabe mencionar, que todos en el ascensor se nos quedan viendo.

Natalie grita por todo el camino hasta llegar a la fiesta por su primera vez conduciendo un auto como este, tengo ganas de tirarme a la carretera, no sé ni qué me está hablando por el sonido estruendoso de la radio.

Llegamos al lugar, muy lujoso, la música electrónica resuena, las luces de colores se mueven de un lado a otro, busco a Oliver, quien hace unos minutos había mandado un mensaje de que estaría en la barra en la zona vip; justo al entrar, lo diviso, está con David, tomo de la mano a Natalie, quien se había distraído viendo a un chico con algo que parecía un corte en su entrepierna, mucho más porque a ella le atraen todo tipo de maquillaje de ese estilo.

Comienzo a caminar hacia Oliver llevando a Natalie casi a arrastres, vaya, si es que se ve increíble con un disfraz que parecer ser de... ¿Vampiro reptil? No puedo evitar sonreír ampliamente al verlo, sostiene una copa y me mira de pies a cabeza, dos veces. David está a su lado, y parece ser un mago... Al menos ellos no combinaron.

Me acerco a Oliver y de inmediato lo rodeo con mis brazos, él hace lo mismo poniendo la copa que sostenía sobre la barra.

—Natalie, él es David; David, ella es Natalie —digo, dirigiéndome a esos dos depravados que se miran con lujuria.

Natalie lo mira a él, él mira a Natalie, bueno, ¿y quién no? Si parece sacada de una revista para hombres.

—¿Vamos por allá? —balbucea Natalie señalando unos sillones de piel en una esquina del lugar, sin despegar la mirada de David. Algo me dice que se cayeron mejor que bien.

Tomo de la mano a Oliver y nos dirigimos hacia el lugar que Natalie ha señalado. Oliver aún sin decir nada, lleva su copa de vino en las manos, nos sentamos en aquel lugar, muchas personas se acercan a saludar a Oliver, es como la celebridad de este lugar, qué incómodo, ni siquiera saludan a Natalie que trabaja con ellos, pero a ella no parece importarle por estar tan sumergida en su burbuja con David.

—Oliver, ¿qué pasa contigo? —frunzo mi entrecejo, al ver que Oliver no dice una palabra. Él sonríe.

—Nada. ¿Qué puedo decirte, Alex? ¿Que si el Lobo de Caperucita Roja se hubiese visto como tú el cuento hubiese sido al revés?

—¿Ah? —lo observo con intriga, tomando en mis manos un trago que yacía en la mesa.

—Caperucita hubiese perseguido al Lobo para comérselo —murmura en mi oído. Miro a Oliver y enarco una ceja que con una expresión neutral toma el trago de mis manos y se lo lleva a la boca, lo miro con desapruebo y él solo ríe viéndome a los ojos.

Una hora después, ya Natalie y David están tocados por los tragos y nos están haciendo reír con las ocurrencias de cada uno, a las dos horas ya están besándose. ¡Por Dios! Yo solo quería que se llevaran bien y que tal vez salieran de vez en cuando, pero... besarse ya es en serio.

—Oye, ¿vamos a bailar? —pregunto, intentando apartar mi mirada de Natalie y David pasándose saliva. Oliver me mira con desaprobación.

—No, yo no bailo —dice, con seriedad.

—Bueno, yo te dije que vinieras preparado, así que vamos —tomo su antebrazo y a jalones lo llevo a la pista, como siempre ríe simplemente cuando comienzo a moverme al son de la música y él me comienza a seguir.

A propósito, comienzo a bailar sensualmente de espaldas hacia él y Oliver ríe mientras rodea mi cintura con sus brazos y hunde su cabeza en mi cuello.

—Me encanta como hueles —giro hacia él y de inmediato lleva sus labios a los míos, comienza ese paseo de descontrol y llevo mis manos a su cuello; comienza a besarme intensamente, tanto que hasta siento cómo todo en mi interior se estremece y lo apego más a mi cuerpo, él lleva sus manos a mi cintura rodeándola por completo, su mano derecha se dirige a mi cuello profundizando el beso, nuestras lenguas se mueven sincronizadamente y por un momento siento que pierdo la consciencia, que no hay nadie alrededor, solo somos él y yo.

Él detiene el beso y me abraza, un cálido abrazo intentando aplacar su respiración agitada que sé qué es lo que significa, me mira a los ojos, mientras una música romántica comienza a sonar para hacer el momento más cursi.

Mira mis labios nuevamente y me besa ahora con delicada dulzura mientras sostiene mi mentón, sonrío, amo estos contactos tiernos de Oliver. Me toma de la mano para volver al lugar donde estábamos con Natalie y David, quienes han desaparecido y luego logramos divisar en la pista de baile.

Oliver deposita un tierno beso en mi mejilla mientras estamos sentados en aquel cómodo sillón de piel, intentamos cambiar de tema luego de esa tensión que ha provocado ese baile, pero es imposible, de inmediato mis labios se unen con los suyos y los besos extremos continúan.

—La música me está comenzando a aturdir. ¿Nos vamos? —digo, separándome levemente de sus labios; la verdad, sí, la música está bastante alta, pero yo solo quiero salir de aquí y no sé... ¿Continuar esto más privado?

Necesito tirarme mucha agua helada encima para enfriarme. ¡Joder!

—Bien —expresa Oliver, con esa mirada inescrutable puesta en mis ojos. Se pone de pie y me extiende su mano para ayudar a levantarme.

Pero no llegué a tiempo para lanzarme agua encima, una vez que me llevó hasta mi apartamento, como si lo supiera, subió conmigo, bueno, siempre lo hace, pero esta vez, desde antes de entrar, los besos calientes hacen su aparición, casi no doy con el orificio de la puerta para ingresar la llave, tuve que intentarlo unas cuatro veces, puta. Pero lo logré, ni siquiera encendiendo la luz, él cierra la puerta a sus espaldas y de inmediato mis manos viajan donde siempre he querido.

Este es el mejor día de toda mi puta vida.

La luz de la luna que entra por mi ventana es suficiente, Oliver me besa con pasión apegándome más a su cuerpo, toma una de mis piernas y luego la otra y las sube hasta sus caderas, lo rodeo con mis piernas y me aferro a su cuello para no caerme, nuestras miradas se cruzan por unos instantes mientras recuperamos la respiración, él une su frente con la mía y me ubica sobre la mesa muy cerca de la puerta.

—Alex —susurra, con sus labios muy cerca de los míos—, si me dices que pare yo...

Llevo mi dedo índice a su boca interrumpiéndole.

—Shhh —siseo, no quiero arruinar esto.

Vuelve a besarme tan intensamente, acaricia mi espalda mientras su otra mano está aferrada a mi muslo, sus labios descienden a mi barbilla y luego a mi cuello, mi corazón late con fuerza, trago saliva al sentir el roce de sus labios contra mi piel, me estremece, siento un escalofrío recorrer mi columna vertebral, nunca había sentido un roce tan inmenso ni tan intenso.

Regresa a mis labios, con esos besos que me dejan sin aliento, sus manos se escapan debajo de mi falda y llegan hasta mis bragas, de un ágil movimiento se deshace de ellas, escucho el sonido de su cinturón y comienza a desabrochar su pantalón, con una mano rodea mi cintura y con la otra tira suavemente de mí tomando mi muslo para acercarme más a él; como dos adolescentes aún con nuestras ropas puestas dirige su miembro a aquel lugar, haciéndome jadear solo con el roce, vuelve a posesionarse de mis labios y sosteniendo mi labio inferior entra en mí, provocándome un sin fin de sensaciones, ahora sí entiendo lo que es perder la cabeza.

Lo miro a los ojos y él a mí, con nuestras frentes juntas y nuestros alientos mezclándose sus embestidas aumentan de ritmo, me dejo llevar por el placer y varios gemidos salen de mi interior, entierra su cabeza en mi cuello, aspiro su aroma que me embriaga, sus gemidos roncos en mi cuello me encienden, busco sus labios y cuando los encuentro, lo beso tan intensamente. Su respiración está acelerada, al igual que la mía. Nos aferramos a nuestros cuerpos de una manera inexplicable llegando al clímax.

Miro a Oliver intentando recuperar el aliento, sus bellos ojos destellan una luz más intensa de lo normal, esos ojos que me hipnotizan me miran de una forma tierna y apacible mientras nuestras narices se rozan, una gota de sudor corre por su frente y sonríe de una manera dulce.

(Capítulo 38)

Me rodea con sus brazos y me apega a su cuerpo, acaricia mi cabello mientras me recuesto en su hombro.

—Y... olvidamos algo —habla, luego de unos minutos en esta posición, lo que me causa gracia.

—Lo sé, pero estoy protegida, no te preocupes. Mi período está más loco que yo, así que necesito tomar pastillas —Oliver ríe suavemente y me hace reír a mí también.

—Qué bien... —resopla, acomodando mi cabello.

Me bajo lentamente de la mesa con su ayuda, tomo mi braga que yace sobre la mesa, mientras él acomoda su pantalón, enciendo la luz cuando un sonido proveniente de la puerta nos hace estremecer, de inmediato ambos llevamos la mirada en esa dirección.

David está sosteniendo a horcajadas a Natalie contra la puerta y aún sin percatarse de nuestra presencia continúan sus besos apasionados tocándose partes prohibidas, esto es jodidamente vergonzoso, veo en otra dirección como buscando una salida de ese momento incómodo. Oliver hace lo mismo fingiendo que no ha visto nada.

En algún segundo de su desenfrenada pasión nos miran de reojo y ambos se estremecen, David baja a Natalie y ella se acomoda el vestido, nos mira apenada, David acomoda su saco negro mientras mira hacia otro lado de la habitación. Las desventajas de compartir apartamento, ambos están lo suficientemente borrachos como para no poder sostenerse en pie sin la ayuda del otro. Esto no puede ser verdad, lo único que se me ocurre en ese momento es tomar la mano de Oliver y encerrarlo en mi habitación, una vez ahí no nos podemos contener las risas, no, es que imaginarme a Natalie con David me hace soltar carcajadas, por suerte, nuestros cuartos están a extremos diferentes y no se escucha nada.

—¿Tomamos un baño? —cuestiono, intentando sacar esa imagen de Natalie y David de mi cabeza, él asiente y me ayuda con los broches del odioso traje de Lobo que casi me deja sin respiración.

Él pasa sus manos por mi espalda y me estremezco al sentir sus labios sobre mi piel desnuda, su boca se apodera de mi cuello y a medida que se va deshaciendo del traje sus manos acarician mi cuerpo, aparta mi cabello y sus besos hacen un recorrido por mi nuca, giro hacia él, quedando expuesta a sus ojos.

Se apodera de mis labios y de un tirón se deshace de su saco y corbata, sus besos se vuelven más intensos y comienzo a desabotonar su camisa deshaciéndome de ella en segundos, acaricio su torso desnudo mientras sus manos hacen un recorrido por toda mi piel, mis manos bajan hasta su pantalón, su cinturón está suelto y en un ágil movimiento su pantalón se desliza por sus pies, tiro de la goma de su bóxer y de igual manera caen al suelo, camino hacia mi cama aún con sus labios sobre los míos y al sentir el borde me dejo caer de manera suave. Él sobre mí, apoya sus codos sobre el colchón para no dejar caer todo su peso en mí, se ubica entre mis piernas y con sus labios hace un recorrido de besos hasta mi abdomen, guía su miembro al mío y entra en mí de una manera dulce y delicada.

Se mueve dentro de mí, de una manera suave, haciéndome sentir un sinnúmero de efectos, lo miro y él me mira; sus ojos son apenas tocados por la luz de la luna que logra escabullirse por mi ventana, esos ojos que me miran con pasión, que siento que me escudriñan hasta el alma, Oliver muerde un poco mi labio inferior y reposa su frente en la mía como siempre y me encanta que lo haga, con mis ojos cerrados llevo mis manos a su espalda y la acaricio suavemente con mis dedos, mientras él lleva sus labios a mi cuello, sus pequeños y suaves gemidos muy cerca de mi oído me causan una emoción incomprensible.

Rodeo su cuello con mis brazos y me ubico sobre él sin separar nuestros cuerpos, me muevo de la misma forma que él lo estaba haciendo y siento sus manos enterrarse en mi piel, esos suaves gemidos me excitan, me inclino hacia él para besar sus dulces labios, con su mano en mi cuello profundiza el beso. Llego al clímax y lo aferro a mi cuerpo tanto que creo que lo he dejado sin respiración, él solo sonríe de una manera traviesa que me hace sonreír igual, vuelve a ubicarse sobre mí y siento mis piernas de gelatina, llega a la liberación con sus labios puestos sobre los míos, los abandona unos segundos para articular un suave gemido. Amo a Oliver, por Dios.

Intenta recuperar su respiración con su rostro en mi cuello. Acaricio su espalda, este es hasta hoy el mejor día de toda mi vida. Regresa a mis labios con suaves besos mientras va saliendo de mí, se deja caer a mi costado y me recuesto sobre mi estómago mientras él hace pequeños círculos con las yemas de sus dedos sobre mi espalda desnuda, besa mis mejillas y me hace sonreír.

—¿No es que no lo hacías con una persona dos veces? —ironizo, abro los ojos para encontrarme esos orbes azules viéndome de una manera tierna, de inmediato suelta una leve risa.

—Tenías razón, nadie me lo había sabido hacer —no puedo evitar reír, mis mejillas se colorean, no sé de dónde saqué esa frase ese día.

Me hace preguntas de mi vida y se ríe con cada una de mis respuestas, no las digo con ese propósito, pero es bueno saber que se divierte conmigo; él también me cuenta de su vida y la verdad es que si no me dice que solo usa ropa interior negra o blanca no me doy cuenta, pensé que solo era coincidencia haber visto en él solo de ese color.

Le cuento mis traumas con las mudanzas y él cuestiona que cómo haré cuando me mude con él, esa pregunta llama mi atención, quiere que me mude con él. ¿Cómo será vivir con Oliver «Perfección» Anderson?

Mis ojos están cerrados, solo estoy sintiendo sus caricias por mi cuerpo, besa mis labios y sonrío, mi mente sigue intentando adaptarse a esta nueva faceta de Satanás, acabo de acostarme con Satanás. ¡Maldita sea!

—Alex —escucho su voz cuando estoy quedándome dormida. Que no sea que tiene que irse porque me gusta estar así.

—¿Sí? —abro mis ojos y él está concentrado en el mechón de mi cabello que está tocando.

—¿Estaría mal si te digo que quiero conocer a tu familia? —era mejor que me dijera que tenía que irse.

—No, pero no me gustaría —contesto, ahora sí sus ojos me enfocan, no me cambio de posición porque estoy bastante cómoda.

—¿Por qué? —su voz es suave, me gusta cuando me habla así.

—Sabes que yo no tengo una buena relación con ellos —digo, apoyándome sobre mis codos—, más que todo con mi padre.

—Lo sé —me interrumpe—, pero me gustaría conocerlos a todos, cómo se ven —lleva un mechón de mi cabello detrás de mi oreja—, quién se parece más a ti, cuántos tíos tienes, si tienes más hermanos, lo único que sé es que tu familia paterna es alemana, me gustaría saber más. ¿Eso está mal?

No está mal, pero no quiero. No quiero saber que ahora mi padre sí está orgulloso de mí solo porque estoy casada con él. Ágilmente cambio de tema y me recuesto sobre su pecho, vuelve a reír con cada una de mis cosas. Espero que olvide eso y no se le vuelva a ocurrir nunca más.

Despierto y frunzo el ceño al sentir la claridad golpear fuertemente mis ojos, de inmediato los cierro y froto para acomodarme a la luz, mi cabello está húmedo por el baño que tomé hace algunas horas, miro a mi costado y Oliver ya no está. ¿Se habrá ido?, escucho un sonido proveniente de la puerta del baño, volteo en esa dirección, lleva mi toalla rosa enrollada en su cintura y él de inmediato esboza una sonrisa al verme despierta.

—Buenos días —habla, acercándose a mí y dejando su suave beso en mi mejilla sentándose en el filo de la cama.

—Hueles a primavera —enuncio, con una sonrisa—. ¿Por qué tomaste el gel de baño de Natalie?

—¿De Natalie? —enarca una ceja y me mira con intriga.

—La mía es la que tiene a Ciudad Gótica pintada en el envase —eso lo hace soltar una suave risa.

—¡Cómo no me lo supuse! Solo a ti te gusta oler a Batman —eso me hace reír—, tengo que ir a mi casa para cambiarme e ir a la empresa —esbozo una sonrisa de lado mientras asiento—, no llegues tarde. ¿De acuerdo? Recuerda que sigo siendo tu jefe —resoplo.

—Ya lo sé, jefe —y hago una seña al estilo militar.

Lo observo vestirse y luego peinarse de manera delicada, él voltea hacia mí mirando su reloj y deposita un beso en mis labios.

—Repítete una y otra vez «no debo llegar tarde». ¿De acuerdo? —bufo.

—Ya lo sé —llevo mis manos a mi cabeza a modo de frustración y él solo esboza una sonrisa.

Lo observo perderse tras la puerta y luego de unos varios minutos me pongo de pie para alistarme e irme al trabajo.

No sé cómo mi vida ha dado un cambio tan drástico, ahora todos mis pensamientos los cubre Satanás... Ese guapo Satanás de ojos azules que inmediatamente su vista se encuentra con la mía esboza una de esas delirantes sonrisas. Me acerco a él y de inmediato sus brazos me rodean, sin importar quién lo mire, ni quién esté con él besa mis labios.

Le extiendo un café, ya no solo compro café para mí, también tengo que comprar para él porque es imposible no pensarlo, vuelve a sonreír.

—Tengo algo para ti —dice, y se encamina a su oficina tomando mi mano.

Al abrir, sobre su silla está un oso de felpa, es blanco, parecido a un oso polar. ¿Cómo sabe que me gustan los osos polares? Camina hacia él y me lo extiende.

—Sé lo cursi que eres y desde que lo vi supe que te gustaría.

—¿Gustarme? —enarco una ceja—. Me encanta —ríe levemente, nos abrazamos. Claro, la cursi soy yo y él comprándome estas cosas.

Besa mis labios y dice que me ha extrañado, solo han pasado un par de horas, pero lo entiendo, yo también lo he extrañado.

—Por cierto —habla, luego de una ronda de besos tiernos y palabras cursis. ¡Pero él no es cursi!—. Sé que lo que te diré te va a gustar —aclara su garganta, lo miro desplazarse hacia su escritorio y regresa a mí con una sonrisa extendiéndome unos papeles—, ya no eres mi secretaria y necesito que me ayudes a buscar una.

—Espera... ¿Me estás despidiendo? —lo miro con mis ojos entrecerrados.

—Algo así —sonríe—, no puedo tener a mi esposa como mi secretaria ahora que ya todos saben de nuestro matrimonio, así que hablé con el señor Duerre para que te haga las pruebas del grupo de edición —frunzo mi entrecejo y quito mi mirada de aquella serie de preguntas como las que me hizo David el día de la entrevista para observar sus ojos detenidamente. ¿Dijo edición?

—¿Edición? ¿Es en serio? —él asiente.

—Un error y te despido, ya lo sabes.

No sé si molestarme o reír con sus comentarios.

—Tengo una reunión con David —continúa—, así que quedas a cargo, confío más en ti que en cualquiera de Recursos Humanos y Andi será tu asistente.

—Espera. ¿Andi?

—Sí, ahora tienes poder sobre ella, úsalo —dicho esto, deposita un suave beso en mis labios y sonríe ampliamente.

—Espera, elegiré a tu secretaria y de paso puedo aprovecharme de Andi —él asiente.

—Eres la jefa, masacra a Andi —por Dios, qué lindas palabras, mejores que las cursilerías que nos decimos.

Esto será divertido.

(Capítulo 39)

—Andi, necesito un café —me recuesto sobre el espaldar de la silla giratoria de Oliver, ahora entiendo por qué ama esta jodida silla.

—Claro —menciona Andi, luego de depositar unos papeles sobre mi escritorio de mala gana.

Y ahí recuerdo que puede escupir en él.

—Andi —llamo, ella se gira hacia mí antes de cruzar la puerta—, mejor tráeme un jugo... sellado... —esbozo una sonrisa y ella rueda los ojos. Se pierde tras la puerta y cierra de un portazo.

Alguien quiere quedarse sin trabajo.

Nunca había hecho algo como esto, pero ¿quién mejor que yo para elegir a la nueva secretaria de Oliver?, obviamente, no voy a permitir una mujer semidesnuda junto a mi esposo.

Pongo mi cara más sin amigos posible, a medida que Andi me va entregando los papeles que le corresponde a cada una, al verme, todas al pasar por el umbral se sorprenden, sé que querían que un hombre las entrevistara... Bueno... ¡Sorpresa! Sus trajes provocativos no les van a funcionar conmigo, queridas.

No.

No.

No.

Por supuesto que no.

¡Por Dios! ¡No!

¿No había más tela para tu falda? No.

—Río —obvio que no.

—¿Alguna vez has coqueteado con un antiguo jefe? —miro a los ojos a la rubia peliteñida frente a mí.

—¿Es esa una pregunta de la entrevista?

—¡Por supuesto! Y muy importante —sonrío ampliamente.

—Pues... Obvio que no —sonrisa nerviosa, se rasca detrás de la cabeza, las pupilas de sus ojos azules se dilatan, río de manera sarcástica.

—Gracias, la llamaremos, señorita Vega.

Obvio que no la llamaremos.

Ah, ella se ve bien. Observo a una mujer de unos cuarenta y cinco años que entra por la puerta, con un traje negro formal, y se sienta frente a mí acomodando su cabello negro con algunos tonos grises ya visibles con sus manos regordetas, con una sonrisa tímida saluda, tiene algunas marcas de arrugas en su rostro, estoy recostada en mi silla giratoria y la observo de pies a cabeza, no para de mover sus dedos y acomoda sus grandes lentes con sus sudadas manos que luego seca en su pantalón de vestir.

—Disculpe, ¿su nombre? —no sé por qué esta señora me está cayendo bien.

—Cristal Ross.

Y comienzan las típicas preguntas que ya casi me sé de memoria. Me suena bien todo lo que dice, bastante experiencia laboral. ¡Ah! Tiene diez hijos. ¡Por Dios! ¿Cómo es eso posible en estos días?

—Bueno, de hecho, no son hijos biológicos, mi esposa y yo los adoptamos luego de que, por fin, la ley nos permitiera casarnos —frunzo mi entrecejo, dijo... ¿esposa?

¡Ya tenemos secretaria!

—Bienvenida a la revista *Anderson,* señora Ross —digo efusiva, poniéndome de pie y extendiendo mi mano hacia ella, ella con una sonrisa de oreja a oreja sacude mi mano, está casi saltando de alegría mientras se disculpa, le doy las instrucciones, se supone que tiene que regresar al día siguiente a su jornada laboral.

En ese preciso momento Oliver entra por la puerta, observo la reacción de Cristal, pero no parece tomarle importancia como el resto de las mujeres. ¡Es perfecta! Oliver se acerca a mí.

—Anderson, ya tienes secretaria. Ella es Cristal Ross —digo, escribiendo algunas cosas en los papeles.

Oliver posa su mirada incrédula en mis ojos, luego en la señora Cristal y enarca una ceja. Ella sonríe y le estrecha la mano, mala idea. Oliver observa su mano y sé que hará lo mismo que me hizo a mí cuando lo conocí, lo veo fijamente y le hago un gesto de que tome la mano de la señora Ross, lo hace con esa expresión neutral en su rostro, ella sonriente sacude su mano.

—Puede retirarse, señora Ross, mañana la veo —al menos muestra un tono amable. Ella asiente, toma sus cosas y se retira.

Una vez que ella ha salido por la puerta, Oliver me mira enarcando una ceja.

—Sabía que harías algo así, Alex —recuesta sus caderas sobre el escritorio mientras me mira desafiante.

—¿Algo cómo, mi amor? —pregunto, sonando indiferente mientras reviso los papeles, él solo sonríe y me mira—. Por cierto, su esposa y ella adoptaron 10 niños. ¿Puedes creerlo? —lo miro a los ojos con cierta expresión de sorpresa.

—¿Esposa? —arquea una ceja y sonrío triunfante. Él niega con su cabeza con una sonrisa.

—Bueno, tú dijiste que confiabas en mí, ¿no? —continúo escribiendo en los papeles, yo no podía permitir ninguna zorra de asistente para mi esposo.

—¿Vamos a almorzar con Natalie y David? —pregunta, luego de soltar una leve risa por mi gesto.

—¿Natalie y David? —frunzo mi entrecejo, si Natalie le sigue hablando es porque no tuvieron nada ayer.

—Sí, al parecer quedaron encantados el uno con el otro —conociendo a Natalie eso no va a durar mucho.

Me levanto de la silla acomodando los papeles mientras Oliver me ayuda, sí, nunca he sido muy ordenada con los papeles. Llegamos al restaurante donde David y Natalie están muy sonrientes en el parqueo recostando sus caderas sobre el auto de David, como siempre nuestro saludo a gritos que ensordece a Oliver y ahora a David que nos mira con el entrecejo fruncido.

—Acostúmbrate —exclama Oliver a David al ver que él nos mira confuso sacudiendo su oído derecho.

Al menos, este no es un lugar tan lujoso como los que le gustan a Oliver, como lo supuse, David está más loco que yo, hasta me cuesta verlo en esta faceta, en mi cabeza, sigue siendo David Schmitt, el gerente con sus finos trajes todo el tiempo igual que Oliver.

—¿Y desde cuándo ustedes son amigas? —pregunta David, tomando un sorbo de jugo del vaso de cristal que sostiene.

—Desde los dieciséis —exclama Natalie—, luego que salimos con el mismo tipo —ambos nos miran con las cejas arqueadas.

—Pobre —expreso pensativa, para luego cortar un pedazo de carne.

—Sí, no sabía que ambas estábamos en el grupo de *kick-boxing*. Y bueno, usó muletas como por tres meses —me río a carcajadas, aún recuerdo eso, ambos nos miran con el ceño fruncido.

—Así que ya sabes, David, si quieres jugar con Natalie ambas sabemos *kick-boxing* —digo, observándolo seriamente mientras Oliver ríe a carcajadas—. Aplica para ti también, Oliver —lo miro con expresión neutral—, a mí no me importa romper esa bella nariz que tienes —me mira con desaprobo, no puedo evitar carcajearme, David afloja su corbata mientras mira para todos lados, no sé quién es más gracioso de estos dos.

Llegamos a la empresa, todavía es mi último día como su secretaria, y como es costumbre, las cinco mil órdenes del gran jefe no pueden faltar, y todo tiene que estar listo a la hora que él dice, al menos ahora sonríe... Al menos conmigo.

Ya relajada en mi silla, cierro mis ojos mientras espero a Oliver cuando unos golpes sobre mi escritorio me hacen estremecer.

Abro mis ojos viendo para todos lados para encontrarme con David y su barba viéndome con su entrecejo fruncido.

—Oliver dice que llegues a su oficina, urgente —¿urgente? De inmediato la sangre en mis venas comienza a correr con rapidez. ¿Por qué Oliver me mandaría a llamar urgente? David se retira antes de preguntarle algo.

Me pongo de pie de un salto, trago saliva mientras camino a paso rápido a la oficina de Oliver, de inmediato que tomo la manecilla entro sin avisar.

... No puede ser...

(Capítulo 40)

No puede ser... ¿Qué diablos es esto? Mato a Oliver si tiene algo que ver. Estoy perpleja, no sé qué decir, ni qué hacer, ni cómo reaccionar, dos pares de enormes ojos castaños me miran de pies a cabeza.

—¡Alex! —exclama mi hermana, poniéndose de pie de inmediato y camina hacia mí a paso rápido, sus rizos rubios se mueven al son de sus pasos.

—¿Stefanie? —estoy perpleja, ella se abalanza sobre mí haciendo que casi caiga de espaldas, mi madre viene justo tras ella repasándome de pies a cabeza, con una de sus manos en su boca y la otra en la cintura. Intento lo más que puedo corresponder al efusivo abrazo de Stefanie que casi está colgando de mi cuello, aún con sus enormes tacones le llevo varios centímetros.

—Alexandra Jane Carlin —mi madre se cruza de brazos— o Anderson, como sea... ¿Por qué diablos no contestabas mis llamadas? —mi madre me observa con esa mirada suya que da más miedo que la de Oliver, su chaqueta de puntos negra hace resaltar más su cabello ligeramente rubio que cae por sus hombros, por primera vez en toda mi vida la veo con calzado de tacones finos que no son tan visibles por su pantalón negro de vestir.

No sé ni qué contestar, y cuando al fin Stefanie me deja libre ella se abalanza sobre mí y me abraza casi cortándome la respiración; observo a Oliver que nos está viendo tan relajado en aquella enorme silla giratoria, con cierta expresión que no sé cómo descifrar.

—¿Por qué no me avisaron que vendrían? —trago saliva, que esto solo sea un sueño.

—Si contestaras nuestras llamadas lo supieras, Alex. Tú y yo hablaremos en privado después —mi madre se encamina de regreso al sillón en el que estaba sentada anteriormente, mientras Stefanie me abraza de nuevo haciendo que su cabello cenizo se pegue a mi labial rosa.

—¿Qué tal si vamos a comer y nos ponemos al día? Creo que tenemos mucho de que hablar —dice Oliver levantándose de su cómoda silla viendo a mi madre sonriente.

—¡Por supuesto! —contesta mi madre casi de inmediato. Se levanta nuevamente y camina hacia la puerta. Mi hermana toma mi brazo y entrelazado con el de ella vamos tras mi madre mientras mi esposo se adelanta y abre la puerta antes que ella para que nosotras salgamos, típica y bella cualidad de Oliver que mi madre no pasa desapercibida.

—¡Guau! Guapo y caballeroso —exclama, haciendo que Oliver emboce una sonrisa, me hace un gesto de aprobación para con Oliver, mientras cruza el umbral.

Stefanie me suelta del brazo al salir por la puerta y se adelanta un poco con mi madre, Oliver va a mi lado y por su expresión me parece que no se esperaba nada de esto.

—Oliver, ¿tú tuviste algo que ver? —reclamo entre dientes para que no puedan escuchar lo molesta que estoy. Oliver me mira sin detener su paso.

—No. Yo también me sorprendí cuando David me dijo que estaban en recepción —susurra, su gesto parece ser sincero.

—Bien —interrumpe mi madre, quien ha llegado hasta el ascensor—, yo iré por las escaleras, los espero abajo.

—Mamá, son 25 pisos —exclamo, viéndola alejarse de aquel lugar.

—No, yo no subo al aparato del diablo y lo sabes, los espero allá abajo —¡ah! Oliver me mira con desconcierto.

—¿El aparato del diablo? —enarca una ceja, poniendo la vista en mi madre y volviéndola a mí con su gesto de confusión.

—Larga historia —contesto—. Una vez se quedó encerrada en un ascensor con nosotras, comenzó a llorar y a gritar que íbamos a morir —expreso, mirando a mi madre con desaprobación, ella se detiene al escuchar las risas de Stefanie.

—Lo siento, mamá, es que eso aún me es chistoso —habla mi hermana, quien ríe nuevamente, igual que nos pasa a mí y a Oliver, que intenta contenerse porque mi madre está de frente observándonos furiosa.

—Sí, y los malditos hombres de seguridad solo me miraban por la cámara y reían a carcajadas, idiotas —dicho esto, gira sobre sus talones y se dispone a caminar por las escaleras.

—Entonces, supongo que tomaremos las escaleras y no el... aparato... del... diablo —Oliver se contiene la risa hasta que mi madre comienza a bajar por las escaleras y Stefanie a risas va tras ella.

—Ya veo de dónde sacaste tus ocurrencias —exclama Oliver, lo miro con desaprobación, toma mi mano y comenzamos a bajar tras Stefanie, por algún motivo esta situación le parece divertida y es que... Bueno, mi madre es divertida. Estoy a punto de tirarme de cabeza desde aquí para llegar al primer piso más rápido.

Stefanie mira el auto de Oliver una vez que llegamos al parqueo, frunce su entrecejo y me mira.

—¿Así que este es el auto de ustedes? —interroga mi hermana, con un gesto de emoción.

—De Oliver —contesto de inmediato, yo no me adueñaría de cosas que le pertenecen.

—El de ella es un Bentley perlado que no le gusta —Oliver me mira con desaprobación mientras todos subimos al auto.

—Yo no dije que no me gustara —digo, una vez que ha subido del lado del conductor, él sonríe levemente mientras pone la mirada sobre la carretera.

—¿Un Bentley perlado? —Stefanie chilla de emoción. ¿Qué tienen todas las mujeres con los jodidos Bentley perlados?

Llegamos al lugar, bastante lujoso, y mucho, que mi madre y Stefanie no pueden dejar de apreciar. Stefanie acomoda bien su vestido de flores mientras se sienta en aquella fina silla de caoba enfrente de mí.

—Por Dios, todo se ve exquisito —exclama mi madre, viendo el menú que sostiene, no puedo evitar notar que tiene las uñas pintadas de un color ligeramente rosa.

—Puede pedir lo que quiera, señora Carlin —exclama Oliver de la forma más amable posible y toma mi mano, ni siquiera puedo sonreírle, aún no me creo que estas dos rubias casi idénticas estén frente a mí.

—Por favor, llámame Alicia, después de todo, aunque esta ingrata no nos haya presentado formalmente somos familia —Oliver ríe mientras fulmino a mi madre con la mirada.

Como es de imaginarse, mi madre se entiende perfectamente con Oliver, tiene la capacidad de decir miles de palabras en un minuto y de una forma bastante graciosa, no... Ella no siente pena por nada.

—¿Alguna historia de la niñez de Alex que debería saber? —pregunta Oliver a mi madre, con toda la malicia que ha logrado recoger.

—¡Uh! Miles —resopla—. Alex me hizo la vida imposible.

—¿En serio? —Oliver la mira divertido, sabe que esto se va a poner bueno.

—Cuéntale tú, Alex... —habla mi madre y me ve atentamente—. Las veces que casi me vuelves loca.

—No, mamá.

—Entonces yo lo haré —Oliver nos mira alternadamente con una enorme sonrisa en sus labios.

—Mamá... —me tapo el rostro con la mano evitando una vergüenza.

—Una vez, se me perdió en un centro comercial y estuve a punto de perder la razón, incluso los guardias de seguridad me estaban ayudando a buscarla —continúo con la mano en mi cara, esto es vergonzoso— y la veo, del agarre de las escaleras eléctricas, subiendo, no en las escaleras en sí, sino del otro lado, colgando —Dios, llévame—. Inmediatamente los guardias de seguridad corrieron tras ella y se dejó caer desde arriba —mi madre me mira con sus ojos castaños feroces, y toda la seriedad posible, siempre que cuenta eso hace lo mismo.

—Mamá, por favor.

—Creí que había muerto, en serio —continúa—. ¿Has notado su caminado? Bueno, yo sé que sí, muchos creen que es un caminado sexi, pero en realidad no, es el resultado de esa vez que se dislocó la cadera —Oliver ríe a carcajadas y yo no puedo evitar que mis mejillas ardan—. Ah, otro día, nos habíamos recién mudado a un nuevo vecindario...

—Mamá... —interrumpo, ¿por qué me haces esto, Dios?

—No interrumpas, que te dé pena las veces que casi me matas del corazón —vuelvo mi mano a mi cara otra vez—, la dejé con mi madre unas cuantas horas para poder salir de compras, cuando regresé no estaba y la buscamos por todos lados y no estaba, ¿te puedes imaginar? Estaba casi por salir corriendo gritando por las calles, cuando la observo venir con un pastel en las manos y los bolsillos de su *jumper* llenos de dulces.

—Mamá, no sigas...

—Se había colado a un cumpleaños del vecino sin decir una palabra y envolvió un jarrón de mi madre para llevarlo como regalo —regresa esa mirada de odio de mi madre a su rostro y me observa. Oliver ríe tanto que se tiene que sostener el abdomen, y Stefanie tampoco puede evitar carcajear y eso que ya ha escuchado la historia muchas veces—. Y otro día...

—Mamá, ya no —sí, sí tengo una sonrisa en mi rostro, pero es de vergüenza.

—Se comió como cincuenta chocolates y los abrió de tal forma que no dañó el paquete de ninguno.

—¿Oliver, nos vamos?

—¡Por supuesto que no! —exclama Oliver con una enorme sonrisa en su rostro.

—Alex, déjame terminar —se dirige a mí y de inmediato vuelve su mirada a Oliver —. Luego hizo pequeñas barras de lodo, las guardó en los paquetitos y selló perfectamente con pegatina como si nada había pasado —me regresa esa mirada de odio—, todos tomaron una, excepto ella, lo que noté raro porque ama el chocolate. Y bueno, luego supe por qué —esa sí me hace reír, aún la recuerdo.

—Mamá, ya no, por favor —niego incluso con mi cabeza.

—Esta mujer tiene la imaginación más horrorosamente ingeniosa que haya conocido —continúa—, si quieres tener hijos recuerda que es muy posible que salgan como ella y te van a volver loco, créeme.

—Creo que vamos a tener que adoptar, Alex —sonríe—, como la mujer lesbiana que me buscaste para secretaria.

—¡Esoooo! —exclama Stefanie y se levanta levemente de su lugar para extenderme la palma de su mano para que yo la choque, río mientras le extiendo mi palma hacia ella, al igual que mi madre y Oliver que estoy segura de que se la ha pasado bien por esta señora que tengo por madre.

(Capítulo 41)

—¿**Y** bien, supongo que es mi deber preguntar cómo está Alexander? —pregunto, intentando evitar que mi madre continúe con esas historias vergonzosas.

—¿Tu padre, dirás? —vuelve su mirada a mí.

—¿Tu padre se llama Alexander? —cuestiona Oliver mirándome a los ojos.

—¿Qué ironía, no? —contesto de manera sarcástica, a lo que mi madre nunca se toma muy bien.

—Alex... —riñe ella.

—Mamá, él fue el que dijo que si me iba de la casa dejaba de ser su hija —hablo con un tono de voz fuerte.

—Y se arrepiente, Alex —me interrumpe, suelto un suspiro.

—¿Entonces por qué no está aquí? —la miro a los ojos y un silencio incómodo se apodera de esa mesa hasta que Oliver lo rompe.

—Nos encantaría ir a Miami, señora Alicia —¿ah? Lo miro con desconcierto. ¿Qué ha hablado con mi madre sin mi permiso?

—¿Qué? —no me gusta que haga cosas a mis espaldas, mucho peor que tengan que ver con mi familia.

—Alex, en dos días es el cumpleaños de papá —Stefanie me mira a los ojos— y él quiere que estés presente.

¿Y qué hay de todos mis cumpleaños que él no estuvo para mí?

—¿Desde cuándo? —tal vez eso se escuche rudo, pero él ha sido rudo conmigo.

—Desde que enfermó —dice mi madre—, estuvo internado en el hospital por varios días.

—No lo creo, él dice que es fuerte y que nunca se enferma...

—Alex... —esta vez Oliver me interrumpe, como si él entendiera algo.

—Nunca sabes cuándo pueda ser el último cumpleaños —añade Stefanie, con melancolía en su voz.

Eso resuena en mi cabeza, «no sabes cuándo pueda ser el último cumpleaños», lo mismo dijo el abuelo Billie antes de morir en aquel accidente de tránsito.

—Mañana iremos con ustedes —habla Oliver, luego de unos cuantos segundos de silencio.

—¿Mañana? —pregunto—. ¿No es muy pronto? Acabamos de regresar —Oliver debe estar de broma.

—David hace un excelente trabajo, podemos desaparecer un par de días sin problemas. Se quedarán en nuestra casa, ¿cierto? —ahora se dirige a mi madre y a Stefanie.

—Bueno, habíamos reservado en un hotel... —contesta mi madre cuando es interrumpida por Oliver.

—No, ustedes se tienen que quedar con nosotros, no se preocupen por nada, además, mandé sus maletas a nuestra casa. Llamaré a David para que prepare el *jet*.

—¿*Jet*? ¿Tienen un *jet*? —pregunta mi hermana con expresión de asombro en su rostro.

—Bueno, Oliver tiene un *jet*.

—Alex, es tuyo también —me interrumpe— y, por cierto, ella odia esos tipos de regalos, por esa razón no tiene uno personal.

¡Ah! ¡Sí! Bien casual tener uno personal.

—Alex y sus orgullos —exclama mi madre, observándome mientras emboza una sonrisa mirándome a los ojos—. Igual que su padre en muchos aspectos.

De tantas vergüenzas que pasé ni siquiera me había fijado que no las llevaban consigo. Nos dirigimos a casa de Oliver, ya está oscuro y es un poco tarde, no puedo evitar pensar en que mañana veré a mi padre.

Rosa enseña sus cuartos a mi madre y a Stefanie, mi hermana recorre aquella enorme casa desde que entró al jardín, así le gustan las cosas a ella, y mucho más por el cuarto que hasta yo observo, se supone que es mi casa y ni siquiera conozco algo más que no sea la sala, la cocina, el comedor y el cuarto de Oliver.

—Alex, ¿por qué diablos ni siquiera me comentaste nada de esto? Yo siempre te he contado todo —Stefanie se sienta al borde de la cama de la habitación que tendrá por esta noche y me mira con descontento.

¿Cómo puedo comentarle esto?

—Porque no quería que le comentaras a papá, Stefanie. No quería que ahora sí pensara que soy un orgullo porque me casé con Oliver Anderson —ella frunce su entrecejo, pero no la miro a los ojos.

—No pienses así de él, Alex —suelta, luego de un suspiro.

—¿Qué más puedo pensar si él me dejó en claro que tú pensabas mejor porque te casaste con un doctor? —ahora sí la miro a los ojos, recuerdo perfectamente todas las veces que me lo repitió.

—Pero sabe que se equivocó, Evan se acostó con su secretaria, papá lo detesta y se arrepiente del día que le permitió casarse conmigo —frunzo el ceño— y mírate tú, estás feliz con tu esposo porque nunca prestaste atención a lo que él te decía.

—¿Evan te engañó? —me siento a su lado, no puse atención al resto que me dijo, mi mente quedó en blanco al escuchar que el idiota del doctor se acostó con su secretaria—. ¿Y... lo dejaste? —niega con su cabeza, sus ojos se cristalizan—. ¿Y qué esperas? —añado, al ver que no hay respuesta suya—. Eres una mujer fuerte, y sé que saldrás adelante sin él, y sin nadie.

—Yo no soy como tú, Alex —quita su mirada de mis ojos y mira al frente—. Siempre le pregunté a mi padre el porqué no me crio como a ti, tú eres arriesgada, decidida, valiente, porque él te educó así; mientras que yo siempre dependí de alguien más, hasta de ti dependía para la escuela —sonríe desganada, y vuelve su mirada a mí—, yo no puedo hacer nada, dejé la universidad. ¿Qué se supone que haré?

—Eso no es cierto —tomo su mano, por algún motivo están bastante frías—, eres una gran diseñadora. ¿Recuerdas cómo hacías brillar a tus muñecas con solo un pedazo de tela que yo cortaba para ti de las cortinas de mamá? —ambas reímos a carcajadas al recordar a mamá histérica por el pedazo faltante en sus cortinas, yo era la que sufría las consecuencias con la bendita chancla.

—Sí, pero...

—¿Pero...? —la interrumpo.

—Es que... —hace una pausa y suspira— estoy embarazada.

¿Embarazada? No sé por qué esa noticia me causa emoción y esbozo una gran sonrisa.

—¿Y qué? —cuestiono—. Tiene abuelos, tiene tía y ahora tío, no necesita un padre mentiroso que engañe a su madre —ella sonríe con sus ojos nublados, y me mira.

—Aún no creo cómo Evan me prohibió hablar contigo —maldito Evan, una lágrima corre por su mejilla cuando Oliver, como siempre arruinando momentos, entra por la puerta que habíamos dejado abierta.

—Lo siento, no te encontraba, me imaginé que estabas aquí —se detiene bajo el umbral, con las manos en sus bolsillos.

—Bueno, te dejo descansar, lo necesitas —digo a Stefanie, dándole un beso en la mejilla, salgo de la habitación cerrando la puerta a mis espaldas, Oliver pasa su brazo sobre mis hombros y camina a mi lado.

—Buenas noches, mamá —digo, en la siguiente habitación golpeando la puerta, «Buenas noches, mi amor» se escucha desde el otro lado.

Llegamos a la habitación y de inmediato que Oliver cierra la puerta a sus espaldas, giro sobre mis talones para enfrentarlo.

—¿Por qué, Oliver? —riño, él frunce su entrecejo—. Te expliqué muchas veces que no tengo una buena relación con mi padre y no quiero verlo —Oliver me toma por los hombros y me suelto de su agarre.

—Escúchame, es su cumpleaños, Alex. Dale una oportunidad.

—¡Ah! ¡Sí! ¡Yo tengo que darle una oportunidad! ¿Y qué hay de todos esos años que él no estuvo en ninguno de los míos? —murmuro, pero casi no me sale como murmuro, estoy molesta.

—Alex... ve y habla con él, por favor —dice, con voz suave—, si te dice o hace algo que no te guste regresamos y no volvemos jamás..., pero... dale, aunque sea una última oportunidad —miro a Oliver, con mi gesto más serio, toma mi barbilla y mira mis ojos, camino hacia el baño para cambiarme de ropa, no tengo nada aquí, por tal motivo mi pijama será una camiseta suya que ni siquiera me tomo la delicadeza de pedir prestada.

Al salir, él está ahí, ya no lleva su traje, solo tiene su pantalón de pijama y está recostado en el cabezal de su cama viendo su celular. Rodeo su cama para acostarme del otro lado y de inmediato que mi cabeza toca la almohada su brazo rodea mi cintura y besa mi mejilla.

—Yo no quiero ir, Oliver —susurro—, entiende que no quiero que te conozca, que se hagan amigos...

—Alex...

—Y que luego tú y yo nos divorciemos... Le quedará más en claro que soy un completo fracaso —mi voz se quiebra, siento que me están obligando a hacer algo que no quiero hacer.

—Amor, por favor... Escúchame...

—Esto es un contrato, Oliver —me giro hacia él, frunce su entrecejo y toma mi barbilla de inmediato.

—Alexandra, lo que tú y yo hicimos ayer no fue parte de ningún contrato —mantiene esa mirada enigmática en mis ojos, con su mano siempre puesta en mi barbilla—. Eso para mí fue especial, yo no quiero saber nada de ese puto contrato —me mira fijamente, humedezco mis labios viendo en otras direcciones para luego clavarla en sus ojos, mi cerebro da miles de vueltas a sus palabras—. Podemos intentar hacerlo funcionar.

¿Funcionar? ¿Funcionar significa olvidar que esto es un contrato? Busco en su expresión, algo que me indique que está bromeando, pero su gesto es tan cálido y pacífico, su mano busca la mía y al encontrarla entrelaza sus dedos con los míos.

—Yo te amo, Alex.

(Capítulo 42)

Nunca esperé estas palabras provenientes de Oliver, mi corazón se estruja. Lo miro incrédula, ni siquiera puedo articular las palabras para decirle que yo también lo amo. Mis ojos se cristalizan, sé que una lágrima correrá por mis mejillas dentro de poco.

—Oliver... —es lo único que logra salir de mis labios casi tiritando.

—Alex, no te sientas obligada a decirlo, entiendo si aún no sientes lo mismo —acaricia mi mejilla con su dedo pulgar—, no te culpo, reconozco que fui un poco grosero contigo al inicio.

—¿Un poco? —ironizo, ya siento mi nariz hacerse agua. Él sonríe, con esa dulce y tierna sonrisa, me da un beso.

—Te pido perdón —una lágrima sale disparada de mis ojos y recorre mi tabique nasal, el maldito nudo en mi garganta está arruinando el momento, llevo mi mano a su rostro, su suave y tersa palma hace contacto con mi piel.

—Yo también te amo —sollozo, puedo ver cómo sus ojos se cristalizan— y no te lo digo porque tú me lo hayas dicho —él con sus ojos húmedos me mira, y sonríe con tanta serenidad, es algo indescriptible lo que siento al ver esa sonrisa que también me hace sonreír—. Te amo desde... No sé cuándo, la verdad.

Oliver humedece sus labios sin despegar sus ojos de mí.

—Lo siento —aclara su garganta—, nunca me imaginé que tú también sintieras lo mismo, estaba dispuesto a hacer lo que sea para enamorarte y que al final del contrato aceptaras quedarte conmigo.

—Sin dudarlo, Oliver. Me quedaría contigo hoy y siempre —presiona sus labios en los míos de una manera delicada y le sonrío tiernamente mientras limpio las lágrimas de mis ojos, tantas emociones encontradas no me hacen bien.

—Duerme. ¿Sí? Recuerda que lo que sea que pase con él me tienes a mí y regresamos cuando tú quieras —asiento, me presiona en su pecho... No sé, pero es la primera vez que me siento apoyada en algo y nunca me imaginé recibir ese apoyo de Satanás Anderson.

Despierto con el sonido de la alarma sobre aquella mesa de noche, me niego a moverme por la comodidad que siento recostada sobre aquel pecho fuerte y firme de Oliver, pero el sonido incesante me hace salir de mi zona de confort y me volteo estirando mi mano para apagarlo, él abre los ojos y pestañea varias veces para acomodarse a la claridad que entra por la ventana, otro día milagroso que ha despertado a mi lado. Bosteza, lo observo llevarse las manos a la cabeza como queriendo quedarse más tiempo y sonrío, él se percata de ese gesto y me mira también sonriente.

—¿Qué? Yo también me canso de levantarme temprano todos los días —expresa, rodeando mi cuello con sus brazos para fundirnos en un abrazo. Sonrío, qué tierno gesto.

—¿Por qué entonces no duermes más? Hasta en California tenías que levantarte demasiado temprano. Voy a desaparecerte todas esas malditas alarmas, relojes, celular —él simplemente ríe, mientras sigo acomodada en su pecho.

—Hazlo y nos quedamos pobres —resopla, frunzo mi entrecejo con intriga y busco sus ojos.

—Oliver, te aseguro que ya cuentas con el suficiente dinero para retirarte y vivir cómodamente el resto de tu vida.

—Sí, pero no quiero hacerlo. Además, tengo que dejarle algo a nuestros hijos. ¿Quieres que vayan por ahí buscando a quién trabajarles?

—¿Nuestros hijos? —enarco una ceja curiosa.

—Por supuesto, quiero ocho —Oliver no puede evitar estallar en carcajadas al ver la expresión en mi rostro. Y es que estoy segura de que mi cara está hecha un poema en estos momentos.

—Bueno, si tú te vas a embarazar y parirlos esas ocho veces, entonces, bienvenidos sean —doy palmaditas y más carcajadas de parte de Oliver, y yo que tengo una mente bien volátil imagino esa escena de Oliver en un hospital pujando hasta más no poder y no puedo evitar carcajearme, niego con mi cabeza para sacar ese pensamiento de mí o de otra forma no podré parar, a como me conoce, sé que está pensando que lo estoy imaginando en esa situación y me mira con su mirada más feroz, pero que ya no tiene ningún efecto en mí más que soltarme más risas.

—Y hablando en serio —digo, limpiando las lágrimas de mis ojos causadas por las risas incontrolables—, ¿tú has pensado en tener hijos?

Oliver mira al techo, como analizando su respuesta mientras estoy recostada al lado de él, también miro al techo para observar qué es lo que está contemplando allá arriba.

—¿Encontraste la respuesta allá arriba? —me mofo, y él me mira con esos ojos rabiosos que me hacen reír.

—Hablando en serio, sí, lo he pensado varias veces —acaricia la parte de atrás de mi cabeza—, pero nunca pensé que me encontraría a alguien con quien me llevara tan bien —me mira a los ojos—. Tengamos un hijo.

¡Alto ahí! ¡Frena tu mula, vaquero!

—Creo que... —continúa— si voy a compartir esta responsabilidad con alguien quiero que sea contigo.

—Oliver, estamos comenzand...

—Alto —me interrumpe—, tampoco es que será ahora o dentro de un mes o dentro de un año, será cuando ambos estemos preparados —bien, ya no me tiro por la ventana—. Los hijos no son algo que se hacen a la locura —se pone de pie—, algo bueno que mi padre me ha enseñado y ese es su problema, que yo deje hijos por ahí y que no me haga responsable.

Me hace reír.

—Puedes molestarte con tu padre todo lo que quieras, pero te da buenos consejos, admítelo —enarco una ceja, poniéndome de pie igualmente y ahí recuerdo que no traje ropa—. Tengo que ir a mi apartamento por ropa y tú tienes una reunión a las 8.

—Bien, te llevaré a tu apartamento, pero recuerda repetirte una y otra vez «no voy a llegar tarde». ¿De acuerdo? —¡ah! Ruedo mis ojos exasperada, ya hasta estoy traumada con esa frase.

Oliver tenía que dejar unas cosas arregladas en la empresa antes de salir a Miami esta mañana, pasa dejándome por mi apartamento, mi primer día en el grupo de edición tendrá que alargarse, al menos Cristal no sufrirá sus inicios en el empleo con Oliver ahí todo el tiempo. Natalie ya no está, pero le dejo un mensaje de que vamos para Miami, no responde inmediatamente, sé que ya debe estar trabajando.

Todo el camino hacia mi apartamento y de regreso pienso en Oliver y no puedo evitar imaginarme un pequeñín pelinegro con los ojos como el cielo en el anochecer, tan prepotente y mandón como su padre, o rubio y ojos verdes; frunzo el ceño inmediatamente, no me lo imaginaría idéntico a mí, sería semejante a mi padre, por favor, que se parezca a Oliver... Bien, ya nos estamos yendo lejos, Alex, relájate; sonrío, es que si hace unos meses alguien me hubiese dicho que yo querría tener una familia con Oliver, lo hubiese matado, y luego incinerado, y luego repartido sus cenizas por el mar.

Llego y a punto de bajarme del auto, siento un golpe que hace sacudirme en el interior de mi auto, por instinto veo hacia atrás y un auto ha chocado en el parachoques de mi Bentley. ¿Quién diablos? Cierto que yo no lo compré, pero eso me dolió una costilla, me bajo del auto con la mirada más feroz posible mientras acomodo mi *blazer* blanco, observo cómo el Volkswagen rosa ha casi destruido la parte trasera del Bentley turquesa, esto parece una escena salida de esas películas jodidas de Barbies. Una chica que logro reconocer acomoda su cabello negro y con mirada de asombro, que puedo asegurar es fingida, se baja del auto. ¿Cómo no reconocer ese escote en ese traje negro que según ella la hace ver formal?

—¡Por Dios! Lo lamento tanto. Yo —me mira a los ojos—, ¿Alexandra? —ahora sonríe abiertamente de oreja a oreja, sus ojos miel muy claros me observan de pies a cabeza—. Qué vergüenza, yo nunca pensé que, ¡demonios! En serio, lo lamento.

¿Demonios? Yo dijera: «Puta, iré a vender mis órganos para pagar esta mierda». ¡Ah! Pero recuerdo que no es ella quien lo va a pagar.

—Lauren —digo, con mi expresión más neutral posible, ¿qué diablos hace esta mujer aquí?

Un hombre bastante mayor que iba en el asiento del copiloto rodea el auto y se acerca disculpándose, por su acento sé que es ruso y sé que lo vi en la cena de socios en Italia. ¿Será su padre? Ella no se ve rusa.

—Señora Anderson, por favor, disculpe a mi prometida —¿prometida? Juro que puedo oler interés desde aquí, al menos sé que no viene a buscar a

Oliver—, yo haré llegar un cheque por todos los daños —el señor está notablemente nervioso—. No es necesario mediar esto con la ley —¿ley? ¿Puedo hacer eso? ¿O si mejor la arrastro por este pavimento?

En eso mi querido esposo sale de la empresa y observa la escena con el ceño fruncido mientras camina hacia nosotros con las manos en los bolsillos del pantalón de su traje gris doriano.

—Señor Anderson, ¿cómo está? Fue un accidente, en serio lamento lo acontecido, juro que pagaré por todos los daños.

—¿Estás bien? —me pregunta, sin prestar atención a lo que el señor dice, observándome de pies a cabeza, asiento con mi cabeza y me toma de la cintura para darme un casto beso en la frente.

—¿Sabe que eso pudo ser más grave, estimado Romanov? Es mi esposa la que estaba dentro del auto —Oliver observa el choque con una expresión de ira en su rostro y sabe que esto no ha sido un accidente.

—Mi prometida lo lamenta, en serio —la tipa no dice una palabra, solo observa a Oliver con molestia en su rostro.

—Está bien, por favor, pasemos —dicho esto, Oliver pasa su mano por mi cintura girándome hacia el interior de la empresa, la tal Lauren está ahí solo observándonos mientras camina al lado de su prometido.

Voy con él a la reunión, ya que no tengo mucho por hacer, estoy por dormirme, a mi otro costado está Cristal, quien esbozó una sonrisa al verme hoy, es bastante amable, me cae bien, y no solo porque sea una señora mayor, lesbiana, con diez hijos y que no tenga ningún interés en Oliver. ¡Puff! ¡Nada que ver! Del otro costado de Oliver está David, a quien ya no miro como el gerente, sinceramente, sino como David el extrovertido novio de Natalie que me hace pensar que no van a durar mucho.

Oliver toma mi mano toda la reunión y mantiene sus dedos entrelazados con los míos, me recuesto en su fuerte hombro mientras él está recostado tan relajadamente sobre el espaldar de su silla giratoria de cuero, puedo sentir su exquisito aroma y no puedo evitar inhalarlo para mantener ese olor conmigo, por algún motivo Lauren sale de la sala y gracias a Dios no volvió. Cristal parece estresada, escribe y borra, le explico cómo hará las cosas para hacerlas más fácil y ella comprende rápido, puedo ver cómo desprende un peso de sus hombros y se relaja haciendo su trabajo mejor con más tranquilidad, si tan solo yo hubiese tenido un guía así mis primeros días, yo lo único que tuve fue a la estúpida de Andi haciéndome la vida imposible. Oliver observa la forma en que le explico a Cristal paso a paso y sonríe negando con su cabeza.

(Capítulo 43)

Llegamos a casa luego de algunos 45 minutos de reunión, mi madre y Stefanie ya están listas con todas sus maletas y hablan con Rosa en la cocina, Rosa siempre tan amable y me sonríe pícaramente al verme entrar a la cocina junto a Oliver; no puedo evitar que la sangre suba directo a mis mejillas, ya sé qué piensa todo el tiempo y bueno, es verdad, pero aun así es vergonzoso. Luego de saludar a Rosa voy hacia mi hermana y mi madre, quienes están en el desayunador comiendo una tarta de limón, ambas me abrazan efusivamente al mismo tiempo.

Oliver solo da los buenos días al entrar, no las habíamos visto desde anoche, al salir esta mañana ambas dormían, como es de imaginarse no son madrugadoras, típica madre y hermana de Alexandra Carlin; mi madre se levanta a abrazarlo con la misma energía tomándolo por sorpresa, Oliver odia los abrazos, pero mi madre ama los abrazos, dice que un abrazo puede cambiarle el día a alguien que esté pasando por un mal momento, ahora tendrá que aguantarla.

Oliver solo sonríe, pero una sonrisa de incomodidad que yo conozco, niego con mi cabeza mientras me río. Les habíamos dejado dicho con Rosa que tuvieran listas las maletas, que íbamos a pasar por ellas luego de la reunión y así fue, el chofer ya había llevado sus maletas hasta la limusina que nos iba a llevar al aeropuerto donde el *jet* de Oliver estaba esperando para despegar.

Nos despedimos de Rosa, quien me da un largo abrazo y a mi madre y a Stefanie, quienes al parecer le cayeron bien; como es de imaginarse a Oliver lo abraza sorpresivamente, pero él la fulmina con la mirada, con ella sí tiene confianza como para reprocharle esos gestos.

—Apuesto que a Alex no la mira de esa forma cuando lo abraza, ¿eh? —golpea el brazo de Oliver con su codo mientras guiña un ojo.

Oliver observa a Rosa con su expresión más neutral, ella le da una tarta de limón para que comiéramos en el camino y un jarro de café, de ese riquísimo de selección francesa que invade mis fosas nasales y se me hace agua la boca, no puedo evitar tomar un sorbo antes de salir de la casa y Rosa me mira con una sonrisa de oreja a oreja mientras agradezco.

El chofer nos lleva hasta el *jet*, lo diviso desde lejos por las enormes letras que forman Anderson en color rojo sangre, no es un viaje muy largo, me recuesto sobre el hombro de Oliver mientras él extiende su brazo para que me recueste más cómoda en su pecho mientras lee algo en su *laptop*, y sí que es cómodo, casi en instantes me quedo dormida sin percatarme qué pasa a mi alrededor.

Unos suaves y cálidos labios en mi nariz me despiertan, intento abrir los ojos y lo logro hasta que estos se acomodan a la luz, y más besos en mi nariz y en toda mi cara, y luego en mi cuello, no puedo evitar reír sonoramente.

—Oliver —riño, él se carcajea, llamando la atención de mi hermana que nos observa divertida, por suerte mi madre está dormida, sino se le hubiese ocurrido cualquier cosa vergonzosa, eso lo sé.

Oliver va a cambiarse y se lo agradezco, no quiero que se aparezca ante mi familia con un traje empresarial de diseñador. Yo también me cambio, no quiero tener que ver a mi padre y de paso llevar un vestido superapretado que no me deje respirar para maldecir bien.

Una vez que Oliver se ha sentado a mi lado, observo el archivo que está leyendo, son estadísticas con barras de colores y demasiados números que me causan ceguera, pestañeo varias veces para tratar de mirar más claro, pero me es imposible, Oliver sonríe al verme tan intrigada en algo que está seguro de que no entiendo. Comemos la tarta de limón y tomamos el café que aún se guarda caliente por el bendito recipiente, mientras Oliver me explica todos esos números que marean hasta que arribamos en la bendita ciudad de Miami.

Bajo del *jet* e inmediatamente un aire templado golpea mi rostro haciendo que cada rizo en mi cabeza se revuelva dándome un aspecto despeinado casi de inmediato, qué lindo, así me recibe mi ciudad, ya me siento en casa, aunque en Stefanie no tiene el mismo efecto por las cantidades de fijador que acostumbra usar al igual que mi madre; aunque mamá sí tiene que sostener su vestido marrón porque el viento hará que todos aquí tengan una excelente vista de sus calzones con recogidos extraños.

Oliver habla con un señor de ya bastante edad supongo que por el alquiler de un auto, mi madre insistió en que el tío Frank vendría por nosotros, pero Oliver no puede vivir sin un auto, así que ahí está parado enfrente de aquel señor moreno con un chaleco amarillo que le entrega unas llaves, Oliver se ve tan guapo desde aquí con el ceño fruncido e intentando tapar el sol de sus ojos con sus manos, mucho más con esa polera blanca que se le ajusta a la perfección por todos lados, sé que va a llamar la atención más de lo que me gustaría.

En ese preciso momento el pensamiento de que en unos minutos estaré viendo a aquel señor que me dio la vida hace revolver mi estómago, espero que no me avergüence enfrente de Oliver porque juro no volver nunca más. Una camioneta a mi lado me saca de mis pensamientos, como si fuera poco Oliver ha rentado una Hummer H3 color blanco. Lo miro a él y alternadamente a la camioneta mientras el señor Smith que maneja el *jet* de Oliver ayuda a subir nuestras maletas.

Subo en el lado del copiloto mientras mi madre y mi hermana al mismo tiempo suben en los asientos traseros. Es obvio que en esta cosa no vamos a pasar desapercibidos.

La casa de mis padres está a más de treinta minutos fuera de la congestión de la ciudad, los treinta minutos más largos de mi vida con mi madre contando más andanzas de mi niñez, ya no puedo con esto, Oliver se carcajea todo el camino mientras yo tapo mi cara con mi mano para evitar mostrar mis mejillas rojas de vergüenza. Stefanie no pasó por eso, ya que lo único por contar de parte de ella son las veces que se lesionaba con sus clases de *ballet*, mi madre nunca supo lo que es estar a punto de un infarto con ella, pero conmigo lo experimentó demasiadas veces.

Y entramos al inmenso callejón con una línea de frondosos árboles a ambos costados que dan origen a una inmensa sombra a lo largo del lugar, la alfombra de hojarasca cruje al ser pisada por las pesadas llantas de la camioneta, ese específico sonido del aire silbando a través de los robles, recuerdo los pajarillos cantando a tempranas horas de la mañana mientras cabalgaba en mi triciclo púrpura, no puedo olvidarlo, no puedo evitar sentir cierta melancolía por ser la primera vez en más de cinco años de estar en este lugar, aún no me lo creo, tantos recuerdos. Incluso Oliver mira hacia todos lados, con cierto brillo en sus ojos y una sonrisa que está a punto de asomarse en sus labios, por su expresión sé que le ha gustado el lugar.

—¡Llegamos! —exclama mi madre, Oliver observa con intriga lo que tiene al frente mientras pasamos por aquel pavimento con dos alfombras de pasto a ambos lados y se detiene frente a la puerta principal, el primero en vernos llegar es el tío Frank, quien sostiene una botella recostado en el marco de la entrada frente a nosotros.

Me bajo del auto cuando veo sus ojos verduzcos escudriñar aquella Hummer con sorpresa y mucho más cuando Oliver baja de la camioneta y es que a cualquiera le llama la atención este hombre, el tío Frank no se ha percatado de que estoy rodeando el auto y me dirijo hacia él.

—Tío Frank —digo, al ver que tiene abiertos sus finos labios y ahora sí me mira, de pies a cabeza y literalmente su quijada cae al piso.

—¿Alex? —pregunta—. ¿Eres tú?

—¡No! —resoplo—. Soy Donald Trump —y él me mira con sus ojos entrecerrados.

—Sí, definitivamente es ella —exclama, esbozando una sonrisa.

El tío Frank corre a abrazarme bajando casi a carreras aquellos tres escalones, me levanta entre sus brazos y río, bastante alto y bastante fuerte, idéntico a la última vez que lo vi.

—¿Por qué nadie me lo ha dicho? —prácticamente grita a todo pulmón—. Pudiste haberme llamado —mi madre solo sonríe al verlo mientras bajan las maletas con ayuda de Oliver que observa la escena divertido y Stefanie que ahora se acerca a nosotros.

—No puedo creerlo. ¿Por qué aún no tienes canas, tío Frank? —interrogo frunciendo el ceño, con toda la seriedad que he podido recoger en estos momentos viendo hacia su cabeza calva y brillante por la luz del sol. Eso hace que se suelte a carcajadas y yo no puedo mantener mi postura con esa estruendosa risa.

—¡Alexandra! —la voz de mi madre cuando menciona mi nombre de esa forma tan violenta hace que mi risa se detenga de golpe y la observo, sí, aún me causa el mismo efecto solo que ahora no me está lanzando la chancla y espero que no lo haga enfrente de Oliver.

Mi madre se acerca y al lado de ella Oliver que no puede contenerse la risa al ver que atiendo rápidamente a mi nombre cuando es pronunciado de esa forma por mi madre.

—Bien, Frank, él es mi esposo; Oliver, él es el tío Frank —el tío Frank inmediatamente le extiende la mano y él la toma sacudiéndola, ambos sonrientes se dan un abrazo. Aún estoy en proceso de acostumbrarme a esa fase sonriente de Oliver.

—¡Bienvenido a la familia, muchacho! En serio, es un placer. Aunque —hace una larga pausa mencionando la última sílaba de esa palabra mucho más tiempo de lo normal y se voltea hacia mí—, ¿cómo y por qué no fui invitado?

Miro a Oliver como esperando que me salve de esta, y evidentemente lo hace, después de todo fue su culpa.

—Es que fue algo rápido, pero en nuestro aniversario renovaremos votos y todos, por supuesto, estarán invitados y me está gustando este lugar —dice, mirando hacia todos lados—, me gustaría que fuera aquí, mi amor.

Me mira, con esa mirada suya que me dice que no va a descansar hasta que acceda, yo no quiero que sea aquí, pero sé que me va a convencer.

—Eso suena espectacular —interrumpe el tío Frank—. Bueno, eso que no te he mostrado el viñedo, muchacho, te va a encantar —expresa con entusiasmo el tío Frank, tocando el hombro de Oliver, dicho esto se adentra a la casa y mi madre y Stefanie le siguen, dejando a Oliver con toda la incertidumbre posible en sus ojos. Y me mira a mí.

—¿Viñedo? —clava en mis ojos sus azules tan intensos que destellan un bello brillo por la luz del sol.

Asiento con mi cabeza, no le había hablado de esto, y sé que ahora me lo va a reprochar. Pero él nunca me ha preguntado a qué se dedica mi familia, iba a soltar todo lo que sé cuando veo que sus ojos se postran hacia lo lejos por encima de mi cabeza.

—¡Alex! —una voz bastante familiar me saca de cordura, siento inmediatamente mi presión subir y la adrenalina correr, mi corazón se acelera, me volteo casi de inmediato, y sí, es él.

(Capítulo 44)

—¿Papá? —pregunto, aún perpleja por su presencia, no puedo creer que este señor esté frente a mí en estos momentos, ha cambiado mucho, ya no se ve tan fuerte y fortachón como hace unos años, la mayoría de su cabello rubio está teñido en gris, los círculos oscuros alrededor de sus ojos verdes le dan un aspecto cansado, mamá tenía razón, ha estado enfermo.

Aún sin palabras, solo intercambiando miradas, ni siquiera siento el impulso de abrazarlo.

Él también me mira, sin articular una palabra, varios segundos de silencio que para mí se vuelven horas, Oliver inmediatamente lo rompe y se acerca a él efusivo.

—Señor Carlin, es un placer conocerlo en persona —le estrecha la mano mientras mi padre hace lo mismo con una sonrisa en el rostro, si no fuera Oliver Anderson no le sonreiría como a todas las personas que había traído a casa.

—El placer es mío, Oliver —él sacude su mano y ahora dirige su mirada hacia mí.

—¿Cómo estás, Alex? —pregunta, esbozando una cálida sonrisa que no recuerdo haber visto antes cuando se dirigía hacia mí.

—Bien —digo cortante, también sonrío, fingido; pero le sonrío, todo esto me confunde, si yo no estuviese con Oliver, estoy segura de que me hubiese dicho que me fuera. No sé si será descortés, pero no se me apetece preguntar cómo ha estado él, aunque su aspecto aún bajo esa camisa a cuadros me dice que ha desmejorado.

—Es normal que Alex no le hable a nadie de la marca de vino que poseemos —añade, finalmente, aún observándome.

—¿Poseen una marca de vino? —Oliver observa a mi padre intrigado, él asiente con la cabeza y vuelve a postrar su mirada en mí.

—Si me das tiempo Frank y yo podemos llevarte a recorrer el viñedo y pruebas nuestro vino —Oliver esboza una amplia sonrisa.

—Eso sería estupendo, creo que me voy a emborrachar hoy —añade, lo que hace a mi padre soltar una leve risa.

—Todas las visitas que llegamos a tener aquí terminan ebrias —agrega el señor Carlin, con toda la naturalidad del mundo, como si Oliver fuera su gran amigo, lo que hace el dinero a las personas. El tío Frank baja rápidamente los escalones, tomando nuestras maletas.

—Señor Frank, no es necesario —Oliver se voltea hacia él—, yo puedo llevarlas.

—No, sobrino, Walter y yo vamos a ayudarles.

—¿Walter? —interrumpo, viendo al tío Frank con desconcierto mientras toma una de las maletas.

—Y yo que creí que ibas a ser lesbiana —la voz de Walter, me hace voltearme rápidamente hacia él. El mismo flaco, larguirucho, con los ojos marrones más expresivos que haya podido conocer. No me imaginé que vendría desde Inglaterra.

—¡TÚ! —exclamo con una sonrisa—. Necesitas una hamburguesa, muchacho —todos ríen a carcajadas mientras él me observa con su mirada más de odio posible, me acerco a él y me abraza, es incluso más alto que Oliver, recuerdo que la última vez que lo vi yo era más alta.

—Bueno, Oliver, te contaré todas las veces que Alex casi me mata, desde un árbol, desde el segundo piso, desde estos escalones de aquí...

—Walter... —le interrumpo, con una mirada pulverizadora; él sonríe, se va a divertir conmigo esta vez.

—Yo en tu lugar tengo cuidado —continúa, mientras se cruza de brazos.

—Cuando Alex se enoja mejor desaparece —agrega el tío Frank, arrastrando la maleta de Oliver sobre las ruedecitas que contiene y deslizándola por el pavimento.

—Eso ya lo sé —añade Oliver, mirándome divertido.

—Pasen, por favor —menciona mi padre tras nosotros—. Supongo que deben de estar cansados —extiende su mano en dirección al interior de la casa, Oliver toma mi cintura y nos dirigimos hacia esa dirección, abre la puerta para que pasemos y luego la cierra a sus espaldas.

—Tu habitación es la misma, Alex —habla Alexander, volteo a verlo, con cierta expresión de intriga en mi rostro.

—¿Aún tengo habitación en esta casa? —recuerdo perfectamente cuando Stefanie me comentó que él estaba pensando en convertirla en bodega.

—¿Por qué no? Esta es tu casa también —me mira de nuevo, ladeando sus labios, algo así como una sonrisa—, descansen por hoy, mañana podemos hacer el recorrido, Oliver.

—Eso suena espectacular, señor Carlin.

—Alexander, por favor —menciona él de inmediato.

Oliver asiente con la cabeza y mi padre se retira, perdiéndose al entrar por la puerta del comedor.

Camino en dirección a las escaleras en búsqueda de mi antiguo cuarto, veo que nada ha cambiado desde que me fui, los mismos cinco cuartos, el mismo piso de madera, el mismo color marrón, la única diferencia es una piscina en las afueras que antes no existía por el temor de mi madre de que yo muriera ahogada ahí. Sí, exagerada como siempre.

El tío Frank y Walter dejan las maletas en la habitación, ambos se retiran. Cierro la puerta y al girar sobre mis talones me encuentro los azules ojos brillantes de Oliver que me miran fijamente.

—¿Poseen una marca de vino y no me lo habías comentado? —se cruza de brazos y enarca una ceja.

—Oliver, no es la gran cosa —contesto, como la más obvia, rodeándolo para ir hacia mi cama.

—Sí lo es, Alex. Es parte de tu vida —menciona, girando en mi dirección.

—¿No era que me habías investigado? —yo también enarco una ceja y me cruzo de brazos.

—Te dije que no, no te había investigado, la única que me comentó cosas sobre ti fue Natalie —¿ella?—, pero cosas que yo ya sabía, nunca me comentó que tenías dinero.

—Yo no tengo dinero —interrumpo—, esta cosa es de mi padre y sus hermanos. Yo no sé nada de esto porque mi padre nunca me permitió aprender por esas tonteras machistas de que las mujeres no son para ese tipo de trabajo.

—Creo que tienes un mal concepto sobre tu padre.

—Tú no conoces a mi padre, Oliver. ¿Cómo vas a defender a alguien que me decía todo el tiempo que yo era un fracaso?

—Creo que exageras.

—¡No, Oliver! —camino hacia él para hablar frente a frente—. Y no puedo creer que ese mismo hombre nos esté haciendo discutir en este mismo momento.

—Alex, no estamos discutiendo, tú eres la que está molesta —suspira y se sienta a la orilla de la suave cama de mi habitación que está cubierta con sábanas rosadas—; ven acá, mi amor —da palmaditas suaves sobre el colchón para que me siente a su lado. Lo observo por unos segundos y accedo, se acomoda y me toma el rostro con ambas manos.

—Prométeme que vas a darle una segunda oportunidad a tu padre. Me dijiste que lo harías.

—Oliver... No...

—Alex... —de inmediato interrumpe mis palabras—, promételo —lo observo, tiene puesta esa intensa mirada en mí, a la que no puedo decir que no. Esa mirada que me cautiva y me enloquece.

—Bien —suelto mis hombros en señal de derrota. Oliver pone suavemente sus labios sobre los míos, de una forma tan especial y agradable como solo él lo sabe hacer, así se pasea por cada uno de mis labios y besa delicadamente mi nariz.

—Esa nariz es la más bella que haya visto —me hace soltar una leve risa.

—La tuya también es bella, Oliver —doy un pequeño beso también en la suya y él sonríe.

—¡Alex! —la voz de mi madre al otro lado de la puerta nos hace percatar del mundo que hay allá afuera.

—¿Sí? —contesto, luego de aclarar mi garganta.

—Bajen a comer, luego continúan haciendo sus cochinadas —frunzo mi entrecejo, eso fue vergonzoso y Oliver ríe a carcajadas una vez que ya no se escuchan los pasos de mi madre por el pasillo.

—Mi madre... es única —agrego, con mis mejillas rojas por la vergüenza.

—Bien, bajemos, nuestras cochinadas las podemos hacer a cualquier hora del día —ríe nuevamente, poniéndose de pie como un resorte, toma mi mano y me ayuda a levantarme.

Como es de imaginarse, Oliver se lleva con todos, hasta con el tío Samuel que no es muy amigable con nadie, ríen mientras le explican a Oliver sobre la fabricación del vino, me hace reír verlo tan interesado prestándole atención a cada palabra dicha por el tío Samuel, él es el experto en el proceso, mientras el tío Frank y el señor Carlin son los expertos en la siembra y cosecha; todo esto es un mundo nuevo para Oliver mientras él les enseña sobre negocios, publicidad y esas cosas que solo él entiende y cómo expandirse a nuevos mercados, espero que no quiera hacerse socio con ellos también.

—Holis —Stefanie se sienta en la silla playera al lado de la mía.

—¿Holis? —enarco una ceja y ella simplemente sonríe.

—¿Desde cuándo te interesan las pláticas de vino? —al parecer me ha observado tan intrigada en estos hombres y su plática cuando yo en realidad solo miro a ese guapo con su copa de vino en las manos.

—Desde siempre, Stefanie —espeto, tomando un tazón de frutas que traía en las manos para mí—. Que papá no me haya dejado ser parte es algo muy diferente.

—Bueno, es que tiene razón, eso no es algo para chicas —odio esos comentarios machistas que Evan ha metido en la cabeza de Stefanie.

—¿Y una escuela militar sí? —la miro arqueando mis cejas, y ella también me observa y suspira.

—Contéstame, ¿tú, especialmente tú, hubieses preferido la escuela de *ballet*? —la observo, no... La verdad, no.

—No —contesto titubeante, llevando mi mirada al frente.

—¿Lo ves? —la observo llevarse una cereza a su boca que había picado con un tenedor.

—¿Y cómo va Stefan Junior? —digo, cambiando de tema.

—¿Stefan Junior? —sonríe—. No se llamará Stefan, Alex.

—Por favor, tampoco Evan, no lo llames así —contesto—, arruinarás su vida.

Stefanie ríe levemente, se incorpora en la silla playera mientras mira al frente.

—Quiero volver a la universidad, Alex —dice, luego de unos segundos.

—¿Y por qué aún no lo has hecho?

—Porque Evan no me lo permite —suspira—, dice que ahí solo llegan hombres a buscar chicas...

—Ya —la interrumpo— no me sigas contando más de Evan porque, en serio, lo golpearé cuando lo mire, ya déjalo de una vez, Stefanie; date la oportunidad de salir con otra persona que sí te valore y te apoye en tus proyectos.

—Alex. ¿Cómo puedo salir con otro hombre teniendo un hijo?

—¿Cómo? ¿Cómo crees que saldrá él teniendo un hijo? —cuestiono, miro sus ojos castaños, con la luz del sol que los golpea se ven bastante claros—. No puedes quedarte encerrada en esa relación tóxica con Evan, no solo porque tengas un hijo tienes que dejarlo todo.

—No es lo correcto.

—¿Qué es lo correcto? ¿Verlo a él salir con quien se le dé la gana? ¿Revolcarse por ahí con cualquier zorra? Mientras tú lo esperas en casa con la cena preparada. Lo entiendo de una mujer que no tenga a nadie quien la apoye, pero tú... tienes una familia, tus padres nunca van a dejarte sola, Stefanie, yo no voy a dejarte sola —sus ojos se humedecen y en lo que va a articular una palabra mi madre nos interrumpe dándonos un sándwich a cada una.

(Capítulo 45)

Volteo mi mirada hacia donde Oliver está, a su costado derecho el tío Samuel le sirve otra copa de vino y se la entrega; se pone de pie y camina hacia nosotras tomando un sorbo del vino y sonríe, sé que le gusta y sé que está pensando en embriagarse, le sonrío igualmente. Al llegar a mí se inclina para posar sus delicados labios sobre los míos, con cierto sabor a un dulce alcohol. Me levanto para que él se siente y luego acomodarme en sus piernas, mi lugar favorito del mundo para luego recostarme sobre su torso, acaricia mi cabello, mientras continúo mi plática con Stefanie sobre antiguas amistades que ambas teníamos en común en este lugar, lo que incluye a Raymond.

—La señora Phillips me comentó que Raymond ahora vive en California —Stefanie no tiene idea del altercado en California con él. Inmediatamente puedo ver cómo el semblante de Oliver se torna serio y molesto al escuchar aquel nombre—. Le solicitó trabajo a papá, dice que dejó su antiguo empleo por problemas personales —frunzo el ceño y Oliver esboza una sonrisa.

—No lo va a conseguir tampoco —habla, con una enorme sonrisa triunfante en sus labios. Stefanie lo mira desconcertada y yo ruedo mis ojos.

—Larga historia, Stefanie —suspiro.

—¿Y? Tenemos tiempo —exclama, la verdad no quiero decirle, pero...

—Bien, yo te lo explico —sabía que Oliver iba a hacerlo. Se acomoda en la silla y dirige su mirada a Stefanie—. Con todo respeto, pero el muy hijo de puta se quiso sobrepasar con Alex en la casa de mis padres en California —Stefanie lo mira con los ojos bien abiertos con un extremo gesto de sorpresa.

—Está casado con una prima de Oliver —digo, con toda la tranquilidad posible. ¿Ya qué? Ya Stefanie sabrá todo—. ¿Suzanne? ¿La recuerdas? —ella asiente, *sip*, le conté que le enviaba fotos desnuda.

—Solo me despegué de ella por unos minutos —continúa Oliver—. Podría decir pobre Raymond por quedarse sin trabajo, pero la verdad no, es un maldito que no respeta ni a su esposa ni a esposas ajenas.

—Oliver... —lo fulmino con la mirada para que guarde silencio.

Stefanie mira a Oliver y sus labios dibujan un gesto de impresión en sus contornos, suelta una risa. Él con toda la seriedad en su rostro se lleva la copa de vino a su boca y toma un sorbo, Stefanie ríe a carcajadas que me contagia a mí y luego Oliver intenta contenerse, pero termina carcajeándose de igual manera haciendo que un poco del vino se salga de la copa y se deslice derramándose unas gotas sobre su polera blanca, maldice.

—Alexita... Mi niña... No puedo creerlo —la temblorosa voz de la abuela casi corriendo sobre aquella alfombra de pasto me hace voltear inmediatamente, una ola de emociones invade mi interior, si a alguien extrañé más de este lugar fue a ella.

—Abuela... ¿Es que aún caminas? —me levanto de las piernas de Oliver y me dirijo hacia ella.

—Claro, muchacha, y aún hago muchas otras cosas —levanta sus cejas repetidas veces con una sonrisa traviesa que me hace reír a carcajadas, Oliver intenta contener una risa y mostrarse lo más serio posible y nos observa divertido mientras Stefanie le murmura algo. La abuela me abraza con fuerza envolviéndome con las largas y sueltas mangas de su vestido de manta cubierto de enormes flores, casi me deja sin respiración.

—Aún tienes fuerza, abuela, esa es buena señal, aún no te nos vas —ironizo, ella es buena para hacer bromas, así que aprovecho de vez en cuando.

—Alex... —la voz de mi madre como siempre interrumpiéndome, el viento revolotea con suavidad el blanco cabello corto de la abuela despeinándola casi de inmediato e intenta acomodárselo con sus suaves y bien cuidadas manos a pesar de su edad, sonríe, con esos labios perfectamente dibujados con lápiz labial rojo, y abraza ahora a mi madre.

—No te preocupes, Alicia; ya la conozco —toma mis mejillas y las estruja. ¡Ah! ¡Típico de ella! Mira a Oliver, quien tiene un gesto de diversión en su rostro escuchando hablar a la abuela—. ¿Y este guapo muchacho es el que te soporta ahora? —Oliver sonríe y se levanta para saludarla, la abuela ahora lo rodea a él con las enormes mangas de su vestido.

—No tiene idea —expresa, haciendo reír a la abuela.

Oliver le ofrece la silla en la que estaba sentado y ella toma el lugar, va por una silla para sentarse y que continuemos en la misma posición que antes, pero yo no estaré sentada en las piernas de Oliver enfrente de la abuela. A ella se le ocurren todo tipo de atrocidades, es peor que mi madre. Le hago seña a Oliver de que vaya por otra silla y él, por suerte, entiende rápidamente sin preguntar, me siento frente a ella y Oliver ubica su silla a mi lado.

Luego de media hora no puede parar de reír con las ocurrencias de ella. Y es que todo contado por la abuela suena cinco veces más divertido. Hasta siento vergüenza a veces de que Oliver piense que vengo de una familia de locos. ¿Pero ya qué? Parece disfrutarlo. Luego de un rato el tío Frank se acerca a la abuela y la abraza efusivamente.

—Frank, hiciste que me atragantara tu abundante cabellera —la abuela hace sonidos de estar escupiendo algo, ya extrañaba a estas personas.

—Me las pagarás, madre. Alex y tú me las van a pagar —mueve su dedo índice repetidamente frente a mi rostro y frente al rostro de la abuela que me hace reír aún más fuerte.

Ya es de noche y ni siquiera he podido comer tranquila con la abuela aquí, y bueno, nadie, ni siquiera don Oliver «Seriedad» Anderson. Hasta que, por fin, cada quien toma su rumbo despidiéndose para volver mañana temprano al cumpleaños de don Alexander. Camino hacia mi habitación por aquel enorme pasillo mientras Oliver se ha quedado con mi padre en la sala frente a la chimenea, espero que no esté tomando más vino porque si se emborracha y se desmaya no sé qué haré por vergüenza.

Abro la puerta de la habitación cuando siento vibrar mi celular en mi bolsillo derecho. Es Natalie.

—Natalia, ¿qué hay? —digo, justo al descolgar.

—*Sabess que odddi-iiio queee me llaaames Natalia* —frunzo mi entrecejo. ¿Está borracha? Escucho risas masculinas del otro lado—. *Shhhh* —sisea y ríe, no puede ser.

—Natalie, ¿dónde rayos estás? —camino hacia la cama y me dejo caer de espaldas sobre el suave colchón.

—*Ennn Las Veegaass. Wuuuu* —¿qué? ¿Wuu?

—¿Qué diablos haces en Las Vegas y con quién?

—Holaaa, Alexxx —escucho esa voz, que yo ya conozco. ¡Maldita sea! Yo conozco esa voz.

—*Shhhhh* —sisea nuevamente.

—¿David? —frunzo el ceño. ¿Qué mierda...?

—*Te dijjee que te callaras, ya te reconocióó* —oh, por Dios, que no sea lo que estoy pensando, aunque eso es lo de menos, a Oliver le dará un infarto saber que David está en Las Vegas y la empresa a su suerte.

—David, deberías volver. Oliver te va a matar, escúchalo bien... TE-VA-A-MATAR —digo esto en voz alta y entre pausas para que lo logre captar bien en su cerebro alcoholizado.

—¿A quién voy a matar? —Oliver entra a la habitación y frunce el ceño mirándome desconcertado. ¡Estupendo! Hoy sí lo matan.

—¿Estáááá Oliverrrr po... Por ahí? —David ahora ha tomado el teléfono al parecer, porque lo escucho a la perfección.

—Sí —él se acerca a mí a paso rápido y me quita el teléfono celular, no sé quién se imagina que es.

—¿Hola? —no escucho lo que el ebrio de David le dice, pero por la expresión en su rostro sé que está molesto.

—¿Qué mierda haces en Las Vegas, David? —Oliver lleva su mano libre a su frente, sé que está frustrado, se sienta en la orilla de la cama e intenta calmarse.

—Mañana mismo te quiero en la empresa, si algo falla te juro...

—No, no te pondré en altavoz.

—Alex no va a hablar contigo, ni va a hacer que cambie de opinión si decido despedirte —frunzo el ceño y río, no va a despedirlo. Se muere sin David.

Luego de varios regaños, finalmente, Oliver pone en altavoz a David.

—Biennn, less vamozz a dcirrr —Natalie y él ríen sonoramente, esto ya me está dando risa.

—Biennn, al mizzmo tiempooo, a la cuentaaaa de... trezz —río a carcajadas, no puedo evitarlo. ¿Qué es esto? Oliver al escucharme intenta contener su risa, es que no sé qué esperar de estos dos.

—Bien, unoooo, dozzz, t...

—Nosotroo...

—Nata... Dijimosss que aaa la cu... Cuenta de tr... Tres —¿Nata? ¡Dios mío! Más risas de mi parte. Y Oliver ya no se puede contener, también ríe.

—Otra vezzz... Uno, dosss, espera que diga tresss, ahoraaa. Trezzz.

—NOSSS CASAAAMOS —exclaman a la vez. Frunzo el ceño al mismo tiempo que Oliver y nos miramos simultáneamente, esto no puede ser cierto.

(Capítulo 46)

Y en ese preciso momento comienzan a sonar unas matracas del otro lado y unos silbatos. ¿De dónde mierdas sacaron esas cosas? Aún sin comprender exactamente lo que está pasando Oliver y yo nos miramos, como esperando una explicación del otro, pero ambos estamos igual de perdidos. No sé si reírme o gritarle a Natalie por lo que acaba de hacer.

—Ustedes dos se acaban de conocer —es lo único que logro articular luego de unos largos segundos de bullicios de la otra línea.

—¿Y? Ustedeezz también y azzi se casarrorn.

—Esto fue diferente —exclama Oliver de inmediato interrumpiendo la frase de David.

—Alexxx, puedes creer... Creerlo... —Natalie baja la voz como murmurando—. No tuvimozzz sexooo haszzta el matrimonnnio —otra risa de mi parte, ya no puedo más, observo a Oliver y está intentando contener una risa.

—Guau, a tu madre le encantará escuchar eso, Natalie —digo, con fingida emoción porque sé que en realidad va a matarla cuando sepa que se casó en Las Vegas, borracha y con un tipo adinerado al que acaba de conocer.

—Oliverrr —ahora habla David—, ya que meee me acabo de cazzsar tiennezz que daarrrme unos díasss librezzs.

—¡Una mierda es que te voy a dar! Regresas mañana mismo antes... —no me puedo contener la carcajada, Oliver me mira y hay silencio del otro lado, esto hace que me mire con esa típica mirada de odio suya, pero que no puede mantener por mucho tiempo porque termina en risas igualmente.

—Alex, maldición, tú no me ayudas —intenta contener la risa, pero le es casi imposible, aclaro mi garganta, y con toda la seriedad que he podido recoger en ese momento.

—David, regresas mañana y punto —agrego, con fingida furia mientras una risa intenta salir, pero la oculto lo más que puedo.

—Biennn, porrr culpaa de ustedddes no tenndremos lunaa de mielll, ahora si nosss dizcullpann tenemoss un matrimmonio que consumaar.

—Ootra vvezz.

Dicho eso, solo escucho el sonido sordo del celular de Natalie caer en una superficie donde la llamada se corta. Yo tengo que sostener mi estómago por las risas. Oliver también ríe, pero de una manera más controlada; observo mi celular y tengo notificaciones de Natalie de sus redes sociales que al parecer son de mucho antes de llamarme, comienzo a verlas y son fotos de ellos y su supuesta boda, Natalie con un velo de novia, bastante ridículo, un vestido rojo de látex que no sé de dónde carajos pudo haberlo sacado y unas botas blancas hasta la rodilla, y David con cara de exconvicto portador de marihuana y un estúpido traje amarillo de rayas, no puedo evitar reír a carcajadas y Oliver tampoco mientras mira cada una de las fotos, el supuesto sacerdote, la capilla, dos hombres con vestidos rosados con bastante tul, supongo que las damas de honor, esto es increíble.

—Juro que me burlaré de David por el resto de su vida —agrega Oliver carcajeando, pasando de una foto a la otra.

No me imagino a esos dos en una vida de casados. Luego de varios minutos intentándonos controlar tengo que apagar mi celular porque ver las fotos de Natalie y David no ayudan de mucho y ya casi estoy sin aire en los pulmones.

—Tal vez deberíamos casarnos de esa forma, Oliver —digo y lo miro seriamente, sus pómulos están sonrojados de tanta risa, al escuchar eso me observa.

—Estás loca, yo quiero casarme en una boda normal, sobrios y que lo recordemos al día siguiente.

—Oliver... ¿No eras tú el que odiaba las cosas románticas? —Oliver ríe y me mira de una manera tierna.

—Lo sé, esto es tu culpa —acaricia mi mejilla de manera delicada—. Por cierto —se levanta y camina hacia su maleta—, tengo algo para ti —lo miro desconcertada, se dirige hacia mí con una cajita en las manos con un enorme moño que observo intrigada.

—¿Q... Qué es?

—Una sorpresa —contesta de inmediato, Oliver me entrega la cajita y la tomo casi temblorosa, tengo que saber qué es, la curiosidad me carcome, comienzo a desatar el bendito moño rápidamente, yo soy mala para las sorpresas y el odioso moño se enreda más de lo que ya estaba, Oliver ríe sentándose a mi lado y me ayuda a desenredarlo con extrema delicadeza. Abro la cajita y no puedo creerlo, es el collar fino con la perla colgante que llamó mi atención en aquella joyería en California, el que valía más de cinco meses de renta de mi apartamento. Abro mis ojos como platos, como mencioné antes, a Oliver no se le escapa nada.

—Oliver, te dije que...

—No —me interrumpe—, tú me dijiste que no querías un yate o un helicóptero. No hablaste nada de esto.

Ni siquiera sé qué decir, no tengo palabras. ¿Cómo es posible que Oliver sea tan atento que hasta una cosa como esta no pase desapercibida? —En serio, gracias —lo abrazo efusivamente y él me rodea con sus brazos.

Me separo de él y lo observo a los ojos, él también me observa, toma mi rostro con ambas manos y me da un casto beso en los labios. Toma el collar y lo lleva a mi cuello ubicándose detrás de mí, aparto mi cabello y con toda gentileza lo enrosca en la parte de atrás, puedo sentir su respiración muy cerca de mi cuello y me estremece.

Tomo la perla y la observo, se ve preciosa, volteo hacia Oliver, quien también está viéndola con intriga.

—Me encanta cómo te queda —habla Oliver, esbozando una sonrisa.

—En serio, gracias —lo miro de manera tierna, no sé qué es lo que me enamore más de él, su caballerosidad, su forma de ser o lo atento que es—. ¿Salimos? Quiero ir a un lugar que tengo mucho de no visitar —digo, viendo sus hermosos orbes azules.

—Sí, pero tengo que cambiarme, no voy a andar por ahí cubierto de gotas de vino —dicho esto se saca la polera dejando su torso al descubierto. Inconscientemente lo repaso con la mirada una y otra vez.

—¿Te gusta lo que ves? —sonríe, esa típica sonrisa pícara suya, de inmediato llevo mis ojos a los suyos y me está viendo con un gesto de diversión. Siento cómo la sangre sube directamente a mis mejillas, no tengo de otra más que reír.

Creo que eso fue suficiente respuesta para él, a quien también le parece gracioso sonrojarme, toma mi rostro con ambas manos y me besa, un delicioso y tierno beso que se va volviendo más apasionado, se deshace de mi cazadora que aún llevaba puesta e introduce sus manos debajo de mi camiseta, comienza a acariciar mi cintura suavemente con solo la yema de sus dedos, cada roce se siente como una corriente eléctrica recorriendo mi columna vertebral.

—Debo admitir —habla, separando un poco sus labios de los míos— que tengo mucho que agradecerle a mi padre —hace una pausa y junta su frente a la mía—, de no ser por él no estuviese aquí contigo.

Sonrío y observo cómo sus ojos levemente se cristalizan y los cierra, me vuelve a besar, llevando sus manos a ambos lados de mi rostro. Nuestras lenguas se encuentran y no dudo en llevar mis manos a su curvatura estrujando sus burbujas, de inmediato se estremece y me mira con una ceja levantada.

—Alex —espeta, con una risa que no puede contener.

—Lo siento, no me aguanté —aclaro mi garganta y me encamino hacia la puerta, al abrirla giro sobre mis talones y ahí está él esbozando una amplia sonrisa—. Te doy 20 minutos, y para mí 20 minutos son 20 minutos —enarco una ceja y lo pierdo de vista una vez que cierro.

Llegamos a la camioneta y me adelanto lo suficiente como para ser la primera en abrir la puerta para él, acomodo mi cazadora negra y con un porte erguido, muy similar al de él, abro la puerta y espero que suba, él se detiene y me observa divertido.

—¿Qué estás haciendo, Alex? —pregunta, viéndome a los ojos.

—¿Qué? Tú también mereces que te abran la puerta para subir al auto, hoy yo conduzco y tú disfruta de tu viaje —guiño un ojo, él me mira con sus ojos entrecerrados y sonríe negando con su cabeza.

—Me siento toda una dama —ironiza haciéndome reír, sube sin vacilar, rodeo el auto para subirme del lado del conductor.

Conduzco por unos cuantos metros y me desvío sobre una trocha, se escucha el silbido fuerte del viento sobre aquellos árboles frondosos y cuando se detiene es un extremo silencio, llegamos a un punto que lo único que alumbran son los faros del auto y la luz de la luna. Oliver frunce el ceño y observa al exterior.

—¿Vas a raptarme para luego abusar de mí, cierto? —no puedo evitar reír y él esboza una sonrisa pícara.

—¿Cómo lo supiste? —finjo asombro sin desviar la vista de la carretera y vuelvo la mirada a él, quien me está viendo con una sonrisa.

Continúo el camino y luego llegamos a un lugar bastante poblado, Oliver tiene su mirada puesta en la ventana, sigo conduciendo, aproximadamente veinte minutos después llegamos al lugar, Oliver toma la manecilla de la puerta.

—¡NO! —espeto, él se estremece y voltea a verme, sí, que sepa qué se siente. Me bajo rápidamente y rodeo el auto, abro la puerta para él y me mira con una sonrisa, hago una seña de que baje cuando miro que solo me observa sin moverse. Niega con su cabeza mientras baja y observa alrededor una vez que sus zapatos han tocado el pavimento.

—¿Qué es esto, Alex? —pregunta, y me observa tomando mi mano para entrar a aquel lugar donde *We will rock you* se escucha hasta el exterior.

—Un lugar al que solía venir antes de mudarme a Nueva York —menciono con una sonrisa, Oliver mira intrigado y casi a jalones lo llevo dentro de aquel lugar luego de pagar las entradas—, hacen peleas de lucha libre para recoger fondos para una asociación que ayuda a personas sin hogar.

—¿En serio? —me giro levemente hacia él para asentir—. ¿Usan violencia para recoger fondos?

—No es violencia —y en ese momento se escucha un estruendo proveniente del *ring*, ambos vemos en esa dirección y dos tipos atacan a uno que yace en el suelo.

—¿No lo es? —ironiza, con una ceja enarcada cuando vuelvo mi mirada hacia él.

—Oliver, es solo actuación —río levemente mientras sigo mi camino tomando su mano—. Las peleas son ensayadas para hacerlas reales, en su mayoría son actores con conocimientos en artes marciales.

El olor a tabaco es bastante fuerte, Oliver mira en todas las direcciones posibles con su entrecejo levemente fruncido, entrelaza sus dedos con los míos mientras nos abrimos paso entre las personas.

—Es la cosa más loca que he escuchado —ríe levemente—, pero siendo así, ¿por qué no me dijiste antes? Pudimos haber pagado doble por nuestras entradas.

Frunzo mi entrecejo con una leve sonrisa.

—¿En serio? —él asiente, llegamos hasta una mesa donde hay tragos de colores, le entrego uno a Oliver y de paso uno para mí para disfrutar de este *show*, lo tomo de un solo trago y siento cómo quema mi garganta.

—Vamos —digo a Oliver, empujando un poco su trago hacia arriba—. ¿Qué esperas? —él me mira con una ceja enarcada y lo toma también de un solo trago.

—Es el único que me haces tomar, yo sí tengo que conducir —en ese momento más gritos de personas y volteamos en dirección al *ring*, Oliver frunce su entrecejo y vuelve su mirada a mí.

—Sí, Oliver, es actuación —espeto porque ya sé su pregunta, tomo su mano para buscar un lugar frente al *show*—. Es divertido. ¿No quieres probar? —ya sé su respuesta, pero me causa gracia su gesto de preocupación. De inmediato niega con su cabeza, lleva su mirada al frente cuando todos comienzan a gritar y a ponerse de pie por el tipo que supuestamente ha ganado.

Y así pasan mujeres, adolescentes, adultos, ancianos; todos los chicos con los que solía juntarme en este lugar se asombran al verme y me saludan desde sus lugares.

—Al parecer, solías ser popular —menciona Oliver, llevo mi mirada a él y sonrío.

—Bueno, siempre me llevé con todos, no me gusta estresarme teniendo enemigos —él ríe levemente y regresa su vista al frente.

—¡Alex! —escucho una voz que me es familiar, de inmediato llevo mi mirada en esa dirección, sonrío ampliamente y observo a unos cuantos metros de mí a Matthew, solíamos juntarnos bastante en la secundaria.

—¿Matthew? —cuestiono, me pongo de pie para saludar, no le doy un abrazo por respeto a Oliver, quien de inmediato se tensa al verme ponerme de pie y dirigirme hacia el chico, Matthew lo entiende, solo extiende su mano y sonríe, su cabello castaño está un poco más corto y sus mismos ojos grises brillosos—. Matt, él es mi...

—Esposo —menciona Oliver de inmediato, poniéndose de pie como un resorte, rodea mi cintura con su brazo y me apega más a su cuerpo, tengo ganas de soltar una risa por sus actitudes, pero no lo haré. Matthew se sorprende y me mira.

—Vaya, no tenía ni idea de que te habías casado —habla con una sonrisa, ellos se estrechan la mano—. Es un placer, yo soy Matthew —Oliver le sonríe, forzadamente.

—Los veo luego, ya es mi turno —esboza una sonrisa y se retira. De inmediato me vuelvo a Oliver con una ceja enarcada.

—¿Qué? —dice de inmediato—. Creí que era algún enamorado tuyo —dicho esto, toma mi mano y volvemos a nuestros lugares.

Lo miro todo el tiempo con una ceja enarcada y él solo esboza una bella sonrisa. En cada pelea le explico cómo hace cada luchador para actuar cada golpe, luego de un rato lo miro interesado y con una cerveza en las manos que yo termino de beber.

Creo que me pasé, al salir del lugar, ya siento que cada pie me pesa un kilo, recuesto mis caderas sobre la camioneta al sentir el aire golpear mi rostro, mientras espero a Oliver, quien le está entregando unos billetes al que cobra las entradas, cierro los ojos para inhalar y Oliver me sorprende con un beso en mi frente.

—¿Podemos quedarnos aquí un rato? —pregunto, la verdad que el clima y la noche están para quedarse afuera a contemplarla. Subo al capó de la camioneta y Oliver ríe ubicándose entre mis piernas.

—¿Así que te gustaba practicar estas cosas? —cuestiona, ayudándome a acomodar mi cabello alborotado.

—No exactamente esto, me gustan las peleas de verdad. ¿Has ido a alguna? —él me mira con su entrecejo fruncido.

—No —contesta de inmediato—, no es algo que llame mi atención, aunque voy a admitir que no me aburrí de todo allá adentro.

—¿Lo has notado? —pregunto, viendo esos orbes azules levemente iluminados por los faros eléctricos—. Tú y yo somos tan diferentes —acomodo un pequeño mechón de su cabello, él sonríe y asiente con su cabeza.

—Pero eso es lo que me encanta de ti —habla muy cerca de mis labios—, que seas diferente y me hagas ver las cosas desde tu loco punto de vista —me hace sonreír, me encanta ese leve roce que hace con su nariz contra la mía, cuando levanto la mirada al cielo, miro un pequeño destello y se apaga por el horizonte.

—Oliver, pide un deseo —lo sacudo de la manga de su cazadora, él levanta la mirada al cielo en dirección a donde yo estoy viendo.

—¿Para qué puedo pedir un deseo, Alex? Si ya tengo todo lo que quiero —vuelve su mirada a mí y con sus manos en mi cintura me aferra más a él—, tengo un buen trabajo, casa, auto y una linda esposa que no cambiaría por nada —me quedo sin palabras, es que... aún no me acostumbro a esta faceta de mi Oliver.

—¿Decías que no eras cursi? —suelta leves risas y apoya sus labios sobre los míos.

—Al parecer se contagia —dice, muy cerca de mis labios, casi de inmediato vuelve a unirlos con los suyos, sus manos viajan al interior de mi camiseta y me estremece ese contacto de su piel contra la mía.

—¿Nos vamos? —pregunto, él asiente.

Subimos al auto, él conduce, toma mi mano todo el camino de regreso, solo separándola de la suya unos segundos para meter cambios.

Al llegar a mi habitación, nuestros labios vuelven a unirse, él acaricia solo con roces mi abdomen luego de deshacerse de mi blusa; nuestras prendas van cayendo poco a poco, sus labios, su forma de besar, sus manos contra mi piel desnuda, todo eso hace que me vuelva loca, loca por él.

—Te amo —susurra, aún con su respiración entrecortada, sin salir de mi cuerpo.

—Y yo a ti, Oliver —contesto de la misma forma, con mi mano sobre su mejilla, acariciando su pómulo con mi pulgar.

(Capítulo 47)

Despierto con el suave sonido de un gorrión, abro los ojos y de inmediato enfoco al pajarillo sobre el marco de la ventana, ya extrañaba esto. Me remuevo un poco, pero..., mierda, el pecho de Oliver es bastante cómodo. De inmediato, Oliver despierta, talla sus ojos y mira en todas las direcciones.

—¿Qué hora es? —pregunta, vuelvo mi mirada al aparato sobre la mesa de noche y el reloj marca un poco más de las ocho.

—Las ocho —Oliver abre los ojos como platos y se levanta de la cama como un resorte, corre hacia el baño y lo miro con intriga perderse tras la puerta.

—¿Qué te pasa? —me pongo de pie y camino hacia él, está lavando sus dientes con prisa.

—El regulo du tu...

—¿Qué? —él escupe la pasta dental y encuentra mi mirada en el espejo.

—Nuestro regalo para tu padre ya debe estar aquí —continúa cepillando sus dientes. ¿Nuestro regalo?

—¿Cómo que nuestro regalo? —camino hacia él mientras me cruzo de brazos y me detengo a su costado, él asiente y frunzo mi entrecejo—. ¿Qué le compraste?

—¿Qué ama tu padre aparte del vino? —suelta, luego que termina de lavar sus dientes; limpia sus manos en una toalla.

—¿Las vacas? —me imagino una vaca con un gran moño y no puedo evitar reír, lo que hace a Oliver voltear a verme con intriga mientras se pone una polera y luego un pantalón deportivo—. Lo siento —menciono, entre risas y él me mira con sus ojos entrecerrados.

—No es una vaca —menciona, con una sonrisa, dicho esto abre la puerta y sale, me pongo un *short* a toda prisa y salgo tras él.

Justo al bajar las escaleras mi madre y Stefanie están ahí, ambas sostienen una taza de café y llevan su mirada a nosotros.

—Llegó algo para ti, Oliver —menciona mi madre, encaminándose hacia la cocina, regresa a paso rápido con una enorme caja, que por su forma puedo jurar que es una escoba.

Pero no me imagino a Oliver regalándole una escoba a mi padre.

—Guau, sí que son más que puntuales. Muchas gracias —manifiesta Oliver, mientras mi madre le entrega una caja. Tengo que saber qué es. La curiosidad me vuelve loca—. ¿Alexander no lo vio, cierto? —pregunta, mirando a mi madre y a mi hermana. Ambas niegan con su cabeza.

¿Alexander? ¿Ahora son amigos?

—Salió muy temprano hoy para terminar sus labores a tiempo para la cena que le tenemos preparada —dice mi madre, tomando su taza de café que había dejado sobre la mesita frente al sofá.

—Estupendo —Oliver camina de regreso a la habitación pasando por mi lado, ellas me miran intrigadas.

—Alex, ¿qué es? —sisea mi madre, cuando Oliver ya ha subido las escaleras.

Ni yo sé qué es. Pero puedo jurar que es algo horriblemente caro.

—Es una sorpresa para papá, madre —arqueo mis cejas y camino detrás de Oliver tratando de ocultar mi ignorancia—. Por cierto —me detengo a la mitad de las escaleras—, ¿qué es lo que Alexander ama aparte del vino?

—A mí —mi madre no duda en responder, toma un sorbo de café y mueve sus hombros de manera graciosa, Stefanie la mira con su entrecejo fruncido—. ¿Qué? Ustedes ni se imaginan cuál es mi regalo para él esta noche.

¡Por Dios!

—Mamá no me cuentes —digo, negando con mi cabeza, subo inmediatamente antes de que a mi madre se le ocurra hablar demás. Mejor le ruego a Oliver para que me diga qué es. Tengo que averiguarlo.

Subo aquellas escaleras a toda la velocidad posible, hiperventilo cuando llego a la habitación y ahí está Oliver, ha puesto la caja sobre la cama y de inmediato siento el enorme deseo de abrirla imprudencialmente como cuando me entregó el collar.

—¡No! —exclama Oliver, como leyendo mis pensamientos, siempre hace eso y me hace verlo desconcertada.

—Entonces dime qué es porque si no te juro que esa cajita no llega intacta hasta la cena —sonríe, yo no le veo la gracia.

—Entonces iré a esconderla —lee unos papeles que supongo que son de la entrega.

—Oliver...

—Piensa, Alex... —me interrumpe—. Si al menos le atinas cerca te digo qué es con más exactitud —declara, aún sin quitar la vista de los papeles.

Y pienso, pienso y pienso, mientras me siento en la orilla de la cama... Descarto un bate de béisbol porque él odia el béisbol, tomo la caja y la sacudo y nada se mueve dentro. *¡Mierda!* —exclamo—. Oliver mira mi acto de desesperación divertido.

—¡Vamos! —intenta animarme, lo observo a los ojos, como si fueran a decirme algo—. No lo puedo creer, Alexandra —exclama—, a mí me bastó con escucharlo una vez.

—¿Tiene que ver con vinos? —interrogo.

—No —contesta de inmediato y vuelven sus ojos a los papeles.

—¿Con mamá? —frunce el ceño y ríe, seguro que escuchó lo del regalo de mi madre a papá.

—Tampoco —niega con su cabeza.

Mierda.

—¿La cabeza del otro hombre que fabrica vinos por aquí cerca? —Oliver ríe a sonoras carcajadas—. ¿El cadáver del perro de la panadería que le mordió el tobillo hace unos años?

—No... —más carcajadas de parte de Oliver.

—¿Una varita mágica? —Oliver lleva sus manos a la cintura mientras me mira divertido.

—En serio que no he conocido a nadie con mejor imaginación —continúa riéndose.

Esto es demasiado estrés para mí. Estoy comenzando a quedarme sin uñas, me recuerda cuando jugábamos a las adivinanzas con mis primos. Solo que a ellos si no me daban la respuesta los golpeaba y a Oliver no puedo hacerle eso. ¿Qué ama Alexander aparte del vino, y aparte de mamá? Qué buen acertijo. ¿Por qué no lo ponen en los crucigramas?

Observo los papeles que Oliver tiene en sus manos, en un ágil movimiento logro arrancárselos de las manos, pero rápidamente me logra tumbar sobre la cama, forcejeo para que no logre quitármelos y se postra sobre mí, entre sus piernas me atrapa, sus carcajadas le restan fuerza, pero aun así es más fuerte que yo, sujeta fuerte mis muñecas y cambio mi expresión por una mueca de dolor, Oliver me observa e inmediatamente se levanta.

—Lo siento, mi amor, ¿estás bien? —su entrecejo está fruncido y me mira con intriga.

Funcionó.

Me levanto de un salto y corro hasta el baño cerrando la puerta antes de que él logre cruzar.

—¡Maldición! —exclama—. Te juro que la próxima vez no me haces caer, Alex Carlin —ríe a carcajadas mientras le da un golpe a la puerta con la palma de sus manos.

No me da tiempo de reír, comienzo a buscar en el bendito papel lo que pueda haber en esa bendita caja. Mis manos tiemblan de emoción.

Cliente Premium, Oliver Anderson, Fecha bla, bla, bla...

1 P D GLF Titl.

¿Qué mierdas es esto?

Y así es como toda esperanza se esfuma. ¿Por qué no escriben las cosas completas?

Mi celular me saca de mis pensamientos. ¡Mierda! Tengo que salir. Con mi cabeza agachada en señal de derrota salgo del baño mientras busco mi celular. Siempre Oliver se sale con las suyas, *sip*, ahí está con una sonrisa triunfante y extiende su mano para que le entregue los papeles, así lo hago mientras voy por mi celular que está sobre mi mesa de noche.

—*Alex... Emm... ¿Cómo te digo esto?* —la voz de Natalie invade mis oídos inmediatamente al descolgar, está bastante pacífica para haber descubierto esta mañana que se ha casado con un vestido de látex rojo y unas botas blancas.

—¿Que te casaste con David? ¿En Las Vegas? Creo que ya lo sé.

—*¡No!* —chilla y mis tímpanos se resienten—. *Que tuve sexo dentro de un ascensor y es la cosa más loca cuando va bajando desde el piso número cincuenta* —grita de emoción y yo no me puedo creer esto.

—¿O sea en público? —Oliver sale de la habitación con los benditos papeles.

—*No, David pagó para que no dejaran subir a nadie a ese ascensor. ¿Puedes creerlo?* —lo que no puedo creer es en lo que se ha gastado el dinero.

—¡Guau! ¡Pero qué cosa más loca! —ironizo—. Y bien, ¿no te arrepientes? Porque tus redes sociales están que explotan con todas esas fotografías.

Silencio del otro lado.

—*¿Qué fotografías?* —frunzo mi entrecejo, a estas alturas creí que ya lo sabría.

—Las que publicaste, con tu vestido de novia y tus botas blancas —más silencio del otro lado y un grito.

—*No, no, no... No lo puedo creer... No, no, no, no, no...* —la llamada se corta, supongo que no se lo ha tomado bien.

Desde que mi mirada se despega del celular lo primero que enfoco es la jodida caja esa, lo único que se me ocurre es buscar en Google «P D GLF titl», inmediatamente me envía la autocorrección «P D GOLF titl». ¿Golf? Ahora que lo recuerdo, mi padre jugaba golf y tengo entendido que era bueno. ¡Bendito Google! Y ahora que todo tiene sentido Oliver no solo regalaría un palo de golf, al menos que sea uno rodeado de diamantes y no le puede regalar algo así a mi padre, lo vendería por eBay.

Oliver regresa a la habitación luego de un par de minutos y yo estoy sentada en el borde de la cama junto a la caja con una enorme sonrisa.

—Oliver, ¿es un palo de golf? —él se detiene en seco y me mira.

—Dime que no lo abriste.

—No. ¿Qué te costó?

—Poco —dicho esto toma una toalla y se encamina al baño.

—¿Cuánto es poco para ti? —me pongo de pie y camino tras él mientras se quita la polera.

—La curiosidad mató al gato —sonríe. Sé que no me va a decir. Mierda—. Tomaré una ducha, tu padre me mostrará el viñedo. ¿Vamos?

—No, gracias. Diviértete —la verdad no quiero pasar tiempo con mi padre.

Bajo las escaleras y me dirijo a la cocina mientras Oliver toma un baño, mi estómago ruge, a estas horas ya debe haber desayuno. Al entrar a la cocina, para mi sorpresa, Alexander está ahí parado al lado de la mesa del comedor, con una mano se sostiene de la orilla de la mesa y mira hacia el suelo con los ojos cerrados, esto no es normal. Y recuerdo que mi madre dijo que estaba enfermo.

—Alexander, ¿estás bien? —levanta su cabeza y me mira, tiene el rostro pálido y unas ojeras que casi le llegan al suelo.

—Sí, Alexandra. No te preocupes, solo estoy bajo de azúcar y no he tomado las medicinas.

—¿Y qué esperas para tomarlas? —trago saliva, mientras estudio cada una de sus facciones.

Me mira nuevamente. Y cuando va a decirme algo Stefanie se abalanza sobre él, si no es por la mesa a la que estaba apoyado creo que lo hubiese hecho caer de espaldas. ¿Por qué yo nunca he podido ser así con él? Tal vez porque cuando quise abrazarlo me decía que odiaba esas cosas.

—Feliz cumpleaños, papá —él ríe, pero una risa desganada, no sus típicas risas efusivas, algo en mi interior despierta una alarma y no sé por qué me preocupa.

—Gracias, mi niña —recuerdo que también tengo que felicitarlo.

—Feliz cumpleaños, Alexander —arqueo mis labios en una media sonrisa y él me mira, esboza una sonrisa, desde hace mucho lo llamo Alexander y nunca pareció afectado. Extiende su mano hacia mí.

—Ven acá —exclama, observo su mano extendida hacia mí y por unos instantes no sé cómo reaccionar, la tomo mientras me acerco a él. Sus manos están frías, por un momento creo que está nervioso y me abraza, mi mente se queda en blanco, no recuerdo cuándo fue la última vez que me dio un abrazo. Creo que nunca desde que tengo memoria me ha dado un abrazo.

Por unos segundos no sé qué hacer, mis brazos están a cada lado de mi cuerpo y con dificultad los levanto para rodearlo, siento algo posesionarse en mi pecho y mis ojos se cristalizan, y recuerdo que hace esto porque estoy casada con Oliver Anderson y estoy segura de que es Oliver quien le ha dicho que haga estas cosas, me separo de él con una forzada sonrisa en mi rostro, aclaro mi garganta.

—I... Iré a bus... Buscar a Oliver —balbuceo, maldito nudo en mi garganta. Él simplemente asiente.

—Por favor, dile que lo estoy esperando aquí abajo —asiento con mi cabeza, mientras los pierdo de vista al salir por la puerta de la cocina.

Subo las escaleras a toda prisa, al llegar a la segunda planta siento mis piernas como gelatina y mi corazón late con fuerza, me sostengo del agarre del último escalón y llevo mi mano a mi pecho, intento controlarme, él solo está actuando. Pero la idea de que está haciendo esto porque está bastante enfermo también ronda mi cabeza, ese arrepentimiento solo se ve en personas en su lecho de muerte, prefiero pensar que es por Oliver, él es un hombre fuerte que no conoce las enfermedades, lo conozco y sé que es tan terco como para no buscar ayuda médica si es algo grave.

—Alex... —una voz que conozco me saca de mis pensamientos—. ¿Estás bien? —no me di cuenta a la hora que me senté en el último escalón, hundo mis dedos entre mi cabello con mis codos sobre mis rodillas, me volteo rápidamente y fuerzo una sonrisa.

—Sí, es solo que... —Oliver se sienta a mi lado, se ve guapo con una camiseta blanca con figuras negras que no logro distinguir.

—¿Es tu padre? ¿Te ha dicho algo?

Ojalá fuera eso, niego con mi cabeza.

—Está en la cocina esperándote —intento ágilmente cambiar de ánimo, tal vez estoy exagerando.

—¿Segura de que no quieres venir? —vuelvo a negar con mi cabeza.

—Mejor me quedaré a ayudar por acá —él sonríe y besa tiernamente mis labios.

—Cualquier cosa me llamas, ¿de acuerdo? —esbozo una sonrisa mientras asiento, baja las escaleras y lo pierdo de vista al doblar hacia la cocina.

(Capítulo 48)

Me regreso a la habitación, necesito recostarme un poco y pensar que todo está bien, abro la puerta y miro alrededor, me sorprendo al notar que todo está perfectamente arreglado y en su sitio, ni una sola arruga en las sábanas. ¿Cómo? Yo pensé que el cuarto de Oliver se miraba tan limpio y ordenado por Rosa, pero ya veo que Rosa no tiene nada que ver, no puede ser cierto, sí que es un perfeccionista en todos los sentidos, y yo que todo el tiempo ando tirando las cosas por ahí, al menos ya tengo quien las recoja, no puedo evitar reír ante mi pensamiento.

Me despojo de mi ropa y tomo una ducha, me relajo al sentir el agua recorrer mi cuerpo, se siente tan bien, el aroma a flores que desprende mi champú invade mis fosas nasales, tomo una toalla y me seco perfectamente, busco algo que ponerme y con el cabello aún húmedo bajo a la cocina.

Sé que es la abuela que está cocinando, mi nariz reconoce esos aromas que hacen mis papilas gustativas salivar, camino hasta ella; por suerte mis Converse no hacen ningún ruido y la abrazo por detrás, al instante se suspende tirando el cucharón por los aires y regándose ella misma e incluso a mí de algo que parece una salsa, miro mi brazo cubierto del líquido rosa y no dudo en pasar mi lengua por este, ella se separa de mí con la mano en el pecho y me observa intimidantemente. En ese preciso momento mi madre entra a la cocina suelta en carcajadas.

—Tú eras la que repetía una y otra vez que extrañabas a Alex, ¿no? —y miro a la abuela, quien aún mantiene esa mirada en mí.

—En serio, abuela, ¿me extrañabas? —la rodeo con mis brazos de una manera tierna y ella sonríe.

—Sí, ya extrañaba esos sustos que casi me paralizan el corazón. Nunca le hagas eso a tu padre o lo mandas al hoyo inmediatamente.

Y ahí es donde me doy cuenta de que él sí tiene algo, miro a mi madre en busca de una explicación y ella está de espaldas a nosotros cortando unas verduras ajena a la plática.

—Abuela. ¿Qué es lo que tiene Alexander? —la abuela está limpiando la salsa de la pared y levemente se gira hacia mí.

—¡Muchacha! ¡No lo llames así! Papá. PAPÁ —enfatiza—, eso es culpa de Billie, que en paz descanse, te hizo llamarlo papá a él y al pobre Alexander por su nombre —ruedo mis ojos.

—Y bien. ¿Me dirás que tiene PAPÁ? —hago énfasis en esa palabra para que le quede claro.

—Últimamente le ha estado afectando el corazón —la abuela mira al vacío, significa que él no estaba actuando.

—El otro día lo llevamos de emergencia al hospital —mi madre interrumpe y me mira—, sufrió un ataque cardíaco al llegar, llegamos a tiempo, de otra forma ya no estuviese aquí —su expresión se torna triste—. Cuando regresó en sí, por la primera persona que preguntó fue por ti, y no digas que tiene algo que ver con Oliver porque cuando eso pasó aún no nos habíamos enterado de que estabas casada, y te puedo enseñar los papeles del hospital —mi madre me mira molesta y regresa a su posición para comenzar a cortar unos pimientos.

—¿Pero por qué nadie me dice nada? —me cruzo de brazos, cierro mis ojos para intentar calmarme y los abro nuevamente, si es que ni para esto me toman en cuenta.

—Porque él no quiso que te mencionara nada de esto. Así que no le digas nada, por favor —se voltea y me mira—. Dime, si te hubiese dicho, ¿cómo hubieses reaccionado? No creo que hubieses venido hasta aquí, no te has aparecido por ninguno de mis cumpleaños, de los de tu abuela ni por los de Stefanie por estar tan molesta con él —ella se acerca a mí y yo la miro con mi entrecejo fruncido.

—Tu madre tiene razón, Alex —la voz de la abuela me saca de mis pensamientos—, aunque a veces se porte como loca como la vez que encontró unas cruces rojas afuera de la casa y comenzó a gritar que habían venido a hacerles brujería —ríe a carcajadas— y en realidad era tu padre que quería hacer un garaje más amplio y no encontró otra manera más sutil de mostrarle a los trabajadores de qué ancho lo quería —y sigue riendo, mi madre solo tapa su rostro y puedo ver cómo la sangre se le ha subido al rostro; no puedo evitar reír igualmente, incluso me tengo que sostener de la mesa porque ya no puedo más, y así fue por el resto de la hora, hasta que mi madre me deja ir su bendita chancla y queda casi pintada en mi brazo.

—¡Mamá!

—Puedes estar casada, con diez hijos y 25 nietos, pero yo siempre seré tu madre y de mí no te vas a reír —ni ella misma aguanta una risa, cuando intento reír nuevamente se saca la otra chancla y salgo de ahí lo más rápido que puedo, esas jodidas chanclas de plataforma sí duelen.

Antes de subir las escaleras observo por la pequeña ventana con la vista del patio, llama mi atención una imagen de Stefanie, por la expresión en su rostro sé que está bastante molesta y discute con alguien, miro quién está frente a ella y no puede ser nadie más que el idiota del doctorcito Evan, siempre con su traje verde que presume por todos lados. Me detengo para continuar viendo la escena, cuando el idiota toma a Stefanie de la muñeca y comienza a zarandearla mientras le grita. ¿Quién se cree ese idiota?

Salgo de la casa por la puerta contigua a la ventana y camino hacia ellos lo más rápido que puedo con mis puños cerrados a ambos costados de mi cuerpo, no sé por qué Stefanie nunca aprendió a defenderse, a mí alguien me agarra de esa forma y juro que le arranco las pelotas. Justo en ese preciso momento Evan levanta su mano y solo observo a Stefanie caer sobre el pasto, *maldito hijo de p...* Me acerco a ellos más rápido y me impulso para empujarlo contra un árbol al lado de él, ni siquiera puedo medir la rabia que siento en estos momentos, Stefanie se levanta de inmediato e intenta limpiarse las lágrimas que corren por sus mejillas. La sostengo al ver que sus piernas flaquean por ponerse de pie tan bruscamente.

—No te metas en lo que no te importa, hija de perra —odio que la voz de ese idiota retumbe en mis oídos, mucho más con esas insultantes palabras, más hijo de perra que él no puede haber.

—¿Cómo me llamaste? —giro hacia él, no sé qué expresión tendré en estos momentos, pero no es buena.

—¿No escuchaste bien? —el muy idiota suelta una risa sarcástica—. Si es que por algo son hermanas, las dos son igual de tontas.

Inmediatamente siento cómo la sangre hierve en mi interior y se posesiona en mi puño derecho que sin pensarlo dos veces le dejo ir con todo el coraje que he podido recoger haciendo que retroceda y lleve su mano a su quijada. Siento cómo un dolor va desde mis nudillos y se extiende por todo mi brazo.

—A mí me respetas, hijo de puta.

Stefanie se intenta sostener de mí y siento que va a desvanecerse, volteo mi mirada hacia ella y Evan toma mi brazo y de un tirón me suelto de su fuerte agarre, levanta su puño y me espero el golpe sobre mi cara.

—Hazlo y te juro que te rompo la cara —reconozco esa voz, veo hacia mi costado y Oliver se está acercando. Evan retrocede y lo mira, pero no estoy para quedarme a aplaudir la escena.

Me inclino hacia Stefanie, quien se ha sentado sobre el pasto con las manos en su rostro y llora sin consuelo, mis manos tiemblan y comienzo a apartar los mechones rubios que están sobre su rostro. Siento un leve dolor en mi muñeca, pero le resto importancia.

—Para golpear mujeres sí tienes huevos —Oliver se para frente a él y se cruza de brazos, Evan lo mira sin decir una palabra—. Vamos, intenta lo que tenías pensado, pero ahora conmigo.

Evan retrocede ante la intimidante mirada de Oliver, y es que comparando su apariencia física con la delgadez de Evan, ahí sí el muy maldito no tiene agallas.

—Ten por seguro que voy a arruinar tu carrerita como doctor. ¿Entendiste? —Evan traga saliva, y es que hasta yo me preocuparía de que Oliver me dijera algo así, pero ojalá lo haga. En ese preciso momento Stefanie afloja mi mano y se deja caer sobre el pasto.

—¡Stefanie! —intento sacudirla y observo cómo su pantalón blanco se tiñe levemente de rosa en su entrepierna, todas mis alarmas se disparan—. Oliver, llama una ambulancia, ahora —mis ojos lagrimean, él saca su celular. Evan se percata de la situación e intenta acercarse y de un empujón Oliver lo vuelve a lanzar contra el árbol.

(Capítulo 49)

La ambulancia está tardando demasiado, cada segundo que pasa siento que se me va el alma, tengo ganas de llorar, pero no lo haré, yo soy fuerte, en este momento mi mente comienza a buscar culpables y antes de apuntar a Evan, apunta a mi padre; si él no le hubiese metido en la cabeza que tenía que casarse con un médico ella no estuviera en esta situación con este imbécil que es más de doce años mayor, desgraciadamente él es el único que sabe qué hacer en esos casos, ahora sí me arrepiento de no haber continuado la carrera de medicina, me siento inútil y tengo que permitir que este imbécil me dé instrucciones.

Oliver va por mi madre; enseguida ella y la abuela vienen corriendo, mi madre se quita las sandalias de plataforma para correr mejor, la abuela por su edad sabe sus cosas, así que gracias a Dios ya no necesitamos del idiota de Evan, Oliver lo toma de su bien arreglado maldito uniforme y de un puño lo aleja de la escena, podría jurar que miro preocupación en su cara, pero estoy segura de que es el miedo de perder su carrera como médico.

—¿Qué fue lo que pasó? —pregunta mi madre, sus manos tiemblan y por un momento observo cómo sus rodillas casi le hacen pasar un mal momento, pero se mantiene en pie y se deja caer en cuclillas en el pasto junto a Stefanie, la abuela se acerca a ella del otro lado. Tomo las llaves de la mano de Oliver y voy corriendo hasta la camioneta, Oliver me sigue, pero al ver que Evan intenta acercarse lo tira de nuevo de un empujón y le dice algo que no presto atención.

Corro hasta la camioneta y siento mis piernas como gelatina, las benditas llaves se me caen tres veces y no logro dar con el espacio donde van porque mis manos tiritan; cuando por fin lo hago, pongo en marcha el auto y choco contra el depósito de basura frente a la casa y paso sobre el jardín de mi madre destrozando todo lo que hay ahí, sé que luego me lo va a reprochar, pero culparé al maldito de Evan, me estaciono bastante cerca y

Oliver lleva a Stefanie en brazos hasta la camioneta. Mi madre y la abuela suben enseguida.

—Alex, déjame conducir —habla Oliver, accedo porque sé que no me siento en condiciones como para conducir hasta el hospital. Me ayuda a bajar de la camioneta tomando mi antebrazo y observa la marca que los dedos de Evan han dejado cuando me tomó bastante fuerte.

—Hijo de puta —exclama—. Esto lo arreglo luego con él.

Ni siquiera presto atención, me ayuda a subir del lado del copiloto y siento mi corazón latir a mil por hora, cada cinco segundos observo a Stefanie, siento sudores recorrer mi columna vertebral, quiero agarrar a golpes a Evan y observo por el espejo retrovisor que nos va siguiendo en su Audi negro.

Mi madre le indica a Oliver el hospital más cercano y va a toda velocidad que hasta temo un accidente, pero es Oliver y hasta maneja helicópteros o eso dice su licencia que estoy segura de que solo pagó por todo el papeleo.

Hasta en un hospital Oliver muestra su identificación e inmediatamente tiene a una pila de doctores dispuestos a atenderle. Bajan a Stefanie del auto y se la llevan en una camilla, ya es demasiado tiempo para que aún no haya regresado en sí.

Estoy impaciente sentada sobre una camilla en la sala de enfermería, el golpe a Evan fue tan fuerte que resintió mi muñeca y como para Oliver nada pasa desapercibido, al escuchar mis labios pronunciar un quejido al tomarme de la mano hizo que me atendieran a mí también, ruedo mis ojos, no tengo de otra.

Mis piernas no tocan el suelo y las muevo inquieta en la camilla que estoy, el doctor nos dijo que Stefanie y el bebé están fuera de peligro, pero quiero verla, quiero cerciorarme de que está bien y de que no me están mintiendo. Un enfermero bastante atractivo se acerca a mí sonriente y comienza a hablarme. Sé que Oliver se aparecerá en segundos.

—¿Alexandra? —pregunta con sus ojos castaños bien abiertos, me recuerda a los de Natalie, y asiento. Toma mi mano y pasa una pequeña venda alrededor—. Ese golpe debió doler, pobre el que lo recibió.

Sonrío y Oliver entra por la puerta como me lo imaginé, el enfermero voltea a verlo y él también lo mira con su cara de pocos amigos.

—¿Familiar? —pregunta, volviendo su mirada a mi muñeca.

—Su esposo —dice, casi de inmediato.

El enfermero le saluda y él hace lo mismo, pero sin cambiar su expresión neutral, viene hacia mí toma mi mentón y comienza a besar mis labios mientras el enfermero algo incómodo desvía su mirada hacia mi mano nuevamente y termina el vendaje de mi muñeca que estoy segura de que quitaré en un par de horas. Sonríe por última vez y se retira. Oliver lo observa alejarse y luego regresa su mirada a mí y no puedo evitar reír. Este hombre y sus celos.

—El doctor me dio una serie de pastillas que te vas a tomar por la inflamación, dice tu madre que eres buena para esquivar las horas de las medicinas, pero conmigo te las vas a tomar sí o sí.

Enarco una ceja, eso ya lo veremos. El tío Frank entra por la puerta de la enfermería y observa mi muñeca.

—Alex, te he dicho, pierna izquierda adelante, derecha atrás, giro de cadera y golpe en la sien, hubieses dejado inconsciente a ese zopenco, golpe en la mandíbula es para niñas. ¿Qué te pasó? —ríe al ver la expresión de Oliver.

—Vaya, vaya. ¿Así que usted es quien le enseña estas cosas, Frank? —Oliver se cruza de brazos y lo observa rodearlo para llegar hasta mí.

—Por supuesto —esboza una sonrisa—. Por cierto, ya me encargué de Evan, también entró a emergencia, dije que se había caído por las escaleras —dice, doblando las mangas de su camisa a cuadros— y te digo algo Oliver... Si tú me golpeas a esta muchacha, aparte de que ella misma te va a arrancar tu hombría, yo le voy a ayudar. ¿Entendiste?

—Y te los haremos en sopa —agrego indiferente, miro mi muñeca e intento moverla, al parecer el dolor ya va mermando. Sé que Oliver no es de esos hombres.

—Eso ya lo sé —agrega riendo, y por su expresión sé que en su mente se está imaginando miles de escenarios donde su hombría está siendo arrancada y niega con su cabeza.

En ese momento mi madre entra a la sala y se acerca a mí.

—Alex, por nada del mundo le menciones esto a tu padre, ya sabes su condición.

A mí sí me gustaría decirle en su cara que el doctorcito que tanto defendía es un verdadero idiota. Pobre Stefanie, a sus veintidós años no tiene por qué estar pasando por esto y peor ser madre soltera tan joven, pero eso es mejor que estar siendo agredida por un imbécil y con un bebé.

Cuando al fin me dejan verla corro hasta ella, la abrazo y ella a mí, aún tiene la agujita del suero en su brazo y está recostada sobre una camilla, paso la palma de mi mano sobre su cabello y ella comienza a llorar.

—Voy a dejarlo —dice, entre sollozos. Es lo mejor que me haya dicho en toda mi vida.

—Es lo mejor, pero... no llores, por favor, hoy es el cumpleaños de Alexander y por nada del mundo puede verte de esta forma —sonríe, ella asiente limpiando sus lágrimas. Beso su mejilla tiernamente y me abraza. Esto me recuerda todas las veces cuando éramos pequeñas que yo tenía que cuidarla tanto porque siempre ha sido tan frágil, yo siempre he parecido un hermano mayor sobreprotector. Fui la única que se molestó cuando a sus diecisiete años dijo que se casaría con Evan y mi padre le dio todo su permiso.

Cuando por fin está fuera de peligro le dan de alta y nos dirigimos a casa, la verdad no sé qué cuento le dirían a mi padre, pero se ve bastante tranquilo mientras Stefanie permanece en reposo en su habitación.

Los invitados comienzan a llegar y Oliver comienza a socializar con todos, típico en Oliver. Al cabo de un rato ya conoce a todos mis primos y está bromeando con ellos mientras toman cerveza. ¿Habrá alguien a quien Oliver no le agrade? Bueno, aparte de sus trabajadores, aunque también estoy segura de que matarían por tener la atención de él. Sonrío al verlo tan interesado en lo que sea que le estén contando.

Alexander comienza a abrir los regalos, como vienen de mis tíos y primos los regalos son bastante originales y todos tienen que ver con vinos, él mismo ríe a carcajadas. Llega hasta el regalo de Oliver y comienza a abrirlo, sí, a través de la caja al quitar el envoltorio se ve que es un palo de golf que él mira sorprendido, busca en la etiqueta del obsequio y estoy segura de que Oliver ha puesto mi nombre ahí porque levanta la mirada hacia mí y sonríe, comienza a sacar el palo de golf, Frank y Samuel se acercan, todos comienzan a ver el bendito palo de golf asombrados, me miran a mí y vuelven su mirada al palo de golf.

—Alex. ¿Dónde lo consiguieron? —pregunta el tío Samuel. ¿Qué? ¿Conseguir qué cosa? ¿De qué rayos están hablando?

—¿Conseguir qué? ¿Un palo de golf? —pregunto, poniéndome de pie para ir hacia ellos.

—No es solo un palo de golf, es el palo de golf —exclama Frank y los tres se turnan para acariciarlo.

—¿Cómo que el palo de golf? —la verdad que no entiendo nada.

—Es un Titleist, usado por Tiger Woods en una de sus victorias en el Masters —mi padre está tan emocionado que casi temo que le dé un paro cardíaco ahora mismo.

—Hecho de metal puro, latón y cobre —agrega el tío Frank—; esto es un dios en palos de golf.

Como me lo imaginé, Oliver no regala solo un palo de golf, tiene que regalar «el» palo de golf y volteo a verlo, está sumergido en su plática con los hijos del tío Samuel que no se percata de lo que está pasando aquí. Esto debe costar más dinero del que pensaba.

—En serio, Alex, gracias —exclama mi padre y me abraza nuevamente, siempre lo hace cuando estoy desprevenida que hasta me cuesta subir los brazos para rodearlo; luego va hasta donde Oliver interrumpiendo su plática y también lo abraza efusivo y él se lo corresponde mejor que yo, le dice algunas palabras que no logro entender, soy bastante mala para leer los labios. Y mi padre sonríe, vuelve a mí y me abraza.

(Capítulo 50)

Intento sonreírle lo más que puedo y él se regresa a su plática con mis tíos. No entiendo nada de golf, ni siquiera sé quién es Tiger Woods ni qué diablos es el Masters, mi padre nunca me dejó interesarme por esas cosas «masculinas» que a él le gustaban y peleaba todo el tiempo con el abuelo Billie porque me enseñaba béisbol; una «señorita» no juega a ese tipo de cosas, *ah, no*, pero sí puede ir a una escuela militar a usar armas y pegarle tiros en la frente a un maniquí. Algo normal en todas las mujeres.

Mi abuela sale con un enorme pastel y con mamá empieza a encender las velas, todos comienzan a cantarle *Feliz cumpleaños* a Alexander mientras mi madre toca el piano. Una vez terminado el coro, que debo admitir me escondí para no tener que cantarlo junto a todos, Oliver se acerca a mis espaldas haciendo que me sobresalte y el vaso con agua que estaba tomando se derrame en el suelo.

—Oliver... —volteo y él sonríe ampliamente—. Me vas a matar, maldición.

—¿Qué haces aquí, Alexandra? Tú deberías estar cantando allá afuera junto a tu padre.

—Yo no soy de estas cosas —niego con mi cabeza. Mientras intento drenar un poco de las gotas de agua que han quedado en el vaso.

—Dijiste que pondrías de tu parte —se cruza de brazos con una expresión de molestia en su rostro. Suspiro.

—Ya lo abracé tres veces, Oliver —recalco, levantando los tres últimos dedos de mi mano.

—Habla con él, pregúntale, ¿cómo se siente? ¿Qué tal le ha ido? ¿Cómo la ha pasado conmigo? —enarca una ceja.

—Tú lo que quieres es saber si le agradaste —suelto una leve risa, mientras él rodea mi cintura con sus brazos.

—No, muñeca. Ya sé que le caí bien, me lo dijo varias veces, no necesito volverlo a escuchar —sonríe victorioso.

—Pero qué modesto —exclamo irónica, con una mano sobre su pecho.

—Por cierto, qué linda te ves con ese vestidito rosa —me mira de pies a cabeza—, hasta me dan ganas de quitártelo —muerde su labio inferior y me apega a su cuerpo de una manera que me hace reír.

—Bien, se lo quitas más tarde porque ahorita la necesito —mi madre entra a la cocina, Oliver se estremece y se separa de mí, aclara su garganta mientras oculta una carcajada, siento mis mejillas arder, qué vergüenza. Dios, llévame ahora.

Mi madre se acerca a nosotros y mira el agua derramada en el suelo.

—¿Quién fue? —nos mira alternadamente con un gesto de desesperación, ella odia la suciedad.

—Bueno, yo no sostengo un vaso —pronuncia Oliver con toda la maldad posible, maldito, río a carcajadas y mi madre lleva su mirada acusadora hacia mí.

—Tú —me señala con su dedo índice, mi sonrisa se disipa—, no te muevas de ahí.

La observo retirarse y frunzo el ceño, tan solo unos segundos después viene a paso rápido con un trapeador y me lo entrega. Miro a Oliver que está ocultando una carcajada, lo fulmino con la mirada, pongo el vaso sobre la mesa y comienzo a trapear.

—Por cierto, no sabía que tocaba el piano, señora Carlin —se dirige a mi madre que mira con atención cómo trapeo el piso porque si una gota sigue ahí tengo que volver a limpiar.

—Ah, y sé tocar muchas otras cosas, hijo, si quieres pregúntale a Alexander.

Tierra, trágame.

—Mamá...

—¿Qué, Alex? —dice como la más obvia—. Violín, chelo, guitarra... —entrecierro mis ojos para observarla, yo entiendo su doble sentido. Sube las cejas pícaramente y Oliver ya no puede más, ríe tanto que se tiene que sostener de la mesa, mi madre también ríe y yo me tengo que contener porque se supone que debo regañarla por esos tipos de comentarios.

Mi madre quita el trapeador de mis manos y lo recuesta sobre la pared, toma mi mano y se dirige a la puerta de la cocina.

—Vamos, Alex. Necesito que hagas un sonido melodioso con el piano, voy a dedicarle unas palabras a tu padre.

—¿Qué? ¿Tú también tocas el piano? —habla Oliver, ambas volteamos a verlo mientras viene tras nosotros con un gesto desconcertado.

—Bueno... —rasco la parte trasera de mi cabeza.

—Desde los cuatro años —me interrumpe mi madre y Oliver frunce el ceño.

—No es que sea buena tampoco —me excuso.

—¿Qué? Puede tocar *Winter Wind* de Chopin —mi madre mira a Oliver, quien nos mira alternadamente con una extrema curiosidad en su rostro.

—Podía tocar *Winter Wind* de Chopin, madre —aclaro, viéndola con cansancio.

—¿Cómo no va a ser buena si la hicimos en los baños de un concierto de música clásica? —inmediatamente llevo mi mano a su boca para evitar que dé más detalles. Oliver intenta contener la risa, pero no puede, ríe y mi cara se llena de todo tipo de colores; mi madre, y sus cosas.

La llevo conmigo a jalones sin despegar la mano de su boca hasta llegar al supuesto escenario.

Me siento en el piano y me da un librito con una partitura, inmediatamente noto que es una música armoniosa de Beethoven, por suerte ya me la sé.

—Hola —saluda mi madre y todos voltean a verla mientras da una vueltecita—. Yo le he escrito un poema al cumpleañero —sus ojos se cristalizan y lleva las manos a su pecho, mi padre sonríe y niega con su cabeza, sabe por experiencia que de mamá no se sabe qué esperar. Mi madre aclara su garganta mientras espera que todos tomen lugar.

—Vamos, Alex —murmura, y comienzo a tocar la bendita canción.

—¿Alexander, la recuerdas? Es la canción que sonaba cuando nos conocimos —su voz se quiebra y puedo jurar que en los ojos de Alexander hay un suave brillo que indica que están húmedos, él asiente con su cabeza y la abuela hace sonidos de ternura, me recuerda a la señora Anderson.

—Para mi Alexander —inicia y todos esperamos atentos.

Recuerdo cuando íbamos en la secundaria,

y me tiraste por aquellas escaleras,

pero de qué otra forma me hubiera fijado en ti,

si parecías calavera.

No sé si reír o seguir tocando, pero no puedo hacer ambas cosas en este tipo de situaciones. Todos comienzan a reír a carcajadas, incluso ella misma, mi padre sostiene su estómago con ambas manos y puedo jurar que está a punto de tirarse al piso. Oliver se ha sentado al lado de él y casi se atraganta con la copa de vino que estaba tomando, comienza a toser y ríe hasta más no poder, no me puedo contener, me carcajeo dejando a un lado la supuesta melodía, es que mi madre es única.

—No, ya —ella aclara su garganta y alisa su vestido de flores con las palmas de sus manos intentando recuperar su respiración al igual que todos los presentes—. Solo quería alegrar la fiesta y veo que ya lo logré, ahora sí, seriamente, solo quiero decirte mi Alexander que eres el hombre más asombroso que haya podido conocer, y sin ese empujón por las escaleras no te hubiese conocido —todos ríen nuevamente— y si no hubieses estado conmigo todo ese día en la enfermería, nunca hubiésemos sabido lo mucho en común que teníamos; estoy orgullosa de tener un esposo como tú que no cambiaría por nada ni nadie. Aunque seas terco... te amo y te deseo un felicísimo cumpleaños y miles de años más.

Mi padre se levanta y va a sus brazos con una sonrisa, la besa en los labios, todos comienzan a aplaudir, se forma un nudo en mi garganta al ver esta escena. ¿Desde cuándo a mí me conmueven cosas así? Oliver los está viendo con una sonrisa y luego me mira a mí haciéndome una seña de que él hará lo mismo, niego inmediatamente con mi cabeza y él ríe.

Ya cuando la atmósfera está más calmada, y ni tanto porque mi madre al lado de la abuela hace a todos estallar en carcajadas, Oliver se sienta a mi lado e insiste en que le toque alguna melodía y *Para Elisa* de Beethoven es la primera que se viene a mi mente; *qué original, Alex,* pero como Oliver no es del mundo de la música clásica no parece importarle, se recuesta en mi hombro con su brazo rodeando mi cintura.

—Te voy a comprar un piano —dice, mientras continúa viendo mis dedos tocar aquellos acordes.

—Bien, pero que sea un piano normal, no «EL» piano —hago énfasis en esa palabra y él ríe nuevamente.

—Tú eres una completa cajita de sorpresas, mi amor. Al menos esto no me da miedo como esas jodidas peleas que te gustan —bien, eso me causa gracia y dejo de tocar para ver su rostro—. Sabes, ahora que lo pienso bien, mejor te hubiese mandado a investigar con un detective privado, así no me hubiese llevado tantas sorpresas.

—Oliver..., es más lindo que te des cuenta por ti mismo, ¿no crees? —esbozo una media sonrisa—. A mí me gusta descubrir cosas tuyas por mí misma, no porque alguien más me las diga.

Él sonríe, y unas carcajadas a nuestro costado nos sobresaltan. Quién más que mi abuela y mi madre haciendo chistes. Oliver me mira divertido.

—Sabes... Me agrada tu familia. Vengamos todos los fines de semana —dice, sentándose erguido en la banqueta que estamos.

—Por supuesto que no —continúo la melodía que había dejado a la mitad.

Mi madre se levanta y junto a la abuela le llevan el pastel a Alexander y él comienza a cortarlo, todos comienzan a aplaudir. Luego, la abuela se nos acerca con una de esas cámaras a la antigua que sacan las fotos de inmediato.

—Digan *Magic Mike* y sonrían —dice, poniendo la dichosa cámara frente a nosotros.

—¿Magic Mike? Abuela... ¿Por qué tú ves ese tipo de película? —enarco una ceja en lo que ella esboza una gran sonrisa.

—¿Qué diablos es Magic Mike? —pregunta Oliver curioso.

—Una película bastante sabrosa.

—Abuela...

Oliver ríe a carcajadas y me mira.

—Te digo que vamos a venir todos los fines de semana y punto.

(Capítulo 51)

—Solo sonríe —digo a Oliver tomando pose para la foto, pero él continúa carcajeándose por la abuela que acaba de darle una reseña bastante inusual de *Magic Mike*, no porque en serio le caiga en gracia la trama de la película, sino, porque escuchar de la boca de una anciana de setenta y cinco años «El Channing Tatum baila tan rico que hace mi desierto humedecer» creo que trauma a cualquiera, bueno, a mí, porque a Oliver le pareció tan chistoso que ríe a carcajadas con las manos en su rostro y los codos sobre sus rodillas. Hasta a mí me dan ganas de carcajearme, pero me contengo, voy a regañar a la abuela por sus comentarios obscenos.

Cuando Oliver por fin se controla sonríe para la foto y casi de inmediato la fotito viene deslizándose por la parte inferior de la camarita, la verdad me gustaría una de estas cámaras; la abuela nos la entrega y se retira, Oliver observa tan detenidamente la foto que hasta me da curiosidad por saber si al fondo salió algún ser misterioso como he visto en las películas de terror, y todo mi ser se llena de emoción, observo la foto, pero no hay nada más que nosotros dos, él levanta su mirada y me mira a los ojos.

—Alex, esta es la primera foto juntos —esboza una sonrisa, y sí tiene razón, no tenemos ni una foto juntos y esa es la primera, al menos nos vemos bien y Oliver se ve feliz. ¿Quién no va a estar feliz con una abuela y una suegra como estas?—. Voy a ir a guardarla, esta foto la voy a enmarcar y va a estar sobre nuestra mesa de noche.

—¿Nuestra? —enarco una ceja—. Tendríamos que sacar una copia para que cada uno tenga una en su mesa de noche.

—Bueno, ya que Natalie se casó tendrá que irse a vivir con David y... tú te tendrías que venir conmigo.

Río al recordar que Natalie se acaba de casar y con David en Las Vegas, que es lo peor. Observo a Oliver, y me percato de que no me acaba de pedir que me vaya a vivir con él, me acaba de exigir que me vaya a vivir con él.

—¿Es eso una petición o una orden? —cuestiono, arqueo mis cejas observándolo con intriga.

—Una orden —lo examino, con los ojos entrecerrados y él ríe a carcajadas—, bueno, dijimos que lo haríamos funcionar y no puedes estar viviendo sola en esa olla.

—¿Esa olla? Aparte ofendes mi apartamento, Oliver Anderson —ríe, es bueno saber que está de buen humor.

—A mí me gustaría vivir contigo, Alex —me mira de una manera tierna, con una linda sonrisa de lado.

Mierda, ya me convenció.

—Iré a guardar esto, mi amor. Ya regreso, ¿sí? —asiento y él se inclina para besar suavemente mis labios y se retira en dirección a las escaleras.

Comienzo a tocar otra melodía y siento cómo mis dedos se mueven sin siquiera pensar mucho, ya estoy recordando, cierro mis ojos para sentir los acordes fluir naturalmente.

—Veo que aún no lo olvidas —mis dedos se tensan haciendo un extraño sonido agudo en el piano. Alexander se sienta a mi lado, donde Oliver estaba y sonríe levemente, siento la necesidad de apartarme, demasiada cercanía me incomoda, pero me contengo.

—¿Tú tampoco me dirás qué le pasó a Stefanie? Porque yo no me creo eso de que se cayó y se rompió el labio. Vi tu muñeca vendada y sé que a ti te gusta golpear personas.

Frunzo el ceño de inmediato y siento mi pulso acelerarse.

—¿En serio creerías que fui yo? —siento cómo la sangre recorre mis venas a toda velocidad.

—Alexandra...

—En mi vida le he tocado un pelo a Stefanie, y tú crees que soy capaz...

—Alex, basta —levanta su voz y voltea a ver alrededor esperando no haber llamado la atención de nadie, pero todos están tan absortos por los chistes de la abuela que nadie al parecer ha escuchado algo, vuelve su mirada a mí—. Yo jamás creería que golpeas a tu hermana, solo necesito saber si Evan estuvo detrás todo esto.

Y ahí es donde siento la necesidad de disculparme, aunque algo en mi interior justifica mi comportamiento porque anteriormente siempre me culpaba por todo lo que le pasaba a Stefanie.

—Y conociéndote —agrega—, tú eres capaz de bajarte a Evan de donde esté de un golpe. Y como el pobre está tan flaco tengo miedo de que lo dejes en coma.

Y me contengo una carcajada porque se supone que esta plática es seria, pero él suelta una chistosa risa que me contagia. Niega con su cabeza y comienza a tocar una melodía en el piano que en algún momento escuché y lo miro asombrada.

—¿Tú... Alexander Carlin... Tocando el piano...? —él ríe levemente.

—Tu madre me enseñó esta canción —hace una pausa y continúa tocando—. Es la única que sé y sigo pensando que yo no nací para esto —se detiene como intentando recordar y vuelve a tocar más acordes, pero ya se escucha mal y no puedo evitar soltar una risa.

—Alexander, creo que has confundido todos los acordes —comienzo a tocarlos en el orden correcto, luego le dejo a él intentar y lo logra.

—Ahora sí ya tiene sentido, si me hubiese pasado esto con tu madre lo más seguro es que hubiera estrellado su chancla en mi cabeza.

—Y la de plataforma que duele más —agrego y él vuelve a reír.

Ya me estaba sintiendo más tranquila con su presencia. Y comenzábamos a tener una plática más llevadera, aprende rápido y es bastante divertido, no como mi madre y la abuela, pero al menos ya te hace pasar un buen rato.

—¿Por qué siempre tienes que estar a la defensiva, Alex? —pregunta, dejando de tocar y observa mis expresiones—. Nunca me dejas terminar y a veces las cosas no son como crees.

—Tal vez porque siempre me culpabas de todo lo que a tu princesa le pasaba. No me sorprendería que ahora creas que fui yo quien la golpeó —*mierda, lo dije.*

—¿Cómo? ¿Evan golpeó a Stefanie?

—Papá —le interrumpo.

—¿Por qué diablos nadie me dice nada? Yo soy su padre —intento calmarlo, si mi madre se da cuenta de que yo fui la de la lengua floja me da con la chancla.

—Papá. ¡Basta! —él me mira, sus ojos están rabiosos, y temo que le pase algo por mi culpa—. Fue un accidente —obvio que no, pero no puedo dejar que se sobresalte por algo así, además, el tío Frank ya se encargó.

Él me observa, mientras miro mis dedos posarse en el teclado nuevamente, actúo con toda la naturalidad posible para que crea que todo está bien.

—Bien, te creo —¡*milagro*! Él nunca lo ha hecho, pero al parecer la mentira me sienta mejor que decir la verdad—. Yo nunca te culpaba por todo, Alexandra —y todavía lo niega—. Cierto que no fui un ejemplo de padre, pero tampoco soy tan malo como le haces creer a las personas.

—No les hago creer que eres malo, Alexander. Solo he contado la verdad.

—Una verdad bastante exagerada. Mencionas todo el tiempo lo duro que he sido contigo, pero no mencionas la persona que eso te hizo —ahora sí levanto mi mirada y lo observo. Está comenzando a levantar la voz y temo por sus emociones y que su corazón no las soporte—. Eres fuerte, independiente, lista, no necesitas de mí ni de nadie, te puedes valer sola por ti misma; la verdad, aunque me odies por eso yo estoy orgulloso de la persona que creé —su voz está más alta, por suerte no hay nadie cerca y con el sonido de una guitarra que el tío Samuel toca en la sala, estoy segura de que ni siquiera se percatan—, el error lo cometí con Stefanie, no contigo. ¿En serio me creen tan tonto como para no darme cuenta de que el culpable del estado de Stefanie es Evan?

Ahora sí postro mi mirada en la suya y él me observa atentamente, mis manos están frías y comienza a formarse un nudo en mi garganta.

—Stefanie no vive sin alguien más —continúa— y tú desde pequeña eras autosuficiente, ni siquiera nos necesitabas.

—¿Y tú qué sabes? Dime, Alexander. ¿Qué sabes tú? —ahora sí levanto la voz y Oliver me va a regañar por hablarle de esta forma—. ¿Cómo una niña no puede necesitar de sus padres? Crecí prácticamente sola. Me mandabas a un campamento al otro lado del país todos los veranos, y el resto del año apenas te veía. ¿Por qué querías apartarme de ti?

—Yo no —los ojos de Alexander se humedecen. Y siento que mi corazón se parte—, yo nunca quise apartarte, Alex. Yo nunca pensé que eso te llegara a afectar tanto.

¡Claro! ¡No iba a afectarme!

Solo quiero irme. Mis ojos se cristalizan, solo espero que no le pase nada por esta no tan buena plática. En lo que me levanto él toma mi mano y una corriente eléctrica me recorre desde la coronilla hasta la planta de los pies, lo observo a los ojos y una lágrima corre por su mejilla.

—Perdóname.

(Capítulo 52)

Y en ese preciso momento es cuando una lágrima reclama salir de mis ojos, nunca había visto a Alexander de esta forma ni él me había visto a mí de esta y la lágrima corre, corre hasta perderse en mi clavícula, despacio retomo el lugar en el que estaba al lado suyo.

—¿Cómo puedes creer que no me iba a afectar? Cuando todos mis compañeros de la escuela esperaban ansiosos que sus padres llegaran a recogerlos, veía cómo corrían a abrazarlos cuando los veían y yo esperaba que la maestra me llevara a casa cuando se olvidaban de ir por mí.

Los ojos de Alexander comienzan a llenarse de lágrimas y varias corren por su rostro y continúo, trago el nudo en mi garganta que apenas me deja hablar.

—¿Cómo puedes creer que no me iba a afectar el hecho de que me llamaras fracaso solo porque a mí me gustaban cosas que ti no?

—Alex...

—¿Cómo puedes creer que no me iba a afectar el hecho de que cada vez que te veía solo era para pelear conmigo solo porque no era lo que tú querías? Porque mis calificaciones no eran perfectas. No entiendo qué te hice como para que me odiaras tanto.

—¿Cómo puedes creer que yo te odiaba, Alex? Yo te he amado toda mi vida, solo no me percaté del daño que te hacía con mis actitudes.

—Sinceramente no quiero escuchar lo que tengas por decirme...

Él afloja mi mano y me observa, mis ojos están empañados y lucho por no soltarme en llanto. Quiero irme a casa y no volver, no puedo más con esto. Mis piernas están hechas de gelatina y siento no poder ponerme en pie.

—Yo... —balbucea— sí leí las cosas que escribías y me encantaban.

—Claro, por eso las quemabas... —clava sus ojos llorosos en mí.

—Entonces, explícame, ¿cómo es que aún las guardo bajo el colchón de mi cama, junto a todas las cartas que escribiste para mí? —lo veo atónita por unos instantes.

—¿Cómo...? —casi de inmediato el nudo en mi garganta desaparece—. ¿Cómo es que las encontraste? —limpia sus lágrimas, pero sus ojos vuelven a empañarse.

—Cuando te fuiste, estaba tan molesto porque lo vi como un acto de rebeldía, mantuve la esperanza de que volverías, pero luego de un tiempo me di cuenta de que no, no lo harías. Iba a convertir tu cuarto en una bodega —mis ganas de irme de aquí vuelven a aparecer y mis ojos se humedecen de nuevo, intento levantarme y él toma mi mano otra vez—, déjame terminar.

Retomo mi lugar nuevamente, ya no sé qué hacer.

—Y ahí fue donde encontré tus cartas que me escribiste cuando tenías siete años —traga saliva y continúa—. No sabía qué tan mal me pude haber portado hasta encontrarlas, y debo admitir que para ser de una niña de esa edad me impresionó bastante la escritura.

Yo ni siquiera las recordaba, y miro hacia otro lugar intentando recordar lo que escribí ahí, solo sé que no quería que él las leyera.

—Y las leí —continúa—, cada una de ellas, me llevó semanas porque las leí hasta cinco veces, pero lo hice; pensé buscarte al terminar, pero lo pensé demasiado porque sabía que no querías saber de mí y cuando al fin me decidí, al día siguiente me di cuenta de que ya no tenía ningún sentido porque estabas casada con Oliver Anderson, y te conozco muy bien como para saber que si te buscaba ahora ibas a pensar que lo hacía solo por con quien estabas casada, ¿no es así?

Varias lágrimas corren por sus mejillas y por las mías, mi mente está divagando en tantos asuntos que ni siquiera pienso en no llorar, las lágrimas salen una tras otra y mi corazón palpita tan fuerte que temo que en cualquier momento salga de mi pecho.

—Desgraciadamente, las cosas se dieron al mismo tiempo y no pude demostrártelo antes. Nunca me pareciste un fracaso, eso solo lo dije como fruto de mi enojo y juro que después me arrepentí —agacha la mirada y saca un papel de su bolsillo—. No sabía cómo iba a terminar esta conversación, no me siento en condiciones de poder continuar, sé que a ti te gusta leer, entonces... —sonríe levemente— tal vez deberías leer esto, yo lo escribí para ti.

Observo el papel que me ha extendido con una expresión de asombro en mi rostro, ni siquiera siento fuerza de levantar mi mano para tomarlo, Alexander con su mano me ayuda a extender la mía y pone la perfectamente doblada hoja entre mis dedos. No tengo palabras, levanto la mirada a su rostro y él me mira.

—Continuemos la conversación en otra ocasión —se levanta y comienza a retirarse a paso lento limpiando las lágrimas de su rostro.

Mis manos tiemblan y mi cerebro se niega a responder, comienzo a limpiar mis lágrimas y espero unos minutos para calmarme; cuando ya me siento capaz me levanto de donde estoy y camino hacia el patio trasero, no sé qué esperar, busco algún lugar donde la iluminaria aún tenga acceso, pero que nadie logre encontrarme, con las manos frías y casi tiritando comienzo a desplegar el jodido papel, es algo escrito a mano, y sí es su letra. Cuando comienzo a leer, mi corazón se encoge, a medida que mis ojos identifican aquellas palabras el nudo en mi garganta se intensifica, mis ojos se empañan y necesito leerla dos veces para terminarla completa, me desplomo en el pasto en la misma posición que cuando pintaba mis caricaturas cuando era pequeña. Las lágrimas se abren paso a través de mis ojos y caen una tras otra sin siquiera poder detenerlas, ya no me puedo contener, hasta mi boca emite sonidos de llanto, y abro la hoja de nuevo, sentándome sobre el pasto y la leo otra vez, esto no debe ser cierto.

Para: Alex, mi niña.

Tengo que escribir estas cosas cuando quisiera no escribir nada, solo pedirte perdón en persona y abrazarte, pero sé que la plática no puede ser tan fácil y mejor lo escribo y te lo entrego si las cosas no salen como yo esperaba.

Recuerdo la primera vez que te vi, cuando acababas de salir de tu madre, fui el primero en cargarte y mis ojos se empañaron de lágrimas, abriste tus ojos y en ese momento comprendí que no podía existir ser más perfecto; a medida que crecías tu personalidad era indiscutible, una mezcla de la locura de tu madre con la seriedad de tu padre, sabía que eras única. Recuerdo tus primeros pasos y tu primera palabra, recuerdo tus primeras travesuras, tu primer día de escuela, tus coletitas rubias que te hacían ver bella y el gesto de enfado que hacías cruzándote de brazos cuando alguien te lo decía; necesitaría muchas páginas para contarte todo lo feliz que me hiciste llegar a ser, pero sí fallé en algo... Recorrías el mundo tú sola y yo nunca te acompañé para recorrerlo contigo.

Sé que he sido un pésimo padre, lo leí en una de tus cartas y no sabes cómo me partió el corazón leer todas y cada una de ellas, no sabía que crecías con esa idea de mí y mis manos comenzaron a temblar cuando en una de ellas mencionaste «mejor no debí haber nacido», mis lágrimas brotaron como cascadas al saber que fui yo el que causó que pensaras esas cosas siendo tan pequeña, nunca estuve ahí esperándote luego de un largo día de escuela, ni en tus cumpleaños, ni en tu distinciones por ser la mejor en todo lo que hacías, pero siempre estuve orgulloso, aunque cometí el error de no decírtelo y ahora me arrepiento.

Siempre eras buena en todo lo que hacías, y adonde ibas sobresalías, para mí eras la mejor en todos los aspectos hasta para afrontar cosas de la vida, nunca me percaté de la falta que tu padre te hacía, y hoy con lágrimas en mis ojos tengo que enmendar el daño que hice antes de que sea demasiado tarde.

No, tampoco deseé que fueras varón, si bien una vez lo mencioné es porque necesitaba a alguien que me ayudara con el viñedo cuando las cosas iban tomando la dirección correcta, y fui tan machista como para no dejarte ser parte de ello incluso sabiendo que tú podrías manejarlo mejor que yo.

Quería que crecieras como una persona fuerte, porque la mujer es la que sufre más en esta sociedad, y ahí enmarco mi otro error, no enseñarte a ser fuerte por mí mismo y mandarte todos los veranos a aquel campamento de defensa personal creyendo que te estaba haciendo un favor. No sabía cómo criar una niña (lo sé, soy un idiota) y te quise criar como mi padre lo hizo conmigo. Y mi siguiente error, fue no hacer lo mismo con Stefanie y hacerte creer que ella sí me importaba y tú no, cuando en realidad para mí ambas eran igualmente de importantes, solo que tú siempre independiente y ella no podía vivir sin alguien más.

Y el que nunca me voy a perdonar, y sé que tú tampoco, es mi más grande error contigo, nunca apoyarte con lo que te gustaba, sé que si lo hubiera hecho desde un inicio, en estos momentos nuestra historia sería diferente, pero sí te lo digo, tienes un futuro por delante haciendo lo que te gusta, no temas por nada ni nadie que te diga que no lo vas a lograr, porque al que te diga eso golpéale el hocico, como a aquel compañerito tuyo del kínder que te dijo que tu dibujo de la Pantera Rosa estaba feo. Sí, aún lo recuerdo.

Siempre voy a estar orgulloso de ti, mi rubita loca, que mordió a su conejo Pancho solo porque él la mordió primero y tenía que hacerle saber que eso dolía, tuve que hacerme el fuerte contigo cuando me sacabas carcajadas y tenía que encerrarme en la habitación para poder reírme tranquilo.

Te pido perdón, mi amor, no te pido que lo hagas ahora, ni dentro de unas semanas, ni dentro de unos meses, te pido que lo hagas cuando tu corazón sienta que ya está listo, porque hay muchas cosas que me gustaría compartir contigo, porque no sabes cuándo pueda ser el último día y no quiero irme sin esa alegría de saber que te hice feliz, aunque sea unos días.

Con amor,

Papá.

Comienzo a limpiar mis lágrimas, pero me es imposible, siempre salen más y más, no tengo consuelo y no puedo pensar con claridad, tengo sentimientos encontrados, quiero ir allá y abrazarlo, pero al mismo tiempo quiero salir corriendo de aquí e irme; aparto algunos mechones de cabello de mi rostro que, aunque están en una moña el viento los ha revuelto, siento unos brazos fuertes rodear mi cintura por detrás, por su aroma ya sé de quién se trata, volteo hacia él y me abraza, mis lágrimas continúan saliendo con mi rostro escondido en su cuello, toma el papel y comienza a leerlo.

(Capítulo 53)

Y lloro sin parar, inhalar su aroma me hace calmar un poco, no me gusta que me mire de esta forma, él lee la carta y sé que le ha pasado lo mismo que a mí, la ha leído más de una vez, acaricia mi cabello y lo escucho sorber por la nariz, me limpio las lágrimas poco a poco, y respiro profundo, nunca había llorado tanto en mi vida.

—Dámela, la quemaré —digo a Oliver, él levanta su mirada hacia mí y me observa atónito, sus ojos están húmedos.

—No —espeta de inmediato—, si no la guardas tú, lo haré yo. Algún día la querrás volver a leer. Niego con mi cabeza.

—Ya me hizo llorar suficiente. Qué vergüenza —él sonríe y vuelve su mirada a la carta.

—Joder, voy a tener que contratar a tu padre para redactar artículos. Creo que él no sabe que ese talento lo sacaste de él —sonrío con tristeza, tomando la carta nuevamente, otra lágrima sale de mi rostro.

—Deshazte de ella —digo, mientras le entrego la carta, aunque muy en el fondo sienta que no quiero deshacerme de ella. Oliver la toma y me mira mientras yo dirijo mi vista hacia otra dirección. Toma mi rostro con su mano y con el dedo pulgar limpia las lágrimas que están volviendo a correr por mi rostro.

—Vamos a la habitación, ¿te parece? No quiero que te resfríes aquí afuera —asiento con mi cabeza y entro a la casa esperando no ver a nadie para evitar molestas preguntas.

Antes de entrar a mi habitación pienso en lo que me dijo Alexander y voy hasta la suya, golpeo la puerta por si hay alguien en su interior, pero por suerte está vacía; busco como me dijo debajo del colchón, y sí, es verdad, ahí están algunas historias que escribía para Stefanie cuando era niña, y también, están todas y cada una de las cartas desde el día de mi cumpleaños número siete, el día que me di por vencida y supe que nunca iba a tener un padre.

Me siento en la orilla de la cama y comienzo a ojear papel por papel y más lágrimas comienzan a correr por mis mejillas y, al final, hay muchas fotos suyas sosteniéndome de bebé.

Hay una foto por cada día de mi vida junto a él en mis primeros meses. Él y mamá tan jóvenes y felices, yo ni siquiera sabía que teníamos un álbum familiar. Hay más fotos mías tomadas a los lejos, unas frente al computador, tendría unos dieciséis años, otras con mi bendita taza de café que nunca pude dejar, otras con mi madre riendo a carcajadas, estoy segura de que esta fue la vez que le encontramos un vibrador en el bolso de viaje a la abuela con el nombre de Elvis Presley. Entre lágrimas, río al recordar eso. Me agradan todos estos recuerdos.

Salgo de la habitación dejando las cosas como estaban, no quiero que Alexander sepa que vine y que me conmovió, tengo que pensar todo esto bien sin ser interferida emocionalmente. Oliver está en la habitación sentado en la orilla de la cama observando la carta y levanta su mirada al verme entrar.

—Como que te gusta esa carta —me mofo, pero no me sale—, dile a tu padre que te elabore una.

—El día que mi padre me haga una de estas te juro que me dará un infarto —sonrío y me siento al lado de él. Nunca he tenido necesidad de que alguien me aconseje, pero en este caso creo que lo necesito. Y el único que podría hacerlo creo que es Oliver.

—¿Qué crees que debo hacer? —él me mira a los ojos y esboza una media sonrisa.

—La verdad que yo fracaso como psicólogo —contesta—, la última vez que David me hizo esa pregunta terminó en la cárcel por delitos de agresión —río, pero no puedo ni reírme con tantas ganas—. Escucha —lleva su mano a mi rostro y se acomoda mejor para quedar frente a frente—, sé que he estado todo este tiempo insistiendo en que hagas las paces con él, pero creo que necesitas tiempo; él tiene razón, cuando tu corazón esté listo para perdonar, hazlo, pero sí te aconsejo que hagas un esfuerzo por ahora para llevarte bien con él, ya verás que con el tiempo y dejando atrás malos recuerdos ambos se van a sentir mejor.

Esas palabras me tocan el corazón y de alguna manera me hacen sentir mejor.

—¿Fracasaste como psicólogo decías? —ríe a carcajadas y lleva sus codos a sus rodillas.

—Me sale lo cursi a veces —sonrío—, excepto con David, a ese maldito lo agarro a golpes si lo miro llorando —no puedo evitar reír, no sé qué haría sin Oliver en estos momentos, siguiera llorando a cántaros sobre el pasto.

Ese día me cuesta conciliar el sueño, pero entre los brazos de Oliver y contándome de una manera bastante inusual el cuento de los tres cerditos mis problemas pasan a un segundo plano.

—El hijo de puta lobo se quería comer al pobre cerdito, sopló y sopló la primera casa, pero como el cerdo era un holgazán como David la casa de paja cayó y se fue a esconder en la segunda casa que no recuerdo de qué putas era —risas sonoras de mi parte no pueden evitar salir.

—De madera... Creo —balbuceo entre risas.

—Ah, sí... Y la casa de madera también fue derribada y la única que quedó fue la que con tanto esmero el mayor de los cerditos construyó con ladrillo.

—¿Y qué pasó con el hijo de puta lobo? —río nuevamente.

—¡Muchacha! Lavaré tu boca con jabón —se hace el ofendido.

—O sea... ¿Tú puedes decirla y yo no?

—Las mujeres de sociedad no hablan así —me causa gracia su comentario.

—Lo bueno es que no soy ni quiero ser una mujer de sociedad.

Y así continúa con su historia y cómo el lobo no volvió a molestar a los cerditos, y entre risas, por fin, el sueño me está comenzando a vencer. Mis pestañas comienzan a cerrarse y en instantes me quedo dormida.

—*Alex...*

—*Papá...*

—*Alex, ¿dónde estás?*

—*Papá, aquí estoy... ¿Por qué escucho tu voz alejarse?*

—*Me están llamando.*

—*¿Quién?*

El lugar está oscuro, miro a mi alrededor. Miro hacia todos lados, doy vueltas en el mismo lugar.

—*Alex, hija...* —*la voz está más lejos.*

—*Papá, no te vayas* —*lágrimas corren por mi rostro*—. *Papá, contesta.*

—Papá... —lloro sin consuelo y caigo de rodillas sobre el suelo—. ¿Dónde estás?

Escucho un sonido de un cerillo rozar contra la pared, levanto la vista y ahí está él, sostiene el cerillo con su mano derecha y solo alumbra la mitad de su rostro. Limpio mis lágrimas desesperadamente y me intento acercar a él, él se aparta.

—¿Qué pasa?

—Me están llamando.

—¿Quién, papá?

—Me tengo que ir.

—Noooo...

Deja caer el cerillo y este se apaga, lo busco con mis manos, pero no logro dar con él.

—Alex, perdóname —escucho a lo lejos.

—Alexander, vuelve —mis lágrimas comienzan a correr nuevamente—. No me dejes aquí. PAPÁ... REGRESA...

Me pongo de pie y comienzo a dar vueltas buscando una salida.

—PAPÁ...

Despierto de golpe, miles de sudores y lágrimas toman posesión de mi rostro. Mi respiración está agitada y no puedo moverme, mis manos están frías. Ya ha amanecido, Oliver está plácidamente dormido, cuando por fin logro controlar mi cuerpo me levanto sigilosa, pero casi me es imposible porque mis piernas tiemblan. Corro como puedo, necesito saber si Alexander está bien. ¿Dónde está? La puerta de su cuarto está entreabierta y no hay nadie dentro, Stefanie tampoco está en su cuarto. Bajo las escaleras y el silencio es escalofriante, mi corazón saldrá de mi pecho en cualquier momento, me sostengo de las paredes, que no sea lo que pienso... Yo... Yo... Tengo que calmarme... Trago saliva e intento retener una lágrima que quiere escaparse. Voy hacia la puerta principal y abro.

Joder... Siento cómo una ola de distintas emociones me envuelve, no sé si reír o llorar, ahí está él sosteniendo su taza de café junto al tío Frank, por su expresión sé que estaban riendo. Ambos me miran, corro hasta Alexander y lo rodeo con mis brazos, no voy a llorar, aquí está el tío Frank y luego me hará *bullying*, ya de por sí lo hará por mi *short* de Deadpool.

Alexander se sorprende y parte de su café se derrama por la taza y cae al suelo.

—Alex, ¿estás bien? —intenta corresponder a mi abrazo, desconcertado.

—Sí. ¿Y tú? —busco sus ojos y tiene su entrecejo levemente fruncido, asiente con una media sonrisa, las carcajadas del tío Frank nos hacen a ambos verlo curiosos.

—Alex. ¿Qué hace esa mierda de Deakpool en tus pantalones? —arrugo el espacio entre mis cejas y volteo a verlo.

—Es Deadpool, Frank.

—Como sea, le compraré uno de esos a mi esposa.

—Pero... tú no tienes esposa.

—Exacto, si la tuviera jamás le compraría uno de esos —ríe nuevamente, lleva la taza de café a su boca y camina hacia la puerta principal.

(Capítulo 54)

No sé por qué, pero estoy más que feliz que solo haya sido un mal sueño, me siento en el comedor junto a Alexander y el tío Frank, quien no para sus bromas por mis *shorts*, al menos divierte a mi padre, pero a mí no, ya estoy molesta y voy a comenzar mi venganza.

—Alekpool —ríe nuevamente y bufo.

—Ni el café me puedo tomar en paz —escucho unos pasos detrás de mí y volteo en esa dirección, Oliver se está acercando y nos mira con desconcierto.

—Oliver. ¿Cómo puedes dormir al lado de esos repetidos Deakpool? —pregunta el tío Frank, Oliver lo mira y frunce el ceño.

—Es Deadpool. ¡DEADPOOL! —espeto.

—¡Ah! —exclama Oliver y ríe a carcajadas—. Creo que ya me acostumbré.

Oliver saluda al tío Frank y a mi padre, quien le contesta sonriente mientras lleva un sorbo de café a su boca. Se acerca a mí y me da un tierno beso en la mejilla.

—No solo tiene de Deadpool —continúa, dirigiéndose a la cafetera—, también tiene de Bob Esponja, las Tortugas Ninjas, los Cuatro Fantásticos. ¿Qué más, Alex? Recuérdame.

—El Hombre Araña, Batman, el gemelo perdido del tío Frank, Shrek —todos ríen excepto Frank, quien me mira con una expresión neutral y sus labios son una raya recta.

El tío Frank mira a Oliver, quien lleva una camiseta sin mangas dejando al descubierto sus musculosos brazos.

—Alexander. ¿Recuerdas que tenía los brazos así cuando era boxeador profesional? —cuestiona, viendo a mi padre, quien frunce el entrecejo.

—Franklin, agarrarte a golpes con todos los de la cuadra no te hace un boxeador profesional —añade mi padre con toda la seriedad que ha podido recoger.

—Buena época de mi vida, buena época —agrega el tío Frank, mirando hacia la ventana tomando un sorbo de café, me causa gracia, dejaría de ser hijo de la abuela.

—Ahora entiendo a quién salió Alex tan agresiva —Oliver se sienta a mi lado con su taza de café. El tío Frank ríe levemente.

—Alex es peor —añade.

—¿Recuerdas la vez que te dio una patada y te desmayaste? —mi padre ríe y Frank me mira con su cara de desaprobación.

—Sí me acuerdo —dice, llevando la taza de café a su boca y continúa sin quitar su mirada matadora de mí.

—¿Cómo? —pregunta Oliver y nos mira alternadamente, yo no puedo evitar soltar una risa sin quitar mi mirada de la suya.

—Frank le dijo que le mostrara lo que le estaban enseñando en *kick-boxing* —mi padre ríe. El tío Frank quita su mirada macabra de mí y la clava en Oliver.

—Me dio una patada en la sien.

Oliver me mira con una extrema expresión de asombro arqueando una ceja mientras mi padre no se puede contener las risas. Yo no sabía que eso le había causado tanta gracia y ahora recuerdo su carta, él dijo que algunas veces tenía que encerrarse para poder reír tranquilo. Y el tío Frank continúa.

—Nunca me imaginé que ese fideíto pálido golpeara tan fuerte —¿me acaba de llamar espagueti?

—Al escuchar estas cosas no sé si reír, o llorar por lo que me espera —se mofa y el tío Frank esboza una sonrisa.

—Y mejor no te cuento más porque si no la Alexita terminará divorciada antes de que termine este año —todos ríen, yo no le veo la gracia. Continúan una aburrida plática sobre ejercicios para musculación, mi padre me observa y lo miro con intriga.

—¿Cuándo vuelven? —pregunta, mientras toma un sorbo de café.

—Tal vez en unos días —contesto, quitando mis ojos de los suyos. Él asiente con su cabeza y observa pensativo a través de la ventana.

—Alexander —inconscientemente llevo mi mano a la suya—, prométeme que no irás a ningún lado —él me mira desconcertado y frunce el ceño.

—No pienso hacerlo, Alex. ¿Por qué? —no voy a comentar nada de lo que soñé, aún me es extraño. Él mira mi mano sobre la suya y de inmediato la aparto llevándola hacia mi taza de café para tomar un sorbo.

—Por nada —contesto—. ¿Dónde están mamá y Stefanie? —intento evadir el tema.

—Fueron a poner una denuncia al malnacido ese de Evan.

—¡Por fin! —exclamo y resoplo. Malnacido Evan, hijo de puta, ojalá lo violen en la cárcel y lo manden a la enfermería con un desgarre...

Alex, cálmate.

—Estará en la cárcel, sin trabajo y con un brazo roto por culpa de Frank —sonríe levemente, el tío Frank nos mira.

—Que agradezca que no lo dejé parapléjico —habla Frank, típico de él, golpear a todo el mundo.

Subo a la habitación, Oliver, Frank y Alexander se han quedado hablando de gimnasio y esas cosas que a mí no me interesan. Me despojo de mi ropa y tomo una ducha, el agua recorre mi piel y siento cómo relaja cada una de mis entrañas, cierro los ojos e inmediatamente imágenes de mi sueño con Alexander comienzan a aparecer y un dolor se instala en mi pecho, yo no quiero que le pase algo. ¿Será una señal de que debo perdonarlo? Pero no puedo hacerlo si aún siento remordimiento, una carta no arregla muchos años de problemas, suspiro. Termino de ducharme y salgo solo con la toalla alrededor de mi cuerpo.

Oliver está hablando por teléfono sentado en la orilla de la cama y por sus expresiones «maldito», «perro», «vete a la mierda», sé que habla con David.

—Una patada en el culo es la que te voy a dar, me devuelves esa tarjeta sin ningún centavo faltante... —no puedo evitar reír, Oliver me mira y también ríe. No escucho lo que le logran decir del otro lado, pero por su expresión sé que fue algo gracioso. Me siento a horcajadas sobre él y comienzo a besar su cuello.

—Alex —murmura—, espera, estoy molesto con David, usó la tarjeta de la empresa para comprar tampones.

—¿Qué? —frunzo el ceño, él continúa con sus regaños hacia David. Continúo mis besos de una forma más sensual. Tomo su mentón y comienzo a devorar sus labios.

—Ahora voy a quebrantar tu inocencia —susurro en su otro oído mientras quito la toalla de mi cuerpo y él me mira con brillo en sus ojos.

—Eso sonó bien en ti —dice, mientras observa mis labios—. ¡A la mierda, David! —exclama colgando la llamada, me toma por la cintura y en un ágil movimiento se ubica sobre mí—. Hazlo.

—Oliver, si no pones resistencia, no es divertido —sonrío y miro a sus ojos.

—Bien, entonces —dice entre besos, quitándose la camisa—. ¡NO! POR FAVOR. NO LO HAGAS. ¡MI VIRGINIDAD! —finge lloriquear, quitándose su pantalón de pijama negro.

Se vuelve a ubicar entre mis piernas, comienza su recorrido de besos por mis pechos y va descendiendo poco a poco llegando a mi abdomen y bajando por mis muslos, llega hasta los dedos de mis pies, río al sentir esa sensación de sus labios húmedos pasarse por todo mi cuerpo, ahora comienza a ascender y su celular nos interrumpe.

Ambos bufamos a la vez, nos miramos y reímos con una carcajada cómplice.

—¿Ahora qué puta? —dice, alcanzando su teléfono.

—¡Muchacho! Lavaré tu boca con jabón.

Frunce el ceño al observar la pantalla de su celular. Lo miro curiosa, mucho más cuando duda en contestar.

—¿Quién es? —pregunto, ya sembró la intriga en mí, me siento sobre la cama y lo observo intrigada.

—Es Brittany —dice, sin despegar la mirada de su teléfono.

—¿Por qué diablos Brittany te llama? —esto me desconcierta.

—Prométeme que no le dirás a Natalie.

—¿Tiene que ver con David? —enarco una ceja, viendo a Oliver con intriga. Él asiente y corta la llamada. Al menos no tiene nada que ver con él y eso me relaja, no tengo que matar a nadie aún, Natalie puede sola con ella.

—Por algún motivo se dio cuenta de que David se casó y ahora quiere interrumpir.

—¿Qué? ¿Por qué? Fue ella quien lo dejó. En serio que esa tipa está enferma.

—Lo sé y David no quiere que Natalie se entere, así que pido tu silencio.

—¿A cambio de qué? —enarco una ceja y él me mira divertido—. ¿Qué? Tú me has dicho que hay que sacarle provecho a todo.

—En serio, no volveré a enseñarte de negocios —ríe suavemente—, ven acá, no creas que te me vas a escapar —tira de mí de uno de mis pies, me acerca a él y se deshace de su bóxer, se ubica de nuevo sobre mí volviendo a apoderarse de mis labios y de mi cuerpo. El celular suena otra vez.

—¡PUTA MIERDA! —toma su celular y lo tira contra la pared, la llamada se corta de inmediato y lo miro atónita.

—Oliver, acabas de matar tu horriblemente caro celular.

—Ahora sí nadie nos va a interrumpir —dice entre besos acomodándose mejor entre mis piernas, ya ni me puedo concentrar, uno con un celular que se pega con tantas aplicaciones y él estrellando su móvil último modelo contra la pared.

(Capítulo 55)

Observo con nostalgia a través de la ventana de la habitación, aquel patio inmenso en el que solía jugar de niña, el pasto tan verde como se guarda aún en algún rincón de mi cerebro, las rosas rojas que se lograron salvar el día que aplasté el jardín con las llantas de la camioneta por culpa del maldito de Evan; ojalá lo estén golpeando en la cárcel, los colibrís se revolotean en el aire y las coloridas mariposas aletean de par en par, todo se ve tan fresco.

—¡SÍ! ¡FUNCIONAAA! —los gritos de Oliver me sacan de mis pensamientos y volteo a verlo con intriga, está manipulando su celular. Levanta la mirada hacia mí y observo cómo sus ojos resplandecen con el color azul de la polera que lleva puesta.

—¿Qué? —pregunta, niego con mi cabeza sonriendo, él también arquea sus labios y se acerca a mí llevando sus manos a mi cintura juntando sus labios con los míos.

—Te ves preciosa —añade, entre besos.

—Tú igual —digo, guiñando un ojo, correspondiendo a esos sus suaves y delicados labios.

—O sea... ¿Me veo preciosa? —enarca una ceja.

—¡Claro! ¡Pero yo soy la que mata la inspiración! —lo rodeo con mis brazos y apego mi cuerpo a él, me gusta que esa fragancia suya se impregne en mi ropa.

—Tú siempre matas mi inspiración y yo no me quejo.

Un golpe en la puerta nos hace ver al mismo tiempo en esa dirección. Me separo de él depositando un último beso y él sonríe, esa sonrisa digna suya. Abro la puerta y ahí está Stefanie viendo hacia el pasillo, inmediatamente vuelve su mirada a mí. Siento una ola de ira recorrer mi ser al verle el moretón en la comisura de su labio. Ella observa mi gesto y donde están mis ojos puestos.

—No es nada —expresa—, ya en unos dos días estará completamente curado. ¿Ya te vas? —pregunta, intentando evadir el tema, si no lo hubiese denunciado en estos momentos estuviese camino a su trabajo a agarrarlo a golpes. Asiento con mi cabeza por su pregunta, se acerca a rodearme con sus brazos y correspondo a su abrazo de la forma más efusiva que puedo.

—Sabes que puedes venirme a visitar cuando quieras y yo vendré más seguido —levanto el lado derecho de la comisura de mis labios intentando hacer una media sonrisa que no me sale.

—Alex, préstame tu celular que al parecer este aún está aturdido por el golpe —Oliver se acerca a nosotras y ambas vemos en su dirección—. Hola, Stefanie. ¿Cómo sigues?

—Bien, gracias —contesta, mientras saco el celular de mi bolsillo.

—La próxima vez piensa mejor lanzar tu celular contra la pared —hablo, lo veo seriamente y extiendo mi celular hacia él.

—Fue tu culpa. ¿Para qué me descontrolaste? —me carcajeo y Stefanie nos mira frunciendo el ceño. Ahora recuerdo que ella está aquí y mejor no continúo.

Oliver comienza a hacer sus llamadas y luego de unos minutos ya estamos saliendo de la casa, no puedo evitar sentir nostalgia y mucho más cuando do la abuela con lágrimas en sus ojos nos extiende un pastel que nos había preparado junto a unas donas, pastelitos, *brownies... ¡Ah! Abuelas...* —suspiro—. Me abraza mientras suena su nariz en un pequeño pañuelo blanco.

—Si encuentras un muchacho guapo para mí en Nueva York me lo mandas —solloza, y aguanto una risa, pero Oliver no puede y estalla en carcajadas haciendo que la abuela entre lágrimas termine igual que él. Se abrazan y luego mi madre viene corriendo y se me abalanza, casi caemos al suelo.

—Mamá —exclamo.

—Lo siento —la escucho sorber por la nariz.

—Mamá no es como que me vaya para siempre —intento corresponder a su abrazo, pero me está asfixiando casi colgando de mi cuello.

—Es que contigo nunca se sabe —me apega más a su cuerpo y ya como que estoy sin aire.

—No se preocupe, Alicia. Sí vamos a volver. ¿Cierto, Alexandra? —Oliver me mira con sus ojos demandantes, mi padre aparece detrás de él y todos volteamos a ver en su dirección, le extiende una botella de vino y esboza una amplia sonrisa.

Alexander dirige sus ojos verdes hacia mí y me observa, curvo mis labios y él hace lo mismo. Mi madre aún me rodea con sus brazos.

—Alicia, es mi turno —dice, caminando hacia nosotras. Mi madre se aparta limpiando sus lágrimas y ahora abraza a Oliver. Ya ni pone resistencia, se está acostumbrando e igualmente la rodea con sus brazos, mi madre continúa llorando en su pecho y ahora se les une la abuela, hasta gracia le ha causado a Oliver.

Mi padre se acerca y no sabe si abrazarme o no, ni yo lo sé, rasco la parte de atrás de mi cabeza y me acerco rodeándolo con mis brazos lentamente. Él sonríe y corresponde al abrazo.

—¿Puedo llamarte? —pregunta, y asiento con mi cabeza separándome de él.

—O escribirme —respondo, y él sonríe. La verdad que sí me gusta como escribe.

—Sé que aún hay muchas cosas que arreglar entre tú y yo, Alexandra. Pero ten por seguro que lo lograré —sonrío levemente. No sé qué pensar, después de todo es mi padre.

Caminamos hacia el exterior, el tío Frank trae mi maleta, al menos sirve para algo que no sea molestar. Antes de subir a la camioneta, Stefanie me da otro efusivo abrazo, luego la abuela, luego mi madre que no deja de llorar; el tío Samuel llega y se despide de ambos.

Oliver conduce y observo por el espejo lateral a todos aquellos locos quedar a lo lejos, qué melancolía. Yo, Alex, sintiendo melancolía.

—Oliver...

—Alex... —dice, casi de inmediato y sonríe.

—Necesito algo que me levante el ánimo —Oliver frunce el ceño y luego enarca una ceja mirándome por un par de segundos.

—¿Algo como qué?

—No sé, una hamburguesa —digo, encogiéndome de hombros mientras suspiro. Oliver ríe a carcajadas.

—Bien, entonces nos vamos a parar en algún lugar a comer grasa.

—Oliver, la princesita —no puedo evitar reír, Oliver se detiene y me mira de la forma más feroz posible, espero la regañada del siglo, quiero contener las risas, pero no puedo.

—Alex... Alex... Te vas a quedar sin hamburguesa —dice, mientras pone el auto en marcha nuevamente.

Nos detenemos en un lugar de hamburguesas, Oliver abre la puerta del copiloto para mí y al bajarme, al lado del puesto de hamburguesas veo un puesto de helados, y al lado del puesto de helados hay un puesto de *hotdogs*, y al lado de este último hay una pizzería. Mis ojos brillan al recorrer toda esa calle, más adelante hay un puesto de dulces y sostengo el brazo de Oliver con fuerza cuando me paro al lado suyo, él me observa con el entrecejo fruncido y mira en la misma dirección que mis ojos han hecho el recorrido.

—Sí, ya sé, vamos a pasar por cada uno de esos lugares y de paso vamos a llevar un cubo por si vomitas como la vez que te comiste mi postre —río a carcajadas y él toma mi mano llevándome al lugar de las hamburguesas y así recorrimos cuatro lugares; la Princesita no compró nada, pero insistí, así que terminó llevándose un helado. Estando en el puesto de *pizza* siento una incomodidad en mi vientre y llevo mi mano a la zona.

—Oliver —lo tomo del brazo y me mira intrigado—, tengo que ir al baño.

—Y eso que no has empezado a comer, Alex —se mofa y ríe, pero yo no puedo reír.

—Es otra cosa —digo, buscando el baño con la mirada.

Oliver frunce el ceño y divisa los baños antes que yo, me acompaña esperándome afuera y entro lo más rápido que puedo, bajo mis bragas y sí, es eso. ¡Joder! ¿Por qué Dios me haces esto? Por suerte llevo pantalones oscuros. Saco mi celular de mi bolsillo y observo que hay un mensaje multimedia y es del tío Frank, lo abro desconcertada y es una foto de Deadpool con mi cara recortada sobre la suya. ¡AHHHH! Yo estresada y él enviándome estas cosas, aunque me hace reír mientras pongo papel sanitario sobre toda la taza del baño, Natalie dice que estos lugares no son de fiar, y necesito sentarme aquí al menos mientras espero a Oliver. ¡Qué vergüenza! Marco su número, espero que ahorita sí esté funcionando, por suerte contesta casi de inmediato.

—¿*Alex?* —dice, al descolgar.

—Oliver... Tengo un problemita —¿por qué no me pasan estas cosas con Natalie?

—*¿Necesitas que entre ahí?*

—No —llevo mi mano libre a mi cabeza y hundo mis dedos en mi cabello—, necesito que vayas por toallitas femeninas, urgente.

Silencio del otro lado. Si de por sí para mí es incómodo, no sé cómo será para él.

—*¿Qué? Alex... Significa que... ¿no habrá sexo por varios días?* —murmura.

—¡Joder! ¿Yo estresada desangrándome y tú pensando en sexo? —escucho sus risas que me causan gracia. ¿Ya qué? Reír por no llorar como dicen popularmente. Escucho una risa femenina al otro lado del sanitario donde estoy y siento vergüenza.

—Eso... —dice la chica—, déjalo sin sexo.

En serio que sigo pensando que el destino sí está prescrito y estoy segura de que el ángel o querubín o cualquier ser que escribió el mío estaba bien aburrido. Oliver va por las toallitas cortando la llamada al salir de este lugar.

Espero a Oliver pacientemente sentada en el sanitario y comienzo a tamborilear mis Vans contra el piso de cerámicas en desesperación, la chica que estaba en el baño de al lado sale y escucho sus sandalias dirigirse al lavamanos.

—Me voy, disfruta tus días de menstruación.

Puta.

—Gracias —solo a mí me pasan estas cosas—. Y... ¿te lo limpiaste bien? —me mofo. ¿Ya qué? Está haciendo el día conmigo.

—No tienes idea, creo que hasta quedó rojo —resopla.

¿Ah? No, es que definitivamente nunca conoceré gente normal. Ella camina hasta la puerta de salida y me asomo por debajo de la puerta del sanitario. Solo veo sus sandalias rojas perderse detrás de la puerta.

Sola otra vez. Creo. Escucho pasos de tacones entrar al baño.

—*Oye. ¿Y viste al sujeto bien guapo que iba saliendo de aquí cargando unas bolsas de comida?*

Frunzo el ceño y mis oídos de inmediato se activan.

—*Sí* —una de ellas suspira y ruedo mis ojos—, *debería pedirle su número.*

Claro, hazlo y yo te rompo la madre.

—*Pero... llevaba anillo de matrimonio* —dice una, entrando en el sanitario de al lado. Qué observadora, hasta en eso se le fijó, malditas perras.

—*¿Y? Eso no es un problema.*

¡Hija de puta zorra! Miro por debajo de la puerta del sanitario nuevamente y veo unos zapatos negros de charol bastante feos, pero no le logro ver la cara. Las tipas salen y mi celular suena. Malditas, las odio. Descuelgo.

—*Alex, no les veo las putas alas por ningún lado.*

Frunzo mi entrecejo y risas sonoras que no puedo contener salen de mi interior.

—*¡Joder, Alex! Estoy pasando vergüenzas aquí. ¿Y tú solo te ríes?* —más risas de mi parte y esto hace que él también ría conmigo, no... Es que... No puedo con esto.

—Oliver, mira el empaque, ahí dice si son con alas o no —esto debe ser una broma.

—*¡Ah!* —resopla—, *ya las tengo. Eso me hubieses dicho desde el inicio, ya llego.*

Cuelga la llamada y yo comienzo a reír otra vez. ¡Hombres!

(Capítulo 56)

Sigo tamborileando mis zapatos contra el piso, veo fijamente que se forman unos rombos. Miro alrededor, no tengo otra cosa por hacer. En menos de diez minutos escucho mi nombre en una voz de mujer.

—¿Alexandra? —frunzo el ceño y desconcertada contesto.

—Aquí —luego me arrepiento. ¿Qué tal si es que me quieren matar?—. Aquí no está, corrijo.

—Bien, para la Alexandra que aquí no está hay una bolsa con toallas femeninas.

—¡Ah! Entonces sí soy yo —maldito Oliver, no me pudo avisar que las mandaría con la señora. Ella pasa por debajo de la puerta del sanitario la bolsa y le agradezco.

Salgo con toda la vergüenza del mundo y la señora está trapeando el piso, le agradezco nuevamente y al salir por la puerta del baño ahí está Oliver cruzado de brazos.

—Te compré 50 de esas para que no vuelvas a hacerme pasar por esto —frunzo el ceño, no, no me imagino a Oliver cargando 50 de esas.

Le entregan la caja de *pizza* y yo sostengo las sodas, mientras Oliver toma la caja un papelito se cae, pongo una de las sodas sobre el mostrador y me inclino a recogerlo y ahí están los feos zapatos de charol, la mujer que le está entregando a Oliver la *pizza* es la puta que entró al baño.

Me levanto entregándole el papel y es una mujer no muy joven. *¡Vieja rabo verde!* Ella se inclina sobre la barra que nos separa recargando su peso en sus codos, como intentando verse sexi, le sonríe, despejando su cabello rubio liso de uno de sus hombros, analizo las facciones de Oliver y a él nisiquiera parece importarle en lo más mínimo, Oliver firma unos papelitos mientras tomo un sorbo de mi soda y observo cómo la rubia le coquetea a mi esposo, en mi cara. Maldita desgraciada, Oliver se encamina con la *pizza* y miro cómo la rubia le come el trasero. *¡Es que hasta eso!... ¡No me joda!* Me pongo frente a ella bloqueando su visión.

—¿Está lindo ese trasero, no? Pues déjame decirte que yo soy la que lo aprieta todos los días, así que más respeto —murmuro muy de cerca y le guiño un ojo, miro cómo de inmediato las mejillas de la puta barata se sonrojan y me observa apenada, camino hacia la puerta a paso fijo y con la frente en alto y una pelirroja me mira. La observo igualmente y esboza una sonrisa, llevo mis ojos a sus pies y ahí están las sandalias rojas. *¡Ahh!* Es ella, mi compañera de sanitario. Sonrío y ella hace lo mismo, seguro que también vio mis zapatos, salgo por la puerta y volteo en dirección a la rubia rabo verde por última vez con una sonrisa triunfante.

Al voltearme choco con la caja de *pizza* y ahí están los ojos tan azules de Oliver mirándome con desapruebo.

—¿Así que tú eres la que lo aprieta todos los días? —¡maldición!, y yo que creí que lo había dicho en voz baja.

Oliver ríe a carcajadas mientras se sube al auto y mi cara se llena de todos los colores posibles y así continuó riéndose todo el camino hasta el *jet* mientras yo solo me mantuve cabizbaja todo el camino; qué vergüenzas que paso con Oliver, ni me había fijado que en el asiento trasero iba la gran bolsa con las 50 toallitas femeninas con alas, y yo que creí que era broma.

Ya en el *jet* me doy cuenta de que no fue buena idea tomar soda, mi vientre está resentido y yo no traigo pastillas. Oliver quita la mirada de su *laptop* y la clava en mí.

—Alex... ¿Te sientes bien? —lleva su mano a mi frente y yo frunzo el ceño.

—No, mi vientre está cabreado y no quiere saber nada de la vida —recargo el peso de mi brazo sobre mi codo en el brazo de la silla y sostengo mi cabeza con mi mano. No sé qué expresión tengo, pero no es buena, Oliver simplemente se ríe de mi gesto.

—Claro, te ríes porque no eres tú quien sufre con esta mierda.

—No me imagino yo con una de esas toallitas con alas enrolladas en mi Superoliver —ahora sí lo miro y estallo en carcajadas.

—¿Tu Superoliver? —lo observo divertida y vuelvo a atacarme en risas.

No sé a qué hora me quedo dormida, pero el hombro de Oliver es bien cómodo y mucho más cuando está acariciando mi vientre. Las turbulencias del *jet* me hacen despertar y ya estamos llegando. Solo quiero ir a dormir como nunca lo he hecho.

Bajo del *jet* y apenas logro caminar hasta la limusina, hasta esta caja de pastelitos pesa en mis manos, reposo mis caderas en el automóvil mientras espero a Oliver, quien firma unos papeles que le ha dado un hombre uniformado. El chofer está parado en el otro extremo y se acerca a mí.

—Si gusta le abro la puerta, señora, para que se ponga cómoda —eso de señora me suena extraño.

—Alex, por favor —sonrío.

—Lo sé —agrega—. Rosa me ha hablado mucho de usted.

—¿Rosa? —interrogo frunciendo el ceño, todo el mundo le habla de mí a todo el mundo y yo ni idea.

—Sí, mi esposa —él arquea un lado de la comisura de sus labios, haciendo que sus bigotes se arqueen hacia el lado derecho.

—¿Pablo? —él sonríe más abiertamente—. Sí, también he escuchado de usted.

—Espero que no haya sido sobre mi intolerancia al chile —dice, con toda la seriedad del mundo que me hace reír.

—¿Quiere uno, señor Pablo? —extiendo la caja de pastelitos, yo ya me había comido tres, él asiente y toma uno, comienza a comerlo; me agrada el señor Pablo, y es que es la pareja perfecta para Rosa. Oliver se acerca y le extiende la mano y se saludan con un apretón. Pablo abre la puerta de la limusina para que entremos.

—Señor Pablo, no era necesario, pero gracias —digo, mientras subo, Oliver sonríe y sube detrás de mí, continúa con sus ojos pegados en el computador y yo solo quiero que me apapachen, recuesto mi cabeza en su hombro y él se acomoda mejor para que me recueste en su pecho, acaricia mi cabello, me estoy quedando dormida cuando llegamos al edificio de mi departamento.

Mis últimos días aquí por culpa de Natalie y su borrachera en Las Vegas, ya no veré a Misifús y ya no volverá a hacerse popó en mi ropa, ya no sentiré esos típicos olores de caca de gato y ya no iré a pelear con don Juancho; y como si fuera poco el Misifús está en el pasillo esperando que abra la puerta para escabullirse hacia mi cuarto, pero al ver a Oliver se va hacia el interior de su casa.

Abro la puerta del apartamento y...

—¡VAMOS, DAVID, MÁS DURO! —quejidos roncos de David resuenan por toda la casa.

—MÁS DURO. ¡JODER! NO SIENTO QUE MUEVAS NADA —no quiero ver para ningún lado y encontrarme con una escena censurada. Oliver frunce el ceño y sé que se está imaginando miles de cosas por la sonrisa y expresión en su rostro.

—¡ESTOY SUDANDO! ¿QUÉ MÁS DURO QUIERES? —evito reírme al igual que Oliver, Natalie sale a la sala y me mira, inmediatamente Oliver lleva sus manos a sus oídos, sí, ya nos conoce, Natalie grita y yo igual, es nuestro saludo, lleva sus guantes de *kick-boxing* y yo aquí imaginándome miles de cochinadas.

—¡Mis oídos! —exclama David, parándose detrás de Natalie. También lleva unos guantes de *kick-boxing*—. Anderson, estamos jodidos —camina hacia Oliver—, estas mujeres tienen un saco de boxeo en este lugar. ¿Puedes creerlo? —ríe, luego comienza a lloriquear fingidamente y hace que Oliver estalle a carcajadas.

—¿A ese es al que le estabas dando duro? —se mofa Oliver, con toda la malicia posible y David lo mira con una expresión neutral.

—Bien. ¿Quieren *pizza*? —digo caminando hacia la cocina, sé que Natalie ama la *pizza*.

Todos comienzan a servirse y yo soy la única que por primera vez en la vida no quiere nada, pero no, Oliver comienza a llevar *pizza* a mi boca y tengo que comerla si no me hace pasar vergüenzas con el estúpido avioncito ese que le hacen a los bebés; le parece divertido ver mi cara de todos los colores posibles y Natalie apoya sus vergonzosas ideas para reír de mí junto con él, y es que estos dos juntos me van a hacer la vida imposible y al parecer hasta a David. Oliver le hace una seña a Natalie y ella asiente intentando ocultar una risa.

—David, trae tu culazo a este sofá ahora MISMO —Oliver intenta contenerse una carcajada al ver que David viene caminando comiendo su *pizza* y se sienta donde Natalie le indica, pero solo unos segundos después reacciona y se levanta cabreado.

—A mí no me hables así —David se regresa a la cocina, Oliver estalla en carcajadas, Natalie igual y yo termino uniéndomeles.

—¿Y así es como ustedes se van a ir a vivir juntos? —interrogo, viendo a Natalie que aún no controla sus risas.

—Sí, necesito una cocinera en mi casa, así que...

—Cocinera tu abuela —interrumpe Natalie de inmediato, David se carcajea y es que no me los imagino a estos dos viviendo juntos.

—Mírenle el lado bueno, van a ser vecinas, David vive a unas cinco casas de la mía —afirma Oliver, llevando un bocado de *pizza* que según él «no quería comer». Los ojos de Natalie brillan.

—Hey, en serio que ustedes hasta casas cerca se tuvieron que buscar. ¿Están seguros de que no se gustan? —ambos la miran con desaprobo y yo me río sonoramente, hasta el sueño se me está quitando con todos estos juntos.

—En serio que preferiría estar casado con Oliver que contigo —David se acerca a nosotros—, aunque de pronto se vuelva loco, comience a dar miles de órdenes por todos lados y despida gente —río nuevamente, ya hasta me duele el estómago y Natalie lo mira con toda la seriedad que ha podido recoger.

—Tal vez tú deberías ir despidiendo a tu asistente, David —expresa Oliver, por su sonrisa maliciosa sé que lo ha dicho con intención. Sabía que la pelirroja teñida tenía algo con alguno de los dos.

De inmediato David le hace un gesto de negación sutilmente, Natalie lo mira con furia.

—¿Asistente? ¿Qué tienes con tu asistente, David? —Natalie se levanta y me quita uno de mis Vans.

—Na... Nada —balbucea David, corre por instinto y Natalie corre tras él con mi zapato en las manos, muero de risa. Estos dos viviendo juntos serán un caos.

(Capítulo 57)

No sé cómo convencí a Oliver de que nos quedáramos aquí. Yo sí iba a extrañar mi apartamento. Por suerte siempre lleva ropa de más, no sé de dónde sacó que las infusiones de manzanilla servían para los dolores menstruales, pero lo vi por la ventana caminar hacia el supermercado de enfrente y traer una caja de tés que me preparó de inmediato, y es que Oliver es el esposo que cualquier mujer desearía tener, y no solo porque esté bien dotado de todas partes.

Al despertar, observo que ya no está en la cama, seguro salió a correr con David, me levanto y salgo de la habitación, pero no... Ellos no andan corriendo... Ellos están en la cocina... Oliver y David, ¿cocinando? Ambos con el torso al descubierto, y es que David también está bien cuidado, el sueño de Natalie hecho realidad, con razón no se ha divorciado aún; ambos miran hacia un punto fijamente, aún no se han percatado de mi presencia y siento curiosidad por saber qué están viendo, no tardo mucho en darme cuenta de que lo que ven es un video en YouTube desde el celular que parece de David, porque el de Oliver es más grande, y por lo que escucho es cómo preparar un *omelet*.

—¿Cuál de estas mierdas es la pimienta? —pregunta David frunciendo el ceño, viendo hacia una serie de especias que no sé de dónde sacaron.

—No lo sé, supongo que esa cosa negra —señala Oliver apuntando con el cucharón que sostiene con su mano.

—¿Crees que la pimienta sea hecha del pimiento? —David se cruza de brazos, como si lo que está diciendo es algo completamente inteligente.

—Y yo qué puta sé, pero tiene lógica —ambos ríen a carcajadas. Ahora entiendo por qué se llevan tan bien.

—¿Compraste el yogur griego? —Oliver vierte unos huevos en un tazón y con una mano agarra una cuchara que David le lanza.

—Por supuesto —exclama David, mientras comienza a verter lo que creo que es el yogur en otro tazón y ambos comienzan a cantar la canción de la *Macarena*, y se mueven de un lado a otro; yo no puedo con esto, ahora sí mis risas sonoras me delatan y es que nunca voy a borrar esa imagen de mi cabeza, ambos miran en mi dirección, aclaran su garganta y sus mejillas se vuelven carmesí.

—Continúen —intento contener una carcajada—, por mí no se detengan.

—Olvidaba que ya no tenemos privacidad —enuncia David seriamente.

Oliver ríe, pero sé que esa es una vergüenza que le va a costar superar, se acerca a mí, niega con su cabeza mientras toma mi rostro con ambas manos juntando sus labios con los míos.

—¿Ya te sientes mejor? —intenta cambiar de tema sutilmente, rodeando mi cintura con sus brazos.

—Y con esa serenata quién no —me mofo y río, Oliver me fulmina con la mirada y David me mira con toda la seriedad que su rostro ha podido recoger.

—Yo aquí cocinando para ti y tú burlándote de mis dones artísticos —lloriquea fingidamente llevando una de sus manos a su cara haciendo que limpia una lágrima de mentira.

—Alex, rompes sus sentimientos —dice David con su típica expresión neutral mientras niega con su cabeza, vierte un cereal sobre el tazón con yogur—. Yo en tu lugar mando este desayuno romántico a la mierda, Oliver.

—¿Y si mejor cantan la *Macarena* otra vez? —finjo emoción, y ambos me miran ferozmente. En serio, nunca voy a superar esto. Lástima que Natalie no está presente y cuando voy a preguntar por ella viene caminando hacia nosotros frotando sus ojos con ambas manos y se detiene de golpe al ver a David con un tazón en las manos y sin camisa, chifla sensualmente y mis tímpanos se resienten cada vez que hace eso, sí, ya es experta.

—Pero qué rubito más sexi —mueve sus cejas repetidas veces y mira a David descaradamente. Él le lanza un beso con un guiño de ojos mientras sonríe con picardía, ya vi suficiente, mejor me voy a mi cuarto.

El desayuno no está mal, debo admitir, pero con estos dos hombres juntos no se puede comer con tranquilidad. Me escapo de atragantar un par de veces, observo las manos de Natalie y David y ninguno de los dos lleva anillo de matrimonio.

—¿Y ustedes por qué no llevan anillo de matrimonio? —llevo un bocado del *omelet* a mi boca mientras los observo curiosa.

—Porque mi querido esposo compró unos de plástico, y no hay forma de que vaya con eso a trabajar.

—Deberías llevarla donde tu amiga la de la joyería —Oliver esboza esa maliciosa sonrisa que ya conozco y David lo mira con desapruebo. Natalie voltea su mirada malévola hacia él.

—¿Amiga? ¿Cuál amiga? —y esa es la diversión de Oliver.

—Ju...Juro, que es solo una amiga —balbucea, mejor me contengo las risas.

—¿Entonces por qué estás nervioso? —sé que Natalie solo lo hace por molestarlo porque ella no es tan histérica.

Luego Oliver y David comienzan a guardar nuestras cosas en cajas. Horas después ya estaba en casa de Oliver esperando que el camión de mudanzas llegara con mis cosas, acordamos dividir con Natalie lo que teníamos en común, y para mi suerte el saco de boxeo se quedó conmigo, David esbozó una sonrisa y Oliver rascó la parte de atrás de su cabeza con el ceño fruncido, mas David no sabe que Natalie descargará su ira contra él si no tiene el saco de boxeo.

Solo unos cuantos minutos después, ya está el camión aquí, comienzan a descargar mis cosas, por suerte no son muchas, además, Oliver tiene bastante espacio. Y es que si no miro mis cosas aquí no me voy a sentir en casa. Oliver les indica a los señores dónde dejar cada cosa y yo me siento en el sillón de la sala viendo hacia todos lados y es que este lugar es muy grande para mí, Oliver se sienta a mi lado y toma el helado que tengo en las manos para llevarlo a su boca, entrecierro mis ojos para verlo ferozmente.

Los señores ubican el sillón que compré por internet donde están los sofás de Oliver, justo llegó ayer y aún está en la caja, ellos comienzan a desempacarlo, y sí, es justo como la foto; me pongo de pie para acercarme a él y mirarlo mejor, la base acolchonada resulta ser la palma de una mano y los dedos el respaldar. La muñeca es el borde y tiene algo que puede hacerse pasar por una cadena de perlas, Oliver lo mira desconcertado.

—¿Y esa cosa no mete sus dedos donde no debe? —frunzo el ceño, y volteo a ver a Oliver con una ceja enarcada, él se levanta para observar mi sillón más de cerca; más bien, para reírse de mi sillón más de cerca—. ¡Joder! Hasta tiene las uñas pintadas de rojo —continúa riéndose, se está burlando de mi sillón nuevo, me acerco a él para golpear su brazo con mi puño, pero me dolió más a mí que a él. Se sienta sobre mi sillón y tira de mi brazo para sentarme en sus piernas, toma mi rostro y comienza a besar mis labios suavemente, tiene los labios sabor a chocolate por el helado que se está comiendo. Y es que esos labios y con ese sabor son la mejor cosa de la historia, un carraspeo de garganta nos saca de nuestra burbuja y ambos vemos en dirección al sonido. Rosa está parada frente a nosotros de brazos cruzados.

—Como que mis palabras aquel día surtieron un efecto mayor de lo esperado, ¿eh? —ella esboza una amplia sonrisa y siento cómo la sangre sube directamente a mis mejillas y estoy segura de que en Oliver ha pasado lo mismo.

—Rosa, ¿no tienes nada que hacer? —Oliver la mira fijamente mientras ella aguanta una carcajada.

—Niño Oliver, ¿significa que ya no habrá borrachera? —Rosa lo observa curio... Esperen, ¿le llamó niño Oliver?

—Me temo que ya no, Rosa —ella mira a mi esposo con furia, mientras lleva sus manos a su cintura.

—Y yo que ya había preparado psicológicamente a Pablo para cuando llegara borracha —con Rosa no se puede, aunque no tenga ni puta idea de qué hablan estos dos, Rosa me mira y de seguro nota el desconcierto en mi rostro—. El niño Oliver me prometió unas cervezas cuando se divorciara de usted.

Y miro a Rosa y a Oliver alternadamente, quien lleva un bocado de helado con una sonrisa en el rostro.

—¿Niño Oliver? —enarco una ceja, sí, lo de las cervezas en mi nombre pasa a un segundo plano, al parecer Oliver no se había percatado de cómo lo había llamado y la mira seriamente mientras ella tapa su boca e intenta darse aire con su otra mano riéndose.

—Por cierto —dice entre risas—, llegó algo para usted ayer por la tarde.

Oliver levanta la mirada y frunciendo el ceño la observa alejarse y perderse tras la puerta del comedor, solo unos segundos después regresa a paso rápido con una bolsita en las manos, y se la entrega a Oliver.

—¡Ah! —exclama—, es mi nuevo celular —comienza a desempacarlo y saca un celular mucho más elegante del que ya tiene. Ni siquiera he visto este modelo anunciarse en la televisión aún.

—¿Qué pasó con su otro celular, Oliver? —Rosa lo mira extrañada mientras revisa el nuevo celular.

—Tiene un rasguño porque se golpeó un poco —sí, claro, un poco, lo estrelló con fuerza contra una pared.

—¿Me lo puedo quedar? —los ojos de Rosa brillan y Oliver asiente con su cabeza.

—Solo déjame pasar mi número a es... —Rosa chilla interrumpiéndolo. ¡Jesús! Chilla más fuerte que Natalie.

—Lo siento —sonríe—, es la emoción de que por fin tendré Waksak —¿Waksak? Lleva las manos a su pecho mientras mira al techo con una sonrisa.

(Capítulo 58)

Me remuevo un poco entre las deliciosas sábanas de terciopelo, mierda... Tengo ganas de hacer pis, me acomodo mejor porque mi cuerpo se niega a levantarse, pero no... Es incómodo. ¡Maldita sea! Uno ni dormir en paz puede, me levanto lentamente y me quedo sentada un rato hasta que las ganas de liberar líquidos me ganan, no vuelvo a tomarme un litro de jugo de naranja por la noche.

Camino en dirección al baño, mi cerebro aún piensa en cómo esas sábanas se sienten tan bien junto a mi piel... cuando un golpe en mi frente me despierta de golpe. ¡PUTA! ¡Mi frente! Inmediatamente la lámpara se enciende y Oliver me mira con su entrecejo fruncido.

—¿Alex? ¿Qué... Estás bien? —cuestiona, miro alrededor y la puerta del baño está del otro lado.

¡Mierda!

—¡Sí! Solo probaba qué tan fuerte era esta pared —ironizo, con mi mano en mi frente, solo escucho las carcajadas de Oliver. ¡Sí! ¡Qué divertido! Camino encabronada en la dirección contraria tirando todo lo que me encuentre al frente, pero no me encuentro nada que tirar lo que me encabrona aún más.

Hasta las ganas de hacer pis se fueron.

Al día siguiente, maquillo el jodido golpe lo más que puedo sentada en el escritorio de Oliver mientras lo espero, maldita pared. Oliver entra a la oficina y con él viene un hombre más a menos de la edad del señor Anderson y bastante elegante.

—Ella es Alexandra —el señor de cabello oscuro ya con algunas canas sonríe amablemente mientras me estrecha su mano.

—Es un placer —menciona, miro a Oliver, quien tiene su típico gesto de jefe con su mirada puesta en unos papeles.

—El placer es mío —contesto, tomando su mano y sacudiéndola.

—Él es el jefe de edición —habla Oliver, mientras camina hacia un archivero—. Daniel, no tengas piedad.

—Por supuesto que no, jefe —menciona con una maliciosa sonrisa, la verdad eso me causa gracia.

Porque creí por un momento que bromeaban... ¡Pero no! ¡Maldita sea! Ya hasta olvidé cómo se respira. Miles de documentos unos tras otros, no sé ni cómo aprendí a ser multifuncional. Fingiré un desmayo para que me saquen de aquí, o mejor no, si podía hacer mi trabajo de secretaria, puedo hacer esto. Lo bueno de todo, es que no me tengo que quedar con Oliver hasta que termine su trabajo, y puedo ir a casa una vez que mi jornada laboral termina.

Camino por el parqueo cuando un mensaje en mi WhatsApp de un número desconocido llama mi atención, a mí nadie me escribe a WhatsApp, ni siquiera sé por qué tengo WhatsApp.

«Niña Alex, estoy haciendo una sopa, ¿le dejo un poco?».

Y una *selfie* borrosa de Rosa con su dedo pulgar levantado junto a la olla de sopa, no sé si es correcto o no reír por estas cosas, pero yo sí lo hago. Suficiente, ya Rosa acaba de alegrar mi día.

Llego a casa y ahí está Rosa tecleando con su celular y soltando risotas en la cocina. Algo me dice que su celular terminará en la olla de sopa.

—En serio que te diviertes —digo, haciéndola que se estremezca y lleva su mano a su corazón, me mira atónita.

—Niña Alex me asustó —suspira—, y no tiene idea, quien sea que inventó Waksak bendito sea y ojalá le hagan un altar —cuando tomo lugar en una banqueta, casi me deja ciega con el *flash* que ese jodido celular tiene.

—¡Rosa! ¡No!

—Salió bien guapa, Alex. Déjeme subirla a mi *Feibu*.

¿*Feibu*? Aplano mis labios para no reír, ya vi que con Rosa nunca voy a estar aburrida. Suena el timbre y me levanto a abrir, me lo imaginé, es Natalie. Logro reconocer sus mechas californianas a través del vidrio de la puerta. Inmediatamente suelta un grito al verme, y bueno, yo igual.

Rosa sale de inmediato con un cuchillo en la mano y una escoba en la otra.

—¿Qué pasó? ¿A quién debo matar? —ambas la miramos con el ceño fruncido. Y ella también nos mira.

¿Qué podría hacer con un cuchillo y una escoba?

—Lo siento —aclara su garganta y regresa a la cocina. A los pocos segundos regresa sin ambas cosas en sus manos—. Es que hoy en día uno no sabe cómo reaccionar con tantos crímenes.

Creo que me tendré que acostumbrar a Rosa, es como mi madre y mi abuela juntas.

—Bueno, Natalie, ella es Rosa; Rosa, ella es Natalie —ellas se miran, y se abrazan, siempre los saludos de Natalie son con gritos, Rosa tiene que acostumbrarse.

Sentadas en el desayunador y Rosa meneando su sopa comienzan a hablar y es que las dos son dos loras parlanchinas, ya vi que se van a llevar muy bien.

—Niña Natalie, ¿tiene Waksak? —y vuelve con su Waksak. Natalie me mira enarcando una ceja.

—¿Niña Natalie? —gesticula. Me encojo de hombros—. Sí —contesta dudosa a ella.

—Por favor, escríbame su número aquí —Rosa le entrega el celular a Natalie y ella comienza a teclear su número, Rosa se da la vuelta para servirnos la sopa y Natalie dirige su mirada a mí.

—¿Cómo es que Rosa tiene mejor celular que yo? —murmura.

—Porque Oliver se compró uno nuevo y le regaló ese —arqueo mis cejas, Rosa no pudo encontrarse mejor empleo—, también le regaló la casa de enfrente —susurro.

Natalie abre los ojos como platos.

—Por favor, cuando Rosa se vaya consígueme este empleo —suelto una risa, no me imaginaría a Natalie de ama de llaves y con sus enormes tacones trapeando—. Alex, quiero golpear algo, ¿vamos a practicar *kick-boxing*? —dice, mientras entrega su teléfono a Rosa.

—¿*Kick-boxing*? ¿Qué es eso? —dice Rosa de inmediato y nos ve alternadamente.

—Defensa personal.

—¿Puedo practicar? —los ojos de Rosa brillan y deja caer el cucharón en la sopa, se quita el delantal y se guarda el celular en el bolsillo de su vaquero.

—Bueno…. —la verdad no lo creo… Rosa pudiera quebrarse un hueso practicando artes marciales.

Pero la subestimé, patea el jodido saco mejor que yo. Estoy esperando el momento que algo suene y sea su fémur.

—¡Vamos, Rosa! ¡Golpea más fuerte! —Natalie eufórica no teme que la anciana se fracture, le enseña a golpear el saco de boxeo. Llevo mi vista alrededor del gimnasio en la casa de Oliver, yo no tenía ni idea de que Oliver tenía su propio gimnasio, aunque me imaginaba que solo por correr no iba a tener ese cuerpazo.

—Niña Alex. ¿Me toma una foto golpeando esta cosa? —Rosa me saca de mis pensamientos, volteo mi mirada a ella y frunzo el ceño, ella me mira con brillo en sus ojos y me extiende el celular que tomo de inmediato, lanza una patada en lo que el celular captura la foto, pero no le da al saco, se desliza y cae de espaldas. ¡Auch! Eso duele.

Me quiero reír, y para rematar las cosas, el celular capturó el preciso momento en el que Rosa está cayendo. Haré lo de mi padre, me iré a encerrar a mi cuarto para reír tranquila. Luego de varios segundos observo que Rosa no se mueve. Sigue tendida en el piso y tiene los ojos cerrados.

Natalie y yo nos alertamos y corremos hasta ella y es que ya está bastante mayor para este tipo de cosas. Natalie se acerca primero y Rosa no mueve ni un pelo. ¡Mierda! Murió. Natalie empieza a sacudirla y yo me inclino hacia ella. Ni siquiera respira.

—Alex… Rosa… está muerta —Natalie me mira anonadada y yo abro mis ojos como inmensos platos. Comenzamos ambas a sacudirla con fuerza y no, nada. Llevo mis manos a mi cabeza, esto no puede estar pasando, comienzo a sudar y no está haciendo calor, hiperventilo, me va a dar un ataque de pánico.

Me voy a desmayar cuando una risa sonora sale de la boca de Rosa y se sienta en el piso agarrándose el estómago.

—Yo… No… —balbucea entre sonoras carcajadas—. So… lo quería… saber —continúa riendo y yo la miro perpleja—. Soy buena actriz, ¿eh? —nos mira alternadamente y se pone en pies carcajeándose, hasta le cuesta por las risas.

Natalie también ha quedado pálida y ambas nos miramos y volvemos la mirada a Rosa. Mi corazón bombea a mil por hora. Nosotras no reaccionamos y es que yo ya me imaginaba miles de escenarios rezando al lado del ataúd de Rosa. Cuando ya mi cerebro se ha percatado de la mala broma, reacciono.

—Maldita niña Rosa. AGÁRRALA, NATALIE —Natalie se levanta y yo igual, Rosa comienza a correr a gritos por todo el gimnasio riéndose. Yo no le encuentro la gracia, me lanzo en su espalda y Natalie en sus pies. Las tres caemos al piso mientras tomo la mano de Rosa haciéndole una llave, y Natalie dobla su pie, esta posición para Rosa debe ser incómoda. Ella ríe y grita al mismo tiempo. La verdad no parece dolerle, debería doblarle el brazo con más fuerza.

La puerta del gimnasio se abre y aparece Oliver con las manos en la cintura apartando el saco de su traje negro que lleva desabotonado. Las tres miramos en su dirección y él enarca una ceja. David entra justo detrás de él con la misma expresión. Y nos mira.

—¿Qué le están haciendo a Rosa? —Oliver pregunta de lo más calmado posible y Rosa comienza a reír a carcajadas.

—Por favor, niño Oliver, ayúdeme —él frunce el entrecejo. Tiene esa expresión en su cara que no sabe si molestarse o reír.

—Suelten a Rosa que yo quiero *brownies* —dice David, Rosa deja de reírse y levanta la cabeza para observarlo con descontento.

—¿Saben qué, muchachas? Mejor terminen de matarme —vuelve a acostarse y yo me suelto en risas, Natalie igual; soltamos a Rosa y ella comienza a carcajearse, Oliver aprieta los labios para evitar reírse y mira a David, quien tiene la misma expresión.

Y sí, la convencieron para hacer los benditos *brownies*, y es que dicen que *brownies* como los de Rosa no existen, ya quiero probarlos.

Estoy sentada sobre las piernas de Oliver en el comedor mientras Rosa prepara los *brownies* quejándose del dolor en su brazo, fue su culpa por casi provocarme un paro cardíaco.

—Natalie, al menos envíame un mensaje cuando salgas —dice David, Natalie está sentada al otro extremo de la mesa aún viendo a Rosa con cara de pocos amigos. Ella frunce el ceño, y dirige su mirada a David, ya sé qué va a contestar.

—Yo salgo cuando a mí se me dé la gana —sí, ya la conozco.

—Bueno, ahora estás casada, así que al menos me tienes que decir —Rosa vuelve a verlos alternadamente.

—Bueno, tú también estás casado, no deberías ver las fotos en ropa interior que te envía aquella puta pelirroja —esto se va a poner bueno.

—¿Casado? —Rosa se cruza de brazos y mira a David—. ¿Cómo que casado?

—Desgraciadamente —David mira a Natalie con descontento y ella igual.

—¿Cómo? ¿Por qué todo el mundo se casa y a mí nadie me dice nada? —Rosa ha levantado la voz y esto apenas inicia.

—Porque fue en Las Vegas y borracho —sigue sin despegar su mirada de Natalie. Estos dos se van a matar y yo quiero ser testigo.

—Sabe qué —Rosa tira el cucharón que tenía en las manos en el tazón haciendo que todo salpique—, hágase sus *brownies* usted solito, David —comienza a quitarse el delantal y lo tira contra el comedor—. Todos se casan y a mí nadie me dice nada, ni siquiera me invitan a una cerveza —Rosa comienza a caminar y todos la miramos retirarse y perderse tras la puerta—, luego, Rosa quiero esto... Rosa quiero lo otro..., pero nadie... Nadie se digna a invitarme a... —continúa gritando en la sala hasta que cierra la puerta principal de un portazo y puedo jurar que sigue gritando en la calle.

❨ Capítulo 59 ❩

—Alex, ¿has visto mi...? —Oliver voltea la mirada hacia mí cuando entro a la habitación comiendo un dulce mientras leo los chistes en el envoltorio.

—Oliver, escucha esto... —interrumpo, riendo a carcajadas e imito la voz de dos hombres.

—*Oye, amigo, me compraré una fundamental.*

—*¿Una qué?*

—*Un gorro, ¿no entiendes? Una funda-mental.*

—Qué chiste más malo —digo, mientras me carcajeo nuevamente—. ¿Estos tipos no son David y tú?

Oliver me mira con desaprobación y termina sonriendo al escuchar mis sonoras carcajadas, es que yo... no... puedo... con... estas... estupideces.

—No sé si reírme de ese chiste, de tu imitación, de tus risas o del hecho de que lleves puesto mi suéter y yo buscándolo como loco —se cruza de brazos mientras miro lo que llevo puesto, río al recordar que me había puesto su suéter azul esta mañana al despertar mientras él estaba ejercitándose con David.

—En mi antiguo apartamento me ponía la ropa de Natalie, aquí me pondré la tuya, así que acostúmbrate —me dejo caer sobre mi nuevo sillón y me cruzo de piernas bajo su mirada fija sobre mí.

—¿Y qué traes bajo ese suéter? —enarca una ceja viendo mis piernas y clavando su mirada en mis ojos.

—Nada —esbozo una pícara sonrisa mirándole a los ojos, jugando con el bombón que tengo en mi boca.

—¿Nada? —pregunta, mordiendo su labio inferior, arqueo mis cejas y las muevo de manera sensual.

En segundos él se abalanza sobre mí, me toma en brazos para levantarme del sillón y me lanza a la cama haciendo que rebote, se ubica sobre mí y comienza a besar mi cuello.

—Oliver. ¡Basta! Me haces cosquillas —río, saco el dulce de mi boca antes de que me ahogue—. Oliver, hablo en serio —comienzo a patalear, pero con él sobre mí se me hace difícil.

—Y yo te beso en serio —se apodera de mis labios llevando sus manos a mis piernas y sube lentamente, se separa un poco de mis labios—, mentirosa, llevas bragas —río y le veo esos orbes azules que me encantan.

—Es obvio, no iba a andar por ahí con mi Superalex en el aire —resoplo, Oliver ríe sonoramente y me mira negando con su cabeza.

—Pues tu Superalex va a quedar en el aire ahora mismo —regresa a mi cuello mientras lleva sus manos por debajo de mis bragas.

—Oliver. ¿Qué es eso? —miro hacia el techo con una expresión de extrema sorpresa, fijo mi atención hacia un punto. Oliver de inmediato se detiene y me observa curioso, lleva su mirada rápidamente hacia donde mis ojos están puestos, aprovecho su desconcierto para empujarlo, salgo de la prisión entre sus piernas y comienzo a correr dejando la puerta del cuarto a mis espaldas.

Solo escucho una palmada de Oliver sobre el colchón y ríe a carcajadas.

—Maldita Alex, siempre me haces lo mismo, pero me las vas a pagar —ríe mientras cierra la puerta de golpe.

Comienzo a correr por el pasillo, escucho los pasos de Oliver detrás de mí, comienzo a bajar las escaleras a toda prisa, aquí hay muchos lugares donde esconderse, voy tras una pared de un pasillo que dirige a uno de los cuartos de esta casa, camino sin hacer ruido y mermo mi respiración; miro a Oliver pasar, pero no hacia donde fue, ya no escucho sus pasos, intento asomarme solo sacando la mitad de mi rostro y no lo observo por ningún lado, ¿dónde habrá ido?, relajo mis hombros y suelto todo el aire que mis pulmones estaban reteniendo al ver que ya no está presente, ahora sí puedo respirar tranquila. Comienzo a salir de mi escondite lentamente y ahogo un grito cuando siento unas manos rodear mi cintura.

—¡Te tengo! —casi muero de un infarto y él comienza a hacerme cosquillas.

—¡No! Oliver... —finjo ahogarme, pero no... Él ya no cree nada, maldita sea. Mis súplicas no tienen ningún efecto en él—. Oliver. ¡Ya! Maldición —no puedo parar de reír, es que para mí las cosquillas son mi punto débil.

Maldito Oliver, ya no tengo ni fuerzas para contratacar.

—Te dije que me las ibas a pagar —dice, con voz apacible y también ríe.

Por fin deja de hacerme cosquillas y yo no tengo ni fuerzas para correr, intento recuperar la respiración entre sus brazos y él de igual manera. Nos miramos a los ojos por unos varios segundos, tan intensamente y comienza a saborear mis labios, apega mi cuerpo más al suyo y rodeo su cuello con mis brazos. Toma mi rostro con una de sus manos y la lleva detrás de mi cuello para profundizar el beso, con la otra sube un poco el suéter para acariciar mis glúteos y luego subir a mi cintura. Inmediatamente siento cómo pierdo la consciencia, baja mis bragas con lentitud y siento cómo se deslizan por mis piernas, me toma de la cintura y me levanta, enrollo mis piernas en sus caderas y me pega a la pared. La dureza de su miembro roza mi entrepierna, con una de sus manos me sostiene y con la otra baja un poco la goma de su pantalón deportivo, dirige su miembro hacia mí, gimo al sentir cómo poco a poco se va abriendo paso en mi interior.

Comienza a moverse lentamente mientras devora cada uno de mis labios, hace un recorrido de esos besos en mi barbilla y luego en mi cuello; siento una corriente eléctrica recorrer todo mi cuerpo, a medida que sus manos tocan todo a su paso haciéndome enfebrecer y todo el sinfín de sensaciones se apoderan de mi cuerpo de nuevo, todas las veces se siente como la primera vez. Él junta su frente a la mía y nos miramos intensamente por unos largos segundos, ese azul de sus ojos que me encanta, vuelve a mis labios, dándome el beso más dulce que alguna vez pude haber soñado, mis manos tocan su espalda, acariciando su tersa y cálida piel, deleitándome en ello. El ritmo que él marca tiene cada vez de mayor intensidad, me aferro a su cuello hasta que juntos encontramos el éxtasis, hundo mis dedos dentro de su cabello y tiro suavemente de él, aún sin salir de mí esboza una tierna sonrisa mientras me mira de la forma más tierna, y sus labios vuelven a unirse a los míos.

Con nuestras respiraciones entrecortadas va saliendo poco a poco de mí, mis pies tocan el suelo y siento cómo flaquean mis rodillas, hasta he quedado sin fuerzas; él me rodea con sus brazos y escondo mi rostro en su cuello, aún sudoroso amo su aroma, me levanta en brazos y sube las escaleras conmigo.

(Capítulo 60)

—*A*lex. *¿Cuánto sacaste en tu examen de Matemáticas?*

—*Nueve, papá.*

Él sonríe sarcásticamente, mostrando sus perfectos y alineados dientes como siempre lo hace mostrando superioridad.

—*Yo a tu edad sacaba diez en todas las materias.*

—*Alexander, déjala en paz. Solo tiene diez años. Siempre sobresale en Literatura y en las otras cosas que hace* —*mi abuelo siempre intentando defenderme de mi propio padre.*

—*¿Y qué, papá? Yo sé que es más inteligente que un nueve. Un nueve es para mediocres. ¿A quién le importan las cosas que escribes, dime, Alexandra, ¿a quién?*

—*A mí, Alexander.*

—*Es tu culpa que quiera hacer lo que se le antoje, Billie. Yo no voy a mantener a ninguna mujer miserable aquí. Además, en esta casa se hace lo que yo diga.*

Lágrimas corren por mis mejillas.

—*¿Y qué te hace pensar que será miserable? Yo tengo fe en ella, y la apoyaré en lo que decida hacer, haz tú lo mismo. Ella crecerá y lo que decida hacer es lo que tú apoyarás.*

—*Estudiará Medicina, así que necesita las mejores calificaciones.*

—*No es lo que yo quiero* —*logro decir en un hilo de voz entre sollozos.*

—*MI CASA. MIS REGLAS* —*da un golpe en la mesa que me hace sobresaltarme.*

Todo se disuelve, ahora estoy en un predio vacío, hay flores por todos lados, miro a mi alrededor. ¿Qué hago aquí?

—¿Alexandra? —papá se viene acercando a mí, lleva una camisa blanca. ¿Por qué lleva una camisa blanca? Él odia el color blanco, recuerdo las cosas que me acaba de decir y siento repulsión hacia él, intenta tomar mi mano, pero retrocedo unos pasos.

—¿Qué sucede, Alex?

Niego con mi cabeza.

—Aléjate.

—Necesito tu perdón, Alex. Mi padre me espera.

—¿Qué? ¿El abuelo? ¿Por qué dices que te espera?

—Alexita, cariño —es la voz del abuelo Billie, lo sé.

—Papá... ¿Por qué no te veo?

Lágrimas comienzan a correr por mis mejillas.

—Pronto no me verás a mí, Alexandra. Por favor, perdóname.

—¿Qué? No, Alexander.

Él comienza a alejarse, intento seguirlo, pero no puedo. Estoy atada a algo y no puedo soltarme.

—Alexander, regresa...

Más lágrimas brotan de mis ojos, siento algo instalarse en mi pecho cuando escucho un grito de Alexander.

Despierto de golpe, la luz entra por la ventana, ya es de día, tomo mi teléfono y comienzo a marcar el número de Stefanie, mi corazón late a mil por hora, tengo lágrimas y sudores por todo mi rostro, es muy temprano, lo sé, pero no me importa. Miro a mi alrededor y Oliver ya no está, debe estar en el gimnasio, tengo un leve dolor de cabeza, llevo mi mano a mi sien, me percato de que hay lágrimas en mis ojos e intento limpiarlas de inmediato.

—¿Alex? —la voz de Stefanie inunda mis oídos.

—Stefanie. ¿Todo bien? ¿Está Alexander ahí? —mi voz suena preocupada y lo estoy.

—Sí, debe estar en el viñedo. ¿Por qué, Alex? ¿Estás bien? —asiento, pero sé que no puede verme.

—Sí, solo quería saber, es que... —pienso por unos segundos si contarle o no, la abuela siempre dice que los sueños significaban algo, pero mi madre dice que los sueños solo son sueños—. No es nada, no te preocupes —intento sonar calmada.

—Biennn —sé que no la convencí, intento respirar con tranquilidad mientras me siento en el borde de la cama, no sé por qué estaré soñando esas cosas.

Tomo una ducha y cuando me he relajado un poco, me visto y bajo mientras espero a Oliver, miro por lo ventana mientras el sueño se reproduce una y otra vez en mi cabeza, en parte me causa rabia esas cosas que hacía él conmigo, pero... tampoco quiero que deje de existir, hay mucho por arreglar.

El resto del día no pude pensar nada con claridad. Hasta decidí volver temprano a casa, quería hablar con Oliver, pero estaba bastante ocupado y no quise molestar. No lo sé, estoy triste. Necesito a Natalie.

Casi media hora después ya está conmigo en el gimnasio pateando el saco de boxeo.

—Sinceramente no sabría qué decirte, Alex —Natalie me observa, está comiendo la uña de su dedo índice, eso no es normal en ella.

—Dime tú —golpeo el saco de boxeo—, si tu padre regresara luego de tanto tiempo, ¿lo perdonarías? —la observo por unos segundos y golpeo el saco nuevamente.

—Esto es diferente Alex, mi padre no ha querido saber nada de mí desde que tengo cuatro años, al menos Alexander no las dejó por una modelo brasileña y luego no quiso saber nada de ustedes.

—Pero tú sabes cómo ha sido Alexander. Tú mejor que nadie —ella estuvo muchas veces presente cuando decía que yo era una *hippie* sin futuro.

—Lo sé, pero alguien arrepentido merece una segunda oportunidad, incluso si mi padre volviera arrepentido yo lo perdonaría, pero sé que no lo hará —ella también golpea el saco de boxeo— y a mi madre le valgo una mierda, pero sus otros dos hijos con su nuevo marido son sus consentidos. Yo estoy más jodida que tú. Al menos tu madre se preocupa por ti, exageradamente, pero lo hace.

—¿Tú crees en los sueños? —me cruzo de brazos mientras la observo desquitarse la ira que siente hacia sus padres en el saco de boxeo. Se detiene por unos segundos y me observa.

—Pues, mi abuela decía que tenían su significado. Pero a mí nunca se me han cumplido los sueños, ya estuviera casada con un príncipe azul de los cuentos de Disney que sé que no existen —esta mujer me hace reír con sus comentarios.

—Pero tú tienes tu príncipe azul, Natalie —río nuevamente y ella me mira con sus ojos furiosos. Se acerca a mí y me empuja.

—¿Qué te pasa? —suelto sonoras risas mientras ella me empuja de nuevo.

—Eres la única con la que puedo practicar; vamos, atácame, pero no en la cara, porque culparán a David y me enviarán a charlas contra violencia doméstica.

—Cuando es a él a quien deberían mandar a charlas de violencia doméstica porque tú lo agarras a golpes —enarco una ceja y ella sonríe, me lanza un puñetazo que esquivo con mi antebrazo. En un ágil movimiento me lanzo sobre ella haciendo que caiga al suelo y con sus piernas toma mi brazo y lo dobla.

—Maldita hija de puta...

Y reímos a carcajadas cuando con mis piernas la aprisiono y me ubico sobre ella, con su brazo toma mi cuello y me intento soltar de su fuerte agarre. Intenta ubicarse sobre mí, pero no se lo permito, aunque tenga mi cabeza debajo de su axila sudada, por lo menos huele a fragancia primaveral.

La puerta del gimnasio se abre, y ambas volteamos a ver en esa dirección. Un elegante Oliver entra por ella, y nos mira con el ceño fruncido.

—¿Qué están haciendo ustedes dos? —nos observa alternadamente con intriga.

—¿Quieres probar? —cuestiono, enarcando una ceja mientras suelto a Natalie.

—¿En esa posición? Contigo, por supuesto —me guiña un ojo y esboza una pícara sonrisa.

Natalie suelta una sonora carcajada. Sí, ella ama el doble sentido.

—¿Saben qué? Yo me voy —se pone de pie y va por su bolso, se acerca a mí y me da un abrazo—. Seguimos en otra ocasión.

Por suerte, Oliver no preguntó más.

Al día siguiente, unos labios se postran sobre los míos y siento un agradable aroma invadir mis fosas nasales, abro los ojos aún adormilada.

—Mi amor, tengo que irme temprano, ya sabes, no llegues tarde —parpadeo varias veces para acomodarme a la luz y Oliver deposita un último beso en mis labios, se retira y aún mi cerebro dormido procesa lo que me acaba de decir, le resto importancia y vuelvo a dormir.

Despierto de golpe y miro a mi alrededor, lo primero que hago es ver el reloj. ¡Joder! Falta media hora para mi jornada laboral. ¡Noooo! Voy a ser despedida. O tal vez no, o tal vez sí, conociendo a Oliver y su obsesión por los horarios.

Amarro mi cabello en una moña y me baño lo más rápido que puedo, medio bañada, pero cuenta, al menos huelo a jabón y con mi loción se camufla. Me visto rápidamente y salgo corriendo hacia la oficina, aquí recordando mis tiempos cuando inicié a trabajar en esta empresa. Por suerte llego faltando dos minutos.

—Buenos días, señora Anderson —un guardia de seguridad llama mi atención y sonrío.

—Buenos días, señores de seguridad. ¿Cómo están? —digo, en lo que me detengo, intentando recuperar la respiración.

—De maravilla —corro nuevamente hasta el ascensor y siento que respiro cuando aquellas puertas de metal se cierran frente a mi vista.

Comienzo a correr por los pasillos y llego justo tres segundos antes, eso sí es adrenalina. Acomodo mi cabello en el reflejo del ventanal de la oficina y aliso mi vestido rosa con las palmas de mis manos, no encontré otro mejor que este bastante suelto en la parte de la falda. Parezco un pudín.

Me siento un rato en mi silla giratoria y cruzo mis piernas mientras espero que mi supervisor se aparezca, el grupo de edición es espectacular, aunque tenga más trabajo que cuando era la secretaria de Oliver Anderson. El señor no aparece, ya ha pasado hora y media y yo sigo aquí esperándolo, al menos Rosa me está divirtiendo con sus mensajes de Piolín en su grupo de WhatsApp.

—¡ALEX! —la voz de David me hace estremecer, suelto mi celular y cae al piso.

—Mierda, David. ¿Estás loco? ¿Por qué no tocas antes de entrar? —lo miro a los ojos y él tiene ese porte serio que cualquiera creería que no está demente.

—Oliver te necesita en su oficina, urgente.

Enarco una ceja, ese «urgente» suena a la vez que mi madre y Stefanie vinieron de sorpresa. ¡Ah! ¿Ahora quién será? ¿El vecino don Juancho con su gato? ¿Excompañeros de séptimo grado? ¿Exmaestros de la universidad? ¡Joder! Odio las sorpresas.

David se retira sin decir una palabra y salgo de mi oficina, camino a paso firme hasta la suya; puede estar al frente, pero en estas situaciones que mis piernas tiemblan y mis manos se sudan siento que recorro kilómetros. Por suerte traje zapatos bajos, si no, lo más seguro es que ya estuviera en el suelo.

Tomo la perilla de la puerta y entro...

Agárrenme que me desmayo.

No puedo creer esto, siento que mi cabeza da vueltas, todo se está comenzando a poner oscuro, Oliver está ahí, recostando sus caderas sobre el escritorio, cruzado de brazos, con un flamante traje negro.

Mi corazón saldrá de mi pecho, mis piernas se tambalean, no puedo creerlo, miro alrededor, lágrimas comienzan a salir de mis ojos y corren por mis mejillas una tras otra. Hay globos, globos que quieren atravesar el techo y listones que cuelgan de estos, hay rosas por todos lados y el aroma es exquisito, mi corazón bombea fuerte, mis manos están frías y las llevo a mi boca para tapar mi gesto de asombro ante el enorme cartel «¿TE CASARÍAS CONMIGO?».

No sé si reír o llorar o gritar o tirarlo por ese ventanal. No lo sé. Esto es demasiado. Oliver camina hacia mí, acomodando ese perfecto saco negro, tiene una cajita de terciopelo verde en las manos.

No puedo creerlo.

Me voy a desmayar.

Llevo mis manos a mi pecho e intento tragar el nudo en mi garganta, aunque las lágrimas comiencen a salir más y más. Nunca había llorado de emoción, y esto es lo que se siente. Mi corazón da mil vuelcos y mi cerebro se niega a responder.

—Sé que ya estamos casados —comienza a hablar— y, en serio, han sido los mejores días de mi vida —sonríe, una tierna sonrisa mientras se postra sobre una rodilla—. Pasé semanas enteras pensando cómo hacer esto de una manera no tan tradicional, porque quiero hacerlo formal, no algo que sea parte de un contrato —oh, por Dios —, luego recordé lo que le dijiste a mi madre la noche de la primera cena —toma mi mano izquierda y comienza a quitar los anillos ficticios de mi dedo anular—, así que... es prácticamente tu idea y si venía de ti es porque así te gustaría, muñeca —las lágrimas salen de mi rostro, no, no puedo detenerlas—. Eres la primera mujer que me haría pedir algo así —este es el mejor día de mi vida y yo me tuve que poner el vestido de pudín—, así que... —aclara su garganta—, Alexandra Carlin, ¿te casarías conmigo?

Y abre la cajita, es un anillo muy diferente al anterior, tiene una enorme esmeralda en el centro, es bello, me encanta, o será porque este sí lleva sentimientos consigo.

—Elegí una esmeralda, porque, en serio, me gustan tus ojos, y este sí lo elegí yo, no la amiga de David —preguntaría quién es esa amiga, pero las lágrimas hasta mi cerebro están empañando—. ¿Y bien? —él me mira a los ojos y sonríe, ahí me percato de que no he dicho una palabra, además, no puedo articular ni un monosílabo en estos instantes.

Lo único que hago es asentir y llorar. En mi mente pasan un montón de escenas donde corro de su mano por un campo lleno de jazmines en un atardecer, *Alex. ¡Basta!* Él se levanta y me abraza, junta sus labios con los míos y rodea mi cintura con sus brazos. ¿Dónde está la lluvia? ¿Dónde está Nicholas Spark para que se inspire en este momento? Tengo que llamar a Natalie y contarle.

Me siento en las nubes, esto debe ser un sueño, me siento tan cursi, ya no son mariposas las que revolotean en mi estómago, son cuervos y muy grandes; también puede ser hambre, no lo sé, pero este día jamás lo olvidaré.

Él me abraza por un buen rato y pasamos en esta posición por más de veinte minutos. Fotografié todo por si en algún momento pierdo la memoria quiero que me muestren esto, tuve que llevar varios de estos globos y de estas rosas a casa. El maldito vestido de pudín se va a convertir en mi vestido favorito. Tengo que usar mi anillo de matrimonio aún hasta que se cambie por uno de verdad, bueno, este es de verdad, pero me refiero a uno elegido por ambos.

Puedo decir que este es el mejor día de mi vida, de hecho, todos y cada uno de nuestros días juntos son los mejores. ¿Se puede morir de felicidad? Creo que sí, porque siento que muero y vuelvo a resucitar en los brazos de este hombre todos los días.

(Capítulo 61)

Despierto cuando la luz está quemando mis jodidas pestañas, abro los ojos e intento acomodarme a la claridad, Oliver ya no está, debe estar en el gimnasio, iré a verlo, si no está ahí iré preparando una escopeta porque si no es mío no es de nadie.

Río yo sola por mi pensamiento.

No, no soy una psicópata tampoco.

Estiro mis brazos y los dejo caer sobre el colchón, inmediatamente siento que algo pincha mi mano y me apresuro en ver de qué se trata, hay una rosa roja, y junto a la rosa hay una notita; me siento sobre la cama y observo aquella rosa detenidamente, con una de mis manos tomo la rosa y con la otra la notita, pongo la rosa de regreso en el colchón y desdoblo el papelito con cuidado, mis manos tiemblan y siento que mi corazón se saldrá de mi pecho.

«Buenos días, mi amor, salí a correr un rato y encontré esta rosa, sé cómo te gustan estas cosas y no dudé en cortarla para ti.

Te amo.

Pd: Arréglate y luego sigue las pistas, te tengo una sorpresa ;)».

¿Un guiño? Un guiño luego de «te tengo una sorpresa» solo significa una cosa, me levanto de un salto, me pondré mi vestido rojo superapretado. En menos de tres minutos lavo mi cara y dientes, sí, mal lavados, pero al menos no salté esa parte.

Salgo de la habitación una vez que he cambiado mi ropa y arreglado mi cabello, del marco de la puerta está colgando un sobre, siento la adrenalina recorrer mis venas, abro el bendito sobre y dentro hay otra notita bien doblada.

«Sigue los pétalos».

¿Ah? Miro el piso y ahí está un camino de pétalos rojos. ¡Rayos! Por primera vez en la vida hago lo que dice, no quiero estropear nada. ¿Dónde putas me llevará esto? Porque no es a las escaleras que va este camino, va del otro lado, llegando a un tope y doblando a la derecha, sí, dije que esta casa es grande.

Comienzo a morder mis uñas a medida que rápidamente recorro el pasillo, solo me lo estoy imaginando a él tendido en alguna cama sin ropa y rodeado de pétalos, con velas aromáticas y alguna canción romántica de fondo, me mojo con solo pensarlo.

En el pasillo hay otra nota colgando y mi corazón bombea con fuerza, tomo el sobrecito y saco el papel.

«Has avanzado bastante, muñequita, continúa».

¡Qué rayos...! ¿Para esto me detiene?

Continúo mi camino y hasta hay flechas, algo me dice que cortó todo el jardín o lo compró, llego hasta otro tope y sigue a la derecha, al final no hay ningún lugar donde ir. ¿Qué mier...? Hay una nota. Tomo el sobrecito y saco el papelito perfectamente doblado.

«Ahora regresa todo lo que has caminado, mi amor (lo siento), solo quería ganar tiempo, baja por las escaleras, te estoy esperando en el comedor. Te amo».

¿Cómo? ¡Será hijo de p...! Que alguien me detenga porque ahora sí lo mato, comienzo a caminar a paso fijo y con los puños cerrados, hasta siento cómo las uñas se entierran en mis palmas; maldito Oliver Anderson, hoy va a morir, y organizaré su velorio en una disco, daré *whisky* y *champagne*. ¿Para qué dar café? Yo amo el café y no daré algo que amo en su velorio. Y pondré esos malditos pétalos rojos sobre su tumba, los pateo con fuerza haciendo que varios de ellos se eleven en el aire y vuelvan a caer de inmediato; comienzo a bajar las malditas escaleras, aprieto mi mandíbula con fuerza para evitar decir una grosería desde aquí, primero me voy a cerciorar de que está en el comedor como dice. Y yo que hasta me había puesto este maldito vestido que no me deja caminar creyendo que me iba a encontrar con alguna escena erótica, pero ¡no! Era un maldito juego, me voy a ir a la mierda. ¡Sí! Lo har... En ese preciso instante me resbalo y caigo rodando por las escaleras. ¡Maldición! Mi espalda.

—¡¡¡FELIZ CUMPL...!!! —escucho un grito de varias personas y abro mis ojos.

—¡SANTA VIRGEN DE LA PAPAYA! NIÑA ALEX NO MUERA EN SU CUM-PLEAÑOS —Rosa viene corriendo hacia mí gritando. Oliver viene tras ella, pero llega antes y Natalie detrás de él.

—Alex, ¿estás bien? —Oliver comienza a tocar mis brazos y piernas, no sé si es fracturas lo que busca.

—¿Morir? Noooo, Alex, mi amor, no mueraaaaas —mi madre viene corriendo y ya está comenzando a llorar. ¿Es que no ven mis enormes ojos abiertos? La abuela viene tras ella con su cámara a la antigua; Stefanie, los señores Anderson, el tío Frank, quien sostiene un enorme Deadpool con la frase «Feliz cumpleaños, Alekpool». Walter, mi padre... ¿Mi padre? Por primera vez en 24 años está en mi cumpleaños y yo tuve que aterrizar por las escaleras. Todos me rodean asustados y yo no me puedo levantar, pero no del golpe, sino de la impresión.

¡Dios! ¿Por qué no me haces pasar vergüenzas como las personas normales y que me cague una paloma en un parque?

Al menos estoy segura de que no enseñé las bragas porque quedé con las nalgas hacia la pared.

Fingiré mi muerte como Rosa, sí, lo haré. Mejor no porque mi madre comenzará a gritar como loca, en serio, prefiero morir que pasar por esto, no me he ni bañado. Voy a golpearlos a todos, de haber sabido esto hubiese bajado con cuidado, pero no, tuve que hacer mi entrada triunfal, como siempre, al menos medio lavé mis dientes.

—LLAMEN A UNA AMBULANCIA. AHORA —mi madre está histérica corriendo de un lado a otro buscando no sé qué. La señora Anderson y Natalie la siguen. ¿Qué diab...?

—Niña Alex, no se mueva de ahí, he escuchado que cuando mueven a un herido puede morir —Rosa habla y la miro frunciendo mi entrecejo.

¿Cómo? Yo no estoy herida.

—No, yo estoy bien, Oliver...

—Oliver nada... Hasta que no venga un doctor a ver que estás bien y que no te rompiste el cuello no te levantas de aquí —Oliver comienza a marcar un número en su celular.

¿Romperme el cuello? A todos aquí yo les voy a romper el cuello.

—¡NO! NADIE VA A LLAMAR A NINGUNA AMBULANCIA. ESTOY BIEN. ¡JODER! —intento levantarme, pero no me dejan.

Pero no les bastó con que el doctor les dijera que estaba bien, no, me tuvieron que llevar todos al hospital, me sacaron placas de la cabeza y de todo mi cuerpo. Hasta me hicieron electrocardiogramas. ¿Qué putas tiene que ver eso con una caída? ¿Por qué de paso también no me hacen un trasplante de riñón?

Ya había pasado medio día, medio puto día, Oliver y mi madre juntos son un *show* y a ellos se les suma Rosa, quien comenzó a rezar por mí para que no muriera. Hasta que cinco doctores diferentes les dijeron que yo estaba bien, se tranquilizaron y me dejaron salir del hospital.

Resoplo con fuerza camino a casa, solo a mí me pasan estas cosas. Llegamos a casa y ahora sí observo con atención el arreglo, hay globos por todos lados y con forma de perritos, eso solo los puede hacer Frank. ¡Qué emoción! Yo siempre quise una fiesta sorpresa.

—Bueno, ya que la sorpresa no salió como esperábamos todos vamos a comer pastel —la abuela se adelanta primero seguida de mi madre.

¿Qué? ¿Y arruinar la primera fiesta sorpresa de mi vida?

—Saben qué —interrumpo y todos me observan—, olviden lo que acaba de pasar, voy a subir otra vez y bajaré como una persona normal. Todos tomen sus lugares, por favor.

—Iba a proponer lo mismo porque yo no hice este Alekpool por nada, así que finge emoción al verlo, Alex —el tío Frank corre a tomar su posición mientras yo asiento y corro hacia las escaleras, nadie sabe qué hacer y por último corren a tomar sus lugares. Natalie se pone un gorro de cumpleaños y mi madre se pone otro.

—¿Listos? —pregunto, una vez que estoy arriba.

—¡Sííí! —escucho el coro de voces.

Ahora sí comienzo a bajar con más *glamour* y hasta con una mano en la cintura sosteniéndome del agarre de las escaleras. Finjo asombro al llegar al primer escalón, llevo mis manos a mi boca y abro mis ojos como platos.

—¡FELIZ CUMPLEAÑOS! —todos comienzan a aplaudir y yo llevo mis manos a mi pecho y mis ojos se cristalizan, finjo limpiar una lágrima de mi mejilla y todos se sueltan en risas, arruinan mi obra teatral improvisada.

(Capítulo 62)

—Cuando tengan un mal día, recuerden que Alex cayó por las escaleras arruinando su propia fiesta sorpresa de cumpleaños —si algo molesta más que un grano en el trasero es el tío Frank. Todos ríen por su comentario sin importarles mis sentimientos.

—Alienígenas, por favor, secuéstrenme, hagan experimentos conmigo, no lo sé, cualquier cosa es mejor que escuchar esto —finjo lloriquear viendo hacia arriba sentada frente al pastel mientras la abuela enciende las velas.

—Bueno, luego me cuentas cómo te fue porque es seguro que te van a regresar —habla Frank, sosteniendo una cerveza.

—O se cae de la nave espacial —la abuela se mofa, interrumpiendo al tío Frank, sí, mi propia abuela y todos vuelven a carcajearse. Abuela, abuela... Contaré tus secretos.

—¡Alex! —la voz de Natalie interrumpe mis pensamientos de mudarme a China—. ¿Por qué encontré tu gorro de cumpleaños en la basura? —me mira con esos enormes ojos castaños que sabe que me dan miedo.

—Ehmm. Este... Lo había perdido —rasco la parte de atrás de mi cabeza poniendo mi cara más humilde posible—. ¡Qué bueno que lo encontraste! —finjo emoción.

—¡Claro! Y por eso está pisoteado y arrugado —¡joder! ¿Ahora qué me invento? Se acerca a mí acomodando y limpiando el puto sombrero rosa escarchado y con listones de colores, lo pone en mi cabeza y sonríe.

—Ya estás lista. Todos a cantar *Feliz cumpleaños*.

Y comienzan... Intento parecer avergonzada y que no me gusta esto, pero, la verdad, es que siempre muero de emoción cuando me cantan *Feliz cumpleaños* y me hacen apagar las velas mientras pido un deseo. Pero ya no confío en eso de pedir deseos, desde los cuatro años mi deseo ha sido ver un fantasma y no, nunca se cumplió.

—Ahora, apaga las velas y pide un deseo —la abuela toma pose con su cámara a la antigua.

Cuando comienzo a apagar las velas Rosa me deslumbra con el *flash* de su celular. ¡Ahh! Me va a dejar ciega.

—Rosa... —riño, frotando mis ojos y ella comienza a teclear.

—Á-l-b-u-m-c-u-m-p-l-e-a-ñ —Rosa comienza a mencionar letra por letra mientras mueve sus dedos sobre el celular bastante despacio—. Lo siento, es para mi *Feibu* —sonríe y todos la miran con intriga.

—¿Se refiere al *Feibu*l? ¿La bebida energizante? —la abuela pregunta con el ceño fruncido, Oliver quiere reír, pero se contiene, me mira y se retira de ahí, sí, ya sé que es para reírse tranquilo allá afuera.

—Abuela, la bebida energizante se llama Redbull.

—¡Ahh! Con razón en el supermercado me dijeron que no conocían esa bebida y yo los llamé idiotas —ríe sonoramente, el señor Anderson la mira y quiere reír, pero mejor da la vuelta y comienza a ver un cuadro de un paisaje que está colgado en la pared conteniendo una carcajada mientras sostiene una copa de vino.

—Ignoren a mi madre, termina de apagar las velas, Alex, quiero pastel —el tío Frank arrastra una silla y se sienta a mi lado viendo la torta con entusiasmo. Frunzo el entrecejo, pero ¿ya qué? Yo también quiero.

Apago todas las velas y todos comienzan a aplaudir, el primero en acercarse a darme un abrazo es mi padre, sí, él; por primera vez en la vida escucho un «Feliz cumpleaños» de su parte, y al verlo recuerdo lo del sueño y algo se instala en mi pecho, yo no quiero que algo le pase, lo rodeo con mis brazos y él hace los mismo; después todos, uno a uno me abrazan, excepto el tío Frank que ya se está sirviendo pastel, Oliver se acerca a mí y me da un efusivo abrazo e incluso me levanta entre sus brazos.

—Feliz cumpleaños, mi muñeca —me da un beso en los labios acompañado con una sonrisa que no correspondo.

—Tú... me tienes molesta —pincho con mi dedo índice su musculoso pecho y lo miro fijamente una vez que mis pies han tocado el suelo—, me hiciste dar vueltas allá arriba con emoción para ni mierda —él solo ríe y me observa a los ojos.

—Lo siento —vuelve a reír, esto para mí no es divertido—. Por cierto, tengo algo para ti —inmediatamente mis sentidos se alertan, espero que no sea otro juego porque lo golpeo; él se separa de mí y lo veo subir por las escaleras, quiero seguirlo cuando el tío Frank se para frente a mí.

—Alex, yo soy malo para los regalos, así que toma —me extiende un billete de 100 dólares—, cómprate otro *short* de Deakpool por Amazon —lo miro achicando mis ojos.

—Es Deadpool, Frank —digo, tomando los 100 dólares sin quitarle la mirada de encima.

—Alexander —llama la atención de mi padre, quien conversa con el señor Anderson y estoy segura de que es sobre el vino, mi padre voltea a verlo con intriga—, me acabas de prestar 100 dólares, te los pago el próximo mes.

Ahora entiendo por qué está divorciado y no volvió a casarse.

Mi padre lo mira desafiante, no me da tiempo de protestar cuando Frank camina hacia ellos. Oliver viene a paso rápido hacia mí y sostiene una caja envuelta a la perfección con un moño en el centro. Mis ojos brillan, me extiende la caja con una sonrisa, rápidamente la tomo y la comienzo a abrir, odio las sorpresas porque me emocionan. Cuando llego a la caja interior observo la figura, es una cámara, sonrío al verla y llevo mis ojos a los suyos.

—¿Es en serio? Bueno, espero que no sea «la» cámara —él suelta una risota y vuelve a enrollar sus manos en mi cintura.

—No es «la» cámara, pero sí es muy buena, para todos los viajes que haremos juntos, muñeca —me hace esbozar una amplia sonrisa, yo amo viajar y amo la fotografía, sería hacer cosas que amo con la persona que amo, qué enredo.

—Señor Anderson, renuncio. Me haré fotógrafa —sigo con mi mirada puesta en la cámara. Oliver ríe cuando escucho los tacones de Natalie acercarse a nosotros a toda carrera. No sé cómo lo hace, yo descalza caí por las escaleras.

—Alex —dirijo mi mirada a ella, su vestido azul es mucho más apretado que el mío y aun así corre sin problemas y con esos enormes zapatos, sostiene algo que parece un cuadro y está cubierto con una manta, observa mi cámara y chilla, mis tímpanos se resienten.

—En serio te luciste, niño Oliver —si a alguien le gusta la fotografía tanto como a mí es a Natalie—. Bueno, quería que mi regalo fuera el mejor, pero no creo que supere esa supercámara —arquea sus cejas y vacilando quita la manta del cuadro y me lo extiende.

Me quedo perpleja, enarco una ceja y observo su cuadro, es una pintura y es mi rostro. Sí, a ella no solo le gusta maquillar rostros, también pinta con pinceles excelentes paisajes, y tiene un cuaderno de dibujos, tenía aproximadamente unos 3 años de no hacerlo. Levanto mi mirada a ella y tiene una sonrisa de oreja a oreja.

—Me desvelé varias noches enteras, pero lo hice —menciona, viéndome con emoción.

—Natalie. ¿Tú hiciste eso? —pregunta Oliver, un poco atónito por el trabajo de Natalie. Y es que hasta yo lo estoy, sabía que podía pintar, pero no sabía con qué calidad.

Ella asiente con entusiasmo y yo le doy la cámara a Oliver para sostener el cuadro.

—Natalie, esto es estupendo —alterno mi mirada entre ella y el cuadro, me acerco y la rodeo con mis brazos con una enorme sonrisa. Ella está entusiasmada, lo sé.

—¿No es que habías encargado tu regalo por internet? —Oliver enarca una ceja y la mira.

—Sí, pero ese es otro regalo que hasta tú vas a disfrutar —le guiña un ojo y Oliver ríe a carcajadas, la miro con desaprobación. En ese momento David entra por la puerta, nos divisa y camina hacia nosotros, sostiene un maletín en su mano derecha y en la otra una bolsita.

—Feliz cumpleaños, Alexandra —me extiende el paquete y lo observo frunciendo el entrecejo—. Soy malo para los regalos.

—Muy malo —interrumpe Natalie, él la mira con mala cara y vuelve su mirada a mí.

—En fin, Natalie me dijo que estas cosas te gustan, así que... —tomo la bolsita y la abro, mis fosas nasales se activan, sonrío al ver lo que es.

—¿Una hamburguesa, David? ¿Es en serio?

—Lo sé, soy un maldito buenazo para los regalos —se mofa, río levemente, y Oliver lo mira con esa expresión seria suya cuando no le gusta algo—. Bien, yo solo vine a comer pastel.

Sonrío y Natalie se va con él a servirle pastel. Oliver me toma del codo y tira suavemente de mí, lo miro curiosa.

—Ven conmigo —menciona, frunzo el ceño y me dejo guiar por él. Llegamos a la otra sala que está cerrada con llave. ¿Por qué estaría cerrada con llave? Antes de entrar tapa mis ojos con una de sus manos porque con la otra sostiene la cámara, todo en mi interior se remueve, odio esa sensación que provocan las sorpresas, cuando estamos dentro mis ojos quedan libres y los abro de inmediato.

¡No! ¡Es un piano! Es enorme, es negro y reluce con la luz que entra por la ventana. Cuando tocaba el piano quería uno idéntico, pero nunca lo tuve.

Me acerco al piano y hago un sonido tocando todas las teclas con mi mano de manera corrida.

—Oliver...

—No —me interrumpe—, no lo compré yo. Se me adelantaron.

—Y bien... ¿Te gusta? —la voz de mi padre me hace levantar la mirada de inmediato, está de brazos cruzados con una sonrisa en sus labios.

—¿Tú...? —pregunto, y su sonrisa se amplía, asiente y se acerca a mí.

—Me ha gustado cómo tocas el piano desde que te escuché por primera vez en aquella competencia de talentos en tu escuela primaria. Sí, lo recuerdo. Estuve ahí, Alex, aunque no me viste porque me fui en cuanto te anunciaron como ganadora. Qué terrible error, lo sé —suspira levemente—, pero bueno, sé que siempre has querido uno así, para que mires que sí te prestaba atención. Espero que no haya sido muy tarde.

Niego con mi cabeza, creo que antes de la muerte nunca es tarde. Ni siquiera tengo palabras. Me acerco a él y lo abrazo, él hace lo mismo.

—Gracias, Alexander, en serio —una lágrima intenta hacer aparición por mi rostro, pero no lloraré, ya Oliver me ha visto muchas veces en esa situación y no quiero que crea que soy una llorona.

—¿Competencia de talentos? ¿Piano? Sorprendente —la voz del señor Anderson nos interrumpe. En serio que eres una caja de sorpresas, Alexandra, ahora entiendo por qué este hombre está enamorado de ti —golpea suavemente el hombro de Oliver y sus mejillas se tornan carmesí, se ve tierno—. Margot y yo también te tenemos un regalo.

¿Otro? Hoy es el mejor día de toda mi vida. ¡Amo los regalos! Estoy pensando miles de cosas. Espero que no sea un helicóptero, o un *jet*, u otro Bentley perlado porque, en serio, ese ya me tiene por vomitar arcoíris. Distraída me lanza unas llaves y no me percato hasta que siento un golpe en la frente.

A cualquier otra persona les hubiese pasado muy cerca y hubiese fingido asombro porque casi se les estrella en la cara, pero a mí no, a mí se me tuvieron que estrellar en la puta frente.

—Joooo... —mejor me callo, los tres me miran con los ojos bien abiertos, por suerte el tío Frank no está porque se burlaría por el resto de su vida. Se me acercan rápidamente mientras llevo mi mano a mi frente, sí, dolió, pero no me quejaré porque, en serio, no quiero ir al hospital otra vez.

—Oh, por Dios. Lo lamento. No pensé que... —el señor Anderson viene a paso rápido cuando Oliver lo empuja levemente y es el primero en llegar hasta mí.

—¿Papá es en serio? —interrumpe. Nooo, no quiero ir al hospital otra vez.

—No fue mi intención —el señor Anderson también se acerca junto a mi padre y los tres me miran preocupados.

Por favor, Ser Supremo, ya que se divierten allá arriba escribiendo mi vida, al menos que no me lleven al hospital otra vez. Te juro que me voy a portar bien.

—Aléjate, papá.

—Ya dije que lo siento. Yo solo quería que fuera allá afuera a descubrir su regalo. ¿Cómo te sientes, Alex? ¿Llamamos al doctor?

¡Nooo!

—Estoy bien —menciono rápidamente antes de que termine en el hospital de nuevo. Mejor ni me sobo—. ¿Y qué es? —intento cambiar el tema, sonrío de oreja a oreja, mierda, sí que duele. El señor Anderson recoge las llaves y me las entrega, esta vez, sí, en mis manos.

—Sígueme —enuncia, Oliver lo mira de mala cara y él con una expresión neutral le devuelve la mirada.

Camino tras él intrigada, que no haya un helicóptero parqueado allá afuera, por favor. Abre la puerta principal para mí y salgo, detrás de mí viene Oliver y mi padre. El señor Anderson se adelanta y continúa su camino, se para al lado de una Harley Davidson; me detengo de golpe y lo observo intrigada, señala la motocicleta y observo que es idéntica a la suya, pero con mi nombre en ella. No puede ser cierto. Ahogo un grito.

—¿Esto? ¿En serio? —camino a paso rápido hacia él. Asiente y sonríe.

—Papá, noooo —Oliver viene detrás de mí apresurado—. Esas cosas son peligrosas. ¿Y tú le regalas una a mi esposa?

Oliver es la reina del drama.

El señor Anderson resopla y mira a Oliver con esa misma expresión que hace él. En esto son iguales.

—Yo las he usado por años y sigo aquí. ¿O no es así? —arquea sus cejas, Oliver se cruza de brazos y resopla.

—En serio, gracias, señor Anderson. Muchísimas gracias —lo miro con entusiasmo, me estoy congelando de frío porque salí sin abrigo, pero no me importa.

—En serio, lamento lo del golpe, no pensé que estabas distraída.

—¿Cuál golpe? —interrumpo y resoplo; por una de estas no me importa.

Capítulo 63

Ya se acerca la Navidad y ya comienza a sentirse, pero cuando se trata de andar en motocicleta... ¿Quién dijo frío? Y más con mi padre y el señor Anderson, quienes al parecer se llevan muy bien; hablan alemán todo el tiempo, de paso se les une el tío Frank y la abuela, quien no para de hablar de cuando conoció al abuelo Billie en Hamburgo. Al menos no está hablando de sus gustos en películas.

Debo admitir que, con Alexander, Frank y el señor Anderson, a quien nunca puedo llamar por su nombre porque se llama exactamente igual que mi esposo y suena extraño en mi cabeza, he pasado un buen día y no me he caído de ningún lado. Mi ángel de la guarda por fin está trabajando.

Lastimosamente, todos se tienen que ir hoy. Pero no sin antes tomarles fotos con mi nueva cámara. Sí, me vuelvo loca con estas cosas. Acordamos pasar Navidad con mis padres y Año Nuevo con los señores Anderson; sin embargo, ellos acordaron venir a pasar todos juntos a nuestra casa, por lo cual David y Natalie estarían con nosotros, solo espero que Henry no se aparezca con Brittany.

El clima me hizo una mala pasada y me resfrié. Y como es de imaginarse, Oliver casi se vuelve loco. Me hizo estar en cama 3 días. Y con una serie de medicamentos que su doctor me recetó. Y eso que solo es un resfriado.

—Oliver, es solo un resfriado.

—¿Y? Mi abuelo murió de un resfriado.

—Tu abuelo tenía ochenta y nueve años.

—Para la muerte no hay edad.

¡Ahhh!

Mejor me calmo.

Me llamaba cada hora para saber si estaba mejor, y yo dando vueltas en mi moto nueva sorbiendo por la nariz. Luego me arrepentí porque casi se convierte en neumonía. A Oliver le va a dar un colapso nervioso viviendo conmigo, lo sé.

Alex «Mala Suerte» Carlin tuvo una multa por no portar casco, simplemente llegué riendo a casa por no tirar todo contra la pared, no me había percatado de que Oliver ya estaba ahí con David, quienes me miraron curiosos cuando entré a carcajadas. Me quería inventar algo, pero a Oliver no se le puede mentir, mucho menos con esa mirada enigmática de policía de interrogatorio. Tuve que mostrarle la multa y casi le da un infarto, no por la cantidad, sino por el hecho de no llevar el casco en mi cabeza, me traumó con benditos videos de accidentes de tránsito y víctimas fatales por no portar casco. En mi defensa, solo fui por un helado a unas dos cuadras y no miré necesidad de llevar un casco, hasta que allá arriba se acordaron de que aún no me habían puesto nada interesante los últimos días en mi libro de la vida y pusieron a los policías a una cuadra.

Solo me los imagino y tengo resentimientos.

—*Oye, ya nos habíamos olvidado de aquella rubia que la hicimos caer por las escaleras en su cumpleaños.*

—*Oh, sí. Se nos ha escapado.*

—*Yo digo que hagamos que la orine un perro.*

—*O que la persiga una cabra.*

—*O que se cague en el metro.*

—*Pero ella no usa el metro.*

—*Tienes razón. ¡Ya sé! Le pondremos una patrulla de agentes de tránsito un día que salga sin casco. ¡Je, je, je!*

¡Idiotas! El día que me reúna con ustedes me voy a desquitar. Lo juro.

Amo los días festivos de la Navidad, será porque en mi casa nunca se celebró a excepción de cuando la abuela no viajaba a Alemania, ella sí celebraba a lo grande invitando incluso a los vecinos, corea todas las benditas canciones navideñas y nos da regalos a todos, aunque sean bufandas tejidas por ella.

Este año fueron guantes.

A Stefanie ya se le va notando su embarazo, ya debe andar alrededor de los cinco o seis meses, la verdad que no lo sé, soy mala sacando cuentas.

Natalie no puede evitar tocar su prominente vientre mientras David la observa con una ceja enarcada. Bueno, a Natalie le encantan los bebés, David ya tiene que ir sabiendo eso.

Los señores Anderson llegaron un par de horas después y mi abuela también les tejió guantes, el señor Anderson casi se vuelve loco solo porque bordó «Feliz Navidad» en alemán, en los de él.

Natalie nos hizo usar estúpidos gorros navideños y suéteres con las letras «I love Christmas», le regalé los pinceles que desde hace meses quería, pero no podía costeárselos, gritó por horas. A David le regalé una afeitadora porque, en serio, una cosa es una barba arreglada y otra es querer parecer Dumbledore. Me miró con sus pequeños ojos entrecerrados por un largo rato.

En fin de año, le di un recorrido a la ciudad en mi motocicleta junto a mi padre, visitamos muchos lugares juntos. La verdad, lo que siempre había querido en mi vida. El mejor regalo que recibí esta Navidad, ya estoy comenzando a perdonarlo, ya no siento que le guarde rencor y creo que eso es el perdón.

—Alexandra, yo no soy bueno usando estas cosas, es más, ni siquiera sé qué es esto. ¿Se come? —se mofa, pasa su lengua por el lente de la cámara y ríe ante su propio comentario.

—Papá, qué asco —no puedo evitar reír—. Solo presiona ese botón y... ¡Taránnnn! Mágicamente se toma una foto —él sonríe, aún mantiene esa perfecta dentadura.

—Bien, solo ubícate por allá, o —hace una pausa—, ¿qué tal si nos tomamos la foto juntos? El paisaje con la nieve es estupendo y me gustaría tener una foto en Nueva York contigo.

Me observa, ladeando un poco la comisura de sus labios, y bueno, ¿por qué no? Y así nos tomamos como veinte fotos en diferentes lugares. Ni siquiera me había percatado de que ya era bastante tarde, y tenía diez llamadas perdidas de mi madre y quince de Oliver, ya me los imagino a ellos dos juntos suponiéndose las peores cosas posibles. Tengo que llamar a Oliver de regreso, si no es posible que le dé un ataque de pánico.

—Oliver... estoy bien —digo justamente cuando él descuelga.

—*Alex, por Dios, casi me vuelvo loco, me dijiste hace dos horas que ya venían de regreso* —ruedo mis ojos.

—Mi amor, lo sé, pero aquí afuera está estupendo. ¿Quieres venir?

Veinte minutos después ya estaba en el lugar donde nos encontrábamos. Y es que él y Alexander juntos son unos exagerados, ni el de la cafetería puede voltear a verme.

—Tú mandas, lo secuestramos y lo quemamos vivo —dice mi padre, al ver que Oliver no deja de mirar con recelo a aquel tipo que no deja de verme.

—O lo desmembramos y lo tiramos a un río —dice Oliver, siguiendo su juego.

—O le arrancamos los dedos uno por uno —mucho Investigation Discovery.

No puedo evitar carcajearme con esos comentarios. Y ellos tampoco, aunque estoy muy segura de que Oliver habla en serio.

Hasta que, por fin, recibía el Año Nuevo como se debe, con toda mi familia junta viendo los fuegos artificiales; antes solo éramos Natalie y yo comiendo recalentado, llegando a cualquier fiesta que nos invitaran, hasta ella se ve feliz con David pintándole las uñas de los pies, aunque él quiere morir.

Al día siguiente, ya era hora de despedirse de todos y mi padre me abrazó por más de cinco minutos, sé que no quería irse, pero él también tiene que volver a trabajar.

—Te quiero, mi amor. Recuérdalo siempre —me da un beso en la frente luego de enunciar esas palabras—, cuando pueda vendré y tú también llega a visitarnos, ¿sí?

—Está bien, papá, toma tus medicinas, por favor —él sonríe levemente y me observa a los ojos por varios segundos.

—Lo haré, no te preocupes —continúa su mirada en mis ojos mientras lleva una de sus manos a mi rostro y acaricia mi mejilla—. Me tengo que ir, si no Samuel se quejará de que fue el único que trabajó en Año Nuevo —sonrío.

—Está bien. Saludos al tío Samuel. También te quiero, Alexander —sostiene mi mano y se retira, pero regresa a darme un último abrazo.

—Adiós, Alexandra. Te llamo cuando llegue —asiento, le sonrío por última vez. Inmediatamente siento un vacío en mi corazón, sí, ya está comenzando a tomar un lugar importante dentro de mí, ya siento que puedo llamarle papá. Siento una tristeza en mi interior, quisiera más tiempo con él.

(Capítulo 64)

—¿**D**ónde quieres ir, mi amor? —la voz de Oliver llama mi atención sacándome de mis pensamientos con mi padre, despego mi mirada de la TV que se supone que estoy viendo y llevo mi mirada a él, tiene puestos unos lentes y se mira mucho más guapo.

—¿Cómo que dónde quiero ir? —pregunto, enarcando una ceja, me siento sobre la cama frente a él para observarlo mejor mientras lleva su mirada a su computadora de nuevo y continúa tecleando.

—De luna de miel, o algo así le llaman... Creo —sonrío, mientras él no despega su mirada del computador, si algo le admiro es que puede charlar y seguir trabajando como si nada, siempre sus informes son estupendos y sin ningún error.

—Oliver, acordamos que será cuando cumplamos un año, faltan sus cuantos meses aún.

—Cinco para ser exactos —me interrumpe, sin despegar la mirada de aquel aparato.

—¿Lo ves? No sabes si puedo morir antes —ahora sí me mira y clava esa mirada inescrutable en la mía.

—Ni se te ocurra hablar de eso porque te juro que yo mismo me deshago de esa puta motocicleta —me mira fijamente y no puedo evitar que eso me cause gracia.

—¿Y qué diablos tiene que ver la motocicleta? —él me observa con una expresión de seriedad.

—Lo que quieres es que te encierre en esta casa para siempre, o te encierre en una torre como a esa tal Rapunzel —vuelve su mirada al computador y continúa tecleando, no sé por qué se lo creo.

—Exageras, Oliver, demasiado, en serio. ¿Cómo será cuando tengas hijos?

—Si es niña, me compro una escopeta y si es niño, bueno, también —esbozo una pequeña sonrisa, pobres hijos de Oliver, y bueno, más le vale que sean conmigo porque si no, la que se compra una escopeta soy yo.

—¿Y bien? ¿Te parece París? Me dijiste que te gustaba París y la última vez que estuvimos allá ni siquiera lo disfrutamos —continúa tecleando, me gusta su fase de hombre nerdo trabajador.

—París suena bien. Pero...

—¿Pero? —me interrumpe arqueando una de sus cejas.

—Viajemos en vuelo comercial, tomemos transportes públicos y rentemos una habitación en un lugar barato como personas normales —me encojo de hombros y espero que explote en 3, 2, 1...

—¿Ah? —él me mira curioso—. Me estás tomando del pelo, ¿cierto? ¿Quieres que hagamos bebés sobre sábanas sudadas y olor a axila encebollada?

—¿Lo ves? Eres un exagerado —río nuevamente, tomo un cojín y se lo tiro en el rostro, el ríe tomando una almohada y la lanza contra mí.

Unos minutos después era una guerra de almohadas que se detuvo al escuchar el sonido sordo de su computadora contra el suelo alfombrado.

—Nooo... Queridaaaa, no mueraaaasss, te necesitoooo —Oliver se levanta de un salto, solloza fingidamente y llega hasta su computadora, comienza a revisarla.

Oliver, «La reina del drama», hace su aparición.

Al día siguiente lo hice dar un recorrido por la ciudad en metro, tuvo que acceder y recorrimos la ciudad tomándonos fotos, con la princesita Oliver que hasta limpia con alcohol gel el lugar donde se va a sentar todo es más divertido.

Todos estos días, Natalie se ha encargado de mostrarme vestidos de novia, zapatos, decoraciones, ya está viendo las invitaciones y cómo va a peinarme —sí, ella quiere hacerlo, lo bueno es que es toda una profesional porque si no, estaría jodida—. Me parece que le dará un colapso nervioso uno de estos días. Al verme hacer mi entrada junto a mi padre el día de mi boda ella va a ser la que va a llorar a mares al verme, no Oliver. Estoy segura.

—Alexxxxx —la voz de Natalie llama mi atención, entra a mi oficina a toda carrera, esto me alarma. ¿Qué le pasa?

—Natalie. ¿Estás bien? —me levanto de mi silla donde estaba viendo una ecografía que Stefanie me había enviado hace unos minutos.

—Alex. ¡Lo encontré! ¡Encontré tu vestido! —frunzo el ceño y viene corriendo hacia mí con esos enormes tacones. Mis pulmones sueltan todo el aire que estaban reteniendo. Me imaginaba algo peor, ella saca su tableta electrónica y me muestra un vestido de novia.

—Es como a ti te gustan, sin tul, ni mucho escote, sencillo pero elegante —enarco una ceja mientras observo el vestido, sí, me gusta, sonrío ampliamente, ya me estoy comenzando a emocionar con todo esto.

—Es lindo, pero aún faltan sus cuantos meses —camino de regreso hacia mi escritorio, ella me rodea y se pone de frente.

—Cuatro meses, Alex, yo ya estuviera volviéndome loca para tener todo listo para ese día. ¿Lo entiendes? ¡Cuatro meses! Ya tengo unas ideas para las invitaciones, los zapatos que vas a usar —comienza a caminar hacia el sillón frente a mi escritorio diciendo todas estas palabras sin siquiera respirar—, qué peinado te haré; yo usaré un vestido rosa —me está comenzando a marear—, David llevará una corbata rosa para que combinemos, seremos los mejores padrinos de boda que hayas visto.

—¡Vaya, vaya! Alguien está más emocionada que la novia —reconozco esa voz, volteo rápidamente y ahí está, recostado sobre el marco de la puerta con ambas manos en los bolsillos de su pantalón negro, al lado de él está... ¿Alexander?

—Alexander, no te esperaba. ¿Qué haces por aquí? —camino hacia él a paso rápido, él también camina hacia mí y me rodea con sus brazos.

—Para mí las llamadas telefónicas no son suficiente —afirma, mientras nos abrazamos con fuerza.

—Señor Alexander, también tengo el traje y los zapatos que usted usará, su corbata también será rosa porque todos los decorados serán rosa —él sonríe viendo a Natalie caminar hacia nosotros diciendo todas esas palabras.

—¿Cómo que los arreglos serán color rosa? —Oliver mira a Natalie frunciendo el ceño mientras se acerca a abrazarme una vez que Alexander se ha separado un poco y me da un beso en la mejilla.

—A mí me gusta el color rosa y a Alex también, y tu corbata también será color rosa —Oliver enarca una ceja y la ve seriamente.

—Yo no me pondré nada rosa. Es mi boda, y no pasaré vergüenzas —presiona sus labios sobre mi frente mientras se separa un poco. Sí, Natalie hará que se ponga la corbata rosa. Lo sé.

—Natalie, basta. El día de la boda serás tú quien se desmaye, estoy segura —menciono, Natalie vuelve su mirada a mí y se cruza de brazos.

—¡Alex! ¿Cómo puedes estar tan tranquila? —se para frente a nosotros observándonos—. Te veré a última hora correr de un lado a otro maldiciendo por todo.

—Creo que Natalie ya te conoce perfectamente —mi padre y Oliver sonríen—. Bueno, quiero que me des otro paseo en tu motocicleta, mi amor. ¿Te parece? Tenemos que hablar algunas cosas.

¿Tenemos que hablar? Esas tres jodidas palabras siempre causan escalofríos sea quien sea que te las diga.

—Oliver, iré a casa por la motocicleta —sonrío forzada para no preocupar a nadie por todas las cosas que pasan por mi cabeza.

—Si tienes que terminar de trabajar yo espero, Alexandra —menciona mi padre, mientras toma mi mano.

—Alex puede salir, no se preocupe señor Carlin, pero eso sí, en la motocicleta no, por favor. ¿De acuerdo, Alex? —y me mira con una ceja enarcada, como sabiendo que yo haré caso omiso a sus palabras—. Toma mi auto —exclama, sacando las llaves de su bolsillo y me las extiende.

En otra ocasión hubiese ido por la motocicleta, pero esto es serio. Tomo las llaves con una sonrisa ladeada y salimos por la puerta dejando atrás mi oficina.

Camino nerviosa por el estacionamiento del restaurante, esas siempre no son buenas palabras, hasta que veo que Alexander no viene a mi lado, volteo a buscarlo y viene caminando a paso lento, lo observo con intriga y veo que está hiperventilando.

—Lo siento —habla—, es que no puedo caminar tan rápido —intenta recuperar la respiración y yo me alarmo. Lo único que hago es asentir y esperar que él se sienta mejor.

Caminamos a paso disminuido una vez que él se ha recuperado, sus manos están frías, él ha desmejorado.

—¿Estás mejor? —pregunto una vez que estamos dentro del lugar, él está sentado al frente de mí y asiente, intentando cambiar el tema. No me había dado cuenta de que estoy mordisqueando la uña de mi dedo índice.

—Tu madre está emocionada con lo de la boda. Ya está comenzando a arreglar el patio y sembrar sus rosas otra vez —sonríe levemente mientras observa el menú. No puedo opinar, estoy analizando su rostro, me está comenzando a preocupar.

—¿Has tomado las medicinas, papá? —intento que me mire a los ojos, pero él continúa con su mirada puesta en el menú.

—Sí, lo he hecho —levanta su mirada luego de una pausa—. Pero ya no está haciendo el mismo efecto —frunzo el espacio en mi entrecejo y lo observo con intriga.

—¿Cómo que ya no están haciendo el mismo efecto? —niega con su cabeza y vuelve su mirada al menú.

—Sabes que esta es una enfermedad que me descubrieron desde niño, pero nunca le tomé tanta importancia. Ni siquiera se lo mencioné a tu madre hasta que tuve la primer decaída.

—Pero si tomas tus medicinas todo va a estar bien, ¿cierto? —hablo rápido, como siempre cuando algo me preocupa y solo quiero escuchar palabras tranquilizantes.

—Alex, por favor —ahora me mira nuevamente—, si algo me llega a pasar, tienes que ser fuerte para tu madre y hermana —no, no ahora, no ahora que estoy comenzando a tener un padre.

—Pero te pondrás bien, Alexander. Lo sé, estoy segura.

Él solo sonríe levemente, mientras la camarera se nos acerca para tomar nuestra orden. Trago el nudo en mi garganta mientras hago mi pedido, una vez que se retira él intenta cambiar la charla, pero yo no puedo, quiero que me diga que va a estar bien.

—¿Ya te comentó Stefanie que el bebé es un varón? Dice que lo llamará Alexander —sonríe y busca mi mirada que en estos momentos está perdida en otro universo—. ¿Alexandra?

—Tú eres fuerte, papá. Lo has dicho siempre —clavo mis ojos en los suyos—. Quiero que me lleves el día de mi boda y que conozcas a mis hijos y los veas crecer.

—Sí, es lo que más anhelo, pero hasta la persona más fuerte tiene su punto débil, mi niña —suspira y sus ojos se cristalizan. No, no, no—. Prométeme una cosa —toma mi mano que reposa sobre la mesa, estoy segura de que mis ojos se han cristalizado, asiento dudosa—, vas a continuar escribiendo. Quiero que reescribas las cartas que me hiciste a los siete años y hagas un libro con ellas. Sé que hay muchos que se sentirán identificados y no sabes a cuántos padres les puedes tocar el corazón como lo hiciste conmigo.

Quiero salir corriendo de aquí y llorar, pero no puedo estar huyendo a esos sentimientos toda mi vida.

—Lo haré, no te preocupes —intento sonreír, pero ni eso me sale.

Estuve despierta casi toda la noche y cuando pude quedarme dormida, casi en instantes la alarma suena. De momento el desvelo no me afecta, pero sé que después lo hará.

Alexander se va al día siguiente, ambos vamos a dejarlo al aeropuerto. Oliver le ofreció el *jet,* pero él insistió en tomar un vuelo hasta Miami, no puedo dejar de pensar en sus palabras y sé que Oliver nota mi preocupación.

—¿Estás bien, mi amor? —sonrío levemente. No, no lo estoy, pero asiento para no preocuparlo, si no, no irá a trabajar y se quedará en casa conmigo, no quiero que esté retrasando su trabajo por mi culpa.

Tengo que ser fuerte, esas palabras resuenan en mi cabeza una y otra vez. No puedo dejar de pensar en él. Sentada en mi oficina, apoyo mi cabeza sobre mi escritorio y cierro mis ojos para evitar que lágrimas salgan por ellos.

Quiero adelantar la boda, en cuatro meses muchas cosas pueden pasar, yo quiero que sea él quien me lleve al altar como todos los padres a sus hijas. Sin poder detenerlas, varias lágrimas comienzan a brotar de mis ojos.

(Capítulo 65)

Tamborileo mis pies contra la alfombra del pasillo mientras espero a Oliver salir de la reunión, no quise enviarle un mensaje antes para no alarmarlo, lo conozco y un «necesito hablar contigo urgente» lo estremece y sale corriendo de donde esté. Siento cómo mis entrañas se encogen una y otra vez, muerdo la uña de mi dedo índice cuando un mensaje entra a mi celular, que sostenía en las manos; deslizo mi pulgar sobre la pantalla y observo que es Natalie, suelto el aire que mis pulmones estaban sosteniendo.

Natalie
¿Pero qué me estás diciendo?
¿Estás segura?

Comienzo a teclear rápidamente, cuando escucho la puerta abrirse, me pongo de pie de un salto y Oliver sale junto a David y dos personas más, un joven y un señor de mediana edad, él frunce el ceño al verme y se adelanta de los demás para acercarse a mí.

—Mi amor. ¿Estás bien? —con su mano toma mi cuello y me da un beso en la frente. Niego con mi cabeza y él me mira preocupado.

—Quiero hablar contigo, es importante —estoy mordiendo mi uña otra vez, mientras miro nerviosa sus ojos, él parece captarlo.

—¿Hablamos en mi oficina o salimos de aquí?

—Cualquiera de las dos, Oliver —asiente, se aleja de mí para despedirse de las personas que venían con él y comienzo a sonar mis uñas sobre la pantalla de mi celular cuando otro mensaje me llega.

Natalie
¿Alex?

Intento contestar de nuevo, recuesto mi espalda sobre la pared mientras Oliver habla con un señor mayor. David se acerca a mí, levanto la mirada levemente y observo que está afeitado. Mis palabras en Navidad surgieron efecto.

—Alex. ¿Estás bien? —David frunce el ceño y me observa curioso, no quiero sonar grosera, pero ¿por qué la persona que me regaló una muñeca como la Anabelle de la película para Navidad se preocupa por mí? En ese preciso instante, Oliver se acerca a nosotros y me toma de la mano.

—David, cualquier cosa me llamas, por favor —asiente y pone la mirada en mí nuevamente, sin decir una palabra nos retiramos.

No cruzamos palabra en todo el camino hasta su oficina, prefiere esta opción porque sé que el suspenso lo está matando, pero no dejo ni que lo pregunte, en cuanto cierra la puerta a sus espaldas se lo hago saber.

—Quiero adelantar la boda, Oliver. Cuanto antes mejor —él frunce su entrecejo y me mira intrigado.

—Yo no tengo problema. Pero... ¿a qué se debe el cambio de opinión? —camina hasta su escritorio para depositar su maletín.

—Mi padre, no lo sé, estoy cien por ciento segura de que no soportará cuatro meses, Oliver —mis ojos comienzan a cristalizarse y mi voz está temblorosa—. Yo, en serio, quiero que sea él quien me lleve al altar.

—¿Pero por qué dices eso? —camina hacia mí y toma mi rostro con ambas manos.

—Porque lo presiento, Oliver. No sé por qué —una lágrima corre por mi mejilla mientras me cruzo de brazos, él limpia la lágrima con su pulgar.

—Alex, no, no digas eso —habla, con un gesto tierno—. Voy a buscarle el mejor doctor a tu padre, no va a morir ahora, ¿sí? Vamos a hacer todo lo posible.

—Él está viendo a uno de los mejores, Oliver —ahora más lágrimas corren por mis mejillas—, y no está funcionando, él me lo dijo.

—Alex, no te alteres —me apega a su pecho mientras continúo llorando.

—Esto no puede estarme pasando. No ahora que tengo un padre —Oliver no dice una palabra, mi cerebro da mil vueltas al asunto.

—Alex, tranquila, ¿sí? —dice finalmente, toma mi rostro otra vez, hace que lo mire a los ojos—. Los doctores tienen diferentes tratamientos, llámale y dile, yo le voy a conseguir el mejor doctor.

Asiento, sé que lo va a lograr, yo lo sé, la abuela siempre ha dicho que mientras hay vida hay esperanzas. Nada perdemos con intentarlo.

Mientras me calmo, recibo una llamada de Natalie, contesto rápidamente antes de que se descontrole, si algo tiene en común con mi madre es que se vuelven locas cuando no contesto de inmediato.

—¿Natalie? —digo al descolgar.

—¡Alex! Vas a matarme. ¿Por qué me dijiste eso? —está alterada, la conozco, lo más seguro es que esté dando vueltas por algún pasillo como suele hacerlo cuando está ansiosa.

—Porque es la tercera vez que sueño ese tipo de cosas, Nat. Tengo que llamarlo. Te llamo luego.

—Espera...

No la dejo terminar, necesito hablar con Alexander. Salgo de la oficina de Oliver, está bastante ocupado y no quiero que se preocupe. Tres tonos y aún nada del otro lado. Me quedo en la cafetería y vuelvo a marcar, ya me estoy preocupando. Hasta que, por fin, escucho la voz de Stefanie.

—¿*Hola?* —pregunta, con ese tono suave de voz que siempre ha tenido para contestar llamadas.

—Stefanie. ¿Está papá por ahí? —despejo algunos pequeños mechones de cabello que se han deslizado por mi cara.

—*Sí... Casualmente está pasando por aquí en estos momentos. ¿Quieres hablar con él?*

—Por favor.

—«Papá, es Alex» —escucho en un murmuro. Casi de inmediato escucho su voz del otro lado.

—*Alexandra.*

—Papá, quiero que te vengas a Nueva York. Oliver va a ayudarte a conseguir el mejor doctor y vas a ver que vas... —camino de un lado a otro mientras digo estas palabras.

—*Alex...* —interrumpe.

—Papá —sollozo—, en serio, yo quiero que estés ahí para los días más importantes de mi vida —lágrimas corren por mi mejilla, intento controlarlas y tragar el gran nudo en mi garganta.

—*Mi amor, hay algunas cosas que tenemos que hablar* —hace una pausa—, *en serio, agradezco a ambos por preocuparse por mi salud, pero...*

—¿Pero? No, papá, los peros no existen; tú mismo me lo has dicho, no me estés haciendo esto, quiero que te pongas bien —me recargo sobre una mesa mientras intento calmarme.

—*¿Crees que puedas venir este fin de semana? Me gustaría hablar mejor contigo. Yo iría, pero me acaban de prohibir viajar porque tuve una recaída, pero nada serio.*

—Iré hoy mismo —cuelgo la llamada, tengo que ir hoy. Por favor, que no sean cosas malas.

Camino de regreso hasta la oficina de Oliver a paso rápido. Él está afuera junto a David charlando y viendo unos papeles, el primero en verme es David y casi de inmediato Oliver voltea su mirada a mí.

—Oliver, necesito ir a Miami, hoy mismo —digo, incluso antes de llegar donde ellos, ambos fruncen el ceño y me miran con curiosidad.

—¿Por qué, Alex? ¿Pasó algo? —Oliver me rodea con sus brazos mientras mis ojos se humedecen. Estoy desesperada.

—Hablé con mi padre, dice que necesita hablar conmigo y no puede hacerlo por teléfono.

—Bien, entonces vamos... David prepara el *jet* —David asiente y se retira.

—Oliver, no quiero estar interrumpiendo tu trabajo, en serio, mañana mismo vuelvo.

—No, Alex —me interrumpe, viendo mis ojos—. A la mierda el trabajo, yo tengo que ir contigo —dicho esto camina hacia su oficina, lo sigo y comienza a guardar los papeles dentro del archivero.

—No, Oliver, por favor. Yo no quiero sentir que te interrumpo. Esto es algo importante, por favor, déjame ir; vuelvo mañana, te lo prometo.

Y tuve que pelear como por dos horas para que me dejara ir con la promesa que lo llamaría en cuanto llegara, dos horas de retraso, al llegar ya estaba oscureciendo y el tío Frank fue por mí al aeropuerto. Estuve distraída todo el camino, observando solo por el ventanal a pesar de las múltiples intenciones del tío Frank para levantarme el ánimo, hoy no funcionan.

—Frank. ¿Qué tan grave es lo que tiene Alexander? —él despega unos segundos su mirada de la carretera para verme.

—Sinceramente... no lo sé, Alex. A él no le gusta hablar de eso —suspiro, no sé por qué me imagino lo peor.

Al llegar, él está sentado sobre un sillón frente al piano de mamá, ella está ahí sonriendo, al verme se levanta y corre a abrazarme. Alexander de inmediato voltea a ver y sonríe; se pone de pie y caminando despacio llega hasta mí y me abraza.

Toma mi mano y me dirige hasta la sala que suele usar como oficina para trabajar, habla con su inigualable humor que a pesar de las cosas aún mantiene, en parte me tranquiliza. Se sienta cerca de la chimenea y me ofrece un sillón frente a él. Hago todo mecánicamente, siento que ni siquiera puedo pensar, continúa hablando mientras vierte un poco de café sobre una taza.

—Papá... ¿Qué es lo que no podías decirme por teléfono? Ya estoy aquí —vuelve su mirada a la taza que me extiende. La tomo, pero sin despegar la vista de él—. Quiero, en serio, que vayas a verte con el doctor que Oliver propone —continúo—. Si algo puede ayudarte, ¿por qué no intentarlo?

—Alex... —hace una pausa—. No hay nada que me pueda ayudar.

—No digas eso —riño, no puede hablar así de él mismo—, la abuela dice que mientras hay vida hay esperanzas. En serio, papá, el bebé de Stefanie necesita una figura paterna —él sonríe levemente, siempre hace eso y me observa, una mirada pasiva, pero sin ese brillo distintivo en sus ojos.

—No quiero que comentes algo de esto con Stefanie, Alex. Nunca le he dicho nada de esto, no quiero que interfiera con su embarazo —y eso alarma todos mis sentidos. ¿Por qué siento un dolor en mi corazón? Presiento que me va a decir algo que no quiera escuchar, pero asiento.

—Si fuese solo la arritmia cardíaca —continúa— aceptaría lo del doctor, pero... —aquí es donde mi corazón comienza a bombear con fuerza— el cáncer en mis pulmones está bastante avanzado, ya no hay nada que se pueda hacer.

Eso fue como un golpe directo en mi pecho. Siento cómo mis músculos se contraen y mi corazón late sin control. Mis ojos se inundan, y no, ya no puedo contenerme.

Salgo de la casa lo más rápido que puedo, aún no me creo lo que acabo de escuchar. No, Dios, por favor, noooo. ¿Por qué yo? ¿Por qué ahora? Me desplomo en el pasto de la misma forma que lo hice cuando leí su carta mientras lágrimas recorren mis mejillas, esto no me puede estar pasando, él viene detrás de mí, a paso lento.

—Alex, mi amor, por favor, cálmate —levanto un poco mi rostro para verlo, sus ojos están cristalizados y la iluminaria del patio trasero da contra él.

—¿Cómo quieres que me calme, Alexander? Me acabas de decir que vas a morir y no quieres probar siquiera un tratamiento. ¿Por qué quieres morir? —llevo mis manos a mi rostro para luego llevarlas a mi cabeza apartando los mechones de cabello que se han pegado a mi cara por las lágrimas.

—No quiero morir, Alexandra —se inclina y pone sus rodillas en el suelo frente a mí—, pero la enfermedad no fue detectada a tiempo. Y yo que creí que fumar me hacía ver varonil —sonríe y su rostro vuelve a su gesto triste, toma mi rostro con ambas manos, ni siquiera quiero verlo, pero lo hago.

—Yo no quiero encerrarlas a ustedes en un hospital conmigo, ningún tratamiento funciona para un cáncer de pulmón bastante avanzado —una lágrima corre por su mejilla—. Quiero aprovechar el tiempo que me queda con mi familia, sin pensar en lo que venga después y quiero que ustedes apoyen mi decisión.

—Papá, no puedes decir eso, no, no... —tomo sus manos, ambas, están frías y él me da una mirada tierna.

—Alex, no tiene ningún sentido que...

—Noooo, por favor, no lo repitas —lágrimas corren por mis mejillas—. Esto no puede estar pasando. ¿Por qué a ti?

—Porque de alguna forma, tenía que pagar la mala persona que fui, Alexita. Mal hijo, mal esposo y mal padre —niego con mi cabeza, siento un dolor en mi corazón, esto no puede ser verdad, quiero despertar de esta horrible pesadilla, que todo esto solo haya sido una horrible pesadilla—. Y, bueno, a mí me tocó de esta forma.

—Hay personas peores, y no les pasan estas cosas, Alexander —comienzo a limpiar mis lágrimas, pero es imposible, más comienzan a salir.

—Cada quien lo paga a su forma, pero no me pidas que me haga quimioterapias, porque ambos sabemos que eso no serviría de nada; pero sí permíteme disfrutar lo que me quede como una familia, quiero estar ahí en cada paso que des —toma mis manos nuevamente y busca mis ojos, intento ver a otro lugar—. En cada cosa que hagas, te voy a alentar, Alex —su voz comienza a quebrarse—. Todo lo que no hice en toda tu vida, voy a tratar de serlo en lo que me queda —comienza a llorar, su rostro se cubre de lágrimas y él intenta limpiarlas—. Toda la mierda de persona que fui, quiero que la olviden, todos, tu madre, tú, mi madre; sé que esto es una segunda oportunidad para enmendar mi error.

Me niego a aceptarlo, me niego a aceptar que tiene cáncer, me niego a aceptar sobre todo que perderé a mi padre, ya sufrí la muerte de un ser querido y no es algo de lo que te recuperes así de fácil. Mi corazón está descontrolado, a tal punto que mi pecho duele, sigo sin creérmelo.

—¿Mamá lo sabe? —pregunto en un intento de calmarme, él asiente, no puedo creer que mi madre no me haya dicho nada de esto.

—Desde el primer día, siempre intenta mantenerme el ánimo arriba porque yo siento que me desplomo.

Luego de unas tres horas encerrada en la que sería mi habitación llorando sin parar, logro controlarme. Mi celular suena, me levanto de donde estoy sentada frente a la ventana y llego hasta mi bolso, saco mi celular revolviendo todo lo que hay en él, como me lo imaginé es Oliver.

—Mi amor... ¿Todo bien? —escucho su ronca voz, me hace sentir tranquila, regreso al lugar donde estaba—. No me habías llamado.

—... Tiene cáncer —digo, casi de inmediato, no sé cuál sería su expresión, pero, puedo jurar que nada buena.

—¿Tu... padre? —pregunta dudoso, deseara contestar que no, pero desgraciadamente, la respuesta es afirmativa.

—S... Sí —balbuceo, mi voz se quiebra, y el nudo vuelve a mi garganta. Hay silencio del otro lado, si no es porque escucho su respiración puedo jurar que se ha ido.

—¿Él te lo dijo? —luego de unos largos segundos por fin contesta.

—Así es —y las lágrimas vuelven a salir de mis ojos— y está demasiado avanzado, ya no hay nada que hacer —más silencio del otro lado—. No sé qué hacer, Oliver —las lágrimas corren por mis mejillas y comienzo a sorber por la nariz—, quiero simplemente que este sea un mal sueño y despertar de una vez.

—Alex, te dije que iría contigo, me parte el corazón escucharte así y yo sentirme impotente. ¿Sabes qué? Hoy mismo llego.

—Oliver, no. Mejor descansa. Yo llego mañana temprano.

—Alex...

—Oliver, por favor —interrumpo, lo que menos quiero es tener que traerle más atrasos con el trabajo.

—Está bien, mi muñeca. Me avisas cuando estés aquí para ir a por ti —hablamos por más de alguna hora, hablar con él me relaja, me hace sentir que todo va a estar bien. ¿Quién diría que Oliver tiene el don de hacer sentir mejor? Ese crudo, terco y mandón a quien al inicio llamé Satanás.

Al día siguiente ahí está, a pesar de que tenía una reunión, sí, me las sé de memoria y a veces tengo que recordárselas. En cuanto lo veo corro hacia él y me refugio en sus brazos para continuar llorando. Y ahí estuvo conmigo por varios minutos hasta que logré calmarme.

Los días posteriores fueron bastantes amargos, mientras me acomodaba a la idea del cáncer y a que en cualquier momento me avisaran que él ya se había ido; siento hacer un esfuerzo sobrehumano para mantener mi ánimo arriba y no preocuparlo ni a él ni a nadie. Continúo mi ritmo de vida normal y llego a verlo todos los fines de semana, de mi parte me quedo con él toda la semana, pero él mismo me ha dicho que quiere que todo continúe normal, pero sí que le prometa que llegaré los fines de semana y es lo que hago.

Natalie y yo estamos haciendo todo lo posible para tener todo listo para la boda cuanto antes, aunque Alexander dice que me lo tome con calma, pero Natalie me causa estrés y me hace comerme las uñas cuando me dice que no hay portavasos rosas, y a mí ni me importan los jodidos portavasos, terminaré comprándolos todos de Spiderman y a Natalie le dará un infarto.

He reescrito las cartas y las voy juntando en un portafolios con el nombre «Cartas a papá», se las voy leyendo una a una mientras y puedo ver cómo sus ojos se cristalizan cada vez que las escucha y me pide que se las deje para leerlas mejor, puedo asegurar que llora al leerlas al igual que yo al escribirlas.

Ha bajado bastante de peso, y no puedo caminar junto a él sin que le falte oxígeno; por un tiempo lo sentí como algo egoísta no querer tomar un tratamiento, pero luego lo entendí, no quiere pasar los últimos días de su vida postrado en una cama sabiendo siempre cual va a ser el resultado final. Y yo no puedo portarme egoísta al hacerlo que pase por esa dolorosa fase cuando él quiere simplemente vivir como una persona normal.

Ya nada es lo mismo, ya no soy una niña y ya no hay nada que él pueda enseñarme de la vida que yo ya no sepa, pero al menos lo está intentando y yo lo estoy intentando, siento que tengo un padre, y al recordar que está a punto de irse me parte el corazón en mil pedazos y me encierro a llorar en la habitación.

Todos los días despierto con una terrible depresión, pero intento mantenerme sonriente a pesar de todo, como la Alex Carlin que todos conocen, saludando a todos en la oficina, ya les sé el nombre a cada guardia de seguridad, sí, se los pregunté. Hasta he bromeado con David por su barba afeitada y él se ha burlado de mi caída por las escaleras el día de mi cumpleaños y eso que él no estuvo en ese preciso momento.

—Oliver... —asomo mi cara abriendo un poco la puerta de la oficina de Oliver, pensé que estaría en alguna reunión, pero está solo, entro cerrando la puerta a mis espaldas.

Despega la mirada del computador al verme, y esboza una sonrisa.

—Siempre, desde que te conozco, cuando vas a preguntarme algo mencionas mi nombre de esa forma —sonrío, mientras camino hacia él con mi portafolio en mano.

—Quiero que leas esto —le extiendo el portafolio, el de las cartas ya mejoradas; ya tengo la opinión de mi padre, ahora quiero tener la de él como hijo, sé que no ha tenido muy buena relación con el señor Anderson.

—¿Son las cartas? —pregunta de inmediato, tomando el portafolio, asiento mientras rodeo su escritorio y me siento en sus piernas.

—Quiero que me des tu opinión para mandarlas a una editorial —me recuesto en su torso y él abre el portafolio para observar la primera página.

—Quieres hacerme llorar. ¿Cierto? —sonríe y acaricia mi cabello con una de sus manos mientras comienza a leer la primera página.

—Una semana, Oliver. Para que estés esperándome en un altar cubierto de flores y una corbata rosa —él ríe levemente y suspira.

—Yo no me pondré una jodida corbata rosa, Alex. Díselo a Natalie.

En ese preciso momento, la puerta de su oficina se abre y se cierra de un fuerte golpe, ambos volteamos en la dirección del sonido y es el señor Anderson. Camina hacia nosotros a paso fijo, con un maletín en una mano y con la otra sostiene un periódico. Ambos lo observamos con intriga, sus ojos muestran furia por la forma en que nos mira, cuando me iba a poner de pie para saludarlo...

—¿Hasta cuándo creyeron que iban a mantener esta farsa? —espeta, su tono de voz es molesto, nos mira a ambos alternadamente y todo en mi interior se estremece. Tras él viene la señora Anderson, pero abre la puerta y la cierra de una manera más sosegada.

—Papá. ¿Qué te pasa? —él se para frente al escritorio de Oliver y lanza el periódico que queda justo frente a nosotros.

—¿Es en serio, Oliver? ¿Hacerme pasar por un idiota todo este tiempo solo por quedarte con la presidencia? —nunca había visto al señor Anderson hablar de esta forma, Oliver cierra el portafolios y lo pone sobre su escritorio para tomar el periódico, lleva su mirada al papel y yo también lo observo curiosa.

«El matrimonio arreglado entre Alexandra y Oliver Anderson».

«David Schmitt, gerente general de la revista *Anderson* aseguró este pasado viernes que el joven magnate contrajo matrimonio con su secretaria, Alexandra Carlin, para no perder la presidencia de la revista, luego de que su padre amenazara con quitarle el puesto por no llevar una vida formal...».

Abro mis ojos como platos y mi corazón bombea con fuerza. Esto no puede ser verdad.

❨ Capítulo 66 ❩

¿David? ¿Por qué David haría algo así? No lo creo, por favor, Dios. David no. Oliver continúa leyendo, por la expresión en su rostro sé que está molesto, aprieta el periódico con fuerza mientras continúa su lectura, el señor Anderson lleva una mano a su cara y la pasa por su cabello a modo de frustración.

—¡Oliver! Mírame —espeta, Oliver levanta la vista y el señor Anderson se acerca, pone sus manos sobre el escritorio y lo observa fijamente—. ¿Es verdad eso dicho en el periódico? ¿Sí o no?

Y esta es la parte en la que te encuentras entre la espada y la pared, donde sabes que si mientes te hundes y si dices la verdad también, donde te das cuenta de que no importa lo que digas porque ambas repuestas traen problemas y ambas traerán consecuencias; Oliver no contesta una palabra, solo lo observa a los ojos, los dos se miran y el señor Anderson dirige su atención a mí.

—¿Alexandra? ¿Es o no es verdad? —ahora pone esa fija mirada en mí, yo no sé qué hacer; un nudo se instala en mi garganta e intento tragarlo porque lo que menos quiero son lágrimas aquí.

—Sí, es verdad, papá —enuncia Oliver, él inmediatamente quita su mirada de furia de mí para volverla a mi esposo.

—Qué decepción —musita luego de unos segundos, mientras lleva sus manos a su cintura apartando su saco gris, voltea a ver a la señora Margot, quien está cruzada de brazos solo observando la escena—. ¿Lo ves, querida? Y tú jurabas que eso no podía ser verdad.

La señora Margot nos mira, alternadamente. Sale de la oficina y cierra la puerta a sus espaldas, esto no puede estar pasando.

—Con nosotros no cuenten para la supuesta boda que harán para renovar votos y no sé qué más estupideces —continúa el señor Anderson—, no voy a seguir jugando una farsa.

—Papá, ya no es una farsa, escúchame... —Oliver quiere ponerse de pie, por lo cual me levanto de sus piernas, yo no tengo palabras para este tipo de situación.

—No quiero escuchar nada, Oliver —interrumpe—. No puedo creerlo, ustedes dos —levanta su dedo índice para señalar a Oliver, y luego a mí— dejan de existir para mí. ¿Entendieron?

Lágrimas comienzan a salir de mis ojos. No puedo creer que hace unos meses estaba tan feliz a punto de explotar, y que hoy, todo eso se vaya a la borda. El señor Anderson se encamina a la puerta de la oficina, pero no sin antes dedicarme una mirada de decepción, que me hace sentir más culpable.

Oliver está parado ahí, no dice una palabra, observa al señor Anderson retirarse y luego vuelve sus ojos al periódico, lo estruja con una mano y la otra la lleva a su cabello mientras vuelve a leerlo y aprieta su mandíbula, yo tampoco puedo articular una palabra.

Sale de la oficina, con sus puños cerrados, por un momento no reacciono, todas mis terminaciones nerviosas se niegan a responder mientras pienso cómo se tomará esta noticia mi padre y con su enfermedad. Cómo ya mi boda no va a ser igual sin la familia de Oliver presente, con mi madre posiblemente molesta y mi padre decepcionado por haber mentido todo este tiempo.

Quiero ir donde está él, y decírselo por mí misma antes de que lo sepa por otro medio, pero al mismo tiempo, prefiero que las cosas se apacigüen para poder hablar con él tranquilamente y explicarle.

Salgo de la oficina a toda prisa y me encamino hacia la de David, sé que ahí está Oliver y debe estarlo agarrando a golpes, comienzo a correr, no sé por qué, pero no creo a David capaz de arruinarle la vida a alguien más, especialmente a una semana de una boda.

Entro y ahí está Andi llorando a mares, está sentada y con sus manos está cubriendo su rostro mientras tiene los codos sobre sus rodillas. No sé por qué ya presentía que tenía algo que ver. Oliver tiene a David contra la pared, sosteniéndolo con ambas manos de su saco, mientras David con una mano sostiene un teléfono celular.

—OLIVER. ¡JODER! TE ESTOY DICIENDO QUE NO FUI YO. ESTOY INVESTIGANDO QUIÉN PUTAS HA DICHO ESO —los ojos de David están llenos de furia y empañados, ambos se miran ferozmente y me acerco a ellos para intentar separarlos.

—Oliver, basta, por favor —espeto, intentando ponerme entre ellos antes de que se agarren a golpes, Oliver lo suelta un poco, sin despegar su mirada de él con una expresión neutral, lo tomo del brazo y tiro de él lejos de David, quien comienza a marcar un número.

—Juro que voy a demandar a estos hijos de puta —ahora camina hacia Andi, quien levanta su mirada al escucharlo— y te juro —señala a Andi con su dedo índice— que si tú tuviste algo que ver te haré la VIDA IMPOSIBLE —grita.

—Pero yo ni siquier... —Andi vuelve a llorar sin siquiera terminar la oración.

David comienza a gritar por el teléfono, estoy segura de que es a los del periódico. Ni siquiera presto atención, Oliver está viendo por la ventana y es a la serie de reporteros fuera de la empresa.

Pienso en mi padre una y otra vez, esto no se lo va a tomar bien. Es mejor hablar con él, antes de que reaccione de una forma trágica.

—Oliver —tomo su antebrazo para girarlo hacia mí—, necesito ir donde mi padre, urgente —Oliver me mira, no tiene alguna expresión en su cara, ni siquiera mencionó su típico «voy contigo», creo que tiene broncas más importantes aquí—. No quiero que se dé cuenta por un periódico, y es muy probable que tenga la misma reacción que tu padre.

—Déjame hacer unas llamadas —Oliver se saca el celular de su bolsillo y sale de la oficina. David continúa gritando a los del periódico con todas las malas palabras que puede, Andi continúa llorando y no siento nada de pena por ella, aunque David sí pudo tener algo de culpa. ¿Por qué diablos hablaría algo así con su asistente? ¿Qué se puede esperar de una mujer que engaña a su marido? Todo menos confianza.

Estoy tan distraída, ni siquiera me percato de todos los reporteros que nos rodean, ni siete guardias de seguridad son suficientes, ni siquiera presto atención a lo que preguntan y Oliver se niega a responder algo; no puedo pensar con claridad, siento una angustia dentro de mí, todo se está acumulando, me dará un colapso nervioso en cualquier momento. Oliver regresa unos minutos después y sin mencionar una palabra todo el camino me lleva hasta el aeropuerto, sé que él está pensando miles de cosas también, al igual que yo y la primordial... Mi padre va a odiarme por esta mentira.

Llego, esta vez mi madre fue por mí, no dice una palabra al respecto todo el camino, hasta puedo jurar que aún no sabe nada, lo único que habla es que ya se están preparando para el nacimiento del pequeño Alexander, sí, así se llamará.

Al llegar, mi padre como siempre, está sentado frente al piano, y voltea a ver cuando se abre la puerta, me espero la peor reacción de su parte, pero él solo sonríe al verme.

—Alex, no te esperaba hoy. ¡Qué sorpresa! —tose un poco y tiene un tanque de oxígeno al lado suyo, no presto atención, supongo que es algo normal por la enfermedad.

—Papá... —corro hacia él y lo abrazo, él no se pone de pie, hace una mueca de dolor que cambia casi de inmediato y eso me alerta—. Papá, lo lamento... En serio... Yo no quería mentirte —comienzo a llorar, me inclino hacia él y entierro mi cabeza en su cuello, él solo acaricia mi cabello—, cuando ya venimos aquí ya era verdad, lo juro.

—Alex, ¿de qué estás hablando? —sus ojos me miran con intriga, levanto un poco la mirada, tiene enormes ojeras y respira con cansancio.

—Creí que ya lo sabías —comienzo a limpiar mis lágrimas mientras me separo un poco de él.

—¡Ah! ¿Hablas sobre la noticia? Yo no me creo cualquier cosa, Alex —se recuesta sobre el espaldar del sillón, me siento en una silla frente a él y él respira hondo.

—Pero es verdad —hablo, esperando cualquier reacción mientras agacho la mirada y mis ojos se nublan, él solo me observa y sonríe.

—Bueno, él no me pareció alguien que no está casado de verdad, Alex. Por eso no me lo creí.

—Es que —miro hacia otro lugar y comienzo a sorber por la nariz— sí lo fue al inicio, fue un contrato, pero luego ya no. En realidad, entendería cuál sea tu reacción porque su padre no se lo ha tomado muy bien y creo que nos ha echado a ambos de la empresa —limpio una lágrima con mi dedo pulgar.

—Bueno, es su padre y yo soy el tuyo, nunca te echaría de aquí, dile que aquí le ofrezco la presidencia del viñedo si su padre no lo quiere allá —me hace reír y él hace lo mismo, pero siempre que lo hace se convierte en una débil tos. Suspira y cierra sus ojos mientras canturrea una canción desde su garganta que me parece conocida.

—Te cantaba esta canción cuando eras un bebé y te quedabas de inmediato dormida —sonrío levemente, abre sus ojos y me mira—. No te preocupes, el señor Anderson lo comprenderá, no puede odiarlos solo por eso. Además, Oliver es su hijo y se va a dar cuenta tarde o temprano que actúa mal. Solo espero no le pase lo que a mí y se dé cuenta cuando ya no le quede mucho tiempo.

—No... No digas esas palabras, papá —mi corazón se estruja y trago el nudo en mi garganta.

—Me encanta cuando me llamas papá —él sonríe y comienza a respirar más calmadamente. Me relajo en el espaldar del sillón y cierro mis ojos. Miles de imágenes de Oliver y yo pasan por mi cabeza, desde el primer día que lo conocí, nuestra primera pelea, nuestro primer beso, nuestra primera vez, sonrío al recordar todas esas cosas, entre tantas imágenes en mi cabeza me estoy quedando dormida. Cuando estás tan cansada todo se convierte en un buen lugar para dormir, en ese preciso momento escucho que el vaso que Alexander sostenía en las manos cae al suelo haciéndose añicos. Me estremezco de inmediato, abro mis ojos y lo observo, sus ojos están cerrados, tal cual se ha quedado dormido. Pero su pecho ya no se mueve.

—¿Papá? —no hay respuesta de su parte.

—¿Papá? —mi corazón bombea con fuerza, no puedo creer esto, mis ojos se cristalizan de inmediato.

—¿Papá? —lo sacudo levemente y un papel cae de sus manos, lo levanto con las manos temblorosas, mis piernas son de gelatina y todo mi cuerpo tirita. Despliego el papel.

«No importa qué tan duras sean las tempestades, desde donde esté, yo estaré contigo.

Con amor,

Papá».

—¡Nooo! ¡No, por favor! ¡NOOO! —caigo al suelo de rodillas mientras lágrimas invaden mis mejillas. Esto no puede estar pasando. Mi madre viene corriendo desde la cocina limpiando una de sus manos en un delantal.

—Alexandra... ¿Qué...? —se detiene de golpe, un plato que sostenía en las manos cae al suelo, lo observa a él anonadada y lleva su mano a su boca a modo de sorpresa, sus ojos se inundan de lágrimas.

(Capítulo 67)

No, por favor, papá... No, no, no, me niego a aceptar esto... Lágrimas corren por mis mejillas como cascadas, esto no puede estar pasando, me incorporo en el suelo mientras mis lágrimas brotan; mi madre corre hacia él y lo sacude mencionando su nombre, de inmediato toma el teléfono y con sus manos temblorosas comienza a marcar un número, ya nada tiene sentido en mi vida, quiero despertar de esta terrible pesadilla, esto no puede estarme pasando. No, no. NOOOO...

Intento relajarme interiormente, pero no puedo, recuerdos pasan por mi mente, escucho unos pasos correr hacia mí, seguido de otros y un grito desconsolado que solo puede ser de Stefanie, la escucho correr hacia él emitiendo sonidos de llanto. Una voz de varón que mi cerebro no reconoce grita que hay que llamar al doctor, mi mente intenta refugiarse en buenos momentos, los mejores, pero el pensamiento de que hace unos minutos estaba charlando con él invade mis sentidos, y más lágrimas se asoman por mis ojos. ¿Cómo puede ser que la vida se te vaya de las manos en instantes? Quiero morir. Ya nada tiene sentido.

—Alex, escúchame, tranquila, ¿sí? —escucho una voz, logro reconocer luego de intentarlo varios minutos que es la voz del tío Frank, me toma del antebrazo y suavemente tira de mí para ponerme de pie, pero me niego, esto solo es una pesadilla y pronto voy a despertar, solo tengo que quedarme en esta posición y esperar.

Comienza a acariciar mi cabello, mientras mi rostro sigue escondido, con mi frente sobre mi antebrazo tirada en el suelo, debo tener un charco de lágrimas debajo de mí.

Alguien toma a Stefanie y se la lleva porque escucho sus gritos alejándose. Mientras tanto, mi cerebro sigue proyectando imágenes de Alexander, quiero sentir otro abrazo suyo, aunque sea uno último. ¿Por qué pasan estas cosas?

—Alex, ven, vamos afuera —vuelve a hablar el tío Frank con la voz quebrada, sorbe por la nariz, también está llorando y eso no me va a ayudar—. Alex, vamos —esto no es real, no es real, no es real, no es real, no es real, no es real. Tengo que despertar.

El doctor llega y todos piden que me saquen de ahí mientras él lo chequea, pero me niego a salir, quiero estar a su lado, aunque sea tirada en el suelo, no me van a separar de él, no lo harán; luego de varios minutos sigo en la misma posición, el doctor murmura algo que sin necesidad de prestar atención ya sé qué es, mi madre se suelta en llanto y se desmaya. Solo escucho el sonido sordo de su cuerpo, todos corren hacia ella y siento alivio de que ya nadie esté tirando de mi brazo para sacarme de ahí. Intento pensar en cosas buenas. Solo cosas buenas entre él y yo, olvidándome de todo lo que hay alrededor.

Olvidando que acaba de morir, quiero sentir que aún está vivo, aunque sea en mi mente; la angustia me recorre y me quedo en esa posición, emito el sonido que él estaba haciendo antes de morir, la canción que me cantaba cuando era un bebé. Las lágrimas corren a tanta prisa mientras mi cerebro trabaja a mil por hora para no aceptar la realidad, entre tantos recuerdos me quedo dormida.

—Alex, Alex..., mi amor... —alguien me sacude con gentileza e intento volver en sí—. Alex, bebé... Soy yo —levanto un poco mi rostro, sus ojos azules me están viendo con preocupación, se pone en cuclillas frente a mí, aún desorientada me levanto lentamente hasta quedar sentada en el piso, él de inmediato se inclina y me abraza—. Aquí estoy, mi vida —mi cerebro se niega a responder, ni siquiera levanto mis brazos para rodearlo a él, siento una opresión en mi pecho, no puedo siquiera hacer algún gesto, hay alguien detrás de Oliver y levanto la mirada un poco. Natalie tiene sus mejillas sonrojadas y sus ojos rojos e hinchados, ya no hay saludos de gritos entre nosotras, ni risas, ni alegrías, para mí todo es gris y oscuro; de inmediato cuando su vista se cruza con la mía, ella cae de rodillas frente a nosotros, Oliver se separa de mí y Natalie me rodea con sus brazos de inmediato, su fragancia a primavera invade mis fosas nasales y me da calma interior.

—Alex, todo va a estar bien, cariño, vas a ver —nada va a estar bien, Natalie. Mi padre ya no está.

Quisiera decirlo, pero ya no siento conexión entre mi cerebro y mi cuerpo, me siento incapaz de todo. Natalie sorbe por la nariz mientras me abraza fuerte y acaricia mi cabello, Oliver acaricia mi espalda, mis ojos están puestos en algún punto de esta casa, hasta soy incapaz de reconocer dónde estoy, mi cerebro no procesa las imágenes que capta, me siento muerta en vida.

Luego de un largo rato, sigo con mi vista puesta en la esquina, hay un silencio, es incómodo, odio los silencios, así como también los lugares oscuros y sombríos. Quiero ir al que solía ser mi cuarto y rodearme de colores, quiero sentirme mejor, intento ponerme de pie y ambos me ayudan, comienzo a caminar y mis piernas flaquean, hasta siento que carezco de la facultad de andar; mi cuerpo duele, siento que he sido arrollada por un auto, aunque prefiero ser arrollada por un auto que sentir este dolor en mi pecho. Me llevan hasta mi recámara, siento que no soy yo.

Un resfriado, un resfriado le bastó a Alexander para que nos dejara mucho más pronto, nadie contaba con esto, pero sí el doctor lo había advertido, por su condición, no estaba seguro de que lo lograría y no lo hizo. Sus últimas palabras fueron conmigo, y eso invade mi mente y oprime mi pecho.

Fue tanto el *shock* emocional para Stefanie que le tuvieron que practicar una cesárea el mismo día, se complicó bastante, más carga emocional para mi madre que se desmayó tres veces, yo ni siquiera estuve presente cuando el pequeño Alexander nació, no tengo fuerzas. Fui al hospital a verlo y ni siquiera pude cargarlo, también está delicado por ser prematuro, abrió sus pequeños ojos para mí, son verdes. Mis ojos se llenaron de lágrimas, se parecen a los de Alexander, el dolor se instaló en mi pecho nuevamente, quería cargarlo.

Todo lo que pasa alrededor de mí siento que no es real, ya ni siquiera puedo emanar lágrimas. Escucho los miles de discursos para Alexander, era bastante apreciado en este lugar, y por sus trabajadores. No miro al frente, no miro a mi alrededor, mi vista está fija hacia algún punto.

David ha llegado y está abrazando a Natalie, lo sé porque puedo escuchar su voz a mi lado. Oliver ha estado conmigo todo el tiempo, apenas hemos cruzado un par de palabras, pero está aquí para mí, a pesar de todo el caos que debe ser su vida en estos momentos, he escuchado que habla por teléfono sobre inversiones nuevas. Debe sentir una inmensa carga en sus hombros con todo esto que está pasando, mucho más con su padre dándole la espalda.

Todos lloran, sus trabajadores, mis tíos, mi madre, Stefanie no puede estar presente, aún está en el hospital; la abuela no puede parar de llorar, hasta se la tuvieron que llevar del lugar mientras todos depositaban flores en la tumba de Alexander. A él le gustaban los jazmines, al parecer solo yo sabía eso porque fui la única que le trajo jazmines, lo supe el día que mi madre sembró jazmines, él llegaba diario a verlas y las regaba; yo también amo los jazmines, por eso lo supuse, teníamos bastante en común, teníamos.

Todos ya están tomando rumbo a sus casas, ya no hay nadie rodeando su tumba cubierta de todo tipo de flores y rosas, pero yo no puedo moverme de aquí; Oliver ayudó a mi madre a llegar hasta el auto porque ella es incapaz de hacerlo sola, se desmayó más de dos veces en el funeral, le dije que lo esperaría aquí. Caigo de rodillas sobre el pasto verde, no puedo soltar una lágrima, ni siquiera entiendo por qué hace tanto frío. No es época para el frío, toco su lápida, exactamente donde está su nombre, aún no me lo creo, no puedo creer que esto esté pasando. Mi mente aún no lo procesa con exactitud. Para mí, este es un funeral de alguien más, no el de mi padre, no quiero aceptarlo.

—Mi amor, vamos —Oliver se pone en cuclillas a mi lado y lleva un rizo de mi cabello detrás de mi oreja luego de que el leve viento frío lo revoloteara.

No contesto, no quiero irme, no quiero dejarlo aquí y yo irme a casa, no lo volveré a ver. Simplemente niego con mi cabeza y él me da un tierno beso en la mejilla.

—Alex, pescarás un resfriado acá, vamos a casa —su voz está calma y toma mi mano, depositando un tierno beso en mis nudillos, no despego mi mirada de la lápida, Oliver me rodea con sus brazos y me apega a su cuerpo. Estuvimos así por más de 15 minutos. Cierro mis ojos en su pecho, deseando que esta sea otra de esas pesadillas, quiero despertar y que, al abrir mis ojos, él siga aquí. Pero me doy cuenta de esta es mi realidad y tengo que enfrentarme a ella.

No puedo con esto, lágrimas corren nuevamente por mis mejillas, Oliver ya no debe soportarme, lloro en su pecho, y él acaricia mi cabello, lo escucho sorber por la nariz, sé que también lo ha afectado este dolor inmenso, no se lo deseo a nadie; no presté atención de quiénes asistieron al funeral, pero sí estoy segura de que los Anderson no estuvieron presentes.

Miles de melodías pasan por mi cabeza, todas esas que a él le gustaban, las que él estaba aprendiendo a tocar, las veces que lo escuché intentándolo, las que yo misma le enseñé, y las aprendía con mucho esmero, daría cualquier cosa por un momento como ese otra vez, por una sonrisa, por un último adiós, por retroceder el tiempo y llenar todos esos años de ausencia. Aquí es donde refuto mi idea, el dinero no es felicidad, porque ni con todo el dinero del mundo podría comprar lo que me haría feliz en estos momentos, un último abrazo suyo.

(Capítulo 68)

Los siguientes días me la paso en cama, apenas he comido y me cuesta conciliar el sueño, y eso que estoy con ayuda de pastillas para dormir. A veces hasta ni esas son suficientes, me despierto a medianoche deseando que solo sea un mal sueño, intento ser fuerte lo más que puedo, pero siento que no funciona, siempre termino en llanto, sé que a él no le hubiese gustado verme así, pero entiéndelo, papá, no siempre puedo ser fuerte, justamente no ahora. Aunque intente ser positiva y pensar que pronto pasará, estos días se me hacen eternos.

He escrito una nueva carta que agregaré al portafolios, por muy mayor que estés, la muerte de tu padre siempre te hará sentir desamparado. Mucho más, cuando te esforzaste tanto por mejorar esa relación, pero mucho más cuando tenías muchas metas que cumplir junto a él.

Y ahí es donde una lágrima corre por mi mejilla, al recordar que hoy es el día, no puedo evitar que la melancolía se apodere de mí cada vez que recuerdo que hoy precisamente renovaríamos votos y mi padre me llevaría hasta el altar. Oliver estaría esperándome con esa sonrisa suya y Natalie estuviera llorando a mares al verme entrar porque es lo que siempre ha soñado, ser la mejor dama de honor. Algún día se cumplirá su sueño, pero no ahora, no ahora que mi corazón está roto en mil pedazos. Sigo sin entender cómo la vida puede cambiar drásticamente en un solo día.

Recuesto mi cara sobre el cristal de la ventana, mientras varias gotas de lluvia golpean con fuerza, pero van cesando a medida que pasan las horas; justo hoy es una semana de su partida, mis ojos lagrimosos se devuelven a la página que sostengo en las manos, y me cercioro de leerla bien, es la única forma de liberarme un poco de lo que siento, escribiéndolo.

Limpio mis ojos empañados, mientras me incorporo en la silla, inicio mi lectura mientras tamborileo mi pluma en el brazo del sillón. Inmediatamente mis ojos vuelven a empeñarse, pero trago el nudo en mi garganta, no siempre estaré llorando a mares, pero solo ha pasado una semana y no sé cuánto más esto pueda durar, limpio mis ojos y comienzo el recorrido por las letras.

Querido papá:

Es difícil para mí escribir estas líneas, cuando sé y me he resignado que ya no estás en cuerpo, que ya no volveré a abrazarte, ni besarte, ni podré decirte cuánto te amo. Ya no hay nada que yo pueda hacer, pero de algo que sí estoy segura, es que siempre tendrás un espacio en mi corazón, de hecho, ya vives en él y así será eternamente.

No sé cuánto más extrañaré tu presencia, no sé cuánto tiempo este dolor se va a prolongar, las lágrimas solo son muestras de dolor, pero en mi interior hay paz, porque sé que ya no estás sufriendo y ahora estás en un mejor lugar. Las lágrimas solo son para borrar la angustia, para volver a reír, como tú hubieses querido...

En cuanto al perdón, para mí ya estabas perdonado desde hace mucho, amaba tu compañía y amé nuestros últimos momentos juntos, porque a pesar de todo sí estuviste para mí en el último momento cuando todo se volvía oscuro...

Un sonido en la puerta me saca de concentración, Oliver entra hablando, más bien, gritando por el teléfono, lleva uno de sus trajes grises y lanza su maletín con fuerza sobre la cama.

—No, esto no es posible, esas inversiones están a mi nombre, no a nombre de mi padre, no las puede declinar... —Oliver se sienta en el borde de la cama mientras lleva su mano libre a su cabello a modo de frustración—. ¡NO! No lo entiendo...

Ahora lleva su codo a su rodilla, aún con su cabeza en su mano, con sus dedos enredados en su cabello, suspira, no puedo escuchar qué dicen del otro lado, pero su expresión no es buena. Cuelga la llamada y observa la pantalla de su celular, cierra sus ojos y comienza a inhalar y exhalar. Peor que tu padre muera, es que te esté haciendo la vida imposible.

—¿Ahora qué sucedió? —pregunto, me levanto de la cómoda silla giratoria y camino hacia él.

—Miles de cosas —menciona—, miles de cosas, Alex. Cuando pueda iré por tus cosas a la empresa, por el momento no quiero tener que encontrarme a mi padre porque sé cómo reaccionaría.

Lleva ambas manos a su cabeza luego de depositar su celular sobre la cama, manteniendo sus codos sobre sus rodillas.

—Yo puedo ir por ellas —enuncio, sentándome a su lado, él continúa en la misma posición—. Además, necesito distraerme un rato —niega con su cabeza llevando la mirada a mis ojos.

—No quiero que pases malos ratos con mi padre. Natalie vendrá a estar contigo en unos minutos, tengo una reunión y miles de cosas que resolver —resopla y se pone de pie acomodando su saco gris.

—Oliver, Natalie también tiene sus problemas, no quiero que esté aquí todo el día encerrada conmigo, tiene empleo, tiene una vida...

—Ella está bien aquí contigo, Alex. Si no, inventara cualquier excusa.

—Porque así es ella, nunca dirá que no —también me pongo de pie—, pero justo ahora ha conseguido el trabajo de sus sueños, no puedes estarla haciendo que falte todo el tiempo.

—No me gusta que estés sola aquí, Alex. Además...

—Entonces, ¿por qué tú no estás conmigo? —interrumpo y lo observo fijamente—. ¡A la mierda tu padre con esa empresa y sus inversiones! Tú ya tienes suficiente dinero para vivir el resto de tu vida. ¿Por qué te empeñas en hacer más?

—No lo entiendes, Alex —camina hacia el espejo acomodando su corbata negra con indiferencia.

—Tú no lo entiendes. ¿Cuántas horas te miro desde que venimos de Florida? Cuando despierto ya no estás y cuando regresas solo maldices a tu padre y te vas a dormir —mis ojos se cristalizan—, yo tam... bién te necesito, Oliver.

Dicho esto, salgo de la habitación cerrando la puerta de golpe, tengo los sentimientos tan al borde que hasta me quiero desplomar a llorar ahora por esta estupidez. Oliver no entiende que Natalie también tiene sus propios problemas y no puede estar aquí conmigo todo el tiempo, yo solo quiero que él esté conmigo cuando más lo necesito.

Subo al jodido Bentley celeste, y conduzco hasta la empresa, iré yo sola por mis cosas, salir me distrae. Una lágrima corre por mi mejilla una y otra vez y la limpio bruscamente. No sé siquiera cómo me siento, tengo una mezcla de tristeza y enojo al mismo tiempo que no me está ayudando en nada, el celular dentro del bolsillo de mi pantalón blanco suena, lo saco de ahí y al ver que es Oliver lo tiro en el lugar del copiloto.

Para rematar mi agonía, al abrirse el elevador en el piso 25 de la empresa, al primero en encontrarme es al señor Anderson, está charlando con un señor de avanzada edad, también bien vestido; al momento que nuestras miradas se cruzan intento ver en otra dirección, después de todo solo vine por mis cosas, no tiene por qué echarme, camina hacia su oficina, entro a la que solía ser mía y veo que mis cosas ya están en una caja, «perfecto» —me digo—, al menos no tendré que recogerlas yo, aunque no creo que me demore mucho poner un pequeño cactus, un portalápiz, un prensapapeles y cinco bolígrafos en una caja. Observo también en el escritorio, hay otras cosas, significa que alguien más lo está ocupando.

Reviso que todo esté perfectamente acomodado cuando un sonido en la puerta me hace voltear a ver de inmediato. El señor Anderson camina hacia mí y sostiene mi portafolios en las manos.

—Creo que dejaste esto en la oficina —levanta el portafolios, pensé que Oliver lo tenía. Me lo extiende y yo lo tomo con gentileza.

—G... Gracias —balbuceo, ni siquiera puedo verlo a los ojos, aclaro mi garganta—, solo vine por mis cosas.

—Lo sé —enuncia, dicho esto camina hacia la puerta de la oficina de regreso y voltea nuevamente antes de cerrarla.

—Deberías mostrárselas a tu padre —habla—, llegan al corazón.

—Fue el primero en leerlas, al menos me reconforta saber que me dio su opinión antes de morir —continúo con mi mirada dentro de la caja como si buscara algo en sí, pero no, solo no quiero tener que verle a los ojos, no me siento la mejor persona del mundo.

—¿Morir? —interroga, levanto la mirada a sus ojos y tienen un leve brillo. Ahora entiendo por qué no estuvieron presentes.

—Yo creí que lo sabía, señor Anderson —él camina hacia mí, intentando digerir lo que acabo de decir.

—¿Cómo voy a saberlo si nadie me dice nada? ¿Cómo crees que me van a decir que murió y yo ni siquiera presentarme a su funeral? ¿Qué clase de persona creen que soy?

—¿La persona que está amargándole la vida a su hijo? —interrogo con sarcasmo, él me observa incrédulo—. Sinceramente, le pido perdón de corazón, señor Anderson, sé que no estuvo bien lo que hicimos, pero fue algo no muy bien pensado —agacho la mirada un poco para volverla a clavar en sus pequeños ojos castaños—, pero se lo agradezco, de no ser por usted nunca hubiese sabido la gran persona que es su hijo —sonrío levemente mientras él solo me observa—. Que tenga buen día.

Dicho esto, tomo la caja y salgo de la oficina pasando al lado suyo. No dice una palabra y comienzo a caminar a paso rápido.

—Dile a Oliver que quiero hablar con él, por favor —escucho, me detengo un momento, pero luego continúo; cada vez que él habla con su padre son más problemas que no merece, mejor finjo que no lo escuché y continúo el camino hacia el ascensor.

(Capítulo 69)

Pero... Tal vez sí necesitan hablar, pero como padre e hijo, no como enemigos. Sé que el señor Anderson está haciendo mal, entiendo que esté molesto, pero de eso a arruinarle a tu hijo todo por lo que ha trabajado no es correcto; doy la vuelta y me encamino de regreso hacia él, está en la entrada de la oficina, viendo hacia algún punto de la sala mirando al vacío. Tengo muchas cosas por decirle, ya de por sí me odia, así que no tengo nada que perder. Al ver que camino hacia él de inmediato sus ojos se clavan en los míos, llevando ambas manos a sus bolsillos.

—Señor Anderson —hablo sin titubear, es ahora o nunca—, si en realidad lo que quiere es pelear con Oliver, mejor no hable con él, ya tiene suficientes problemas con todo esto que está pasando.

—¿Qué te hace pensar que voy a pelear con él? —me interrumpe, se cruza de brazos clavando una mirada incrédula en mis ojos.

—Porque es lo único que hace. ¿En serio piensa estar en su lecho de muerte para arreglar las cosas con él? ¿Cuando ya quede poco tiempo habiendo mucho tiempo para aprovechar ahora? —mis ojos se cristalizan—. Porque, en serio, no sabe el dolor que eso causa. Entiendo los motivos por los que está molesto, pero... ¿qué gana ahora con estarle haciendo la vida imposible? ¿Qué gana usted, señor Anderson? —simplemente hace un gesto de querer contestar, pero se queda callado dirigiendo su mirada hacia otro lugar—. Aunque él diga que no le importa sé que su actitud lo golpea. Con todo respeto, pero es usted el que no entiende lo que es el significado de una familia.

No dice una palabra. Solo se queda observándome intentando digerir lo que acabo de decir, a sus espaldas aparece Henry, quien sonríe al verme.

—¿Cómo estás, Alex? —pregunta, acercándose a mí besando mi mejilla.

—Bien, gracias —sonrío, dirigiendo mi mirada hacia el señor Anderson—. Con permiso.

Ahora sí, camino hacia el ascensor, cuando se abre, entro y volteo mi mirada hacia él, puedo ver que se ha quedado en el mismo lugar, su vista está perdida y ni siquiera tiene algún gesto a pesar de que Henry le está hablando; antes de cerrarse el ascensor, él lleva la mirada hacia mí y me observa seriamente, bueno, desde hace rato ya no soy la nuera adorada, así que no me arrepiento por lo que dije, arqueo la comisura de mis labios en una media sonrisa, hasta que mi reflejo se asoma en las frías puertas de metal.

Llego a casa, luego de pasar por un puesto de helados y quedarme ahí a escribir un poco, una situación parecida a la de Oliver y su padre hacía falta en mi portafolios; antes de salir del auto tomo el celular que estaba sobre el asiento del copiloto, me imagino las treinta llamadas perdidas de Oliver, y no me equivoqué, ahora me espera el sermón del día por no contestar las llamadas y por perderme la tarde entera.

Entro vacilando un poco, la verdad no quiero pelear, ya tengo suficiente estrés emocional. Al entrar él está ahí sosteniendo su cabeza con ambas manos mientras sus codos están sobre sus rodillas. De inmediato, al escuchar el sonido de la puerta, levanta la mirada y sus ojos me enfocan, se pone de pie, camina hacia mí a paso rápido rodeándome con sus brazos.

—Mi amor, lo lamento, en serio —habla, con su cabeza enterrada en mi cuello—. Te prometo que no volverá a pasar, estaré aquí contigo las veces que me necesites. Yo no pensé que...

—Oliver... Está bien —interrumpo y sonrío levemente, pongo el portafolios y mi celular sobre la mesa al lado de la puerta para rodearlo con mis brazos, acaricio su espalda, me esperaba una reacción peor con todo esto que está pasando.

—Te prometo, que siempre que me necesites, yo estaré aquí, pero también tienes que comprenderme —toma mi rostro con ambas manos y me mira fijamente, sus ojos están empañados—. No me voy a sentar a ver cómo mi padre arruina todo lo que me ha costado...

—Oliver, tal vez deberías hablar con él, no creo que...

—No —interrumpe de inmediato—, no hay nada que yo tenga que hablar con él... Ya me dejó en claro que para él solo existe Henry y la verdad no me importa.

Sí le importa, lo sé, si no lo hiciera, no tragaría saliva al decir esas palabras, no desviaría la mirada hacia otro lugar y no me daría la espalda como buscando algo para no tener que verme a los ojos.

—Oliver... Tal vez tenga algo por decir...

—No —interrumpe nuevamente, volteándose hacia mí—, en serio, no quiero saber nada de él, Alex. Respeta mi decisión.

Y así lo hago, no toqué el tema el resto de la noche, pero a la mañana siguiente, él ya no estaba y es lo que yo no quería. No quiero que me esté apartando por trabajo.

Intenté hacer cosas para distraerme el resto del día, le llamé tres veces, pero no contestó. Sentada viendo por la ventana lo observo bajarse de su auto con prisa cerrando la puerta de golpe, él nunca hace esas cosas, primero muerto que cerrar la puerta de su adorado auto de esa forma. Frunzo mi entrecejo, me levanto y camino hacia la puerta principal acomodando mi chaqueta de puntos, tiene que haberle pasado algo para que venga de esa forma.

—Oliver... ¿Qué...?

—Alex. ¿Por qué? ¿Por qué hiciste eso? —me interrumpe, con un tono de voz que siento que me golpea, lo miro con intriga.

—¿Qué cosa? —pregunto curiosa. ¿Ahora qué hice que no me acuerde?

—Ir a hablar con mi padre —su mirada refleja furia—. ¿Por qué lo hiciste?

—Yo no fui a hablar con él, Oliver. Yo lo encontré en la of...

—A mí no me interesa saber dónde lo encontraste. Te dije que respetaras mi decisión...

—Yo solo le dije que estaba hacien...

—¿Por qué te empeñas en traerme más problemas? —me interrumpe, poniendo esa mirada suya inescrutable en mis ojos.

—Yo solo...

—¡No! Entiende de una vez, esto no es asunto tuyo. ¡Joder! Para mí él dejó de existir desde el primer puto momento que hizo que todos me dieran la espalda. Y no quiero que tú te metas, quiero que me comprendas no que me prov...

—A MÍ NO ME VAS A HABLAR DE ESA FORMA. SI NO QUIERES QUE SALGA POR ESA MALDITA PUERTA Y NO VUELVA.

No dice una palabra, solo me observa, de hecho, ambos nos observamos, mis ojos se empañan de inmediato, estoy mal psicológicamente y sus gritos no ayudan. Subo a la habitación intentando calmarme, ahora no voy a llorar por esta mierda. Me siento en el borde de la cama, sosteniendo mi cabeza con ambas manos. ¿Por qué todas las cosas tienen que pasar al mismo tiempo? Tomo mi bolso y salgo, no me voy a quedar aquí a llorar, él está sentado en el sillón con sus manos en el rostro sosteniendo sus codos en sus rodillas, cierro la puerta de golpe y subo a la motocicleta, esto no puede estarme pasando.

Lágrimas corren por mis mejillas a medida que el viento golpea mi rostro, hace frío, ahora me resfriaré otra vez, solo eso me falta para rematar mi mala suerte. Mi casco va en mi antebrazo, solo espero que los putos oficiales de tránsito no aparezcan de pronto, aunque ahorita me vale una mierda. La desventaja de vivir lejos de tu familia es que en este tipo de situaciones no puedes ir a llorarle a tu madre por todas las cosas que están mal, aunque si la tuviese cerca tampoco lo haría, nunca me mostraría de esta forma frente a ella ni nadie, mucho menos por un hombre.

Cuando siento que me he alejado lo suficiente, llego a una cafetería, es un buen lugar; limpio mis lágrimas y acomodo mi cabello antes de entrar, tengo que llamar a Natalie, siempre tiene las palabras correctas cuando no me siento bien, pero ahí recuerdo, mi teléfono quedó sobre la mesa de noche. ¡Ah! Estupendo. Ahora estaré sola aquí autoconsolándome. Pido un café y me siento en la pequeña mesa caoba de la esquina. Abro mi portafolios, aún tengo algunas cosas que corregir antes de enviarlo a cualquier editorial. Tomo un sorbo de mi café cuando alguien se sienta frente a mí, frunzo mi entrecejo y levanto la mirada. *¡Lo que me faltaba!*

—Y... ¿dónde está tu esposo de mentira? —sonríe, con esa impecable sonrisa que le pudo haber costado miles de dólares. ¿Qué hace en este tipo de lugares?

—En nuestra casa, Lauren. ¿Y dónde está tu padre... Digo, prometido? —ella enarca una ceja y cambia toda su expresión por una de seriedad mientras se cruza de brazos y se recuesta sobre el espaldar de la silla, al menos no lleva un gran escote, pero sí, un vestido que casi se logran ver sus bragas.

—Al menos él sí es mi prometido en serio. No alguien que le pagaría a un abogado por modificar la fecha de un acta matrimonial —esas palabras llaman mi atención.

—¿Cómo sabes tú lo del abogado y el acta matrimonial? —ella sonríe, ampliamente. No una sonrisa amistosa, ni una falsa sonrisa como las que acostumbra, es una sonrisa de maldad.

—Dile a tu «esposo» —hace énfasis en esa precisa palabra— que olvidó esto en el restaurante esta mañana —arquea sus cejas y tomo con intriga lo que me está extendiendo, lo llevo frente a mis ojos, es la identificación de Oliver.

—Me supuse que había algo extraño en ese supuesto matrimonio, especialmente contigo —continúa, rodeando la mesa y se inclina hacia mí—, pero déjame decirte, ¡qué buen amante es tu jefe! —murmura, mencionando esa última palabra con lentitud. Me levanto, quedando frente a frente con ella, sonrío ampliamente y le dejo ir mi puño contra su cara. Maldita zorra.

—Sí, ya lo sé. Y me queda claro todos los días —también murmuro, inclinándome hacia ella, dos personas se acercan y la ayudan a levantarse del suelo, lágrimas caen por sus ojos. Tomo mis cosas sin despegarle la mirada de encima. Cuando Oliver entra por la puerta principal y mira la escena perplejo.

(Capítulo 70)

Camina hacia mí a toda prisa, mientras yo lo observo con intriga. ¿Qué putas puede estar haciendo Oliver aquí? Eso activa todas mis alarmas... Lo que faltaba... Que haya venido a este lugar a verse con la zorra esta, me toma del brazo y me suelto de su agarre.

—¿Qué hacías en un restaurante con esta puta esta mañana? —pregunto, mis ojos reflejan furia, juro que acabaré con estos dos hoy mismo.

—Alex... Vamos, hablamos en casa —menciona con voz apacible, y ve a Lauren que limpia la sangre que emana por su nariz con lágrimas en sus ojos.

¡Una mierda hablaré en casa! Aparto a Oliver de mí, entregándole la maldita identificación mientras camino hacia la puerta de salida. Escucho los pasos de Oliver detrás de mí, pero estoy tan absorta en mis pensamientos de odio que no presto atención por mucho que llame mi nombre.

—Oliver... —menciona la puta, con un tono empalagoso y su voz quebrada. ¡Qué rabia que me da esta mujer! Apenas se ha logrado poner de pie, doy la vuelta a paso rápido y me lanzo hacia ella acorralándola contra la pared con mi antebrazo en su cuello. Sé que estoy apretando con fuerza. Inmediatamente siento los brazos de Oliver rodear mi cintura e intentar alejarme de ella, comienza a toser. Mejor me voy, no estoy bien y no quiero terminar despellejándola.

—Juro que te voy a demandar por esto —menciona la puta, intento soltarme de los brazos de Oliver, pero no me deja, continúa su camino y me toma fuertemente.

—Hazlo, me vale una mierda. Así les podré contar a todos que te golpeé por lo puta que eres —ojalá todos hayan escuchado eso, no me quedo a oír qué más tiene por decir, acepto ir a la cárcel, pero feliz. Al salir de aquel lugar Oliver me gira hacia él y me mira incrédulo.

—Alex. ¿Qué hiciste? ¿Por qué...?

—Claro, defiéndela —ahora sí lágrimas comienzan a brotar por mis ojos, pero lágrimas de rabia, ahora todo es lágrimas en mí, ni yo me entiendo—. ¡Lo que me faltaba! Que vinieras a verte con esa zorra —sollozo, y me siento en el pavimento a llorar, lágrimas brotan como cascadas y llevo mis manos a mi cara, tantas cosas acumuladas no me sientan bien. Ya no puedo con esto.

—Alex, mi amor, cálmate, por favor... —habla con un tono bastante pasivo, me toma del antebrazo e intenta hacer que me ponga de pie, pero ni para eso tengo fuerzas, quiero desahogarme, todas estas cosas van a terminar matándome.

—¿Qué voy a calmarme? —interrumpo, no sé siquiera qué es lo que siento, pero todo mi cuerpo tiembla, juro que tengo ganas de terminar con la puta esa y luego con Oliver—. Venías a verte con la puta esa. ¿Cierto? ¿Por eso estás aquí?

—No, Alex —se inclina hacia mí en cuclillas, y toma mi rostro con ambas manos limpiando mis lágrimas con ambos pulgares—. Escúchame, vamos a ir a casa, te vas a tranquilizar y luego hablamos —su tono de voz es bastante calmo, tira de mí delicadamente, pero me niego a hacer lo que él dice.

—No... —él me rodea con sus brazos, y apega mi rostro a su pecho, al inicio comienzo a removerme para que me suelte, pero no lo hace; por último, cedo y lloro sobre ese perfecto saco suyo que ni siquiera había cambiado, mientras esa fragancia cara que suele usar invade mis fosas nasales, no sé por qué me relaja, pero en ese momento recuerdo lo que me dijo la zorra maldita esa y tengo ganas de ir a arrastrarla—. Si no me quieres contestar e... Es por algo —balbuceo entre lágrimas.

—Alex... —toma mi rostro y hace que lo mire a los ojos—. Solo te preguntaré una cosa... —limpia suavemente mis lágrimas con sus dedos pulgares—. ¿Desconfías de mí?

Sí, idiota. Si ella tenía tu identificación es por algo, si está aquí es por algo y que no me quieras contestar también es por algo. Pero, por otro lado, no lo creo capaz de algo así; solo pensarlo me muero, pero antes lo mato.

—¿Entonces por qué no contestas mis preguntas? —interrogo—. Ya tengo suficiente estrés como para que me estés haciendo pensar que hiciste algo con ella.

—Yo no te estoy haciendo pensar que hice algo con ella, tú eres la que se lo está imaginando.

—Entonces... ¿Por qué tenía tu identificación? ¿Por qué estás aquí donde casualmente ella está? Porque no me digas que me seguiste... En serio, no c...

—Alex, basta. Vamos, por favor, hablemos en casa, con calma.

—No iré a ningún lado si no me lo dices aquí y ahora —hablo segura, él suspira cerrando los ojos por unos segundos.

—Ni siquiera la había visto, te lo juro, escúchame bien —continúa su mirada clavada en mis ojos limpiando mis lágrimas—, yo te amo, nunca en mi vida haría algo así estando contigo, soy feliz contigo, aunque estemos pasando este mal momento yo no desearía estar con nadie más... —lleva un mechón de mi cabello detrás de mi oreja mientras lo escucho atenta—. Fuimos con mi padre a almorzar al restaurante de Romanov, si quieres ve y pregúntale, no fue una buena charla que incluso olvidé mi identificación en el lugar. Le llamé a Romanov y me dijo que la enviaría a la empresa, pero no sabía que la persona con la que la enviaría sería Lauren.

Pestañeo varias veces para aclarar mi vista nublada, mientras intento ver hacia otro lugar.

—¿Cómo es que sabe qué abogado nos casó? ¿Le dijiste algo? —cuestiono, mi voz está rasposa de tantas lágrimas, él niega con su cabeza mientras limpia mis mejillas con sus pulgares.

—David cometió el error de hablar algunas cosas con el abogado frente a Andi, por tal motivo ella sabía dónde David guardaba su contacto; nunca supo que él nos casó, pero le bastó con hacer una llamada.

—Andi —musito—, maldita.

—Lauren y Andi se conocen, Andi le envió a Lauren el contacto del idiota ese por algo de dinero. Ya te puedes imaginar cómo Lauren consiguió información.

—Oliver... Esto no puede quedarse así —me pongo de pie como un resorte, a mí nadie me va a arruinar la vida...

—No... Alex... Basta —habla, sosteniéndome.

—¿Por qué? ¿No entiendes que esa puta solo vino a arruinar...?

—Escúchame —me interrumpe—, no se va a quedar así, David ya se encargó de Andi, me he asegurado que el abogado ese no vuelva a trabajar y él molesto le envió un video suyo con Lauren a Anthony Romanov.

—¿Qué? —intento digerir tanta información.

—Que es tan tonta como para no saber que tiene cámaras en su oficina y todo el proceso de ella sacándole información mientras se sienta a horcajadas sobre él y comienza a desvestirse quedó grabado.

Me quedo analizando su respuesta, igual quiero sacarle las siliconas a Lauren a golpes.

—Bien..., pero igual venías a verte aquí con ella... Esperaste a que yo saliera para poder venir tranquilo —él vuelve a suspirar y me interrumpe.

—Alex, basta... No tenía ni puta idea de que ella podía estar aquí. Di a instalar un rastreador a la maldita motocicleta esa —frunzo mi entrecejo y enarco una ceja—, ya sabía que cuando discutiéramos la tomarías en venganza y te irías en ella.

—¡Estás de broma! —exclamo, volteo a ver la motocicleta, debo admitir que, aunque eso es un acto de maníaco controlador, es mejor que pensar que venía por la zorra esa; hasta me dan ganas de reír del alivio, pero no lo haré, se supone que estoy molesta—. Oliver, no puedes hacer eso.

—¿Ahora ves por qué no te decía? Te vas a molestar otra vez —comienzo a caminar hacia la motocicleta—. Vamos, sube al auto, me golpeas en casa, aquí no —no voy a reír, no voy a reír, no voy a reír, estoy molesta—. Le diré a Pablo que venga por tu motocicleta.

—No... ¿Por qué tienes que hacer esas cosas? Yo no te instalo rastreadores, pero ¿sabes qué? Lo haré —Oliver bufa—. Así cada vez que salgas sabré dónde estás y si no estás donde me dijiste juro que te iré a traer con un bate de béisbol —escucho las risas sonoras de Oliver detrás de mí— y no me importa hacer el *show*... —de pronto siento cómo me hace girar hacia él y en un ágil movimiento me sube a su hombro y comienza a caminar hacia su auto.

—Oliver —riño, cómo odio que haga estas cosas, comienzo a patalear, pero... Esa vista otra vez. ¡No! Ahora sí, agarro ambas con mis manos y las aprieto.

—¡Ahhh! ¡Alex! —Oliver rápidamente me baja de su hombro, no me lo esperaba, así que cuando mis zapatos tocan el pavimento pierdo el equilibrio y caigo al suelo.

—¡Me tiraste al suelo!

—¡Tú me agarraste las nalgas! —suelta una estruendosa risa que me hace también reír, hasta olvido el moretón que se formará en las mías, se sienta sobre el pavimento junto a mí sosteniendo su estómago—. ¡Est... Estás loca! —balbucea.

—Agradece que no lo hice desde la primera vez que me alzaste de esa forma —enarco una ceja y me pongo de pie, extiendo mi mano para ayudarlo a levantarse.

—Eres una morbosa —exclama, tomando mi mano entre risas y poniéndose de pie.

—Y... ¿por qué no nos vamos en la motocicleta y que Pablo venga por tu auto? —él niega con su cabeza mientras se cruza de brazos.

—Nadie aparte de ti conduce mi auto, así que sube, no me hagas hacerte subir por la fuerza.

Pero no, me tuvo que tomar en brazos, y meterme al puto auto; es que tiene el doble de fuerza de lo que pueda tener yo, río a carcajadas mientras me abrocha el cinturón. Y todo el camino de regreso.

—Alex, te juro que iré a internarte en un hospital psiquiátrico, primero casi matas a alguien, luego llorabas, luego molesta otra vez y ahora estás riendo.

—¿Y qué fase prefieres? Yo me quedaría con la de matar a Lauren, pero no me dejaste —digo, recostándome relajada sobre el espaldar del asiento mientras parquea el auto.

Él sonríe, pero esta vez una sonrisa despreocupada, sin tensión, sin malos momentos. Olvidando que hace unas horas quería matarlo, y no, yo también voy a instalarle un rastreador en este maldito auto, sí, lo haré.

Al bajar, me toma en brazos, pero esta vez no me lleva hasta su hombro.

—¿No me pondrás sobre tu hombro otra vez? —pregunto, moviendo las cejas pícaramente.

—No, porque eres una morbosa —ríe nuevamente, subiendo las escaleras a toda prisa conmigo en brazos, envidio su resistencia—. Ahora tengo que disfrutar de ti antes de que vayas a la cárcel por violenta.

(Capítulo 71)

He estado notablemente mejor los últimos días, y para Oliver las cosas también han ido mejorando, ya no está estresado y ya no ha gritado con nadie por teléfono, ya no maldice a su padre, aunque aún no quiera hablar con él; al parecer le sienta mejor «ser pobre» como lo llama él mismo, ah no, pero está esperando que salga el nuevo Porsche del próximo año. Yo también desearía ser así de pobre.

Entro a la ducha, despejo las cortinas largas del ventanal de vidrio para que un poco de claridad entre, me gusta bañarme y ver hacia el exterior, me relaja; el agua cálida recorre mi cuerpo, siento una gran paz interior, música desde mi teléfono celular resuena, nunca coreo ninguna mientras me baño, excepto cuando suena el *Gangnam Style*, ahí sí, todo el coreano que no sé me lo invento. Mi gel de baño se está acabando, suspiro, doy golpes en el fondo de la botella mientras canto la bendita canción, por mucho que la odie, nunca puedo dejar de hacer esto.

♪*Heeeeeeey, sexy ladyyyy, op op op oppa gangnam style*♪.

No, también tengo que coreografiar la canción.

♪*Heeeeeeey sexy ladyyyy...*♪.

—¡Alex! ¿Qué estás haciendo? —volteo de manera brusca, ni siquiera me había fijado que el gel ya se había derramado en el piso hasta que me paro sobre el líquido y caigo. ¡Joder! ¡Mis nalgas!

—¡A la gran p...! Oliver. ¿Por qué no golpeas la puerta antes? —¿dónde hay un agujero para meter mi cabeza? Oliver me extiende su mano, la tomo y suelta todas las risas que estaba conteniendo, haciendo que caiga otra vez.

—Lo... Lo siento —balbucea—, es que... —más risas de su parte.

Ya la normalidad de mi vida está volviendo. ¡Pasar vergüenzas en público! Me levanto encabronada envolviéndome toda en la cortina de las ventanas. Mientras Oliver continúa en risas. Mi cara debe ser un poema en estos momentos. No saldré de aquí.

—Bueno, bailemos juntos la canción porque tengo que bañarme —más risas de su parte, no contesto—. ¿Alex?

—Finge que estoy en China.

—Una mierda es que voy a fingir, sal de ahí —escucho sus pasos hacia mí y sus risas, comienza a intentar desenrollarme de la cortina que sostengo con fuerza hasta que pisa el gel, solo escucho el sonido de la cortina romperse, caigo sobre él y la cortina al suelo.

Oliver abre los ojos y mira su cortina de baño.

—¡Alex!... ¡Era una cortina con bordados a mano!

—¡Alex nada! Tú mismo jodiste la cortina.

—Estás desnuda, sobre mí, Alex —esboza una pícara sonrisa mientras mueve sus cejas repetidas veces.

—No te fueron suficiente esas tres veces anoche. ¿Cierto? —enarco una ceja, él niega con su cabeza mientras una risa sale de su interior.

—Y ahora quiero la cuarta y mucho más con esa música de fondo que tu celular está sonando —me percato de la canción y es que *Ride* de SoMo tiene de todo menos decencia, río levemente, con un ágil movimiento se ubica sobre mí y me aprisiona entre sus piernas y con su mano sostiene mis muñecas. Comienzo a removerme, pero con su fuerza me es imposible—. Con que el torito Carlin está domado. ¿Eh?

No, no puedo evitar reír con Oliver y sus comentarios. Él tampoco puede evitarlo y cae a mi lado entre risas.

—Termina de bañarte, tengo una reunión, vendrás conmigo.

—¿No es que éramos pobres? —pregunto, mientras él me ayuda a levantarme.

—Lo somos, ya no tenemos una empresa que dirigir, por el momento. Tengo una maravillosa idea, cuando la tenga mejor formada te la expongo.

—Suena bien, igual no la voy a entender, pero fingiré que sí y diré que tienes todo mi apoyo y los cuantos dólares que tengo en el banco para que hagas lo que quieras y si quieres vender el Bentley pues entonces mucho mejor.

Oliver se contiene una risa y enarca una ceja.

—¿Y si mejor vendo la motocicleta? —dice, cruzándose de brazos.

—Con mi motocicleta no te metas —le lanzo el envase de gel de baño vacío que recogí del suelo hace unos segundos y él solo esboza una sonrisa yendo por una toalla.

—¿Qué tienes contra el Bentley, Alex? Te lo di con todo el amor posible —escucho mientras voy hacia la ducha otra vez, finge lloriquear.

—¡Ah! Sí, claro, dijiste que odiabas mi chatarra. Además, ese auto es de niña mimada.

—Eres una niña mimada —exclama de inmediato—. Si la niña mimada quiere hamburguesa tenemos que ir por las hamburguesas, si la niña mimada quiere helado tenemos que ir por helado, si la niña mimada quiere *pizza* tenemos que ir por la puta *pizza* ya sea medianoche...

Ruedo mis ojos exasperada.

—Oliver, basta o te lanzo por la ventana.

Escucho sus risas alejarse y salir del baño cuando la puerta se cierra.

—¡Jaque mate! —me recuesto sobre el espaldar del sillón *beige* en el que estoy sentada cruzándome de piernas mientras esperamos subir a la sala de reuniones.

—¡No! —dice Oliver de inmediato—. No, no, no, yo fui capitán del equipo de ajedrez en la universidad, no puedes ganarme.

—Pero sí lo hice —sonrío triunfante mientras Oliver entrecierra sus ojos y me mira desafiante.

—Quiero la revancha, Alexandra, ahora —espeta, enarcando una ceja.

—¿Otra vez? —me mofo, mientras me cruzo de brazos, él comienza a acomodar las piezas de nuevo.

—En mi defensa, estaba distraído —esbozo una sonrisa. ¡Sí, claro!—. ¿Hay algo que tú no puedas hacer, Fosforito Carlin?

—¿Ahora Fosforito? —frunzo mi entrecejo y lo observo intrigada.

—Sí, te rozan y te enciendes.

—Espera... —hago una pausa analizando lo que acaba de decir—. ¿Me tomo eso por el lado depravado? —Oliver levanta la mirada de inmediato y me observa divertido.

—No, hablo del mal carácter. Tú sí que tienes la mente podrida, Alex. Claro y después dices que soy yo —no puedo evitar reír, él se levanta rodeando la pequeña mesa para sentarse a mi lado y comienza a besar mis mejillas, me causa más risas.

—Oliver, basta —y continúa sus besos húmedos por toda mi cara hasta que, finalmente, termina en mi boca. Toma con suavidad mi mentón y se pasea por cada uno de mis labios de una manera delicada, muerdo levemente su labio inferior y él sonríe en mi boca. En ese momento un carraspeo de garganta nos estremece y volvemos de inmediato la vista al sonido.

El señor Anderson está viendo apenado hacia otra dirección y luego de un par de segundos la vuelve a nosotros. Oliver lo observa con una expresión neutral. Me pongo de pie, acomodando la falda de mi vestido negro para saludar al señor Anderson, él es el primero en estrechar mi mano y lo tomo con una sonrisa. Oliver se levanta acomodando su saco gris, su padre le extiende la mano, pero él duda en tomársela, golpeo su brazo hasta que, finalmente, lo hace, pero sin ningún tipo de expresión.

—Qué bueno que los encuentro a ambos. Quisiera hablar luego de la reunión con los dos. ¿Les parece? —no, eso significa: problemas, no doy una respuesta porque quiero respetar la de mi esposo. Si él no quiere hablar con su padre no voy a obligarlo—. ¿Hijo? —pregunta, Oliver no dice nada, solo lo observa.

—¿Por qué? ¿Ahora qué me vas a restregar en la cara?

El señor Anderson suspira y me mira.

—¿Alexandra? —interroga. ¿Y qué supone que haga yo? Si Oliver no quiere no puedo obligarlo.

Una vez que la reunión terminó, le tomó media hora al señor Anderson convencer a Oliver de hablar con él. Fuimos hasta el restaurante del señor Anthony Romanov, espero no encontrarme a la perra esa que lleva el nombre de Lauren porque aún mi sed de venganza no fue satisfecha.

El lugar es bastante bueno, debo admitir, algo de estilo ruso puede notarse, observo el menú mientras Oliver y su padre discuten.

—Eso significa que está perdiendo, señor Anderson —menciona Oliver, su padre lo mira con el entrecejo fruncido—. Son ya tres años que llevas de no manejar una empresa, las cosas han cambiado.

—Por eso, necesito que trabajes conmigo, voy a pagarte.

—Espera... ¿En serio crees que necesito tu limosna? —¡ah! Jodido Oliver y su orgullo. Yo aceptara, pero no sé ni mierda de manejar una empresa.

—No es limosna, Oliver —el señor Anderson suspira—. Te estoy diciendo que me ayudes a acomodar las cosas —Oliver indiferente lleva una copa de vino a su boca y toma un sorbo como si no está hablando con él—. ¿Alexandra? —ahora se vuelve a mí, aquí comprendo cuál es mi papel en esta historia, y yo que creí que solo me estaban invitando a un rico almuerzo.

Vuelvo mi mirada a Oliver, pero él solo suspira y mira a su padre.

—No, gracias. Yo no puedo ayudar a la competencia.

—¿Cómo? —su padre lo mira sorprendido—. ¿Para quién piensas trabajar?

Oliver ríe sarcásticamente.

—No tengo necesidad de trabajar para nadie, estoy trabajando en mis propios proyectos. La verdad a mí me pones harto con todo eso de que Henry es mejor que yo, que piensa mejor que yo y no sé qué más mierdas. Pues, pruébalo. Que él te saque de tus problemas —Oliver lanza la servilleta contra la mesa y se pone de pie—. ¿Sabes? He hecho muchas cosas por agradarte, pero para ti nada es suficiente. Hasta quise ser el mejor de Harvard para que tú te sintieras orgulloso, pero ¿alguna vez lo hiciste?

—Oliver —el señor Anderson también se pone de pie—, yo siempre he estado orgulloso de ti. Lo único que me molestaba era cómo llevabas tu vida personal.

A ambos los voy a agarrar a golpes.

—Bien, ya tengo una vida personal como querías. Entonces, ¿ahora qué?

—Eres demasiado orgulloso, si tomé estas decisiones es por lo que ya habíamos hablado.

—Que tengas buen día —dicho esto, Oliver toma mi mano y sale a toda prisa de aquel lugar. Oliver, espera... Tengo hambre. Volteo a ver al señor Anderson, quien solo nos observa alejarnos y esboza una triste sonrisa cuando mi vista se cruza con la suya. Algo se instala en mi pecho.

—Oliver... —digo, antes de que pueda subir al auto.

—No, Alex —me interrumpe de inmediato, abre la puerta del copiloto para que yo suba—. Ahora no lo defiendas.

—No iba a hacerlo, pero... Tal vez... Deberías...

—¡No! Tú no lo entiendes, Alex. Vamos, sube —al menos lo dice de una manera bastante calma.

Obedezco, no porque quiera obedecer, sino porque hay personas alrededor. Abrocho mi cinturón mientras espero que él suba de su lado.

—¿Por qué tú me hacías hablar con mi padre y te molestas si yo te digo que lo hagas? —él pone en marcha el auto sin decir una palabra.

—Eso era diferente.

—Oliver... Es lo mismo, en serio... ¿Quieres esperar hasta que esté muriendo para hablar con él?

No dice una palabra, continúa su camino, su vista está fija al frente y no tiene ningún tipo de expresión. Apenas cruzamos unas cuantas palabras el resto del día.

Ese día hasta le cuesta conciliar el sueño, se queda retraído con su vista hacia el balcón y no me queda de otra más que solo abrazarlo hasta que se queda dormido. Minutos después, finalmente, mis ojos se están cerrando.

Su celular suena. Abro los ojos de golpe con el sonido estruendoso del aparato, lo primero que mis ojos captan son los números en rojo que marca el reloj sobre la mesa de noche, 11:40 p.m. Oliver se remueve de mis brazos para tomar el celular, una vez que sus manos lo palpan muy cerca del reloj lo lleva frente a sus ojos, frunce el ceño al ver el número. De inmediato contesta luego de pasar su dedo índice por la pantalla.

—¿Mamá? ¿Por qu...? —no escucho lo que dicen del otro lado—. ¡NO! ¡Por favor, dime que no es cierto!

Capítulo 72

Oliver mira el reloj y con su ceño fruncido escucha lo que dicen del otro lado, todas mis alarmas se activan; por favor, que no sea lo que pienso.

—Mamá, cálmate —no escucho qué le dice la señora Margot, Oliver se levanta de un salto como un resorte y yo hago lo mismo. Siento mis piernas de gelatina, mi garganta está seca y mi corazón bombea a mil por horas.

—Oliver. ¿Qué... Qué pasó? —pregunto temerosa, por favor, que no haya sido un infarto al señor Anderson porque me muero, o un accidente; yo debí hacer que Oliver se quedara en aquel restaurante. Yo debí convencerlo de ayudarlo, esa era la razón por la que me llevaron con ellos. Será mi culpa, yo pude evitar esta tragedia, una lágrima está a punto de correr por mi mejilla.

—Mamá. ¿Por qué putas fuist...?

—Bueno, hazlo... Lávame la boca con jabón, pero no iré...

¿Qué? Yo estoy aquí por desmayarme y ahora no entiendo una mierda. Llevo mi mano a mi cabeza apartando algunos mechones de cabello de mi rostro, miro a Oliver con intriga.

—Oliver... —él sisea y lleva su dedo índice a sus labios, frunzo mi entrecejo, hasta ahora estoy recordando cómo se respira.

—Mamá, casi me matas de un infarto por llamarme a estas horas llorando. ¡Es casi medianoche! Déjalo en la cárcel.

Juro que entre esta gente quedaré loca. Voy a desmayarme, sí, eso haré, pero por no saber qué otra cosa hacer. Yo hasta estaba comenzando a llorar. Y resulta que es alguien que está en la cárcel, sé que es Henry. ¿Quién más? ¿Por qué no llamaron a Brittany? Yo esperando miles de escenarios donde voy a otro funeral y es el mío, porque, en serio, otra desgracia no la soportaría.

—¿Y yo le dije que golpeara a un oficial? —continúa por el teléfono—. ¿Yo le dije que se corriera de la patrulla? —se dirige a mí—. Alex, tengo que ir a la comisaría —murmura, aún sosteniendo el celular en su oreja.

—Voy contigo —digo, siento alivio, ir a la comisaría suena mejor que ir a un hospital y ver a alguien en coma, siento mis piernas flaquear mientras busco qué ponerme, aún mi mente maquina la idea de que alguien murió, en serio, quedé traumada.

Ni siquiera pregunto, Oliver sostiene el volante del auto con bastante fuerza, su mandíbula está tensa, está molesto, lo sé. Miro por la ventana pasar edificio tras edificio, ni siquiera me cambié, pero con este abrigo largo al menos no se ven mis *shorts* de la rana René. Oliver parquea el auto y baja rápidamente, está hablando con su banco sobre una transferencia de dinero, bastante grande. ¿En serio? ¿Tanto por golpear a un oficial? Yo lo hubiese dejado en coma, si tengo que pagar tanto que al menos valga la pena. Oliver rodea el auto y abre la puerta para mí, siempre lo hace, sé que debería estar acostumbrada, pero, vamos... Todas las veces pienso que es lindo, hago una carita dulce y él sonríe mientras continúa hablando por su celular.

—Y... ¿por qué no llamaron a Brittany para que vaya a sacarlo de la cárcel? —pregunto, una vez que corta la llamada, camino al lado suyo, hay bastante viento, por suerte amarré mi cabello en una cola de caballo.

—¿Por qué a Brittany? —pregunta, frunciendo el ceño, guardando su celular en su bolsillo, volteo a verlo como si lo que dije no fue algo muy obvio. ¿Cómo que por qué?

—Porque es su esposa, ¡duh! —resoplo, Oliver me mira por unos segundos con sus ojos entrecerrados y abre la puerta principal para que pase.

—Es el señor Anderson quien está en la cárcel por golpear a tres tipos y un oficial, no Henry —¿ah? Frunzo mi entrecejo y lo observo curiosa—. Aparte, se les quiso escapar, olvidó su licencia en casa y la maldita motocicleta está retenida.

—Espera... ¿Don Perfección está en la cárcel? —Oliver suelta una leve risa y continúa caminando, intento seguir su paso, pero ándele que le gusta caminar bastante rápido.

—No es la primera vez —enuncia y se detiene levemente al ver que no voy a su paso, es que mis pantuflas de gato no ayudan mucho—. Mi padre cuando se emborracha se pelea con todo el mundo que mire a mi madre de manera atrevida.

—¡Guau! ¡Alto al mundo! —me detengo y miro a Oliver—. Ahora entiendo de dónde sacaste esos celos compulsivos —no puedo evitar reír, Oliver me mira con esa mirada fulminante suya y me toma del brazo para apresurar mi paso.

—Como si tú fueras diferente —enuncia, mientras casi a jalones me dirige a una sala.

—Es que esas nalgas son mías, muñeco. De nadie más —le guiño un ojo, Oliver se suelta en risas, al ver que llama la atención cambia su semblante a seriedad. Solo lo observo y evito reír porque hay muchas personas acá.

Llegamos hasta una sala llena de oficiales, ahí está la señora Margot sentada mordiendo la uña de su dedo índice; al vernos se pone de pie y camina hacia nosotros, lleva un vestido ajustado y maquillaje, su cabello cobrizo y ondulado cae por su espalda, se ve súper guapa y es que ya sé cómo se vería Oliver si fuese mujer solo que con cabello negro.

—Haré esto porque tú me lo pides, de mi parte que se quede en la cárcel hasta mañana.

Margot rueda sus ojos exasperada y bufa. Oliver se encamina a pagar la fianza y la señora Anderson da la vuelta levemente, y... no puedo evitar notar... de dónde sacó Oliver sus genes traseros. Y es que nunca la había visto con ropa así.

Recuesto mi espalda en la pared mientras Oliver paga, levanto la mirada y ahí viene el señor Anderson, soltándose del agarre del oficial, está visiblemente tomado y le viene gritando a todo el mundo. Guau, guau.

—A todosss losz voy a demandarr por eszto. Y tú —se acerca a un oficial—, eszpero aprendasz a no ver mujeresz ajenasz —no voy a reír, fuerzo mis labios para no hacerlo, la señora Margot solo agacha la mirada y tapa su rostro por la vergüenza. Oliver lo mira con sus ojos entreabiertos.

—Oliverrrr, hijoooo míoooo —se acerca a él y le da un abrazo, Oliver lo mira con su entrecejo fruncido—. Te amo. ¿Lo sabes?

No puedo evitar reír, ahora sí no puedo. Oliver se suelta de su agarre y toma mi mano saliendo de ahí, los señores Anderson vienen tras nosotros, cuando el señor Oliver comienza a cantar la canción *My heart will go on*. No, yo no puedo más. Volteo a ver atrás cuando lo observo que está de rodillas cantándole a la señora Margot y ella está tirando de su antebrazo viendo alrededor, su rostro es un poema en estos momentos. No, tengo que reír a putas carcajadas, sí... Putas... carcajadas... Yo no soporto esto... Oliver está conteniendo la risa, lo sé, lo conozco lo suficiente.

—Vamos, Alex, antes de que nos hagan pasar vergüenzas a nosotros —tira de mi antebrazo y yo no puedo parar las risas. Volteo otra vez, ya el señor Anderson se ha puesto de pie, pero sigue cantando coreografiando algo como un vals él solo, mientras camina hacia el exterior, yo... quiero grabar esto... De pronto, su mirada se cruza con la mía.

—¡Alexandra! —exclama—. ¡No! Ahora sí, vámono' a la verga, *wey*.

Yo no bailaré ningún puto vals en una comisaría.

Tomo el brazo de Oliver y a toda carrera me encamino hacia el auto, lo llevo a jalones y él va riendo. No, no se aguantó.

—Oliver, ¡hijo! —ambos volteamos a ver al escuchar su voz cuando en ese preciso momento cae desde el tercer escalón de la entrada de la comisaría, no sé si reír o correr hacia él, Oliver se adelanta al ver que no se mueve y yo lo sigo.

Media hora después estábamos en la sala de espera del hospital porque el señor Anderson se fracturó una rodilla, sé que está mal, pero recordarlo cantando la canción jodida del *Titanic* me hace querer reír, pero no lo haré, estoy en un hospital y posiblemente le corten la pierna por esa fractura.

OK, no, pero sí, se golpeó bastante.

Cabe mencionar que llegamos a casa a las 3 de la mañana, lo bueno es que según Oliver somos pobres, no trabajamos, así que podemos dormir hasta tarde. Quito mi abrigo y me tiro a la cama, Oliver quita su abrigo y luego la camiseta dejando su torso desnudo, todavía porta su pantalón de dormir, muerdo mi labio inferior mientras lo observo y él me mira divertido.

—Eres una morbosa —exclama—, casi veo desde aquí las imágenes eróticas que tu cerebro proyecta en esa mente sucia que tienes.

—¿Es que crees que solo tú puedes hacer eso conmigo, Oliver Anderson? —él sonríe, y de inmediato se lanza a mi lado.

—Lo que más me gusta de ti, es la seriedad con que inventas disparates. ¿Has escuchado esa frase? Se acomoda a ti.

—Espera... —me acomodo de lado y él hace lo mismo quedando de frente—. ¿Tú has leído a...?

—Gabriel García Márquez. ¿En serio crees que solo leo libros de Economía y Administración Financiera?

—La verdad sí lo creo, tienes cientos de esos —sonrío y él hace lo mismo, esa perfecta sonrisa de lado que lo hace ver más que simpático.

—Y ahora tú eres mi escritora favorita...

—Aún no sabemos si la editorial a la que lo envié lo aceptará —al menos cumplí con lo que le prometí a mi padre, que una vez terminadas las enviaría.

—Claro que las aceptarán, hasta yo lloré y eso que soy difícil —no puedo evitar reír. Sus ojos se miran espectaculares con esa luz que entra por la ventana.

—Oliver... Ayuda a tu padre. ¿No te ha tocado el corazón hoy cantando esa canción de Celine Dion? —lo digo de una manera tan seria mientras acaricio su rostro, como si fuese cierto que ha tocado el corazón.

—No, no lo ha hecho —ríe— y no lo haré, Alex, al menos por un tiempo. Tal vez así no vuelve a subestimar mi trabajo. Mi amor... Sobre lo de la boda... —hace una pequeña pausa, sí, es algo que aún no habíamos hablado—, no quiero apresurarte y entendería si por tu padre...

—No —interrumpo de inmediato—, sí quiero que suceda, Oliver, es mi sueño —sonrío levemente—. De esta forma es como que no estuviéramos casados porque al inicio lo hicimos de una forma no tan convencional —él sonríe de una manera pacífica.

—¿Como lo habíamos acordado al inicio? ¿Un año? —pregunta y yo asiento.

—Falta un poco más de un mes, así que... a llamar a Natalie y volverla loca —digo mientras él ríe.

—No corbatas rosas, ¿sí?, por favor —arqueo la comisura de mis labios, claro que van las corbatas rosas, ya todo está preparado; lo miro tiernamente mientras quito unos mechones de cabello dejando su frente despejada.

—Te amo, mi muñeco —hablo, acercándome más a él, depositando un tierno beso en su frente y él sonríe.

—Yo te amo a ti, mi muñeca —deja un leve beso en mi nariz que me hace sonreír. Pasa suavemente las yemas de sus dedos por mi rostro, poniendo sus tiernos labios húmedos sobre los míos.

(Capítulo 73)

—Oliver..., escucha esto —río, leyendo otro envoltorio de estos dulces bien extraños, mientras camino hacia la cocina—. ¿Por qué las mujeres refriegan sus ojos al despertarse? Porque no tienen bolas que rascarse —no puedo evitar reír—. ¡Qué chiste más tonto! —exclamo, y levanto la mirada, cuando observo, un par de ojos castaños viéndome con intriga desde la mesa del comedor.

¡Santa Virgen de la Papaya!

—Qué buen chiste —dice el señor Anderson riendo. ¡Joder! Solo a mí me pasan estas cosas. Pero luego recuerdo que ayer él estaba cantando y bailando la canción de Celine Dion borracho, así que... no soy la única que pasa vergüenzas al menos.

Aclaro mi garganta y sonrío ampliamente intentando olvidar lo que justo acabo de decir, camino hacia el comedor.

—Culpe a la niña Rosa, ella es la que me regala estos dulces con malos chistes —me siento frente a él, observo al lado suyo una muleta—. ¿Su rodilla ya está mejor? —cuestiono, al menos ya no traigo mi pijama de la rana René porque... ese mal chiste, la rana René en mis nalgas y mis pantuflas de gato, como que no es buena combinación, él asiente con una leve sonrisa.

—Así es, Alexandra. Gracias —recuerdo lo de ayer y no puedo evitar reír, no, es que ya no veré al señor Anderson de la misma manera. Él frunce su entrecejo y Oliver aparece por la puerta, carga unos portafolios, trae puestos sus lentes que lo hacen ver como un nerdo caliente. ¿Por qué no lo conocí en la universidad? Pone los papeles frente a su padre y camina hacia mí, besa mi coronilla y se sienta a mi lado.

—Esas son las cosas que debes aprender, si es posible de memoria —habla a su padre. Al menos me escuchó al decirle que lo ayude. Su padre toma el portafolios y enarca una ceja al ver la cantidad de hojas que contiene—;

si sigues trabajando como lo estás haciendo —Oliver pone sus antebrazos sobre la mesa y entrelaza sus dedos— vas a ir a la quiebra. Y te tocará hacer el doble de trabajo. Solo mira cuánto has perdido.

—Con esa cifra mensual de pérdidas en un año usted, señor Anderson, habrá perdido el 15% de su empresa. ¿Sabe qué significa eso? Más de 3000 personas perderán su empleo.

Ambos me miran, con su entrecejo fruncido y enarcan una ceja al mismo tiempo.

—Luego de leer tus libros de estadísticas y encontrarme el archivo «Pérdidas que ha ocasionado el señor Anderson» me pareció divertido usar lo que acababa de aprender para resolver el acertijo que estaba al final «¿Cuánto habrá perdido en un año?» —siguen con esa mirada sobre mí y yo los miro alternadamente—. ¿Saben qué? Ignórenme. Tomar RedBull me hace daño —me pongo de pie y camino hacia el refrigerador.

—¿Lo ves? Luego dices que no entiendes nada de números —volteo a ver ante las palabras de Oliver y está esbozando una sonrisa con su mirada fija en mí y sus ojos entrecerrados—. Papá, aprende —dice al señor Anderson, quien lo observa sin ningún tipo de expresión.

—¿En serio? ¿Hiciste un archivo sobre las pérdidas que voy a ocasionar? —se recuesta sobre el espaldar cruzándose de brazos.

—Que ya estás ocasionando —corrige, el señor Anderson suspira. Saco un jugo del refrigerador, me encamino de regreso tomando dos vasos para servirle a cada uno y endulcen su amargura.

—Oliver, quiero que salgamos a cenar...

—No —contesta Oliver de inmediato, negando con su cabeza, aquí vamos otra vez, ruedo mis ojos exasperada mientras vierto jugo en ambos vasos—, siempre que me invitas a comer es para reclamarme cosas.

—No sé por qué te haces el ofendido por todo, tú fuiste el que me mantuvo engañado un buen tiempo. ¿Me has pedido perdón por eso?

—¿Y tú me has perdido perdón por todos estos años queriéndome hacer sentir menos al lado de Henry? ¡Henry! —y ambos se miran, con esa mirada desafiante suya, casi idéntica, la única diferencia es el color de sus ojos—. ¿Tienes idea de cuántas pérdidas me ocasionaste solo por una estúpida venganza?

—Oliver, eso ya te lo expliqué... Te cité para que habláramos bien sobre este asunto, pero no te apareciste y ni siquiera te dignaste a llamar para decirme que no podrías porque estabas en el funeral del señor Carlin —algo duele en mi pecho cuando escucho esas palabras—. ¿Y todavía te molestas conmigo? Yo quería arreglar las cosas.

—Tú lo que querías era sacarme en cara que al menos Henry se casó de verdad —el señor Anderson suspira— y ya te dije mi respuesta.

—Oliver, creo que tenemos una larga charla pendiente.

Y yo tengo una larga siesta pendiente porque estos dos juntos me van a causar un derrame cerebral con tantos gritos.

—Yo no quiero, entiéndelo. No quiero hablar contigo. Estoy haciendo esto, porque Alex me lo pide, porque mamá me lo pide, pero no porque tú me lo pidas, me hiciste pasar los peores días de mi vida en el momento menos indicado.

—Tú no me dijiste nada, Oliver.

—¿Qué te iba a decir? Me acababas de echar de la empresa, estabas declinando mis inversiones, poniendo a socios en mi contra, cuando Alex y yo estábamos atravesando por lo peor que una familia pueda pasar y tú me estabas haciendo la vida imposible. Te voy a demostrar —Oliver se pone de pie y lo señala con su dedo índice— que yo puedo ser tu peor pesadilla.

Hasta a mí me estremecen esas palabras, el señor Anderson lleva su mano a su frente cerrando sus ojos, busca paz interior, lo mismo hace Oliver cuando se estresa, no dice una palabra. Oliver sale de ahí a paso firme, sus puños están cerrados y casi en segundos se pierde por la puerta, el señor Anderson suspira de nuevo.

—Iré por él —digo, dejando la botella de jugo de naranja sobre la encimera. El señor Anderson simplemente se levanta, tomando su muleta, mira su reloj y se retira, sin decir una palabra.

El resto del día, Oliver solo estuvo tecleando en su computadora. Si tan solo escuchara al señor Anderson y dejara de ser tan rencoroso estos problemas acabarían. Yo necesito que acaben, siento que esto nos distancia. Apenas cruzamos un par de palabras y por mucho que intente llamar su atención está sumergido en su computadora o hablando por teléfono. Ni siquiera puedo interferir porque si toco el tema se molesta conmigo.

Me quedo en *shock* escuchando aquellas palabras, por unos momentos siento mi cuerpo hecho de ladrillos. No sabía cuánto dinero poseía mi padre, hasta que escucho su testamento, no puedo creer que tengo dinero para vivir el resto de mi vida sin problemas, al igual que mi madre, Stefanie y el pequeño Alexander; mi madre dejó que pasara un mes para darle lectura al testamento porque no quería que se lo mencionaran y es que es imposible no sentir nostalgia al escuchar su nombre. Cuando había llegado la hora, hasta ella se ha quedado sin palabras, eso sin mencionar que poseemos un porcentaje bastante significativo del viñedo que ahora el tío Frank maneja.

Nunca vi a mi padre con autos de lujos, ni teníamos una casa tan pomposa, pero sí cómoda, nunca lo vi derrochando más de la cuenta, era humilde a pesar de tener gran cantidad de dinero; lo que me hace pensar, ¿por qué antes me daba otra imagen? ¿De persona materialista y superficial? Si él no era así.

Sostengo al pequeño Alexander mientras camino por un pasillo pensando todas estas cosas, me da la impresión que se caerá de mis brazos, es tan pequeño y lindo; Stefanie atiende una llamada, por su gesto sé que no le gusta lo que está escuchando. Mi madre está al lado de ella y le dice algo que no logro entender. Puedo asegurar que es Evan, ha salido de la cárcel moviendo contactos y desde entonces insiste en que quiere verlos, lo que busca es que ponga en práctica los consejos del tío Frank con él.

Oliver se aparecerá en cualquier momento, yo había venido antes porque él tiene cosas que arreglar. Está logrando hacerle la competencia a su padre quitándole los socios y haciéndolos que escuchen sus propuestas, esta batalla padre e hijo tiene que acabarse. No ha hablado con su padre desde aquel día, ni hemos tocado el tema, aparentemente las cosas están bien, pero apenas lo he visto estos últimos días.

Acaricio suavemente la pequeña espalda del bebé cuando siento un líquido escurrirse por mi hombro, llevo mi mirada ahí, intentando ver que es y... ¡No!

—Alexito. ¿Por qué vomitas a la tía Alex? ¡Iug! Y eso que no has comenzado a tomar, muchacho —él solo me mira y sonríe, mientras yo hago cara de asco, sí, tan pequeño y ya es risueño, como su tía; no me puedo molestar con esa carita, aunque, desgraciadamente, tenga bastante parecido con el maldito de Evan, solo que con los ojos verdes y muy apuesto. Ya me imagino los dolores de cabeza que le hará pasar a Stefanie con todas esas chicas tras él.

Stefanie se me acerca, mira mi hombro cubierto de leche vomitada y ríe, tomando al bebé entre sus brazos, niego con mi cabeza mientras limpio mi hombro con un pañuelo que me ha dado.

—¿Qué pasó? —pregunto, al ver que está bastante retraída mientras esperamos a mamá, quien firma unos papeles. Ella niega con su cabeza.

—Es solo que... papá anhelaba con conocer a Alexander al menos. Eso decía todo el tiempo —sus ojos se cristalizan y un dolor se instala en mi pecho. Por suerte, mamá se acerca y nos hace una seña de que nos vayamos, ya estaba a punto de llorar.

—Oliver... ¿vendrá? —pregunta, mientras conduce. Lo que hace que desvíe mis pensamientos de lo último que Stefanie me ha dicho y mi mirada del ventanal para enfocarla a ella.

—Es lo último que me dijo, pero ha estado bastante ocupado, no quiere saber nada de su padre, así que está comenzando a crear socios por su cuenta, supongo que para montarle la competencia —me encojo de hombros. No sé cuánto tiempo más necesite, pero apenas lo miro.

—Bien, es el cumpleaños de la abuela, así que espero que no se lo pierda.

Pero sí se lo perdió, casi dos horas después recibí su llamada que no podía llegar y que me esperaría en el aeropuerto, pero ni siquiera hizo eso. Pablo estaba esperando por mí porque Oliver tenía una reunión importante. Ese día me acosté a dormir bastante temprano porque estaba muy cansada, así que no me di cuenta de cuándo llegó, y a la mañana siguiente ya no estaba. No pude siquiera hablar con él acerca de lo que pasó con el testamento y los diez minutos que lo vi estaba hablando por teléfono. Dice que es solo un tiempo mientras arregla todo, espero que eso sea pronto.

(Capítulo 74)

Estoy sentada frente a la ventana, como siempre, me gusta estar en este lugar, doy vueltas a mi anillo de matrimonio en mi dedo anular una y otra vez mientras espero que Oliver deje su trabajo de una buena vez. Tengo cosas que contarle y creo que necesitamos un respiro.

—¿Oliver? ¿Ya? —pregunto, sin voltear a verlo, solo escucho el sonido del teclado de su computadora.

—Amor, diez minutos.

—Eso me dijiste hace veinte —bufa, volteo levemente mi mirada hacia él y está viéndome con desaprobación.

—Alex, no me estreses —menciona, suspirando. Vuelvo mi mirada a la ventana y continúo viendo el arbusto que hasta ya me sé de memoria.

—Lo que estás haciendo es demasiado —digo, luego de unos minutos, sin quitar mi mirada de aquel arbusto; sigo jugando con mi anillo de matrimonio, estoy desesperada, desde hace media hora estaba lista y justo cinco minutos antes de salir recibió una llamada y se plantó frente a su computadora.

—Dijiste que me apoyabas —dice, mientras continúa tecleando.

—Y lo hago, pero también quiero salir contigo. Estás poniendo tu trabajo primero.

—Alex, eso no es verdad, solo quiero terminar esto, luego soy todo tuyo, ya sabes que no me gusta dejar cosas pendientes. Las cosas están yendo bien.

—Para ti.

—¡Alex! —exclama, cerrando su *laptop*—. Por favor, mañana tengo una exposición y lo que menos quiero son discusiones.

No digo una palabra, solo lo observo, abre su computadora nuevamente y suspira comenzando a teclear otra vez, intento ser comprensiva, después de todo de eso se trata el matrimonio. Me siento al lado de él sobre la cama mientras lo espero, reposando mi cabeza sobre su hombro. Él recuesta su mejilla en mi coronilla.

—Mi amor, lo siento, ¿sí? —deposita un suave beso en mi cabeza que me hace sonreír—. Solo déjame que termine esto y luego vamos donde tú quieras, mi princesa. ¿De acuerdo?

No me queda de otra más que asentir y esperar. Miro el reloj en mi muñeca izquierda, él mismo me lo había regalado la semana anterior, ya han pasado cuarenta minutos desde que me dijo eso y él está hablando por teléfono. Veinte minutos después el sueño me está venciendo, pierdo cualquier esperanza de poder salir y me quito la cazadora de cuero blanca, me recuesto sobre la cama, pero llama mi atención el momento que Oliver termina la llamada y cierra su *laptop*; era solo para llamar a otra persona, suspiro mientras lo observo hablar viendo por la ventana, se recarga con su mano libre sobre el marco de la ventana. Aproximadamente unos diez minutos después me quedo dormida.

Unos besos húmedos sobre mi espalda me estremecen, abro los ojos y de inmediato la claridad golpea mi visión, parpadeo varias veces para acomodarme a la luz, el cosquilleo me provoca una leve risa.

—Oliver, basta —río suavemente, él continúa el recorrido con sus labios, sus piernas están a cada uno de mis costados.

—Mi amor, traje tu desayuno —frunzo el ceño, volteo levemente lo que hace que él se levante, bajo mi blusa. Y ahí está el desayuno a mi lado.

—¿Es en serio? ¿Hasta una rosa? —cuestiono y él arquea sus labios.

—Cariño —despeja un mechón de mi frente, llevándolo detrás de mi oreja—. En serio, lamento que no pudimos salir ayer donde querías, estaba bastante ocupado, pero hay buenos resultados...

—Está bien —interrumpo, sentándome sobre la cama—, dices que es solo un tiempo y voy a esperarte las veces que sea necesario —arqueo una de las comisuras de mis labios tomando el desayuno y poniéndolo sobre mis piernas.

—Me tengo que ir, pero volveré temprano, muñeca. ¿Sí?

—¿Lo prometes? —pregunto, arqueando mis cejas, sé que esas palabras son inquebrantables para él.

—Lo prometo —esboza una leve sonrisa, se inclina hacia mí y deposita un beso suave en mis labios, a paso rápido se dispone a salir de la habitación acomodando su traje *beige* y toma su maletín del escritorio cerca de la puerta.

Luego de holgazanear toda la mañana, tomo una ducha y le marco a Natalie a la hora de almuerzo, desde que consiguió su trabajo soñado no la he visto, el empleo le deja poco tiempo, pero es algo que ella ama hacer; sin embargo, me ha dicho que almorcemos juntas, tengo muchas cosas que hablar con ella.

Conduzco hasta donde Natalie me había dicho que se encontraba ubicado su nuevo trabajo, es la maquillista oficial en un programa que se está filmando aquí en Nueva York, algo así parecido a *The Walking Dead* o eso entendí. Pero no es cualquier maquillista, no, ella es la encargada de hacer todos esos maquillajes horroríficos de heridas de arma blanca, mordeduras de zombis, heridas de balas, en fin, Natalie es buena.

Milagrosamente me dejaron entrar, la diviso a unos cuantos metros de mí y está haciendo algo en el brazo de uno de los actores mientras ríen bastante amistosos. De inmediato levanta su vista y nuestras miradas se cruzan, pone lo que sea que sostiene en las manos sobre una mesa y camina a paso rápido hacia mí, lleva su dedo índice a su boca indicándome silencio, ahora entiendo por qué no gritó al momento de verme.

—Ven, quiero presentarte a alguien —menciona, con una traviesa sonrisa, ¡joder! Que no sea el amante, toma mi antebrazo y me lleva a jalones hacia el chico al que estaba pintando—. Matthew, ella es Alex, mi mejor amiga, de la que te hablé —miro a Natalie con mis ojos entrecerrados. ¿Qué le habrá contado? El chico voltea hacia mí—; y bueno, él es Matthew, el protagonista —él frunce su entrecejo al verme y de inmediato forma una amplia sonrisa en sus labios y al reconocerlo, yo igual.

—¡Matthew! —frunzo mi entrecejo—. ¿Así que ahora eres actor? —él sonríe nuevamente mientras asiente.

—Siempre te comenté que quería ser actor, y vaya... Nunca pensé que la Alexandra de la que Natalie me hablaba tanto eras tú —vuelvo a repetir, ojalá no hayan sido cosas malas, Natalie nos mira alternadamente. En ese preciso instante, un hombre con el cabello grisáceo se acerca y llama a

Matthew, este asiente y se retira, pero antes muestra otra vez esa perfecta sonrisa. Natalie le da un adiós con su mano y de inmediato toma la mía para salir del lugar.

—¿Cómo es que...? —Natalie enarca una ceja y me mira intrigada.

—Éramos compañeros en la secundaria —contesto—. Lo vi cuando estuve en Miami, pero estaba con Oliver, así que no pude charlar mucho con él.

—Bien —hace una pausa—, qué pequeño es el mundo. Vamos, que tengo solo 60 minutos —dice, mientras me lleva a jalones nuevamente y corre a toda prisa con sus tacones. Pienso que en cualquier momento se doblará el pie, y hará el *show,* pero luego recuerdo que yo me he caído más veces y descalza.

Al llegar al lugar, comienza a contarme miles de cosas, dice miles de palabras en minutos, ya la echaba de menos, me relaja y me hace reír con cada cosa que se le ocurre. ¡Por Dios! ¡Es Natalie!

—¿Y qué hay de ti? ¿Muchas noches apasionadas? —pregunta, con una sonrisa traviesa, luego de unos treinta minutos hablando sobre el apocalipsis zombi, no puedo evitar reír.

—Van a publicar mi libro —digo, sonriente, ella se atraganta con la ensalada y me mira con asombro.

—¿Es en serio? —asiento con mi cabeza, enrollando algo de pasta en un tenedor.

—Recibí el correo poco antes de venir acá —me encojo de hombros con una sonrisa, ella chilla, lo que hace que todos los presentes volteen a vernos.

—Lo siento —menciona, viendo a todos lados apenada, se vuelve a mí y sigue con esos enormes ojos observándome con intriga—. ¿Y qué dijo Oliver? ¿Tu madre? ¿Stefanie?

—Aún no les he dicho, a Oliver no lo he visto y no es algo que le quiera contar por un mensaje de texto que sé que va a ignorar, como todos mis mensajes últimamente —suspiro, recostándome sobre el espaldar de mi silla.

—David está igual, pero a mí me vale una mierda, significa que puedo salir con hombres sin que se dé cuenta.

—¡Natalie! —riño, y ella solo ríe a sonoras carcajadas, haciendo que yo también ría, sí, ya la extrañaba.

—¿Qué? No es como que tengamos una relación y lo sabes —últimamente no hemos hablado de su relación con David, tal vez deba ponerme al día.

Llego a casa, Oliver no está, típico. Él se aparece luego de unas cuantas horas, había preparado su comida favorita, lo espero en la mesa del comedor revisando mis redes sociales, al escuchar la puerta abrirse camino hasta él a paso rápido.

—¡Oliver! —exclamo, él me mira y esboza una sonrisa, correspondiendo a mi abrazo y mi beso, pero está hablando por teléfono y lleva su dedo índice a sus labios indicándome silencio.

—Ahora no, Alex —sisea, no interrumpo porque sé que debo ser comprensiva en cuanto a lo que sea que hace, tomo lugar en una silla del comedor mientras él continúa hablando de matemáticas y esas cosas, estuvo así por alguna hora, pero luego, llegó David, hasta él comió de lo que preparé mientras esperaba a Oliver terminar de hablar con quien sea que hablaba. Una vez que terminó la llamada ambos se fueron a entrenar y yo estoy aquí cenando sola lo que había preparado para pasar un rato juntos.

(Capítulo 75)

—Dile «hola» a la tía Alex —Stefanie toma el pequeño brazo de mi bello sobrino que cada día está más guapo y hace una simulación de saludo con él. El pequeño es solo risas, por Dios, lo amo.

—Stefanie, regálamelo —digo, sin titubear, ella vuelve su mirada a la cámara y niega con su cabeza con una sonrisa.

—No, tú puedes tener los tuyos —le da un beso al bebé en su mejilla, ya está mucho más grande que la última vez que lo cargué.

—Alex —escucho la voz de mi madre—, si algún día tienes bebés quiero que sea una niña.

—Mamá, eso no es algo que se pida —me cruzo de brazos, ella pone toda su cara frente a la cámara y ocupa toda la pantalla de mi computadora.

—Mamá —habla Stefanie—, ella puede oírte desde aquí, no es necesario que te acerques a la cámara —no puedo evitar reír mientras tira de la blusa de mi madre para que se siente al lado de ella. De inmediato el bebé se remueve en los brazos de mi hermana y mi madre lo toma en los suyos.

—Por cierto, publicarán el libro —digo con entusiasmo, ambas vuelven a la cámara con sus ojos bien abiertos y una expresión de sorpresa.

—¿El que t... Tu padre... dijo que publicaras? —mi madre balbucea, asiento con mi cabeza con una sonrisa.

—Bueno, aún falta un tiempo para que salga... —ambas chillan interrumpiéndome.

—Por Dios, Alex, tu padre —mi madre hace una pausa, aún mencionar esa palabra duele—. Él siempre dijo que estaba seguro de que lo publicarían —arqueo la comisura de mis labios en una media sonrisa y las tres nos quedamos en silencio hasta que el bebé se carcajea haciendo que nosotras salgamos del silencio incómodo y nos carcajeemos junto con él.

—Y tuvo que sacar la personalidad de Alexandra, riéndose en los momentos menos indicados —menciona mi madre—, prepárate para todas las locuras que este niño vaya a hacer —Stefanie ríe levemente y yo miro a mi madre con desaprobación.

—¡Ja! ¡Ja! —digo, entre pausas, y sigo viendo a mi madre.

Y así estuve con ellas hablando por algún par de horas, hasta había olvidado que estaba esperando a Oliver para ir a almorzar, pero no se apareció. Cuando terminé la llamada con ellas, voy hasta mi celular y ni siquiera hay un mensaje, mejor voy donde Natalie antes de que me den ganas de matar a Oliver. Ese pensamiento, más ver el programa de *Esposas Asesinas* no es buena combinación, pero no puedo portarme egoísta con él; aunque haga estas cosas él ha sido muy buen esposo, atento y caballeroso, solo esperaré que pase este tiempo que él me ha pedido que lo comprenda, no creo que dure mucho más.

Llamo a Natalie y contesta casi de inmediato con un chillido.

—¡Joder! Natalia, vas a dejarme sorda —ella suspira sonoramente.

—Alex, te he dicho que no me llames Natalia, así se llamaba mi abuela —menciona de la otra línea.

—¿Podemos almorzar? Teng... —escucho risitas del otro lado y una voz masculina que me interrumpe—. Creo que llamé en mal momento. ¿Cierto? —rasco la parte de atrás de mi cabeza mientras me siento en el filo de la cama.

—No, está bien, ya paso por ti —enuncia y más risas, solo espero que no sea lo que pienso porque esas risas no son de David.

No había pasado ni diez minutos cuando ya estaba tocando el claxon fuera de mi casa, abro la puerta principal y se abalanza sobre mí haciendo que casi caigamos al piso.

—Nata...

—Lo siento, es que no te había visto, no sé desde hace cuánto.

—¿Ayer? —cuestiono, la miro con los ojos entrecerrados. ¿Por qué tan feliz, Natalie? Sospechoso.

—Ya lo conseguí —evade mi pregunta—, el lugar es estupendo y lo alquilan por unas horas.

Si algo amo de Natalie, es que no importa qué tan ocupada esté, siempre me ayuda en lo que le pido.

—¿En serio? ¿El del tipo ese amigo tuyo que tiene el restaurante que le gusta a Oliver? —me cruzo de brazos, mientras toma mi mano y me lleva a jalones hacia su auto.

—Ese mismo, dejarán libre una sala el día del cumpleaños de Oliver. Incluso puedes darle su noche apasionada ahí mismo —golpea mi antebrazo.

—¿Y dónde? ¿Arriba de la mesa? —interrogo y ella suelta una extraña risa, sigo preguntándome, ¿qué la trae de buen humor?

Comienza a cantar una canción que suena por la radio, nunca la he escuchado, pero es una canción de amor actual, continúo viéndola con mi ceño fruncido. Llegamos al set de filmación donde trabaja, bajamos del auto y ella toma mi mano llevándome a jalones hasta el interior, no puedo dejar de ver sus zapatos que parecen las zapatillas de cristal de la Cenicienta, pero mucho más altos.

—Alex, no quería decirte esto..., pero... tengo que hacerlo —se para de pronto frente a mí y me mira entusiasmada. ¡Ha! ¡Por Dios! ¡Está embarazada!

—No me digas que no es de David —menciono suspirando.

—¿Qué? ¿De qué estás hablando?

—Que querías decirme —interrumpo, me cruzo de brazos y la miro con intriga.

—Te aceptaron —grita, y comienza a dar saltitos.

—¿Qué? ¿Dónde? ¡Jesús! Por favor, dime que no me metiste en algún concurso de belleza como aquella vez —ella frunce su entrecejo y se cruza de brazos.

—Alex, ganaste, agradécemelo.

—Sí, gracias por hacerme ver como una plástica en ese lugar y decir estupideces como «quiero la paz mundial», solo porque lo viste en aquella película que no sé cómo jodido me convenciste a ver.

—Tú eres una malagradecida.

—En fin. ¿Dónde me aceptaron? —interrumpo, ya que me diga de una buena vez, ya me miro en muchos escenarios modelando en una pasarela con altos tacones y cayéndome desde arriba, Oliver se muere.

—Señora Schmitt —la voz de un hombre bastante rasposa nos saca de nuestra plática y ambas volvemos a ver en esa dirección. ¿Señora Schmitt? ¿Natalie? Me contengo de reír—. ¿Es ella? —el señor con cabello grisáceo me mira y acomoda sus lentes. Frunzo mi entrecejo de inmediato.

—Así es, señor Aronofsky —miro a Natalie con curiosidad. ¿Qué diablos...?

—El guionista se quebró ambos brazos en un accidente en su motocicleta —que Oliver no escuche eso, por favor— y necesitan un reemplazo urgente. Le hablé de ti y le mostré algunos guiones que escribías para torturarme.

—Natalie, en esos guiones todos al final morían —murmuro.

—Alex, no es como que los zombis vivan felices para siempre, ¡duh! —la miro con mis ojos entrecerrados. Y vuelvo mi mirada al señor Aronow... Aronovz... Como sea...

—Es un placer, Alexandra, soy William Aronofsky —me extiende su mano y la tomo—. El trabajo es suyo si quiere. Creo que tiene una mente bastante creativa. Si se decide, la espero en mi oficina —dicho esto, el señor con bigote también gris, se retira y continúa hacia unos camerinos. Natalie chilla y me sacude.

¡Auch! Mi cuello.

—Alex, acepta, trabajaremos juntas. Y esto será grande. ¿Sabes quién es William Aronofsky? Hasta ganó un Óscar. Y es algo que tú amas hacer —ella comienza a caminar con mi mano enlazada con la suya—. Por cierto, te envié fotos de tiaras el otro día, no me dijiste cuál te gustaba más.

Continúo caminando analizando lo que acaba de pasar, ahora que mi cerebro lo capta, tomo a Natalie de su antebrazo y la giro hacia mí.

—Natalie, me acabas de conseguir empleo como guionista, en este programa.

—Por supuesto, la primera persona que pensé fue en ti y que te gustan todas esas cosas diabólicas como las llama tu madre.

Grito, la abrazo fuertemente, es algo así como mi trabajo soñado.

—Natalie, te amo. ¿Lo sabes?

—Sí, no le digas a Oliver porque lo más seguro es que me mande a matar —sonríe graciosa y se separa un poco de mí.

Espero a Natalie mientras recoge sus cosas cuando escucho mi celular sonar, lo saco de mi bolsillo mientras observo al interior de una máquina de sodas.

—¿Oliver? —digo, al descolgar.

—*Alex. ¿Dónde estás?* —ahora sí recuerda que existo.

—¿Ahora sí te acuerdas que tienes esposa? —suspira.

—*Alex, por Dios.*

—Me dijiste que almorzaríamos juntos —riño, apartando algunos mechones de cabello de mi rostro.

—*Alex... Me invitaron a almorzar unos socios, puedes preguntarle a Dav...*

—Me vale una mierda David —interrumpo—. No te tomaba más de dos minutos enviarme un mensaje que no ibas a poder llegar.

—*Mi amor, mejor hablemos esto en persona, llego por ti. ¿Dónde estás?* —me debato entre decirle o no, porque la verdad estoy molesta—. *¿Alex...?*

—En el set de filmación donde trabaja Natalie.

—*Bien, dame unos quince minutos.*

Pero no, ya van veinte minutos y él aún no se aparece, cuando ya me había acostumbrado a su frase «15 minutos para mí son 15 minutos» esto es estresante. Saco mi teléfono celular mientras deposito un billete en la máquina de soda, desde hace rato esta jodida máquina me está llamando. Pero... no pasa nada. ¿Dónde está mi soda? Observo alrededor de la máquina y no me había percatado del jodido papel sobre ella «MÁQUINA DAÑADA». ¡Maldición!

—¡Maldita sea! ¡Jodida máquina! Devuélveme mis cinco dólares —comienzo a sacudirla—. Hija de puta.

En ese instante escucho unas risas a mi lado, vuelvo mi mirada al sonido y Matthew está ahí con una expresión de diversión en su rostro. ¡Genial! Y yo diciendo malas palabras. ¡Qué vergüenza! Da un golpe a la máquina y la estúpida soda sale. ¿Por qué no pensé en la violencia? Toma la soda y me la extiende, sonrío apenada y la tomo.

—¡Gracias! —exclamo, forzando una sonrisa mientras rasco la parte trasera de mi cabeza.

—Tú eres la que piensa en violencia todo el tiempo y no se te ocurre usarla aquí —menciona, mostrando esa perfecta sonrisa suya.

En ese preciso momento escucho la puerta principal abrirse, miro por sobre el hombro de Matthew y ahí viene Oliver, *sip*, es como si alguien le dijera cuando un hombre se me acerca, siempre hablando por teléfono y al ver a Matthew frente a mí, cuelga la llamada y camina hacia nosotros a paso firme. *¡Seee! ¡Ahí sí no importa con quién esté hablando!* Se acerca a mí depositando un beso en mis labios, mira a Matthew, quien solo le esboza una sonrisa.

—Un placer verte, soy Matthew Hayes, creo que nos conocimos en Miami —Oliver frunce su entrecejo y relaja sus facciones, al parecer lo ha recordado.

—Ya recuerdo —Matthew extiende su mano a Oliver, él la mira por unos cuantos segundos y la toma, finalmente, pasa su mano por mi cintura y me encamina hacia la puerta de salida. Siempre logra poner a Matthew incómodo, sí, es lo que le gusta a él.

—No puedes estar sola unos minutos porque ya tienes buitres encima —dice, mientras abre la puerta del copiloto de su auto, quito la mirada de mi celular y la llevo hacia él.

¿Minutos? ¡Claro!

—Es Matthew —suspiro y subo al auto sin ningún tipo de expresión, ya quiero llegar a casa y dormir.

Comienzo a textearle a Natalie para que sepa que Oliver vino por mí, él rodea el auto y se sube del lado del conductor cuando Natalie me contesta «OK, el rubito y yo llegaremos por la noche». ¿El rubito? Sonrío, cuando Oliver toma mi celular y lo mira, frunzo mi entrecejo y lo pone en mis manos de regreso. Ruedo mis ojos exasperada.

Al llegar a casa, comienza a contarme de las cosas de su trabajo mientras preparo la cena, Rosa se fue temprano porque una de sus hermanas está de cumpleaños; me alegra saber que todo para Oliver va bien, aunque no puedo dejar de pensar en el señor Anderson. ¿Qué opinará él de esto? Debe estar decepcionado. Aunque no entiendo ni mierda finjo que sí e intento sonar interesada, aunque no sé de qué putas habla. Cuando me siento a comer al lado suyo, comienzo a contarle de la propuesta que me hizo el director del programa para el que trabaja Natalie, pero observo que no me está poniendo atención.

—Parece que logramos más de lo que teníamos pensado —menciona, tiene una sonrisa de oreja a oreja con su mirada puesta en el computador.

—¿Significa que ya me pondrás atención? —enarco una ceja, y él levanta su mirada hacia mí.

—Alex —suspira—, yo te pongo atención. ¿Por qué dices eso?

—¿Por qué? ¿Todavía preguntas? ¿Qué fue lo último que te dije antes de que hablaras?

No dice una palabra, solo me observa, cierra su *laptop*, la aparta y entrelaza sus dedos con sus antebrazos sobre la mesa.

—Bien, te escucho... ¿Qué me decías? —lo miro fijamente, las cosas no son así.

—Algún día vas a llegar a esta casa, y yo ya no voy a estar aquí, pero lo más seguro es que no te des cuenta por estar consumido en ese jodido trabajo y tu maldita computadora —sus ojos se agrandan, y me observa mientras tomo mi plato de comida—. *Con permiso* —menciono, antes de retirarme hacia mi habitación.

(Capítulo 76)

—Buenísimo trabajo, Alexandra —el señor Arroz se acerca a mí con una enorme sonrisa—. Definitivamente, Natalie tenía razón —acomoda sus lentes y vuelve su mirada al guion que yo había creado mientras continúa su camino.

—Gracias —contesto, con una sonrisa, mientras salgo del set; Natalie viene traqueteando sus tacones mientras corre hacia mí, nunca puedo dejar de observar sus pies cuando hace eso. ¿Cómo putas yo hasta descalza me caigo? ¡Maldita sea!

—¡Alex! —exclama—. Tengo los arreglos florales y no me has dicho nada de la tiara...

—Ponle un alto a eso —interrumpo, continúo caminando sin verla y ella se detiene y estoy segura de que solo me está observando alejarme; me detengo al ver que no me sigue y volteo a verla, está ahí parada con una extrema expresión de asombro que solo ella sabe gesticular—. ¿Qué? —pregunto, camino de regreso hacia ella al ver que no se mueve.

—¡Alex! ¿Qué es lo que justo acabas de decirme? —tomo su antebrazo para tirar de ella e ir al exterior, cede, pero sin quitar su gesto de sorpresa y su mirada de mí.

—Que yo no creo que llegue ese día —se detiene, tomando mi antebrazo y girándome hacia ella—. Bueno, salgamos de aquí y te cuento tranquila —digo, al ver que no puede ni articular una palabra.

Ella asiente y salimos de aquel lugar, cuando algo llama mi atención y es un flameante Porsche estacionado y un hombre muy bien vestido e increíblemente guapo está reposando sus caderas en el auto, con sus brazos cruzados está viendo hacia un costado; yo no había traído la motocicleta ni el auto para que no supiera donde estoy, pero no, se tuvo que aparecer y solo puedo culpar a Natalie de esto.

En otras ocasiones, hubiese corrido hacia él a abrazarlo y besarlo por esta linda sorpresa, pero no hoy, mucho más por lo que le dije el otro día, si no lo digo, no se da cuenta. Oliver pone sus ojos sobre mí y gesticula lo que parece ser una media sonrisa mientras camina hacia nosotras.

—Natalie va a llevarme —digo, antes de que siquiera llegue a mí, él solo se detiene y nos observa a ambas alternadamente; como si le están hablando con la mirada, Natalie sonríe, se acerca a mi oído y murmura: «Me retiro, creo que ustedes necesitan hablar». Dicho esto, no espera mi respuesta y camina a toda prisa hacia su auto, volteo mi mirada a Oliver.

—Vamos, Alex, tú y yo tenemos que hablar —toma mi mano y tira suavemente de mí.

—¿Tienes tiempo? —cuestiono, lo que lo hace verme con gesto de desesperación.

—Sí, sí tengo, ahora sube..., por favor —al menos mencionó la palabra mágica, tiene esa mirada arrepentida sobre mí, siento algo en mi pecho que de manera automática mis pies se encaminan hacia el auto, o es más porque hay personas alrededor y no quiero armar un *show*. De inmediato él camina más de prisa y abre la puerta para que yo suba, lo hago sin siquiera verlo y observo una caja sobre su lugar que no puede ser nada más que una hamburguesa.

Él sube de inmediato al rodear el auto, tomando la cajita y extendiéndomela mientras se incorpora en la silla, lo miro a los ojos.

—¿Es en serio? ¿Una hamburguesa? ¿Dónde están las flores, los putos chocolates y el oso de felpa que dice «Perdóname»? —cuestiono, mientras enarco una ceja, él solo me observa y esboza una sonrisa, haciendo la misma expresión que yo.

—Preparaba otra cosa mejor —habla, enarcando una ceja—, quiero que cenemos juntos, pero no en casa... En otro lugar.

—¿Para qué? ¿Para que vuelva...?

—Alex, no —me interrumpe, tomando su celular y apagándolo frente a mis ojos—. Por favor, en serio quiero arreglar cualquier estupidez que haya cometido estos últimos días. No quiero que estés saliendo de casa todos los días demasiado temprano para no tener que verme.

Vuelvo mi mirada al frente, ni siquiera tomo la hamburguesa y él la deposita suavemente sobre mis piernas, saco mis audífonos y mi celular, música relajante comienza a sonar mientras miro por la ventana, sé que me está hablando, pero no presto atención.

—¿Y si cenamos con tus padres? —digo, luego de unos minutos quitando solo un audífono sin girar a verlo, continúo mi mirada puesta en la ventana mientras observo los edificios pasar, volteo mi vista hacia él y tiene ligeramente su entrecejo fruncido, parece estar pensando en algo.

—¿Para qué quieres que cenemos con ellos? Esto es algo entre tú y yo, mi amor, no con ellos.

—Tu competencia con tu padre tiene mucho que ver en todo esto, quiero que las cosas se arreglen, de otra forma esto solo va a empeorar.

—Alex, no —dice de inmediato—. Además, no somos competencia.

—Oliver —suspiro—. Por qué no simplemente... Bueno, yo no quiero que tires tu trabajo a la basura, pero... ¿qué tal si te unes con él? Juntas tu trabajo con el suyo.

Oliver frena en seco, haciendo que un auto tras nosotros comience a tocar el claxon de manera sostenida.

—¿Por qué me pides eso, Alex? —dice, sin poner el auto en marcha y una fila de autos tras nosotros pitan desesperadamente.

—Oliver, avanza, por favor —miro por el espejo del retrovisor hasta que Oliver por fin echa a andar el carro—. Y yo solo quiero que esto se acabe, tal vez tú no lo ves, pero estás dejando nuestra relación a un lado.

Él no dice una palabra, continúa su mirada al frente con las manos firmes sobre el volante hasta que suelta una de ellas para tomar la mía que reposa sobre mi pierna.

—Alex, ya no volverá a pasar, te lo prometo —dice, mientras despega la vista de la carretera para ver mis ojos por unos segundos.

—Quiero que los invitemos a cenar —enuncio, agachando un poco la mirada, observando su mano cálida sobre la mía entrelazando nuestros dedos. Él suspira, apartando un poco su mano para meter cambios y volviéndola a la misma posición.

—¿En serio crees que mi padre querrá hablar conmigo luego de todo lo que he hecho? —menciona, luego de un par de minutos mientras entramos por el portón principal de su casa.

—A mí, en serio, me gustaría que trabajen juntos o que fundáramos algo tú y yo, pero no hacerle la competencia.

—¿Algo tú y yo? —pregunta, aparcando su auto una vez que estamos frente a su casa, mira mis ojos fijamente.

—No sé, una productora o algo así —él se queda pensativo por varios segundos—. Creo que tú y yo si nos juntamos tenemos los conocimientos suficientes para fundar algo así.

Muerde suavemente su labio inferior mientras ve al frente pensativo, sé que le ha gustado la idea. Sale del auto y lo observo rodearlo hasta llegar a mí. Abre la puerta y se inclina.

—Bien, quiero que hablemos esto mejor. ¿Aceptas la cena? —menciona, extendiendo su mano para que la tome y salga del auto. Lo hago, y asiento con mi cabeza.

La verdad no sé qué esperarme, pero juro que, si su celular nos interrumpe y se planta a hablar, me voy, y capaz me vaya de vacaciones por algunos días. No me había puesto este vestido ceñido por nada y estos tacones que me hacen ver como patas de avestruz por lo largas que hacen parecer mis piernas. Oliver aparca en el estacionamiento y saca un pañuelo de su bolsillo, frunzo mi entrecejo al observarlo y él sonríe malicioso.

—¿Confías en mí? —menciona, desdoblando el pañuelo y enrollándolo de modo que sé que quiere tapar mis ojos.

—No —contesto de inmediato—, en toda película, cuando le dicen eso a la chica con un pañuelo en las manos es para secuestrarla y matarla.

Él sonríe ampliamente, relajando sus hombros para reír un poco, niega con su cabeza observándome con una expresión de diversión. Baja del auto y lo rodea, al llegar a mí, abre la puerta, pero no me deja salir hasta poner el bendito pañuelo en mis ojos cerciorándose de que no vea nada, odio las sorpresas. ¿Ya lo había mencionado? Sí, las odio, me desesperan, hacen a mi estómago dar mil vuelcos, no sé con qué me puedo encontrar y eso sube mi adrenalina al mil, me ayuda a bajar del auto y me dirige hacia no sé dónde pasando uno de sus brazos alrededor de mi cintura y con el otro sostiene mi mano.

—¿Estás lista? —pregunta, una vez que hemos caminado una distancia considerable, mis manos están frías y es obvio que no estoy lista porque no sé qué esperar, pero simplemente asiento.

Comienza a deshacer el nudo del pañuelo en la parte trasera de mi cabeza y lo va retirando poco a poco de mis ojos que mantengo cerrados, cuando ya siento que ha retirado el pañuelo por completo, susurra «ya», los abro de inmediato y juro que me desmayo.

Es un gran edificio de lujo rodeado de vidrio y la palabra «ALEXANDRA» en letras exóticas enormes e iluminadas.

—¿Qué... Qué es esto? —pregunto, sin despegar la mirada de ese lugar.

—La cadena de hoteles Alexandra —me abraza desde atrás por la cintura—, ya hay uno en algunos estados y pronto habrá uno en cada una de las ciudades de este país y haré todo lo posible porque llegue a nivel mundial, así que acostúmbrate a ver tu nombre por todos lados —sonríe, rodeándome y poniéndose frente a mí, mientras continúo desconcertada viendo sobre su hombro aquel lugar.

No tengo palabras.

—Pensé que estabas creando tu propia revista o algo así —mis ojos buscan los suyos y lo miro fijamente.

—No, esto me gusta más y aproveché la oportunidad al escuchar la propuesta de los antiguos dueños de este edificio y es solo nuestro, sin mi padre que esté quitándonos la paz interior y... no somos su competencia, así que no tiene qué reñirme. También me gusta tu idea de la productora, creí que esto sería una cena romántica en celebración que existe un hotel con tu nombre, pero ya vi que será una cena de negocios con mi propia esposa —ríe levemente—. Entremos, tenemos mucho que hablar y quiero que mires todo el lugar, aún lo están remodelando, dime si te gusta o no.

¿Y qué si me gusta? Luego de dar un *tour* por todo el lugar, puedo decir que me encanta y eso que aún no está en funcionamiento. No sé cómo Oliver tiene esa capacidad para hacer cosas tan grandes y tan rápido, hasta había preparado una cena en el lugar y hay vino, del de mi padre; no puedo evitar sentir nostalgia al ver aquella botella con el logo que él había elegido hace unos años antes de tener una marca de vinos conocida.

—Alex. ¿Por qué no me diste esta idea antes? —pregunta Oliver, llevando un sorbo de vino a su boca, recostándose sobre el respaldar de la silla.

—Porque antes no tenía la herencia de mi padre y no quiero malgastarla, quiero invertirla en algo.

—Espera —interrumpe—. ¿Herencia? ¿A qué te refieres?

—¿Lo ves? No sabes nada por estar tan consumido en ese trabajo —él enarca una ceja y me mira fijamente.

—Bueno, pero pudiste haberme sacudido o gritarme que querías decirme algo —suspiro, voy a golpearlo—. ¿Qué más debo saber? —pone sus antebrazos sobre la mesa y entrelaza sus dedos, siempre hace eso y se ve tan interesante.

—Si te sacudo, tampoco me haces caso... Y, bueno, publicarán mi libro.

—¿El que es sobre tu padre? —asiento y él esboza una gran sonrisa—. Te lo dije, sabía que iban a aceptarlo —va hacia el espaldar de su silla sin dejar de verme y con esa sonrisa de felicidad, se pone de pie y rodea la mesa postrándose de rodillas a un costado de mí, giro levemente para corresponder a su abrazo—. Soy el esposo de una escritora, por Dios.

—Y también, guionista —me observa a los ojos fijamente y arruga su frente como una pasa.

—¿Guionista? —cuestiona, asiento con una sonrisa.

—En el programa para el que Natalie trabaja —él arquea las comisuras de sus labios.

—No puedo creerlo, esto es genial... Es lo que te gusta hacer —también sonrío—. Lamento haberme portado como un idiota todo este tiempo, pero tenía que hacer mucho para poder hacer todo esto.

—Lo sé —contesto—, entiendo perfectamente que es algo que te gusta hacer y tienes que hacerlo, te agradezco tomarme en cuenta para tus proyectos, pero no me apartes —tomo su mano y beso sus nudillos, él mira el gesto de una manera tierna y observa mis ojos.

—Te lo prometo —dice, con una bella sonrisa, y besa suavemente mis labios.

—Juramento con dedo meñique —levanto mi dedo frente a sus ojos y me mira con intriga.

—¿Qué? —dice, lleva su mirada a mi mano y luego de regreso a mis ojos como intento de comprender.

—Hazlo —digo, con seriedad, él también levanta su dedo meñique entre risas y lo entrelaza, finalmente, con el mío.

(Capítulo 77)

—**B**ien, niña Alex, ya está listo —dice Rosa, mientras limpia sus manos en un delantal—. Usted es buena aprendiz de pasteles —sonrío ampliamente mientras también limpio mis manos en el delantal que yo llevaba puesto.

—Y tú eres la mejor maestra repostera que conozco, Rosa —digo, mientras me acerco a ella y le doy un beso en la mejilla, ella se sorprende primeramente y me regresa el beso.

—Y usted, niña Alex, la mejor hija que nunca tuve —le sonrío mientras inserto la vela con el número 26 al pastel. En ese preciso instante, el señor Pablo entra a la cocina.

—Buenos días, Alex —sonrío nuevamente mientras contesto sus buenos días y él camina hacia Rosa para darle un abrazo—. ¿Para quién es el pastel? —cuestiona, llevando una uva a su boca que había sacado del refrigerador.

—Para el niño Oliver, hoy está cumpliendo sus 26 primaveras y la niña Alex le ha preparado un pastel —contesta Rosa, cruzándose de brazos con su mirada puesta en Pablo.

—¿Te acuerdas la vez que me preparaste un pastel para mi cumpleaños y apareciste de pronto a medianoche cantándome las mañanitas y casi me tiro por la ventana? —no puedo evitar reír, mientras Rosa suelta carcajadas al recordar eso y Pablo la mira con desaprobación.

—¿Y ustedes no tienen hijos? —pregunto, Rosa jadea y queda viendo hacia un punto de la cocina pensativa.

—Sí —contesta, finalmente—. Juan Pablito, pero está en la cárcel, no sé qué pude haber hecho mal.

—Comprarle una escopeta tal vez —dice Pablo, continúa su mirada de desaprobación hacia ella.

—Bueno, en mi defensa —Rosa camina hacia el refrigerador—, Juan Pablito me dijo que quería ir a cazar venados, pero nunca me dijo que a su vecino, el que se acostó con su mujer, la María Conchita, le decían el venado. Y bueno, ya te puedes imaginar qué pasó, Alexita.

—¿Mató al venado? —interrogo, bueno, eso se escuchó chistoso, aunque no debería.

—Nooo —contesta de inmediato—. Solo lo hirió, yerba mala nunca muere; hubiese preferido que hiriera a la María Conchita para que no ande prestando la conchita en todos lados.

Literalmente muero de risas, no puedo con Rosa, mejor me llevo el pastel antes de que me dé un ataque con estos dos y llegue loca a desearle feliz cumpleaños a Oliver y no romántica como debería.

—Yo... llevaré esto —digo, tomando el pastel—, me cuentan sobre Juan Pablito otro día —ellos dos sonríen ampliamente mientras me pierdo por la puerta de la cocina, subo las escaleras a toda prisa, pero luego recuerdo que me puedo caer y yo no me levanté muy temprano a hacer este pastel por nada, así que comienzo a caminar más despacio.

Abro la puerta con sumo cuidado, y Oliver sigue ahí bocabajo, plácidamente dormido, había desactivado su alarma para que no me arruinara la sorpresa, sé que se volverá loco, por tal motivo decido hacer esto bastante temprano por si tiene alguna reunión o algo así, cosa que no dudo.

Pongo el pastel a su lado y me subo a horcajadas sobre él, comienzo a besar su mejilla, su cuello y su espalda cuando él comienza a removerse suavemente, pestañea varias veces para acomodarse a la luz.

—Feliz cumpleaños —digo, de una forma canturreada, él abre sus ojos como platos.

—¿Qué hora es? —pronuncia de inmediato. ¿Qué? ¿Quién se preocupa por la hora en su cumpleaños?—. Alex. ¿Qué haces? —pregunta con una sonrisa al ver el pastel a su lado.

—¿Qué importa la hora, Oliver? Es tu cumpleaños, disfrútalo. Y este —tomo un poco del baño de vainilla del pastel con mi dedo índice y lo unto en su nariz— es tu pastel de cumpleaños. Déjame encender la vela para que pidas un deseo.

Él sonríe e intenta voltear hacia mí, me pongo de pie levemente y luego vuelvo a ubicarme a horcajadas sobre él.

—Gracias, mi muñeca, en serio menciona, tomando mi cintura—. Y apuesto que ese lo hizo Rosa.

—¿Qué? —llevo mis manos a mi pecho con indignación—. Me levanté muy temprano para hacerlo yo misma —finjo lloriquear—. Rosa solo me dio instrucciones —él ríe y sin percatarme en solo un par de segundos tengo toda su mano llena de pastel sobre mi cara.

—Yo... te... mato —intento tomar el pastel para embarrarlo por su cara, pero él me sostiene con fuerza, en un ágil movimiento se ubica sobre mí y comienza a lamer mi cara—. Eres un asque... ro... so —balbuceo, entre risas.

—Espero que no hayas hecho una fiesta sorpresa y ahora yo caiga por las escaleras —menciona, con toda seriedad, lo miro con desaprobación.

—Te llevaré a cenar a un lindo lugar, así que espero que estés en casa temprano.

—Por supuesto —sonríe levemente—, pero por ahora tengo cosas que hacer, vamos, te dejaré en tu trabajo, quiero que a toooodos les quede claro que estás casada.

Ruedo mis ojos exasperada.

—¿En serio, Oliver? ¿Eso es lo que más te preocupa? —en un descuido suyo mientras ríe tomo un pedazo del pastel y lo estrello en su cara, sí tenía que desquitarme.

En fin, hice pastel para todo, menos para comer, pobre Rosa que tendrá que lavar sábanas cubiertas de pastel, y ropas llenas de dulce.

—Alex... Ya está todo listo, saldremos antes para ayudarte a arreglar —Natalie se acerca a mí con su estuche de pinceles, quito levemente la mirada de mi *laptop* para enfocarla a ella.

—¿Estás segura? ¿No tienes algo...?

—Alex —me interrumpe—, a la mierda todo si tengo que ayudar a mi amiga —la observo con una sonrisa, Natalie es la mejor. En ese momento se acerca Matthew, nos observa alternadamente y saluda a ambas con un beso en la mejilla.

—¿Alex, irás a la fiesta de estreno del programa? —interroga, lleva una cicatriz en su cuello y Natalie se acerca a él dándole un último retoque.

—No lo creo, es el cumpleaños de mi esposo —contesto, observando la herida en su cuello mientras acomodo mis lentes. ¡Joder! Sí que esta mujer es buena para hacer estas cosas.

—Bien, si a un caso llegas allá te veo, tú sí irás... ¿Cierto? —se vuelve a Natalie, ella le sonríe.

—Por supuesto, yo sí no me la pierdo por nada, ni que mi esposo cumpliera años —menciona con una leve risa, bueno, al menos dice que es casada.

Y sí que cumplió su promesa de salir antes, camina por el parqueo con sus altos tacones, pero estos sí son gruesos, así que no me dan tanto miedo. Comienza a decir todas las ideas que tiene para arreglar el lugar. ¿Había mencionado que tiene la capacidad de decir mil palabras por minuto? Sí, le quita el lugar a cualquier rapero.

Corre de un lado a otro poniendo todo en su lugar, me está poniendo nerviosa, dos personas del lugar habían arreglado a la perfección, pero quería darle los últimos retoques. ¿Quién mejor que yo para saber qué le gusta a Oliver y qué no? Como, por ejemplo, tuve que cambiar el centro de mesa porque son rosas rojas, a él solo le gusta lo blanco, negro o gris; por tal motivo los arreglos que le encargué a Natalie son de esos colores y le da un toque serio pero elegante.

Luego de cerciorarme de que todo está perfecto como lo he imaginado en mi mente y de que no habrá contratiempos ni con la comida, ni con el pastel, voy a casa, rezando que Oliver no esté para arreglarme lo mejor que pueda. Al ver que no está le envío un mensaje sobre el lugar donde nos encontraremos, quiero estar allá antes para ver que nada haga falta cuando él llegue. De inmediato, él me contesta con una afirmación, ahora sí puedo arreglarme tranquila.

Tomo una ducha y Natalie se aparece unos diez minutos después, me ayuda con mi maquillaje, se mira espectacular con un vestido rojo ceñido al cuerpo, sus rulos caen a un costado de su rostro, y el otro costado está sostenido por una peineta, huele estupendo. ¿Cómo David puede desperdiciar tanta mujer? Según lo que me ha comentado, David no es el príncipe azul de los cuentos de Disney que ella soñaba llegar a tener.

Había comprado un vestido verde esmeralda para celebrar esta ocasión, si bien, se parece a los que Natalie acostumbra usar bastante ajustados, esta es una fecha especial, así que no veo el porqué no usar un vestido bastante sexi si será una cena solo con mi esposo. Pulverizo algo de perfume en mi cuello, y me miro por última vez en el espejo llevando mi cabello suelto hacia un lado, me gusta lo que veo y si me gusta a mí, sé que a Oliver le va a encantar.

Conduzco hasta el restaurante, llegaré media hora antes, por última vez quiero ver que todo esté completo, no quiero correr de un lado a otro desesperada porque algo falte a última hora, escucho clásicos en inglés, esta música es de Oliver, yo no acostumbro escuchar estas cosas. Llego y ahí están, la chef que había contratado ya tiene todo listo, el camarero ya está en su posición, el hombre que tocará el violín, el pastel, los globos llegan al techo, los arreglos florares desprenden un exquisito aroma; no puede ser más perfecto, doy un último recorrido por la sala y sí, no puedo estar más orgullosa de mí por haber terminado algo a tiempo.

Le doy una última llamada a Oliver para asegurarme de que estará camino a este lugar y no a casa, pero no contesta. Bien, supongo que está en camino, sé que le gusta llegar antes de la hora indicada, me siento en la mesa esperando su llamada, acordamos que al llegar al lugar me llamaría porque no tiene idea que he alquilado una sala solo por motivos de su cumpleaños; entro a mis redes sociales mientras tanto y observo, las fotos de Matthew y Natalie, no puedo evitar reír con todas las caras que se les ocurren juntos, tal vez vaya con Oliver luego de esta cena, solo si quiere ir a distraerse un rato.

Observo mi reloj, ya ha pasado un minuto de la hora indicada, no me voy a desesperar, la reunión pudo ser bastante lejos y puede que esté en camino aún, doy una última llamada y no contesta.

Llevo en total unas diez llamadas y ya ha pasado más de media hora, sostengo el celular con fuerza en mi mano derecha, aún no me voy a descontrolar, pero ¡puta! ¿Qué le cuesta mandar un mensaje?

¡Una hora! ¡Una maldita hora y 20 llamadas! A la mierda todo.

(Capítulo 78)

Salgo de aquel lugar con una botella de vodka en las manos, sé que no sonaré bien, pero espero que sea un accidente, espero la llamada de los cruzrojistas, de la policía, no lo sé, pero espero cualquier cosa que no sea que Oliver Anderson, mi esposo, me acaba de plantar; prefiero llorar porque esté en un hospital sin un pie, que porque me acaba de plantar luego de hacer todo esto por él.

Yo nunca... ¡NUNCA! Había hecho algo así por alguien, y la primera vez que lo hago me plantan, me recargo en la puerta del auto y lágrimas comienzan a correr por mis mejillas, las limpio bruscamente, no, yo no voy a llorar por esta mierda, abro la botella tomando un buen trago, esto no puede estarme pasando a mí.

Subo al maldito auto, no hay ni una llamada de él, ni de ningún número extraño, comienzo a conducir hacia la fiesta del programa, espero que tenga una buenísima excusa, demasiado buena, para que yo pueda dejar pasar esto, trago el nudo en mi garganta, pero mi vista se nubla de inmediato, no sé a qué velocidad iré, pero espero accidentarme y perder la memoria como aquella chica de la película que Natalie ha visto más de veinte veces.

Llego a la fiesta y comienzo a marcar el número de Natalie, ella sí me contesta de inmediato. ¿Por qué mejor no fui hombre y me casé con Natalie? Porque lo más seguro es que ya la hubiese cagado como todos los hombres y estuviese soltero rascándome las bolas frente a un televisor bebiendo cerveza.

Acomodo mi vestido mientras entro a aquel lugar, de inmediato miro a Natalie que viene corriendo hacia mí y me rodea con sus brazos, tengo ganas de desplomarme a llorar con mi cabeza enterrada en su cuello, pero no lo haré, tengo mucho que pensar.

—Quiero que me ayudes a buscar un lugar donde quedarme hoy, Natalie, donde Oliver no pueda encontrarme —hablo, Natalie me mira con su expresión de tristeza mientras aparta unos mechones de cabello de mi rostro y asiente.

—Yo me quedaré contigo —dice, tomando mi mano y me lleva hacia un grupo de personas con las que estaba—, le pediremos a alguien que se registre por nosotras para que no puedan encontrarnos —saludo a las personas que estaban con ella y ahí está Matthew, quien esboza una amplia sonrisa al verme, hace un espacio para que me siente al lado suyo, por lo que veo estaba sentado aquí con Natalie.

—No pensé que vendrías. ¿No es que tu esposo estaba de cumpleaños? —pregunta, extendiéndome una copa con algo que parece ser *champagne*. Tomo el lugar al lado de él mientras Natalie camina hacia las bebidas.

—Sí, pero está ocupado —contesto, hasta incluso mi voz está quebradiza, tomo la copa de *champagne* y la bebo hasta el fondo, quiero emborracharme para olvidarme de esto o para no tener las fuerzas para arrollarlo con mi auto.

—Con todo respeto, Alex, pero... ¿qué clase de hombre está ocupado para su esposa cuando se ha tomado un día entero para prepararle una sorpresa de cumpleaños?

—El mío, supongo... Espera... ¿Cómo lo sabes? —entrecierro mis ojos y lo miro fijamente, él ríe de manera leve.

—Bueno, Natalie me dijo que tenía que ayudarte, la había invitado a un café, pero... me rechazó por... —lo miro curiosa.

—Espera... —interrumpo—. ¿Invitaste a Natalie a una cita? —cuestiono, mientras abro mis ojos con sorpresa, todo mi gesto es de sorpresa, en ese momento.

—No era una cita, Alex —contesta cabizbajo, mira la copa de *champagne* en su mano.

—Pues un café, así de la forma que lo dijiste, me suena a una cita —en ese momento, Natalie se acerca a nosotros y me extiende un vaso de ponche de frutas. Lo tomo y ella de inmediato comienza a revolver su bolso hasta que saca su teléfono celular.

—Es David —gesticula—, ya regreso —asiento y vuelvo mi mirada a Matthew que está observándola alejarse, no puedo evitar reír, lo que hace que él me mire con intriga, aún con las luces de todos colores iluminando el lugar puedo ver cómo sus mejillas se han teñido de color carmesí.

—No puedo creerlo, te gusta Natalie —no puedo evitar decirlo, no, es que aún no me lo creo, él mira para todos lados y me hace una seña con su dedo índice sobre sus labios para que guarde silencio.

—Es que... Bueno... —balbucea—. No... es... que...

—No quiero desilusionarte, pero sabes que es casada. ¿Cierto? —enarco una ceja, él mira mis ojos y suspira.

—Lo sé, ya me contó todo, su matrimonio, Las Vegas...

—¿Sabes que estás en la *Friendzone*...? —interrumpo, yo como siempre, arruinando las ilusiones de todos desde tiempos inmemorables. Él ríe y al mismo tiempo bufa poniendo la copa de *champagne* sobre la mesa.

—Yo no te he afirmado que me guste, Alex —menciona, mostrando esa perfecta dentadura—. Además, respeto las relaciones ajenas, y mucho más los matrimonios.

—Yo no dije que te fueras a interponer, pero sé que te gusta y conmigo no vas a negarlo —me cruzo de brazos mientras me recuesto sobre el espaldar del sillón.

—Y yo... no diré nada al respecto, señora Anderson —sonrío, pero no una sonrisa alegre, es más bien una sonrisa triste que se disipa casi en instantes, yo no quiero ir a casa y tener que verlo, al menos por un buen tiempo—. ¿Sabes qué? —Matthew me saca de mis pensamientos—. Tú necesitas bailar para olvidarte de lo que sea que esté pasando por tu cabeza en estos momentos —toma mi mano y casi a jalones me lleva a la pista de bailes sin esperar mi respuesta.

—¿Qué? Matthew, no... —no puedo evitar reír, la música está bien alta y ni siquiera me escucha hasta que llega al centro; no hay tantas personas bailando, lo cual es estupendo. Matthew toma mi mano y me da una vuelta rápido.

—Vaya, vaya; alguien sabe algunos pasos —digo con tono de mofa, él ríe sonoramente y comienzo a bailar con él; y es que aparte de actor, buenísimo en artes marciales, también es buen bailarín, hasta ya se me estaba olvidando que acabo de ser plantada por mi propio esposo.

—¿Lo ves? —se acerca a mi oído y murmura—. Bailando se olvida todo lo malo de la vida —sonrío ampliamente mientras asiento, cuando siento que alguien toma mi antebrazo y de manera brusca me separa de Matthew; lo que pasó luego solo tomó segundos y mi cerebro aún procesa la imagen de Oliver golpeando a Matthew en plena fiesta y todos apartándose.

Matthew se pone de pie y toma a Oliver de su saco haciéndolo que casi se suba a la barra. Tengo que ponerme entre ellos, sé que Matthew puede lastimar a Oliver, aún no creo esto.

—Ya, ambos, basta, por favor —enuncio, al ver que ninguno de los dos se suelta.

—¿Qué? —habla Oliver—. Ahora vas a defenderlo, que aprenda este idiota a respetar mujeres ajenas —se vuelve a intentar tirar contra él y lo empujo de regreso a la barra.

—Escúchame bien, idiota —habla Matt, acercándose a él, estoy en medio de ambos, ya que están muy cerca, temo por Oliver—. Si yo quisiera quitártela, créeme que hace mucho lo hubiese hecho, porque eres tan imbécil de poner en primer lugar tu trabajo y por último a tu esposa —dicho esto, Matthew le da un último empujón y Oliver solo lo observa alejarse sin decir una palabra, de inmediato sus ojos me enfocan y no sé a qué hora los míos se cristalizaron y ya una lágrima está comenzando a salir, él me mira seriamente y toma mi antebrazo.

—¿Qué le dijiste a este imbécil? —cuestiona. ¿Y todavía? Me suelto de su agarre de manera brusca. Salgo de aquel lugar a toda prisa, no sé si me sigue o no, pero la verdad espero que no; no quiero tener que hablar con él, pero al salir del lugar toma mi antebrazo y hace que lo vea—. Alex, sube al auto que vamos a hablar en casa.

—No, Oliver...

—Que subas al puto auto ahora. ¡Maldita sea! Estoy trabajando y me encuentro un tipo poniendo sus manos sobre mi esposa —suelto una risa sarcástica, pero es una risa por no llorar.

—Claro... Ahora sí recuerdas que tienes esposa, me pasé todo el puto día planeando una cena especial para ti y ni siquiera te dignas a aparecer.

—Estaba ocupado. ¡Maldición! No te olvidé, simplemente tenía mucho que hacer que se me pasó la hora y cuando miré el reloj...

—¿Sabes qué? —interrumpo—. Creo que tú y yo necesitamos un tiempo —ahora sí camino hasta mi auto—, no sé adónde putas me iré, pero yo ya no puedo con esto...

—¿Qué? —hace una pausa, volteo levemente en su dirección y ahí está estático, sin mover ni siquiera un cabello, solo me observa con esa expresión de sorpresa típica en su rostro—. ¿Qué estás hablando? —ahora sí camina hacia mí a paso rápido—. Alex, detente... ¿De qué estás hablando?

—Que tú necesitas tiempo para terminar lo que sea que estás haciendo y yo no puedo estarte esperando toda la vida —trago el nudo en mi garganta mientras abro la puerta del puto Bentley.

—Alex... No, por favor... Vamos, hablemos en casa tranquilos...

—Yo no puedo con esto, Oliver —interrumpo, lágrimas corren por mis mejillas, mientras quito los anillos de mi dedo anular—. ¿Qué te costaba decirme que no ibas a poder? ¿O llamarme para decirme que te ibas a tardar? Que me dejes plantada luego que tanto me costó prepararte esa sorpresa ya es el colmo —tomo su mano y deposito ambos anillos en su palma.

—Amor... No..., por favor, perdóname... —comienza a balbucear e intenta sostenerme—. Hablemos mañana, descansemos... Mañana será otro día...

—Te amo, Oliver. Pero... esto ya no está funcionando —sollozo, mi voz se quiebra, algo se instala en mi pecho e intento detener las lágrimas, pero me es imposible, subo al auto y Oliver está ahí perplejo solo observándome sin decir una palabra.

Pongo en marcha el vehículo, ahora sí lágrimas inundan mi rostro sin poder detenerlas, intento limpiarlas, pero me es imposible, siempre salen más y más. No sé cuánto he conducido, pero en algún punto me detengo y con mi frente sobre el volante comienzo a soltar todas esas lágrimas que me estaba conteniendo desde hace mucho.

❨ Capítulo 79 ❩

Mañana será otro día.

Saco mi teléfono celular mientras intento secar las lágrimas de mi rostro, pero casi me es imposible, aunque intento ser fuerte; hay muchas cosas por las que se deben llorar en esta vida, pero esta no es una de ellas. Marco el número de Natalie y ella de inmediato contesta, me pide un momento para salir de la fiesta y lo único que le pido es que venga por mí, quiero un tiempo lejos de Oliver y sé que en este auto va a encontrarme.

Busco en el GPS la dirección donde estoy y se la envío en un mensaje de texto, unos 50 minutos después ella está ahí, salgo del auto al ver el suyo y de inmediato sale a darme un abrazo, lloro con mi cabeza enterrada en su hombro y yo que creía que ya había derramado suficientes lágrimas.

Se queda conmigo en un cuarto de hotel que rentamos, le llama a David y le dice que se quedará conmigo, le obligo a que no diga dónde y no lo hace, me doy cuenta de lo egoísta que soy porque ella está aquí y no divirtiéndose como debería estar.

—Natalie, puedes volver a la fiesta —le digo, recostada en la cama, mis ojos están hinchados y mi voz rasposa. Ella deja el celular sobre la mesa de noche y se gira hacia mí.

—No, Alex, tú me necesitas y sabes que no voy a irme —se acerca a mí y con sus manos limpia mis lágrimas, se sienta en el borde de la cama y comienza a quitarse los aretes.

En ese preciso instante, mi celular suena. Natalie mira mi teléfono que está junto al suyo y me observa como intentando preguntar si lo apaga o no, supongo que es Oliver, niego con mi cabeza, tal vez tenga algo importante que decir.

Ella me extiende el celular y respiro profundo antes de contestar, necesitamos darnos un tiempo si esto va a continuar de esta forma.

—*Alex, necesitamos hablar* —dice de inmediato al descolgar, aclaro mi garganta para que no note que esto me está afectando, pero me es imposible.

—¿Hablar qué, Oliver? ¿Qué me vas a decir? Me plantaste.

—*Alex, yo no te planté, maldición. Sí, tal vez me retrasé, tenía mucho trabajo. ¿Por qué no puedes comprender eso?*

—Porque me duele, Oliver. Pasé todo el día intentando que fuera perfecto para ti...

—*Yo nunca me imaginé que te molestarías tanto por retrasarme en una cena* —me habla con tono reñido y me duele.

—¿Tú te retrasas una hora para ir a una cena con tus socios? —él hace una pausa, me quedo en silencio por unos segundos, cuando iba a despedirme contesta, finalmente.

—N... No —balbucea—, pero eso es trabajo, no puedo hacer eso porque no me verán como una persona seria —a eso quería caer, una cena con socios es más importante para él.

—Es lo mismo, Oliver.

—*¡Maldición! Se supone que tú eres mi esposa, debes comprenderme, pero comprensión de parte tuya es lo que menos tengo, solo fue una estúpida cena, Alex* —¿estúpida cena? Por un momento, siento cómo un balde de agua fría me cae encima, las ganas de llorar se apoderan de mí nuevamente y yo que creí que ya había sido suficiente—, *y actúas como si era nuestra boda y te he dejado plantada en el altar.*

—Una estúpida cena que me costó preparar para que fuera perfecto para ti —mi voz se quiebra. ¡Maldita sea! Esto para mí se acabó.

—*Alex, quieres que me ponga en tu lugar, pero ¿quién se pone en el mío? Dime. ¿Quién? ¿Por qué tú no me comprendes? ¡Tienes toda tu vida para verme! Para preparar otra cena, vendrán muchos cumpleaños más, pero en el trabajo aprovecho las oportunidades o las pierdo* —no digo una palabra, me contengo las ganas de decirle que también a mí me puede perder, pero, de hecho..., ya me perdió.

Al día siguiente, le pido a Natalie que me lleve al aeropuerto, durante todo el camino le escribo unas palabras a Oliver. Esperando mi número de vuelo, con mis ojos húmedos le doy una última ojeada a aquellas letras.

Voy a sentarme a escribir estas letras, ya que hablar contigo no puedo, siento que cada una de tus palabras me hieren y lo mejor, cariño mío, es dejar que termines tu trabajo tranquilo, porque la paz es algo que últimamente tu y yo no conocemos, y tienes razón, no es algo que se hable con calma a través de un teléfono celular, pero no estoy dispuesta a que me sobornes con besos y abrazos, porque esto no es algo que se resuelva de esa forma.

El ruidoso celular sigue sonando y lo más seguro es que seas tú, no contestaré tus llamadas, ni esta, ni las próximas, porque la verdad, mi muñeco, no quiero escuchar otra vez que no pensaste que me molestaría el hecho de que no llegaras a la «estúpida cena de cumpleaños» como la llamaste, algo que con tanto esmero logré terminar en un día, me duele.

Me duele que prefieras sentarte a hacer números y no consideres importante algo que hice para ti, me duele que no te tomes ni media hora para sentarte a cenar conmigo, me duele que dejes todo lo que provenga de mí a última hora, me duele que prometas algo y no cumplas, porque para mí, tú siempre has estado en primer lugar.

No te pediría tiempo, es ilógico, es lo que menos tienes, pero si quieres puedes buscarme una vez que aprendas a hacer un balance entre tu trabajo y tu esposa, el problema es... que cuando eso suceda, lo más probable es que yo ya no esté esperándote.

Te voy a extrañar, de hecho, ya te extraño, y no hay minuto que no te pasees libremente por mi mente, que cada cosa me recuerde a ti, que cada cielo nocturno me recuerde a tus ojos, cada detalle insignificante, cada sonrisa, cada abrazo, cada beso, pequeñas cosas que no parecerían importantes, pero esas son las que más recuerdo, pero las recuerdo más del Oliver Anderson anterior, al que tú me acostumbraste. Tú también mereces cumplir tus metas y perdóname por no comprenderte, pero yo no puedo comprender algo que yo nunca me atrevería a hacer, yo nunca hubiese preferido encerrarme a trabajar cuando la persona que amo está allá afuera haciendo algo especial para mí.

¿Recuerdas cuando mencionaste que este contrato era un negocio ganar-ganar? Ninguno de los dos ha ganado, tú ya no tienes la presidencia y yo no tengo el empleo y lo extraño es... que tú ya no quieres la presidencia y yo ya no quiero el empleo.

Cuando leas esto, lo más seguro es que yo ya esté en otro país, te deseo lo mejor y éxito en tu proyecto; pronto te llegarán los papeles de divorcio, mi firma ya estará ahí, solo dependerá de ti y volvemos a ser libres, nuestro contrato ha finalizado.

Atte.,

Alexandra Carlin.

Una lágrima corre por mi mejilla mientras doblo el bendito papel a la perfección.

—Alex, por Dios. ¿Estás segura? —levanto la mirada hacia Natalie, quien me está viendo con su extrema expresión de sorpresa y sus brazos cruzados.

—Por favor, solo házsela llegar —digo, extendiendo el papel, lo toma dudosa y vuelve a poner su mirada en mí—. Prométeme que por nada del mundo le dirás dónde estoy —mi voz se quiebra y más lágrimas corren por mis mejillas, ya me di cuenta de que yo no soy fuerte. Natalie niega con su cabeza en lo que se acerca a abrazarme, sus ojos están cristalizados y la escucho sorber por la nariz con su cabeza en mi cuello.

—Lo prometo —solloza—. Alex, yo no quiero que hagas esto, cuando lo lea se va a morir —trago saliva, yo no... No... Más lágrimas se asoman por mis ojos, no puedo ni pensar.

—Tiene su trabajo de consuelo, Natalie —tristemente es cierto, le doy una última sonrisa triste cuando escucho el número de mi vuelo a punto de despegar—. Te quiero —menciono, aún con mi voz entrecortada, ella se separa un poco de mí para ayudarme a tomar mis cosas.

—Y yo a ti —me mira a los ojos y sostiene mi mano, mis pies se dirigen a la dirección indicada y doy un último vistazo hacia ella antes de cruzar la puerta, sus ojos están lagrimosos y me da un último adiós con su mano.

(Capítulo 80)

—Señora Anderson... —la voz del abogado me saca de mis recuerdos y dirijo mi mirada a él quitándola de la ventana con vidrio azulado.

—Carlin..., por favor —corrijo, él apenado musita un «lo siento», simplemente le sonrío y vuelvo mi mirada a la ventana donde estaban mis ojos puestos hace unos segundos.

—Analicé su caso y el señor Anderson no estipuló nada de bienes separados con usted, lo que significa que todo lo que él ha adquirido este tiempo, incluyendo importantes acciones, el 50% le corresponde a su persona.

—Yo no quiero nada —dejo salir, sin dar vueltas al asunto, no despego la mirada de aquella ventana, de aquel vidrio azulado que malditamente me recuerda a sus ojos.

—¿Sabe a lo que está renunciando? —cuestiona, me mira como cualquiera lo hubiese hecho al escuchar que no quiero millones de Oliver en mi cuenta.

—Lo sé —contesto, con voz apacible, estoy segura de que Oliver no estipuló nada al respecto porque sabía que yo no iba a aprovecharme de la situación y no quiero hacerlo, yo no soy ambiciosa—, no quiero ningún porcentaje de lo que sea suyo.

Él asiente, sin decir más, me extiende los papeles y una pluma, me quedo estática viendo los papeles de divorcio por varios segundos, segundos eternos para mí; dirijo mi mano al pliego y me debato entre firmar o no, mi garganta está seca y mi corazón se saldrá de mi pecho, todo mi viaje pensé en esto, siento que una lágrima rodará por mi mejilla, nunca pensé que esto iba a ser tan difícil.

—Señora Carlin. ¿Está segura de que quiere hacer esto? —habla el abogado frente a mí al ver mi indecisión, mantengo fija mi mirada en un clip que está sobre el escritorio, es blanco, uno de los colores favoritos de Oliver.

Solo fue una estúpida cena, Alex, y actúas como si era nuestra boda y te he dejado plantada en el altar.

Esas palabras se reproducen en mi cabeza una y otra vez. Vuelvo en sí y sin pensarlo dos veces, con las manos frías y temblorosas dibujo mi firma en el lugar indicado, el espacio de Oliver está en blanco aún. Oliver Anderson, ese nombre hace dar a mi corazón mil vuelcos.

El abogado toma el papel y mi vista se queda fija hacia algún punto del lugar mientras me recuesto en el espaldar del sillón de la oficina del abogado.

—Se los enviaré al señor Anderson hoy mismo —despego mi mirada de aquel punto que se había vuelto interesante para mí en esos momentos y la llevo al abogado quien me extiende la mano, se la tomo y sin mencionar una palabra, extiende su brazo en dirección a la salida, me pongo de pie, acomodando mi chaqueta roja y salgo de aquel lugar. No sé ni dónde piso, solo camino hacia mi auto desorientada, todo para mí se vuelve gris, cuánto no pagaría por devolver el tiempo y nunca haber entrado a la revista *Anderson*.

Me hundo entre mis sábanas hecha un ovillo una vez que llego a mi habitación en mi nuevo apartamento, con esa opresión en mi pecho, un dolor incesante que no me deja respirar, trago saliva intentando calmar el nudo que quema en mi garganta. Las lágrimas inundan mi rostro, mis ojos arden, esto duele, duele como el infierno, amar duele... Muchas veces sentí el impulso de llamarlo, de volver a mi vida junto a él, pero esa llamada telefónica ronda en mi cabeza una y otra vez.

No sé por cuánto tiempo lloré ese día que firmé esos papeles, pero cuando me percaté ya era medianoche, una fría noche y estaba sentada frente a la ventana, mi aliento empañaba el cristal. Como si el cielo comprendiera lo que sentía, de inmediato una tormenta se desbordó y las lágrimas que empapaban mis mejillas caían al son de las gotas de lluvia escurriéndose por la ventana. Intenté contener las lágrimas muchas veces porque ya no tenía sentido para mí llorar por algo que ya estaba hecho, lo más seguro es que él ya lo haya superado y yo estaba ahí lamentándome. Me quedé sentada viendo al vacío... No entendía cómo eso me había sobrepasado a tal manera cuando yo siempre me dije que era fuerte..., pero la verdad, nadie me había llegado tanto como él.

Siempre despierto con la sensación de que él está a mi lado, hasta que caigo en cuenta de que ya no está, ni va a estarlo, que ya nada será lo mismo, que ya no acariciaré su cabello antes de dormir, que ya no escucharé sus risas, ni su karaoke en el baño intentando simular la voz de Steven Tyler; ya nadie cambiará la emisora de mi auto cuando música de Eminem empiece a sonar, ni tendré a alguien todos los domingos intentando hacerme un almuerzo, aunque eso últimamente había cambiado porque hasta la hora de almuerzo un domingo era hora de trabajo. Todo lo hago de manera mecánica, conduzco sin dirección, camino sin rumbo, mi mente no está conectada con mi cuerpo, si no es por los leves latidos de mi corazón juraría que estoy muerta.

—*Alex* —*volteo mi mirada en dirección a la voz, esa voz que de inmediato mi cerebro reconoce.*

—*Dime...* —*tomo su mano, esa fina y suave mano, me da una vuelta rápida que me hace sonreír.*

—*Te amo* —*me apega a su cuerpo sosteniéndome con sus brazos por mi cintura.*

—*Y yo a ti, Oliver* —*pega sus labios a los míos y se separa lentamente para ver mis ojos, me pierdo en esos cielos nocturnos, me pierdo en su aroma, en su piel.*

Despierto de golpe. ¡Maldita sea! Ese dolor punzante se instala en mi pecho nuevamente, ese nudo en mi garganta otra vez y sin pensarlo, las lágrimas amenazan por correr por mis mejillas, esto es una maldita tortura.

(Capítulo 81)

—*Alex, no puedes hacerme esto* —escucho su voz entrecortada, su tono está enronquecido, no me quiero imaginar cuántas lágrimas corren por sus mejillas. Natalie me mira con una expresión de tristeza en su rostro, hablábamos por su teléfono celular, él no tenía mi número.

—Yo... —balbuceo—, solo quiero que firmes —Natalie me mira, tiene su entrecejo levemente fruncido, aunque por el momento odie a Oliver no quiere que nos separemos.

—*¿Por qué, Alex? ¿Por qué me haces esto? Te juro que yo dejo lo que sea que me pidas que deje por ti* —dice esto último con un hilo de voz, mi pecho duele y mi corazón saldrá en cualquier momento.

—¿Y por qué hasta ahora, Oliver? ¿Por qué esperaste hasta que tomara esta decisión? —no dice una palabra—. ¿Cuántas veces hablamos sobre eso? ¿Cuántas veces discutimos por eso? Me prometiste muchas veces cosas que no cumpliste y yo no estaré ahí a tu lado esperando a que tú reacciones, me duele, pero si es más importante para ti tu trabajo yo no tengo por qué estarte diciendo que no lo hagas.

—*No, Alex... No es más importante. Simplemente, no medí las consecuencias* —suena desesperado y yo me debato entre anular el divorcio o no, hago una pausa, no sé ni qué contestar.

—¿Por qué no estableciste nada sobre los bienes en el acta de matrimonio, sobre todo sabiendo que era un contrato? —intento cobardemente cambiar de tema.

—*Modifiqué eso luego... Cuando ya me había enamorado de ti...* —un silencio incómodo se apodera entre ambos—. *Dime... ¿Tú me amas? Porque si en estos momentos me dices que no..., juro que firmo los papeles aquí y ahora. Pero necesito una respuesta.*

Maldición. Miro a Natalie con mis ojos empañados, no me dice nada, gira levemente para caminar hacia el baño mientras me siento en el filo de mi cama.

—Si no quieres firmar... está bien, pero sí creo que necesitamos tiempo.

—*¡A la mierda el tiempo, Alex!* —dice entre sollozos—. *Por favor, yo solo quiero que vuelvas, que intentemos esto de nuevo* —niego con mi cabeza, aunque sé que no me está viendo.

—Ya lo estábamos intentando. ¿Lo recuerdas? Y ni siquiera te dignaste a enviarme un mensaje para esperar más tiempo... Termina lo que sea que estés haciendo y si luego de eso aún quieres...

—*Alex, no... Solo quiero que me perdones* —lágrimas empapan mi rostro, yo ya no puedo seguir con esto, termino con esa llamada que me había dejado un terrible sabor amargo. Recuesto mi espalda sobre la pared y me deslizo sobre ella, esto me carcome dolorosamente. Natalie se acerca a mí tomando su celular, lo apaga al ver las llamadas incesantes de Oliver, se acuclilla y me rodea con sus brazos.

Desde ese día, no volví a saber nada de Oliver Anderson.

No sé exactamente cuánto tiempo había pasado... ¿A quién quiero engañar? Sí lo sé, veinte semanas y dos días, me había encantado tanto Londres para vivir que al tener que regresar a mi tierra por la promoción del libro se me hacía nostálgico. Hacía un mes estaba de vuelta en Nueva York y había retomado mi vida y mi trabajo, ya choqué una vez por haberme acostumbrado a las vías contrarias. Para mi sorpresa, mi libro había formado parte de los más vendidos y Aronofsky luego de leerlo, me hizo una propuesta de llevarlo a la pantalla grande con unos amigos productores suyos, pero no era todo, me había ofrecido ser parte de la productora; no solo sería mi libro en la pantalla grande, también sería mi debut como productora.

—¡Alexandra, mi bebé! Creí que no te iba a volver a ver —mi madre se abalanza sobre mí dándome un fuerte abrazo que hace que casi caiga de espaldas.

—Mamá, me viste esta mañana... ¿Qué pasa contigo? Y... ¿Qué les pasó a tus pechos? —interrogo, viendo lo abultada que se mira su blusa de esa parte.

—Tu abuela fue la que me regaló este sostén «Push-up» —contesta, haciendo la simulación de comillas con sus dedos.

—Solo espero que la abuela no te esté llevando por el camino de la perdición —digo, sentándome sobre un sillón nuevo que acababa de comprar.

—¿Yo qué? —la abuela entra a la sala con sus brazos como jarras y me mira con indignación—. Que tu madre ya pase los cincuenta no significa que sus lolas no se deban ver bien. Yo a los cincuenta años me sentía de veinte.

Río al caminar hacia la abuela y observo que también lleva un sostén similar.

—¿Sabes que estás loca, abuela? —la rodeo con mis brazos y ella hace lo mismo con una amplia sonrisa.

—¿Qué? En Nueva York te encuentras muchachos guapos donde sea —¡ah! ¡Dios! Ruedo mis ojos exasperada mientras sonrío negando con mi cabeza.

—Ah, por cierto, feliz cumpleaños, mamá —enuncio, revolviendo todo en mi bolso—. Te traje algo —eso hace que ella me mire, con su entrecejo fruncido.

—Pero hoy no es mi cumpleaños...

—Lo sé —la interrumpo—, pero no tenía a quién regalarle estos dos boletos para un viaje en crucero... —le extiendo el paquetito que ella mira con sorpresa—. Sal a distraerte de la cárcel que es tu vida y llévate la abuela —la abuela chilla de emoción y me estruja entre sus regordetes brazos nuevamente.

—¿Cárcel? Mi vida no es una cárcel, Alex —mi madre sonríe y me abraza una vez que la abuela me ha dejado libre, aunque lo niegue, sé que le gusta la idea de irse en crucero—. Tal vez deberías ir con Joaquín, Lydia —escucho a mi madre hablar, giro de inmediato sobre mis talones y miro a la abuela, quien tiene las mejillas encendidas y acomoda su cabello mientras aclara su garganta.

—¿Quién es Joaquín? —suelto de inmediato frunciendo mi entrecejo.

—El novio de tu abuela —mi madre suelta una risa intentando tapar su boca con su mano. ¿Novio de la abuela?

—No es mi novio —se defiende la abuela—, es el jardinero —la abuela camina acomodando su vestido de flores con extrema seriedad hacia el comedor.

—Abuela, pero... tú no tienes jardín —recuerdo que ella dijo que odiaba los jardines porque eran criaderos de bichos.

—Ahora sí —dice, antes de perderse por la puerta del comedor, miro a mi madre esperando una explicación y ella se rasca la parte trasera de su cabeza con una expresión divertida.

—Es un mexicano de unos cuarenta y cinco años que tu abuela no dejaba de ver cada vez que llegaba a podar el jardín de la casa vecina, entonces ella hizo un jardín —cierro los ojos por unos segundos, esto no puede ser verdad.

—¿Saben qué? Mejor me voy a dormir —menciono—. Más tarde vendrá Natalie, por favor, háganla pasar —mi madre asiente en lo que me dispongo a caminar hacia mi habitación.

No sé cuánto tiempo había dormido, unos golpes en la puerta me despiertan, tallo mis ojos mientras enuncio «adelante» con un tono de voz enronquecido. El chillido de Natalie me hace estremecer.

—¡Natalie! —riño, tapo mis oídos por instinto y ella sonríe ampliamente.

—¡Alex! ¿Por qué estás durmiendo? Ya es hora de irnos —toma mi brazo y tira de mí para sacarme de la cama, y sí que lo logra, pero en el suelo.

¡Maldita sea! Cuando llegue a vieja necesitaré una silla de ruedas. Ella ríe sonoramente, yo no le veo la gracia. La fulmino con la mirada mientras me pongo de pie encabronada tirando todo lo que encuentre en mi camino.

Unas horas después ya estábamos en el avión del programa camino a Los Ángeles, California; me maquilló todo el camino y me hizo ponerme un maldito vestido blanco superapretado al llegar al hotel donde nos hospedaríamos, casi no puedo respirar, para rematar las cosas me lleva a jalones hasta dentro de la sala con mis pies encerrados en unos enormes zapatos con brillos, ya no soporto los pies.

—Natalie, basta —menciono—, voy a caer enfrente de todas estas personas por tu culpa —ella simplemente ríe, maldita, me lleva hacia el grupo de personas que conforman el programa casi a arrastres, todos esbozan una sonrisa al vernos y eso que veníamos juntos en el avión. Al único que no había visto es al señor Aronofsky, ya que él venía desde Venecia, ya hasta había aprendido a mencionar su nombre, al lado de él está su hijo a quien había conocido el día del lanzamiento de mi libro.

Natalie me arrastra hacia unos sillones y Matthew va con ella, me tenté a preguntar por qué David no la había acompañado, pero no es un buen momento, se ve más tranquila al lado de Matt, quien ya es lo más cercano a una celebridad. Tomo algunos tragos mientras escucho su conversación, pero luego de un par de horas, las ganas de hacer pis me ganan.

—Debo ir al baño —murmuro en el oído a Natalie, ella de inmediato se pone de pie como es costumbre entre nosotras las mujeres, pero niego con mi cabeza, yo puedo ir sola, no quiero interrumpir su charla, ella asiente simplemente y dirijo mis pies hacia lo que creo que son los baños.

Mientras camino por un momento escucho mi nombre, volteo a ver atrás cuando observo que es alguien saludándome. ¿Lo conozco? No lo sé, pero saludaré de igual manera, le sonrío al señor de mediana edad y giro sobre mis talones de manera brusca para seguir mi camino; de inmediato choco con alguien quien se dirigía en dirección contraria, haciendo que mi cartera de mano caiga al suelo y su trago se derrame sobre el pequeño bolso de cuero. Me inclino a recogerlo mientras me disculpo y él hace lo mismo, ambos tomamos el bolso al mismo tiempo, nuestros dedos rozan, una corriente eléctrica recorre mi columna vertebral al contacto de su piel con la mía, de inmediato levanto la mirada, esos orbes azules se clavan en mí. Esto no puede ser cierto.

(Capítulo 82)

Me quedo paralizada, no sé qué hacer, no puedo moverme, siento que el aire me está faltando, pero no puedo despegar mi mirada de sus ojos, él tampoco lo hace, no se mueve... No sé cuánto tiempo habrá pasado, pero mis pies ya están comenzando a doler por la posición, intento ponerme de pie, pero por culpa del maldito vestido de Natalie me es imposible; él me extiende su mano para ayudarme y sin vacilar la tomo, sin aún despegar la vista de sus ojos, esa enigmática mirada está sobre la mía, siento mi cuerpo desfallecer y mis rodillas flaquear al ponerme sobre mis pies, mi mano está sobre la suya, mi garganta está seca y mi corazón golpea mi pecho con fuerza. Él hace un gesto para decir una palabra cuando unas personas tras él llaman su atención, siento que no puedo cortar el contacto visual, hasta que él, finalmente, lo hace cuando uno de sus acompañantes golpea su hombro y murmura algo en su oído.

Qué caprichoso es el destino.

Doy la vuelta de inmediato, hasta las ganas de hacer pis se esfumaron, o es que me hice encima, no lo sé. Camino a paso rápido hacia el sillón que estaba con Natalie tomándola de su antebrazo y arrastrándola conmigo, tiro de ella no importándome si tropieza o no, yo quiero salir de aquí.

Mis manos tiemblan, están sudadas y frías, mi corazón bombea a mil por hora, esa bola de angustia se apodera de mi garganta y no entiendo cómo mis piernas responden tan rápido y con inmensos tacones.

—Alex, alto ahí... ¿Qué es lo que pasa? Detente —mis tacones se entierran en el pasto verde, volteo a ver atrás en dos ocasiones, no sé por qué pienso que me estaría siguiendo.

—Oliver está aquí —menciono, con un hilo de voz—. Quiero irme de regreso al hotel.

—¿No viste si David estaba con él? —me interrumpe, niego con mi cabeza. La verdad no había visto nada a mi alrededor los minutos que estuve frente a él.

—Bueno, me iré contigo —enuncia—, solo déjame enviarle un texto a Matthew.

Recuesto mi espalda sobre una pared mientras espero que Natalie escriba el texto. ¡Maldición! Oliver... ¿Por qué tuviste que aparecer cuando yo ya estaba comenzándome a sentir bien? O eso me estaba haciendo pensar a mí misma todo este tiempo. Miro hacia la puerta por la que salí una y otra vez.

—Dice que se irá con nosotras —habla Natalie, muerdo la uña de mi dedo índice, mis pies se dirigen en dirección a la puerta de regreso, Natalie me observa alejarme sin decir una palabra, no sé cuándo mis pies se volvieron tan ágiles con estas cosas puestas encima.

Me abro paso entre la gente en dirección a la mesa donde los acompañantes de Oliver estaban, y ahí están, pero él no está ahí... Ni un rastro de él, llevo mi vista a la barra, luego a la pista de baile... Miro alrededor y no hay señas de Oliver... Camino hacia el baño de hombres y por suerte no hay nadie, porque hubiese sido incómodo entrar y encontrarme algunos haciendo pis por ahí. ¡Maldita sea! Esas ganas de llorar se apoderan de mí, estoy segura de que él también salió del lugar al verme.

No puedo explicar lo que justo sentí en ese momento, por unos instantes sentí unas ganas inexplicables de abrazarlo, de ir hacia él..., de saber cómo está... Estoy jodidamente enamorada de ese hombre, varias lágrimas corren por mis mejillas al recordar ese momento, no sé cómo me llegué a enamorar tanto, pero duele... Vuelvo a repetir, amar duele.

Me siento sobre el sillón color caoba que está muy cerca de la entrada de mi apartamento mientras espero a mi madre y a la abuela terminar de arreglarse para ir a dejarlas al aeropuerto. Muerdo una manzana que había tomado del comedor hace unos minutos, leo una publicación que reposa sobre la mesa muy cerca del lugar donde estoy, para mi sorpresa es una revista *Anderson*, una punzada se instala en mi pecho al escuchar ese apellido, al parecer todo está funcionando con normalidad en la revista.

Ojeo las páginas de la revista cuando unos golpes en la puerta me sobresaltan, la pongo de regreso a su sitio y camino hacia la puerta, al girar la perilla y abrir, hay un joven hombre del otro lado con un uniforme del correo.

—¿Alexandra Carlin? —cuestiona, viéndome a los ojos, frunzo el ceño y asiento tomando el paquete que él me está extendiendo—. Firme aquí, por favor —hago lo que el amable hombre me pide y una vez que se despide cierro la puerta y observo que el paquete es de mi abogado, de inmediato abro la bolsa de papel y saco el contenido del interior tomando lugar en el sillón que estaba. Son los papeles del divorcio... Y ahí está... La firma de Oliver...

—Alexandra... —la voz de mi madre me hace levantar la mirada hacia ella, mis ojos están llorosos y de inmediato se acerca a mí observando el papel en mis manos, gesticula una sonrisa triste mientras acaricia mi cabello.

Yo que creí que se habían acabado mis días de depresión; bienvenido, invierno.

Se dice popularmente que todos somos media naranja y que nuestra mitad complementaria está por ahí afuera, algún día por el supuesto hilo rojo del destino llegamos hasta aquella otra mitad de cítrico y sucede la magia; creo fielmente, que yo soy un calcetín, los calcetines están destinados a quedar sin pareja en algún momento de sus vidas.

Ya estoy quedando loca.

—Yo maquillo a Alex —Natalie entra a la sala de maquillaje mientras ojeo un periódico, mi ánimo no es el mismo, ni siquiera volteo a verla para esbozarle una sonrisa, no tengo ganas de sonreír y ahora tengo que salir a actuar allá afuera para todo el país.

—Natalie es mi maquillista personal, Natasha —digo a la chica que sostiene un *blush* y un aplicador, Natalie acomoda su bolso y aparta a la chica. Al menos tengo quien me cele.

—Señorita Carlin... 10 minutos para la entrevista —asiento, Natalie chilla y comienza a aplicarme un montón de cosas en el rostro.

—Natalie, relájate —riño, intento sonreír, pero me sale más falsa que la de Brittany.

Cuando ella cree que ya estoy lista me deja ponerme de pie, según el hombre vestido de negro ya quedaban 50 segundos, escucho mi nombre y salgo a aquel bien arreglado set del programa más grande de Nueva York y en vivo. Veo la portada de mi libro y mi nombre por todos lados, nunca he sentido temor por hablar frente a las cámaras, salgo sonriente, como si mi vida fuera la mejor en estos momentos y como si siempre he sido soltera y feliz, tomo lugar donde la presentadora me indica luego de saludarnos con un beso en la mejilla.

—Guau —dice, finalmente, luego de la ronda de aplausos—. Me leí el libro y terminé en lágrimas, qué buena forma de llegar a las personas —solo asiento con una sonrisa agradeciéndole por sus palabras.

Fueron unos cinco minutos de buenas preguntas, todo marchaba bien sobre charlas y risas, noticias sobre llevarlo a la gran pantalla, mi trabajo en producción y como guionista de una de las series más importantes de zombis.

—Al parecer todo te ha ido mejor desde el divorcio con Oliver Anderson —menciona la mujer rubia de cabello corto, esto no es parte de la entrevista, miro al productor, quien solo está escribiendo en una libreta y vuelvo mi mirada a ella, quien solo está esbozando una sonrisa—. ¿Fue cierto lo del contrato? —aclaro mi garganta, el productor sigue ajeno a mi mirada fulminante.

—La verdad sí lo fue, por unos días... Sí sabes a lo que me refiero —me encojo de hombros mientras me cruzo de piernas con una sonrisa. Ella ladea sus labios.

—Entonces... ¿Por qué lo del divorcio? —cuestiona, intento no pensarlo mucho porque este tipo de medio luego se inventa cosas muy extrañas—. Entiendo que muchos hablan de Oliver Anderson como cruel y despiadado. ¿Ese fue el motivo?

Oliver no es para nada de esa forma, hasta me molesta escuchar esas palabras. Me recuesto sobre el espaldar de mi silla para sonar lo más cómoda posible al decir estas palabras.

—Oliver Anderson, es la persona más humilde, más sincera y más respetuosa que yo haya podido conocer... Creo que quien habla de él de esa forma es porque no se ha tomado ni dos minutos para conocerlo, yo nunca he encontrado un hombre como él y creo que nunca lo encontraré, si bien es cierto, nadie es perfecto... Cada quien tiene su forma de cometer errores de una manera diferente... y eso es algo que nos pasó a ambos... Cometer errores, solo que de una manera diferente...

La presentadora me mira cuando todos comienzan a aplaudir, les esbozo una sonrisa que bien pude actuar, pero no me salió actuada, ni la forma que dije esas palabras... Genial... Le acaba de quedar claro a toda América que yo sigo enamorada de Oliver Anderson.

El productor grita unas palabras y todos comienzan a moverse de su sitio, yo hago lo mismo y la presentadora, quien creo lleva el nombre de Hillary me extiende su mano con una amplia sonrisa; desearía tirarla por las escaleras por preguntar esas cosas, pero no quiero cargos por un golpecito que se dé.

Salgo del set pensando en mis propias palabras cuando Natalie se me acerca con sus ojos brillosos, sí, ya sé que se emocionó con las palabras que dije... Para mi sorpresa, me extiende un papel, frunzo el ceño y lo tomo, está doblado de la misma forma que yo doblé el que le envié a Oliver aquel día.

Lo abro sin siquiera pensarlo dos veces, mis ojos se nublan de inmediato a medida que mis ojos reconocen aquellas letras. Llevo mi mano a mi boca para ocultar mi gesto de asombro, mis manos tiemblan, siento que me desmayaré en cualquier momento.

Ahora seré yo, quien se sentará a escribir estas palabras, ya que hablar contigo no puedo, más bien, no me dejas, lo cual te agradezco; si no me hubieses enseñado por las malas, la importancia que tiene dedicarle un tiempo a mi esposa nunca lo hubiese entendido. Aunque, tu lección fue muy dura, te busqué por todas partes y no pude dar contigo.

Ya que no me dejaste la opción de que charláramos sobre la carta que me enviaste, miro justo y prudente desahogarme por medio de otro papel, espero no te deshagas de él, porque el tuyo, yo aún lo guardo en un lugar especial, dentro de mi libro de Estadísticas, junto a aquella notita que me dejaste con las palabras «Te amo».

Te he pedido perdón miles de veces por esto, pero, en serio, lo hago con el corazón en la mano, nunca fue mi intención ofenderte con mis palabras, estaba tan estresado ese día que no medí las consecuencias y no sabes cómo me arrepiento, soy un idiota, lo sé, y te vuelvo a pedir perdón.

Sigamos con lo del «negocio ganar-ganar» que te mencioné al inicio del contrato, tienes razón, primer negocio en el que fallo, porque ninguno de los dos ganó, o al menos eso pensaba, porque, de hecho..., yo sí gané, gané una mejor amiga, una compañera, una confidente... Gané al amor de mi vida.

Espero que estés feliz porque firmé tus papeles de divorcio, pero lo hice para cerrar ese mal negocio. Ahora, si me lo permites, quiero hacer las cosas bien, con el orden correcto.

No sé si quieres contestarme, o abofetearme..., pero para cualquiera de las dos opciones estoy aquí afuera... Traje las flores, los putos chocolates, pero no encontré el oso de felpa que dice «PERDÓNAME»; sin embargo, encontré un Spiderman con las mismas letras.

Por cierto, te ves hermosa.

Atte.,

Oliver Anderson.

Me quedo estática esperando que esto sea una broma, me ordeno a mí misma a salir de aquel lugar y mis pies se mueven en dirección a la salida, con lágrimas corriendo por mis mejillas, abro la puerta principal y ahí está, con las flores, el Spiderman y los putos chocolates, con sus caderas recostadas sobre su auto que ya no es el mismo, es el más nuevo que estaba anhelando, de inmediato sus ojos me enfocan y esboza una sonrisa.

No sé qué hacer, me quedo paralizada... Observo el Spiderman de felpa que sostiene en las manos, en su pecho tiene la palabra «PERDÓNAME». Yo... No sé si reír o llorar, él camina hacia mí y mis pies me ordenan ir hacia él, me extiende el Spiderman y subo la mirada a sus ojos, mientras él se acerca más a mí para que lo tome.

—¿Y bien? —pregunta, limpio mis lágrimas..., pero estas lágrimas son diferentes, y este dolor en mi pecho es diferente, es de felicidad, siento que esto es un sueño—. ¿Aceptarías una cita conmigo?

Ni siquiera tengo palabras, solo lo observo... Las lágrimas nublan mi visión y él extiende su mano y con su dedo pulgar limpia suavemente una de mis mejillas.

No sé si salir corriendo o quedarme aquí o abofetearlo.

—Me conquistaste con el Spiderman —contesto con mi voz entrecortada, esto hace que él ría levemente y se acerca más a mí—, pero tú estás a prueba —él sonríe de manera cálida, mientras poco a poco va acercando su cuerpo al mío.

—El tiempo que quieras, Alex... —con sus ojos empañados, lleva un mechón de mi cabello detrás de mi oreja—. Prométeme que nunca más volverás a desaparecer de esa forma —lleva su brazo alrededor de mi cintura y acerca su cuerpo al mío, no puedo contener las lágrimas, ya ni siquiera sé cómo reaccionar.

Niego con mi cabeza mientras intento soltar una sonrisa.

—¿Me permites? —menciona, con nuestras narices rozándose, malditas lágrimas, una de las suyas se apresura a correr por su mejilla, sigo pensando que esto es un sueño, pero en realidad no, él está aquí y vino por mí cuando yo ya daba todo por perdido. Asiento con mi cabeza y él une sus labios con los míos, en un beso suave y delicado, uno de esos que me vuelven loca y me hacen salir de mis cinco sentidos, llevo mi mano libre a su cuello para profundizar el beso, creo que él es quien no tiene idea de lo mucho que extrañaba esos labios.

(Capítulo 83)

Ahora sí, se lució para nuestra «primera cita», no fue un lugar lujoso, no, fue en el patio de su casa, junto a la piscina, con velas aromáticas, con el cielo alfombrado con millones de estrellas, y comida hecha por él mismo, y voy a admitir que ahora hasta cocina mejor que yo. ¡De cuánto me perdí durante estos cinco meses! Mucho de qué hablar, mucho más cuando su padre interrumpió nuestra «charla» al llegar sin avisar con una botella de *champagne* cuando las cosas se estaban comenzando a poner buenas. Al verme, amplió su sonrisa y miró a Oliver.

—Creo que volveré otro día, hijo mío —menciona, luego de estrecharme la mano y caminar a zancadas de regreso a su auto. Volteo mi mirada a Oliver con el entrecejo fruncido esperando una respuesta.

—Digamos que... fue mi compañero de tragos durante estos cinco meses —y por mi mente, comienzan a pasar todo tipo de escenarios donde Oliver corea al lado de su padre la canción del *Titanic* en una celda, suelto una carcajada que hace a Oliver mirarme con intriga.

Luego, ya la «plática» no se dio, Rosa se apareció unos minutos después gritando desde el portón de entrada, se abalanza sobre mí haciendo que choque mi espalda contra la pared.

—Niña Alex —Rosa llora amargamente y hace mis ojos humedecer—, nunca se le ocurra volver a hacer eso, y si lo hace, por favor, lléveme con usted —suelto una risa entre lágrimas, Oliver aparta su chaqueta de cuero para llevar sus manos a su cintura y la mira con indignación.

—Me dueles, Rosa —enuncia, con fingido dolor en sus palabras, ella levanta levemente la mirada—, eres como una segunda madre para mí y me haces esto en mi cara —finge lloriquear.

—Es que con usted no es divertido ver series en *Nesflis*, niño Oliver —continúa aferrada a mí—, que le quede en la memoria que, si vuelve a hacer algo para que la niña Alex se vaya, nos pierde a ambas —no sé si reír o llorar en estos casos—. Por cierto, vine por mis cervezas, usted me dijo que cuando se divorciara me invitaría a unas cervezas.

Rosa lo mira con extrema seriedad haciendo que Oliver suelte una leve risa.

Y con nuestro divorcio se ganó las cervezas, luego nos emborrachamos y ella se fue a su casa tropezando a media calle soltando un «Jueputa» sonoro que me hizo soltar carcajadas, maldita niña Rosa, ya la extrañaba.

El resto de las citas, fueron las mejores citas de mi vida, ya había olvidado lo que es tener un novio y esa sensación de los nervios al verte al espejo una y otra vez para darte un último vistazo porque quieres verte perfecta para él, aunque eso a Oliver no le importa... Para él todo es perfecto, hasta mis *shorts* de Deadpool.

—No sé, la verdad, cuántas veces tengo que hacer esto contigo, Alex —lo miro desorientada mientras llevo un sorbo de vino a mi boca—, pero espero que esta sea la última.

Oliver se pone de pie, cuando unas personas que están sobre una pequeña tarima comienzan a entonar una música romántica que no logro reconocer, pero es linda, creo que ya sé qué es lo que va a pasar. Se postra frente a mí con una rodilla en el suelo mientras toma mi mano izquierda. Sé lo que va a hacer y ya lo ha hecho antes, pero, aun así, mi estómago se estruja y mi corazón comienza a bombear con fuerza a tal punto de querer salir por mi pecho.

—Esta vez, lo quise hacer de una forma más tradicional y con testigos —todos a nuestro alrededor nos miran, pero eso es lo menos importante para mí, llevo mi mano a mi pecho mientras miro cómo abre la cajita de terciopelo negro—. Alexandra Carlin. ¿Te casarías conmigo? —¡maldita sea! Lágrimas quédense ahí, pero no, son tan desobedientes como la misma portadora de ellas que de inmediato salen a inundar mis mejillas, asiento con completa emoción y él desliza el anillo por mi dedo anular y lo observo... En la parte de arriba se forma una rosa, una rosa cubierta de piedras... Ya tengo tres anillos de compromiso—. Lo di a hacer exclusivo para ti, así que es diseño único —las lágrimas continúan corriendo por mi rostro y él se pone de pie.

—¡DIJO QUE SÍ! —exclama, y todos sus socios en la sala comienzan a aplaudir, yo aún sigo hundida en lágrimas, me extiende su mano para ponerme de pie, sus labios se posan sobre los míos, todos se ponen de pie y aplauden—. Bien. ¿Cuándo sería? —cuestiona, rodeándome mi cintura con sus brazos.

—¿Qué tal hoy? —él enarca una ceja y yo sonrío ampliamente.

—¿Qué? No —dice de inmediato—, yo quiero una boda tradicional, con las estúpidas flores... Nuestras familias juntas.

—Espera... ¿Tú? ¿Oliver Anderson? ¿Quieres una boda tradicional con flores? —no puedo evitar reír y puedo ver sus mejillas colorearse, aclara su garganta.

—Digo, para darle gusto a Natalie, sería una pena desperdiciar todos esos arreglos —intenta ver hacia otro lugar con su cara de todos colores, río nuevamente y tomo su rostro con ambas manos juntando mi frente con la suya.

—Yo te amo, y me casaría hoy, mañana o cualquier otro día rodeada de flores y corbatas rosas, siempre y cuando sea contigo —él sonríe, juntando sus labios con los míos.

Ya de por sí, soy lo bastante afortunada como para que Oliver «Buenas Nalgas» Anderson me haya propuesto matrimonio tres veces.

Y aquí estoy, una semana después. ¿Por qué una semana? Porque ya habíamos dejado a Natalie con los preparativos listos dos veces. Aliso la falda de mi vestido blanco, la seda chifón le da un aspecto juguetón con un poco de viento. No puedo evitar sentirme nerviosa, mis manos están frías, estoy casi tiritando, maldita sea. Mi madre entra a la sala con una enorme sonrisa en sus labios, al verme lleva sus manos a su rostro y sus ojos lagrimean, la señora Margot viene tras ella y de inmediato me abraza.

—Te ves hermosa, Alex —enuncia, llevando una tiara a mi cabeza—. Es la que yo usé cuando me casé hace ya 29 años, el último regalo de mi padre —sus ojos se humedecen mientras me mira a los ojos—. Nunca tuve hijas, pero a ti ya te considero una —esta gente me hará llorar, estropearé mi maquillaje y Natalie entrará por esa puerta gritándome. Tras ella se aparece el señor Anderson, quien esboza una enorme sonrisa mientras me rodea con sus brazos.

—Bienvenida a la familia como se debe, recuerda que, aunque perdiste a tu padre biológico, tienes otro padre aquí, Alex —me mira a los ojos con una sonrisa ladeada, mis ojos se inundan de lágrimas, no puede ser, mi maquillaje se va a arruinar.

—No puedo creerlo —enuncia la abuela, volteo hacia ella mientras me mira de pies a cabeza, lleva un largo vestido grisáceo, Natalie había designado ese color para todos los invitados, entra a la habitación con sus manos sobre su rostro y de inmediato me abraza—. Alex —murmura—. ¿Quién es el muchacho guapo cabello negro que vino esta mañana? —frunzo mi entrecejo, el único que vino esta mañana fue Henry.

—¿Henry? —interrogo, al mismo tono que su voz—. El hermano de Oliver.

Suspira y yo la observo con intriga.

—Definitivamente, me mudaré a Nueva York, ahí hay muchos hombres que hacen mi desierto humedecer —espero que los señores Anderson no hayan escuchado eso.

Se ha llegado la hora, Natalie y Stefanie comienzan a desfilar por la alfombra rosa pálido con sus vestidos del mismo color, mi madre toma mi mano para salir tras ellas.

Y comienzo a caminar, la marcha nupcial comienza a sonar y todos voltean hacia mí, el jardín de la casa de mi madre está perfectamente decorado, el césped más fresco que nunca, las sillas elegantes con bellos decorados que solo Natalie puede hacer, el altar con bellas enredaderas, esto parece un sueño. Mi madre se ve estupenda con un vestido rosa más elaborado que el de las damas de honor, no puedo evitar pensar, que este lugar sería el de mi padre, intento reprimir cualquier sentimiento triste, pues este es el mejor día de mi vida, y sé que donde estoy él está conmigo, me lo dejó dicho en su última nota. Trago el nudo en mi garganta, al ver a Oliver y sus orbes azules mirarme fijamente, no puedo creer que Natalie lo hizo ponerse la corbata rosa, me podría burlar, pero este no es un buen momento, al lado de él está David y para mi sorpresa junto a Henry, quienes también llevan corbatas rosas, el sueño de Natalie hecho realidad.

Y aquí estoy a punto de contraer matrimonio con el hombre de mis sueños, pero ya no es como la primera vez, ya no es un contrato y él ya no es mi jefe.

Mi madre hace su formal entrega de mí y Oliver no puede despegarme su mirada, ni yo la mía de él. ¡Madre mía! Se ve tan guapo y es que el blanco siempre le ha favorecido. Me sonríe ampliamente y observo cómo sus ojos se humedecen, me da un abrazo, un tierno abrazo mientras su fragancia se impregna en mí, voy a llorar en cualquier momento.

La ceremonia inicia, seguidos los «sí, acepto», se llega la hora de los votos, yo no tuve necesidad de escribirlos, sé exactamente lo que quiero decirle mientras deslizo el anillo en su dedo anular, él para mí también es mi mejor amigo, compañero y el amor de mi vida, alguien a quien quiero para el resto de mi vida hasta que la muerte nos separe; Oliver me mira y una lágrima corre por su mejilla mientras me desliza el anillo por mi dedo anular, dejándome más sin palabras con sus votos, haciendo que incluso la abuela suelte algunas lágrimas y sin mencionar su madre.

—Los declaro marido y mujer —todos aplauden ante las palabras del abogado—. Escuché por ahí que a ustedes les gusta hacer las cosas al revés, así que... —se dirige a mí—. Puede besar al novio —no, yo nunca encontraré a lo largo de mi vida personas serias, ni para casarme, todos se carcajean al mismo tiempo convirtiéndose en sonidos cariñosos una vez que nuestros labios se unen.

Ese día nos pasamos de copas todo el camino hacia Brasil hablando estupideces que solo nosotros entendíamos, ya de por sí ni sobrios somos normales no me quiero imaginar cómo nos veíamos borrachos y carcajeándonos con una botella de *champagne* en las manos, cada uno.

Ni siquiera llegamos al hotel, ahí mismo en el *jet* nuestro matrimonio fue consumado sobre los sillones de terciopelo, espero que el piloto no haya escuchado nada. Y ese solo fue el inicio de una buena luna de miel, vuelvo a repetir... Todas las veces con Oliver se sentirán como la primera.

(Un año más tarde)

—Bien. ¿Cómo se supone que funciona esto? —cuestiona Oliver, sentándose sobre el borde de la cama mientras sostiene una prueba de embarazo, hay cuatro más solo para cerciorarnos de que el resultado sea el correcto.

—Supongo que tenemos que esperar cinco minutos —menciono, sentándome al lado de él, comienzo a morder la uña de mi dedo índice mientras Oliver tamborilea sus pies en el suelo alfombrado. Nunca había estado más ansiosa.

—Alex, ahí hay veinte más —menciona, señalando a mi costado, frunzo mi entrecejo y miro la bolsita con varias cajitas de prueba, lo miro con mis ojos entrecerrados.

—¿Y de dónde crees que sacaré tanto líquido para veinte pruebas? —contesto, Oliver sonríe ampliamente mientras levanta su mirada a mí.

—¿Las puedo orinar yo? ¿Funcionaría? —no puedo evitar reír, lo dice con una extrema seriedad que cualquiera pensaría que lo dice en serio.

—De... Deberíamos probar —balbuceo entre risas, me recuesto sobre la cama mientras esperamos el resultado—. ¿Y si es negativa? —interrogo, aún no estamos seguros, los retrasos en mí son bastante normales, lo que no es normal es Oliver atragantándose hamburguesas a los 2 de la mañana.

—Seguimos intentando —dice, con una sonrisa pícara y una ceja arqueada, me hace reír nuevamente, no sé, son los nervios.

La espera más larga de mi vida... Hasta que... Todas las pruebas arrojan lo mismo.

—Dos rayas —menciona Oliver de inmediato.

—¿Dos rayas? —cuestiono, poniéndome de pie para mirar una de las cajitas que estaba en el piso, necesito saber el significado de las dos rayas y Oliver hace lo mismo.

¡No puede ser! Ya me comenzaron los mareos.

—¡VAMOS A SER PAPÁS! —exclamamos a la vez, levanto las palmas de mis manos y él las choca con las suyas, fundiéndonos en un abrazo haciendo que caigamos sobre el colchón afelpado en risas, no sé, puede ser el *shock*, aunque lo veníamos planeando desde hace unos meses, toma mi rostro con ambas manos y me mira fijamente a los ojos.

—Te amo, Alexandra —menciona, con un tono dulce, su frente muy junto a la mía hace que nuestras narices choquen y nuestros alientos se mezclen, con su pulgar acaricia mi mejilla y esbozo una amplia sonrisa.

—Y yo te amo a ti, Oliver —él también sonríe, con un gesto bastante tierno en su rostro, muy cerca de mis labios, uniéndolos con los suyos nuevamente de una manera delicada como solo él sabe hacerlo.

(Epílogo)

Si hace unos años alguien me hubiese dicho que estaría felizmente casada con Satanás Anderson y que tendríamos una linda rubia con ojos azules juro que me le hubiese reído en la cara y luego lo hubiese apuñalado vivo por estúpido y arrastrado su cuerpo hasta un río envuelto en un plástico con piedras en su interior para que se sumerja hasta el fondo... Bien, demasiado Discovery Channel... Me disculpo, estuve nueve meses sin salir de mi casa viendo dicho canal por culpa del señor Oliver Anderson junior y la señora Alicia Carlin, a quienes se les metió en la cabeza que si salía podía ser atropellada por algún conductor inconsciente, perder a la bebé y morir.

Sí, estoy jodida con esos dos juntos.

Pero bueno, volviendo al tema inicial, así es la vida, caprichosa e inesperada, muchas cosas que no creías pasan y muchas cosas que planeaste no pasan. La vida no es de preguntar si quieres o no quieres, las cosas solo suceden y eso es lo emocionante de la vida, no sabes dónde estarás mañana, solo importa el hoy. Lo que estás viviendo, disfrutar el día a día, porque lo que hoy es... mañana puede no serlo. No siempre todo es fácil, pero depende de nosotros quedarnos estancados o movernos.

—Lo único que veo aquí es cómo Oliver sube un kilo cada mes —habla David soltando carcajadas junto al señor Anderson, quienes miran nuestro álbum familiar. Desde el primer día que nos enteramos del embarazo tomaba una fotografía cada mes para ver cómo esa nueva vida crecía en mi interior, en todas las fotos Oliver estuvo conmigo, fueron las fotos más tiernas que nos hayamos tomado juntos y la última fue con nuestra pequeña rubia recién nacida en brazos.

—Claro, y cómo no iba a engordar —ironiza el señor Anderson—, si ya no me invitaba a tomar un trago, no, me invitaba a comer hamburguesas —*bullying* a Oliver *forever* por andar diciendo que odia la comida chatarra, eso es lo más gracioso de todo el asunto, pasó nueve meses comiendo hamburguesas diciendo que las odia.

—Solo mírate, pareces el jodido Winnie Pooh en la última foto —continúa David, bien, eso me hace reír... Lo que hace que Oliver me fulmine con la mirada mientras camina hacia mí, y eso hace que me dé más risa.

Se sienta a mi lado cargando a una pequeñísima Haylie en brazos, sus rizos rubios comienzan a asomarse y brillan con la luz del sol, lo único que sacó a mí, porque el resto es solo papá. ¿Dónde diablos quedó todo mi esfuerzo? Ya se pueden imaginar quién se vuelve loco por ella; de hecho, desde el día que le dijeron que era una nena se fue de compras, mi madre y la señora Margot casi se vuelven locas y se fueron con él, a las semanas ya estaba todo listo para que ella llegara al mundo y aún faltaban más de cinco meses.

Cuando Oliver está en casa, ni siquiera puedo cargarla, él quiere estar todo el tiempo con ella, y ella con él, es recíproco, como me lo imaginé; es un gran padre, yo no tengo necesidad de levantarme a las tres de la mañana por ella, él lo hace antes de que yo siquiera abra un ojo y regresa hasta que ella ya está contenta. Hace biberones, cambia pañales y contenta a Haylie mejor que yo, y es que las 45 enciclopedias que se leyó sobre padres primerizos parece que ayudaron bastante, hasta se me derrite el corazón al verlo con su traje Dior perfectamente planchado, su cabello bien peinado y su caro perfume invadiendo su oficina mientras teclea en su computador con una mano y con la otra sostiene a la bebé.

—Oliver es el que tuvo que usar las clases de yoga postnatales que conseguí para Alex —sí, también la señora Margot le hace sus burlas, Oliver solo la mira con sus ojos entrecerrados y ella ríe mientras extiende sus manos para cargar a Haylie.

—Mamá, ten cuidado —menciona Oliver, dejando suavemente a Haylie en los brazos de su madre.

—Amor, te recuerdo que yo ya fui madre... dos veces, sé más que ese canal de YouTube sobre ser padres que miras todos los días —la señora Margot da la vuelta con nuestra pequeña en brazos cuando escucho el timbre sonar, me levanto del cómodo sillón para abrir la puerta, al girar la manecilla un Alexander de casi cuatro años se abalanza sobre mí, idéntico a mi madre.

—Alguien te extrañaba —menciona Stefanie tras él mientras comienzo a besar sus cachetes y él ríe, siempre le ha dado cosquillas que haga eso, Stefanie aclara su garganta y levanto mi vista a ella luego de poner a Alexander sobre el alfombrado piso, él se va corriendo y miro algo extrañada a un castaño de ojos grises al lado de Stefanie. Hace una semana me había dicho que había comenzado a verse con alguien, pero no me imaginé que tan pronto lo haría oficial, bueno, si lo trajo a una cena familiar es porque es algo oficial—. Él es Tyler —menciona y luego se dirige a él—. Cariño, ella es mi hermana —¡por finnn! Recuerdo que todos estos años le dije que saliera con alguien, no podía quedarse soltera cuando el maldito de Evan andaba por ahí tirándose a todo tipo de mujer.

Extiendo mi mano a Tyler con una sonrisa y él hace lo mismo, cuando observo a Henry bajarse de su Volvo mientras abre la puerta para Katrina, su nueva novia luego del divorcio con Brittany, está aprendiendo mucho de Oliver. Stefanie y Tyler pasan al interior cuando mi mirada se encuentra con la de Katrina, quien corre hacia mí con unos altos tacones color fucsia, y me abraza. Katrina es el perfecto ejemplo de «no juzgues un libro por su portada», admitiré que al inicio creí que era otra Brittany, pero me equivoqué, la chica castaña y ojos color miel es muy amable y servicial, es una maestra de primaria, quien hace trabajo comunitario y es presidenta de una asociación que ayuda a niños con cáncer. Nos hemos hecho buenas amigas en los pocos meses que lleva saliendo con Henry.

Ellos pasan al interior cuando el auto de mi madre se estaciona al frente, junto a la abuela. A paso rápido me dirijo hacia donde están todos.

—Ya viene —exclamo, todos toman posición para sorprender a mi madre por su cumpleaños, el pastel que Natalie había traído hace unas horas seguía intacto, ella no podía estar presente por el momento porque tenía una exposición de arte, pero en unas horas ya estará aquí.

Todos se ponen de pie y esperamos a mi madre, quien solo abre la puerta y entra a paso rápido con sus manos alzadas en el aire.

—Sorpresa para mí —menciona antes de que cualquiera diga algo, todos fruncimos nuestro entrecejo y la observamos mientras ella nos mira con una sonrisa.

Nadie tiene palabras.

—Abuela. ¿Por qué le dijiste? —riño a la abuela que viene tras ella untando brillo labial con un pequeño espejo de manos, ella levanta su mirada hacia nosotros.

—¿Qué? Lo único que venía hablando con ella es sobre Agustín, el nuevo jardinero —dice la abuela, esbozando una sonrisa al ver a Henry.

Comienzo a pensar que ella tiene un tipo de fetiche con los jardineros.

—¿Qué? ¿Creen que yo no me imagino que me están preparando una fiesta sorpresa cuando nadie se digna a felicitarme? —mi madre se cruza de brazos, cuando mira a Haylie en los brazos de Margot y suspira—. Mi niñaaa —exclama, caminando hacia ella y sosteniéndola en brazos.

Y ahí vuelvo a repetir, así es la vida, nunca nada sale como lo planeas, pero al menos tienes que sacarle provecho a eso; a pesar de no haber sido una sorpresa celebramos un tiempo en familia, toda mi familia junta, porque ahora todos somos una familia y no sabes cuándo será el último día. Por eso y más hay que estar pendientes del presente, todo merece una foto y esta no es la excepción.

Ubico el trípode en posición mientras la cámara apunta hacia el grupo de personas que están intentándose ordenar dejando en el centro a Oliver y Haylie y un espacio al lado de ellos donde yo me ubicaré. Natalie llega a tiempo para la foto y comienza a traquetear sus tacones sobre el pasto de nuestro patio trasero para dirigirse hacia donde están todos.

—10 segundos —exclamo, y corro hacia ellos, todos comienzan a hacer sus poses y a ubicarse mejor para que sea la foto más recordada en familia.

—Ya saben, todos digan «Magic Mike» —exclama la abuela, cuando en ese preciso momento la foto se toma, todos quedaron con su entrecejo fruncido viendo a la abuela, excepto Natalie, ella sí rio a carcajadas, no sé por qué, esta foto me hace feliz, y más feliz por mis dos amores que se están sonriendo el uno al otro en la foto sin poner atención al resto. No sé cómo se logró tomar eso, pero es la foto más jodidamente tierna padre-hija y eso que de esas tengo muchas.

La vida, terca y antojadiza, pero cada momento es bueno, cada experiencia mala es una lección. Hay etapas duras y difíciles, sientes de pronto tu mundo venirse abajo, pero en el momento más inesperado, sale un pequeño rayo de sol que viene a iluminar tu vida y revolucionar tu mundo, después de todo... las cosas siempre pasan por algo, ese es mi lema. Si nunca hubiese tenido tanta mala suerte con los empleos, nunca hubiese entrado a revistas *Anderson*, si nunca el señor Anderson hubiese presionado a Oliver por contraer matrimonio, nunca hubiese sabido el maravilloso esposo que este magnífico hombre puede llegar a ser; si nunca me hubiese ido, él y su padre nunca se hubiesen perdonado... Y si mi padre nunca hubiese sido tan duro conmigo, mi libro *Cartas a papá* no hubiese existido. Fue tanto el éxito que tuve que continuar con *Cartas a un papá que ya no está*, desde ya a las personas que se lo he mostrado no pueden parar de leer.

Subo hasta mi habitación y una imagen me enternece el corazón: mis dos amores riendo, Oliver recostado de espaldas en nuestra cama levanta en brazos a nuestra bebé, quien no puede parar de reír mientras su padre le dice muchas palabras que no logro entender. De inmediato, al entrar dos pares de ojos azules me enfocan y sonríen, me recuesto al lado de Oliver y tiernamente da un beso en mi mejilla.